btb

Buch

Konrad Johanser, Archivar des Instituts für Deutsche Romantik in Berlin und weltabgewandter Einzelgänger, kann das Leben in der Hauptstadt nicht länger ertragen. Seine Ehe ist zerrüttet, die Geliebte spurlos verschwunden. Das Institut, dem er durch Fälschungen romantischer Texte zu neuem Renommee verholfen hat, dankt es ihm mit der Kündigung. Johanser zieht sich zu Verwandten auf die schwäbische Alb zurück, nistet sich bei Onkel, Tante und Cousin ein, flieht in ein scheinbares Idyll.

Als er erfährt, daß seine Fälschungen entdeckt wurden und man nach ihm fahndet, gerät der Urlaub zum Exil, das Dorf zum Versteck. Johanser findet immer neue Vorwände, den Aufenthalt zu verlängern, was den Widerspruch des sechzehnjährigen Benedikt herausfordert. Zwischen den Cousins kommt es zum verdeckten, später offenen Kampf. Halt sucht Johanser in der Liebe zur Kellnerin Anna, der er sich aber nicht zu offenbaren weiß. Der Alltag wird für ihn zusehends zur Bedrohung, tiefer und tiefer verstrickt er sich in Schuld, Lüge und Wahn; die Anzeichen für den Zerfall seiner Persönlichkeit mehren sich. Um sein Idyll aufrechtzuerhalten, greift er zu jedem Mittel – bis hin zum Mord ...

Autor

Helmut Krausser, geboren 1964 in Esslingen am Neckar, aufgewachsen in München, arbeitete nach dem Abitur als Nachtwächter, Opernkomparse, Zeitungswerber, Popsänger, Rundfunksprecher, Journalist und Rezensent. Nach einem (abgebrochenen) Studium der provinzialrömischen Archäologie, Theaterwissenschaft und Kunstgeschichte, lebt er seit 1988 als freier Schriftsteller in München. 1993 erhielt Helmut Krausser für sein Buch »Melodien« den Tukan-Preis der Stadt München.

Helmut Krausser

Thanatos
Roman

btb

Umwelthinweis:
Alle bedruckten Materialien dieses Taschenbuches
sind chlorfrei und umweltschonend.

btb Taschenbücher erscheinen im Goldmann Verlag,
einem Unternehmen der Verlagsgruppe Bertelsmann.

2. Auflage
Genehmigte Taschenbuchausgabe März 1998
Copyright © der Originalausgabe 1996 bei
Luchterhand Literaturverlag GmbH, München
Umschlaggestaltung: Design Team München
Satz: IBV Satz- und Datentechnik GmbH, Berlin
RK · Herstellung: Augustin Wiesbeck
Made in Germany
ISBN 3-442-72255-1

»Wo gehn wir denn hin?«
»Immer nach Hause.«

Novalis, *H. v. Ofterdingen*

Thanatos – gr.: Tod, Todesgott
als medizinischer Terminus: Todestrieb

Es gibt rein beschauliche und zur Tat gänzlich ungeeignete Naturen, die indessen, unter einem geheimnisvollen und unbekannten Antrieb, manchmal mit einer Schnelligkeit handeln, deren sie sich selbst für unfähig gehalten hätten.
Leute zum Beispiel, die aus Furcht, bei ihrem Hausmeister eine ärgerliche Nachricht zu finden, eine ganze Stunde lang vor ihrer Haustüre herumschleichen, ohne den Mut zu finden einzutreten, andere, die einen Brief vierzehn Tage lang aufbewahren, ohne ihn zu öffnen, oder sich erst nach Ablauf von sechs Monaten entschließen, einen Schritt zu unternehmen, der schon seit einem Jahr notwendig gewesen wäre; solche Leute fühlen sich manchmal plötzlich von einer unwiderstehlichen Macht zur Tat getrieben, wie der Pfeil eines Bogens. Der Seelenforscher und der Arzt, die doch alles zu wissen behaupten, können nicht erklären, woher diesen trägen und wollüstigen Seelen so unversehens eine so tolle Tatkraft kommt, und wie sie, unfähig, die einfachsten und notwendigsten Dinge zu vollbringen, in einer Minute einen ganz überflüssigen Mut entwickeln (...) Der Geist der Schwindelei, der bei einigen Menschen nicht das Ergebnis von Anstrengung oder Berechnung, sondern von zufälliger Eingebung ist, hat in hohem Maße, und wäre es nur im Ungestüm des Verlangens, an jener Gemütsart teil, die, hysterisch nach Meinung der Ärzte, satanisch nach Meinung derer die etwas vernünftiger denken als die Ärzte, uns widerstandslos zu einer Menge gefährlicher oder unpassender Handlungen treibt.
Baudelaire, Le spleen de Paris

1. BUCH

Das Sehnsuchtsland

1

Thanatos, der alles wußte, stieg in Erwartung des Kommenden die Niederenslinger Hügel hinauf zum Plateau, suchte einen Baumstrunk, setzte sich und wartete. Er trug einen schwarzen Aktenkoffer bei sich, der alle Geduld der Welt enthielt.

Wo die Wege nach Bullbrunn und Überach einander kreuzten, nahe der scharfen Kante, von der ab das Land dreißig Meter hinunterstürzte, schroffe Kalkfelsen entlang zum Flußbett der Acher, saß Thanatos und sang sein Lied. Das träge, malachitgrüne Wasser konnte von dort kilometerweit beobachtet werden.

Thanatos öffnete den Koffer und entnahm ihm ein kleines Buch, in das er Zahlen, Namen und Strophen schrieb. Zwischen schräggewachsenen Pappeln, in deren Schatten sich Schneereste gehalten hatten, sang er und fügte dem Lied noch während des Singens neue Strophen zu.

Er wußte, warum er hier war. Er war noch an vielen anderen Orten. Sein Gesang beherrschte die Erde, und sein Fuß schabte den Takt, in dem Sekunde auf Sekunde dem Koffer entwich.

2

Sekunden. Schnittstellen.

In Feindschaft mit sich und seiner Umgebung, aufgebahrt in Bitternis, nur selten von mildtätiger Gleichgültigkeit bedacht, zählte Johanser Sekunden. Zählte Sekunden. Zählte Sekunden, und wenn sechzig (60) zusammen waren, flocht er ihnen ein Bändchen um und schrieb MINUTE drauf, und wenn sechzig (60) Bändchen zusammen waren, legte er sie in einer Kiste namens STUNDE ab, und wenn sich zwölf (12) Kisten vor ihm hoch stapelten, weigerte er sich, sie als TAG anzuerkennen, rannte aus der enggewordenen Wohnung, hockte sich mit Wein an die Spree und soff, in der Böschung versteckt, bis die NACHT vorüber war. Dann, wenn er heimkam, fand er die Wohnung regelmäßig leer, die Stundenkisten waren weg, gestohlen, sein Lager geplündert; spurlos fortgeraffte Zeit. Manchmal sah er aber, in einer Ritze oder an ähnlich unzugänglichen Stellen, eine (1) alte, vergessene Sekunde leuchten, die pulte er heraus, legte sie sich zärtlich auf die Hand, kostete, streichelte, masturbierte sie, bis sie es vor Erregung nicht mehr aushielt und ihm von den Fingern sprang, ins Sehnsuchtsland hinaus. Zornig, traurig, zurück in der Verfallszeit, kratzte Johanser frische, unbenutzte, unbenannte Sekunden aus der Luft, füllte sie mit Phantasmen aus Rache und Liebe, schlang ihnen, wenn es sechzig (60) waren, einen Strick um, brüllte laut und hängte sie an der Zimmerdecke auf, der weißen, leeren Zimmerdecke auf, bis Vergangenheit eintrat.

3

Der Schubertweg schlängelte sich, beschaulich exponiert, einige Höhenmeter über Niederenslingens Zentrum, aber noch unterhalb der Weinhänge, die, in viele Treppen gespart, zwei Fünftel der Ortschaft umsäumten.

Benedikt Henlein stemmte sein Rad gegen die Hauswand, Putz splitterte ab. Durch das gekippte Küchenfenster quoll Geruch von aufgewärmtem Kraut. Hinter der beschlagenen Scheibe die Silhouette der Mutter. Topfdeckelklingklong.

Das Haus – Niederenslinger Standard. Spitzdach. Drei Wohnräume, Küche, Keller, Speicher und ein der Kartongarage angebauter Holzschuppen. Nieselregen zersetzte die Dampffasern.

Benedikt hustete, verschob die Lippen, bleckte die Zunge. So, seine Zunge als Flagge des Ekels vor sich her schleppend, betrat er das Haus, warf den regennassen Mantel gegen ein Vierzehnender-Hirschgeweih, in Kopfhöhe neben die Tür genagelt. Meist blieb der Mantel daran hängen, diesmal nicht, und der Rucksack, beim Schulgong hektisch geschnürt, landete auf ihm, öffnete und entleerte sich. Hefte, Bücher, lose Stifte glitten heraus. Benedikt, gegen den Standspiegel gebeugt, hielt beidhändig den Nußbaumrahmen fest, wie um sein Gesicht in Wasser zu tauchen. Er strich die Haare nach hinten, untersuchte die freigelegte Stirn auf Pickel. Flötende Stimme der Mutter über Bratfettgezischel – »Benedikt? Kommst du? Kind, red doch was, wenn man dich ruft!«

Marga erblickte das Chaos am Boden, seufzte, forderte den obligaten Begrüßungskuß, empfing gespitzte, zusammengepreßte Lippen, Schnabelhieb auf die Wange – bückte sich dann, hängte den Mantel ans Kleidergeweih, griff nach Büchern und Heften.

Benedikt riß sie ihr aus der Hand. »Mein Kram!« schnauzte er die Mutter an. »Heb ich schon selber auf!«

»Aber wann, Bub? Schau, das Papier wird ja naß! So geht man nicht um mit seim Sach!«

Ihr Sohn gab keine Antwort. Wieder seufzte sie. Hoher, beinah pfeifender Laut, asthmatisch brüchig. Benedikt knotete den Rucksack sorgfältig zu, murmelte, daß er ein Schloß besorgen müsse, Knoten hielten bei dem Ding nicht, lösten sich immer, ein Schloß sei auch sinnig wegen der Diebe, in den Pausen würde viel geklaut. Außerdem, fügte er unterbrechungslos an, sei die Diele zu schlecht beleuchtet, er hasse dieses 40-Watt-Halbdunkel, und den alten Linoleumboden müsse man endlich rausreißen, sehe nach Ostzone aus.

»Du hast Diebe in der Klasse?«

»Krieg ich Geld für 'n Schloß, oder nicht?«

Marga fragte, wieviel das kosten würde. Benedikt, der abends ins Kino wollte, übertrieb schamlos, meinte, um die fünfundzwanzig Mark.

»Na schön. Laß dir aber eine Quittung geben. Kann man vielleicht absetzen.«

Benedikt stampfte wütend auf.

»Wie mich das pestet! Wegen jedem Pipifack! Vergeßt bloß mal nicht, eure Särge abzuschreiben beim Finanzamt!«

Er gebrauchte die Ihr-Form, obwohl er damit seinem Vater unrecht tat, dem Pedanterie in Geldfragen völlig fremd war. Benedikt redete inzwischen grundsätzlich jeden Elternteil mit *ihr* an, in abfälliger Pauschalität, als klänge das *du* zu verwandt.

Marga wurde bleich und flüsterte, daß er so was nicht sagen solle, das sei gemein und bringe ihm kein Glück im Leben. Ihr Sohn ließ die Floskeln an sich abprallen, trug den Rucksack in sein Zimmer hinauf. Marga spürte, wie die Kluft von vierundvierzig Jahren sich körperlich bemerkbar machte, als stechende Leere im Bauch, die langsam zum Hals und zu den Schultern wanderte.

Benedikt hatte wieder das Gartentor offengelassen, es pendelte im Wind. Stählernes Klacken. Marga dachte, so kann es nicht, so kann es doch nicht weitergehn, und schleppte ihren Bandscheibenschaden fünf Meter weit über den Kiesweg.

Ein weißgestrichener Bretterzaun behütete das kleine Grundstück. Der Garten war zum Großteil in Beete separiert, nur vor der Wohnzimmerterrasse, wo die alte Ulme und zwei Apfelbäume im Sommer für Schatten sorgten, gab es ein Rasenareal.

Durch den Dauerregen waren die Biernäpfe wirkungslos geblieben, nicht eine Schnecke hatte Lust bekommen, in der verwässerten Brühe zu ersaufen. Man würde zur Schere greifen müssen.

Benedikt, Margas einziges Kind, war eine riskant späte Erstgeburt gewesen, die Ärzte hatten ihr damals dringend abgeraten, es nach zwei Fehlgeburten ein drittes Mal zu versuchen. Nun, sechzehn Jahre später, fraß sie alle Beleidigungen wehrlos in sich hinein, an seiner Sturheit gescheitert. Trost und Hoffnung bezog sie aus einem Illustriertenartikel, der von solchen Phänomenen als etwas Normalem sprach. Gegen Ende der Pubertät, hieß es dort, gebe sich das wieder.

Sie drehte den Gasherd ab und stieg die Kellertreppe hinunter, Rudolf zu holen.

Mit jeder Stufe wuchs ihre Furcht, der Gatte könnte sich erneut verweigern, im Hobbyraum verschanzt bleiben, über die elektroakustischen Apparaturen gebeugt, denen er sich seit der Frühpensionierung fast ausschließlich widmete. Rudolf Henlein, ehemaliger Verwaltungsangestellter, legte kaum noch Wert auf Tageslicht und Nahrung. Obwohl der Dreiundsechzigjährige sein medizinisches Idealgewicht aufwies, hielt ihn die rundliche Marga für zu mager, kochte deshalb gleich zweimal pro Woche sein Lieblingsgericht, mit wechselndem Erfolg.

Zum Vater besaß Benedikt ein harmonischeres Verhältnis, wollte man vom Wort ›Verhältnis‹ unbedingt Gebrauch machen. Rudolf mischte sich selten ins Familienleben, war ein wortkarger Mensch, der zwölf Stunden des Tages isoliert in seinem Keller hauste, weltabgewandt und selbstgenügsam. Manchmal führte er Selbstgespräche, abgehackt wispernd, ansonsten blieb er stumm oder beschränkte sich auf die nötigsten Formeln der Kommunikation.

Das war nicht immer so gewesen. Wenige Jahre zuvor hatten ihn Nachbarn noch sprechen hören. Einige behaupteten sogar, er habe manchmal Witze erzählt, die er im Büro gehört und sich auf einem Schmierzettel notiert hatte. Erst mit der Pensionierung war es zu jener gesellschaftlichen Askese gekommen, die ihm den Ruf der Kauzigkeit eintrug. Seither schien ihm alles egal; nichts, was geschah, entriß ihn seiner Lethargie.

Marga hatte sich kürzlich bei der Spekulation ertappt, daß ihr seitens des Sohnes bestimmt mehr Anerkennung zukäme, stünde ihrer mütterlichen Güte nur ein Erzieher zur Seite, der Autorität und Strenge ausüben und, wenn nötig, auch einmal dreinschlagen konnte. Sekunden danach, entsetzt über jenen Gedanken, schwor sie für Wochen dem Denken ab; ihre Sorgen kreisten dann um Kochtöpfe und Topfpflanzen und führten auch dort ein ausgefülltes Dasein.

Schweinsbratwürstchen mit Schupfnudeln und Kraut.
 Benedikt betrat die Küche, ihr Geruch ließ ihn schnauben. Balkengestützte Niedrigkeit, weißgekachelt, dunstverhangen. Er war in den letzten zwei Jahren um zwanzig Zentimeter gewachsen, das alte Haus schien ihm für Zwerge gebaut. Je-

des Türkreuz verlangte seinen einsfünfundneunzig Respektbezeugungen ab, und jedes Ducken, jeden Kotau, empfand er vervielfacht in seiner brodelnden Seele.

Draußen riß jetzt der Himmel auf, teilte sich in blaue und graue Streifen. Sonnenlicht fiel in steilem Winkel ein, gerade als Familie Henlein, ausnahmsweise komplett, am Küchentisch Platz nahm. Sonnenlicht brach sich im Dunst, gab dem Kauen und Schweigen einen Anstrich von Idylle. Sonnenlicht ließ Marga freudig seufzen, und als wäre erst dieser Moment geeignet, zog sie etwas aus der Schürzentasche.

»Vorhin ist ein Telegramm gekommen!« Genußvoll zwang sie die Aufmerksamkeit auf sich, reichte den Satz wie einen Klingelbeutel in die Runde. »Morgen will uns dein Cousin besuchen«, fuhr sie an ihren Sohn gewandt fort, »nach beinah dreizehn Jahren!« Benedikt fragte, welcher Cousin denn, erhielt zur Antwort, daß er doch nur einen habe.

»Ist mir 'ne Premiere, daß es überhaupt einen gibt«, behauptete er. Wider besseres Wissen. Irgendwo im Bildregister der frühen Kindheit tauchte beim Wort ›Cousin‹ tatsächlich etwas auf, Collagenfragmente, Scherenschnittfetzen.

»Konrad kommt?« fragte Rudolf ungläubig nach und rieb sich mit drei Fingern die Nasenspitze.

»Ja! Hört zu: Treffe ein morgen gegen Mittag. Würde gern einige Tage bei euch verbringen. Freue mich sehr. Liebe Grüße – Konrad.«

Rudolf sagte nichts, lehnte sich nur zurück und legte die Stirn in Falten. Benedikt zerstocherte sein Würstchen zu fettglitzerndem Brei.

»Was soll 'n das heißen, einige Tage? Und warum schickt er 'n Telegramm? Wieso telefoniert er nicht? Wir könnten gar nicht hier sein.«

»Du hast doch Schule«, meinte Marga, »wo sollten wir da sein?«

»Woher weiß er, daß ich Schule habe? Ich könnte ja tot sein. Ihr auch.«

»Junge!«

»Ist doch 'n arschiges Benehmen, sich so zackfack selber einzuladen. Ist doch aufdringlich! Unverschämt!«

Marga fiel ihm ins Wort, flüsterte mit gesenktem Kopf, er solle beim Mittagstisch keine Wörter gebrauchen wie ›arschig‹ und dieses andere, und natürlich sei Konrad willkommen, wenn er nach so langer Zeit ... obwohl er ja damals ... Sie stockte, sprach dann mit festerer Stimme. »Er ist immerhin der Neffe deines Vaters.«

»Ist das der, der abgehauen ist über Nacht und hat keinem was gesteckt?«

»Das war eine schlimme Geschichte, Bub, wir haben dir davon erzählt ...«

»Ihr sollt mich nicht ›Bub‹ nennen! Wie oft noch?«

»Selbstverständlich ist er uns willkommen.« Marga blickte ihren Gatten auffordernd an. »Rudi, du freust dich doch auch?«

Rudolf nickte stumm.

4

Als Johanser sich aus der Hauptstadt stahl, hinterließ er seine Verhältnisse ungeordnet.

Somnambelle war seit sieben Wochen verschwunden, keines der Kurfürstenmädchen wollte von ihr gehört haben, ebenso hatten Polizeiwachen und Krankenhäuser reagiert.

Nachtzug in die südlichen Provinzen. Abfahrt, Aufbruch. Zerstörte Farben im Wolkengeheul. Netze aus Glas und Stahldraht tuschten das Adergeäst des Lichts. Gelbblaue Kleckse, dann Finsternis und Schwere, flackernde Reklamen, zitterndes Kissen der Unterarme.

Johanser schluckte Rutaretil, ein bittersüßes, gefährliches Mittel, stimmte emphatisch oder depressiv, betrog niemals, verstärkte den Zustand des Gemüts bis ins Extrem.

An diesem Tag war Johansers Abfindung überwiesen worden, die Hälfte davon trug er am Körper. Genug, um Monate unbestochen zu leben. Beklemmungen. Sein Herz scheuerte gegen den Rippenkäfig. Niemandem hatte er gesagt, wohin er ging. Wenige hätten es wissen wollen.

Fensterscheiben bei Regen, das Kinderspiel – herabrinnende Tropfen zu beobachten, zu vermuten, welcher zuerst den Sims erreichen würde. Es galt, die Kreuzpunkte vorherzusehen, an denen zwei Rinnsale sich vereinigten, Geschwindigkeit zulegten und andere, bereits im Ziel geglaubte Tropfen noch überholten. Jetzt spielte er es wieder, verlor sich im Geflecht des Wassers, bis der Zug die Stadtgrenze passierte und so schnell wurde, daß jeder Tropfen im Fahrtwind zerstob, zu einer Reihe stillstehender Pünktchen.

Seiner Frau hatte Johanser einen Brief neben die Spüle gelegt; dort würde sie ihn am spätesten finden. Kalte Notiz. Unpräzis, aber bestimmt.

Ich gehe ab. Tu, was du willst, wie bisher. Für immer.

Er hatte den Zettel mit *Mein Konrad* unterzeichnet, dann einen verwackelten Schlußstrich gesetzt.

Nächtigem Fundus entstiegene, kryptische Fetzen tobten. Längst verdrängte Wegkreuze riefen sich in Erinnerung, spreizten sich obszön, als wäre die andere Richtung zu wählen noch einmal möglich, als stünden Parallelwelten zur Entstehung bereit. Chimären zeigten boshaft, wie anders alles hätte verlaufen können, wenn, wenn nur ... Demütigend und gemein, wie es, ohne Fanal, schleichend gekommen war, so nebenher, wie es sich vorbeigemogelt hatte an den Entwürfen, vorbei an jeder Durchdachtheit, vorbei. Die hochtrabenden, detailgenauen Pläne; ständig hatten sich Kleinigkeiten eingemischt, freche Zwerge in keckerndem Singsang, bemannte Giftmücken, hatten gefälscht und übermalt, die Bahn gekrümmt, den Weg bepflastert mit Aufschüben, Rastplätzen, Entschuldigungen – bis die Zeit vertan war.

Und Somnambelle? Was, wenn sie plötzlich zurückkäme, heiter aus der Hölle, wenn sie vielleicht auf Entzug gewesen war und Beistand brauchte?

Wunschgeklimper. Somnambelle auf Entzug, Blödsinn! Ich mach mich zu wichtig, ich war ihr nicht wichtig, nicht wirklich.

Somnambelle war grußlos gegangen, ohne Zettel, verschwunden wie ein Tropfen im Meer. Konnte auch theatralisch gedeutet werden, so allein mit der Zeit im Abteil.

Bin wieder mal zu lieb zu mir, schmeichelnd und schleimend. Fakt ist, ich war ihr keine Nachricht wert.

Er nahm noch ein Rutaretil.

Ich liebte in meiner Jugend die Kunst ungemein... Die prächtige Zukunft ist eine jämmerliche Gegenwart geworden... Es war eine mühselige Mechanik... Erinnerungen... Sie sind nicht im Ton der heutigen Welt abgefaßt, weil dieser Ton nicht in meiner Gewalt steht und weil ich ihn auch, wenn ich ganz aufrichtig sprechen soll, nicht lieben kann.

Johansers Blick glitt von Zeilen ab, die er auswendig kannte.

Der Zug raste an den äußersten Trabanten der Hauptstadt vorüber. Konturlose Nacht. Signallichter, grün oder rot. Zum letzten Mal hatte er das Regentropfenspiel im Auto der Eltern gespielt, hinten auf der Rückbank, vor zehntausend Jahren oder ein bißchen weniger. Vielleicht würde es Wochen dauern, bis Kathrin ihn vermißte, bis sie, so zwischen zwei Festen, den Zettel fände, vielleicht erst, wenn der Gestank von Verfaultem sie in die Küche trieb.

Nein. Larmoyante Hyperbel! Kathrins Schuld lag weit unter der seinigen. Keine Vorwürfe mehr. Die Hälfte der Abfindung sollte ihr gehören. Ausreichend, mehr als ausreichend, sie konnte sich nicht beschweren. Wahrscheinlich würde sie erst verblüfft sein, dann fröhlich. Marginalien des Komas.

Ich muß AUFWACHEN, AUFWACHEN und SEHEN, sagte Johanser laut und ohrfeigte sich. So sehr er das Nichts, vor dem er stand, als neuen Spielraum feiern wollte, die Aufbruchstimmung blieb gedämpft. Gefühle der Befreiung kamen nicht, solange er selbst noch bei sich war.

Zwei Sechserpacks Fluchthelfer lagen bereit für die Reise, Bier aus dem Südland, zur atmosphärischen Einstimmung.

Ich hätte Zitronenwein mitnehmen sollen, gibt's dort drunten bestimmt nicht.

Ein Landwein aus dem Peloponnes, mit herb-säuerlichem Bouquet, Athan, der Grieche an der Ecke, hatte ihm den empfohlen, hatte ihn ›Zitronenwein‹ genannt, wegen des ausgeprägten Limettenaromas, eine Kuriosität, nach der Johanser süchtig geworden war. Seine Dosis betrug zuletzt zwei Liter pro Nacht.

Ich will nichts vermissen an dieser Stadt, nicht einmal Somnambelle. Nackter Anfang, kein Aas fressen, muß nackt sein und kalt, die Tätowierungen abätzen, rohes Fleisch freilegen, wenn nötig. Gnadenlos.

Im Archiv hatte Johanser genug Verwirrung hinterlassen, um die Arbeit des Instituts auf Jahre hinaus zu sabotieren. Bis das gesamte Ausmaß seiner Manipulation erkannt sein würde – wenn es denn jemals entdeckt werden sollte –, war die Forschung in ein Labyrinth gestürzt, die Geschichte der deutschen Romantik durcheinandergewirbelt zu einem Trümmerhaufen offener Fragen, unauflöslicher Widersprüche.

Er empfand keine Freude dabei. Es war nicht in seiner Absicht gestanden, die Wahrheit, oder was dafür gehalten wurde, für immer zu zerschlagen. Er hatte die Wahrheit nur neuer, interessanter gestalten wollen, war bei diesem Werk dreist unterbrochen worden, abgefunden, eingespart. Ausgerechnet er. Welche Farce! Die Tölpel, die sich seine ›Kollegen‹ nennen durften, unfähige Saubande, schäbige Dilettanten, vielleicht würden sie eines Tages verzweifeln und nach seiner Hilfe schreien, würden versuchen, ihn zurückzuholen, einen roten Teppich vor ihm ausrollen wie eine schleimglitzernde Zunge – was sollte er dann antworten?

Ah, ich bin eitel, eitel und lächerlich, behalt mir letzte Krücken vor, nein, nie, nie werden die nach mir rufen, werden alles unter den Teppich kehren, bis er sich beult, werden, was nicht paßt, in den Müll werfen, werden, was schief und krumm ist, mit der Schere begradigen, ohne Skrupel, werden dem Buckligen den Buckel absägen und auf den hohlen Bauch binden. Die Wahrheit schläft im Prokrustesbett.

Somnambelle. Sie kann nicht gestorben sein. Gestorbene sind plump. Gestorbene können ihre Spur nicht verwischen, liegen irgendwo rum und verwesen, verweisen auf sich durch Gestank, sei denn, sie hüpfen in tätige Vulkane, versenken sich mit viel Gewicht im See, nehmen ein Säurevollbad, stürzen sich über der Arktis aus dem Flieger, oder ... Er verscheuchte den Gedanken, trank das erste Dosenbier, griff nach der Zeitung.

Somnambelle. War immer Sex mit der Angst gewesen, Sex mit der Angst, kalt rein, kalt raus. Das Mädchen von der Kurfürstenstraße. Er war ihr im vorletzten Herbst begegnet, war den Billigstrich dreimal auf und ab flaniert an jenem Abend, hatte wählerisch Gesichter verglichen, dann stand plötzlich sie da, neu und prachtvoll, Debütantin wahrscheinlich, er hatte sie minutenlang sprachlos angestarrt, bis ein leises »Willst du?« von ihr kam, verschüchtert, ohne merkantilen Formelklang. Er war ihr vom ersten Augenblick an hörig gewesen.

Nicht dran denken. Die Schönheit haust nicht, sie reist.

Das Tagesblatt meldete unter ›Vermischtes‹, daß in Japan Automaten existierten, die getragene Mädchenunterwäsche anboten, zum Stückpreis von umgerechnet sechzig Mark. Der Absatz floriere, und die Justiz finde trotz rigidester Pornographiegesetze keine Handhabe dagegen.

Johanser hatte als Zehnjähriger bereits die Wäsche des Nachbarmädchens begehrt, leuchtendweiße Tanzobjekte im Wind. Er war unter Vorwand auch einmal in die Nähe gekommen und hätte bestimmt ein Teil gestohlen, wäre um die angeleinten Slips nicht der strenge, prüde Geruch von Waschpulver gekreist. Der hatte die mögliche Beute entwertet, jeder Attraktion und Wärme beraubt, jeder authentischen Getragenheit. Schweißränder, Schamhärchen, sogar ein Urinfleck, gerade ein kleiner Urinfleck, hätten die Gier gesteigert, daran zu riechen, den Stoff gegen die Wange zu schmiegen, um den Penis zu wickeln. In der Katharsis der Waschmaschine waren die Fetische zu anonymem Baumwollzeug verkommen, ohne Zauber und Eros.

Johanser prostete den japanischen Männern zu und schlug die Feuilletonseite auf. Dort gab es einen Artikel über Palindrome, der faszinierte ihn stark, er berauschte sich an Schöpfungen wie ›Oh Cello voll Echo‹ und ›Nur du, Gudrun‹, zog ein Blatt Papier aus der Brusttasche und versuchte sich selbst in jener Disziplin, probierte mehr als eine Stunde lang, einen komplett palindromen Satz zu konstruieren, zermarterte sich das Hirn, und das noch beste Ergebnis lautete schließlich:

Dein Grab, Reittier, barg Neid.

Der Satz, der für jeden anderen hermetisch bis abstrus geklungen hätte, ergab für Johanser prompt bitterbösen Sinn.

Ich bin das Reittier gewesen, das Reittier, besser kann man es kaum in Worte fassen, und wenn die Grabschänder kommen, werden sie schimpfen: Konrad, noch das skelettierte Abfallprodukt deines Daseins war grün überzogen vor Neid und Eifersucht, Neid auf das Gewesene, dem du nicht standgehalten hat. Warst eben nur Vehikel, minderwertiges Packpferd, auf dem die Großen eine Strecke lang geritten sind, mußt damit zufrieden sein, zu mehr hast du nie getaugt.

5

»Eine traurige Geschichte«, meinte Marga, »wir haben sie dir mal erzählt, aber du hörst ja nie zu, von dem Autounfall, weißt du das noch, das Unglück? Du warst grade drei, die Beerdigung, wie du Angst gehabt hast vorm Friedhof – und Konrad war mitten im Abitur damals und hat es geschafft, famos geschafft sogar, wo doch jeder Verständnis gehabt hätte... Dann ist er weggelaufen, von heut auf morgen, einfach weg, war schon schoflig, ein bißchen, na ja, wir hatten uns auch nicht allzuoft gesehn, zweimal im Jahr vielleicht, und wenn einem die Eltern sterben, dann ist man verwirrt und achtet auf nichts. Er konnte tun, was er wollte, volljährig war er, aber er hätte schon was sagen können, wir haben uns ja wer weiß was gedacht. Erst viel später, nach fünf Jahren, glaub ich, kam eine Postkarte, zu Weihnachten, später noch eine. Wir hätten doch für ihn gesorgt. Nicht, Rudolf? Hätten wir wohl, aber er ging einfach weg. Und ist sogar ein Doktor geworden, hmhmm, kannst du dir was abgucken, Sohn, ich weiß gar nicht, was für ein Doktor, das hat er nicht dazugeschrieben. Himmel, er muß inzwischen, laß mich rechnen, zweiunddreißig sein oder dreiunddreißig? Ein stilles Kind war das... hat viel gelesen, man sah ihn immer mit irgendeinem Buch. Ja. Wo bringen wir ihn bloß unter? Ich kann ihm doch nicht die Couch anbieten. Als der Hobbyraum noch nicht belegt war, hatten wir halt noch ein Gästezimmer, das war schon nützlich. Ja. Bleibt nichts anderes. Er wird in deinem Zimmer schlafen müssen.«

»Nein«, antwortete Benedikt ruhig, mit abgedunkelter Stimme. »Das wird er ganz bestimmt nicht.«

»Du verbringst doch sowieso die halbe Zeit auf dem Speicher! Da legen wir die alte Matratze hin ...«

»Nein«, wiederholte Benedikt streng. »In mein Zimmer kommt kein Fremder.«

»Aber er ist doch dein Cousin, kein Fremder! Wir müssen doch Gastfreundschaft zeigen, sieh das doch ein, wenn's mal nicht anders geht ...«

Der Junge schob seinen halbgeleerten Teller fort, verschränkte die Finger und sah seine Mutter schräg von unten an, mit drohend gehobenen Brauen.

»Vielleicht habt ihr vergessen, daß ich mein Zimmer brauche, um zu *lernen*. Ich muß mich konzentrieren, klar?«

Marga wußte nicht, was sie diesem Argument entgegenhalten sollte, so schwerwiegend und stichhaltig war es. Natürlich mußte Benedikt lernen, das war das Wichtigste überhaupt, aber ...

»Rudi! Sag doch auch mal was! Wir können Konrad doch nicht im Gasthof unterbringen, wie sähe das aus? Und, mein Gott, Beni, ein paar Tage wirst du auch auf dem Speicher lernen können, das muß gehn, das wird doch nicht so viel ausmachen. Du stehst doch gut in der Schule? Du hast doch keine Probleme, nicht?«

Benedikts Blick ließ von der Mutter ab und zielte zum Fenster. Als wäre er unendlich müde, schloß er die Augen. Seine Hand vollführte die typische Bewegung des Leierkastenmannes.

»Wie stehst du denn grad in Mathe und Latein?«

»Bitte! Wir haben abgemacht, daß das ganz allein mein Kram ist. Ich hab die Fragereien satt! Kümmer mich auch nicht um euer Ding! Ihr kriegt im Juli das Zeugnis, dann seht ihr's ja.«

»Ist also alles in Ordnung?«

»Herrgott, ja!« Benedikt hatte seine lässige Haltung aufgegeben und schien zu einem Wutausbruch anzusetzen, da entspannte sein Gesicht unvermutet, nur die Schläfen zuckten, als prüfe er eine Idee.

»Gut«, sagte er plötzlich. »Von mir aus. Ein paar Tage. Nicht mehr.«

Marga seufzte erleichtert und strich ihrem Sohn dankbar durchs Haar. Der wehrte die Liebkosung ab, rannte ohne ein weiteres Wort die Treppen zum Speicher hinauf, zu seiner Computerstation, schloß die Luke und verbrachte den Nachmittag am Bildschirm.

In der Küche saßen sich Marga und Rudolf noch eine Weile schweigend gegenüber. Beide versuchten, ihre Erinnerungen an Konrad zu entstauben, sich ein Bild des Verschollenen zurechtzulegen.

»Er war ein wenig wie Beni«, meinte Marga dann. »Stiller, aber genauso rebellisch. Er sah ihm, glaub ich, sogar im Gesicht recht ähnlich, oder täusch ich mich? Merkwürdig, ist mir nie zuvor aufgefallen. Wir müssen mal die alten Photos holen.«

Die Familien der Henleins und Johansers hatten damals im Abstand von kaum fünfzig Kilometern gewohnt und sich dennoch nur an den wichtigsten Feiertagen besucht. Das Verhältnis der Halbbrüder Erwin Johanser und Rudolf Henlein war durch einen Erbschaftsstreit getrübt gewesen; man hatte sich schließlich ausgesöhnt, doch echte Herzlichkeit war nie mehr entstanden. Die Frauen hatten allerdings gut miteinander gekonnt, und Marga war dem kleinen Konrad immer sehr zugetan, schon allein, weil da ein Kind spielte in ihrem kinderlosen Haus. Sie hatte ihm jedes Jahr hundert Mark fürs Sparbuch geschenkt und zur Konfirmation einen Plattenspieler. Über den Plattenspieler war Konrad so froh gewesen, daß er seine Tante umarmt und geküßt hatte, obwohl er sonst vor Körperkontakt stets zurückschrak. Jenen Moment, die Freude des

Konfirmanden, würde Marga nie vergessen. Im Jahr darauf dann war Beni unterwegs, ab diesem Zeitpunkt wurden ihre Erinnerungen an Konrad blaß, reduzierten sich auf steife Bilder eines ebenso steifen, verschlossenen jungen Mannes, dem seine Mutter, Edwina Johanser, oft die Reclamhefte aus der Hand schlagen mußte.

»Ich bin wirklich gespannt. Du nicht auch?«

Rudolf, dessen Blick sich im Nichts verlor, der mit eingesogenen Backen über etwas nachzusinnen schien, nickte wieder.

6

Dreizehn Jahre zuvor hatte sich Konrad Ezechiel Johanser (Betonung auf der ersten Silbe) in der Universität der Hauptstadt eingeschrieben, hatte einige Wochen als Parkplatzwächter gearbeitet, bis die Waisenrente überwiesen wurde und das erste von mehreren Stipendien eintraf. Er studierte Germanistik, Philosophie und Kunstgeschichte und schloß, was seit 1925 niemandem gelungen war, in allen Fächern als Jahresbester ab. Nach der Rekordzeit von nur sieben Semestern promovierte er über die Editionsgeschichte von Wackenroders »Herzensergießungen eines kunstliebenden Klosterbruders« und erregte in Fachkreisen verstörtes Aufsehen. Mehr nebenbei absolvierte er noch eine Ausbildung zum diplomierten Graphologen.

Deutsche Romantik war früh sein Spezialgebiet geworden, die Besessenheit, mit der er ihr Studium betrieb, machte ihn einsam; was er an Privatleben besaß, war praktisch den sechs Stunden Schlaf gleichzusetzen, die er als ausreichend und zudringlich genug empfand. In der Nähe des Schlesischen Tores bewohnte er ein bissiges Zimmerchen zur Untermiete und lebte vorwiegend von Dosenravioli. Luxus gönnte er sich, von antiquarischen Büchern und gelegentlichen Bordellbesuchen abgesehen, kaum.

Seinen Professoren wurde die Obsession des hageren, zur Stirnglatze neigenden Sonderlings schnell unangenehm, er wuchs ihnen über den Kopf – bald wagte keiner mehr, sich mit ihm auf fachspezifische Dispute einzulassen, zu überwältigend war seine Detailkenntnis, zu exakt und umfassend die Datenbank hinter seiner Stirn. Wer ihn doch einmal bei einer Schwäche ertappte, hatte nicht lange Freude daran. Binnen weniger Tage nahm Johanser Revanche, so gründlich, daß sein armes Opfer sich hinterher glücklich schätzen durfte, wenigstens den Status des Halbidioten bewahrt zu haben. Die Kommilitonen nannten Johanser zuerst ehrfurchtsvoll ›Die wandelnde Kartei‹, später, spöttisch und haßerfüllt, ›Die wandelnde Karteileiche‹, wegen seiner etwas zombieesk anmutenden Art, durch die Welt zu gehn – bleich, schwarz gekleidet, fast ohne Mienenspiel. Die Arme schlenkerten schlaff gegen den Körper, die Schultern waren auf Wangenhöhe gestemmt. Ständig in Gedanken versponnen, grüßte er selten, sah niemandem direkt in die Augen, saß immer allein in der Mensa, und wer seine Nähe suchte, prallte ab wie an einem kalten Maschinenwesen, das sich knapp und präzis zur ihm einprogrammierten Sache äußert, zu nichts sonst.

Johanser erwarb sich den Ruf eines bedauernswerten, kommunikationsgestörten Genies. Die, deren Meinung weniger wohlwollend war, nannten ihn einen entlaufenen Autisten oder, schlimmer noch, ein verabscheuungswürdiges Karriereschwein, gegen das ein Gesetz geschaffen werden müßte, wollte man die Chancengleichheit des studentischen Wettbewerbs aufrechterhalten.

Ihn zu kennen, konnte niemand behaupten.

Haß und Bewunderung nivellierten sich, da beide keine Reaktion auslösten, zur Gleichgültigkeit. Gespräche über Johanser blieben auf kurze Stellungnahmen beschränkt, der Sympathie oder der Verachtung. Es fehlten Fakten, Einzelheiten, an denen man hätte einhaken können, die Mehrzahl seiner Mitmenschen behandelte ihn wie ein Abstraktum – vorhanden, aber formlos, ein Name, der seinen Körper als überflüssige Reminiszenz, als unpraktischen Seinsnachweis mit sich herumschleppt.

Einige Huren wußten immerhin, daß jenes Abstraktum eine Vorliebe für zierliche Füße und schlanke Fesseln besaß, daß es regelmäßig fragte, was Pinkelspiele kosten würden, und ihm der Preis regelmäßig zu hoch war – ›Laberparasiten‹ nannten sie solche, die aus dem Feilschen Erregung zogen und sich die Hauptsache dann umsonst und zu Haus besorgten –, aber mehr wußten sie auch nicht, denn die Möglichkeit, sich bei ihnen auszusprechen, den Grund seiner eisigen Starre wenigstens anzudeuten, nutzte Johanser nie. Die Huren drängten ihn auch nicht dazu.

Mehr von sich gab er in seinem Briefverkehr preis, den er mit fachlichen Autoritäten aus aller Welt pflegte. In jenen Briefen, die allerdings ausschließlich Sachthemen behandelten, wirkte er einnehmend, witzig, höflich, ohne Arroganz und Geltungssucht. Nur wenn ihm jemand ein Treffen vorschlug, lehnte er brüsk ab, schob dabei nicht etwa Ausflüchte vor. Klar und unmißverständlich schrieb er dem Betreffenden, daß ihm Mündlichkeit nicht liege und es zu beider Vorteil sei, die Distanz des Postwegs zu bewahren. Manchmal stieß er damit auf grollendes Unverständnis, meist aber wurde die Weigerung akzeptiert. So kam es, daß sich Johanser auf schriftlicher Ebene alle Kontakte und Freundschaften erschloß, die ihm im täglichen Umgang mit Menschen verwehrt blieben.

Ein Jahr vor der Promotion begann sich sein Wesen abrupt zu verändern.

Ohne daß irgend jemand einen äußeren Anlaß wahrgenommen hätte, wurde Johanser umgänglicher, leutseliger, verblüffte seine Umgebung mit der Bereitschaft, durchaus einmal über banalere Themen zu plaudern. Auch stieß er nicht mehr gleich jeden vor den Kopf, der seinem Wissen nicht gewachsen war, sondern hörte allem freundlich zu und gab nur am Ende ein paar sanfte Hinweise, wie die Sache noch anders zu betrachten sei. Selbst alltägliche Begegnungsriten leistete er plötzlich fast mustergültig ab, erkundigte sich nach Befinden, Gesundheit, Familie und antwortete auf Gegenfragen, sparsam zwar, aber nicht ausweichend.

Wer ihn vorher schon gehaßt hatte, haßte ihn fortan noch mehr und vermutete im jähen Wandel opportunistische Berechnung, die zu dem Ergebnis gekommen sein mußte, daß mit dem bisherigen Verhalten kein Fortkommen zu erzielen war. Andere, die ihn gleichermaßen bewundert und gefürchtet hatten, nahmen den Umschwung erleichtert zur Kenntnis, ihr kühler Respekt wich unverhohlener Ehrerbietung.

Als ihn einer der Mitdoktoranden schließlich zu fragen wagte, weshalb er früher so anders gewesen sei, erwiderte Johanser lächelnd, daß ihm selbst vieles unbegreiflich vorkomme und er die Welt jetzt mit neuen Augen sehe. Was ihm davor Scheuklappen aufgesetzt hatte, nannte er ein Gebräu aus Mißtrauen, Schüchtern- und Verbohrtheit, er machte sich sogar lustig über den kunstpriesterlichen Eskapismus, der ihn so lange an den Menschen vorbeileben ließ.

Er benannte noch vielerlei Symptome, Auswirkungen – doch die Ursache all dessen behielt er stur für sich, abgeheftet im Verdrängten.

An Weihnachten, im Gefühl, die Menschheit lang nicht mehr umarmt zu haben, sandte er jedem, dessen Name ihm einfiel, eine Grußpostkarte, insgesamt vierzig, darunter auch eine an Rudolf und Marga Henlein, die einzigen lebenden Verwandten, Relikte eines überwachsenen Zeitalters.

Seine Wandlung schien belohnt zu werden.

Bald darauf lernte er Kathrin kennen, genoß mit ihr, der jungen Malerin, zum ersten Mal unerkauften Sex. Sie hatte ihn auf der Straße angesprochen, ob er ihr helfen würde, ein Gemälde in den dritten Stock zu tragen. Die danach angebotene Tasse Kaffee hatte er in einem Anfall von Verwegenheit akzeptiert, und was sonst noch an diesem Tag vorgefallen war, konnte er sich sein Leben lang nicht recht erklären. Sie hatten die ganze Nacht gevögelt, bis zur völligen Erschöpfung, beide behaupteten hinterher, etwas Erfüllenderes nie erlebt zu haben. Drei ähnliche Nächte später waren sie sich einig, füreinander bestimmt zu sein. Konrad gab seine klamme Bude auf und zog zu ihr, sprach sie mit ›Göttin‹ an, mit ›Mater ecstatica‹, lutschte ihre Zehen stundenlang und dachte in den Pausen über ein geregeltes Einkommen nach.

Kathrins Bilder sagten ihm wenig. Zeitgenössische Kunst, gleich welchen Fachs, ließ ihn kalt, Begegnungen damit hatte er immer aufs nötigste Pflichtprogramm reduziert. Tapfer bemühte er sich, in Kathrins wildbunten Farbdschungeln Tiefe zu finden und seinen anerkennenden Worten den Klang ehrlicher Berührtheit beizumischen. Sie hingegen erregte es ungeheuer, wenn er ihr romantische Gedichte ins Ohr flüsterte, oft stürzte sie sich dann auf seinen Schwanz und genoß den Moment, in dem ihm die Stimme versagte, wenn er stöhnte und krächzte vor dem Erguß, wenn Verse zerbröckelten zu gehechelten Fragmenten.

Kurz nach Johansers Doktorwürde (summa cum laude) heirateten die beiden, halb aus verliebtem Aktionismus, halb, weil Kathrin einen Schweizer Paß besaß und sich enervierende Behördengänge endgültig sparen wollte.

Zu diesem Zeitpunkt waren sie seit fünf Monaten und fünfhundert Orgasmen ein glückliches Paar.

7

Erstes Sechserpack Fluchthelfer aufgebraucht, zwei Uhr morgens, Zwischenhalt in der Landesmitte, beleuchtete Wolkenkratzer, eiskaltes Licht.

Dein Grab, Reittier, barg Neid. Du Pseudopegasus, der so viel wußte – hast alles belauscht, was auf deinem Sattel gemurmelt wurde, hast nichts draus gemacht, von Zügeln und Sporen gezähmt, zum Schweigen gebracht. Meine Krücken zerbrochen, alle. Auf mich selbst gestellt, gekauert, bloßgelegt – guck an, wie wenig ich herausrage aus dem Dreck – einen Meter achtzig, vertikal ausgereizt, das ist die Tiefe, in der man Leichen entsorgt, in einem engen Holzhäuschen ohne Klo und Fenster.

Notbeleuchtung. Johanser stand auf, in beiden Händen je eine Bierdose, drehte sich in stummem Tanz, schlurfend, langsam.

Ich will noch einmal träumen, herbeiträumen alles, was verloren ist, verfeuert, verkrustet, versteinert, wofür es keine Worte gibt, nur Gefühle, Gerüche, Fetzen aus Gaze und Bodennebel. Um es klar zu sagen: Ich war nicht so wichtig. Ein Postbote, der sich Mühe gab, vom Regen zerweichte Anschriften zu entziffern, statt sie als unlesbar ins Nichts zu schleudern. Briefe von Toten, Briefe an Untote. Es wird ein paar Jahrzehnte brauchen, meine Arbeit vergessen zu machen, ein paar Jahrzehnte, mehr nicht, mehr Aufwand wird die Zeit für mich nicht nötig haben. Gibt Schlimmeres.

Schicksal ist, zum Beispiel, irgendwo in Ethnien zu hocken, im zerschossenen Hochhaus, ohne Wasser und Munition. Man muß in Relationen denken.

Johanser verließ das Abteil, das Hemd hing ihm über die Hose.

Poröse Knochen, über die Fleisch und Haut wie Geschenkpapier gespannt sind. Noch einmal träumen, und es dann loswerden, fortspülen.

Die Zugtoilette war opulent mit drei großen Spiegeln ausgestattet. Er verriegelte die Tür, zog sein Geschlechtsteil aus dem Hosenschlitz und betrachtete es aus den verschiedenen Perspektiven der Spiegel. Das Objekt erregte ihn weniger als die Vorstellung, welche Bedrohung eine plötzlich hereinkommende Frau darin erblicken würde. Einen Moment lang spielte er mit dem Gedanken, die Tür zu entriegeln und zu warten, wer käme. Er ließ es bleiben, denn bereits die Phantasie genügte für eine Erektion, er mußte nur zwei Minuten schuften, bis sein biertauber Schwanz abspritzte. Toilettenspülung. Rauschender Beifall.

Weil einige Tropfen danebengegangen waren, wischte er Boden und Klobrille sorgfältig mit einem Papiertaschentuch sauber. Der Reißverschluß schnitt ihm schmerzhaft in den Hoden. Johanser besah grinsend sein Gesicht im Spiegel und ließ sich gegen das Glas sinken, wollte, Stirn an Stirn mit seinem Abbild, ein wenig Kühle genießen.

Doch er traf nicht. Sein Kopf glitt seitlich vorbei und kam auf der Schulter des Abbilds zu liegen. Das Abbild lächelte und massierte ihm den Nacken.

8

Schon vor dem Doktorat waren für Johanser Dutzende verlockender Angebote eingegangen; Verlage, Zeitungen, sogar Auktionshäuser suchten ihn an sich zu binden, erfolglos, er hatte seine Wahl früh getroffen.

In der Hauptstadt befand sich der Sitz des Instituts für Deutsche Romantik, ehemals eine Privatstiftung, die ihre knappen Mittel nur zu sechzig Prozent aus Steuergeldern bezog und sich sonst aus Spenden sowie den Nachlaßzinsen ihrer Gründer tragen mußte. Das Institut konnte seinen Angestellten kaum zwei Drittel universitärer Gehälter bieten, dennoch zögerte Johanser keine Sekunde und unterzeichnete den Vertrag, der ihn offiziell als Archivarsassistenten des greisen Professors Bühler auswies, ihn aber praktisch zum Alleinherrscher über 920 000 Dokumente, Handschriften, Erstdrucke und sonstige Materialien machte.

Der Zuständigkeitsbereich des Instituts war ins Äußerste zerdehnt, die gesamte literarische Produktion von ca. 1770 bis ca. 1860 zählte dazu, um auch Vorläufer und Nachwehen in die Forschung einbeziehen zu können. Johanser schien für den Posten eines Archivars ideal geeignet, schon deshalb, weil er auf sich allein gestellt war und mit den dreiundzwanzig anderen Institutsmitarbeitern keinen täglich verordneten Umgang haben mußte. Der Austausch zwischen den verschiedenen Abteilungen (Archiv, Restauration, Periodika, Kritische Edition, Erwerb, Lesesaal) verlief zähflüssig, das Haus litt nicht nur unter Geldmangel, sondern zunehmend auch an schwindendem Publikumsinteresse. Die deutsche literarische Romantik war lange außer Mode, von daher herrschte im Institut eine Atmosphäre aus Resignation und Zukunftsangst. Das Arbeitsethos vieler dort Beschäftigter wies eine Elastizität auf, die bis zur völligen Ausleierung reichte. Man besaß alle Zeit der Welt, kaum etwas schien dringend, lässig erledigte man das Nötigste zur Aufrechterhaltung des Betriebs.

Das Archiv bot seinem Verwalter jede nur denkbare Freiheit, mit dem vorliegenden Material zu tun, was immer er wollte. Zwar mußten die Forschungsprojekte schriftlich dokumentiert und dem Institutsdirektor, Prof. Dr. Zumrath, zur Genehmigung eingereicht werden, aber das geschah fast durchgängig diskussionslos, eine Formalie, nicht mehr.

Es gab Mitarbeiter, die den Archivposten heiß begehrt hatten und nicht müde wurden, Zumrath und Bühler auf ihr vermeintliches Vorrecht hinzuweisen. Johansers Alter von knapp vierundzwanzig Jahren bot eine leichte Angriffsfläche; Bühler, Fürsprecher und Verehrer des jungen Genies, zog sich deshalb nicht völlig in den Ruhestand zurück. Mit seinem blanken Titel stand er Schildwache für den Neuling, ohne dabei das Archiv öfter als zweimal im Monat zu betreten. Johansers brillante Essays, die gleichermaßen Ernst und Euphorie abstrahlten, Mut zur ungewohnten Perspektive wie Respekt vor traditioneller Methodik, hatten Bühlers verbliebenen Idealismus evoziert; gegen alle Widerstände schanzte er dem Protegé seine Nachfolge zu.

Johanser kam, und ein Sturmwind fegte durch das Institut. Nichts blieb, wie es gewesen war, der junge Ehemann mischte sich überall ein, hinterfragte alles, durchforstete die Strukturen des Hauses bis in ihre feinsten Verästelungen, ging fast jedem auf die Nerven und schuf sich Feinde für neun Leben.

9

Gegen halb drei in der Nacht schreckte Marga aus dem Schlaf.

Hunderte von Käfern waren über ihr Gesicht gekrochen, schwarzglänzende Käfer mit großen Scheren – hatten Eier abgelegt in ihren Nasenlöchern, waren im Wurzelwerk des Haars verschwunden.

Eine Weile saß sie aufrecht im Bett, kratzte sich, hörte Rudolfs heiserem Atem zu. Mondlicht bläute die Schatten ihrer zitternden Hände. Sie schob die Bettdecke vom Körper, schlüpfte lautlos in lederne Pantoffeln, stieg die Treppe hinunter, tastete sich zur Haustür vor und lief, nur mit einem Nachthemd bekleidet, in den Garten.

Benedikt war im Kino gewesen und bis Mitternacht nicht nach Hause gekommen. Marga konnte üblicherweise nicht einschlafen, bevor sie den Sohn in seinem Zimmer wußte, diesmal war sie doch eingenickt – aber vom Knarzen des Treppenholzes wäre sie erwacht, ganz sicher. Sie betrat die Terrasse und sah hinauf zu Benedikts Balkon, dessen Kunstharzverkleidung gegen die Äste der alten Ulme stieß. Es war der einzige Balkon am Haus, er lag auf halber Höhe des Baumes.

Marga hatte sich nach dem Abendessen die Mühe gemacht, die unteren Äste mit Mehl zu bestreichen. Deutlich sah sie jetzt Abdrücke von Händen und Schuhsohlen, beruhigt stapfte sie ins Haus zurück, wußte, ihr Sohn war daheim, hatte sich an der Ulme hochgehangelt und über den Balkon in sein Zimmer geschlichen.

Sie beschloß, ihm am nächsten Tag zu sagen, er solle doch bitte wieder die Treppe benutzen, egal wie spät er zurückkehre, durch das Knarzen könne sie ruhig schlafen und müsse nicht in den Garten laufen, Gewißheit zu bekommen.

Marga zog die Daunendecke ans Kinn, fror noch eine Weile an den Füßen und dachte: Wenigstens ist er zu Haus, der Bub.

10

Das Archiv hatte, als Johanser es zum ersten Mal durchstöberte, schlaraffische Gefühle erzeugt. Oft ließ er sich über Nacht einsperren, um in den Schätzen zu wühlen und die Geheimnisse des Giftschranks zu erkunden. Wie ein Kind kam er sich vor, das man bei Ladenschluß in der Spielwarenabteilung eines Kaufhauses vergessen hatte. Er sortierte die Autographen seiner literarischen Lieblinge, strich weihevoll über die von ihnen zum Wort gelenkte Tinte, ärgerte sich, wenn er etwas nicht entziffern konnte, und grübelte über mancher Hieroglyphe stundenlang. Urtextforschung wurde zum beinah religiösen Erlebnis, er fühlte sich bevorzugt unter allen Menschen und lebte in einem Rausch, der an Glücksintensität die Liebe zu Kathrin noch hinter sich ließ.

Bald war Johanser ein Handschriftenexperte geworden, der Falsifikate und inkorrekte Zuschreibungen traumwandlerisch sicher erkennen konnte und mit dem individuellen Strich Hunderter fast vergessener Dichter vertraut war.

Das Archiv, ein Saal, stuckbeprunkt, Kassettendecke, glatte, kühle Granitsäulen, rotbraun, vier Meter hoch. Zwischen den Säulen metallene Regale, die den Raum in Schluchten teilten. Hinten, auf einer Empore, das breite Schreibpult, von der Arroganz einer kafkaesken Kanzlei. Zettelkästen umrahmten eine voluminöse Schreibmaschine.

Manchmal, beim Betrachten der Regale, dachte Johanser über die Verfallsdaten von Kunst nach. Bei vielen Autoren hatte nur ein einziger zu Ruhm gelangter Vers genügt, ihrem zigtausendseitigen Werk die Gnade der Archivierung zukommen zu lassen – was dem Autor keine Gelesenheit eintrug, doch immerhin Gewesenheit attestierte.

Jeden Kontrast zur schnellebigen, grob selektierenden Gegenwart hielt Johanser für begrüßenswert. Er konnte seine Zeit und deren Sprache nicht leiden, sie schien ihm seicht, phantasielos, von den Moden gemaßregelt. Abgrundtief verabscheute er unnötige Anglizismen, verbannte sie aus seinem Wortschatz, gebrauchte sie höchstens ironisch, in bitteren Tiraden über die wachsende Sprachwüste. Gern verwies er darauf, daß das Deutsche zur Zeit der Romantik noch um etwa 30 000 Wörter reicher gewesen war, obwohl die Hybris der Technik nicht an jedem Tag neue Etikettierungen gefordert hatte.

Johanser interessierte sich sehr für Kalligraphie, liebte es, ihm nahestehende Texte mit der Tuschefeder auf Büttenpapier zu übertragen und ans Fensterglas zu kleben, wo Sonnenlicht die Lettern zum Glühen brachte. Er beherrschte, ähnlich dem Titelhelden aus Dostojewskis »Idiot«, Dutzende von Schrifttypen und variierte sie, wie es ihm seine Laune eingab. Diese Manie änderte er bald dahingehend, daß er, statt genormte kalligraphische Systeme einzuüben, die Handschriften romantischer Autoren nachzuahmen begann. Anfangs war es eine Spielerei, mehr nicht, doch dann, als der Graphologe in ihm die stupende Übereinstimmung bemerkte, die sich schon beim ersten Imitat ergab, suchte er die Angleichung zu vervollkommnen.

Es war unheimlich, zu beobachten, wie mühelos es ihm glückte, das heißt – es wäre unheimlich zu beobachten gewesen. Denn gerade jene genialste, weltmeisterlichste seiner Fähigkeiten gelangte nie ans Licht der Öffentlichkeit, oder, um es ganz korrekt auszudrücken, sie ist bislang dort noch nicht angekommen.

Johanser nahm sein Talent zur handschriftlichen Mimikry wahr, aber nicht wichtig. Es machte ihm einfach Freude, etwa Notizen zu Adam Müller oder Zuccalmaglio so niederzuschreiben, als würden sich die beiden selbst kommentieren. Dahinter lauerte nicht die Absicht, tiefer ins Wesen der Dichter einzudringen oder ihre jeweiligen Gefühlszustände beim Schreiben mittels des Schriftbilds nachzuerleben; das Phänomen entstand eher automatisch, aus einer Art ›manueller Langeweile‹ der mit der bloßen Notation nicht ausgelasteten Schreibhand.

Sosehr ihn die Schatzkammern des Archivs begeisterten – über den teilweise arg heruntergekommenen Zustand des Hauses und der Mehrzahl seiner Beschäftigten war Johanser entsetzt. Unverfroren schien ihm, wie an manchen Stellen geschlampt und gefaulenzt wurde. Die Restauration, jene Abteilung, mit der er noch am häufigsten in Kontakt trat, kümmerte sich gerade mal um die erlesensten Stücke, ließ weite Teile des Bestands verstauben und zerbröseln, redete sich abwechselnd auf Personalmangel oder ihren Siebenkommafünfundzwanzigstundentag hinaus.

Johanser reagierte mit Wutausbrüchen, reichte Direktor Zumrath eine dreizehnseitige Liste von Verbesserungsvorschlägen ein und trug, was immer ihm an kleinen Skandalen auffiel, dem Stiftungsgremium vor.

Zu Beginn war seinen forschen Aktionen Erfolg beschieden; zwei Mitarbeiter wurden entlassen, drei andere offiziell abgemahnt. Dann jedoch bestellte Zumrath Johanser zu sich und erklärte mit deutlichen Worten, daß unter allen Umständen der Friede des Hauses wiederhergestellt werden müsse, daß ein derart vergiftetes Arbeitsklima auf Dauer nicht hinzunehmen sei und beim nächsten Konfliktstoff die Präferenzen der Mehrheit stark berücksichtigt würden.

Mit der ›Mehrheit‹ waren sämtliche Institutsbeschäftigte abzüglich Johanser gemeint; selbst Bühler riet ihm, vorerst zurückzustecken und eine Politik des Möglichen zu betreiben. Zähneknirschend befolgte Johanser den Rat, der Bühlers letzter gewesen sein sollte – im Monat darauf entschlief der

Greis. Johanser bekam dessen offiziellen Titel übertragen und stand doch, zwei Jahre nach seiner Kehrtwendung zur Menschheit, isolierter da als je zuvor. Während der Zeit der jungen Ehe war das Netz seiner Brieffreundschaften zerrissen, bis auf gelegentliche Grußkarten ehrgeizloser Wortwahl. Das Verhältnis zu Kathrin kühlte sich ab. Sie warf ihm vor, mehr mit der Arbeit verheiratet zu sein als mit ihr. Johanser versprach Besserung, hielt das Gelöbnis aber niemals ein. Sobald er morgens durch die Portale des Archivs trat, vergaß er alles, dann sank er, fast ohne Bewußtsein für die Außenwelt, in sein hermetisch-museales Reich, in einen tranceähnlichen Zustand ab.

Zum Typus des romantischen Schwärmers zählte er nicht; selbst hielt er sich für einen öden Rationalisten, und in der Tat fußte sein Wirken, so obsessiv und verspielt es dem Außenstehenden scheinen mochte, immer auf wissenschaftlicher Faktenstrenge, ohne Eitelkeit und Phantasterei. Das genau war sein Kardinalproblem, sein schwerster Vorwurf gegen sich. Liebend gern hätte er einige romantische Züge verinnerlicht, das Analysierende mit dem Schöpferischen getauscht und selbst Originäres geschaffen, in jugendfrischer Inbrunst und Unbelecktheit, ohne den lähmenden Erfahrungsschatz der Gegenwart im Hinterkopf. Gespaltenheit beherrschte ihn. Er konnte Texte lieben, deren Schwächen ihm deutlich bewußt waren, die er bei objektiver Betrachtung als naiv unausgegoren, verquast oder weltfern aburteilte. Und dennoch besaßen sie Qualitäten, denen er in den wenigen eigenen Versuchen umsonst nachgejagt war: Ehrlichkeit und Authentizität.

Johanser war sich schmerzlich im klaren darüber, ein Zuspätgeborener zu sein, dem es niemals gelingen würde, der geliebten Epoche näher zu kommen als in der Analyse und Konserve; alles andere mußte epigonal bleiben, Imitat, uninteressanter Anachronismus. Zwar glaubte er, durch Beschäftigung mit dem Vergangenen sehr wohl auf Entstehendes einwirken zu können, in dieser oder jener Weise – über seinem Schreibtisch hing das Motto des Rémy de Gourmont: »*Das, was ist, ist verursacht durch das, was war und das, was sein wird, hat das, was ist, zur Ursache*« –, doch im innersten Kern seines Wesens blieb ein bitterer Klumpen aufbegehrenden, unbefriedigten Wollens. Johanser überzuckerte ihn mit elukubratiöser Arbeit; später, als seine Konzentrationsfähigkeit nachließ, zwang er die entflogenen Gedanken durch Weißwein zurück.

Kathrin, die lange um ihn kämpfte, suchte auf eigene Faust eine größere Wohnung, hoffte darauf, er würde beim Einrichten des Vierzimmerneubaus einen stärkeren Sinn für Häuslichkeit entwickeln, würde dem Wort ›Zuhause‹ gesteigerten Wert beimessen, wenn beide es erst möbliert und ausgestattet hätten. Konrad sagte zu allem ja, ließ Kathrin freie Hand und überhäufte sie mit Geschenken. Gleichzeitig gestand er sich ein, daß die Zehen der ehemaligen Göttin schon abgestanden schmeckten, daß er mit Sex ohne langes Vor- und Nachspiel zufrieden war.

Die neue Wohnung, nahe beim Institut, am Spreeufer gelegen, fand er sinnvoll, doch den Umzug äußerst lästig. Nichts war ihm unangenehmer, als durch Möbelmärkte zu spazieren, Teppichmuster zu wählen oder Dübel in die Wand zu bohren. Für Heimwerkerarbeiten heuerte er, wo immer es ging, Studenten an, überließ fällige Kaufentscheide seiner Frau, und nur wenn sie ihm zwei Alternativobjekte vor die Nase hielt, deutete er auf eines, beobachtete dabei Kathrins Augen und entschied sich, wenn ihre Brauen zuckten, doch für das andere.

Dreieinhalb Jahre lang suchten sich Konrad und Kathrin zu arrangieren, vor einer mühsam aufgezelteten Kulisse aus Schäfchenwolken. Echten Streit gab es kaum, Konrad mied jede Auseinandersetzung, und im Bett flüsterte er, wenn Kathrin darum bat, Amoren wie zuvor. Aber als er sich eines Abends in ihren Mund ergoß, ohne in der Deklamation nennenswert zu stocken, wußte sie, daß es vorbei war.

11

Um halb fünf rollte der Zug in der Provinzkapitale ein, Johanser mußte umsteigen in die Regionalbahn. Dort gab es keine separierten Abteile, nur Großraumwagen. Aus dem Schlaf gezerrte Gesichter glotzten zum Fenster hinaus, wo das Dunkel langsam zerfloß.

Die ersoffene Erde treibt, von Faulgasen gebläht, zur Teichoberfläche, heller wird's, na bitte, murmelte Johanser halblaut – ein frischer Morgen ist übers Land verhängt – und eine Ausgangssperre über die Zeit. Wir sind dabei. In schockgefrorenem Zustand haltbar bis weit über die Sprachlosigkeit hinaus.

Vielleicht müßte man einen Zustand zu erreichen suchen, dessen einzige Motivation, sich vorwärts zu bewegen, die eigene Sehnsucht ist, die rein empfundene Sehnsucht, die weder Plan noch Ziel, noch Strategien kennt und doch, unbewußt, immer dem einen, dunklen Elysion zustrebt, fernab der Welt und ihren Marionetten. Man müßte den Versuch wagen und alle Fäden zerschneiden – lernt der Hampelmensch zu schwimmen?

Einsamkeit ist auch so ein billig parfümiertes Wort, ein weibliches Wort, ein Regenwort. Drei Silben aus Dezembertagen, zehn Buchstaben vom Ende des Universums...

Glasig starrte er dem Neuen entgegen, das nichts als das Uralte war, die Basis, der Ursprung, das Sprungbrett.

Wegkreuzarchäologie, Zeitmaschine. Er rief sich einen

Kerngedanken der Romantik in Erinnerung: *Wir erst erschaffen, was gewesen ist.*

Das meinte nichts anderes, als daß die Wahrheit ein Synonym des Haltbaren war. Also ging die Geschichte genau jetzt los. Und jetzt. Und jetzt auch.

Ich bin die Wahrheit, sagte Johanser zum dämmernden Tag. Ich geh mich jetzt vergessen.

12

Im fünften Jahr ihrer längst nominellen Ehe überraschte ihn Kathrin mit der Nachricht, sie wolle das Malen aufgeben und statt dessen eine Galerie eröffnen. Konrad begrüßte den Entschluß – er hatte immer vermutet, daß ihre Bilder nichts taugten, hielt Kathrin andererseits für ziemlich geeignet, Kunst zu vermarkten. Sie besaß ein eloquentes Wesen und ebenjenes Maß an Einschüchterungskraft, das gewinnend bleibt, solange es von einer hübschen jungen Frau kommt.

Die Eröffnung einer Galerie setzte Finanzmittel voraus, die Verfügbares weit überstiegen. Kredite mußten aufgenommen werden, das Paar verschuldete sich tief, und zum ersten Mal äußerte Kathrin Zweifel, ob es nicht blöd sei, wenn Konrad für einen Bruchteil dessen arbeite, was er anderswo verdienen könne.

Johanser bemühte sich in der Folgezeit um Nebeneinkünfte, glaubte, seiner Frau etwas schuldig zu sein, und obschon er mit dem Gedanken spielte, sich von ihr zu trennen, wollte er ihr, bevor das geschah, eine autarke Existenz ermöglichen. Er verdingte sich als Gutachter für die vierteljährlichen Autographenversteigerungen, schrieb seine alten Essays allgemeinverständlicher um, so daß sie auch für populäre Feuilletons in Frage kamen, und stellte sich Verlagen als Herausgeber von Anthologien zur Verfügung. Die daraus zusätzlich erwirtschaftete Geldmenge blieb lächerlich gering angesichts der Summe, die allein die Galeriemiete betrug. Kathrin hatte sich verspekuliert, der Erfolg würde sich, wenn überhaupt, viel später einstellen als erwartet.

Die Aussicht, vom Schuldenjoch auf Jahre hinaus zusammengekettet zu sein, entzog dem Paar den letzten Rest gegenseitiger Zuneigung. Konrad blieb nichts übrig, er mußte, um eine Katastrophe abzuwenden, den eigenen Korruptionsprozeß beschleunigen.

Zu diesem Zweck veröffentlichte er Chiffreanzeigen, die mehr oder minder deutlich anboten, fällige Magisterarbeiten auf einen Erfolg garantierenden Stand zu heben. Dieses Geschäft war einträglich und gefährlich zugleich, er konnte dabei nicht restlos anonym bleiben und setzte seinen in der Fachwelt berühmten Namen enormem Risiko aus.

Es war nicht so, daß die Arbeiten ihm Mühe abgenötigt hätten, dennoch kosteten sie Zeit, die er wie Kerkerhaft empfand. Zudem graute ihm bei der Vorstellung, wie viele Hohlköpfe sich dank seiner Hilfe universitäre Weihen erschlichen; es ekelte ihn an, zum Verfall der abendländischen Gelehrsamkeit unmittelbar beizutragen.

War Johanser zuvor eher mitleidig mit sich umgegangen, begann er sich nun zu verachten. Tag und Nacht sann er über sein Dilemma nach, verfiel zusehends dem Alkohol, und oft, wenn er an Kathrins Galerie vorüberging, dachte er daran, den Schuppen einfach anzuzünden. Nur hätte das wenig genutzt; um Fixkosten zu drücken, war sogar, ohne Wissen der ausstellenden Künstler, die Feuerversicherung gekündigt worden.

Konrad wollte sich eigentlich aus Kathrins Angelegenheiten heraushalten, dennoch machte er ihr eines Tages den verzweifelten Vorschlag, das ganze ›postfauvische Zeug‹ durch rustikale Landschaftsbilder zu ersetzen, jedenfalls bis Aufwand und Ertrag einander die Waage hielten und der Kontostand ein Stück in Richtung Schwarz gewandert sei. Kathrin fiel der Kiefer herab, sie wurde hysterisch, schimpfte ihren Gatten einen Zyniker und Banausen. Wie gerade von ihm solch ein Vorschlag kommen könne, fragte sie, von ihm, der für einen Hungerlohn seine Arbeitskraft an tote Schreiberlinge verschwende, von denen niemand mehr viel wissen wolle. Sie dagegen leiste Aufbauarbeit, sei dabei, sich einen Ruf zu schaffen, mit der Zeit begänne das Geld dann schon zu fließen, bis dahin müsse man eben Schwierigkeiten in Kauf nehmen – zu denen er offensichtlich nicht bereit sei, weil es sich ja nur um das Geschäft seiner Frau handle; sie warf ihm vor, ihre Karriere mit anderen Maßstäben als die eigene zu messen – aber bitte, zischte sie dann, er bekomme sein Geld bald mit Zinseszins zurück, sie sei auf Geschenke nicht angewiesen, einst werde kommen der Tag...

Konrad floh entsetzt ins Archiv, betrank sich und kämpfte aufkeimenden Haß nieder. Vor ihm lag zufällig eine mißratene, völlig neu zu schreibende Dissertation, die kaum das Niveau eines gymnasialen Deutschaufsatzes erreichte. Spuckend vor Wut, zerriß er sie und schrieb dem Verfasser einen kurzen Brief, daß er nichts für ihn tun könne, daß er sich den Arsch abwischen solle mit seinem infantilen Gewäsch. Den letzten Halbsatz strich er wieder, wie es seine Art war.

Johanser machte eine schlimme Zeit durch. Zu den Problemen mit Kathrin (die er in der eigenen Terminologie ›Estremadura‹ taufte), seiner Gesundheit, die physisch und psychisch angeschlagen war, zu seiner Finanznot und der wachsenden Sinnkrisis kam das Mobbing der Kollegen.

Obgleich sich Johanser mit dem Verfall des Instituts abgefunden hatte, sich als letzter Indianer in Manhattan begriff und seinen Wirkungskreis streng aufs Archiv (den ›Lauringarten‹) beschränkte, wurde seine Stellung pausenlos attackiert und untergraben. Die Sabotage nahm mitunter groteske Züge an, etwa wenn Dokumente von seinem Schreibtisch verschwanden und, zu Papierfliegern gefaltet, im Garten des Anwesens wieder auftauchten.

Er mußte daraufhin einen Tadel Zumraths wegen Verletzung der Sorgfaltspflicht gegenüber Institutseigentum einstecken, der ausdrücklich unabhängig davon galt, ob ihm die Papiere gestohlen worden waren oder ob er sie in einem ›Anfall von Umnachtung selbst zweckentfremdet‹ hatte.

Zum ersten Mal wurde Konrad bewußt, daß man seinen Geisteszustand in Frage stellte. Gründe dafür drängten sich ihm nicht auf, doch suchte er wegen des beleidigenden Passus auch kein klärendes Gespräch. Bald schien ihm der Vorwurf zu absurd, als daß er in irgendeiner Weise darauf eingehen müßte, bald suchte er sich nach möglichen Symptomen ab, scheute die Auseinandersetzung, als müsse er fürchten, mit unangenehmen Überraschungen konfrontiert zu werden. Feigheit und Erhabenheit waren in seinem Charakter eine enge Allianz eingegangen, karikierten sich gegenseitig, zwangen ihn zum Rückzug ins Innere.

Trost fand er nur beim Rutaretil.

Wünsch ich mir doch kein glänzendes Glück dieser Erde; aber soll es mir auch nicht vergönnt sein, dir, o heilige Kunst, ganz zu leben? Das Allerabscheulichste ... von dem ekelhaften Neid und hämischen Wesen, von allen den widrigkleinlichen Sitten ... es widersteht mir, ein *Wort davon zu reden – es ist alles so unwürdig und die menschliche Seele so erniedrigend, daß ich nicht* eine *Silbe davon über die Zunge bringen kann.*

Er war äußerst sensibel, dachte über boshafte Sätze, selbst wenn sie vom leichtgewichtigsten Lückenbüßer stammten, nächtelang nach, schob sie hin und her im Kopf und schwelgte dabei in Rachegedanken, die er zuletzt immer verwarf. Er war der Überzeugung, daß Böses stets zu dem zurückkam, der es ausgebrütet hatte; fand, daß es besser sei, alles stumm zu schlucken und mit regelmäßigen Diäten einem Magengeschwür vorzubeugen.

Schweigen, schlucken, gewinnen. Johansers Vorstellung von Gerechtigkeit enthielt ein nicht näher definiertes Vertrauen zum numinosen Gegenschlag. Er fühlte sich, von wem auch immer, beobachtet, beurteilt und ausreichend behütet, solange er duldsam blieb und Gemeinheit (das ›Niedrigwidrig‹) mit Gleichmut vergolt. Ließ er sich, selten genug, doch einmal zu einer Retourkutsche hinreißen, ging es ihm hernach nicht besser, er fühlte sich dann, selbst wenn er hundertprozentig im Recht war, beschmutzt und schwach, rang sich dazu durch, sobald Magensäure die Wut zersetzt hatte, jedem alles zu verzeihen, wie ein verwundeter Papst, der, unter den Kameras der Welt, auf seinen Attentäter das Absolvo blutspuckt. Johansers Bauch mutierte zum dauerbetriebenen Krematorium, das allen Zorn in Rauch aufgehen ließ.

Irgendwann einmal hatte Konrad damit geliebäugelt, exemplarisch zu leben. Seitdem hatte er oft darüber nachgedacht, was es eigentlich nutzte, exemplarisch zu leben, wenn niemand jene Exemplarik bemerkte, wenn vielmehr Gehässigkeit dadurch, daß sie kein deutliches Kontra bekam, in ihrer Überzeugtheit noch bestärkt wurde.

Nein. Ein Beispiel zu geben, das verlangte nach Äußerung, nach Selbstinszenierung, nach Aufdringlichkeit, die sich mit interessantem Dekor zu entschuldigen hatte. Es hieß eben, Kunst abzusondern, herauszutreten aus der Anonymität des Daseins, öffentlich zu werden, Werke um sich her aufzustellen als Außenposten des Inneren, als Dependance der messianischen Unruhe.

Je wissender Konrad die Mechanismen der Schaffensprozesse nachvollzog und den Willen zur Kunst obduzierte, desto unfähiger fühlte er sich, selbst Schöpfer zu werden. Verbissen durchwühlte er Werke anderer, suchte stellvertretende Stimmen, suchte nach Untertiteln seines Schweigens.

Er war kein berauschter Rächer, er war magenkrank. War kein Dionysosjünger, war Weinsäufer. War kein messianisch Liebender, war Fußfetischist. Als der Arzt ihm das Trinken verbot, besoff er sich aus Trotz so stark, daß er anderntags, bei einem Artikel über Wackenroders überschaubar kurzes Leben, mehrere Daten verwechselte. Niemand bemerkte es zum Glück.

In jenen Monaten nervlicher Erosion fragte er mehrmals nach dem Grund seiner Faktenstrenge und Wahrheitstreue – da er doch Kunst, wo sie Qualität besaß, ihrem Wesen nach für eine Fälschung der Welt hielt.

Es war die Ohnmacht, das eigene Leben aktiv zu lenken, die ihn immer häufiger zu Machtphantasien zwang. Und de facto besaß er Macht. Seine diesbezüglichen Gedankenspiele nahmen arabeske Muster an.

Altes Papier und alte Tinte würden genügt haben, die Welt zu verändern, das Testament der Zeit anzuzweifeln und den Prozeß der Geschichte neu aufzurollen. Es wäre in Johansers Gewalt gestanden, einen von ihm verehrten, heute unbekannten Dichter zu reanimieren, ihm zu posthumer Diskussion zu verhelfen, einfach, indem er einige präzis eingetroffene Prophezeiungen in dessen Manuskripte gemogelt hätte. Allein durch das Verändern einer Datumsangabe im Briefkopf konnte er ein Plagiat zum Original erheben und umgekehrt. Frei nach Belieben hätte er, mit ein wenig Geschick, dem Gewesenen neue Werturteile aufpressen, die Galerien und Ranglisten der wehrlosen Toten durcheinanderwirbeln, diesen glorifizieren, jenen vom Sockel stürzen können.

Plötzlich war die Welt aufregend; in der bloßen Ausmalung des Möglichen kostete Johanser vom Schöpfergeist. Subtilste und heimtückischste Verschwörungen konnten konstruiert, Briefwechsel ersonnen werden zwischen Personen, die im Leben voneinander nie gehört hatten. Er wäre fähig gewesen, unverschuldet zu kurz Gekommenen mit dem auszuhelfen, was ihnen zur vorläufigen Ewigkeit gefehlt hatte. Dem Nimbus der saturierten, sakrosankten Helden aber hätte er ein paar Fettzellen absaugen können.

Das Schicksalsspiel. Das zweitjüngste Gericht.

Die Historik war eine Knetmasse ohne Letztform, dessen

war Johanser gewiß. Nur wo sich etwas kneten ließ, blieb Museales interessant, nur wo es noch auf dem Informationsfluß schwamm und die Mühlräder der Spekulation bewässerte, lebte und wirkte es, war nicht vom Abtransport in Knochenhäuser und Bleikammern bedroht. Nur, was sich wandelt, bleibt – das galt laut Johanser im speziellen für die Wahrheit.

Und er widerstand der Verlockung nur halb, begann mit Notizen, Entwürfen, abgefeimten Konstrukten – doch gingen zwischen Kopfgeburt und Verwirklichung noch Jahre hin.

Die Idee, sich an Institutseigentum *finanziell* zu bereichern, was leichtgefallen wäre, etwa indem er unter der Hand Skripte an private Sammler veräußert oder nachgemachte oder verfälschte Skripte in den Handel gebracht hätte, zog er keinen Moment ernsthaft in Betracht. Schon beim Andenken dieser Möglichkeit spürte er einen ekelhaften Geschmack im Mund.

13

Estremaduras Galerie verzeichnete erste Erfolge, als niemand mehr daran geglaubt hatte. Von da an sahen sich die Eheleute kaum noch, lebten jeder für sich; Estremadura verbrachte jeden Abend auf einer anderen Festivität, knüpfte und verknüpfte jede Menge geschäftlicher und geschlechtlicher Kontakte. Bald brachte sie ihre Liebhaber ungeniert mit in die Wohnung, von der Johanser nur noch ein Viertel bewohnte, ein enges Zimmer, das Klappbett, Bücherregal und mehrere Kisten Zitronenwein enthielt.

Hormonelle Entlastung verschaffte er sich wieder auf dem Strich, doch zog es ihn nicht mehr in die teuren Bordelle; seine Phantasien wurden von solariumgebräunten, auf Durchschnittsgeschmack getrimmten Kontakthoferotessen eher abgetötet. Statt dessen nahm er auf der Kurfürstenstraße die Parade der billigen Halbprofessionellen ab. Die meisten jener Mädchen waren süchtig, gingen jede Nacht nur so lange anschaffen, bis sie ihr Drogengeld zusammen hatten. Viele sahen furchterregend abgezehrt und vor der Zeit verbraucht aus, manche aber besaßen genau die Natürlichkeit, nach der er so sehr suchte. Sie trugen Alltagskleider und unauffällige Frisuren, waren selten geschminkt, standen an der Straße, besorgten es ihren Freiem auf dem Kinderspielplatz oder in den Grünanlagen um die Ecke, und nur wenn es kalt war, bestanden sie auf einem schäbigen Pensionszimmer, das zwanzig Mark pro halber Stunde kostete. Legte man einen Zehner drauf, machten viele französisch auch ohne Gummi, hielten die Infektionsgefahr bei dieser Praxis für gering. Man konnte mit ihnen auf recht angenehme Weise reden, sie horteten keine vorgestanzten Preistreibersätze im Mund, voll Geldgier und Heuchelei. Die häßlichen unter ihnen, solange sie nett waren, bezahlte Johanser manchmal nur, damit sie mit ihm redeten, rauchten und von seinem Wein nippten.

Er lebte seit bald zehn Jahren in der Hauptstadt, die, so schien es ihm, im Dreck erstickte, deren Straßen kalt und brutal geworden waren. Eine überschäumende Metropole, ein darwinistisches Bestiarium, worin zigtausend Übertölpelungsstrategien miteinander konkurrierten. Seit dem Mauerfall war das soziale Netz zerfranst und gerissen; Überleben wurde für viele oberstes Tagesziel. Extreme prallten mit hemmungsloser Gewalt aufeinander. Armut behalf sich mit Grausamkeit. Die Stadt keuchte, vernarbt und vereitert, Schorf hinderte ihre Haut am Atmen.

Estremadura hatte das nie so gesehn. Sie liebte die Dekadenz, die, abgeschottet von alldem, skurrile Feste feierte, liebte die morbid-narzißtische Kultur, die Erbrochenes für aufregend Entäußertes hielt und die Realität mied wie ein Pariaghetto.

Johanser bekam Angst. Seine Tage schwammen wie schmale Boote in Krokodilgewässern, überall witterte er Unheil, entzifferte er Menetekel, suchte sich vorzusehen, wollte jeder Gefahr ausweichen. Gerade in den Vierteln, die er nachts gern durchstreifte, erhielt er Bestätigung, spürte er Kriminalität, sah er Menschen sich bewaffnen, sah den Feuerschein von Bürgerkrieg und Straßenkampf voraus. Angst ließ sein Sehen zur spähenden Prophylaxe verkommen.

Es half nichts. Eines Nachts wurde er Opfer eines Raubüberfalls. Zwei unmaskierte Jugendliche drückten ihm Stilette in den Rücken und forderten Geld. Das Geld war nicht wichtig, er gab es ihnen ohne Zögern und Bedauern. Auch, daß sie ihm ohne Anlaß eine Rippe brachen, nahm er hin. Aber die Sätze, die sie ihm zurülpsten: »FAHR DEIN CASH RAUS! COOL, MANN! HAST NICH' NOCH WAS IM HEMD GEBUNKERT? OKAY, HASTA-LAVISTA, BABY!« – Abschaumsätze aus Sprachverachtung und Filmdrehbüchern – beinahe hätte er die beiden aufgefordert, ihr Ansinnen gefälligst umzuformulieren, auf ein kommunikatives Mindestniveau zu schrauben, derart widerwärtig – gegenwärtig – klang es ihm in den Ohren. Johanser begann die Stadt zu hassen, erblickte in ihr die Vorhut amerikanischer Verhältnisse, fühlte sich ausgehöhlt von ihr, und sosehr er sich auf die Arbeit stürzte, die Leere, die Sinnlosigkeit überall war mit nichts zu füllen. Er verfluchte sein Leben, das so unbelangt neben ihm herspazierte und lachend auswich, sobald er danach haschte.

Mit der Wiedervereinigung war das IDR, das Institut für Deutsche Romantik, in ernste Bedrängnis geraten, die in den folgenden Jahren zur Existenzkrise eskalierte. Zuvor niedrige Gebäudemieten wuchsen ums Achtfache, während der Senat der Stadt aus akutem Geldmangel ehemals heilige Kühe zur Schlachtung freigab. Überall wurde nach kulturell Einzusparendem gefahndet, Subventionen sollten um ein Drittel gekürzt werden. Welche Einrichtungen hauptsächlich vom Sparkurs betroffen sein würden, war nicht endgültig entschieden, aber einige Politiker verwiesen darauf, daß es nun unnötigerweise zwei Institute desselben Zweckes gab, daß man sie doch unter einem Dach zusammenfassen sollte. Und weil es wenig opportun schien, die neuen Protektorate ihrer angestammten Kulturgüter zu berauben, wurde die Forderung laut, das IDR aufzulösen und seine Bestände mit denen des Weimarer Zentralarchivs zu verschmelzen. Dies wäre selbst nach einer sanften Etatkürzung unausweichliche Folge gewesen, stand dem Institut das Wasser doch bis zum Hals.

Johanser wartete lange, wartete ab bis zum letzten Moment, als alle Hoffnung ausgedient hatte.

Dann handelte er, beschwor sein Titanisches, setzte sich über wissenschaftsethische Schranken hinweg, setzte lange gehegte Pläne in die Tat um. Weil es um den Lauringarten ging, fand er endlich eine moralische Rechtfertigung dafür. Innerhalb kürzester Zeit hievte er ›sein‹ Institut in die Schlagzeilen des Feuilletons, unerhörte Funde tauchten auf, die dem IDR Präsenz in allen Gazetten verschafften.

Johansers These erwies sich als richtig, die Toten wurden lebendig, sobald es Neues von ihnen gab, über das gestritten werden konnte – und in den Kellern des Archivs standen genügend bislang unausgewertete Nachlässe zur Verfügung, um Forschungsergebnisse zu präsentieren, die das Bild einer ganzen Epoche umkrempelten.

Phantastisch neue Zusammenhänge beschäftigten die Germanisten. Das Institut verzeichnete, und in diesem Fall begrüßte Johanser die Schnellebigkeit der Gegenwart, einen enormen Renommeezuwachs.

Sobald er begonnen hatte, gab es kein Zurück für ihn. Selbst als der Senat umdachte, ein anderes Schlachtvieh wählte und das Institut zu verschonen beschloß, blieb Johanser manisch mit der Realisierung dessen beschäftigt, was er in Jahren heimlich ausgeklügelt hatte. Täglich füllten sich neue Seiten alten Papiers, wurden versteinerte Autoren geklont und zu zweitem Leben erweckt. Ein Nervenfieber packte ihn, eine orgiastische Schöpfungsekstase, er fühlte sich wie ein aus dem Exil zurückgekehrter Gott, den sein Geschwätz von gestern nicht mehr kümmert.

Dem romantischen Tonfall tat diese Haltung ganz gut.

Johansers Spiel gelang, weil er nicht übertrieb. Nur einen Bruchteil seiner Geschichtskorrekturen publizierte er, versteckte den großen Rest im Lauringarten, wo andere einst fündig werden und der Gerechtigkeit zum Spätsieg verhelfen sollten.

Monate danach, als das Fieber nachließ und der erschöpfte Titan in letzter Konsequenz begriff, was er angerichtet hatte, als die Hitze der Emphase periodisch von eisigem Entsetzen abgelöst wurde, als Johanser im Wechselbad aus Stolz und Beschämung den Verstand zu verlieren begann und sich unfähig sah, noch irgendeiner exakt wissenschaftlichen Arbeit nachzugehen – kerbte sich Somnambelle in sein Leben.

Sie trug damals noch keine Schatten unter den Augen, und ihr Skelett zeichnete sich nicht so aufdringlich unter der Haut ab wie später, in den Wochen bevor sie verschwand. Sie konnte sich äußerst lasziv räkeln, die natürliche Bräune ihres Körpers sog den Reflex des Kerzenlichtes gierig auf und spielte damit. Einladend abgewinkelt schimmerten die Beine, glanzbestrichen waren stets auch die Brüste, die Knie und die Schultern, egal, welches Beleuchtnis den Raum erhellte und woher. Kalt und fremd wirkte aber ihre Vulva, das Leuchten verlor sich im gekräuselten Schatten des Schamhaars, das struppig war, schwarz und dicht, Drachenwald voll Geheimnis, unerfragt, nie wirklich okkupiert. Ebenso blieb ihr Antlitz lichtlos, gleichgültig und einsam, welche Pose immer sie gab. Ihr von den Eltern gewählter Name hatte ihm zu bedeutungsleer geklungen, er taufte sie Somnambelle, schlafwandelnde Schönheit.

Johanser, dessen Intelligenz von einem ausgeprägten Mangel an Instinkt begleitet wurde, besaß ein fatales Talent, vom Leben das Sperrigste zu begehren.

Er mietete ihr ein Appartement, gab ihr soviel Geld, wie sie brauchte, gab ihr soviel, wie er besaß, wollte sie für sich allein.

Das Wort Liebe war zwischen beiden nie gefallen, peinliches Tabu, ausgeklammert aus dem Wortschatz. Natürlich hatte sie alles angenommen, was Johanser ihr bot, es kam zu Zärtlichkeiten, man hielt sich aneinander fest, doch ob Somnambelle jemals echte sexuelle Erregung spürte, wußte er nicht. Die Süchtige zeigte sich dankbar, aber ihr Stöhnen mochte Berufsdekor sein.

Sie glaubte, das Virus in sich zu tragen, verweigerte dennoch stur den Test. Von der Polizei zum dritten Mal ohne Bockschein aufgegriffen, akzeptierte sie Johansers Angebot – er wurde ihr einziger Kunde.

Sex mit der Angst. Küsse ohne Speichelmischung, aneinander vorbeigeatmet, Zungenspiele untersagt. Sie verbot ihm, das Kondom jemals abzustreifen, wenn er in sie eindrang. Als er es doch einmal tat, in einer wütenden Konferenzschaltung aus Begierde, Fatalismus und Solidarität mit der Umträumten, schlug sie ihn, schlug so heftig, daß er blutete, und beim Anblick des Blutes wich sie wimmernd zurück, sperrte sich stundenlang in die Toilette. Es war überhaupt nicht sicher, ob sie an der Seuche litt, doch entdeckte sie eines Tages winzige Flecken auf ihrem Körper und behauptete, daß es nun bald zu Ende gehe. Konrad redete sich heiser. Die Flecken könnten wer weiß was bedeuten, Appetit habe sie eh nie gehabt, sie magere nur aus Angst so stark ab! Wenn sie trotzdem überzeugt sei, infiziert zu sein, solle sie endlich den Test machen und sich nicht wie ein bockiges Kind verhalten!

Somnambelle hörte mit halbem Ohr hin und antwortete nie, sah so müde aus, ihr graziler Körper in sich selbst verschlungen. Lange strähnige Haare versteckten ihr Gesicht. Die Knie ans Kinn gezogen, in ihrem grauen Lieblingsrock, so hockte sie oft auf der speckigen Matratze und spielte mit der Kerzenflamme, träumte abgeschottet in einer Zeitlupenwelt, zu der niemand Zugang besaß.

Johanser schwelgte in Illusionen. Seine Ratio nannte ihn lächerlich dafür, sein Herz fand, daß es eine Sünde wäre, das Unmögliche nicht wenigstens probiert zu haben.

Er schränkte den Sex aufs Notwendigste ein, um seiner Ambition ernsteren Gestus zu verleihen, hätte vielleicht sogar ganz darauf verzichtet, aber Somnambelle drängte ihn von Zeit zu Zeit dazu, wohl, weil sie nicht zu arg in seiner Schuld stehen und der Verbindung den Anschein eines Geschäfts erhalten wollte.

Sie besaß ein schlichtes, von der Droge entrücktes Gemüt, sprach nicht viel, und was sie sagte, war weder besonders klug noch ungewöhnlich. Doch wie sie das Wenige sagte, mit einer leisen, schläfrig-weichen Stimme, sanft und bedauernd, es war ihm eine warme Hand, die streichelte und alles Böse fortnahm.

Vierzehn Monate dauerte jene seltsame Beziehung, ein Zyklus aus entschwebendem Hoffen und harten Stürzen in die Ernüchterung.

14

> Institut für Deutsche
> Romantik – Direktion

Lieber, verehrter Doktor Johanser,

wie Sie wissen, hat unser Haus Ihnen oft zu danken gehabt, vor allem in der schweren Zeit, die noch immer nicht vorbei zu sein scheint. Der Senat hat uns auch in seinem neuen Haushaltsentwurf zu verschonen beschlossen, leider sind die Probleme des Instituts damit nicht aus dem Weg geräumt.

Durch Ihre aufsehenerregenden, um nicht zu sagen: Jahrhundertfunde wurde unser Haus wieder ins Bewußtsein der Öffentlichkeit gerückt, was sich auf finanzieller Ebene bedauerlicherweise wenig äußert. Wir werden, um auch in der Zukunft bestehen zu können, einen rigorosen Sparkurs einhalten müssen. Nachdem wir durch Sie auf das enorme Potential unseres Archivs hingewiesen wurden, auf die Vielzahl der dort vielleicht noch schlummernden Preziosen, haben wir, also das Stiftungsgremium samt meiner Person, eine Umstrukturierung des Hauses beschlossen, die dem Archiv größere Observanz zukommen lassen wird. Das heißt, mit Beginn des nächsten Monats werden die Abteilungen ›Restauration‹ und ›Archiv‹ zusammengelegt, was für das Archivmaterial den Vorteil größerer innerbetrieblicher Fluktuation gewährleistet. Auch sind wir zum Entschluß gekommen, das Archiv neu zu katalogisieren, was sinnvoll nur mit Hilfe der Computertechnik geschehen kann.

Sie, lieber Dr. Johanser, haben sich gegen eine Weiterbildung in Sachen EDV immer gespreizt, weshalb wir überzeugt sind, daß Ihnen der neu zu schaffende Posten wenig Freude bereiten könnte. Hinzu kommt, daß Sie im engen Team arbeiten müßten. Dem stehen wir mit nicht geringer Besorgnis gegenüber. Wie Sie selbst am besten wissen, gab es in der Vergangenheit, Ihre Person betreffend, einige Ressentiments zu überwinden – dies ist wohl nicht restlos gelungen. Sie sind, um einen anderen Aspekt herauszugreifen, trotz Ihrer immensen Verdienste noch einer unserer jüngsten Mitarbeiter, dessen Ruf es gestattet, einen Stellungswechsel ohne großen Aufwand zu unternehmen. Man wird Sie an anderem Ort, da bin ich sicher, mit Kußhand empfangen. Wir bitten Sie daher um Verständnis und schlagen eine Trennung in gegenseitigem Einvernehmen vor. Über die Höhe der Abfindung sollte separat diskutiert werden – vielleicht nächsten Montag?

Für die schöne und effektive Zeit, die wir zusammen hatten, ist Ihnen unser aller tiefempfundener Dank gewiß.

> Mit den besten Wünschen und
> Empfehlungen an Ihre Gattin,
> gez. Zumrath

15

An jenem Montag im März, als Johanser gleich das erste Angebot Zumraths akzeptierte und in ein häßliches, keuchendes Gelächter ausbrach, war Somnambelle seit drei Tagen verschwunden.

Nicht dran denken. Sie muß einen Ort gefunden haben, der das Hingehen lohnt. Hat ein Geheimnis behalten. Ich bin stolz auf sie. Und neidisch. Und zornig. Verflucht! Sie hatte kaum mehr die Energie, über die Straße zu gehen. Außer wenn sie Stoff brauchte. Schnell ein Rutaretil zum Tagesanbruch.
Durch Worte herrschen wir über den ganzen Erdkreis; durch Worte erhandeln wir uns mit leichter Mühe alle Schätze der Erde. Nur das Unsichtbare, das über uns schwebt, ziehen Worte nicht in unser Gemüt herab.

Da war Blut auf der Matratze gewesen und eine zerbrochene Spritze.
Wieso ist ihre Spritze zerbrochen? Hat sie sie gegen die Wand geschleudert? Dort ist kein Fleck gewesen. Rätselhaft.
Johanser sah von seinen geschwollenen Fingern auf und blinzelte. Sonne hatte sich über die Hügel geschoben und flutete das Fenster. Der Zug fuhr durch ein enges, dicht bewaldetes Tal. Das morgendliche Lichtspiel in den Pappeln und Eichen, schillernde Skala aus jungen Laubfarben, berührte Johanser, Wärme durchströmte ihn.

Das Farbgemisch schien in Kupfergefäßen geschwenkt; aufgewühlt wimmelten die Schattenpunkte durcheinander. Er hatte seit über zehn Jahren solch dichte Bewaldung nicht mehr gesehen. Sie kam ihm übertrieben vor in ihrer Fülle, unglaubhaft, stilisiert, als hätte man einen Freizeitpark in die Landschaft gesetzt, der ein Stück korsischer Macchia nachstellte. Johanser war, im Gegensatz zu vielen Romantikern, auf berückende Naturidyllen nie sonderlich versessen gewesen, hatte in der Hauptstadt regelmäßig den Waldschadensbericht zur Kenntnis genommen und die Vorstellung entwickelt, inzwischen wäre alles zerstört und verfault, statt Baumkronen ragten allerorts schwarze Stümpfe in den Himmel, Relikte eines zu spät entdeckten Edens.

In der Kindheit hatte er dem landschaftlichen Reiz seiner Herkunftsgegend erst recht nie Respekt bezeugt, verschwommen blieb die Erinnerung, fast alle Albumbilder waren auf Gesichter, Häuser und Gegenstände fixiert, kaum ein Strauch kam darin vor, schon gar nicht in Farbe.

Johanser stand auf, spürte den Drang, sich zu bewegen, die innere Schwere zu zerstückeln. Wie unter Spannung gesetzt, fühlte er Lust, sich zu strecken, Arme und Beine aus dem Rumpf zu schleudern, tief Luft zu holen und zu rennen. Er rieb seine pelzige Gesichtshaut, schaufelte in der Toilette Wasser über die Schläfen, machte Kniebeugen, schaffte fünfzehn, bevor ihm schwindlig wurde.

Somnambelle, wenn sie denn von der Seuche befallen war, das unfaßliche Monster in ihrem Blut – wie gern er sie vor dem beschützt hätte, mit dem eigenen Leben eingestanden wäre, in einem fulminanten Endkampf, beide oder keiner, nichts oder alles.

Der Tagtraum. Konrad hechtet, telepathisch gerufen, die Treppe hinauf, bricht durch die Tür mit einem Schrei. Dort, im Halbdunkel, über dem geschändeten Leib der Bewußtlosen, grinst das Monster – doch da, stumm und gewaltig, steht

ER (Konrad) in der Tür, den Hammer gegen die Hüfte gestemmt, Racheengel, bereit zum Armageddon, zur Entscheidungsschlacht. Fanfaren schmettern, Wind braust. Das Monster blickt auf, unwillig knurrend, sein Grinsen verliert sich, es weiß – der Herr der Ernte traf ein, der Zweikampf um alles beginnt, es sieht in Augen, die kalt, starr, strafend sein Ende verkünden. Es springt auf, brüllt verwirrt, hat der Furcht, die so lang alles lähmte, blind vertraut – schon kracht der erste Schlag in seine Stirn, es zuckt in Spasmen auf dem Boden; über es gebeugt, holt Konrad aus zum Gericht, mit ihm die Großmusik, Inferno, Triumph – wenn alles Geschändete nach Vergeltung schreit und das entmachtete Böse wehrlos seiner Vernichtung entgegensieht.

Soweit der Tagtraum. Freigang von der Ohnmacht.

Das Monster war tief in ihr versteckt geblieben, unauffindbar, hatte Konrads gestammelte Drohungen ungerührt an sich abtropfen lassen, hatte sich nur manchmal aus Somnambelles Augen gelehnt und ihn verspottet.

Soweit die Wirklichkeit.

Der Zug hielt alle zehn Minuten in kleineren Gemeinden. Aus dem Fahrplan erfuhr Johanser, daß die nächste Station seine sein würde. *Seine!* Quatsch. Der Zug bog in einen Tunnel. *Heimat.* Quatsch. Johanser haßte diesen Begriff, hielt ihn für eine Blähung des unschuldigen Wortes Heim. Er besaß keines, wie er nie einen Hut trug, der irgendwo hingehängt werden konnte. Diese Reise war keine Heimkehr, es war die Revision von etwas, das er einmal angewidert zum Teufel gewünscht und der Zerstörung an*heim*gegeben hatte.

Ein aufgestülptes Erstbild hatte er damals aus sich gezerrt. ›Der schwäbische Alb‹ – so hatte er den Landstrich betitelt, mit den Scheuklappen des Rebellen, der seine Herkunft wie Würgeschlangen vom Hals reißt und zertrampelt.

Der Zug fuhr aus dem Tunnel. Leuchtend weiße und taubengraue Wolken überlagerten einander, ohne sich zu vermischen. Johanser überwältigte der Anblick der Acher, die sich in einer breiten Schleife um den Eschenberg wand.

Kippbilder aus Reiz und Abscheu hatte er erwartet. So zwiespältig das wenige Gespeicherte ausfiel, so eindeutig wirkte nun Schönheit auf ihn. Schönheit. Geizigere Umschreibungen taugten nicht.

In Walstadt, seinem Geburtsort, wäre das, dachte er, sicher anders gewesen, die Zeichen überall hätten ihn bissig angesprungen, zu große Nähe heraufbeschworen, Verdrängtes aufbereitet und eingeflößt. Mit Niederenslingen verbanden sich kaum bittere Rückblenden. Nichts übel Prägendes war ihm hier geschehen, es gab keinen Grund zu mißtrauen, der dargebotenen Schönheit zu trotzen.

Er nahm das Rutaretil, pickte blind eine Pille heraus.

In dem tobenden und schäumenden Meere spiegelt sich der Himmel nicht; – der klare Fluß ist es, worin Bäume und Felsen und die ziehenden Wolken und alle Gestirne des Firmamentes sich wohlgefällig beschauen.

Gaffend stand er auf der Bahnhofsplattform, im Lichtbruch, und drehte sich langsam. Jetzt, Ende April – mit schlanken Farben angedeuteter Reichtum, taktvoller Prunk, eben aus dem Schneekokon geschält, noch naß und staksig, hastiges Aquarell, das Ölbild werden wollte. Johanser scharrte mit den Füßen, wanderte unschlüssig ein paar Schritte hier-, ein paar dorthin, suchte den besten Ausgangspunkt für eine 360°-Betrachtung, lehnte sich an einen alten Holzpfeiler, horchte und roch.

Niederenslingen, tausendachthundert gemeldete Einwohner, lag in einer weiten Ausbuchtung des Achertals. Ort und Umgebung waren am anschaulichsten mit dem Modell eines großen Kinosaales zu erklären, dessen ansteigende Zuschauerreihen im Halbkreis gezogen waren, einem Amphitheater ähnlich. Die ersten drei Zuschauerreihen bildeten die Ortschaft, die restlichen fünf oder sechs die Weinhänge. Den Durchgang zwischen Leinwand und erster Reihe stellte die Acher dar, ein dreißig Meter breiter, bis zu vier Meter tiefer Fluß. Die Leinwand dahinter war das Felsmassiv – stark quarzhaltige Schichten aus Kalk- und Dolomitgestein. Wer es überwinden wollte, mußte einen Kilometer weiter nördlich die Serpentinenstraße nehmen, ansonsten fand sich nur ein unsicherer, aus dem Stein gehauener Pfad, vor dessen Betreten Schilder warnten. Das Plateau über der schroff abfallenden Wand mündete in eine weite, leicht absinkende Ebene, kaum wirtschaftlich genutzt; Wiesen, einige Wanderwege zum nächstgelegenen Ort, Bullbrunn. Auf der anderen Seite des Flusses, über den zum Süden hin gelegenen Weinhängen, war das Land großflächig beackert. Lein-, Weizen- und Maisfelder wechselten sich ab, dazwischen bewaldete Erhebungen. Parallel zum Fluß leuchteten Gleispaare, die am einen Ende der Ortschaft, wo die Acher eine langgezogene Kurve nach Norden begann, im schwarzen Maul des Tunnels verschwanden. Der Eschenberg, durch den sich der Tunnel grub, trug seinen Namen zu Unrecht. Weder überragte er nennenswert das Plateau, noch zeichnete sich sein Mischwald durch vorherrschenden Eschenbestand aus. Eichen und Fichten waren in der Mehrzahl. Den Rang eines Berges hatte ihm wohl erst jener Tunnel verliehen, der von hiesigen Bauern grob das ›Spundloch‹ genannt wurde.

Johanser stützte sich auf eine Bank, setzte sich, kreuzte die Beine und spürte mit einem Mal die Ermattung seines Körpers, die Bierschwere, die prickelnden Lider, den pochenden Schmerz in Schultern und Hals. Sein Blick pendelte zwischen dem grauen Felsmassiv und der darüber schwebenden Sonne. Er malte sich aus, wie die Quarzeinschlüsse, wenn die Sonne am Nachmittag über den Weinhängen stände, blinken und glitzern würden, das kalte Grau zu funkeln begänne – plötzlich erinnerte er sich wieder an den Ausblick vom Haus der

Verwandten, wenn die Familie Kaffee getrunken hatte im Garten und ihm von Tante Marga ein Glas Traubensaft gereicht worden war. Damals hatte er das Glitzern durch den Traubensaft hindurch beobachtet, gleißende, fluktuierende Lichtflecken im roten Meer, sie waren ihm wie zu Licht gebündelte Seelen vorgekommen, die im Blut delphingleich hin und her tauchten. Er erinnerte sich der Stimme Onkel Rudolfs: »Der wartet drauf, daß Wein draus wird!«

Dann hatte er beschämt das Glas in einem Zug geleert, Zeit verstreichen lassen, ein neues eingeschenkt, das Schauspiel wiederholt... Und er erinnerte sich, daß er immer einmal den alten Baum erklettern wollte, daß es ihm seine Mutter verboten hatte, weil er ja bei Familienkonventen die Sonntagshose trug. Was für ein Baum es gewesen war, wußte Johanser nicht mehr, aber er hatte sehr alt und knorrig ausgesehn und einen gutmütigen Eindruck gemacht.

Ein Bild schuf das nächste, jede Erinnerung war mit weiteren verknüpft. So träumte er vor sich hin, bis er auf der Bank einschlief, sein Körper sich zur Seite neigte und der Kopf auf dem Koffer zu liegen kam.

Viele Menschen durchquerten den Bahnhofsvorplatz, gingen an Johanser vorüber und musterten ihn, aber keiner störte seinen Schlaf, der Stunden währte.

Gegen zwei Uhr nachmittags erwachte er, kreidebleich, sah sich um, griff nach dem Koffer, rieb Schweiß von der Stirn.

Er hatte von Somnambelle geträumt. Hatte sie tot auf einem Teppich liegen sehn, ihr Gesicht war blau gewesen, und der Teppich wickelte sich um sie, kroch, mit ihr als Beute, einem riesigen Python gleich, über den Fußboden.

Nur ein Traum, Gott sei Dank nur ein Traum.

Es war ihm peinlich, eingeschlafen zu sein, sich ausgestellt zu haben. Er klopfte nicht vorhandenen Staub vom Jackett.

Bahnhof mit geschindeltem Holzdach. Gußeiserne Laternenpfeiler. Imbißstand mit Anhängerkupplung. Getränke, Illustrierte, belegte Brote. Ein Schild: *Vom Lesen der Zeitschriften vor dem Bezahlen ist aus hygienischen Gründen abzusehen.* Nirgendwo Taxis. In Niederenslingen konnte auch die weiteste Strecke bequem zu Fuß bewältigt werden. Mehrmals am Tag, behauptete ein Metallschild, fahre dennoch ein Bus vom südwestlichen zum nordöstlichen Ortsende und weiter nach Bullbrunn. Eine Hinterglaswerbetafel verkündete den Stolz der Gemeinde auf ihr Hallenbad und ihr Gymnasium, beide störend modernistische Architekturen. Sie trugen Pendelverkehr in den Ort, zwangen die Regionalbahn, Niederenslingen als Haltestelle ernst zu nehmen. Von diesen Ametrien abgesehen, wirkten Häuser und Gebäude wie eben aus einem hundertfünfzigjährigen Tiefschlaf erwacht. Man hätte denken mögen, der Dorfplatz, mit seinem Pflaster aus breiten, abgeschliffenen Kieselquadern, in denen man da und dort noch Fahrrinnen von Kutschenrädern erkennen konnte, wäre auf Jahre reserviert, um Stoffe der vorletzten Jahrhundertmitte zu verfilmen. Nichts dergleichen. Niederenslingen war nicht einmal auf Fremdenverkehr ausgerichtet, es gab nur einen Gasthof, der Zimmer vermietete, den Postwirt, an dessen riesenhafter, rundbogiger Holztür der Schatten der Mariensäule emporkroch. Wenn jener Schatten gegen fünf Uhr die Höhe des Schlüssellochs erreichte, war das nach altem Brauch Signal zu Feierabend und Biergenuß; in den Wintermonaten traten Ersatzregelungen in Kraft.

Johanser blieb vor dem Gasthof stehen, überlegte, ob er ein Zimmer nehmen sollte, um den Henleins nicht auf die Nerven zu fallen. Andererseits würden bestimmt auch abends noch Zimmer frei sein, man konnte darauf zurückgreifen.

Er sah durch die niedrigen Fenster. Um diese Uhrzeit war die Wirtsstube fast leer, nur ein alter Mann saß vor einem Schoppen Wein und las Zeitung. Die nach außen gewölbten, schmiedeeisernen Fensterstäbe wirkten wehrhaft und feindlich. Darüber umrahmten Mauersprüche in gotischer Schrift ein verblaßtes Fresko, St. Florian gewidmet.

Im Gegensatz zu ähnlich pittoresken, zum Touristendekor verkommenen Alborten hatte man in Niederenslingen das historische Erscheinungsbild nicht gepflegt und aufpoliert, im Gegenteil, das Gymnasium, in den späten Siebzigern von einem drogensüchtigen Architekten entworfen, Konstrukt aus Glas und Stahl, war giftgrün und knallgelb gestrichen, das Hallenbad, immer noch auffällig genug, dunkelblau. Doch weil diese beiden Gebäude am Ortsrand im Schatten des Eschenbergs plaziert waren, schändeten sie den biedermeierlichen Eindruck weit weniger, als man hätte vermuten mögen. Zum Glück war die Gegend inzwischen verkabelt, zwei Jahre zuvor noch waren viele Dächer von Satellitenschüsseln entstellt gewesen.

Der Schubertweg – eine der Dutzend um den Ortskern gelegten Schleifen mußte es sein, Johanser wußte nicht mehr genau, welche, zweite oder dritte Straße unterhalb der von Zwergeichen umstandenen Weinparzellen, wo es nur Einfamilienhäuser gab, keine Geschäfte, keine Gebäude, nichts als ein trautes Bürgerglück am nächsten, einander zum Verwechseln ähnlich, genormte Provinzidyllen auf 500 Quadratmeter Grund. In Blüte stehende Kirsch- und Apfelbäume zierten die Gärten mit festlichem Weiß; die Südseiten der milch- bis karamelfarbenen Häuser waren von Kletterranken geschmückt. Johanser hatte das Gefühl, einer Hochzeit beizuwohnen oder einem arkadischen Kult, wenn Persephone aus dem Hades heraufsteigt.

Die Region wurde von Dichter-, Barock- und Hohenzollernstraße im Dreieck begrenzt, war vielleicht der Winkel Deutschlands, der dem 20. Jahrhundert am längsten Widerstand geleistet hatte. Johanser sah darin ein ideales Ambiente auszuruhen, mit den Geschehnissen ins reine zu kommen, Abstand zu gewinnen. Und während er hinauf zum Schubertweg spazierte, eingelullt von Natur und bürgerlicher

Harmonie, schnitt er seine Brust auf und zeigte sein Herz, sein fleckiges, erigiertes Herz, hielt es in die Sonne wie ein strampelndes Kind. Zum ersten Mal seit langer Zeit fror ihn nicht zwischen den Ohren.

Schon in diesem Moment beschloß er insgeheim, hier den Sommer zu erwarten, nirgends sonst.

16

Szenen des Nachmittags

15:00
Marga lehnte über dem Zaun, spähte seit Stunden regelmäßig die Dorfwege ab. Ein schwarzgekleideter Mensch näherte sich. Überzeugt, daß es ihr Neffe sei – wer trüge sonst einen Koffer und sähe sich laufend nach allen Seiten um? –, rief sie nach Rudolf und Benedikt. Gemeinsam erwartete man den Gast an der Gartenpforte. Die Bewegungsabläufe, die für die erste, grobe Bestimmung des Alters einer Person oft maßgeblich sind, waren in Johansers Fall ausgeprägt langsam, fast gerontisch. Jedes jähe Zucken, alle hyperaktiven Symptome des Körpers hatte er ins Innere verbannt. Schlurfend näherte er sich dem Henlein-Grundstück, strahlte mit seinen zweiunddreißig Jahren narbenübersäte Lebenserfahrung aus wie jemand, der die Welt diskussionslos hinzunehmen gelernt hat. Nur seine flackernden Augen verrieten ein Dahinter. In ihnen verbrannte die Gegenwart.

Tante und Onkel erkannte Johanser sofort. Beide schienen in ihrem Aussehen kaum verändert, seit er ihnen vor dreizehn Jahren zum letzten Mal begegnet war. Ihr Altsein wirkte nur verfeinert, in den Nuancen verdeutlicht. Er hatte sich damals schon nicht vorstellen können, die beiden seien je jung gewesen. Photographien aus Familienalben, die dreist das Gegenteil behaupteten, waren ihm immer wie Montagen vorgekommen, um fremdartigen, erfundenen Wesen den Anschein von Authentizität zu verleihen.

Marga. Den Faltenwurf ihres Halses mußte ein flämischer Maler ersonnen haben. Tiefgraue Schluchten, talgig schimmernde Sehnen. Am Kinn und auf der Oberlippe waren helle Härchen zu erkennen. Aderstränge durchzogen die runden, blaßblauen Augen. Marga war beim Friseur gewesen, mächtig bauschte sich die Dauerwelle über dem kleinen Kopf. Ihr Perlmutthaar machte sie fünf Jahre älter, sie wußte das und spielte längst mit dem Gedanken, sich eine Perücke zuzulegen von der Farbe ihrer Jugend – blond, beinah golden. Die Vorstellung des Momentes aber, in dem sie eine solche Perücke der Familie würde präsentieren müssen, machte ihr angst. Sie war sicher, ausgelacht zu werden, und in das Gelächter würden sich Fragen Benedikts mischen, warum die Haushaltskasse geckenhafte Maskeraden ermögliche – wo doch sein Taschengeld angeblich weit unter der Durchschnittssumme der Mitschüler lag.

Rudolf. Wie alle Männer der Sippe hager und schmallippig und von harter, ledriger Haut. Sein Gesicht litt an einer Narbe, die vom Mundwinkel abwärts zum Kinn verlief. Sie rührte vom Bau des Hauses her, als er gestürzt und an einem Nagel hängengeblieben war. Die Narbe schillerte purpurn, lenkte immer von Rudolfs sehr sparsam eingesetztem Mienenspiel ab, das richtig zu deuten jahrelange Übung forderte. Seine Frisur, graue Stoppeln, wirkte asketisch und intelligent, doch wurde dieser Eindruck von der Apathie seiner braunen Augen gedämpft. Unbeteiligt an jeglichem Geschehen, hielten sie meist an dem Punkt fest, auf den sie zufällig gerichtet waren. Das konnte auch jemandes Gesicht sein, und nur wenn der Betreffende selbstbewußt zurückstarrte, wanderte Rudolfs Blick ein paar Grad zur Seite.

Konrad hatte den Onkel immer gefürchtet, grundlos gefürchtet, sofern Instinkte nicht zählten. Rudolf war nie herrisch oder aggressiv in Erscheinung getreten, hatte manchmal plumpe Witze gemacht, aber keine bös gemeinten. Steif war er, unbeholfen im Ausdruck, niemandem ein echter Freund.

Er verhehlte auch nie sein Desinteresse an etwas, gehörte zu denen, deren Nähe man nicht sucht, deren Fremdheit zugleich dauerirritiert.

Konrad wußte nicht recht, welches Wort für den Anlaß passend war. Verlegen hüstelte er ein »Seid gegrüßt«.

Marga umarmte ihn nach kurzem Zögern. Rudolf gab stumm die Hand. Spurenelemente eines Lächelns.

Benedikt klappte den Schirm seiner Baseballkappe hoch und sagte: »Hi!«

»Du bist Benedikt?«

»Anzunehmen. Und Sie?«

15:08

Ein riesiges Fenster, daneben die Terrassentür. Johanser sah sich im Wohnzimmer um. Wände, halb holzgetäfelt, halb von sandfarbenen Blümchentapeten entstellt. In der Deckenmitte ein Leuchter aus Schmiedeeisen und Holz, sechs schlanke Glühbirnen in gelbgetönten Glaskelchen, von Schnitzlaub umkränzt. Darunter der stämmige Eichentisch, beherrschendes Rechteck im Raum, dem ein von Marga selbstgehäkeltes Deckchen wenig seiner klotzigen Rustikalität stahl. Die Schrankwand, Nußbaum, beherbergte einen alten Fernseher und eine im Rückraum verspiegelte Bar, deren fünfzehn Flaschen seit Jahrzehnten unerschöpflich Dienst taten. Ein paar davon waren nicht einmal angebrochen, weil kein Besucher je auf die Idee gekommen war, Scotch oder Wodka zu verlangen statt Obstschnaps oder Weinbrand. Marga hatte 1970 irgendwo gelesen, wie eine Hausbar mindestens bestückt sein mußte, um als hinlänglich mondän zu gelten, hatte, mit dieser Liste in der Hand, in einem Bullbrunner Supermarkt Spirituosen gekauft, von denen manche inzwischen immens an Alterswert gewonnen hatten. Marga verabscheute Alkohol, hochprozentigen vor allem, bot keinem Gast mehr als ein Gläschen an, auch das nur nach den Hauptmahlzeiten.

Die Vorhänge aus erpelgrünem Samt waren durch goldfarbene Kordeln gebündelt, deren Quasten bis zum Teppichboden reichten. Die lederne Sitzgarnitur, zwei Sessel samt Couch, zeigte speckige Stellen, doch nirgends entdeckte Johanser Staubablagerungen. Das Zimmer war von peinlicher Sauberkeit, er fragte sich, ob er die Schuhe in der Diele hätte ausziehen sollen, wie alle anderen es getan hatten. Andererseits war der Geruchsfaktor seiner Socken zu bedenken, die seit bald vierzig Stunden nicht gelüftet worden waren.

Im rechten Winkel zur Schrankwand hingen, einander präzis gegenüber, zwei kleine Ölgemälde, bäuerliche Motive, mediokre, schwer datierbare Arbeiten süddeutscher Schule, nicht völlig wertlos.

1946 war die Familie aus dem zerbombten Würzburg übergesiedelt, in die heile Welt der Alb. Die Familie – das waren damals Erwin und Rudolf gewesen, die Halbbrüder, und deren gemeinsame Mutter, zweifache Witwe, die '61 starb, als beide sich eben verheiratet hatten.

15:21

»Erstaunlich, wie schnell aus ein paar Zeichen eine vergessene Welt aufersteht.«

Marga verstand nicht. »Woraus?« fragte sie vorsichtig, und Konrad deutete auf den Eichenklotz.

»Der Tisch zum Beispiel. Als ich ihn sah, mußte ich dran denken, wie Onkel Rudolf sich mit meinem Vater gestritten hat. Ich weiß nicht mehr, worüber, aber beide haben auf den Tisch gehauen.«

»Ach!« Marga machte eine abwehrende Bewegung. »Das ist lang her. Da wollen wir nicht mehr dran denken.«

Konrad hakte nach. Er habe nie recht begriffen, worum es in dem Erbstreit eigentlich gegangen sei.

»Mußt du auch nicht. Wir wissen es selbst nicht mehr. Nicht Rudi?«

Rudolf setzte zu etwas an, nickte dann nur.

Man müsse ja sehen, erklärte Marga, daß der Krieg damals

fast alles zerstört habe, und was übriggeblieben sei, selbst das Bescheidenste – ach, man wolle wirklich nicht drüber reden, habe sich ja ausgesöhnt, später. Sie nippte nervös an ihrer Kaffeetasse und erstickte das Thema mit einer schnellen Überleitung.

»Es muß schrecklich gewesen sein für dich, als der Unfall passierte. Wir haben uns oft gefragt, wie du es geschafft hast, am nächsten Tag so ein gutes Abitur zu schreiben.«

»Es war der übernächste Tag.«

»Ich habe deinem Vater oft gesagt, er fährt zu schnell. Wie er immer die Kurven provoziert hat ...«

Johanser stutzte, amüsierte sich still über die ›provozierten Kurven‹ und wandte sich dann Benedikt zu, der lässig neben Rudolf auf der Couch lümmelte.

Benedikt, verpickelter Leptosom. Typus Marathonläufer. Hochgewachsen und leichtgewichtig. Tiefliegende Augen liehen ihm einen Anflug von Melancholie, was Johanser gleich beim ersten Blickkontakt für ihn eingenommen hatte. Der ästhetischen Einschätzung waren Leberflecke auf dem Hals ebenso abträglich wie der Milchbart, dessen Rasur Benedikt standhaft verweigerte, obwohl selbst Klassenkameraden ihm dringend dazu rieten. Spärlich verteilte, langgewachsene Kinnhaare, zwischen roten Flecken aufgequetschter Mitesser – niemand wußte, warum er sich ausgerechnet in diesem Punkt so gehen ließ, war er doch sonst eitel, gelierte jeden Morgen die kragenlangen, dunkelbraunen Haare und kämmte einen Mittelscheitel hinein.

»Dich hab ich zum letzten Mal bei der Beerdigung gesehn. Erinnerst dich noch?«

Benedikt schüttelte den Kopf.

»Hast eine Mordsangst gehabt vor den beiden Särgen, hast die ganze Zeit geschrien und geweint. Der Pfarrer war ziemlich irritiert. Dann hast du dir auch noch in die Hosen gemacht, das war das Schönste, eine kleine Pfütze entstand und drohte, ins Grabloch zu plätschern!«

»So?«

Sehr kühles ›So‹. Johanser bereute prompt sein loses Mundwerk, obgleich er noch grinsen mußte bei der Erinnerung. Leider hatte ein Gehilfe des Pfarrers mit seinem Schuh einen Erdwall aufgeworfen und das Flüßchen zum Stehen gebracht.

»Ja«, erzählte Marga die Geschichte weiter, »ich mußte dich zum Auto tragen und in eine Decke wickeln, weil – wir hatten ja nichts zum Wechseln dabei.«

»Find ich ziemlich unfair, 'nen Dreijährigen zu 'ner Beerdigung zu karren«, meinte Benedikt spitz, und Konrad pflichtete ihm sofort bei, er habe sich damals sehr gewundert.

»In dem Haus hier wundert mich echt nichts mehr.«

Marga wurde rot. »Halt uns nur immer vor, was wir falsch gemacht haben! Wenn du dann selbst mal Kinder hast...«

»Ich werde keine Kinder haben«, stellte Benedikt fest. »Kinder sind zum Kotzen.«

»Gebrauche hier nicht solche Wörter!« Marga machte eine Geste zwischen Hilflosigkeit und Entschuldigung. Konrad grinste bis zum Nacken, nahm sich aber gleich zusammen und starrte mit vorgeschobener Unterlippe ins Kaffeeschwarz.

Eine Pause entstand, die mit der Austeilung von selbstgebackenem Käsekuchen gefüllt wurde. Sowohl Rudolf wie sein Sohn lehnten die angebotenen Schnitten ab, weshalb Konrad es nicht übers Herz brachte, ebenfalls nein zu sagen. Er konnte Käsekuchen nicht ausstehen, lud ihn sich dennoch auf den Teller, täuschte mühsam Genuß vor.

15:45

»Sag, Konrad, du bist doch Doktor geworden, richtig? In welchem Fach eigentlich? Medizin?«

»Doktor phil.«

Marga äußerte ein leicht enttäuschtes »Ach?«. Dann fragte sie, was man da so mache.

Johanser erläuterte seine Studiengänge, gab einen kurzen Abriß über seine Anstellung beim Institut, verschwieg das unrühmliche Ende und geriet, ohne es zu merken, ins Dozieren.

»*Literarische* Romantik, wohlgemerkt. Mein Spezialgebiet.« Er tat in etwa so, als gäbe er ein Interview. Da sei noch viel zu erledigen, meinte er, es existiere ein weitverbreitetes, schiefes Bild jener Ära. Sie sei weder anämisch noch asexuell gewesen, weder weltflüchtig noch restaurativ habe manchmal in Selbstmitleid und Morbidität geschwelgt, das ja, aber sie habe durchaus Türen aufgestoßen und nach Zukunft verlangt, habe die Gegenwart niederrennen wollen und zu diesem Zweck mit den besten Kräften des Vergangenen konspiriert. Sie sei in vieler Hinsicht die folgenreichste Kulturepoche gewesen.

Marga hörte großäugig zu und wiegte den Kopf. Rudolf zerrührte einen Zuckerwürfel. Benedikt schrägte abschätzig die Lippen. »Unser Deutschlehrer hat gesagt, die Romantik endete in Auschwitz.«

Marga knuffte ihrem Sohn in den Arm. Konrad verschlug es die Sprache.

Zwanzig Sekunden verstrichen, bevor er seiner Verblüffung Herr wurde und, in gewollt überheblichem Ton, eine Antwort formulierte.

»Rückblickend scheint es leicht so, als hätten alle Wege nach Rom geführt. Oder nach Auschwitz. Wohin auch immer. Das ist billig und pauschal. Sag das deinem Lehrer.«

»Ich soll also nicht glauben, was meine Lehrer mir sagen?«

Mit dieser perfiden Replik hatte Konrad nicht gerechnet. Margas verstörter Blick lastete peinlich auf ihm.

»Das habe ich nicht gemeint ...«

»Eben!« fiel Marga ein. »Das hat Konrad nicht gemeint. Hör du nur auf deine Lehrer, und später, wenn du das Abitur hast, kann man die Sachen dann so und so sehn.«

»Sind Sie derselben Ansicht?« bohrte Benedikt nach, und Konrad wand sich innerlich, hatte den Krisenherd, der zwischen Mutter und Sohn schwelte, längst bemerkt und kapiert, daß der häusliche Frieden auf dem Spiel stand. Schweren Herzens bog er auf die Mittelspur.

»Aus sehr vereinfachter Perspektive betrachtet«, murmelte er, »hat dein Lehrer vielleicht nicht ganz unrecht. Ein Schullehrer *muß* viele Dinge vereinfachen.«

»Eben!« wiederholte Marga bestimmend und klopfte mit der Gabel auf den Tisch. »Jemand noch ein Stück Kuchen?«

16:08

»Liebe Tante, hast du noch diesen guten Traubensaft? Den es bei euch immer gegeben hat?«

»Ach! Der Traubensaft! Nein, leider. Wir mögen es heute nicht mehr so süß.«

»Macht nichts. Der Himmel hat sich eh zugezogen.«

16:20

»Wir leben zur Zeit getrennt.«

»Aber geschieden seid ihr nicht?«

»Nein.«

»Das ist gut. Dann kann sich alles noch einrenken. Es renkt sich vieles ein, wenn man nur will und seinen Egoismus überwindet.«

Es folgten speziellere Fragen nach Kathrin, die Johanser undetailliert beantwortete. Stumpf hörte er sich Margas Sinnsprüche zur Ehe und den damit verbundenen Schwierigkeiten an, fühlte sich, gelegentliche Seitenblicke bestätigten den Verdacht, von Benedikt strengstens observiert. Er überlegte, welche Gangart gegenüber dem Jungen einzuschlagen sei.

Benedikt hatte ihn vom ersten Moment an fasziniert, auch wenn oder gerade weil er sofort Kollisionskurs gesteuert hatte. Die Entschiedenheit, mit der er ihm Kontra gab, pikierte Johanser weniger, als sie ihn an stachelte. Eine Frühfassung seiner selbst war ihm entgegengetreten, schon nach den ersten Worten hatte er Vertrautheit gespürt. Auch sah ihm Benedikt vom Äußeren her, zog man den Altersunterschied ab, auffallend ähnlich. Johanser besaß nur ein einziges Jugendphoto von sich, das des Abschlußjahrgangs am Walstädter Gymnasium, verglich es in Gedanken mit dem sechzehnjährigen Cousin. Benedikt war um zehn Zentimeter größer, verfügte über volles Haupthaar, auch waren die Gesichtszüge kantiger, verkniffener und von Akne ungünstig verfremdet, die Nasenflügel schmaler, die Backenknochen ausgeprägter. Kleinigkeiten. Dieser Cousin hätte leicht als sein Bruder durchgehen können. Bruder. Prickelndes Wort.

Marga sprach unendlich lang davon, daß Kathrin beim nächsten Besuch doch unbedingt mitkommen solle, dann erst wäre die Familie ›ganz komplett‹. Beide seien hier immer gern gesehen, Platz fände sich in der kleinsten Hütte undsoweiterundsofort...

»Willst du ein Bad nehmen? Das Badezimmer liegt gleich neben dem von Beni, das haben wir dir hergerichtet.«

Das sei aber nicht nötig, hörte Johanser sich sagen, er könne ebensogut im Gasthof wohnen. Tatsächlich schien ihm zu diesem Zeitpunkt der Postwirt die problemfreie Unterkunft.

»Da hört ihr's!« rief Benedikt. »Er will in den Gasthof!«

»Kommt überhaupt nicht in Frage! Wozu soll er Geld ausgeben? Das Geld wächst ihm bestimmt nicht am Baum, was?«

»Ooch« – beantwortete Johanser Margas kaum chiffrierte Frage nach seinem Einkommen –, »hab 'nen schönen Batzen Urlaubsgeld mit.«

»Wie lang hast du denn Urlaub?«

»Unbefristet. Mußte mal aus allem raus. Aber ihr sollt wirklich nur ein paar Tage behelligt werden. Ich kann mir den Gasthof weiß Gott leisten.«

»Da hört ihr's!«

»Neinnein, du bleibst hier, soweit kommt's grad! Und du, Beni, bist jetzt endlich mal still, ja? Muß mich genug für dich schämen!«

Benedikt lachte kurz auf und preßte seinen Körper noch tiefer in die Couch, machte durch eine Geste deutlich, was er von der Zurechtweisung hielt, schnippte sie mit Daumen und Zeigefinger fort wie einen Popel. Johanser war von soviel Unverfrorenheit hingerissen, ließ sich aber nichts anmerken und behielt die neutrale Position bei, die ihm im Moment am bequemsten schien.

16:43
»Germanistik – das ist Deutsch, nicht?«
»Genau.«
»Beni ist auch gut in Deutsch. Nur Mathe und Latein, da hatte er letztes Jahr Schwierigkeiten. Wir wollten ihm schon einen Nachhilfelehrer besorgen, aber er hat drauf bestanden, ganz allein die Verantwortung zu tragen, was die Schule angeht. Und ich muß sagen, bisher klappt das. Du wirst ein ordentliches Zeugnis kriegen, nicht?«

Benedikt brummte ein bestätigendes Etwas und fixierte seinen Cousin, zeigte ihm deutlich, daß er dies alles nur seiner Gegenwart zu verdanken hatte.

»Die Nachbarin hat ja dreimal gefragt, zuletzt auf die ganz blöde Art, warum ich ihr dein letztes Zeugnis nicht gezeigt hab wie sonst, und ich hab gesagt, der Bub will das nicht mehr, aber sie hat blöd gelacht, weil sie schon gewußt hat, daß du ein wenig schwach gewesen bist im letzten Jahr. Da hatte sie ihre Freude dran, weil ...«

»Zum Kotzen ist das!« unterbrach Benedikt, schlug mit den Handflächen auf den Tisch. »Sagen Sie«, wandte er sich an Johanser, »ist das nicht abartig?«

»Nicht solche Wörter in diesem Haus! Ich sag's jetzt zum letzten Mal!« Margas Tonfall klang ungewöhnlich scharf, ihre Augen waren weit aufgerissen.

Johanser wagte erneut nicht, sich für eine Seite zu engagieren, obgleich er dem Jungen hundertmal recht gab, die Sache war widerlich – allerdings auch nicht so dringend zu klären, daß deswegen der Nachmittag in einen Eklat münden mußte.

Benedikt sandte ihm einen resignativen, verächtlichen

Blick. Konrad zwinkerte, so heimlich es ging, und setzte eine beschwichtigende Miene auf, als wolle er die Gründe für sein Schweigen zu einem späteren Zeitpunkt erläutern.

16:58
Die nervlich zerrüttete Marga schwelgte rücksichtslos in Ursachenforschung, stellte verschiedene Thesen auf, unter anderem, der Computer sei an allem schuld, ihr Sohn habe sich erst so verstockt gezeigt, seit dieses Ding ihn beherrsche, sie bereue den Tag, an dem sie es ihm gekauft habe. Johanser sah eine Gelegenheit, bei Benedikt verlorenen Boden gutzumachen.

»Er langweilt sich. Mit Recht. Laßt ihn ruhig gehen! Dieses verordnete Beisitzen hab ich auch immer gehaßt.«

Marga legte keinen Widerspruch ein. Benedikt erhob sich prompt, berührte die Stirn mit zwei Fingern zum schlaffen Gruß und verließ das Wohnzimmer.

»Ich muß mich wirklich für ihn entschuldigen«, flüsterte Marga. »Er ist unhöflich, ich weiß. Jetzt sind wir endlich einmal beisammen, und er... Was soll ich tun? Es ist halt ein schwieriges Alter...«

Rudolf, dem bis dahin kein einziges Wort entkommen war, murmelte plötzlich, daß er dringend noch etwas im Keller zu erledigen habe – man sehe sich beim Abendessen. Sprach's und ging ab, wie jemand, der tapfer seine Schuldigkeit getan hat.

Marga starrte ihm mit offenem Mund hinterher. Abrupt war das Familientreffen aufgelöst. Konrad fand sich, einigermaßen perplex, mit seiner Tante allein. Der stiegen Tränen in die Augen.

»Mein Gott, wie peinlich mir das ist«, stammelte sie und bot, am ganzen Körper zitternd, ihrem Gast noch ein Stück Käsekuchen an.

Johanser zögerte und lächelte gequält, hielt ihr dann den Teller hin.

17:05

Marga duldete den tröstenden Arm auf ihren Schultern, war ihrem Neffen für jedes Wort dankbar. Daß er sich sowieso die Beine hatte vertreten wollen, daß man das Geschehene nicht über Gebühr aufbauschen solle, daß der Nachmittag trotz kleiner Unstimmigkeiten wunderschön gewesen sei – sie glaubte ihm alles, und als er sagte: »Ich habe mich damals oft gefragt, warum ihr nicht meine Eltern sein konntet. Beni weiß nicht, was er an euch hat«, strich sie ihm tief gerührt über den Handrücken.

»Er ist so widerspenstig geworden, du kannst es dir nicht vorstellen. Ich glaube ja, er ist verliebt, letzte Woche kam er mit einem Mädchen unsere Straße herauf, ich hab's vom Garten aus gesehen – vorn bei der Kreuzung hat er sie verabschiedet. Ich hab ihm gleich gesagt, bring sie mal mit, du darfst sie jederzeit mit ins Haus bringen – am Tag, versteht sich. Wie er mich da angefahren hat!«

»Wird ihm peinlich gewesen sein.«

»Und ich sagte, mit seinem Wesen hätte er es sicher schwer bei den Mädchen. Da faucht er, daß ich ihm keine Ratschläge geben soll, weil – wenn man meinen Ratschlägen folgen würde, bekäme man nur was genauso Minderwertiges!«

»Nein!«

»Er hat seinen Vater damit gemeint!«

»Aha.« Johanser unterdrückte ein Lachen. »Das gibt's in dem Alter schon mal ...«

»Neulich hat er mir sogar vorgeworfen, daß ich ihn erst mit vierundvierzig geboren habe, stell dir vor! Weißt du, was er gesagt hat? ›Wir hätten beide draufgehn können!‹ Das hat er gesagt!«

»Ooch – das war sicher als Witz gemeint.«

»So klang's aber nicht. Ich spür seine Verachtung jeden Tag. Dabei geb ich ihm doch wirklich alle Liebe ...«

Johanser entzog ihr sanft seine Hand und lehnte sich zurück.

»Ich war auch einmal wie er.«
»Nie!« widersprach Marga. »Nicht in dem Maß.«
»Deine Geschichte eben hat mich an etwas erinnert. Wir sollten damals von der Schule aus zur Berufsberatung gehn, im Arbeitsamt, es war ein freiwilliger Termin, deshalb kümmerte ich mich nicht drum, und mein Vater stellte mich zur Rede, und ich sagte, warum soll ich mir Ratschläge anhören von jemandem, der es im Leben nicht weiter als bis zum Berufsberater gebracht hat. Mein Vater hat mich grün und blau geprügelt.«

Marga stand auf und begann den Tisch abzuräumen. Sie sah ein wenig indigniert drein. Er solle nicht solche Dinge sagen, jetzt sei doch aus ihm ein so höflicher Mensch geworden und ein Doktor, da könnten ihn seine Eltern, Gott hab sie selig, nicht ganz falsch erzogen haben.

Johanser antwortete nicht, spürte ein Brennen im Magen, ging dann, als die Stille zu peinigend wurde, auf die Terrasse, säte ein paar Bewunderungsphrasen auf den gepflegten Garten.

Marga, deren Herz er längst gewonnen hatte, war entzückt über das hart entbehrte Lob, kam herbei, hängte sich an seinen Arm. Die dreizehn Jahre Distanz schrumpften in ihrem Denken zu nichts zusammen. Es schien fast wieder so, als stünde der Konfirmand neben ihr, der über den geschenkten Plattenspieler vor Freude außer sich gewesen war.

17:25
Abendessen gebe es pünktlich um halb acht, und, wie bereits erwähnt, das Bad stehe zur Verfügung. Johanser begriff endlich, daß auf sein Äußeres angespielt wurde. Er sah tatsächlich mitgenommen aus, schlampig und übernächtigt.

Im Badezimmer entdeckte er ein großes Handtuch, an dem ein Schildchen pappte. Schnörkelige Großbuchstaben: FÜR KONRAD.

17

Das Abendessen fand ohne Benedikt statt. Er hatte sich von Kameraden auf dem Moped abholen lassen und den Zeitpunkt seiner Rückkehr recht vage mit ›keine Ahnung‹ angegeben. Johanser war, nach dem Bad und einem Spaziergang durch die Weinhänge, hungrig, genoß die deftige Küche, Rindsgulasch mit selbstgemachten Nudeln in einem dicken Zwiebel-Paprika-Fond. Zum Nachtisch wurden Familienanekdoten aufgewärmt, die trotz ihrer Beliebigkeit heimelig wirkten. Konrad erfuhr vieles über sich, das ihm entfallen war. So sollte er angeblich einmal seinem Vater Erwin wutentbrannt gegens Schienbein getreten haben, was er sich nicht vorstellen konnte, sosehr er es wünschte.

»Ja, da bist du auch erst sieben oder acht gewesen, und Erwin wollte dich draufhin versohlen, aber ich hab es ihm ausreden können.«

»Er hat das später bestimmt nachge –« Konrad stockte, ihm wurde plötzlich schwarz vor Augen, die Wände des hell erleuchteten Zimmers füllten sich mit unförmigen Schatten, er dachte an *nasse* Schatten, morgane Abgüsse eines unbekannten Gegenzimmers, überfluteten Gegenzimmers irgendwo, mit dem Abbild darin, herübergespiegelt – er stöhnte auf und preßte beide Hände gegen den Bauch. Gefragt, was er habe, antwortete er, das Gulasch sei eine Spur zu scharf gewesen, sein Magen erlaube vieles nicht mehr, was der Gaumen begrüße.

Er log. Es war nicht das Gulasch. Er hatte die Schatten getrunken, hatte, einmal zu oft an diesem Tag, über Verdrängtes gesprochen.

Die Schatten flossen ab, verdunsteten. Marga tadelte den Neffen, weil er von seinem Leiden nichts gesagt hatte, sie versprach, seine Portionen künftig milder zu würzen. Einige Zeit zog sich mit Gesundheitspalaver hin. Schließlich redete nur noch Marga, Konrad schwieg, Rudolf schwieg auch, was nicht gesondert auffiel. Der einzige Satz, den er sich in anderthalb Stunden abnötigte, war die Bitte um einen Aschenbecher für seinen abendlichen Zigarillo.

Rudolf inhalierte jeden Zug tief, ließ dann den Rauch in kleinen Schüben hinaus, leckte sich dabei die Lippen, es war, als kommunizierte er mit dem Rauch in einer stummen Sprache. Fasziniert beobachtete ihn Johanser dabei, starrte ihn aufdringlich an, während Marga ihre Gebrechen und deren Behandlung referierte. Viel hätte nicht gefehlt, und Johanser, der strikter Nichtraucher war, hätte um einen Zigarillo gebeten, dieser Sprache teilhaftig zu werden. Daß Marga das Fenster öffnete und mißbilligend schnupperte, riet ihm, es bleibenzulassen. Überdeutlich handelte es sich um ein streng ritualisiertes Genußgift, dem Jahre der Diskussion vorangegangen waren. Johanser bemerkte, wie sehr jede seiner Handlungen darauf abzielte, sich Margas Wohlwollen zu sichern. Warum ihm daran gelegen war, hätte er nicht zu sagen vermocht, wie er sich überhaupt, seit Betreten des Hauses, wenige Fragen gestellt und Antworten gegeben hatte. Sein sonst penetranter Hang zur Selbstreflexion war wie von einem Bannkreis außer Kraft gesetzt. Das Gefühl schrankenloser Freiheit paarte sich mit einer unerklärlichen Bereitschaft zur Unterwerfung; er nahm diesen Zustand als angenehm hin.

Nach dem Essen wurde der Fernseher eingeschaltet. Die Nationalmannschaft spielte gegen Norwegen. Johanser interessierte sich nicht für Fußball, doch gab er sich den Anschein, um Rudolf endlich zu einem Dialog zu verleiten. Es mißlang. Rudolf antwortete allen Bemerkungen gestisch, mit Nicken oder Schulterzucken, und hielt den Blick stur auf den Bildschirm gerichtet. Johanser glaubte sich bald in seiner Inkompetenz durchschaut und richtete, wenn der Ball jeweils ruhte, konkrete Fragen an seinen Onkel, zum Beispiel, wie er denn nach der Frühpension die viele Freizeit verbringe. Rudolf zerbiß einige Wörter zum unverständlichen Silbensalat. Marga half aus.

»Er hockt halt den ganzen Tag im Keller und bastelt an seinen Radios. Da darf ihn keiner bei stören. Und nur wenn Fußball kommt – aber da darf ihn dann erst recht keiner stören.«

»Radios? Interessant. Weltempfänger?«

Aufgeregt deutete Rudolf in den Fernseher. Die deutsche Mannschaft setzte gerade einen Eckball ans Lattenkreuz. Entmutigt verfolgte Konrad das Thema nicht weiter. Er empfand Rudolfs Schweigen als schroffe Zurückweisung, hatte ihn noch anders gekannt, und obschon Marga die zunehmende Sprachaskese ihres Gatten angedeutet und um Verständnis gebeten hatte – es blieb ein Affront.

Kurz nach elf kehrte Benedikt zurück. Die Henleins begaben sich zur Nachtruhe. Ihr Gast ordnete sich unter, ging brav mit den anderen nach oben.

18

Konrad drückte gerade die Klinke herunter, da glaubte er, Benedikt sei auf der Speichertreppe stehengeblieben und flüstere etwas. Im äußersten Segment des Sichtfeldes nahm er den finsteren Blick des Jungen wahr, drehte sich um und wünschte ein letztes Mal laut gute Nacht. Rote Turnschuhe verschwanden in der Luke, die Falltür wurde zugezogen.

Dann eben nicht.

Konrad trat ins Zimmer. Selten war er sich irgendwo so unerwünscht vorgekommen, dennoch genoß er den Moment wie ein Stratege, der einen Schlüsselpunkt in Besitz nimmt. Er knipste das Licht an.

Das Zimmer musterte ihn streng. Das Zimmer hatte ihn umzingelt.

Von den Wänden starrten Schwermetallhelden mit Gitarren, die eher exzentrisch geformten Waffen als Instrumenten ähnelten. Gotisch-martialische Majuskeln verkündeten den jeweiligen Gruppennamen, auf sämtlichen Plakaten waren apokalyptische Landschaften zu sehen. Hindurch stolzierten Skelette, einige trugen Pickelhauben, trugen Maschinenpistolen zwischen den Fingerknochen, ihre leeren Augen wurden Zielfernrohre, die den Betrachter ins Fadenkreuz nahmen.

Es gab zwei monumentale Schränke aus schwarzlackiertem Holz. Konrad fühlte sich prompt versucht, deren Türen zu öffnen, weniger aus Neugier, eher, um den Zimmereigner in Abwesenheit zu demütigen. Er verschob es auf später, wollte nicht hektisch vorgehen. Der Raum war von zwei 100-Watt-Birnen grell erleuchtet, besaß etwas von der Atmosphäre eines Geheimdienstkellers, den sich ein Folterer wohnlich eingerichtet hat, um zwischen den Verhören auszuspannen. Konrad entdeckte eine Stereoanlage und, daran angeschlossen, den uralten Plattenspieler, den ihm Marga zur Konfirmation geschenkt hatte. Er wurde wehmütig. Wie viele Kämpfe hatte er wegen jenes Plattenspielers auszustehen gehabt, wie viele Debatten über die unterschiedlichen Auffassungen von Zimmerlautstärke. Zärtlich strich er über Tonarm und Nadel, dachte an die klassische Musik, die seine Mutter so sehr gehaßt hatte, die ihm sogar verboten worden wäre, hätte er sein Taschengeld nicht für Kopfhörer ausgegeben. Wo waren seine Mozartplatten? Anscheinend hatte Benedikt die nicht übernommen. Waren sie in den Müll gewandert? Er hätte jetzt gern ein wenig Musik gehabt. Es war so still hier. Nur Popscheiben lehnten gegen die Lautsprecherbox. Dann fiel ihm ein, daß zur Anlage auch ein Radio gehörte, man konnte einen klassischen Sender suchen. Jedoch wirkte die Technik entmutigend kompliziert. In der Hauptstadt hatte er nur ein Kofferradio gehabt; Musik war ihm nie mehr so wichtig gewesen wie damals, als die Schalen des Kopfhörers ein Sternenzelt bedeuteten.

Auf Druck des Netzschalters tat sich wenig. Ein rotes Lämpchen blinkte. Hilflos ließ Konrad seinen Zeigefinger über die Auswahl der drei Dutzend Tasten und Knöpfe gleiten, besorgt, irgendwelchen irreparablen Unsinn anzustellen.

Abermals drückte er ›Power‹, das Lämpchen verlosch. Benedikt hatte ihm die erste Niederlage bereitet. Konrad kam sich minderwertig vor, wendete auf dem Absatz und prüfte das Bett. Es war mit einer harten Matratze belegt, gut so, das war er gewohnt. Schlafbottiche, in denen man versank, schufen ihm Rückenschmerzen. Zur farblichen Auflockerung diente das Bett, grellrot bezogen, auch. Ans Kopfende war eine Halogenleuchte geklemmt, die schaltete Konrad ein und machte es sich bequem, holte das Rutaretil aus dem Mantel und genoß eine kleine Dosis.

Mit Ungeduld fliege ich über den ersten Augenblick hinweg; denn die Überraschung des Neuen, welche manche nach immer abwechselnden Vergnügungen haschende Geister wohl zum Hauptverdienste der Kunst erklären wollen, hat mir von jeher ein notwendiges Übel des ersten Anschauens geschienen.

Die Wirkung blieb spärlich. Etwas fehlte. Johanser wurde bleich. Er hatte keinen Alkohol besorgt.

Plötzlich biß und kratzte es in seiner Kehle, er begann zu schwitzen. Das süchtige Hirn schrie ungläubig auf. Er war seit fast einem Jahrzehnt nicht mehr nüchtern zu Bett gegangen, unmöglich schien ihm, daß sich Schlaf ohne Betäubung einstellen könne, er fürchtete, die ganze Nacht wachzuliegen – nie, wirklich niemals, hatte er vergessen, Wein einzukaufen, und wenn doch, Athan, der Grieche am Eck, wäre auch um fünf Uhr morgens verfügbar gewesen oder einer seiner Söhne, verflucht, es durfte nicht wahr sein, wo hatte er seine Gedanken gehabt?

Ihm fiel die Hausbar im Wohnzimmer ein, die uralte Scotchflasche, deren Fehlen nicht gleich auffallen würde, die sich tags darauf schon ersetzen ließ.

Er öffnete die Tür, trat auf Zehenspitzen aus dem Zimmer, setzte langsam einen Fuß vor den andern. Es half nichts, verräterisch knarzte die Stiege, und mit dem ächzenden Geräusch wurde ihm klar, daß Marga einen Grund für seinen Treppenabstieg suchen würde. Gleich einem ertappten Kind zuckte er, hielt sich am Türkreuz fest, zog seinen Körper ins Innere des Zimmers zurück.

Der Balkon. Die Ulme. Das konnte gehen. Aber wenn er im Garten war, wie würde er ohne Schlüssel ins Haus, ins Wohnzimmer gelangen?

Also hinunter in den Ort. Er sah auf die Uhr. 0:33. Der Gasthof konnte vielleicht noch geöffnet haben, wenn er sich beeilte. Herrgott, dachte er, was wäre denn so schlimm daran, seelenruhig, mit Getöse die Treppe hinabzusteigen und eine Flasche aus der Bar zu entführen? Hab eben Lust darauf gehabt, basta!

Nein, das ging einfach nicht, das wäre vielleicht gegangen, hätte er vorhin danach verlangt. Und wenn die Ulme sein Gewicht nicht tragen würde? Wenn er mit einem lauten Schrei auf die Terrasse stürzte? Wie würde er dann dastehn? Gräßlich. Unerträglich.

Er öffnete die Balkontür. Seine Angst empfand er als kindisch, beschämend und aufregend zugleich; mit derselben Angst hatte er damals oft im Bett gelegen, den Kopfhörer aufgespannt. Der Genuß der Musik nach Schlafenszeit war immer von der Ohnmacht begleitet gewesen, die Eltern nahen zu hören, wenn sie ihn, was alle paar Tage vorkam, kontrollierten. Manchmal war, mitten in der schönsten Symphonie, das Licht angegangen, die Musik wurde auf Wochen hin weggesperrt, Prügel –

Milde elf Grad Außentemperatur. Konrad tastete sich an den Baum heran, prüfte die Äste, beugte sich vor, umklammerte den Stamm, verlagerte vorsichtig sein Gewicht.

Alles ging gut. Beinah lautlos kletterte er hinab, recht begeistert von sich. In einem Anflug von Sportlichkeit sprang er über den Zaun und legte den Schubertweg im Dauerlauf zurück. Danach rebellierte der vernachlässigte Körper schon, stach und gierte nach Luft, gleißende Schlieren tanzten vor der Stirn.

Muß unbedingt mehr für meine Physis tun. Bin ein Wrack, hab Schindluder getrieben mit mir. Träte mir jetzt ein Mörder entgegen, scharf bewaffnet, er würde mich mühelos schnappen, nach fünfzig Metern.

19

Marga redete noch eine Weile auf Rudolf ein, als beide bereits im Bett lagen und die Nachttischlampe gelöscht war.

Er hätte sich doch zusammennehmen können, warf sie ihm vor, hätte an seinen Neffen doch ein paar Sätze richten sollen, und wären sie noch so belanglos gewesen. Wie müsse sich Konrad jetzt vorkommen, wie einen Aussätzigen habe er ihn behandelt, es sei weiß Gott nicht zuviel verlangt, sich wenigstens ein bißchen mit ihm abzugeben, sie schäme sich so, auch wegen Beni, auf dessen Erziehung solches Verhalten nicht grade vorbildhaft wirke.

Sie redete und redete, wie sie es oft vor dem Einschlafen tat; üblicherweise hätte sich Rudolf auf die Seite gerollt und ihren Redeschwall durch Gleichgültigkeit zum Vertröpfeln gebracht. Diesmal blieb er aber auf dem Rücken liegen und schien zuzuhören.

Ein kurzes, häßliches Geräusch ließ Marga stocken. Sie horchte, aber das Knarzen wiederholte sich nicht, und in die Pause hinein sagte Rudolf: »Ich habe kein gutes Gefühl.«

Was er denn meine, fragte Marga, flüsternd diesmal, weil sie noch immer aufs Treppenholz horchte. Rudolf antwortete, daß er nicht sicher sei.

»Hast du etwas« – Marga wurde noch leiser – »erfahren über ihn? Unten?«

»Nichts Direktes. Nur ein Gefühl.«

»Das ist alles? Ein Gefühl?« Und sie forderte ihn auf, morgen wieder etwas gutzumachen von dem, was er heute eines vagen Gefühls wegen angerichtet hatte, von unten sei ja schon mancher Unsinn gekommen, das wisse er doch selbst am besten. Sie sagte dies und noch einiges andere, aber da hatte sich Rudolf längst auf die Seite gerollt und war eingeschlafen.

20

Mondhell hoben sich die Dinge aus der Nacht, schichteten fragile Gazeschatten aufeinander, feingefächerte Skala des Traumgrau, darein gesprenkelt das fette Schwarz der Büsche, Hecken und Baumkronen. Drunten im Tal drängte sich die Häuserherde zu einer klobigen Masse, von wenig Lichtquadraten durchsetzt. Nur an der Hauptstraße entrissen Neonauren den Dächern scharfe Konturen. Beiläufig schluckte der Fluß die spärlichen Lichtmäander, sie verzitterten in der Flußmitte, von der ab Finsternis herrschte bis hinauf zum Plateau. Groß und vernarbt hing der Mond eine Daumenbreite über dem Felsmassiv.

Johanser suchte sich vorzustellen, welch zauberhafte Rätsel einmal in lunare Krater hineinphantasiert werden konnten, bevor der Erdtrabant seiner leblosen Staubkälte überführt worden war. Die ihn noch unwissend anstarren durften, denen war ein gebührenfreies Nachttheater vergönnt gewesen; bestimmt hatte sich, bei längerer Betrachtung, halluziniertes Dekor dem Bild beigemischt, waren Welten entstanden, Freiräume der Imagination. Heute sitzen, dachte er, alle, die ehemals mondsüchtig gewesen wären, im Kino, werden mit Fertigprodukten bedient, der Mond ist obsolet und abgeschafft, hängt da eigentlich nur noch, weil sich keiner für die Ruine zuständig glaubt oder Gewinn aus ihr zu ziehen versteht. Vielleicht wird man ihn eines Tages zum Werbungsträger umfunktionieren, werden Projektionssatelliten ihn als Leinwand für weltweite Reklame mißbrauchen – was läge näher?

Die Straßen waren so leer und schläfrig, daß Johanser seine Schuhsohlen der Ruhestörung verdächtigte. Er kam an der niedrigsten spätbarocken Kirche vorbei, die er je übersehen hatte, an keiner Stelle hob sie sich über die Bürgerhäuser, und erst als sie schon hinter ihm lag, stutzte er und merkte sich ihre Besichtigung vor. Fast alle Einzelhandelsgeschäfte verzichteten auf nächtliche Werbung, sparten Strom oder besaßen überhaupt keine Leuchttafeln, nur der Supermarkt am Dorfplatz verwies nachhaltiger auf seine Existenz.

Als Johanser um fünf vor eins den Postwirt erreichte, waren die Läden geschlossen und die Tür versperrt. Aus dem Hausinneren drang gedämpft eine Männerstimme. Johanser umrundete den Block, fand zum Hintereingang, betrat den Kopfsteinhof. In der Küche brannte Licht, er klopfte zaghaft ans Fenster. Es gelang ihm, gegen fünfzigprozentigen Aufschlag zwei Flaschen lokalen Weißwein zu erhandeln. Der Wirt war ein trachttragender Schrank mit Backen aus Vierkanthölzern, schnaubte beim Sprechen, lehnte sich massiv über den Sims. Johanser fühlte sich von seiner bloßen Erscheinung gedemütigt; ihm schien es, als würde der Wirt einen Phantasiepreis nennen und nur auf den leisesten Widerspruch warten, um die Läden achselzuckend verrammeln zu können.

»Was haben wir denn hier?« – Schon dieser Satz war Unverschämtheit genug gewesen, und als Johanser ihm die Bitte um *trockenen* Wein hinterherrief, bekam er zur Antwort, daß in der Nacht alle Weine feucht sind.

Im hintersten Winkel der Küche sah er eine Kellnerin Geld zählen. Sie hatte die weiße Schürze abgelegt, ähnelte so einer Witwe, die ihr Haar aufbegehrend offen trug. Er vermutete, daß ihr Gesicht jung und hübsch war, doch gab es dafür kaum ein Indiz. Sie blickte nicht auf zu ihm, saß im Schatten, und ihre Finger bauten die Silbergeldsäulen zu flink, als daß er ihre Hände auf ein Alter hätte taxieren können. Aber ihre Fesseln waren schlank, und ihr langes Haar glänzte im Halbdunkel. Er hüstelte, schwacher Versuch, sie von ihrem Tun abzulenken. Sie anzusprechen wagte er nicht.

Johanser speicherte flüchtige Porträts oft wochenlang, hortete ganze Kataloge weiblicher Enpassants, blätterte sie in einsamen Stunden durch, Personal für erotische Animationen. Er beneidete den Mut derer, die ohne jede Anlaßhilfe Bekanntschaften zu knüpfen imstande waren, die frech irgend etwas durchs Halbdunkel gerufen hätten. Der Wirt brachte den Wein.

Ich hätte nach einer Plastiktüte fragen sollen. Wie sieht das aus, mit zwei Flaschen bepackt, hier ist nicht die Hauptstadt, hier sind die Fenster dauerbetriebene Panoptiken, man hört mich, sieht mich, erzählt mich herum. Du, schau, da geht ein Säufer, wo geht der denn hin? Die Hügel hinauf. Da wohnen doch bloß anständige Leut? Der ist bestimmt nicht von hier. Jetzt kenn ich ihn wieder, der hat den Vormittag auf der Bank vorm Bahnhof geratzt. Ham wir das Gesocks jetzt schon bei uns? Ruf mal die Wache in Bullbrunn an, daß die öfter hier vorbeischaut ...

Johanser erinnerte sich des tausendäugigen Argos der Provinz, stellte er aber die Gleichgültigkeit der Metropole dagegen, fiel eine Wahl zwischen den Übeln schwer.

Ich will hier nicht auffallen, will ein ruhiges Leben führen, organisiert, unspektakulär, von mir aus banal, was meint schon banal? Das Antonym heißt grausam.

Epikureische Stille, eine Klause in angenehmer Landschaft, Brot und Wein, Demut und Reinheit – wenn es so einfach wäre ... Bin doch erst zweiunddreißig, wovon leben, wenn die Abfindung verbraucht ist? Werde mich in irgendeine Stadt zurückzwingen müssen, wo ich mit dem, was ich gelernt hab, herumhuren kann, so und so. Irgendwann. Jetzt bin ich hier und hab Zeit, muß nichts forcieren. Es gibt Charaktere, die verbringen den ganzen Winter damit, den Frühling herbeizusehnen, und wenn er endlich kommt, werden sie traurig, weil der Sommer so bald vorübergeht.

Aber in die Hauptstadt – nein, kann mir's doch aussuchen. Inzwischen sind Städte groß geworden, die ich zuletzt als Kleinkinder sah. Eine von denen, wo alles neu ist, wo mich keiner kennt. In zwei Wochen, zwei Monaten, zwei Jahren. Spielt keine Rolle.

Benedikt. Der wird auch einmal fliehen, ganz sicher. Welcher Haß ihm durch die Haut glüht! Hätte er meine Eltern gekannt... Sein Haß ist Anmaßung. Schaumschlägerei. Sind so empfindlich heute, die gebutterten Jungchen, die Wohlstandsbengel, denken nicht in Relationen, selbst wenn man sie drauf stößt.

Johanser beschloß, sich mit seinem Cousin auseinanderzusetzen. Ihm war klar, daß er dessen Freundschaft gewinnen mußte, um bei den Henleins Ruhe zu haben. Er nahm sich auch vor, diese Freundschaft nicht zu erschleichen, wollte offen sein, ein ehrliches Angebot unterbreiten, fand es aufregend, im Jungen ein Abbild seiner selbst zu sehen, dank der visuellen Ähnlichkeit in die Zeit vor dem Trauma zurückzutauchen, wo sich die Spur der Unschuld verlor.

Eigentlich, gab er zu, müßte Benedikt ganz und gar abstoßend auf ihn wirken, er wunderte sich, wie wenig der erste, positive Eindruck vom Folgenden beeinträchtigt worden war. Der schnoddrige Jargon, die Pöbeleien, seine Computerhörigkeit, der abscheuliche Musikgeschmack, all jenes und die Tatsache, daß in seinem Zimmer außer Schullektüren kein Buch herumgelegen hatte – es ließ Johanser merkwürdig unberührt, als sei all dies nur einem Stadium unterworfen und leicht zu reparieren.

Hundert Meter Schubertweg. Das Haus. Er kletterte den Baum hoch, was wegen der beiden Flaschen Mühe kostete, schwang sich über die Balkonbrüstung, starrte noch minutenlang in den Mond, legte sich dann zu Bett und begann mit dem Trinken.

Der Vater erschien ihm, der bärenstarke Mann, der vorgab, alles gut zu meinen, der ihn fast jeden Tag mit dem Gürtel gezüchtigt hatte und ihn, als er sich endlich einmal wehrte, zu Boden schlug. Konrad hatte sich damals vorgenommen, den Vater, wenn der erst alt geworden war, zu töten wie ein Tier, mit einem Bolzenschußgerät, wie man es im Schlachthof gebraucht, oder besser – mit einem Teelöffel seine Augäpfel aus den Höhlen zu heben, ihn zwingen, sie zu zerkauen und hinunterzuschlucken.

Seiner Mutter hatte er einen noch boshafteren Tod gewünscht, ihr, die von Mozart Migräne bekam. Sie hatte nicht die Entschuldigung des Alkohols gehabt, von ihr stammte die Idee, ihn eine ganze Nacht lang an den Heizkörper zu fesseln, mit heruntergelassener Hose, weil sie in seinem Schulranzen ein Pornoheft entdeckt hatte, ein besonders schlimmes sogar, das Frauen angekettet und gequält zeigte, in nachgestellten Gefängnissen oder, Lolitaversion, in Erziehungsheimen. Was für ein passendes Wort! Das Erziehungs-Heim. Die Erziehungsheimat. Walstadt. Dann der Tag, als er in den Wald ging und seine Eltern laut verfluchte, weil der Vater ihm zwei Zähne ausgeschlagen und die Mutter gekeift hatte, Konrad solle die Zahnarztrechnung mit einem Jahr Taschengeldentzug begleichen. Was für ein Tag war das gewesen, inniglichst hatte er beiden den Tod gewünscht, wie hatte er gebetet, die Hände, zu wem auch immer, erhoben, seinen Haß hinausgeschrien, seine Feigheit eingestanden. Alle Verbrechen seiner Erzeuger hatte er aufgezählt, alle, deren er sich erinnern konnte, von denen jedes nach Notwehr verlangte, hatte um Hilfe gebettelt, fortzugehen, ins Sehnsuchtsland. Verrecken sollt ihr, verrecken!

So war es gewesen, so war es geschehen. Der Wagen kam von der Straße ab, und ein starker Baum stellte sich ihm entgegen, verständnisvoller Waldrandbaum.

Laßt mich! Schaut mich nicht an! Es ist wahr, kein Baum hätte mir die Arbeit abnehmen sollen, selber hätt ich sie scharfrichten müssen, es schien mir, ich hätt sie getötet, aber es war nur ein Baum.

Er trank schneller, Schatten füllten das Zimmer.

Jahrelang hatte Konrad unter dem Schock gelitten, seinen Fluch erhört zu finden, sprachlos und strafend hatten ihn die Särge angestarrt, er war vor Entsetzen unfähig gewesen, auch nur eine Träne zu weinen. Er, der verhinderte Mörder, der Gedankentäter, war nach dem Begräbnis, lediglich mit den nötigsten Papieren im Rucksack, geflohen, in Starre versunken, abgeschottet gegen irgendeines Menschen Nähe. Jahre hatte er gebraucht, sich einzureden, daß Flüche keine Taten sind, daß sein angesoffener Vater ohne fremdes Zutun an den Baum gerast, daß dies vielleicht die gemeinste vieler Gemeinheiten gewesen, daß es vorbei, daß er frei war.

Der Weißwein schmeckte naß, billig und süß. Konrad umklammerte mit beiden Händen den Flaschenhals, kraulte aus den Schatten heraus, stieg an Land und befand sich in einer der engen Gassen des Dorfes, wo er sich in eine Nische zwängte und den Hintereingang des Postwirts beobachtete. Schließlich erschien die Frau unter dem Torbogen, die gesichtslose Frau aus der Wirtshausküche. Er paßte sie ab und versperrte ihr den Weg, mit vorgehaltenem Penis zwang er sie zu Boden, zerriß ihr den Rock, knebelte ihren Mund mit einem aufgestülpten Kuß, packte ihre Brüste, drängte sich zwischen ihre Beine. Die Bilder erregten ungeheuer, bis plötzlich Moralin durch seine Blutbahn schoß und die Phantasie absaugte. Sein Schwanz sank ihm lasch aus der Hand, eine zu schwache Zeltstange, konnte das Szenario nicht aufrechterhalten. Der erotische Zirkus fiel in sich zusammen, begrub den Dompteur.

Meine Harmlosigkeit erschreckt mich manchmal. Alles in mir ist gezügelt und gezähmt, durchweicht, selbst die Geilheit, eingesperrt ins Onanierklosett, und sogar dort bohrt sich, durchs Guckloch in der Wand, ein Zeigefinger und wedelt vor mir herum. Es ist doch nur Vorstellung, ich könnte nie, niemals jemandem etwas zuleide tun, das muß man mir glauben. Arme, gesichtslose Frau, mußt nicht erschrecken, es ist nur ein Traum, tatsächlich liegst du jetzt in deinem warmen Bett und schläfst, nicht wahr, hast kaum etwas gespürt. Wenn mein Leben exemplarisch ist, bin ich ein schlechtes Beispiel.

Er sah auf seinen schlaffen Penis herab, trank die zweite Flasche aus und schämte sich der vielen Frauen, zu gebückten Oralarbeiterinnen degradiert, wenn sie den Mund aufsperrten zur Fellatio, wenn sie, auf seine Regieanweisung hin, die Beine weit spreizten, ihre nackten Füße ins Traumgras setzten oder ihm über die Wirbelsäule urinierten. Und doch – wäre eine jener Frauen plötzlich aus dem Bild getreten und leibhaftig geworden, er hätte gekniet vor ihr, hätte ihr angeboten, auf ewig für sie dazusein.

Es hat ein Glück gegeben in der Stadt. Die ersten Monate, als Estremadura noch den alten Namen trug, und viel später die Momente, in denen er mit Somnambelle in der Duschkabine hockte und sich von ihr auf die Brust pinkeln ließ, das war ein warmer Strahl aufs Herz, und es gab Kulminationspunkte des Glücks, im Archiv wenn nach tagelanger Arbeit eine Frage beantwortet war, die niemand ihm je stellen würde ...

Er dachte noch eine Weile an Kathrin, fand es nachträglich unverschämt, sie umgetauft zu haben, dann dachte er endlich nichts mehr, schob die Flaschen unters Bett und schlief ein.

So ging der April vorüber.

2. BUCH

Gewaltmarsch

1

Früher Morgen. Der Ort lag in dünnem Licht. Von den Weinhängen war nichts zu sehen, Nebelbänke umschlangen sie, das Plateau unterwarf alles seinem kolossalen Grau.

Thanatos stand über den Abgrund gebeugt, summte und zählte. Was er gezählt hatte, listete er auf Papieren, die er dem Aktenkoffer entnahm.

Allmählich zersetzten sich die Nebel, entschleierten Häuser und Gärten. Der Fluß begann zu glühen.

Thanatos, der kein Gesicht besaß, sang, und während er sang, deutete er scheinbar wahllos auf diesen oder jenen Punkt des Kessels, schlaff, ohne Arm und Finger zu strecken. Sein Gesang war mild – und höher, als selbst eine Fledermaus zu hören vermag.

2

Kurz nach sieben Uhr wurde zweimal gegen die Tür gepocht.
Johanser, gewohnt, bis zum Mittag zu schlafen, fühlte sich munter wie ein Kind am Morgen seines Geburtstags. Er schlug, ohne sich überwinden zu müssen, die Bettdecke auf, haschte erfolglos nach Traumfetzen der kurzen Nacht, und erst als er seinen Körper auf die Beine lud, begannen die Gelenke zu schmerzen, die Schläfen zu hämmern, er konnte sich kaum gerade halten, wankte tapfer ins Bad, duschte und rasierte sich.

Es war Feiertag. Marga hatte, zum ersten Mal in diesem Jahr, den Frühstückstisch auf der Terrasse gedeckt. Johanser trat hinaus, blinzelte betäubt und kaschierte sein Zittern, indem er die Finger, zu Fäusten geballt, in den Nacken stemmte. Die Finger, pelzig und porös, wollten nicht recht zusammen.

»Ach, Konrad – ich wußte nicht, ob ich dich wecken sollte. Beni zieht es ja vor zu schlafen an so einem herrlichen Tag! Ich hab einfach mal geklopft. War das recht?«

Johanser nickte und rang sich ein Lächeln ab. Seine Zunge schmeckte nach Filz. Er sank in den weißen Plastikstuhl, dankte für den Kaffee und nahm, wie um sich fremden Ritualen zu fügen, eine Semmel aus dem Bastkorb. In der Hauptstadt hatte er nach dem Aufstehen immer nur Kaffee oder Fruchtsaft getrunken und feste Nahrung zum Abend hin verschoben. Während er die Semmel dünn mit Butter bestrich, fürchtete er noch, sein Magen könnte der ungewohnten Belastung nicht standhalten. Margas innigem Hinweis, das Pflaumenkompott sei selbstgemacht, kam er nur mit einer Messerspitze nach. Jedoch – schon beim ersten Bissen verkehrte sich der Zwang des Rituals in Genuß. Selten gespürter Appetit stellte sich ein. Johanser rieb die verklebten Augwinkel und lauschte. Maimusik aus Atem und Amseln. Geraschel in den Hecken, geschmeidige Luft, klare Farben. Der Morgen ist eine warme Katze, die ihre Flanke an mir streift und Tau trinkt. Es wird gut. Alles wird gut. Konrads Zittern verging, entspannt lehnte er sich zurück, wippte leicht und ließ den Blick treiben. Wie im Meer ein leeres Boot fortschaukelt, verlor er sich in der Betrachtung des Himmels.

Ein Anflug von Glück berührte ihn. Flüchtiges Glück, das mit Insektenbeinchen über die Haut wandert und sich nicht fangen läßt. Das gleich verschwindet, sobald man nur hinstarrt.

Er hätte für immer in diesem Stuhl sitzen mögen, melodiöses Schweigen um sich, taub gegen jeden Plan, ganz vom Irdischen vergessen.

Etwas geriet in Unruhe. Johanser nahm es am Rande wahr und sträubte sich gegen die Störung. Marga hatte auf seiner Hose helle Flecken entdeckt, deutete darauf, mit zusammengekniffenen Brauen, sagte aber nichts. Nur ihre Lippen bewegten sich stumm.

Johanser, dem die Herkunft jener Flecken ein sehr unwichtiges Rätsel war, klopfte sie geistesabwesend aus dem Stoff. Es staubte ein wenig. Sah nach Mehl aus. Er leckte an der Fingerkuppe. Ja, das ist Mehl, dachte er nebenher, wunderte sich über Rudolfs Grinsen, doch maß er dem keine Bedeutung bei und schwenkte zurück zur Stahlbläue des Himmels.

Es gibt das Glück, o ja, und es macht *pling*. Höchste Note der Klaviertastatur, Klimax des langen Glissandos, macht *pling* – und ward nie mehr gehört.

»Was willst du heut unternehmen?«

Konrad fühlte sich, nach Minuten wundervoller Stille, von Margas Frage bedrängt, als würde ihm zur Unzeit ein Ziel abgenötigt. Vage antwortete er »Spazierengehen« und bekam Angst, den Feiertag mit seinen Verwandten herumbringen zu müssen. Unbedingt wollte er allein sein, allein die Gegend durchstreifen, nichts anderes.

Als Marga fragte, wann man ihn zurückerwarten dürfe, zum Mittag- oder Abendessen, atmete er erleichtert auf, bemerkte dabei nichts vom knotigen Ton ihrer Stimme.

»Eher abends. Hab Lust auf 'nen Gewaltmarsch. Einmal um den ganzen Kessel.«

»Wir würden dich ja gerne begleiten. Aber ich – mit meiner Bandscheibe ... Und Rudi –«

Sie beendete den auffallend gepreßten Satz nicht. Johanser lächelte verständnisvoll und bat darum, Benedikt auszurichten, er wolle an seiner Anlage bitte den Klassiksender einstellen. Marga versprach es.

Momente später hielt sie ihre innere Spannung nicht mehr aus.

Ruckartig stemmte sie sich aus dem Stuhl, holte einen feuchten Spüllappen aus der Küche, mied jeden Blickkontakt und begann, die Rinde der alten Ulme abzuwischen. Johanser sah ihrem Tun erst teilnahmslos, dann verwirrt, dann belustigt zu. Dergleichen hatte er noch nicht erlebt.

Der Putzteufel, der ihr im Nacken hockt, muß schon besonders bös sein! Bäume mit einem Lappen abzuwischen wie Möbel – grotesk. Ich glaub's einfach nicht. Es erinnerte ihn an die Szenen, wenn seine Mutter dem Vater befohlen hatte, im Ledersessel aufrecht zu sitzen, weil sein fettiges Haar das Polster mit der Zeit dunkel färbte. Brueghelsche Possen! Lachhaft und grausam zugleich. Marga schrubbte zwischen den Furchen. Rudolf zog ein amüsiertes Gesicht und zwinkerte dem Neffen zu. Der lächelte zurück, hob nachsichtig die Brauen.

Dann, als Konrad genauer hinsah und winzige Mehlstaubwölkchen erkannte, die Marga mit ihrem Lappen losschlug, begriff er.

Hitze schoß ihm ins Gesicht. Verlegen wand er sich aus seinem Stuhl, schlich zur Wohnzimmertür und verabschiedete sich hastig.

3

Mit der Entfernung wuchs den Dächern ein Lichtflaum. Vom Dunst weichgezeichnet, schwammen Mauern und Straßen ineinander. Johanser stapfte die schwere Erde des Weinbergs hinauf und ging, oben angekommen, einen Feldweg entlang. Das Ackerland hier war von Waldinseln durchsetzt. Tragisch geendete Krötenpaare, traktorengeplättet und vertrocknet, deuteten auf nahe Gewässer hin. Wahrscheinlich hatten sie den umzäunten Fischteich zum Ziel gehabt, an dem er bald vorbeikam. Pittoresker Teich, von tiefbrauner Färbung und der Form einer Malerpalette. Teile des Ufers waren schilfig. Zwischen Steg und Holzhütte lag eine Feuerstelle, schwarzkalt glänzende, Schlick gewordene Asche, von Tuffblöcken umstanden. Daneben stak ein Schürhaken in der Erde, rostig und fettverklebt.

Johanser wurde neidisch.

Angeln im Schatten der Krüppelweide, den Abend mit einem Feuer erwarten, Fische braten, Salz auf weißes Fleisch streuen... Die kleine Hütte, sie würde mir genügen, nur dürften die Nächte nicht kalt sein, Kälte ist widerlich. Den Stacheldrahtzaun, hmm... ich würde ihn beibehalten. Es ist nichts unverschämt daran. Wozu mit anderen teilen, solange man bescheiden bleibt? Was so ein Teich wohl kostet? Zwanzigtausend? Profan, solche Dinge zu taxieren. Marga bestreicht die Ulme mit Mehl.

Johanser schritt gemächlich vorwärts, bedacht, die Stare nicht aus dem Feld zu scheuchen. Er beobachtete das Kreisen eines Bussards und staunte, weil fast jede der Waldinseln mit einem Jägerstand bestückt war, anspruchsvoll und einladend gezimmert. Dächer aus Teerpappe und klappbare Fenster aus Plexiglas hoben die Jägerstände in den Rang kleiner Baumhäuser, frei begehbar. Johanser erkletterte alle, mit kindlicher Begeisterung. Es reute ihn, von den Henleins kein Fernglas geborgt zu haben; die Luft, oberhalb des Kessels wieder klar, machte weite Ausblicke möglich. In der Ferne war die Plateaukante wie ein grauer Unterstrich zum Horizont gezogen, Kilometer dahinter erahnte man erste Häuser Bullbrunns. Kein Mensch störte das Bild. Marga bestreicht die Ulme mit Mehl.

Der Bussard stieß herab, bremste seinen Flug wenige Meter über der Erde, spähte einer knapp entkommenen Beute hinterher und ließ sich vom Wind zurück in seine Lauer heben.

Johanser war bemüht, ganz passiv zu genießen, nichts Konkretes zu denken, umsonst – stets kehrte die bizarre Frühstücksepisode wieder, spreizte sich ein, forderte neue Auseinandersetzung. Dabei hatte er die Sache längst aufgearbeitet und zu seinen Gunsten gebogen.

Marga bestreicht die Ulme mit Mehl, was auf ein inoffizielles Nachtleben ihres Sohnemanns schließen läßt. Oder ist das zu gewagt kombiniert? Ich hab davon gehört, daß man Bäume mit Farbe besprüht zum Schutz vor Schädlingen, aber Mehl – es war doch Mehl? Ich werd sie bei Gelegenheit dran erinnern, wie gern ich als Kind diesen Baum hinaufgekraxelt wäre, wie es mir immer verboten worden war, weil mein Sonntagsanzug geschont werden mußte. Jetzt, mit zwei Jahrzehnten Verspätung, hab ich mir den eingelegten Traum gegönnt, bin nach Mitternacht durch den Garten spaziert, lalelu, im Mondschein, sehr einleuchtend. Nichts daran wird verdächtig klingen. Wenn ich es ihr erkläre, wird sie verstehen und lachen und mit dem nächsten Seufzer über Benedikts heimliche Ausflüge lamentieren. Ich werde zuhören und ihr perforiertes Mutterherz beschwichtigen, werd es zukleistern mit nickendem Verständnis. Mehr braucht sie nicht für das bißchen Leben. Sind die leeren Flaschen unterm Bett gut versteckt? Ich denke. Aber wenn die Flaschen sich häufen – wie sie ohne Aufsehen loswerden?

Von solchen Erwägungen wurde Konrad gepiesackt. Bald hielt er sie für maßlos übertrieben, bald für existentiell, und er mahnte sich, sie ja nie für banal zu erachten. Dann spann er die Fäden weiter und bedachte die Lage Benedikts, dem nun die Möglichkeit, seinem Elternhaus nachts zu entschlüpfen, genommen war.

Schon aus diesem Grund wird er in mir, solang ich sein Zimmer besetzt halte, ein Ärgernis sehen. Kein Wunder, daß er mich so angegiftet hat. Andererseits ermöglicht die Situation vielleicht ein Bündnis. Ich könnte mit ihm konspirieren, ihn passieren lassen, als Wegzoll seine Duldung fordern. Nein. Das hieße zu eingleisig fahren, wäre viel zu verpflichtend. Und fatal, falls Marga dahinterkäme. Dank ihrer Hellhörigkeit, ihrem Talent zur Spionage – ich darf sie bloß nie unterschätzen – nein, so plump geht es nicht. Die Umstände müssen effektiver, *entsprechender* genutzt werden.

Johanser fand, wie er von Jägerstand zu Jägerstand zog, Konstrukte schuf und wieder zerbrach, keine Strategie, die ohne Risiko auskam, und er haderte mit sich, weil er seiner Umwelt nicht schon früher derart präventiv begegnet war.

Was hätt ich mir alles sparen können! Das berühmte Letztlachen hätt ich mir reserviert, den groben Finalspott. Ich bin jetzt hier und bleib, solang's mir paßt. Punkt!

Punkt?

Er hatte diesen Gedankengang bereits viermal komplett repetiert, ohne ihn zwischendurch um nennenswerte Aspekte bereichert zu haben. Das entsprach ganz und gar nicht seiner ehemals geizigen Zeiteinteilung, und er probierte alles, den Kopf wieder frei zu bekommen. Es gelang ihm erst nach zwei weiteren Durchläufen, als er sich schon zu einer Endlosschleife verurteilt glaubte und sogar das bis dato erstellte Faktensortiment ins Wanken geriet. (Vielleicht war's doch kein Mehl? Und wenn – vielleicht gehört's zu irgendeinem Kraut-&-Rüben-Ritus, der Gartengötter bestechen soll?)

Danach, endlich ruhig geworden, tief und bewußt atmend, wanderte Johanser über hügeliges Land, über Wiesen voll Löwenzahn und Akelei. In gemessenem Abstand von einem Streichquartett begleitet, deklamierte er sein Lieblingsgedicht.

> *Nur Einen Sommer gönnt, ihr Gewaltigen,*
> *Und einen Herbst zu reifem Gesange mir,*
> *Daß williger mein Herz, vom süßen*
> *Spiele gesättiget, dann mir sterbe.*

Alle Kanten schliffen sich ab an der zarten Musik, jeder Schritt kam später Genugtuung gleich. Frühlingsduft, durch Einbildung verstärkt, aromatisierte die herrliche Leere im Kopf. Johanser beschloß, eines Abends zu jenem Teich zurückzukehren und den Stacheldraht zu übersteigen. Eine vernünftige Flasche Barolo neben sich, im Schilf liegen wie ein Böcklinscher Faun. Die Bocksfüße ins Wasser getaucht. Hände zum Kissen gefaltet. Libellenfrauen bei der Eiablage zusehn. Schwerer Wein voll Erde, Wein, der dem Körper ein Bett unterlegt, worauf sich zwanglos ruhen läßt. Dazu erlesenes Rutaretil geschluckt und die Zeit gespalten, in genußvoll erlebte Momente, ohne Zusammenhang und Strenge. Und wenn der Mond feist am Himmel hängt – Krater zählen, kosmische Einschußlöcher, in Waben und Gruben wühlen mit lunatischem Blick, kokettieren mit pur romantischer Geistesverwirrung. Das mußte zu erreichen sein. Alles schien einfach und nah.

Übrigens fand er den dritten und vierten Vers verbesserungsfähig.

*Daß williger stürbe mein Herz,
vom süßen Spiele gesättigt*

käme ohne Füllwörter aus, pfeif auf die alkaische Strophenform, vermiede die Doppelung des ›mir‹. Aber ... ich bin ein Pedant. Weinheber hat es als sapphische Transformation versucht. Weinheber war auch ein Pedant. Diese Verse haben auch ohne uns Karriere gemacht. Muß lockerer werden, lieb sein zu allem – und weißt du, was? Ich werde nach Walstadt fahren und den Eltern vergeben, werd einen warmen Strahl pissen auf ihr kühles Grab, und dann – heb ich die Stirn bis über die Wolken, das wird ganz apotheotisch schön ...

Die Sonne stand jetzt im Zenit. Johanser war gute fünf Kilometer marschiert und näherte sich einem Gehöft. Verrottet und ausgestorben schien es; im Dachstuhl fehlte die Hälfte der Schindeln, von den Mauern war aller Putz weggebrochen, und der Misthaufen, auf dem kein Hahn krähte, war wirr über den Hof verstreut. Leere Koppeln säumten das Gut. Ein Scheunentor stand bis zum Anschlag offen, und ebenso leer wie jene Scheune wirkten die Stallungen. In einigen Fenstern klafften Löcher, und vor dem Wohntrakt stand ein alter VW-Bus ohne Reifen, vermutlich ausgeschlachtet bis zum letzten Kupferkabel.

Neugierig geworden, verließ Johanser den Feldweg. Er besaß ein Faible für Ruinen, hatte immer bedauert, daß Deutschland nach dem Krieg so schnell seiner singulären Kulisse beraubt worden war. Der jugendliche Konrad hatte sein Zimmer mit Luftaufnahmen zerbombter Städte geschmückt, bis sie vom Vater in einem Wutanfall von den Wänden gerissen wurden. Damals hatte Konrad ihm zum ersten Mal den Tod gewünscht, er wußte es noch, der stumme Fluch war Blasphemie und Befreiung zugleich gewesen, groß, erschreckend – und folgenlos. Statt eines ödipalen Fanals kamen Jahre geduckten Wartens.

Johanser betrat eben den Hof, wollte, wie er es liebte, nach rätselumwobenen Relikten forschen, als zu seiner Verblüffung ein Hund bellte. Grauenhaft schnellte das Tier um die Ecke, schwenkte suchend den Kopf, blieb drei Meter vor Konrad stehen und knurrte ihn bösartig an. Ein riesiger Hund, Bastard aus Rottweiler und irgendwas, mit sabbernden Lefzen und kranken rotschwarzen Augen. Sein Fell war an vielen Stellen ausgegangen, die Haut schorfig. Der Nacken des Hundes überragte dessen Hinterteil, was man dem Konradkind einmal als Symptom für Kampfeslust beigebracht hatte.

Johanser dachte daran, seinen Hals mit dem breiten Mantelkragen zu schützen, aber er war unfähig zu jeder Bewegung. Schweiß perlte auf der Stirn, seine Brust wurde eng und eisig. Der Hund griff nicht an, knurrte bloß, bleckte die gelben Zähne. Seine Augen waren von Grind umlagert, alt war er, nah am Krepieren, es machte ihn um so fürchterlicher.

Konrad wagte keinen Schritt, suchte sein Heil in völliger Starre. Nur die leeren Handflächen kehrte er nach außen, zeigte sie her, hauchte ein »Ruhig... ruuuhig« dazu. Der Hund zuckte, schien immer wieder zum Sprung anzusetzen und es sich im letzten Moment noch anders zu überlegen.

Minuten dehnten sich zu einer kalten Hölle aus Scheinhinrichtungen. Was Johanser fühlte, war weniger Angst noch Demütigung, eher die sprachlose Enttäuschung eines, der, brutal aus seiner Hoffnung gezerrt, dem Nichts entgegensieht.

Kein Knüppel und kein Stein lagen herum, mit denen er sich hätte wehren können, aber jemand trug eine Photographie Somnambelles vorbei, und der Vater riß zerbombte Städte in Fetzen und lachte, die Mutter schlug hysterisch gegen den Heizkörper, dröhnend metallischer Klang, nur einen Sommer gönn, gewaltiger Köter, der Teppich entrollt sich...

Verstörend undramatisch, als sei alles ein Spielchen gewesen, trottete der Hund davon, machte einfach kehrt und bog um die Ecke, dorthin, woher er gekommen war. Johanser rang nach Luft und lief rückwärts, bis er wieder den Boden des Feldwegs unter sich spürte. Ein Schrei klumpte in seiner Kehle; er zerbiß ihn und schluckte heftig.

Johanser war über hundert Meter vom Gehöft entfernt, da öffnete sich die Tür zum Wohntrakt. Heraus trat ein bärtiger Mann mittleren Alters, in Arbeitskleidung und Gummistiefeln, der rief etwas und fuchtelte mit einem Stecken. Was er rief, war nicht zu verstehen, es klang zuerst unfreundlich, mit wachsender Entfernung jedoch schien es Johanser, als wolle der Mann ihn gar nicht vertreiben, würde ihn vielmehr zu sich bitten. Sein Fuchteln jedenfalls war zweideutig.

Johanser ging in Richtung des Waldes davon, um Haltung bemüht.

Der Hund wird morgen sterben, er weiß das. Drum hat er mich nicht angefallen, es lohnte sich nicht. Für ihn ist der Kampf vorbei, Trophäen haben keinen Sinn mehr. Häßlicher, weiser, alter Hund. Ich bin ihm nicht böse.

Aber warum denke ich *morgen*? Könnte ebenso heute passieren, in zwei Tagen, Wochen, einem Jahr. Als ich grad gedacht habe *morgen* – eigenartig, ich wählte das Wort ganz überlegt, nein, *überlegt* ist nicht richtig, *überzeugt* paßt eher – so, wie der visionsgläubige Roulettespieler, eine lichtumflorte Zahl vor Augen, das letzte Geld auf sie setzt. Und dann kommt die Zahl.

In einem von siebenunddreißig Fällen.

Ich denke völlig irrational. Der Hund wird *bald* sterben, ja, das ist wahr, unverfänglich wahr. Es wäre ein grober Fehler, übermorgen hierher zurückzukehren, im Gefühl der Sicherheit. Das Irrationale ist voll solcher Fehler, durchbissener Kehlen, verbluteter Menschen ...

Ihn fröstelte. Im dichten Buchenwald, der das Weideland

abgelöst hatte, war die Temperatur spürbar gesunken. Johanser mühte sich, den Vorfall herunterzuspielen. Da war eine Stimme, die sagte, daß elementare Begegnungen jener Sorte nur nach ihrem Ergebnis zu werten, also in Wunden zu zählen seien. Denn was, außer Wunden, könnte ein vorbeigelaufenes Tier dir beibringen? Es ist nichts geschehen, überhaupt nichts, du gehst jetzt hier lang, wie du sowieso hier entlanggegangen wärst. Es gab eine andere, lautere Stimme.

Gefeierte Erhabenheit ist Lüge. Wann begreifst du das endlich? Jetzt schickt man dir schon verschorfte Hunde zur Zurechtweisung, als ginge es dezenter nicht mehr... Jede Überlegenheit ist Fronttheater, wir werden gescheucht, alles Denken basiert auf Angst, das tiefere Wesen des Daseins heißt Flucht. Ausweichen, ducken, sich ständig aus dem Fadenkreuz stehlen...

Er suchte eine moosbewachsene Lichtung, sah in den Himmel, hob die Arme und füllte sich mit Sonne auf. Eine Kolonie Frauenschuh blühte neben ihm, halbmeterhoch. Johanser bewunderte die gelben Blütenkörbe, kniete nieder und roch daran – um sich im nächsten Moment einzugestehen, daß er einer Pose nachgab. Für Grünzeug besaß er kein Empfinden, der Name der Pflanze, zufällig gewußt, löste etwas aus, trug Sehenswürdiges in sich. Die Pflanze selbst blieb austauschbar, bedeutungslos.

Ein welkes, vorjähriges Blatt schaukelte langsam zur Erde.

Johanser fing es und las darin wie in der letzten Seite vom Buch des letzten Jahres. Sanft war es hinabgeglitten, versöhnt und willkommen. Er hatte mit dem Blatt eine Vorstellung aus der Luft gegriffen, vom Moment seines Todes, dem er ähnlich hohe Haltungsnoten wünschte. Ein Gleiten, Loslassen, das ohne Wissen sein Ziel kennt: zurück.

Der Köter verreckt, der geht mich nichts mehr an. Er hat mich nicht angegangen, weil es sinnlos war, weil ich zu spät kam.

Die Stimmung, in der ein Falter mit geschlossenen Flügeln zum Buchdeckel wird, hat etwas, etwas von beidem, vom Zauber und von der Lüge. Wie das Leben ist.
Frauenschuh.
Johanser spürte Lust zu tanzen. Den Hund nahm er lang nicht mehr so wichtig wie den Fakt, ihm entkommen zu sein. Gutes Zeichen für Sommer und Herbst. Leider kam er sich beim Tanzen, selbst unbeobachtet, lächerlich vor. Die Finger zu Bechern geformt, den Kopf in den Nacken gelegt, dauernd in Angst vor neuer Angst, schlenderte er durch den Wald und gelangte an eine nüchterne Teerstraße, die an Kuhweiden vorbei hinab zum Achertal führte. Er berührte Schwachstromdrähte, erfrischte sich mit leichten Schlägen, vertrieb die Müdigkeit aus den Beinen.

Das Streichquartett spielte wieder, gehemmt noch.

Die Seele, der im Leben ihr göttlich Recht
Nicht ward, sie ruht auch drunten im Orkus nicht.

Unten mündete die Teerstraße in eine Kreuzung, von der ab drei Asphaltchausseen die Senke teilten. Links ging es nach Niederenslingen, rechts nach dreißig Kilometern zur Autobahn. In gerader Richtung wartete die Serpentinenstraße mit langgezogenen, dennoch immens steilen Kurven.

Johanser blieb auf der Acherbrücke stehen und überlegte, ob er sich den mühsamen Weg hinauf noch antun sollte. Der harte Straßenbelag samt der Aussicht, einer schmalen Linie folgen zu müssen, neben – wenn auch nicht zahlreichen – Autos her, schreckten ihn ab. Irgendein Trampelpfad, der Abgas und Motorenlärm umgangen hätte, war von hier aus nicht zu entdecken. Übergangslos grenzte nackter Fels an die Straße. Zwischen den Serpentinen stand aber dichtes Buschwerk.

Johanser verschob die Besteigung des Plateaus auf morgen, lief die Böschung hinunter und setzte sich ans Ufer. Zwei Uhr, halb drei ... Kiesel in die Acher zu werfen schien eine dem

Sonnenstand angemessene Beschäftigung. Er war sehr durstig und probierte vom Flußwasser. Es schmeckte nicht; besser gesagt, beschwatzten ihn seine Erzieher posthum, daß daran etwas faul sein müsse. Die herrliche Farbe eines frisch gezapften, schaumgekrönten Bieres stand ihm vor Augen. Er warf noch einen letzten Stein und durchquerte gierig den Ort, marschierte die Hauptstraße entlang in Richtung Postwirt, wo es Bier – und etwas nachzusehen gab.

Die Gärten an der Straße waren voll blendend weißer Tischtücher, mit Menschen darum, die Kaffee tranken, Kuchen aßen, es machte den Eindruck, als säßen die Menschen schon seit dem Morgen so da, statisch und zufrieden, Ausstellungsstücke einer ostereierfarbenen Prospektwelt.

Das Streichquartett blieb am Ortsschild stehen und weigerte sich, Konrad über jenen Punkt hinaus zu begleiten. Leblos wurde alles, still. Ein Geschäft reihte sich ans nächste, und die lange Reihe dunkler Schaufenster ließ ihn an Krippen denken, Hinterglaskrippen in Kirchen, in die man Münzen stecken muß, ihr Inneres zu beleuchten.

Seltsam, dachte er, wie gründlich eine Stimmung Bilder verfärben, Idyllen in Friedhofsnähe treiben kann. Man könnte glauben, die Menschen in ihren Gärten seien alle mumifiziert, kolorierte Schatten oder Puppen, einem Schaufenstertraum entliehen. Vielleicht sind ihre Tische mit Leichentüchern gedeckt ... Was red ich denn? Benedikt würde so denken.

Johansers Schritt hatte jeden Rhythmus verloren. Knie und Handgelenke schmerzten, zugleich glaubte er seine Wirbelsäule durch Eiswürfel ersetzt, lose aufeinandergefädelte Eiswürfel, die nichts mehr hielten, die schmolzen und drohten, den Körper in einen Sack zu verwandeln.

Ist das ein Sonnenstich? Ich hab immer noch den dicken Mantel an. Vielleicht ist das Frühstück schuld und das viele Gehen. Was bist du für ein verzärtelter Waschlappen? Reiß dich zusammen!

Er schleppte sich an der Plakatvitrine des kleinen Hinterhofkinos vorbei (»Der universelle Soldat«, dritter Teil), sah einer Katze zu, wie sie sich auf dem Gehsteig sonnte, prüfte die Auslage einer Buchhandlung und betrat den Dorfplatz.

Ein paar Jugendliche saßen um die Mariensäule. Johanser fühlte sich von ihnen beobachtet und beurteilt. Man hatte Tische und Stühle vor den Gasthof gestellt. Vier Männer spielten Karten, ein anderer blätterte in einer Motorsportbroschüre, alle tranken Bier aus Halbliterseideln. Johanser grüßte flüchtig, trat durch die offenstehende Tür in den Hofgang und von dort in die Gaststube.

Hölzerne Kühle. Düsternis.

Lichtstreifen, die durch niedrige, geviertelte Fenster brachen, drangen kaum bis zur Mitte der Seitentische vor. Kreuzgewölbe über den Nischen boten gruftartige Geborgenheit an. Die Theke war ein hoher, eichener Altar, umgedrehte Gläser warteten in Dreierreihen neben dem Zapfhahn. Einige Steinkrüge trugen Vornamen: Markus, Hans, Christof. Den runden Tisch nahe der Theke bewachte ein Messingschild, das ihn als Stammtisch auswies. Zeitungen, an Holzstöcke geklemmt, hingen neben der Tür, und im Bogengang, der zu den Toiletten führte, stand, unbeleuchtet, ein Flipper. Es fand sich kein Umgehungswort für den verhaßten Anglizismus, beim besten Willen nicht, aber das geräucherte Kruzifix über dem Türbogen egalisierte diesen Makel, und die Zahnstocherfäßchen, in der Hauptstadt nahezu ausgestorben, nahmen Johanser endgültig für den Wirtsraum ein. Stühle und Eckbänke trugen abgesessene Polster. An der Wand zum Hof hingen uralte Photographien, von Gesangsvereinen oder Feuerwehrbrigaden, drunter jeweils eine Jahreszahl: 1929. 1926. 1931. Schräg hinter dem Tresen gab es noch ein Rotomint-Münzspielgerät, außer Strom, der Stecker hing lose herab.

Johanser war allein in der Stube, und obwohl er mehr als drei Minuten die Einrichtung begutachtete (das ›Set-Design‹

– schoß es ihm stichelnd durch den Kopf), kam niemand, kein Gast, kein Kellner, auch nicht die Kellnerin von letzter Nacht, deren Gesicht ihm noch fehlte.

Er hätte sich in aller Ruhe aus dem Spirituosenregal bedienen können und fing zu spekulieren an, wieviel man im Leben umsonst bekommen würde, wäre man nur dreist genug. Dreist bin ich schon gewesen, aber immer uneigennützig. Diese nutzlosen Rückblenden. Rede zu oft in der Vergangenheit von mir.

Das Archiv Zumrath und die Hauptstadt verfluchend, lief Johanser zur Toilette, wusch seine Hände, legte die verbliebenen Haare in Form und zog, weil es ihm grad in den Sinn kam, eine Schachtel Kondome aus dem Automaten. *Gefühlsecht.* Welch exemplarisches Wort! *Naturfarben. Gleitbeschichtet.* Holla! In diesem Ort wird Geschlechtsverkehr betrieben! Er steckte die Packung ein und ging, ständig boshaft kichernd, zur Gaststube zurück.

Da stand sie.

Mit dem Rücken zu ihm, am Tresen, schrieb sie etwas auf einen Rechnungsblock. Ihr rechter Fuß hatte den Schuh verlassen und rieb gegen den linken Unterschenkel. Mädchenhaft schlanke Beine.

Johanser blieb stehen, tat nichts, sich bemerkbar zu machen.

Sie trug keine Strümpfe. Ihre Haut lumineszierte vorm dunklen Hintergrund des Altars. Langsam kreisten ihre Zehen um den juckenden Punkt knapp unterhalb der Kniekehle.

Johanser trat, um Lautlosigkeit bemüht, einen halben Schritt nach vorn. Jetzt verschwand ihr zierlicher Fuß im Schuh, der Rock fiel über die Knie herab. Stand- und Spielbein wechselten, sie stemmte die linke Hand in die Taille und bog den Körper zu einer atemberaubenden Sichel. Hellbraun, mit einem Stich ins Goldrot, floß ihr Haar über den schmalen Rücken, bis auf Höhe des Herzens. Leises Gähnen war zu hören.

Willkommen dann, o Stille der Schattenwelt!
Zufrieden bin ich, wenn auch mein Saitenspiel
Mich nicht hinabgeleitet; Einmal
Lebt ich, wie Götter, und mehr bedarfs nicht.

Da drehte sie sich um, sah ihn an und richtete sich auf. Sie war schön.

»Bleiben Sie hier, oder gehen Sie hinaus?« Es klang wie die Frage, ob er leben oder sterben wolle.

Zweiundzwanzig mochte sie sein, nicht älter. Johanser murmelte, daß er gern hier bleiben würde, wenn es keine Umstände mache. Sie gab keine Antwort, hob nur die Brauen und schnalzte leise mit der Zunge, was ein ›Bitte sehr‹ bedeuten konnte. Ihre Lippen waren schmal, blutleer und ungeschminkt, die Mundwinkel streng, nicht arrogant, die Wangenknochen ausgeprägt. Ihr schwarzes engsitzendes Kostüm endete in abstehenden Samtrüschen. Ein weißer Spitzenkragen schmiegte sich um den schlanken Hals, der Ausschnitt, nicht gerade zeigefreudig, reichte nur bis zur Mulde über dem Brustbein.

Johanser bestellte Bier, fügte, Sekunden später erst, ein »Bitte« hinzu.

Sie drehte sich um, ging ohne Eile zum Tresen und hielt ein Glas unter den Zapfhahn, als würde es das Letzte sein, was sie je für jemanden täte. Mit der linken Hand zupfte sie an einem Schalter. Der Raum wurde in brütendes Ocker getaucht; aufgescheuchte Schatten wechselten die Plätze. Sie kehrte mit dem vollen Glas zurück, und weil Johanser noch immer bewegungslos dastand, wiederholte sich das Fragespiel ihrer Brauen. Er wählte einen Platz am Fenster, hängte seinen Mantel auf und beobachtete die feingliedrige Hand, die den Bierdeckel wie eine Spielkarte in die Tischmitte warf. In einem Moment schwand alles Mädchenhafte von der Frau. Kurz sah sie her, weder freundlich noch abwehrend – matt, aber nicht stumpf, als dächte sie an etwas weit Entferntes. Ihr Gesicht war über das natürliche Maß gebräunt, ohne ordinär zu wirken. Die spitze Nase gab ihr etwas Schnippisches und Trauriges zugleich; die Nasenflügel wölbten sich über zwei so engen Schlitzen, daß damit ausreichend Luft zu schöpfen kaum möglich schien.

Johanser hatte sie zu lange begafft. Ein kurzes Zucken ihres Halses deutete er so, griff beschämt zum Bier und trank.

Sie ist hinausgegangen, ich bin wohl zu aufdringlich gewesen. Aber sie wird wiederkommen, und ich werde sie ansehen können. Wie großartig und sinnvoll das Leben ist! Das Bier schmeckt phantastisch, und die Toten an der Wand haben nichts Böses mit mir vor. Dennoch – ich muß mich im Zaum halten, darf nicht glotzen, nie wieder glotzen wie eben. Es widert mich an! Blicke heimlich, Konrad, blicke diebisch, das ist erlaubt; Geilheit ist ein Feld, auf dem die Moral zum Hasen wird und Haken schlägt. Schau, wie die Anmut hereinschwebt und an der Theke fünf neue Biere zapft, wie sie dasteht, stolz und versonnen. Unvorstellbar, daß sie auf Zuruf Wurstbrote, Schnaps oder auch nur eine Serviette bringt, so majestätisch ruhen ihre dunklen Augen auf dem Schaum, dem Abschaum, und messen allem hier den Status einer geduldeten Petitesse zu.

Johanser überlegte, wie er stilvoll ihren Namen erfahren könnte. Zugleich, während sich die eine Hälfte seiner Gedanken in erotischen Flugfiguren austobte, kreiste die andere viel bodennäher um den Fakt, daß er, entgegen seinem Vorsatz, schon am Nachmittag trank. Vorher hatte er, wie viele Alkoholiker, die ihre Sucht dem Tag verschweigen, nie vor sieben Uhr abends damit begonnen.

Na und? Bin ein elendiger Pedant! Möchte das Bier irgendwo hinschütten und ein neues bestellen, damit ich ihre

Hände sehe. Ihre Hände sind von Velázquez, nur trägt sie transparenten Lack auf den Nägeln, gleißende Segmente, und ich kann dieses Bier nirgends hinschütten außer in meinen Mund. Warum nicht? Weshalb diese alberne 19-Uhr-Fassade? Die Gesundheit ist zum Glück überstanden.

Er hob das leere Glas, rief *Fräulein* – unsägliche Anrede, die ihm schmerzhaft über die Lippen ging. Wenn es um Kontaktaufnahmen ging, war er nie ein Held gewesen. In seinem Kopf formulierten sich verkrampfte Sätze, etwa: ›Wie soll ich Sie nennen, wenn ich nicht *hallo* sagen soll?‹ oder ›Möchten Sie lieber mit *Fräulein* oder mit Namen angesprochen werden?‹ Alles klang entsetzlich schwach und unbeholfen.

Die Kellnerin servierte das Bier, während er entschlußlos herumwürgte und kaum ein verstehbares »Danke« zustande brachte. Plötzlich hielt sie in der Aufwärtsbewegung inne und musterte ihn.

»Sie waren gestern nacht schon da, oder?«

Konrad, perplex und ertappt, verlor die Beherrschung.

»Am Hoffenster, wie können Sie das wissen? Sie waren doch mit Geldzählen beschäftigt.«

Er hätte sich die Zunge abbeißen mögen.

»Ich heiße Anna. Einige nennen mich Anni, aber das mag ich nicht.«

Sie ließ ihn allein und ging in die Küche. Johanser war nahe daran gewesen, sich ebenfalls mit Vornamen vorzustellen. Nur ihr rascher Abgang hatte ihn vor dieser Peinlichkeit bewahrt.

Glücklich starrte er in den Bierschaum. *Anna.* Was hätte es für schreckliche Alternativen gegeben... Die Toten an der Wand nickten alle.

Überhaupt sind die Toten nette Leute, und das Leben ist ... vogelfrei! Anna hat ihren Namen ohne Aufforderung genannt, mit einer hastigen Stimme, hell, voll Atem. Hat sie meinen Wunsch erraten? Wird es von ihr erwartet? Gibt sie ihren

Namen her in lästiger Routine? Was bezweckt sie damit? Will sie vorbeugen oder einladen? Grenzen aufzeigen oder einreißen?

Anna. Er sagte ihren Namen, die Vokale klangvoll gedehnt. Ein Palindrom, fiel ihm auf, das poetischste Palindrom der Welt. Johanser war leicht beschwipst, was ihn erstaunte. Normalerweise mußte er lange trinken, um dann fast übergangslos die Besinnung zu verlieren. Auch das zweite Bier hatte er schon halb geleert, nur ein Viertelliter trennte ihn noch davon, Anna erneut rufen zu dürfen. Als es soweit war, zelebrierte er ihren Namen wie ein indisches Gebetswort oder den ersten Schluck eines großen Kognaks.

»An-na?«

Nichts tat sich, und Johanser rief ein zweites Mal, so laut, daß sie es hören mußte. Aber statt ihrer trat aus der Küche der Wirt, jenes menschenähnliche Bräupferd, das ihn gestern nacht so unverschämt abgefertigt hatte. Sein Hemd spannte sich um schwere Muskelpakete, der Hals des Zentauren war ein breites Terrakottapostament.

»Soll's noch eins sein?«

Konrad starrte ihn feindselig an.

»Zahlen bitte«, murmelte er und erwartete, daß der Wirt ihm Anna vorbeischicken würde. Der Wirt jedoch blieb stehen, nannte eine Summe und zückte die Geldtasche. Johanser zögerte, gab dann übermäßig Trinkgeld und betete darum, den Schatten des Zentauren nicht länger auf dem Leib spüren zu müssen. Er fragte nicht, wo Anna sei. Um nichts im Leben hätte er zu diesem Metzgerschmied über Anna gesprochen.

Geht sie mir aus dem Weg? Muß sie in der Küche arbeiten? Ist ihre Schicht zu Ende? Vielleicht verläßt sie gerade das Haus und schlendert durch die Straßen.

»Ich brauch noch zwei Flaschen Wein. In einer Tüte bitte!«

»Denselben wie gestern?«

Denselben wie gestern. Ein Alptraum.

»Jaja. Machen Sie bitte schnell!«
»Hat Ihnen geschmeckt, was?«

Konrad nickte zornig, und als der Wirt sich noch immer nicht von der Stelle rührte, drehte Konrad ihm den Rücken zu und ballte die Finger vor der Brust. Sein Magen wurde bleiern und heiß. Warum passiert mir so was? Sicher gibt es Gründe. Ich bin umstellt von mir unbekannten Gründen.

Endlich hörte er die Schritte des Wirtes, gemächlich schlurfend, grinsende Schritte, überdeutlich – Schritte, die alles wußten.

Ich bin durchsichtig wie Glas. Mit einem Seitenblick taxiert man mich und weiß Bescheid. Das ist die blödeste Form der Ehrlichkeit: Durchschaubarkeit. Anna, deine Hände spüren auf meiner Haut, und deine nackten Zehen unter dem Tisch. Sie könnten mir, während du schweigst und träumst, über die Schenkel wandern, auch ich würde schweigen und träumen. Und auf dem Tischtuch, unsre Fingerspitzen, jagten einander wie junge Katzen.

»Sonst noch was?«

Konrad entriß dem Zentauren die Tüte, gab einen zu großen Geldschein, wie um sich loszukaufen, und hetzte auf den Dorfplatz hinaus.

Hat sie den Schrank vorgeschoben, weil ich ihr ekelhaft war? Dieses Kraftvieh, mit seinen fünffingrigen Schaufeln ... Um Gottes willen – ficken die beiden? Man muß mit allem rechnen. Wen frag ich danach? Ich bin ganz kindisch! Aber es macht auch Spaß. Es ist aufregend.

Zügellos schwelgte Konrad in Mutmaßungen und Phantasien und bekam Lust, einen unbeobachteten Ort zu suchen, sich noch konkreter in die Phantasie einzubeziehen. Er umrundete einmal den Platz, stützte sich an den Häusern ab, roch am Stein. Der Abend wird wunderschön – orange und braun und blau. Ein Fest aus Licht und Duft.

Alles, was zu sehen war, Bilder wie greifbare Dinge, entsprangen einem komplexen System aus Anhaltspunkten und heuchlerischen Omen, sagten alles und verhießen nichts. So hingebungsvoll Johanser sich in jenes System einzuflechten suchte, er blieb unwillkommen. Die Membran, die den Betrachter vom Bild trennt, war für ihn nicht zu durchtrennen.

Er dachte an das grausigste aller Märchenmotive – wenn eine böse Fee ein Kind stiehlt und es als Leinwandfigur enden läßt. Dort bleibt es ewig gefangen inmitten der Bildelemente, in Öl gemaltes Hintergrunddetail einer anderen, unerreichbaren Welt. Wird die böse Fee zur guten, sobald das Bild die Wirklichkeit an Fülle überragt? Interessante Frage. In mir ist ja nichts, was mich in mir hält. Die erstbeste Fee bettle ich um den Zauber an. Eindringen, Öl sein, verfließen. Eine Farbe werden. Oder Musik.

Benedikt. Der Junge lehnte am Sockel der Mariensäule und rauchte. Sein volles Haar, über der Stirn zusammengefallen, verdeckte das Gesicht bis zum Nasenansatz.

Er kann, dachte Johanser, noch keine Minute dort stehen. Wirklich war die Zigarette kaum heruntergebrannt. Benedikt sah erschöpft aus, hatte die Hände auf die Knie gestemmt und stierte in die Speichen seines Fahrrads.

Johanser erwog eine Sekunde zu lang, den Jungen zu übersehen, trat dann vor ihn hin und grüßte.

Benedikt hob den linken Arm um sechzig Grad – lässige Geste, unglaublich gekünstelt, wie vieles an ihm filmisch wirkte, im Kino gelernt und vorm Spiegel geübt. Hatte es Johanser bisher amüsiert, empfand er nun Wut, hatte nicht die geringste Lust, sich mit seinem Cousin auseinanderzusetzen, wäre viel lieber allein mit Anna gewesen oder einer der anderen Frauen aus dem Bildkontor der Onanie.

Seine Tüte hielt er hinter dem Rücken verborgen, das Gegeneinanderklappern der Flaschen war nur mit Ruhe und Balance zu verhindern, an beidem mangelte ihm.

Was gab es zu sagen? Kein Wort trat vor und meldete sich freiwillig. Zuletzt griff Konrad zu einer Lüge.

»Jetzt hätt ich auch Lust zu rauchen.«

Benedikt stippte den ersten Zentimeter Asche fort.

»Drüben steht ein Automat!« Er deutete quer über den Platz.

»Willst du mir keine von deinen geben?«

»Sie brauchen sie nicht wirklich.« Bei diesen Worten strich er sich die Haare aus der Stirn und sah Konrad geradewegs in die Augen.

»Stimmt, allerdings. Wahrscheinlich würdest du mir nicht mal eine verkaufen wollen?«

Der Junge blies Rauchkringel in die Luft, ziemlich gekonnt.

»Wieviel bieten Sie denn?«

Konrad war nahe daran, ihn zu ohrfeigen, wog in fast mathematischen Gedankengängen den Genuß aus dieser Tat gegen ihre irreparable Dummheit ab.

»Möchtest du gern, daß auch ich dich sieze? Ja? Brauchst es nur zu sagen.«

»Siezen ist cool. Aber es ist mir egal, ob Sie das tun. Ehrlich. Scheißegal.«

Feig ist er weiß Gott nicht. Hat mir alles Wesentliche voraus. Ich darf ihn jetzt nicht schlagen. Warum klappern diese blöden Flaschen andauernd? Bin doch ganz ruhig.

»Du möchtest gern von hier weg, lieber heute als morgen, ist es nicht so? Wirst aber warten müssen, zwei lange Jahre, sonst greift man dich auf. Entschuldigung, sonst greift man *Sie* auf und schickt *Sie* nach Hause zurück, so geht das nun mal, *Herr Henlein,* man muß warten und sich die Zeit bequem vertreiben, sonst wird die Zeit zur Hölle, ich weiß das, ich hab da ein wenig Erfahrung. *Sie* dagegen scheinen mir vom Flammengezüngel auffallend unbeleckt. Wie kommt das nur? Um ehrlich zu sein – *Sie* wirken auf mich völlig ahnungslos ...«

»Hä?«

»Ich glaub gar nicht, daß Ihr Charakter so mies ist, wie

er tut. Kann sein, Sie haben grad Knatsch mit der Freundin oder sonst einen hochtrabenden Grund für Ihr Verhalten. Vielleicht ist mir das auch *scheißegal,* wer weiß?«

Johansers kleine Rede, die ihm selbst viel zu forsch und bauchgeboren schien, zeitigte unerwartet Wirkung. Benedikt fixierte ihn nicht mehr, sog heftig an seiner Zigarette und machte einen unbehaglichen Eindruck.

»Hört sich echt grauenhaft an! Was wollen Sie eigentlich?«

Konrad spürte Lust auf eine emphatische Antwort, ALLES! ALLES!, aber er schwieg und genoß den Triumph, Benedikt zu einer Frage verführt zu haben.

»Und wieso glauben Sie, ich will von hier weg?«

Konrad wuchs mit jedem Wort. Er hatte den Nerv des Jungen getroffen, davon war er jetzt überzeugt.

»Solang du die Ulme nicht verfügbar hast für deine nächtlichen Extratouren, solang bist du mir bös, nicht? Hab dir ja was weggenommen – stimmt, ich bin der spitze Stein im Schuh. Wenn ich Krieg will ... es liegt an dir, wie wär's? – ich hau, bevor ich geh, den Baum mit einer Axt um, das ist nur ein Beispiel, grob-plastisch, ein Pyrrhussieg, den schreibt man auf Fahnen, die auf Halbmast flattern.«

Der Junge sah entgeistert drein, seiner Masken entblößt. Johanser wunderte sich, er hatte ihm einiges mehr zugetraut, hatte ihn sichtlich überschätzt. Der Handstreich wurde von seiner Leichtigkeit beinah entwertet.

Natürlich, er ist nicht der Teufel, was dachtest denn du? Nur ein Sechzehnjähriger mit altersgemäßem Problemkatalog, ein Heißluftballon, den jeder Nadelstich zum Sinken bringt.

»Hast du mir den Klassiksender eingestellt?«

Der Junge nickte.

»Prima. Dann tu ich auch etwas für dich. Vorausgesetzt, du schlägst es nicht aus.«

Benedikt verschob die Lippen gegeneinander. In ausweichender Geste zerrieb er seinen Zigarettenstummel.

»Was sollten Sie denn tun für mich?«
»Glaubst du, ich könnte nichts tun?«
»Sah bisher nicht aus, als hätten Sie das vor.«
»Gab Gründe. Du darfst die Lage nicht immer nur aus deiner Position beurteilen. Wenn du willst, gehen wir jetzt gemeinsam zum Abendessen heim und reden miteinander.«

Das erste Mal, daß Konrad jenes suspekte Wörtchen – *heim* – in bezug auf sich selbst in Anspruch nahm. Es schmeckte ungewohnt, doch lang nicht so falsch und fremd wie zuvor.

Benedikt zierte sich noch. Dann hob er sein Rad vom Pflaster auf und schob es neben sich her. Während des gemeinsamen Weges bestritt Konrad neun Zehntel des Dialogs. Benedikt kittete nach und nach die Reste seiner zerbröckelten Fassade, rang sich Distanz ab, nuschelte maulfaul und schob manchmal das Rad schneller, wie um dem Cousin zu enteilen. Doch hörte er die ganze Zeit über aufmerksam zu und zupfte am verpickelten Hals.

4

Marga war am Ende des Abends hochzufrieden. Ein schönes Beisammensein. Lang nicht mehr hatte sie an ihrem Sohn so wenig auszusetzen gehabt. Selbst Rudolf war von der gelösten, heiteren Stimmung angesteckt worden, hatte über jeden von Konrads Scherzen gelacht und ihm einmal sogar auf die Schulter geklopft. Marga konnte sich an keinen häßlichen Ton erinnern. Sie flüsterte es immer wieder: ein schönes Beisammensein! Benedikt war zurückhaltend, aber höflich gewesen und nach dem Essen zu Hause geblieben, das erste Mal seit vielen Wochen. Von zentnerschwerer Angst befreit, lächelte Marga in den Badezimmerspiegel. Es gab endlich wieder Hoffnung.

Konrad hatte Anekdoten aus seiner Schulzeit erzählt, ganz köstliche Episoden, wie er bei einer Aufführung von Schillers »Räubern« den Franz und den Karl Moor als Doppelrolle spielen wollte und ihm eine nervöse Heiserkeit dazwischenkam. Was daran eigentlich so witzig gewesen war, hätte Marga jetzt, zwei Stunden danach, nicht mehr genau wiedergeben können, manches hatte sie auch gar nicht verstanden. Rudolf und Benedikt fanden es aber sehr komisch, und wo immer die beiden in Gelächter ausbrachen, lachte sie mit. Später stellte sich heraus, daß die »Räuber« gerade Benedikts Schullektüre waren, und er und Konrad unterhielten sich recht lange über das Stück, sogar, als im Fernsehen schon der Spielfilm begonnen hatte.

Vielleicht könnte man an einem Wochenende gemeinsam ins Hallenbad. Dort gab's jetzt eine Maschine, die im großen Becken Wellen erzeugte, und man konnte auf einem riesigen Grill mitgebrachtes Fleisch braten oder sich in die Sauna setzen. Für jeden etwas, ein idealer Ausflugsort, wo es möglich war, beisammen zu sein oder sich, falls es doch Spannungen geben sollte, aus dem Weg zu gehen. Das ist eine gute Idee, ja! Marga war ganz euphorisch. Durch die dünne Wand drang Musik, weiche, harmonische Klänge, nicht dieses grellschnell-stampfende Zeug, das Benedikt immer hörte.

Marga entnahm dem Schrank eine Dose Hautmilch für die Nacht.

Konrad ist ein so angenehmer Mensch. Und ehrlich.

Nach dem Essen hatte er ihr das Geschirr in die Küche getragen, hatte ihr, ohne jeden Zwang, den nächtlichen Spaziergang im Garten gestanden, rührend geradezu, wie ein herzensgutes Kind eine läßliche Sünde beichtet. Natürlich, sie hatte es gewußt, und Konrad war sich darüber im klaren gewesen, aber genausogut hätte er eine Aussprache umgehen können – die Sache war nun wirklich zu gering, keiner Aufregung würdig. Daß er es überhaupt für nötig hielt, den Vorfall anzuschneiden, zeigte sein korrektes, einfühlsames Wesen. Die Mehlflecken hatten sie doch ein wenig irritiert, das stimmte schon, sie war Konrad für seine klärenden Worte zutiefst dankbar.

Er besaß ein Talent, Komplimente zu machen. Auch die dezent geäußerte Anregung, sie solle mehr auf sich achten, hatte Marga verinnerlicht.

Die Dose mit der Nachtlotion war mühsam zu öffnen, der Deckel eingetrocknet.

Konrad würde Beni positiv beinflussen können. Wenn er nur länger bliebe! Vielleicht gelänge es ihm, die Kluft zwischen Eltern und Sohn zu überbrücken. Er befand sich in einem Alter, in dem er Benedikt zugleich älterer Bruder wie erwachsene Respektsperson sein konnte.

Marga dachte an ihre Fehlgeburt, das Frühchen von 400 Gramm, männlichen Geschlechts, das man ihr nicht hatte zeigen wollen, das ohne Begräbnis geblieben war, fortgeworfen in einem Müllsack. Hätte es überlebt, würde es heute vierunddreißig sein, kaum älter als Konrad.

Bald fühlte sie sich, als wäre jener erste, verschollene Sohn zurückgekehrt und brächte dem Haus Frieden und Glück. Dann wieder fürchtete sie, der heutige Abend könne sich als Zufallstreffer erweisen, als die berüchtigte Stille vor dem Sturm.

Konrad hatte gemeint, er bliebe fünf Tage, vielleicht eine Woche. Wenn er ginge – würde alles sein wie zuvor? Andererseits deutete er fortlaufend an, in seiner Terminplanung über jede Freiheit zu verfügen. Bestimmt war er dazu zu bewegen, seinen Aufenthalt zu verlängern, wenigstens bis zur Frühlingsgautsch.

Jetzt hörte Marga keine Musik mehr. Ein so rücksichtsvoller Mensch. Kaum zu glauben, daß ihn seine Eltern je geschlagen haben sollten. Er war doch ein hervorragender Schüler gewesen, welchen Grund hätte es da gegeben? Sicher, Erwin hatte getrunken, und der Alkohol braucht keinen Grund außer sich selbst.

Marga legte sich neben Rudolf ins Bett und drückte ihm einen Kuß auf die Stirn.

Er reagierte nicht. Wenn sie darüber nachdachte, nein, eigentlich war ihm auch an diesem Abend kein vollständiger Satz über die Lippen gegangen. Aber es war überhaupt nicht aufgefallen, weil er oft gelacht hatte.

Dankbar streichelte sie sein Haar. Rudolf schien im Keller nichts Neues erfahren zu haben. Und wenn auch – sie glaubte nicht daran, nicht ernsthaft. Ins Gesicht gesagt hätte sie ihrem Gatten das nie, es hätte wenig genutzt. Seine Überzeugung war zu stark und erstickte jeden Einwand wie mit einem Kissen.

5

Der Ständnerbauer zog an diesem Morgen keine Kleider an. Nackt humpelte er hinaus, brüllend vor Schmerz, hob beide Fäuste gegen den Himmel, der rot und schwer über ihn kam. Im Herbst, als man die Schweine aus den Stallungen getrieben und Ständners Existenz vernichtet hatte, waren Polizisten dagewesen, wollten nicht zulassen, daß er seine Tiere selbst erschoß, nahmen ihm das Gewehr ab und drohten mit einer Anzeige.

Niemanden sonst im Umkreis hatte die Schweinepest ernsthaft betroffen, von den Schafbauern kam kein Mitleid.

Die Vorratskammern waren über den Winter geleert worden. Seine Hühner hatte der Ständner alle geschlachtet und das sorgsam von den Knochen gelöste Fleisch mit dem Hund geteilt. Jetzt wußte er nicht mehr, wie er ihn noch füttern sollte. Man würde den Hof versteigern und Ständner zum Teufel jagen. Vor zwei Wochen war einer von der Bank hergekommen, in Anzug und Geländewagen, den hatte der Hund vertrieben, aber es würde wieder einer kommen und noch einer, dann mehrere. Zu viele.

Ständner rieb seinen Kopf an der zitternden Flanke des Hundes, horchte auf den Schlag des alten Herzens. Der Hund war blind geworden vor Alter. Den Kerl gestern hatte er nicht einmal gebissen.

Ständner schlug seinem Hund den Schädel ein, warf den Hammer fort und schrie. Drei Stunden blieb er weinend neben dem Kadaver liegen. Das Gewehr stand in der Asservatenkammer der Bullbrunner Polizei, drum griff er angeekelt zum Seil und hängte sich auf.

6

Johanser war nun schon fünf Tage hier. Alles in allem konnte er mit der Entwicklung der Dinge einverstanden sein.

Das Frühlingswetter war nur am Freitag morgen von einem heftigen Platzregen unterbrochen worden, gerade als er sich zur Exkursion nach Walstadt durchgerungen hatte. Prompt verging ihm die Lust, er fand, daß in der nächsten Woche noch jede Menge Zeit dafür blieb. Täglich verbrachte er ziemlich genau zwei Stunden im Postwirt, meist spätnachmittags, wenn die Wirtschaft noch nicht voll und verraucht war und sich ein zauberhaftes Lichtgemisch über den Tischen brach. Anna bekam in jenen Stunden wenig zu tun, keine Hektik würdigte ihre Erscheinung herab. Ihr Gang, mit dem Paradox eines ›langsamen Huschens‹ am treffendsten beschrieben, rückte den Raum ins Surreale. Die Zeit floß an Konrad vorbei; wie in einer Traumsequenz verschoben sich die Bezüge der Dinge zueinander, entledigten sich der Chronologie und Zentralperspektive. Es war, als würde das Sichtbare in immer dünnere Schichten geteilt, deren innere und äußere ständig tauschten und neue Substanz freilegten.

Viele der männlichen Gäste – es saßen fast ausschließlich Männer im Postwirt – penetrierten Anna mit ihrem Blick, rissen schamlose Zoten, leckten sich die Lippen, und es lag allein am Zentauren, daß die Grenze zur Handgreiflichkeit nie überschritten wurde. Vor dem Zentauren fürchteten sich alle, selbst die Tetrarchen vom Stammtisch; mit unbeschränkter

Autorität regierte er den Gasthof, und wer von ihm an die Luft gesetzt wurde, konnte weder auf Gnade hoffen noch auf brauchbare Alternativen zurückgreifen. Es war dies sehr ungewöhnlich – verteilen sich doch selbst die Trunkenbolde des kleinsten Dorfes auf wenigstens zwei konkurrierende Wirtschaften, die dann Fraktionen gleichen. Außer dem Postwirt gab es in Niederenslingen nur ein kleines Café, dessen Klientel sämtlich aus Gymnasiasten bestand. Dort wurde mehr Eis verkauft als Alkohol und mit Videospielgeräten mehr Geld eingenommen als mit Getränken. Es gab noch das Sportlerheim beim Hallenbad, wo Schwimmer, Fußballer und Stockschützen nach Trainingsschluß einkehrten, aber das war keine öffentliche Kneipe.

Konrad wurde von Anna nicht besser oder schlechter behandelt als andere, die weniger unauffällig gafften. Sein Blick blieb verstohlen und schwenkte sofort zum Fenster, wenn sie hersah, was allerdings selten vorkam und vorauszuahnen war. Niemals bewegte sich ihr Kopf ruckartig, selbst dann nicht, wenn jemand laut ihren Namen rief. Wie eine im eigenen Körper Gefangene, die sich gegen alles ihr Auferlegte sträubt, aber gehorchen muß, erledigte sie ihre Arbeit – aufreizend lustlos und doch so korrekt, daß niemand Grund zur Beschwerde besaß. Zweimal hatte Konrad versucht, sie in ein Gespräch zu ziehen, war beide Male kläglich gescheitert. Die Worte entglitten ihm, verließen ihre Bahn, als seien sie nie für Anna bestimmt gewesen.

Es machte ihm Freude, in den Augen irgendeines Gastes dieselbe Gier zu entdecken, verbunden mit der nämlichen Unbeholfenheit, sich dem Objekt der Gier zu nähern. Aber jedem, der es, und sei's auch nur auf ganz plumpe und blödsinnige Weise, versuchte, galt sein durch Verachtung schwach getarnter Neid.

Inzwischen wußte er, wo Anna wohnte, wie ihr Nachname lautete, daß sie allein lebte. Alle Informationen hatte er von Nachbartischen aufgeschnappt, wenn in obszönster Weise über die Kellnerin getuschelt wurde. Das erboste Konrad sehr, er hielt es für einen gravierenden Unterschied, ob man etwas nur denkt oder schon zu jemandem äußert. Falls aber laut gewordene Impertinenz sogar Dritten das Mithören erlaubte, lag, seinem Empfinden nach, eine Beleidigung vor.

Es gab Schlimmeres. Der Zentaur hatte es auf Anna abgesehen, betatschte sie, schnupperte an ihrem Haar, flüsterte ihr ins Ohr. Obgleich sich Anna den Zudringlichkeiten stets sanft und routiniert entzog und kein Zeichen eines Verhältnisses zwischen beiden zu entdecken war, sah Konrad den Wirt zum grausigen Nebenbuhler aufgebläht.

Die erste Stunde, die er täglich im Gasthof zubrachte, war der Zeitungslektüre gewidmet, die zweite einzig dem Kristallblick ins Biergold. Kam Anna vorbei, nickte Johanser aufperlenden Träumen zu und summte unwillkürlich, in vergoldeter Entrücktheit.

Über den Selbstmord des Ständnerbauern wurde geredet und im Lokalteil der Zeitung berichtet, doch brachte Johanser, was er hörte, nicht mit dem Hund in Verbindung noch mit der Gutsruine. Jene Episode hatte er schnell vergessen gehabt.

Daß die Leute sich einfach in die Gegend hängen, wie zur Abschreckung... Können doch Tabletten, können doch *Rücksicht* nehmen! Mehr fiel ihm zu der Nachricht nicht ein, so oder ähnlich redeten auch die Einheimischen. Kaum jemand hatte den Ständner gekannt, niemandem ging er nah.

Bisweilen wurde Konrads Einsamkeit von Angetrunkenen gestört, die sich ungefragt zu ihm setzten und eine Unterhaltung begannen. Er war darüber gar nicht unglücklich und vermied jedwede Arroganz, tat immer höflich interessiert, doch rückten die Störenfriede bald freiwillig von ihm ab, wußten nichts mit ihm anzufangen, wandten sich brummend und zischend geeigneteren Opfern zu.

Das machte ihn unruhig. Wenn schon die Kneipenrhapsoden, die notfalls ihre Sorgen der Wand oder dem Tischtuch offenbaren, so rasch von ihm abließen – wie fremd mußte er allem hier sein, wie erschreckend andersartig?

Nicht, daß irgendwer aggressiv geworden wäre oder ihn auch nur provozierend gemustert hätte. Johanser bemerkte nicht einmal, daß je über ihn diskutiert wurde. Aber selbst als er gestern, am späten Abend, auf ein Gutenachtbier vorbeigekommen war und die Stube dampfte vor lärmenden Menschen, stand er im dichtesten Gedränge noch abseits, schien eine Glasglocke über ihn gestülpt, die jedermann Distanz gebot. Bald fühlte sich Konrad den Umstehenden maßlos über-, bald völlig unterlegen, dazwischen gab es nichts, und ebenso wechselhaft war seine Haltung Anna gegenüber. Mal liebte er sie, mal war sie ihm herzeinerlei, dann behauptete eine Stimme, daß es überall hübsche Frauen gebe, ein Dutzend in jedem Dreckdorf, jede unvergleichlich somit in ihrer Unvergleichlichkeit prompt austauschbar!

Ist die Politur der Schönheit abgegriffen, kriecht Billigkeit ans Licht. Warum soll's bei Anna nicht so sein? Sie ist eine Kellnerin, Kellnerin in der Provinz, was läßt das schon für Schlüsse zu? Die Minnesänger wußten, warum sie zur Verklärten Abstand hielten, sich am Rutaretil berauschten ...

Wenn einer
Unter der Glocke dann herabgeht, jene Treppen,
Ein stilles Leben ist es, weil,
Wenn abgesondert so sehr die Gestalt ist, die
Bildsamkeit herauskommt dann des Menschen.

In solcher Stimmung sah Johanser geradezu eine Form von Respekt darin, Anna zum Blickobjekt zu reduzieren, und legte keinen Wert mehr darauf, sie kennenzulernen. Stunden später hingegen strich er, verliebt bis zur Peinlichkeit, um Annas Wohnung, die nahe beim Fluß lag. Dann zog er die Quersumme ihrer Telefonnummer, skizzierte Briefe, rief ihren Namen stumm dem Wasser entgegen ...

Konrad amüsiert mich, notierte er auf einer Serviette.

Sein Minderwertigkeitskomplex läßt ihn soeben ernsthaft überlegen, wie man den Zentauren, der ihn entmutigt, dessen Präsenz ihn lähmt, eliminieren könnte. Dabei ist der vielleicht ein patenter, erhaltenswerter Kerl, bestimmt fänden sich Fürsprecher, die ihn gern haben. Auch Anna? Wer weiß? Konrad malt sich aus, wie der Wirt sie nach Zapfenstreich über die Theke biegt, ihr die Kleider vom Leib reißt und seine monströse Zunge zwischen ihre Beine schiebt, in konspirativem Schummerlicht. Konrad wird es speiübel, er muß ein Masochist sein, daß er nichts anderes denken kann.

Erstaunt hielt Johanser mit dem Schreiben inne. *Ihm* war speiübel. Ihm *war* zum Kotzen. Er hatte etwas aufgeschrieben über sich selbst, in der dritten Person von sich geredet. Restlos ehrlich dazu. Aus dem kleinen Radio, das im Spirituosenregal zwischen zwei Whiskeyflaschen stand, plätscherte ein altes Bonnie-Tyler-Lied: »Es ist ein Herzschmerz, nichts als nur ein Herzschmerz...«

Was geschieht mit mir? *Ich mache mich.* Brav gemacht.

Und was geschähe, wenn Anna jetzt gleich, sofort, zwischen mir und dem Zentauren wählen müßte? Wenn sie sich, Schweinerei, gegen mich entschiede?

Die Welt ginge, der Rede nicht wert, unbesungen unter.

Wäre demnach recht sinnvoll, sich des Zentauren zu entledigen. Dann bliebe nur ich, niemand sonst, Anna wäre zur richtigen Wahl gezwungen, die Welt rotierte, gerettet und schwungvoll, in die Ewigkeit hinein...

Konrad ist ein albernes Kind, kritzelte er zuletzt.

Den Kessel hatte Johanser inzwischen umwandert, war zweimal auf dem Plateau gewesen, war dicht an der Kante gestanden und hatte mit der Stiefelspitze lose Steinchen hinabgetreten. Sein Lächeln gewann dort oben neronische Züge. Er glaubte seine Brust ausgehöhlt, Resonanzkorpus einer unendlich fernen Musik, und wo das Herz geschlagen hatte, vibrierte ein winziger Punkt. Die Landschaft unter ihm wogte hin und her, sehr langsam, der eiserne Punkt in der Brust wurde leichter und wuchs, pulste im Takt der Landschaft, wie Wasser gegen Felsen klatscht. Klebrigsüßer Geschmack wanderte vom Gaumen zur Zunge.

Wie spannend die Welt zu leben ist, maßt man sich nur Bedeutung an, Macht, Urteilsgewalt ... Das alles ist Illusion. Ich schlepp ein Herz spazieren, aber ist es wirklich blutgefüllt? Nicht nur eine Luftblase? Windbeutel, der angestochen zusammenfällt? Ballon, mit Faulgas gefüllt?

Von Gipfeln aus die Existenz zu werten, wie eine Figur Caspar David Friedrichs – das ist nicht anders, als stiege der zu klein geratene Filmschauspieler auf einen Schemel, seine Partnerin zu küssen. Man muß den Berggipfel *im Kopf* haben! Sonst bleibt man klein und kleinlich. Andererseits – was interessiert es den küssenden Mund, ob irgendwelche Füße da unten Schemel benutzen? Alles ist Schemel.

So, und noch viel ausführlicher, debattierten die Stimmen in ihm.

Marga hatte erzählt, daß auf dem Plateau die Drachenflieger Schlange gestanden seien, bis ihnen im letzten Jahr das Abspringen verboten wurde; zweimal sei es zu tödlichen Unfällen gekommen.

Eben! schloß Johanser zynisch. Man muß auch den Drachen *im Kopf* haben.

Am Donnerstag, nach dem Abendessen, war er zum Teich gegangen, war begeistert über den Stacheldraht gestiegen und hatte ein kleines Feuer gemacht. Im Riedgras lang ausgestreckt, trank er ein Halbliterfläschchen Bardolino, tauchte die Beine ins schlammige Wasser und wurde bös von Insekten zerstochen.

Überhaupt glich nichts seiner Vorstellung. Als die Sonne unterging, wurde es ungemütlich kühl, und das Feuer erlosch immer wieder, weil zu wenig Trockenholz herumlag.

Die Chuzpe, Bretter aus der Hütte zu reißen, besaß er denn doch nicht. Man muß selbst den Teich *im Kopf* haben, dachte Johanser, brach das Abenteuer vorzeitig ab und floh vor den tanzenden Schnaken.

In anderen Dingen war er erfolgreicher. Es gelang ihm, zwei Kisten vertretbaren Chianti aus dem Getränkemarkt ins Haus zu schmuggeln, als Marga sich beim Heilpraktiker, Benedikt in der Schule und Rudolf, wie so oft, im Keller aufhielt. Konrad stapelte die Flaschen in seinem ausgeleerten Koffer, kaufte, um sicher zu gehen, ein billiges Vorhängeschloß und stopfte Handtücher zwischen die Flaschen, falls jemand auf die Idee käme, den Koffer anzuheben.

Er sah, daß es gut war, nicht ahnend, welche Konsequenzen jenes Vorhängeschloß nach sich ziehen sollte.

Marga, die jeden Morgen sein Bett machte und das Zimmer von imaginärem Staub befreite, sprach ihn sofort darauf an, fragte, was das Schloß gekostet habe. Zögernd nannte Konrad den Preis – Acht neunundneunzig. Marga wandte sich ab. Faßte sie das Schloß als Beleidigung auf? Als Mißtrauensbekundung? Es schien so, denn sie hielt sich an der Wand fest, und dünne Tränen liefen über ihr Gesicht. Johanser, starr vor Schreck, bat sie, zu sagen, was los sei.

»Du hast es im Supermarkt gekauft?«

»Ja, aber – was hat das zu bedeuten? Bist du mir böse?«

»Ich? Dir bös sein? Wieso denn? Nein, ich hab's mir gedacht! Weißt du – neulich hat Beni genau das gleiche Schloß gekauft, für seinen Rucksack! Weil es angeblich Diebe gibt in seiner Klasse! Und hat mir *fünfundzwanzig* Mark dafür abgeknöpft! Warum ist er so geldgierig? Er belügt mich ja nur noch!«

Johanser hatte vieles erwartet. Das nicht. Im ersten Moment wollte er lachen, den Mulm aus seinem Bauch lachen, dann wurde er sehr still und dachte an einen seiner Essays – weshalb den klassischen Helden das Schicksal trotz aller entgegengestemmter Klugheit ereilen muß.

»Marga, hör mal – Beni ist doch recht nett gewesen in den letzten Tagen. Da solltest du ihm keine alten Sachen vorwerfen. Wäre pädagogisch unklug...«
»Meinst du? Aber ich will wenigstens wissen, *wofür* er das Geld braucht, das er mir stiehlt. Ist ja nicht das erste Mal!«
»Ähmm...«
»Nein, Konrad! Da stimm ich dir nicht zu! Ich werd ihn zur Rede stellen!«

Sosehr Johanser im folgenden seine Tante noch zu beschwichtigen suchte, sie war von ihrem Vorhaben nicht abzubringen, versteifte sich darauf, als müßte sie ihm oder sich etwas beweisen.

Du närrische Henne! Es wird an *mir* hängenbleiben... Natürlich – *ich* bin wieder schuld!

Johanser sah das mit Benedikt mühsam erarbeitete Abkommen gefährdet und lief schnurstracks zum Gymnasium.

Das ist alles so lächerlich... Immer sind es solche miesen Kleinigkeiten, plagen einen, ob man sie ignoriert oder sich zur Wehr setzt. Ist ihnen egal. Als würde man Mücken mit dem Zeigefinger drohen.

In seinem Verhältnis zum Cousin hatte sich weniger getan, als Konrad wahrhaben wollte. Sicher, die Begegnung am Dorfplatz hatte er für sich entschieden, hatte während des Heimwegs hemmungslos auf den Jungen eingeredet. Daß er auf seiner Seite stehe, daß er sein möglichstes tun werde, Benedikts Lage zu verbessern, die so beklagenswert im übrigen nicht sei – nur einem Defizit an Diplomatie zuzuschreiben.

»Warum maulst du so geknechtet? Dein Vater ist quasi nicht existent, dem ist alles egal, und deine Mutter um den Finger zu wickeln, dazu braucht's keine Verrenkungen. Du müßtest ihr bloß das *Gefühl* geben, dein Muttertier zu sein, ein wenig ihren Bedürfnissen entgegenkommen, sie meint es ja gut, hat's eben besser nie gelernt. Statt dessen gibst du den Rebellen, spuckst ihr ins Gesicht! Alles, um was ich dich bitte, ist ein bißchen Kooperation. Und Geduld, wenn du siehst, daß ich dir nicht wegen jedem Dreck gleich zur Seite springe. Wart einfach ab! Falls sich keine Lösung findet, können wir immer noch Feinde sein. Bis dahin – sprich mich mit meinem Vornamen an! Oder scher dich zum Teufel!«

So, aufs Wesentliche verkürzt, hatte Johanser mit Benedikt geredet – und gesiegt. Wirklich nähergekommen war er dem Jungen deshalb nicht. Benedikt stellte dann und wann Fragen über die Hauptstadt, welche Kneipen es gebe, wie man an Jobs komme, was man wissen müsse, wo man billig wohnen könne etc. Johanser gab Auskunft, so gut es ihm möglich war. Manchmal erfand er auch etwas, um im Stande der Autorität zu bleiben. Der Junge schottete sich prompt ab, wandte sich das Gespräch ihm selbst zu. Nur über Schillers »Räuber« hatten sie sich einmal angeregt unterhalten. Benedikt fand das Stück ›ganz okay‹, aber den Schluß ›ziemlich doof‹, und Konrad hatte ihm alle vom Dichter verworfenen Alternativschlüsse erzählt, wollte eine Diskussion entfachen, um indirekt mehr über den Cousin zu erfahren. Der ließ sich darauf nicht ein und starrte irgendwann, als sei das erträgliche Quantum überschritten, wie gehörlos in den Fernseher, ölig und kalt, mit einem Ausdruck, als würde ihn sein bisheriges Entgegenkommen bereits reuen.

Marga litt schwer unter dem Sohn. Gerade ihre überbordende Güte schien ihn vor allem zu reizen, mehr als jede Aufsicht und Beratung. Ihm entgegengebrachte Nähe glich er durch Kälte aus, bis die Distanz wiederhergestellt war. Den geringsten Anlaß nutzte er zum Konflikt, zur Abnabelung, zur Fremde. Und je krasser und boshafter seine Attacken wüteten, desto liebevoller wurden ihre Versuche, seine Zuneigung zurückzugewinnen. Es war ein erschreckendes Schauspiel. Benedikt gab der Mutter nicht nur zu verstehen, daß er sie als etwas Peinliches empfand, dem er entwachsen wollte, er zielte darauf ab, ihre Selbstachtung zu verletzen.

Johanser verdoppelte die Schrittfrequenz. Gleich ein Uhr. Er wühlt seinen Schlamm zu Kleinstgebirgen auf, betet sich dort in Papptempeln an. Jüngling, vom Weibe unbewundert, der als Weltnabel hausieren geht. Könnt ihn drum beneiden. Die Welt dirigieren als absolutistische Oper, mit einem selbst als beweglichem Zentralgestirn. Hofnarziß. Das kenn ich noch! Als man einzigartig war. Alles Gedachte ein Opfer, jeder Gedanke ein Blitzkrieg. Brünstig ein Kürzel von blutrünstig. Als Fernstes zum Greifen nah schien, unerreichbar nur der Tod. Verschüttetes Glorreich, das lässig Grabwie Meilensteine setzt. Nein, ich beneide ihn nicht! Wie käm ich dazu? Hab die Jugend immer gehaßt, wollte schnellstmöglich alt werden. Jugend ist Dummheit. Blindwut und Anmaßung. Ich würde gern viel älter sein. Mit etwas Erreichtem im Brustkörbchen. Damit man jederzeit begraben werden kann. Ohne allein vor Scham im Boden zu versinken.

Johanser gelangte ans gelbgrüne Monstrum. Ein Uhr zwei Minuten. Eben war Schulschluß. Fünfhundert Jugendliche schwärmten aus dem Hauptportal. Schüler der Unterstufe balgten sich, es gab ein Riesengeschrei, Fahrradbleche krachten gegeneinander. In der Wiese saßen Grüppchen älterer Jahrgänge, rauchten und ließen eine Flasche Billigsekt herumgehn. Das alles war sehr unübersichtlich. Zudem existierte ein weiterer Ausgang auf der Rückseite des Gebäudes, bei den Lehrerparkplätzen.

Johanser zog sich zurück, wollte Benedikt auf dem Dorfplatz abfangen. Wenn es keinen Grund für enorme Umwege gab, mußte er hier vorbeikommen.

Er kam auch, aber erst nach einer Viertelstunde. Und er war nicht allein.

Ein Mädchen begleitete ihn, geschobene Räder flankierten die beiden. Züchtiges Paar. Der Raum zwischen den Körpern blieb unbespielt. Sie sah apart aus, ein bißchen pummelig und, besonders in Relation zu Benedikt, klein, Meter sechzig höchstens, aber hübsch, mit vollem dunkelbraunem Haar

und einem reizvollen Püppchengesicht. Sie trug zerschlissene
Jeans und einen grobgestrickten Pullover, unter dem sich für
ihr Alter beeindruckende Brüste abzeichneten.

Benedikt zuckte, als er den Cousin erkannte, blieb sofort
stehen, wechselte mit dem Mädchen noch ein paar Worte und
verabschiedete sie, ohne Kuß, ohne Berührung.

Kann mit der Jungliebe nicht weit her sein, dachte Johanser,
der sich taktvoll in den Wolken umsah. Das Mädchen bog in
eine Seitenstraße, hatte ihn wahrscheinlich gar nicht bemerkt.
Benedikt kam her, gequält lächelnd, seine Augen schienen ein
dauerhaftes Interesse an Johansers Schuhwerk zu besitzen.

»Und? Was gibt's?«

»Hör mal, da ist eine dumme Sache passiert...« Konrad erklärte ihm den Vorfall, betonte fortwährend seine Unschuld.
Benedikt grinste die ganze Zeit, als wäre, was er hörte, schwer
zu glauben.

»Das ist alles?«

»Tja.«

»Warum hast du dieses blöde Schloß denn gekauft?«

»Weiß ich nicht. Kein besonderer Grund. Jedenfalls – deine
Mutter ist ziemlich sauer...«

»Die kann mich mal!« Der Junge schob sein Rad an Konrad
vorbei und schien sich mit der Sache nicht länger abgeben zu
wollen.

»He – tut mir leid, wenn ich deine Begleitung vergrault
hab!«

Benedikt wandte sich schroff um, schleuderte die freie
Hand hinaus.

»Kümmer dich einfach um deinen eigenen Scheiß! Wie wär
das?«

Er schwang sich auf den Sattel und fuhr davon, ließ den
Cousin stehen wie einen lästigen Hausierer.

7

Rudolf glaubte, etwas zu empfangen, aber die Stimmen, die er hörte, entstammten keinem seiner Geräte. Im Wohnzimmer wurde so laut geschrien, daß es bis in den Keller drang und das mächtige Rauschen der Boxen übertönte. Rudolf setzte Kopfhörer auf. Es interessierte ihn nicht, worum es oben ging, irgendwas um Geld und Vorhängeschlösser, konnte nicht arg wichtig sein.

Rudolf hatte schon am Tag, als das Telegramm gekommen war, gespürt, daß mit Konrads Ankunft etwas in Unordnung geraten würde. Jenes unbestimmte Gefühl konkretisierte sich seither durch nichts, blieb aber vorhanden. Rudolf suchte es näher zu locken, ihm feste Gestalt zu verleihen, einen Hinweis zu finden.

Konrad schien kein schlechter Kerl zu sein, i wo. Dieser Vorwurf wäre Rudolf nie über die Lippen gegangen. Dennoch, irgend etwas war da, das ihm keine Ruhe ließ. So wie Flecke einem im Sichtfeld blinken, wenn man in grelles Licht gesehen hat, umgab den Neffen etwas, das sich Rudolf, um im Vergleich zu bleiben, gern aus den Augen gerieben hätte. Neugier konnte dem pensionierten Verwaltungsangestellten sicher nicht vorgeworfen werden. Vielmehr besaß er für manche Dinge eine gesteigerte Sensibilität, stark genug, um lästig zu sein, zu schwach jedoch, daß er sie hätte kultivieren und zum Sinn ausbilden können. Marga behauptete, sein Hobby sei schuld, es würde zu Wahrnehmungsstörungen führen, er

brauche mehr frische Luft und Bewegung. Möglicherweise –
Rudolf schloß das nicht aus – hatte sie recht.

In der Monatszeitschrift der Gesellschaft für Transkommunikation, Sektion Süd, waren Schaltpläne eines neuen Empfängersystems angegeben, das das alte Verfahren der Jürgensonwelle angeblich entscheidend optimieren sollte. Rudolf bastelte seit Tagen an der Hintereinanderschaltung zweier Hallgeräte. Probleme gab es auch, am Kassettenrecorder die exakte Laufgeschwindigkeit von 1,0 cm/s zu erreichen, und eine der empfohlenen Radiofrequenzen wurde von einem starken Popsender besetzt.

Die Apparaturen, all die Radios, Mischpulte, Fernseher, Verstärker und Effektgeräte waren untereinander mit Kabeln verbunden. Marga betrat das Studio längst nicht mehr, aus Angst, sich im Kabelgewirr zu verheddern und etwas kaputtzumachen. Sie respektierte die Privatsphäre ihres Mannes, litt sie auch darunter, daß es im Haus einen Raum gab, der ihrem Staubwedel entzogen war.

Rudolf hatte seines Halbbruders in den letzten Jahren kaum gedacht, und er zögerte, Kontakt mit ihm anzustreben. Eine gezielte, personengebundene Kontaktaufnahme schien ohnehin wenig erfolgversprechend. Der *white noise,* das Inferno, die Unendlichkeit man konnte hineinrufen, jeden Namen, den man wollte, aber wer darauf antworten würde, war unmöglich vorherzusagen; fast niemals handelte es sich dabei um den Adressaten. Jeder, der über eine längere Praxis im Totenfunk verfügte, hätte diese Erfahrung bestätigt. Rudolf war ein sehr technisch denkender Mensch. Mit Séancen und ähnlich albernem Zeug hatte er nichts am Hut.

Die in den letzten Tagen eingegangenen Botschaften waren allesamt unzusammenhängend gewesen und von miserabler Tonqualität. Nichts davon brauchbar. Nichts über Konrad.

8

Viele Häuser waren mit weißen und violetten Bändern geschmückt, die aus Dachluken herab auf die Straße hingen. An einige Bandenden hatte man Steine geknotet, andere schnalzten im Wind und tanzten den Passanten um die Köpfe. Samstag nach Christi Himmelfahrt, es herrschte Festtagsstimmung, der Ort wirkte sehr verändert, lebhaft und bunt. Marschmusik war zu hören, durchmischt von Kindergeschrei und Autohupen. Die Muttergottes vorm Postwirt trug einen Fliederstrauß im Arm.

Während Johanser mit seinen Verwandten dem Festplatz entgegenschlenderte, fand er, was es zu sehen gab, charmant und gar nicht unauthentisch, dennoch – die zur Schau gestellte Fröhlichkeit überzeugte ihn nicht. Etwas Herbefohlenes haftete ihr an, das leicht ins Lächerliche und Traurige umschlug, wie die Vergnügtheit eines Greises, der sich, aussichtslos, ein letztes Mal verliebt hat. Niederenslingens Anachronismus wurde vom Gautschfest nicht gemindert, im Gegenteil. Johanser dachte ständig an frisch eingefärbte Aufnahmen aus der Pionierzeit der Photographie, und wären nicht Jeans und Baseballkappen durchs Bild spaziert, hätten nicht Autos und Motorräder jede Parknische besetzt, eine Datierung wäre schwergefallen.

Gegen halb zwölf erreichte die Viereruppe, angeführt von Marga und Konrad, das Flußufer. Nahezu alle der gut hundert

Biertische waren schon in Beschlag genommen. Auf einem Podium kam die örtliche Blaskapelle ihrem Ehrenamt nach. Für Kleinkinder, die den Gehalt des Ritus noch nicht begreifen konnten, war, etwas abseits, ein riesiges Hüpfkissen aufgeblasen worden. Näher am Geschehen standen drei Imbißbuden, die Getränke, halbe Hühner und Grillfleisch anzubieten hatten. Das Menschengewühl korrespondierte mit schnellem Wolkentreiben. Im Halbkreis um den Festplatz herum wuchsen Eschen, deren Knospen, fett und braun, Schmetterlingspuppen ähnelten. Konrad stellte sich vor, wie jedem Baum Myriaden kleiner Flügel wüchsen, die, aufflatternd, Stamm und Wurzel der Erde entrissen. Seine Konzentration ließ arg zu wünschen übrig, Margas Erläuterungen folgte er nur mühsam. (»Schau – da kommt der Bürgermeister! Wie? Nein ... vom Zentrum. Hier wählen alle Zentrum. Und der da ist mein Friseur!«)

Ein Eschenschwarm durchquerte den Himmel.

Zwischendurch wurde die Kapelle von einem lokal berühmten Zithersolisten entlastet. Elektrisch verstärkte Klänge gaben allem etwas Groteskes. Konrad freute sich, als das vorbei war und erneut die Marschmusik zum Zug kam. Ihr Rhythmuspaket aus Pauken, Tuba und Tschinellen glich dem Schnauben gewaltiger Pferde, es hatte was. Nüsternmusik, vertontes Blech und Holz, jedes Sbuffato zielte in den Bauch und traf ...

Viele Leute trugen die Tracht der Gegend: braune Joppen, grüne Hemden und rote Halstücher, dazu entweder schwarze Wollhosen oder scharlachrote Röcke. Konrad hatte tags zuvor ein moosgrünes Sakko erstanden, in dem er unvorteilhaft, aber dem Anlaß halbwegs angemessen aussah.

»Mann, ist das pervers!« murmelte Benedikt. »Sag bloß, du findest das geil hier?«

Konrad zögerte, behalf sich mit viel- beziehungsweise nichtssagendem Zwinkern. Im Grunde war er geneigt, es zu mögen.

Eine Rampe ragte in den Fluß. Der Bürgermeister richtete über Mikrophon Gruß-, Geleit- und Denkworte an die Gemeinde, danach war das Gautschfest offiziell eröffnet, und sechs kräftige Herren mit Schnurrbärten schleppten zwei große Bottiche zur Rampe. Marga erklärte alles; nebenbei wurde Konrad irgendwelchen Bekannten vorgestellt. (»Das ist unser Doktor! Nein... Romantik!... Aber ja, das kann man studieren.«) Fehlte der Einzug des Gautschfräuleins.

Eigentlich, flüsterte Marga, müsse es eine Jungfrau sein, aber heutzutage werde das nicht mehr überprüft. Wie auch immer, diese Jungfrau werde, in einer Art Hochzeitsgewand, symbolisch mit dem Fluß vermählt, es sei ein Frühlingsopfer, nebenbei ein Tribut an die vorbeifließende Zeit.

»Das Gautschfest gibt's nur noch in Niederenslingen, nirgends sonst, kannst du mir glauben. Es ist Jahrhunderte alt, Jahrtausende womöglich.«

»Früher hat man die Mädels ersaufen lassen.«

»Ach, Beni – das stimmt doch nicht!« Marga schüttelte heftig den Kopf. »Und wenn, ist das schon sehr lang her...«

Endlich traf das Gautschfräulein ein. Jung, um die achtzehn, nicht besonders hübsch, hochgewachsen, ziemlich blond und füllig. Eine Walkürenfrühform, man trug sie auf einem Gestell, das einem Schiedsrichterstuhl beim Tennis ähnelte. Irgendwann einmal waren Gautsch- und Fliederfest zusammengelegt worden; die beiden Bottiche, die man links und rechts vom Gautschfräulein in den Fluß leerte, enthielten jeweils weiße und violette Fliederbüschel. Stimmungsvoll trieben sie die Acher hinab, während man das triefnasse Fräulein – ihr dünnes Gewand klebte lasziv am Körper – wieder herauszog und in stimmungsmildernde Decken hüllte. Vieles besaß zumeist vergessene Bedeutung. So bewirkten die Zacken der Silberkrone, die das Gautschfräulein trug, daß ein heranrückender Dämon die Zacken zählen muß. Und da er sich in einem Kreis keinen Anfang merken kann, zählt er, bis er blöd wird und aufgibt.

»Das war's!« stellte Benedikt fest. »Fährst du morgen?«
Die Frage riß Konrad aus allen Gedanken.
»Morgen? Morgen ist Sonntag.«
»Na und?«
Konrad sah seinem Cousin in die Augen. Der hielt dem Blick mühelos stand, hob sogar die Schultern, wie um zu betonen, daß er nur ganz unschuldig gefragt habe. Konrad plagte ein Hustenreiz, der ihm in jenem Augenblick gelegen kam. Das war's ... Er wiederholte die Worte im Geist, es stimmte, das Fest hatte er nun gesehen; ein neuer Vorwand zu bleiben war schwer zu erfinden. Dann war's das eben ...

Das riesige blaue Hüpfkissen ist von drei Meter hohem Maschendraht umzäunt. Die eingeschlossenen Kinder müssen hüpfen, ob sie wollen oder nicht. Müssen hüpfen. Hüpfen müssen.

»Entschuldigt mich ...« Er ging zum Stand, wo die Getränke verkauft wurden und kehrte mit einer Halben Bier zurück. Es war ihm ganz egal, daß grad erst Mittag war.
»Du trinkst Bier?« fragte Marga.
»Ab und an.«
»Denk immer an deinen Vater!«
»Och, wegen ein, zwei ...«
»Mag sein, aber du bist anfällig, denk dran!«
»Anfällig? Ich?«
»So was vererbt sich. O doch! Die Forscher haben das festgestellt!«
Konrad hatte keine Lust zu widersprechen. Vielleicht war es tatsächlich so. Er hatte in dieser Sekunde eine Idee, eine ziemlich verwegene Idee, die er still für sich zu prüfen begann. Währenddessen ging auch Rudolf zum Getränkestand und kehrte mit einer Halben zurück. Marga enthielt sich diesmal eines Kommentars, fügte sich ins Regelwerk des Festtags.
»Hört mal, Benedikt hat recht. Es geht nicht länger an, daß ich in seinem Zimmer wohne ...« Konrad stockte und hoffte auf Margas Widerspruch. Sie ließ ihn vorerst im Stich.

»Du willst fort?«
»Nun – Benedikt muß an seinen Schreibtisch, das ist doch klar. Vielleicht zieh ich noch auf ein paar Tage in den Gasthof.«
»Aber Beni hat doch ab Dienstag Pfingstferien. Da braucht er nicht zu lernen. Wenn du willst, kannst du ruhig noch bleiben.«
»Ach?«
Pfingstferien. Stimmt, so was gab es. Wenn Konrad sich recht erinnerte, dauerten die fast zwei Wochen. Er jubilierte innerlich.
»Trotzdem will ich irgendwann mal in mein Zimmer zurück!« Benedikt klang gar nicht gehässig. Er sagte es eher, als forderte er dazu auf, über eine Lösung nachzudenken.

Die Zurredestellung wegen der erschlichenen fünfundzwanzig Mark war glimpflich verlaufen. Benedikt hatte geschrien, und Marga hatte, entgegen ihrer gewohnten Art, in fast der gleichen Lautstärke zurückgebrüllt, was ihren Sohn so sehr verblüffte, daß er schnell ruhig wurde. Er habe Geld fürs Kino gebraucht, machte er glaubhaft, für den »Universellen Soldaten«, dritter Teil. Damit war die Sache erledigt und Marga zufrieden. Sie lebte in nie ausgesprochener Furcht, Benedikt könne an Drogen geraten. Die Illustrierten warnten eindringlich vor jener Hydra, die an den Schulen hofhielt und Nachwuchs für die Kaste der Süchtigen rekrutierte. Konrad hatte versucht, ihr zu erklären, daß Illustrierte mit Warnungen gut verdienen, daß viele von ihnen überhaupt nur existieren, indem sie älteren Generationen einen Einblick in die Welt der Jugendlichen versprechen, und deshalb aus Selbstzweck warnen müssen, wo überhaupt kein Grund vorliegt. Diesen Standpunkt wollte Marga nicht übernehmen; daß man aber mit fünfundzwanzig Mark keine sehr großen Mengen an Drogen kaufen könne, hatte ihr eingeleuchtet.

Konrad prostete seinem Onkel zu, die Glasränder plingten.
»Warst heut noch gar nicht im Keller? Auf Stimmenfang?«
Er wußte inzwischen, woraus Rudolfs Passion bestand.

»Sag, was hoffst du da drunten eigentlich zu erfahren? Es müßte doch entweder niederschmetternd sein oder einen zum sofortigen Freitod verleiten. Was du wissen willst, erfährst du doch eh – irgendwann ...«

»Tscha ...« Rudolf zuckte mit den Achseln. Konrad hatte gehofft, auf seine bewußt naive Frage hin belehrt zu werden, aber Rudolf schwieg und tat gerade so, als wisse er selbst keine Antwort.

»Ich fühl mich wohl!« entfuhr es Konrad. »Es ist herrlich hier! Ihr seid alle so gut zu mir ... es ist wie eine Neugeburt.«

Marga war sehr gerührt und drückte ihm den Oberarm. Benedikt sah in den Himmel und streckte leicht die Zunge raus.

»Weißt du«, fuhr Konrad, an seinen Onkel gewandt, fort, »es kommt mir manchmal vor, als ob ein Teil von mir schon lange hier war, mir, wie soll ich sagen, vorausgeeilt ist, auf mich gewartet hat. Ich nähere mich ihm, spüre ihn ganz nah ...« Konrad hatte nicht das Gefühl, daß sein Onkel ihn verstand. Es war ihm auch egal, er redete für sich.

»Je länger ich hier bin, desto vollständiger fühle ich mich. Es ist großartig.«

Der Lärm wurde stärker. Einige Leute begannen zu tanzen.

»Deinen Eltern«, sagte Rudolf plötzlich, »geht es gut.«

»Wie bitte?«

»Es geht ihnen gut. Mehr weiß ich nicht. Der Kontakt war nur für Sekunden da.«

»Aha?«

Ein Schweigen legte sich über den Tisch, das sich gegen den Lärm behaupten konnte. Auch Marga schien peinlich berührt. Benedikt stand auf und ging zum Fluß.

»Geht's ihnen gut, ja?«

Rudolf nickte.

»Dann ist's ja fein.«

Die Kapelle verlegte sich auf Walzer. Konrad, der von Rudolfs Mitteilung zunächst wie betäubt war, fing sich wieder und beschloß, Benedikts Abwesenheit zu nutzen.

»Sagt mal, mir ist da was eingefallen...« Obwohl ihm der Gedanke, je näher er der Zunge kam, um so phantastischer schien, wagte Konrad ihn endlich auszusprechen.

»Eure Garage, da steht doch kein Auto drin, nur Gerümpel. Ich hab sie mir gestern mal angesehn. Sie besitzt Fenster. War sie nicht ursprünglich – mir kommt es so vor – als Gartenhäuschen gedacht?«

»Das stimmt«, meinte Marga, »warum?«

»Ja... Rudolf fährt nicht mehr Auto und Benedikt noch nicht. Wenn man nun das Garagentor entfernen und wieder die alte Mauer hochziehn würde, hätte man neuen Wohnraum gewonnen. Für Beni, mein ich. Das Gartenhäuschen wäre viel größer als sein Zimmer. Liebe Tante, ich seh das Zucken auf deiner Stirn. Aber – darüber wollte ich mit euch sowieso längst reden – will es mal so sagen: Beni wird erwachsen, damit muß man rechnen. Er wird bald eine Freundin haben, wenn's nicht schon soweit ist. Dann wird er mehr und mehr Nächte außer Haus verbringen. So wird das kommen. Aber wenn ihr ihn an der langen Leine laßt, habt ihr ihn wenigstens in der Nähe. In knapp zwei Jahren kann er machen, was er will, bedenkt das. Wenn Rudolf mir ein bißchen helfen würde, kämen wir fast ohne Handwerker aus. Die Garage, ich meine das Gartenhäuschen, hat Strom und Licht, wir müßten nur die Heizung rüberlegen, das ist kein großes Problem, wär sicher ein Spaß. Und –« Er flüsterte Marga zu, daß Rudolf dann ein bißchen Bewegung hätte.

»Du meinst? Oh... nein, also darauf wär ich nicht gekommen. Das hieße ja... Beni würde dann nicht verludern, meinst du?«

»Ich könnte die Pfingstferien über hierbleiben und den Bau organisieren. Um ehrlich zu sein – ich würde das sehr gerne für euch tun.«

»Also – darüber müßt ich erst mal nachdenken. Er hat nämlich schon so einen gewissen Verluderungsdrang, grad jetzt in der Pubertät, bei der, du weißt schon, Rudi! Sag auch mal was!«

Rudolf brummte nur, schien aber der Idee gegenüber keine entschieden negative Haltung einzunehmen. Marga sagte noch zweimal, daß sie sich das alles erst durch den Kopf gehen lassen müsse, es sei »schweres Geschütz«.

Konrad rechnete sich Chancen aus. Jetzt, wo er ihn dargelegt hatte, schien ihm sein Einfall viel überzeugender als zuvor, ständig fanden sich neue Argumente ein.

»Auch Beni würde zupacken müssen. Körperliche Arbeit, gerade solche, die er bestimmt sehr gern verrichten würde, könnte Wunder an ihm bewirken. Dann hättet ihr auch wieder ein Zimmer frei für Gäste, und ich könnte euch im Herbst besuchen kommen. Problemfreier als diesmal.« Konrad wurde von seiner Verve mitgerissen. Die Sache schien nicht nur plausibel, es war ein geradezu genialer Vorschlag. Falls Marga nicht völlig gluckenhaft und unvernünftig dachte, mußte sie, über kurz oder lang, zu überzeugen sein.

»Laß uns morgen wieder davon sprechen. Das muß in Ruhe entschieden werden. Und bitte – sag Beni nichts davon! Sonst liegt er mir bestimmt die ganze Zeit in den Ohren.«

Konrad versicherte sie dessen, wobei er eine verschwörerische Haltung einnahm und die Stimme senkte. Starker Wind kam auf. Über dem Plateau hingen dunkle Wolken, eine Weile lang verfolgte man besorgt ihre Richtung, die zum Glück schräg am Kessel vorbeizielte.

»Die Leute feiern geordnet«, sagte Rudolf lächelnd. »Die Leute altern geordnet. Sie sterben auch in Ordnung, werden in Frack oder Tracht begraben, die Kinder weinen – alles in Ordnung.«

Konrad sah ihn verunsichert an. Marga räusperte sich.

»O Rudi! Immer, wenn du Bier trinkst –«

Der Zithersolist betrat erneut das Podium. In seine verzerrte Volksmusik mischte er diesmal Popkadenzen.

Johanser verließ den Tisch und suchte seinen Cousin. Der stand am Flußufer und rauchte eine Zigarette.

»Du wirst sehen,« sprach Konrad ihn an, »ich tu was für dich.«

»Echt?«

»Wirst sehen. Aber sei vorerst still, sonst verdirbst du noch alles.«

»Ja, was'n?«

»Wirst sehen. Was anderes – morgen ist Muttertag! Hast du ihr was besorgt?«

»Nö.«

»Wieso nicht? Hier« – er steckte ihm einen Fünfzigmarkschein zu –, »behalt den Rest.«

»Okay.«

Johanser haßte dieses Wort. Er sagte nichts.

Drüben, am Podium, fünfzig Meter entfernt, ging Anna vorbei, in einem schlichten braunen Kleid, das bis zu den Knöcheln reichte.

Wie sie stakst, prinzessinnengleich, als wäre der Boden unter ihren Füßen Sumpf oder Dreck... Geilheit ist ein Pelz, der auf beiden Seiten der Haut wächst, nach innen und außen; der aufspießt und wärmt.

Neben Anna, in voller Tracht, der Zentaur. Er gehörte zu den Honoratioren, die sich um den Bürgermeister scharten und die neu eingekleidete Gautschfrau (nach der Vermählung mit der Acher mußte sie so genannt werden) küssen und auf ihrem Festzug eskortieren durften. Die Prozession führte ins Dorf. Ein dichter Pulk von Menschen folgte der Kapelle beziehungsweise dem Schiedsrichterstuhl. Die Gautschfrau trug einen Fliederkranz im Haar, schleuderte Blütenzweige und Bonbons in die Menge. Konrad wurde das Gefühl nicht los, daß die Heiden damals das Fest kraftvoller gestaltet hatten.

9

Wertvoll vor allem, selbst vor der Nähe zu Anna, wurde Johanser die Zeit nach 23 Uhr, wenn über die Stille im Haus Gleitmusik gelegt war, der abgelebte Tag hinüberfloß und ein neuer nur der Ziffer nach begann. Mücken trugen herausgelöste Sekunden an der Zimmerdecke spazieren. Im Lichtkegel der Bettlampe standen, Brust an Brust, zwei rotglühende Flaschen bereit. Jeder Schluck dann war ein Gebet, Zeit in Zahlen nicht mehr zu messen, und die Nachtlektüre, zuvor methodisch ausgewählt, gewann den Weihegrad einer Verkündigung.

In der Nacht auf Montag sah alles anders aus. Unförmige Schatten pulsten an der Wand, bogen sich zu ihrem Urheber zurück. Aufgewühlt starrte Johanser ins Leere.

Kleinigkeiten, widerwärtige Kleinigkeiten, wie üblich. Frechzwerge.

Benedikt hatte Marga nichts zum Muttertag geschenkt, hatte sich rausgeredet, daß die Geschäfte ab Samstag mittag alle geschlossen gewesen seien und er seine Mutter an jenem Tag noch nie beschenkt habe. »Dann rück die fünfzig Mark wieder raus!« – »Du hast gesagt, ich kann den Rest behalten. Das is nu mal der Rest!«

Beinah wäre Johanser der Kragen geplatzt, aber weil Marga nicht der leiseste Vorwurf über die Lippen kam, fraß er den Ärger in sich hinein. Es stand ihm nicht zu, sich in ihrem Namen zu echauffieren, auch war ihm bewußt, daß seine Gereiztheit andere Gründe besaß.

ES GEHT IHNEN GUT.

Den Satz wurde er nicht mehr los, der hatte sich, in knapper Nonchalance, eingenistet im Hirn und aufgebläht, war zum Echo aller Gedanken geworden.

Von mir aus! Soll'n sie sich's gutgehn lassen! Wo auch immer.

Vier Worte hatten genügt. Der Überschmerz, die lange Geißel, die herüberschnalzt, aus der Dunkelkammer hinter der Vernunft. Was bloß mochte sich Rudolf dabei gedacht haben? Johanser hätte seinen Onkel packen und gegen die Wand schmeißen wollen.

Es half nichts, er mußte endlich nach Walstadt, alles wiedersehen, allem standhalten. Gleich morgen würde er eine Zugkarte kaufen, konnte so schlimm nicht werden, die alte Wohnung würde von Fremden bewohnt, das Grab der Eltern aufgelassen sein. Nichts, fast nichts würde an die Existenz dieser Kreaturen erinnern.

Aber – wenn sie nicht auf dem Friedhof sind – wo dann?

Noch eine dritte Sache beschäftigte ihn. In der Zeitung, der Feuilleton-Wochenendbeilage, war das Institut aufgetaucht. Die Überschrift lautete: *Neues von Novalis – Blüten der blauen Blume?* Das hatte Johanser erschreckt, niemals war er je einer Fälschung verdächtigt worden. Nach Lektüre des Artikels hatte er sich einigermaßen beruhigt, nur Probealarm, trotzdem ...

Zweifellos sind die nun aufgetauchten neuen Fragmente zum HEINRICH VON OFTERDINGEN *echt; die in unserer Zeit angebrachte Vorabunterstellung eines Falsifikats bricht schnell zusammen. Allerdings wäre zu erörtern, inwieweit schon der chronologische Editionsabstand verschollene Bruchstücke zu Fälschungen desavouiert, indem sie nämlich vom Überlieferten eine so lange Zeit und Wirkungsgeschichte über getrennt waren, daß das nun wieder Zusammengefügte kein organisches Ganzes mehr ergeben will – so, als würden zwischen ehrwürdiger Patina plötzlich grelle Stellen leuchten.*

Faszinierender Gedanke, das mußte Johanser dem Schreiberling zugestehen.

Mehr auch nicht! Gewölk, kein Ruß. Davon bleibt nichts. Ich will nie wieder zurück. Nie wieder in die Stadt. Die Schönheit ist alles, um das es sich zu atmen lohnt. Will sie genießen, frei. Genuß ist die ehrlichste Form des Gebets.

Alles um ihn her wurde maskenhaft und kalt.

Schönheit, die ein Fanal gegen die Endlichkeit setzt. Schönheit, deren Zauber imstande ist, das Nichts zu beschämen.

Er trank schneller als sonst, doch der Rausch, den er herbeizwang, war ungnädig und bitter, voll Fetzen eines zerstückelten Lebens.

In der Zeitung war auch gestanden, daß man jene geschäftstüchtigen Japaner, die mit dem Verkauf getragener Mädchenunterwäsche florierende Absätze erzielt hatten, doch noch hatte strafverfolgen können. Nämlich unter Zuhilfenahme des Steuerrechts, das den Handel mit *Antiquitäten* extrem hoch taxierte. Die Nachricht paßte bestens zum verpfuschten Tag, der störrisch, sein eigenes Gespenst, im Zimmer stehenblieb.

Die Jenseitigen fühlen sich, bei allem, was sie sagen, letztlich unverstanden, drum reden sie auch niemals wirklich gern zu uns. Sie wollen das irdische Leben nicht beeinflussen. Nur solche äußern sich ausführlicher, die im Leben fürchterlich enttäuscht wurden, die einen großen Schmerz unaufgearbeitet hinübernehmen mußten, einen Schmerz, der immer noch an ihnen nagt. Andererseits existieren auch clowneske Geister, selten zwar, aber doch, die sich nur melden, um sich über die nichtsahnenden Lebenden lustig zu machen.

Konrad hatte sich ein Exemplar der »Zeitschrift für Transkommunikation e. V. Sektion Süd« geborgt und in den Leserbriefen auf Seite drei geblättert. Was für ein Hanebuch!

Eigentlich bestand weit mehr als die Hälfte der Zeitung aus Leserbriefen, Zuschriften zu Leserbriefen, einer Sparte *Leser geben Tips,* und dem *Leser-zu-Leser-Kontakt-und-Tauschmarkt.* Selbst der Veranstaltungskalender am Schluß des zwölfseitigen Blättchens gab zum Großteil von Lesern annoncierte Termine wieder. Das alles zusammengenommen, war der Preis des lieblos gedruckten Heftes mit sechzehn Mark achtzig doch ein wenig jenseitig.

Konrad ächzte schwer, leerte die zweite Flasche und klappte, noch immer bekleidet, aufs Bett.

10

Kurz nach halb fünf wurde es hell. Johanser lag wach, von entsetzlichen Träumen aus dem Schlaf gescheucht. Er hatte Somnambelle als Mumie gesehen, braun verfärbt, mit leeren Augenhöhlen und weit offenem Mund. Jemand, vielleicht seine Mutter, hatte die Leiche neben ihn gelegt, die Binden aufgeschnitten, hatte den dürren, ledrigen Körper auf ihn gewälzt, die toten Lippen gegen die seinen gepreßt. Dazu spielte Musik, uralt und pompös. Im ersten Moment froh, Somnambelle wiederzusehen, vertiefte Johanser den Kuß, saugte die trockene Zunge ein, suchte sie mit Speichel zu erweichen, trat nach der Mutter, die kichernd am Fußende des Bettes hockte. Dann war ein Schwall Verwesung aus Somnambelles Rachen in seinen geflutet, bittersüßer Gestank, er begriff, daß sie tot war.

Entschlossen, dem Traum keine Fortsetzung zu gönnen, trat er auf den Balkon. Türkis getöntes Licht ließ die Grasflächen kühl glimmen. Bodennebel wechselten mit unwirklich anmutender Klarheit. Am Ortsrand tauchten weiße Häuser aus dem Dunst; ihre Fenster gleißten, noch bevor über dem Weinberg ein Sonnenrand zu sehen war.

Nie, so weit Johanser zurückdenken konnte, hatten gebrochene Farben solchen Glanz in sich getragen. Das lebhafte Mitteilungsbedürfnis der Vögel ließ die Stille groß und plastisch werden.

Gelbtöne mischten sich ins Türkis. Nach und nach glich sich, was es zu sehen gab, dem Gewohnten an. Die Dichte der Farben ging verloren, wich, vom Tag verdünnt, rußiger Transparenz. Weiße Häuser wurden bleich; Straßen, zuvor wachsmalkreidig fettgrau, wirkten nun fahl, von einem unausgewaschenen Pinsel aquarelliert. Traurigkeit hing allem an.
Johanser ging ins Bett zurück. Was war das für Musik gewesen? Er kam nicht drauf.

11

Oh, Berlioz, es ist Berlioz, na klar, vierter Satz der »Phantastischen«, ah – mein Kopf ist leer und dröhnt, die Noten springen, Luftlinie, von Ohr zu Ohr. »Marche au supplice«, gewaltige Musik, der Zug macht »schschschhh...« – Bremsgeräusch, sehr beruhigend, meint es gut, bestimmt, ohnehin, ich übertreibe, es ist nichts dabei... Wär ich bloß nicht so müde. Sehe mitgenommen aus. Sehe stehengelassen aus. Bin da. Der Bahnhof lacht. Begrüßt mich lachend.

Drei Stunden Schlaf, mehr ein Dösen, die Stirn auf Morpheus' Schwelle, als triebe man knapp unterm Wasserspiegel, Luft in Griffweite, immer auf dem Sprung (Sprung?), immer auf der Hut vor neuen Träumen, neuen Ungeheuern der Tiefe.

Wie das Knirschen von niedergepreßten Gitarrensaiten auf dem Bund, hin- und hergerieben, dann schnalzend, ein Klanggepeitsch, Riß, Entladung, Nachhall. Zerborstenes Schweigen. Dahinter – Abenteuer.

Sag mir jemand, warum die Schatten hier nirgends scharf sind. Muß an der Sauberkeit liegen. Die Schatten schämen sich, Walstadt dunkle Stellen zu verpassen. So muß es sein, sie versuchen, ihre Dreckränder unkenntlich zu machen. Der Bahnhof ist kühl und stählern. Einkaufspassage, aha, sehr schick – ambitionierte Kreisstädte bauen sich so was, Laden gegen Provinzkomplex; Fußgängerzone gibt es jetzt auch, Nordsee und Beate Uhse, da weiß man, was man hat. Die

Welt ist klein und dringt ins Kleinste ein. The United States of Benetton. Neue Imperien.

Was das hier soll? – alle hundert Meter ins Pflaster gesockelt – hmm, müssen Kunstgegenstände sein, man kennt es an der Bronze. Zerrestaurierte Patrizierhäuser in den Gassen, frischer Stuck – sieht sahnig aus, genau, wie aufgesprühte Dosensahne, man möchte dran lecken, zu sehen, ob's wahr ist. Dort, die Buchhandlung steht noch, wo ich Reclamhefte stahl, waren am leichtesten zu stehlen gewesen, wer weiß, wie sehr das meinen Geschmack gelenkt hat? Meine Lieblingsfarbe jedenfalls ist gelb, reclamgelb, mit ein bißchen dareingemischtem Blut, vom Punctum saliens.

Sag mir, Mutter, sag, Vater, seid ihr wirklich tot?

Die Walstädter St. Dionys – nächtiges Grau, verzerrte Formen, wie durch gebogene Spiegel geworfen; steile Türme aus steinernen Gittern. Zacken und Spitzen, Rosetten, Ruß, monumental, gefährlich gegen den Himmel geschrägt. Widerschein gotischer Ikonen: Gaukler, Narren, Hinrichtungsräder, aufgetürmtes Wollen, blau auf schwarz, entvölkertes Land, das jetzt allein den Dämonen gehört. Sie hocken auf den Kirchtürmen und rufen einander unverständliche Witze zu.

Konrad redete halblaut vor sich hin, wie im Fieber, zugleich war sein Bewußtsein stechend klar. Er gab den Gedanken Atem, um sich Mut zu machen. Deutlich alles auszusprechen, nichts geschwiegen für sich zu behalten – es schien ihm wichtig, sollte die Rückkehr einen Sinn besitzen. Leicht bewölkt der Mittag. Je näher Konrad den entscheidenden Stätten kam, desto leiser wurde er.

Mutter – hörst du mein Herz schlagen? Es pocht auf sein Recht, es ist eine Trommel. Sie trommelt mich heim. Vater – heute, wie immer, trink ich auf dich.

In üblen Nächten schmeckt jeder Schluck schon einmal getrunken, wahrscheinlich ist er das auch. Welcher Teil des Ozeans ist noch durch keinen Menschenmund geflossen?

Es ließe sich näherungsweise berechnen. Soviel Zorn; was sich da alles aufgestaut hat! Ich könnte über meine Ufer treten und das Land unter Speichel setzen, in Galle ertränken, bepissen von oben bis unten. Seid ihr tot? Man hat euch in Fetzen vom Baum gekratzt, aus dem Schrott geschweißt, aber tot? Angemaßtes Wort. Ich hielt euch für unsterblich.

Walstadt ist nichts Besonderes. Äußerst verwechselbar. Gar nicht schlimm, hier entlangzugehen. Walstadt im Kopf war schlimmer.

Ich hätt euch so gern umgebracht. In eurem Blut gebadet, bockspringender Kontrapunkt.

Feig bin ich gewesen. Meine Moral basiert auf jener Feigheit, selbstverständlich, ist ein zurechtgebogenes Versäumnis.

Schaut, liebe Eltern, dort hinter dem Kastanienpark, meine alte Schule, was ein prächtiger Bau! Sandstein, rotbraune Mauern, viel Zierat. Kuppeln und Erker. MCMX constituitur.

Konrad stieg zwölf Stufen zum Portal hinauf, zwölf überdimensionale Stufen ins Dunkel. Steinernes Antlitz Minervas über messingbeschlagenen Türen, die man mit beiden Händen aufstemmen mußte. Wulstige Architektur, hoch und ehrfurchtgebietend. Im Marmorboden eingelegt Sprüche von Horaz. Jede Treppe, reich beschneckt, war zum breiten Halbkreis gewunden.

Schön, hier zu gehen. Es weht Bilder vorbei, auf einen schwachen Duft gekrückt oder den Klang eines Wortes. Bilder mit Firnis. Alles wird zum Enzym des Erinnerns.

Warum ist niemand da? Ferien, richtig. Aber die Klassenzimmer stehn offen? Ah – für Volkshochschulkurse! Die Gänge – kein Marmor mehr. Hartplastikböden, grau marmoriert. Hier bin ich gerannt. Einfach nur zu rennen hat Spaß gemacht, unglaublich jetzt. In den Zimmern (dies war meines in der achten und elften) – Tische und Stühle scheinen dieselben, nur die Tafeln sind neu, hell- statt dunkelgrün. Das Holz der Kleiderspinde riecht wie damals. Am Ende des Ganges geht's in den Keller, immer aufregend dunkel und kalt. Die Mauern dort hatten zu flüstern begonnen, wenn man stillstand und horchte. Später einmal ist die Kellerbeleuchtung verstärkt worden, zusätzliche Physik- und Chemiesäle wurden eingerichtet, die Mauern hatten danach nichts mehr zu sagen gehabt.

Ob es noch die Schulspeisung gibt? Milch oder Kakao, Breze oder Semmel? Ab der zehnten verachtete, wer etwas auf sich hielt, das Schlangestehn. Man schloß sich während der Pause auf der Toilette ein, rauchte Zigaretten, selbstgedrehte, manchmal ein Krümelchen Hasch dabei, mir wurde immer schlecht davon.

Irisierende Fresken gaben den Hintergrund wie ein Gastspiel. Unsichtbare Schausteller schoben Kulissen zusammen, Staffagen entliehen aus pockennarbiger Archaik.

Hier in der großen Aula, weißt du noch, Mutter? Einmal, ein einziges Mal hab ich, verliebt, ein Gedicht geschrieben, ganz aus mir selbst, oh, es war schlecht, in gereimten Versen, für ein erwähltes Mädchen – wie hieß sie noch? Du hast das Gedicht in meinem Schreibtisch gefunden, obwohl es gut versteckt gewesen war. Hast es in der Aula ausgehängt, öffentlich gemacht; als ich morgens zur Schule kam, standen alle schon davor, lasen es und kreischten. Hast du das getan, Mutter, weil ich zu feige war, es abzuschicken? Die Geschichte ist bis heute unerzählt. Keine Angst, Mutter, wer würde sie mir glauben?

Und du, Vater, ich hab fast immer Einsen gehabt, bei einer Zwei hättest du mich gezüchtigt, seltsam, warum hast du mich dennoch – ah, ich weiß es wieder, du hast die Zahl oft doppelt gesehen, verstehe, wer eine Elf nach Hause bringt, hat Prügel verdient. Waren meine Hausaufgaben nicht schön genug geschrieben, hast du sie zerrissen, auch das ist verständlich, du warst ein Verehrer der Schönheit, wie ich.

Arme Mama, so zierlich, so schwach, warst zu fein, mich zu schlagen. In der Nacht, wenn du mich erwischt hast, bei Musik oder Unzucht – und sei's, daß mein Schwanz nur zwanzig Grad vom Körper abstand-, immer mußtest du laufen, deinen Mann zu wecken, Schlagen war Männersache. Oh, ich verstehe gut, welchen Zorn dieser aufgeweckte Mann mitten in der Nacht entwickeln konnte. Für ihn gab's immer einen Grund. Vielleicht hast du ihn mich prügeln lassen, um von dir selbst abzulenken oder weil er ja sonst keinen Sport betrieb und zu verfetten drohte, o ja, es gibt Gründe, Entschuldigungen, man muß nur draufkommen.

Ich möchte auf deinen Pupillen Schlittschuh laufen, möchte Treppen meißeln aus deiner kalten Stirn, möchte, im Schädelzenit, meine Fahne durch die Eisdecke treiben, bis sie feststeckt und in Blutfontänen flattert.

Möchte, gerne, hätte, wäre, würde, wenn aber falls ...

Ich wollt euch so gern vergiften, ersäufen, erhängen, zu Tode foltern, alles, alles – dann kam dieser Baum, wie ein mitleidiger Gott. Anhalter am Wegrand.

Geht es euch gut? So? Keine Höllenkammer frei für euch? Was mich wütend macht, wirklich wütend, ist, daß ich so unschuldig bin. Eben weil euch der Baum getötet hat, darf ich wünschen, ich hätte es selber getan. Das Ergebnis bliebe gleich, nur, ich würde mich schuldiger – und besser fühlen. Schuld auf sich zu laden ist eine Grundfreiheit des Menschen. Die hat mir das Bäumchen genommen. Ich wär lieber von Erinnyen gejagt worden, hinter Gittern im Bußgewand gesessen als hilflos in meiner Feigheit, für immer zu spät. Zehn Jahre hätte man mir für den Doppelmord gegeben, bei guter Führung wird ein Drittel erlassen – und was, was, frag ich – wär heut so anders? Was hab ich mit den freien Jahren angestellt? Dies und das, gewiß, aber im Kern –

Vielleicht kann ich an Benedikt etwas gutmachen. Das möchte ich schon, nur – er fragt mich ja nicht mal nach der Uhrzeit. (Ich trag ja auch keine Uhr, gewiß, aber im Kern –)

Von der Schule zum Friedhof sind es sechshundert Schritte, hab mitgezählt, die letzten fünfzig davon unter einem Eichenbaldachin; der alte Waldfriedhof am Rande der jungen Autobahn, macht schon was her, längst überbelegt, wo seid ihr, liebe Eltern? *Dort* seid ihr nicht mehr. Grabstelle 23, Abschnitt C, Reihe 5, weiß es genau. Neue Mieter sind eingezogen. Schade. Ich hätte euch gern unter mir gewußt. Aber wo seid ihr? Was hat man mit euren Resten gemacht? Würde gern einen Friedhofsarbeiter fragen. Keiner da. Mittag. Ich stelle mir den Tod als fleißigen, gesichtslos reisenden Beamten vor, mit einem schwarzen Aktenkoffer, den er ans Handgelenk gekettet trägt.

Beinhäuser, gibt es die noch? Und wenn, wo? Verbrennt man die Knochen? Das würde zu euch passen, liebe Eltern, als Schadstoffpartikel im Luftraum zu schweben, sich wieder in alles einzumischen ... Berlioz, fällt mir ein, ist dabeigewesen, als man das Skelett seiner Geliebten exhumierte. Der Totengräber, der freche Hund, soll ihm ihren Schädel zugeworfen haben. Leider weiß ich nicht, wie Berlioz drauf reagiert hat. Goethe hatte Schillers Schädel auf dem Schreibtisch liegen. Früher hat man Schädel bunt bemalt. Liebe Eltern, ich würd euch gern was hinter die Ohren schreiben, heut hätt ich keine Skrupel mehr. Himmel, ist dieser Friedhof *heim*tückisch ... Eure Körper, in lose Korpuskel separiert, ich atme sie ein, es schmeckt widerlich, könnte kotzen, aber gründlich, könnt mich umstülpen, meine Füße durchs Maul zwingen, innen nach außen kehren.

Mein Leib, wie eine Nachgeburt, schleift rotnaß über den Kies. Diese Stille ...

Könnte Kathrin anrufen. Müßte eh mal mit ihr reden, vielleicht macht sie sich Sorgen, kann man nicht wissen. Dort wäre eine Telefonzelle.

Ich weiß meine eigene Nummer nicht mehr. Mein Gedächtnis hat alles Obsolete aussortiert. Die Auskunft – ach, ist nicht die Tageszeit, bin zu aufgewühlt, würde Kathrin auf die Nerven gehn, sie ist auch bestimmt nicht zu Hause.

Recht malerisch, die alte, überwachsene Allee, den Friedhofshügel hinauf, einer der besten Plätze in Walstadt. Gibt noch das kleine Barockschlößchen, im Sophienpark, am anderen Ende, bei den Reichen. Ich hab immer von einem Wesen geträumt, Trias aus Anna, Sherpa und Lawinenhund – also: liebreizend, kundig und kraulig –, das mich durchs Eis führt, das mir bei aller Kälte sagt, es sei nur ein Kühlschrank – im Paradies könnten gekühlte Getränke draus entnommen werden, dann ließe sich, in der großen Umdeutung, alles genießen, endlich, unendlich.

Nicht mal die Lehrer mochten mich besonders. Den Primus zu mögen war grade unmodern geworden. Tante Marga hat mich immer gemocht. Bis sie ihr spätes Kind bekam, von da an –

Als Benedikt ein Säugling war, hab ich ihn gehaßt, weiß es noch, doppelte Eifersucht war's, weil dieses Kind bei anderen Eltern aufwachsen würde als ich. Selbst jetzt beneid ich ihn noch.

Achthundertsechzig Schritte vom Friedhof zu unserer Wohnung. Gar nicht viel, hatte es weiter in Erinnerung.

Hier sieht alles unverändert aus. Dreistöckiges Mietkarree, schlichter Sechziger-Jahre-Zweckbau, ohne Zirkel, nur mit dem Lineal entworfen. Berberitzenbüsche, quaderförmig geschnitten, grenzen die Rasenfläche vom Gehsteig ab. Ein weiterer enger Grasstreifen zwischen Gehsteig und Straße. Litfaßsäulen wechseln mit Haselnußbäumen. Für die Kinder gibt es im Innenhof des Karrees einen Sandkasten, zwei Blocks entfernt liegt ein umgitterter Bolzplatz, geöffnet von 10 bis 17 Uhr, in den Sommermonaten bis 19 Uhr.

Manchmal, Mutter, mich einzuschmeicheln, stahl ich Blumen von irgendeinem Grab, frische Gebinde, die brachte ich dir, mit einem tiefen Diener und herzigen Sprüchen. Im Mai hast du mir immer Taschengeld gegeben, wegen des Muttertags. Das stimmt. Das war loyal. Zum Muttertag gab's prompt auch immer frische Blumen.

Die Klingelpalette. Alles unbekannte Namen, bis auf – Erdgeschoß rechts – Seckenberg, die Alte mit dem verfetteten Spitz, na, der Spitz ist wohl längst krepiert, aber die Seckenberg... muß inzwischen knapp neunzig sein, vielleicht wohnt ihre Tochter hier oder ein Sohn. Den Spitz hab ich ganz gern gehabt, der kläffte den ganzen Tag, mein Vater hat ihn verflucht.

Dort droben, erster Stock, unsere Zimmer. Andere Vorhänge. Soll ich hinauf? Was soll ich sagen? »Ich hab hier mal gewohnt, darf ich die Wohnung sehn?« Man hat mich schreien gehört, alle müssen mich schreien gehört haben.

Schmerzensvolle Mutter, aus deren Blutfotze ich in die Welt gestrampelt kam, für immer dankverpflichtet. Geburt von vierzehn Stunden, ich wünschte, mein Vater hätte, wie heutige Väter, ein Video gedreht, deine Schreie archiviert für mich, daß ich sie genießen dürfte in der Nacht, endlich wieder schuldig, endlich befreit.

Ach, das ist lächerlich. Hier ist nichts zu machen. Es ist kein dunkler Wald, man kann nicht hineingehn, den Drachen erschlagen und wieder hinaus.

Konrad lehnte sich mit Schulter und Stirn gegen eine Litfaßsäule, er fühlte sich jetzt mutig, aber er wußte nicht, wen oder was er hier noch hätte provozieren sollen. Plötzlich bewegte sich etwas. Ein Schatten glitt durch den Hausflur. Die Tür wurde geöffnet.

Jemine, das Weib, das da entlangkommt – die alte Seckenberg! Sie ist's! Lebt noch, tatsächlich.

»Grüß Gott! Wie geht's Ihrem Hund?«
»Hund?«

»Tiffi. Der Spitz.«

Die Greisin zuckte und schob ihre Brille auf die Nasenwurzel hinauf.

»Tiffi? Sie kennen Tiffi? Ach ja – ich kenn Sie auch, wer sind Sie noch mal?«

»Konrad. Konrad Johanser, aus dem ersten Stock. Ist dreizehn Jahre her.«

»Ach ja ... die Johansers ...«

»Tja.«

»Tiffi ist gestorben. Lang her ...«

Konrad sah auf den Boden. Was hab ich hier zu suchen? Nichts. Ein düsterer Schalk ging ihm im Blut um.

»Was ich fragen wollte – haben Sie meine Eltern mal wiedergesehen?«

Ah, wie sie mich ansieht! Alle Runzeln der Greisin in Aktion zu sehen, es macht teuflischen Spaß. Und alles ist so lächerlich.

»Ihre Eltern ... Wie um Himmels willen meinen Sie das?«

»Ich meine, sind die beiden mal wieder aufgekreuzt – hier?«

»Oh, ich glaub – selten.« Die Alte sah ihn streng an. Sonne ließ ihre pigmentübersäte Haut morbide schillern. »Höchst selten.«

»Na ja. Tiffi hab ich gemocht. War ein feiner Hund. Hat viel Krach gemacht.«

»Ja, Tiffi –«

»Ja. Auf Wiedersehn!«

»Gott beschütz Sie.«

»Ja. Danke.«

12

Im Zustand erschöpfter Gelöstheit, ohne Stolz, doch voller Erleichterung, kehrte Johanser nach Niederenslingen zurück. Gleich einem intensiv vorbereiteten Kämpfer, dem der Sieg am grünen Tisch zugesprochen wurde, mißtraute er der eigenen Stärke noch, seine Ruhe schien ihm unnatürlich. Sie konnte kein Friedensschluß sein, den wurde es nie geben, der Gegner war zu keiner Handreichung mehr fähig. Soviel immerhin wußte Johanser jetzt. Auch hatte er sich Mut bewiesen; die Ruhe nahm er an als verdientes Geschenk.

Marga fragte besorgt, wo er gewesen sei. Müde und ausgehungert schützte Johanser einen langen Spaziergang samt wäldlicher Verirrung vor, entschuldigte so das Fernbleiben vom Mittagstisch. Über Walstadt zu sprechen, spürte er keine Lust. Seine Lider wurden schwer und brannten, vorm Bildschirm fielen ihm die Augen zu. Früh, ohne den Ausgang des Spielfilms abzuwarten, ging er auf sein Zimmer, ließ die Hälfte der Weinration unentkorkt stehen und fiel in tiefen, traumlosen Schlaf.

Zwei Türen weiter wurde in jener Nacht ein wichtiger Beschluß gefaßt. Verblüffend schnell hatte sich Marga zu einer Entscheidung durchgerungen, war bei ihrem Gatten auf wenig Widerspruch gestoßen; Konrads ins Blaue gesprochene Idee nahm Formen an. Beim Frühstück wurde die Sache offiziell, und noch am selben Tag begann der Umbau der Garage.

Benedikt wollte die Neuigkeit zuerst nicht glauben, schenkte seinem ebenso perplexen Cousin dann einen Blick, dessen Dankbarkeit nicht anzuzweifeln war. Euphorisch lief der Junge Kreise im Garten, seine Schultern zuckten vor Bewegungsdrang. Konrad lauschte offenen Mundes seinem nicht wiederzuerkennenden Onkel. Mit dem Gehabe eines Organisators redete der davon, was alles gemacht werden müsse, daß das beileibe kein Pappenstiel sei, daß niemand sich vor der bevorstehenden Arbeit drücken dürfe. Konrad versprach es in die Hand und unterdrückte ein Triumphgeheul. Rudolfs Stimme klang deutlich nach einem ›Bringen wir's schnell hinter uns, wenn es denn sein soll‹, doch erstaunte seine Zielstrebigkeit jeden, besonders Marga, die dem Projekt noch mit erheblichem Zweifel gegenüberstand. Ausschlaggebend für ihr Einverständnis, sie gab es sich bewußt nicht zu, war gewesen, dem Neffen einen Grund für die Verlängerung seines Aufenthalts zu liefern.

An jenem Morgen ahnte Konrad nicht, daß die kommenden Tage zu den glücklichsten seines Lebens zählen sollten, jedoch begriff er wohl, daß alles wunschgemäß verlief, daß er nun ein für allemal mit dem Bisherigen abrechnen und das Glück beim Schopf packen mußte. Was, konstatierte er verschmitzt, wenig anderes meinte, als es an den Haaren herbeizuziehen.

Genau zwei Wochen, Benedikts Pfingstferien nämlich, waren für den Garagenumbau angesetzt, eine Frist, die Konrad zuerst übertrieben vorkam. Bald mußte er diesen Irrtum kleinlaut revidieren. Entgegen seinem Geprahle bei der Gautsch war er handwerklich ja völlig unbeschlagen; die vor ihm liegende Aufgabe hatte er kraß unterschätzt. Rudolf merkte es sofort und übernahm, nachdem er ob Konrads linker Hände einen melancholischen Anfall durchlitten hatte, die Rolle des Chefs. Sein Lehrmeister war die Nachkriegszeit gewesen; mit dem hervorgekramten Selbstbewußtsein eines aus Ruinen Auferstandenen erteilte er in fast militärischem Ton Befehle, die widerspruchslos akzeptiert wurden. Konrad gab sich viel Mühe, das handwerkliche Manko mit Fleiß aufzuwiegen; ebenso Benedikt, den seine Mutter noch nie einer Sache derart engagiert zuarbeiten sah.

Zuerst mußte das Garagentor ausgehängt, die Scharniere abgemeißelt und eine neue Mauer hochgezogen werden, mit Öffnungen für zwei Fenster und eine Tür. Es galt, sanitäre Anlagen zu schaffen und Leerrohre in die Erde zu graben, einen Fernsehanschluß zu legen und einen fürs Telefon. Das Gerümpel mußte fortgeräumt, ein neuer Boden gefliest und ein Heizkörper installiert werden. Wollte man die Behörde nicht um Erlaubnis fragen, war einige Improvisation nötig, und da die ganze Angelegenheit ohne teure Hilfe aus dem Branchenbuch vonstatten gehen sollte, geriet einiges beim ersten Anlauf schwach und krumm. Augenblicke schierer Verzweiflung waren zu überwinden, bevor an architektonische Feinheiten überhaupt zu denken war.

Oft standen zu beiden Seiten des Grundstücks Nachbarn, neugierige Zaungäste, kommentierten den Fortgang des Baus mit bald schadenfrohen, bald anerkennenden Blicken. Da sie fast alle irgendwann schwarz gebaut hatten, war eine Denunziation nicht zu fürchten; Rudolf rief ihnen teils schlechte, teils unverschämte Witzeleien zu, ja, Rudolf glich während der Arbeit ganz dem Onkel, den Konrad von der Kindheit her in Erinnerung gehabt hatte.

Die körperliche Arbeit traf alle in gleichem Maß. Am ersten Abend wankten sie dumpf, mit hängenden Schultern, ins Wohnzimmer, fläzten sich in ihre Sessel und beteten den Fernseher an. Konrad und Benedikts Begeisterung wich unausgesprochenen Durchhalteparolen; Rudolf stand deutlich der Mißmut im Gesicht, sich auf so etwas überhaupt eingelassen zu haben.

Gearbeitet wurde von 8 bis 11 und von 16 bis 18 Uhr. Mehr ließ die Sonne nicht zu, die den Kessel zwei Wochen lang zum

Glutloch werden ließ. Es war unmenschlich heiß, nah an dreißig Grad. Obwohl die drei Männer hager und von Natur aus kräftig waren, rann ihnen der Schweiß in Bächen herab, sie schleppten sich von Schattenklecks zu Schattenklecks. Marga brachte feuchte Tücher aus dem Kühlschrank, die legte sie ihrem Gatten über Stirn und Nacken. Nach anfänglichem Widerwillen ließen sich auch Konrad und Benedikt diese Zuwendung gefallen. Beide überwanden ihre Trägheit heroisch und schufteten bis zur totalen Erschöpfung. Konrad tat alles weh, in den ersten Tagen fühlte er sich wie ein einziger komprimierter Klumpen aus Blei und Schmerz, doch wuchs mit dem Schmerz auch sein Stolz. Am dritten Tag, als er glaubte, es könne nicht mehr weitergehen, die Grenze des Erträglichen sei erreicht, lösten sich Körper und Geist voneinander, faszinierendes Phänomen – die Schmerzen blieben da, wurden aber auf eine kuriose Weise erträglich, wirkten nicht mehr unmittelbar, als hausten sie in einem Trabantenkörper und es wäre nur ihr Abglanz zu spüren.

Man verwünschte an jedem Morgen den wolkenlosen Himmel, aber die Stimmung unter den Männern blieb gut. Konrad dachte an das anrüchige Wort von der ›Schweißgemeinschaft‹, das ihm hier am Platze schien. Keiner schnauzte den anderen an, selbst dann nicht, wenn jemandem ein grobes Mißgeschick unterlief. Jeder sah, daß die anderen ihr Bestes gaben; es herrschte eine stille Verbundenheit, Übereinkunft ohne viel Worte.

Die Schwüle versprach erlösende Gewitter. Bei den Winzern ging Angst vor Hagelschlag um. Am nächsten Morgen dann war der Himmel eine leere Versprechung, die Schwüle drückender als zuvor.

Benedikt schien seinem Cousin ehrlich und dauerhaft dankbar. Während jener zwei Wochen gab es nicht einmal Anlaß, sich über ihn zu ärgern. Der Junge trug eine fügsame, fast devote Haltung zur Schau, wie ein Kind kurz vor Weihnachten, als fürchtete er, das Erreichte noch verderben zu können. Die Veränderung zeigte sich sogar mimisch – seine zuvor meist zusammengekniffenen Augen hielt er nun aufmerksam offen; auch um eine deutliche Aussprache seiner gewöhnlich hingenuschelten Sätze war er bemüht. Konrad ging die Veränderung beinahe zu weit. Sollte derartiges möglich sein, ohne Berechnung und Verschlagenheit? Bald verwarf er diese Frage als irrelevant. Der Junge brauchte ihn nicht mehr zu kümmern; ein Weg zur Koexistenz war gefunden.

Von den wundersamen Verwandlungen profitierte Marga in doppelter Hinsicht. Sie blühte auf, gewann schon dadurch an Format, daß ihre aufdringliche Art der Betreuung endlich in vollem Umfang erwünscht war. Sie brachte Brote, Getränke, ein Radio, dazu zehnmal pro Tag die kühlen, feuchten Tücher, es bereitete ihr himmlische Freude, willkommen zu sein und anerkannt zu werden. Konrad sinnierte, daß an ihr eine Krankenschwester verlorengegangen sei. Diese Gabe zur Aufopferung war vom Schicksal an ungeeigneter Stelle vergeudet worden. Die Gutmütigkeit des Sohnes bemerkte Marga mit Wohlgefallen, lobte das Projekt jeden Tag neu und ausdrücklicher, in exponential gesteigerter Begeisterung. Wie ihr Gesicht über zwei Wochen hin entspannte, wie sie Konrad als Heilsbringer verehrte, es schmeichelte ihm, machte ihn glücklich, ersetzte alles so sehr an der Mutter Vermißte.

Schweres Glück, das spät sein muß. Alles hat Sinn gehabt. Der Hölle, liegt sie hinter einem, ist nicht genug zu danken.

Je matter sich Konrad am Abend fühlte, desto gelungener schien ihm der Tag. Einmal überlegte er, daß das ›Ora et labora‹ der Mönche ein Pleonasmus, daß Arbeit das höchste Gebet sei, *zusammenschweißen* könne, was einander vorher fremd gewesen war. Rudolf, darauf angesprochen, zuckte mit den Schultern. Hätte er sich ausdrücken wollen, wäre ihm das Wort ›Städterromantik‹ über die Lippen gegangen. So aber schwieg er nach geschafftem Pensum und gönnte sich, von Marga widerspruchslos geduldet, einen Extrazigarillo.

In der Nacht trank Johanser mäßig, mit dem Gefühl, sich den Wein verdient zu haben. Aus der Seitentasche seines Koffers holte er ein ihm liebgewordenes Trinkgefäß, Geschenk Athans. Dies war ein kupferner Zylinder mit ausladendem Henkel, Fassungsvermögen 0,2 Liter völlig sinnlose Zwischenstation eigentlich, trinktechnisch gesehen, auf dem Weg von der Flasche zum Glas; sein einziger – ritueller – Wert bestand darin, daß man jeden Tropfen zweimal einschenkte, daß also das Einschenken als Geste des Gebens betont wurde, man sich etwas *gab* und es sich nicht einfach *nahm*.

Mit der Arbeit wurde auch der Sittenkodex im Hause Henlein legerer gehandhabt. Mittags teilte Konrad sich mit seinem Onkel eine Flasche Bier, die, das sah sogar Marga ein, notwendig zu den Paraphernalien von Bauarbeitern gehörte. Benedikt rauchte ungeniert und überhörte den leisen Tadel seiner Mutter, setzte nichts Bissiges oder Schnippisches entgegen. Konrad steckte ihm alle paar Tage einen Geldschein zu.

Manchmal, wie auf stille Zeichen, ruhte man aus, ließ synchron das Handwerkszeug fallen und suchte im Chaos nach einer Sitzmöglichkeit. Zu Anfang noch zog Konrad den Cousin in Gespräche; sie verflossen freundlich und ergebnisarm. Computerspiele schienen das einzige Thema zu sein, über das Benedikt wirklich gern zu reden bereit war. Einmal drängte er Konrad dazu, doch eines dieser Spiele auszuprobieren, martialische und obszöne, stolz verwies er auf Programme, die im Laden nicht erhältlich waren, und mochte kaum begreifen, daß irgend jemand einer solchen Einladung reserviert gegenüberstehen konnte. Konrad ging schließlich darauf ein, wollte nicht arrogant wirken, aber als er im Speicher vor Benedikts Heiligstem saß und nicht sofort mit der Tastatur klarkam, winkte er ab. Das Unbehagen vor der Elektronik war zu stark, er mochte sich nicht verstellen. Benedikt sah sehr enttäuscht drein, Konrad entschuldigte sich und schenkte ihm eine Reclam-Ausgabe von Wackenroders »Herzensergießungen«. So zielten beide aneinander vorbei. Es machte nichts. Fest hatte sich Konrad vorgenommen, nach dem Ende der Pfingstferien, nach getaner Arbeit, abzureisen. Ewig konnte sein Aufenthalt nicht verlängert werden, einmal mußte Schluß sein. Allerdings nahm er sich vor, baldmöglichst in den Süden zurückzukehren – sobald es zwischen ihm und der Welt zur annehmbaren Einigung gekommen war.

Johanser mußte ein paar seiner Gewohnheiten ändern. Zu Anna ging er jetzt immer nach dem Mittagessen. Durch die Hitzewelle war der Postwirt überdurchschnittlich besucht, Anna bekam mehr zu tun als sonst und hatte für niemanden ein Lächeln übrig.

Sie, darin war Konrad sicher, hielt ihn hier nicht. Seine Verliebtheit war zu ritualisiertem Leerlauf geworden, der sich mit wenig zufrieden gab und mehr nicht wirklich erreichen wollte. Hin und wieder ein winziger Fortschritt, das genügte.

Vielleicht würde er ihr am Tag der Abreise offen seine Verehrung eingestehn, nur um zu sehen, wie sie reagierte. Vermutlich würde sie leise lachen, ihn lachend auf ein unerträgliches Maß zusammenschrumpfen lassen; die Abreise, dachte er, wird dann viel leichter fallen. Blöde Kellnerin! Weiß sie, was sie an mir haben könnte? Ah, wie billig ich bin, erbärmlich! Aber wofür sie mich hält, wüßt ich schon gern.

Dank der seit Walstadt gutwilligen, meist sexuellen Träume hatte er Annas Körper in allen erdenklichen Lagen und Stellungen genossen und durchforscht. Wie sie nackt aussah, glaubte er bis ins letzte Detail hinein zu wissen; selbst von ihren intimsten Zonen besaß er eine so exakte Vorstellung, daß ihm jede Überprüfung pedantisch schien. Oft masturbierte Konrad auf dem Wirtshausklosett; es waren eruptive Erlebnisse, von traumhafter Intensität, die Vorstellung mußte jeder Realität überlegen sein. Er verzichtete auf das Risiko, enttäuscht zu werden, und freute sich, wenn es einen mikroskopischen Fortschritt zu feiern gab.

Fortschritte gab es tatsächlich. Konrad hatte sich inzwischen den Rang eines Stammgastes ertrunken, wurde um einen Lidschlag schneller bedient und beim Eintreten in die Gaststube mit Namen begrüßt. Er hatte nämlich auch einen Weg gefunden, sich vorzustellen, hatte –»Könnten Sie den hier bitte« – einen kitschig steinernen Bierkrug erstanden, mit seinem emaillierten Vornamen darauf –»zu den anderen stellen?«.

»Aha«, hatte Anna nur geantwortet, ihn am Tag danach aber schon mit »Hallo, Konrad!« empfangen, das raubte ihm die Luft vor Glück.

»Die Karte?« fragte sie jedesmal, und er: »Nur das Bier, danke. Ist zum Essen zu heiß.«

Er hätte sagen können, bei seiner Tante werde er so vollgestopft, daß sich die Frage nach der Karte für immer erledige, aber er unterließ es, damit Anna ihn morgen wieder fragen würde, damit es eine Gelegenheit gab, ein paar Worte übers Wetter zu wechseln. Sein Verhalten erinnerte ihn an Marga, die jeden Morgen die Post, welche meist an Rudolf gerichtet war, in ihrer Schürzentasche verstaute, den Gatten also zwang, sie draufhin anzusprechen.

Die Expedition nach Walstadt wurde nachträglich zum läppischen Ausflug, wie Überstandenes oft an Bedrohlichkeit verliert. Anfangs war Konrad noch jeder Nacht dankbar gewesen, die ihn vor Alpträumen verschont hatte; schnell nahm er das als selbstverständlich und glaubte, einen grundlegend neuen Lebensabschnitt erreicht zu haben. Sein Glück berauschte ihn. Nichts mußte forciert, nichts mehr bewältigt werden. Ab und zu freundliche Blicke von Anna, ein Zucken ihrer Oberlippe, das krönte den Tag.

Ich wünsch ihr so sehr ein Steinchen im Schuh, schrieb er auf eine Serviette, *daß sie sich bücken, die Sandalette auszie-*

hen, mir einen ihrer Füße nackt präsentieren muß... Doch noch während er schrieb, merkte er dem Geschriebenen die Hybris an. Luxuriöses Denken stand dahinter, das schwelgen wollte, nicht ernsthaft begehrte. Anna war zur Idee transzendiert, ihr Körper stand stellvertretend, Altar unter vielen Altären, für etwas Unerreichliches.

Ein einziges Mal wagte Konrad, sich zu exponieren – als der Pferdemensch die Kellnerin anschnauzte, wegen irgendwelchen Küchenkrams. Sie sagte: »Mach ich nachher!«, er: »Mach's jetzt!«, und sein herablassender Ton erzeugte in Konrad blanke Wut. Als Anna aus der Küche zurückkam, sprach er sie an, sagte, daß sie sich so was nicht gefallen lassen solle. Sie gab ein kehliges Stöhnen zur Antwort. Unklar blieb, ob es sich auf den Wirt oder auf Konrads Einmischung bezog.

Anna wurde, das war inzwischen zu erfahren gewesen, vom Wirt stark umworben, er bot ihr an, seine Wirtsfrau zu werden, was für die Kellnerin enormen Prestigegewinn bedeutet hätte. Daß sie dennoch zögerte, wußte sich im Dorf niemand zu erklären; mit dem nicht gerade attraktiven Äußeren des Pferdemenschen konnte es nichts zu tun haben – oder sollte sie so unpragmatisch veranlagt sein? Behauptet wurde, zwischen beiden sei es bereits zu Intimitäten gekommen, man tuschelte über eine gewisse Nacht im letzten Herbst, da der Wirt Anna nach einer aus den Schranken geratenen Hochzeit betrunken gemacht und in sein Zimmer gezogen hatte. Der Rest blieb Spekulation; von Vergewaltigung wagte niemand zu reden, es war dies auch ein Wort, das den Dörflern schwer über die Lippen ging, zumal im Zusammenhang mit einem so wichtigen Mann. Schließlich hatte Anna keine Anzeige erstattet, nicht einmal ihre Stellung gekündigt. Am Stammtisch wurde gemunkelt, sie hätte sich vom Zentauren durch eine Gehaltserhöhung entschädigen lassen – soviel Pragmatismus unterstellte man ihr schon. Für Konrad war der Punkt erreicht, von dem ab er den niederträchtigen Gerüchten nicht mehr zuhören wollte.

Was man sich wohl über ihn erzählte? Bisher hatte er niemandem groß Auskunft geben müssen, nur daß er Urlaub habe und aus der Hauptstadt komme. Wahrscheinlich, mutmaßte er, hielt man ihn für einen Arbeitslosen, der sich hier, bei Verwandten, parasitär eingenistet hatte. Und war das so weit von der Wahrheit entfernt?

Noch einmal, bei der Zeitungslektüre (der er immer sporadischer nachging), wurde er mit seinem alten Leben konfrontiert. Am 16. Mai stand zu lesen, das IDR habe ausgerechnet in einem internationalen Tabakkonzern jenen Sponsor gefunden, der bereit sei, nun notwendig gewordene Neueditionen zu finanzieren, viel großzügiger, als das irgendeinem Verlag möglich gewesen wäre. In allen Feuilletons wurde die aufsehenerregende Mesalliance von Kultur und Kommerz diskutiert, meistenteils gewagt genannt, aber wohl richtungweisend. Johanser keuchte, dann lachte er, lachte so bitter wie damals, vor zehntausend Jahren, als er, abgefunden, aus Zumraths Büro herausgetreten war. Jetzt endlich wußte er den Grund seiner Kündigung. Man mußte hinter seinem Rücken lange verhandelt haben.

Deshalb wolltet ihr mich loswerden? Es stimmt, niemals hätte ich zu so was meine Einwilligung gegeben. Ihr gottverfluchten Idioten!

Schon bald klang Konrads Lachen ehrlicher, die Bitterkeit wich galligem Trotz. Er hob seinen benamten Bierkrug, »Auf die Toten!«, und im Radio lief ein frühes Fred-Quecksilber-Lied: »Nichts ist wirklich wichtig, nichts ist wirklich wichtig ... für mich ...«

Konrad nahm die Zeile als soufflierten Kommentar – von oben, von unten, woher auch immer.

Zunehmend unspektakulärer gingen die Tage herum, ohne je langweilig zu sein, im Gegenteil. Daß in der Ruhe die Kraft liegt, jenes nichts- und allessagende Sprichwort ließ Konrad nicht nur gelten, er gab ihm den Rang eines Mantras. Dunkel erinnerte er sich des Märchens, in dem der Held sieben Jahre lang auf einem Ofen schläft und Kraft schöpft, bevor er zu irgendeiner herkulischen Tat schreitet. Ähnliches wünschte Konrad für sich und war keinem Tag gram, der ohne nennenswerte Ereignisse vorüberging. Dem Wunsch nach Ruhe widersetzte sich nur seine Neugier.

So lernte er, zufällig oder nicht, schwer zu entscheiden, Berit kennen, jenes Mädchen, das er für Benedikts Freundin hielt. Sie saß im kleinen Eiscafé, in dem sich nachmittags Gymnasiasten trafen und dem Ortsbild ein Stück Modernität aufzwangen. Konrad spazierte, vom Fluß kommend, daran vorbei und erkannte ihr nettes, pausbäckiges Gesicht sofort wieder. Nach kurzem Zögern betrat er das Café, überflog die Getränkekarte und musterte das Mädchen, im festen Glauben, sie wisse nicht, wer er sei. Die kurze Begegnung auf dem Dorfplatz, ach was, Begegnung, Kenntnisnahme, hielt er für einseitig verlaufen. Daß das Mädchen aufstand, zu ihm trat und ihn ohne Scheu ansprach, kam völlig unerwartet.

»Sie sind Bennys Cousin – hab ich recht?«
»Oh, äh, ja ...«
»Wir haben uns neulich gesehn, bei der Säule. Benny hat mich gleich fortgeschickt.« Sie sprach den Namen mit amerikanischer Färbung.
»Ah, genau, Sie sind seine Freundin! Ich heiße Konrad.«
»Berit. Können mich ruhig duzen. Seine Freundin bin ich übrigens nicht.«
»Ach? Nicht?«
»Hat er das behauptet?«
»Äh, nein – ich nahm nur an –«

Sie schmunzelte, offen und sympathisch. Volle Wangen und Lippen zeichneten ihr Gesicht aus, klare, blaue Augen, Grübchen unter dem Kinn und seitlich der Mundwinkel. Der erste, puppenhafte Eindruck reduzierte sich durch ihr selbstbewußtes Auftreten, das etwas Kokettes besaß.

»Der Capribecher hier ist ziemlich gut.«
»Ist er das? Hmm – soll ich einen ausgeben?«
»Hätte nichts dagegen.« Sie winkte dem Kellner, gab die Bestellung auf und sprang (sprang wirklich) auf den nächstgelegenen Barhocker. Das Café war trotz der Ferienzeit gut besucht, doch schien Berit ohne Begleitung zu sein. Unter ihrem verwaschenen T-Shirt zeichneten sich die schöngeformten, fast zu üppigen Brüste ab, die Konrad zuvor schon aufgefallen waren. Sie trug eine weite, graue, unter den Knien aufgeriffelte Jeans, dazu Schuhe mit stahlverstärkter Kappe und roten Senkeln.

»Du siehst Benny sehr ähnlich.« Konrad legte gegen das unvermittelte Duzen keinen Widerspruch ein, wenn es ihm auch unangenehm war.

»Ja? Kann sein. Hat Benedikt was über mich erzählt?«
»Nur daß du sein Cousin bist, auf Besuch.«
»Sonst nichts?«
»Naja, doch ...«
»Aber?«
»Nichts Nettes.«
»Verstehe.«
»Macht gar nichts. Er redet über niemanden nett. Ist total negativ eingestellt. Drum werd ich auch nicht seine Freundin.«

Ihre unverblümte Aussage wirkte wie eine Botschaft, die weitergegeben werden sollte. Dem Gesagten haftete nichts Endgültiges an, als würde nur zur Besserung aufgefordert. Mit einem Mal begriff Konrad die Fatalität der Begegnung. Würde Benedikt davon erfahren, sähe er sie bestimmt als Einmischung, mit Recht, Konrad hatte das Treffen ja provoziert, selbst wenn er mit einer so schnellen Bekanntschaft beim besten Willen nicht hatte rechnen können. Viele Fragen brannten ihm auf der Zunge, doch verkniff er sie sich und wünschte nur noch, dem Café möglichst unverpflichtet zu entkommen.

»Stimmt schon, Benedikt ist ein bißchen – nun ja ...«, murmelte er vage und stocherte im eben eingetroffenen Eisbecher. Seit der Kleinkindzeit hatte er kein Eis gegessen. Schräg über ihm kreiste ein monumentaler Ventilator, aus Automaten neben der Tür drangen Geräusche abgeschossener Raumschiffe. Konrad fühlte sich in einen fremden Erdteil verschlagen.

»Weißt du, was er von mir will, ist mir einfach zuwenig. Er hat verdammt viel drauf, nur sein Herz – das ist ein Zwerg.«

Der Satz klang aus dem Mund einer Sechzehnjährigen, vielleicht war Berit sogar jünger, merkwürdig ausgedacht. Er hätte sie gern nach ihrem genauen Alter gefragt, nur mutete ihm die Frage, egal in welcher Formulierung, überheblich an.

»Er ist vielleicht bloß etwas gehemmt«, verteidigte Konrad den Cousin, in vollem Bewußtsein, die eigene Schwäche auf ihn zu projizieren. Das Mädchen rutschte unruhig auf dem Hocker hin und her und zupfte an den Schenkelteilen ihrer Jeans. Er wunderte sich, daß sie trotz ihrer Molligkeit nicht schwitzte. Vielleicht lag es daran, daß sie ihren Capribecher schon vertilgt hatte, als er die fünf Eiskugeln noch zu Brei verrührte. Ständig sann er darüber nach, welche Konsequenzen das Gespräch haben mochte.

»Magst du ihn denn?« Berits Stimme klang, als redete sie zu einem alten Freund. Langsam empfand Konrad ihre Unbekümmertheit als aufdringlich. Auch wie sie ihn anlächelte, es lag etwas Lasziyes darin. Er redete sich ein, daß das nichts zu bedeuten hätte, daß Jugendliche heutzutage andere Kommunikationszeichen gebrauchten, welche er nur nicht adäquat zu übersetzen imstande war.

»Ich würde ihn ja mögen. Nur – bisher konnte er mich nicht leiden. Verständlich, ich okkupiere sein Zimmer. Aber das ändert sich.«

»Hab davon gehört. Er sagte, er bekommt jetzt sein eigenes Häuschen.«

»Stimmt. Hat er mir zu verdanken.«

»Ja?«

»Unser Verhältnis bessert sich noch. Im übrigen –«
»Was denn?«
»– würde ich darum bitten wollen, nun, daß unser Gespräch vielleicht unter uns bleiben könnte. Er würde mir die Zufälligkeit unseres Treffens sicher nicht abnehmen ...«
»Klingt, als würdst dich vor ihm fürchten.«
Konrad schob seinen halb gegessenen Eisbecher beiseite, suchte seine Getroffenheit zu überspielen.
»Ich? Ihn fürchten? Warum?«
»Manchmal kann man schon Angst vor ihm kriegen.«
Konrad nestelte an den Kragenknöpfen seines Hemdes. Wieder beneidete er Raucher, die sich in einem solchen Moment irgendwas hätten anzünden können.
»Allzu dämonisch kam er mir bisher nicht vor. Um ehrlich zu sein, ich weiß eigentlich wenig über ihn. Er ist doch kein böser Mensch?« Umsonst pfiff er sich zurück. Nun stellte er doch die Fragen, die er sich verboten hatte. Benedikt, das unbekannte Wesen. Und wenn auch? Was kümmerte es ihn?
»Nein – bös ist er nicht. Einsam. Er bräuchte einen Freund. Er hat keine Freunde. Ich hätte nichts dagegen, seine Freundin zu werden. Aber seine Dose? Nee. Er nützt die Leute aus, jeder an der Schule sagt dasselbe. Ich werd blöd angemacht, nur weil ich mit ihm rede. Das brauchst ihm aber nicht zu verklickern.«
»Ja. Ich meine: Nein.«
»Aber er ist verdammt klug, das mag ich an ihm.«
»Klug? In welcher Hinsicht?«
»Na, klug eben. Er müßte überhaupt keine Probleme haben. Die schafft er sich alle selbst.«
Welche Probleme? – hätte Konrad als nächste Frage gestellt, da sah er die Wanduhr und erschrak. Es war beinahe vier. Nicht nur, daß er nicht bei Anna gewesen war, er würde auch zu spät zur Nachmittagsschicht erscheinen. Die Zeit mußte hinterrücks an Geschwindigkeit zugelegt haben, anders war der Zeigerstand nicht zu erklären.

»Hör mal, ich muß dringend weg. Das hier« – er legte einen Geldschein auf den Tresen – »ist fürs Eis. Wirst du Beni was über unser Treffen erzählen? Es wär mir wichtig, das zu wissen.«

»Wenn du nicht willst, sag ich auch nichts.« In ihrer Stimme lag ein verschwörerischer bis anhimmelnder Ton. Dazu klopfte sie ihm beruhigend zweimal auf den Handrücken.

»Gut. Ich verlaß mich drauf.«

»Sehn wir uns bald mal wieder?«

Zum Teufel, dachte Konrad, so sehr können sich die Zeichen nicht liberalisiert haben. Täusch ich mich? Was will sie von mir? Benedikt eins auswischen? Ich muß hier endlich raus!

»Bestimmt. Der Ort ist ja nicht groß.«

»Oh, ich wohn drüben in Bullbrunn. Willst du meine Nummer?«

Sollte er sagen: Nein? Berit schrieb sie ihm auf die Rückseite eines Kassenbons, den sie in ihrer Hosentasche fand. Konrad lieferte den Kugelschreiber. Spätestens von diesem Moment an fühlte er sich dem Cousin gegenüber schuldig, scheuchte die Schuld zugleich wie eine lästige Fliege fort, verließ mit einem knappen Gruß das Café und legte den Weg zum Henleinhaus im Dauerlauf zurück.

Bei der Arbeit dachte er das Geschehene noch ein dutzendmal von vorn bis hinten durch, betrachtete es aus allen Perspektiven, wozu, wußte er selbst nicht. Das Ergebnis seiner Gedanken lautete jeweils gleich: Die Sache war völlig unbedeutend, an Bedeutung gewann sie nur durch ihre Heimlichkeit. Es war falsch, glaubte er im nachhinein, das Treffen zu vertuschen, ich hätte Benedikt gleich davon erzählen sollen, so ganz beiläufig. Nun schien es dazu zu spät. Konrad machte sich Vorwürfe, hatte dem Jungen ein Freund werden wollen, hatte bei erstbester Gelegenheit versagt. Dann dachte er, Vorwürfe würden nichts nutzen, der Sache nur noch mehr überflüssiges Gewicht aufladen; er bemühte sich, das Ganze zu vergessen. Es ging aber nicht, im Gegenteil. Sobald Rudolf einmal außer Hörweite war, sprach er Benedikt auf seine vermeintliche Freundin an, ganz so, als würde ihn ein fataler Trieb dazu zwingen, sich in Schuld und Gefahr noch tiefer zu verstricken.

»Du, hör mal, das Mädchen, das ich neulich bei dir gesehen habe, auf dem Dorfplatz, als es um das Vorhängeschloß ging, weißt du noch?«
»Ja. Und?«
»War das deine Freundin?«
»Kann sein. Warum?«
»Wie weit bist du denn mit ihr?«
Konrad rief sich, schon während er die Frage stellte, in Gedanken zu: ›Was machst du? Halt doch dein vorwitziges Maul!‹ Aber etwas in ihm, das andere, blieb stärker.
»Wie meinst 'n das? Wieso willst 'n das wissen?«
»Nur so. Wollte nicht indiskret sein.«
»Bist du aber.«
»Akzeptiert. Ich meine ja nur – falls du mal Rat brauchen solltest oder Hilfe –«
Jedes seiner Worte war ein Rückschlag, machte alles schlimmer. Das Wissen darum reichte nicht hin, sein Mundwerk im Zaum zu halten. Glücklicherweise lenkte Benedikt die Unterhaltung auf eine weniger prekäre Ebene.
»Kannst mir 'nen Hunni pumpen, wenn du mich so fragst.«
»Klar. Hast du sie schon mal zum Essen ausgeführt?«
»Hey – die Frage könnt echt von meiner Mutter stammen!«
Eine deutliche Warnung. Konrad verstand sie und steckte ihm schweigend den Geldschein zu. Es hätte ihn interessiert, um wieviel schärfer Benis Antwort ohne die Aussicht auf den Hunderter ausgefallen wäre. Den Grad seiner Käuflichkeit auszutesten würde sich bestimmt noch Gelegenheit bieten.

Er hat, dachte Konrad, wahrscheinlich kein Problem, das mit dem ersten geglückten Beischlaf nicht aus der Welt geräumt wäre. Wie spritz ich endlich ab, ohne daß mein Schwanz im Freien steht? Das ist es doch, mehr nicht. Und genug. Wenn man später erkennt, wie viele Möglichkeiten versäumt worden sind, nur weil die nötigen Worte gefehlt haben, ein Schwall Mut zum richtigen Zeitpunkt ...

»He, Beni, riechst du das Geißblatt?«
»Und?«
»Magst du den Geruch nicht?«
»Riecht ziemlich nach Geißblatt.«
»Das ist doch schön, oder nicht?«
»Na schön.«

Die Zeit zwischen Arbeitsende und Abendessen verbrachte Johanser meistens am Fluß. Gerne beobachtete er eine ›Bachstelze‹ (tatsächlich handelte es sich um eine lokale Varietät des Steinschmätzers), die regelmäßig im Uferschilf nach Futter pickte. Der schnittige, papieren wirkende Vogel mit dem weißen Kopf, den schwarzen Augenkreisen und den zu hohen, streichholzdünnen Beinen sah zugleich niedlich und unheimlich aus; Konrad suchte in seinem Gedächtnis nach Texten über die Bachstelze und etwaig ihr verbundene Topoi, fand aber nichts, was dem Tier irgendein Omen zuwies.

War der Fluß Anfang Mai noch malachitgrün gewesen, hatte sich das Wasser längst braun verfärbt, floß träge dahin, begann im späten Licht zu funkeln. Der von der Abendsonne vergoldete Fluß trug manchmal Boote vorbei, die schwarze Soutanen hinter sich herzogen. Badende sah Johanser selten, obgleich das Wasser warm genug dazu war und es keine Verbotsschilder gab. Die Jugendlichen bevorzugten das Hallenbad.

Am Uferrand blühte halbmeterhohes Gras, während auf der anderen Seite, unter der Felswand, nur einige Dornbüsche und kleine Weiden den Kieselgrund hatten durchstoßen können. Täglich verträumte Johanser ein, zwei Viertelstunden beim Anblick still hinfließender Algenfäden. Treibende Haare einer Leiche, der Vergleich ging ihm nicht aus dem Sinn.

Einmal zog er Schuhe und Strümpfe aus, watete zwei Meter in den Fluß hinein und griff nach einem Algenschopf, riß ihn ab von seinem Stein und trug den Skalp an Land. Nach wenigen Minuten fragte er sich, wie etwas, das eben noch gelebt hatte, plötzlich derart zu stinken imstande war. Angeekelt wusch er seine Hände im Fluß, begrub den Algenschopf jedoch unter einem massiven Kiesel und entschuldigte sich sogar bei ihm, wobei er sich weniger des Totschlags bezichtigte als vielmehr der Störung einer Totenruhe.

Der Verschrobenheit solcher Gedanken war er sich bewußt, hätte sie nie jemandem eingestanden. Ob es vielen Menschen so ging, daß sie etwas ganz anderes dachten, als sie nach außen hin zu erkennen gaben, ob sie alle, den Moden gemäß, logen, um nicht fremdartig zu erscheinen? Wenn es so wäre, dachte Konrad weiter, besäße die Welt eine bisher weit unterschätzte Heimlichkeit. Wenn man nur fünf Minuten ehrlich redete, wie es ohne jeden Zivilisationsfilter einem ursprünglich durchs Hirn strahlte, man würde für immer unmöglich, verflucht, hinausgescheucht aus der Herde der Tragbaren.

Er hatte inzwischen den engen, aus dem Fels gehauenen Pfad entdeckt, der den Weg zum Plateau hinauf um einen guten Kilometer abkürzte. Nur mußte man, ihn zu erreichen, den Fluß durchwaten, oder, recht umständlich, die Brücke am Ortsrand überqueren und das gegenüberliegende Ufer abmarschieren.

Einmal stellte Konrad den Wecker auf fünf Uhr morgens. Der Fluß führte wegen der Trockenheit gerade die Hälfte seiner sonstigen Wassermenge, an einer Stelle konnte man mehrere Kiesbänke nutzen, so daß man nur bis zur Hüfte naß wurde. Der Pfad war gefährlich. Risse durchzogen die klobigen Stufen, es gab kein Geländer, bei Dunkelheit wäre der Aufstieg leichtsinnig gewesen.

Johanser berauschte sich am Anblick des Dorfes und der

Rebenhänge, des dunklen Flusses, des Sonnensegments über dem Tal.

Vom Plateau aus wurde alles Spielzeug und doch, auf eine gewisse Art, ernsthaft. Als wären Spielzeughäuser einem Kind gestohlen und für ein architektonisches Modell zweckentfremdet worden. Es war sehr schön dort oben, zur frühen Uhrzeit, endlich einmal nicht zu heiß.

Als ob ein Teil von mir schon lange hier war ... Ich nähere mich ihm, spüre ihn ganz nah ...

Etwas Vollkommenes umgab diesen Platz.

13

Um die Schuhfabrik in Bullbrunn, Niederenslingens Schwestergemeinde, war am Ortsrand, beim Autobahnzubringer, ein kleines Gewerbegebiet entstanden. Manchmal, bevorzugt während der Sommermonate, bezog dort eine Wohnwagennutte Stellung, dann raunte man sich in den Wirtschaften der Umgegend zu, daß Iris wieder im Land sei; auf diese Weise erfuhr auch Johanser davon.

Die meisten von Iris' Kunden hegten keine gesteigerten Ansprüche, gaben sich mit schneller ›Handentspannung‹ (DM 30.-) oder ›Französisch mit Gummi‹ (DM 50.-) zufrieden. ›Verkehr‹ (DM 100.-, oben ohne DM 120.-, Stellungswechsel DM 150.-) hätte die Geldbeutel der von der Schicht kommenden Fabrikarbeiter zu arg strapaziert, zudem war Iris keine schöne Frau, krampfadrig, zellulös, ein halbes Jahrhundert alt. Sie fertigte jeden grob oder wortlos ab; man ging zu ihr, wie man die Dienstleistung einer Maschine in Anspruch nimmt, froh, wenn dabei das Mindeste herausspringt. Vielen, die öfter zu ihr kamen, genügte das Faktum, von einer anderen Frau als der eigenen bedient zu werden. Sie sahen in Iris wenig mehr als den verlängerten Arm einer feierabendlichen Selbstbefriedigung, dennoch wurde ihr Wohnwagen als ein Stück Luxus gewürdigt. Beinah jeder Mann im Umkreis war irgendwann einmal bei ihr gewesen.

Von Neugier mehr als von Libido getrieben, lieh sich Johanser Benedikts Rad und fuhr nach Bullbrunn, gab der Hure fünfzig Mark und zog die Hose herab. Während Iris in seinem Schoß beschäftigt war (sie nahm nach wenigen Sekunden die Hand zu Hilfe), bemühte er sich um erotische Phantasien, dachte an Somnambelle, Anna, sogar mit Berit versuchte er es. Seine Bildmächtigkeit stieß an Grenzen; bei jedem Auf und Ab von Iris' Kopf rutschte ihre blonde Perücke ein Stück, verschupptes graues Haar war zu sehn, talgig glänzten die Fettpolster des Nackens. Johanser entzog sich Iris' inzwischen brutal gewordenen Handreichungen, gab statt irgendwelcher Erklärungen einen Zwanziger Trinkgeld und schützte sogar vor, zu einem späteren, besseren Zeitpunkt wiederkommen zu wollen.

Unbefriedigt, gleichzeitig sehr zufrieden, nichts krampfhaft erzwungen zu haben, radelte er die vier Kilometer zurück, ließ dem Rad auf der Serpentinenstraße ungebremsten Lauf, landete prompt in den Büschen und lachte. Zog sich Dornen aus dem Fleisch und lachte ein kindliches, keckerndes Lachen. Er sah auf das Dorf, *sein* Dorf hinab: wie es ruhig da unten lag, unbeschreiblich schön, zwischen Acherbrücke und Tunnel, zwischen Gleispaaren und Weinhängen, die neue Welt, Johansers Welt.

Der Sonnenstand gewährte noch Zeit zum Verträumen. Das Henleinhaus, *sein* Haus, deutlich war es nun herauszukennen, wie überhaupt keines mehr dem anderen glich. Im Garten bewegte sich ein winziger Punkt, es mochte Marga, die Mutter, sein.

Pastorale Stille, von gebändigter Heiterkeit, die sich aufspart für den Abend.

Welt auf den Arm nehmen und abküssen.

Dunstverloren standen die Häuser im Mittag, in einer Art, daß ihr Stillstehen zum ersten Mal auffiel, als würden sie sich bei erfrischenderem Wetter bewegen. Ein leerer Himmel beugte sich tief zur Ortschaft; über den Asphaltstraßen flimmerte die Luft und übte sich in Spiegelungen. Künstlich bewässerte Rasenflächen hoben sich augenfällig von sich selbst überlassenen ab, hier losches Grün, dort gelbe Dürre, der mit nichts mehr zu helfen war. Johanser freute sich an beidem. Sein Herz wollte expandieren. Nach einer Woche hatte er die Hitze zu lieben gelernt, wie er auch alles andere, das ihn umgab, von heute auf morgen zu lieben beschloß. Devot fügte er sich in Staubigkeit und Schwüle, suchte, was immer vorhanden war, ins neue Glück einzubeziehen, ihm den Platz zuzuweisen, an dem es sinnvoll sein konnte. Während des ersten Studienjahrs hatte er kurz einmal im blauen Kino gearbeitet, als Platzanweiser, jetzt amüsierte ihn die Vorstellung, Niederenslingen sei sein Kinosaal geworden. Sogar Winhart, so hieß der Pferdemensch richtig, wurde mit anderen Augen gesehen, als hinzunehmendes Landschaftsdetail, das den Wert aller übrigen Details erst veranschaulichte. Johansers neue Welt rief eine Generalamnestie aus. Alle Wut und Bitterkeit schrumpfte zusammen, wurde beiseite, in den Ruhestand gedrängt. Johanser glich einem Segnenden, hob er so aus dem Dorngesträuch heraus die Arme. Es kam ihm etwas schwülstig vor, ja, aber weder lächerlich noch anmaßend. Hätte er einer Rechtfertigung bedurft, würde er die Ehrlichkeit genannt haben. Nicht, daß es keine Schwierigkeiten mehr geben würde, nein, darüber machte er sich keine Illusionen. Es würde hart werden, eine akzeptable Stadt und Stellung zu finden, mit dem Niederenslinger Idyll im Hinterkopf. Doch spürte er nie gekannte Ruhe in sich und keine Angst mehr, spürte, daß es einen Weg, daß es Zukunft gab.

Im Staub tanzen die Toten, sie erzeugen auch den Wind, der Wind sucht einen Flaschenhals, zu singen. Ich hab für euch gesungen, hab euch den Flaschenhals gemacht, mich geköpft und in den Wind gestellt. Lang genug, nun ist es gut.

Mit sich und allem ins reine gekommen, lachte Johanser erneut. Verschwitztes Licht suhlte sich in Kantennähe der Dinge, und das Licht, er begriff es von Blick zu Blick, war Gott, die Götter, was immer.

14

In der Mitte der zweiten Woche am Bau traf das Gewitter ein.
Mit großem Schauspiel. Der Himmel wogte dunkelblau und schwarz, von Wetterleuchten zerrissen, während am Horizont eine unverstellte Sonne zusah. Die Wolkenmasse blieb im Kessel hängen, schwere Tropfen klatschten herab. Dächer wurden zu ohrenbetäubenden Trommeln. Die Männer, johlend und tanzend, liefen zur Wiese, genossen es, binnen Sekunden bis auf die Haut durchnäßt zu werden. Sie spülten den Schweiß aus ihren Gesichtern, scherten sich nicht um vereinzelte Blitze. Gleich war alles mit erdigem Geruch durchwoben, die Luft, vom Regen klebrig, schmeckte nach mildem Rauch, die Straßen begannen zu dampfen.

Barfuß über Gras zu laufen, Schlamm zwischen den Zehen zu spüren gab Konrad ein lang ersehntes Gefühl der Zugehörigkeit, zu ebendiesem Hektar Erde. Mit feuchten Grasbüscheln rieb er seinen Körper ab und schrie vor Freude. Die Schnittwunden fielen ihm erst auf, als Marga mit Jodflakon und Wattebäuschen gerannt kam. Voller Blutstropfen waren Brust und Arme, Konrad lachte nur darüber und drehte sich im Kreis, frei und außer sich. Außer sich.

Die Männer liefen zur Regenrinne und bespritzten Marga mit dem herabstürzenden Wasser, worauf sie kreischend ins Haus zurücklief. Ihre nasse Bluse war transparent geworden, sie genierte sich deswegen. Die Männer lachten sie aus und überschütteten sich gegenseitig, ausgelassen wie Kinder.

Viel zu schnell zogen die Wolken weiter. Die Abkühlung hielt kaum bis zum Abend. Entstandenen Pfützen konnte man beim Verdunsten zusehn; bald war alles wie zuvor.

Den Geruch des Regens aber merkte sich Konrad wie einen Zaubervers, suchte ihn herbeizuzwingen, wenn er nackt beim Wein saß, im Dunkel, die Beine gegen die offene Balkontür gespreizt. So müde und glücklich war er, daß er in keins seiner Bücher mehr sah, das Rutaretil als Stimulans völlig vergaß und oft bei halbgeleerter Flasche einschlief.

Die gröberen Arbeiten waren inzwischen erledigt; es war abzusehen, daß der Umbau termingerecht fertig werden würde. Das meiste funktionierte. Tür und Fenster schlossen einwandfrei, der Boden zeigte keine Unebenheit. Nur mit der Wasserversorgung haperte es, die Erde mußte erneut aufgegraben werden.

Es kam danach vor, daß Rudolf sich zurückzog; lange genug hatte er seinen Keller entbehrt, jeder zeigte Verständnis. Allerdings gab es ein Problem: Marga nahm den freigewordenen Platz ein. Zwischen ihr und Benedikt brodelte es prompt. Die Differenzen drehten sich zum Beispiel um die blutrote Tapete, die sich Beni ausgesucht hatte, um die Zigaretten, die er in ihrer Gegenwart rauchte, ums alte Bettgestell, das er endlich loswerden und durch eine breite Matratze ersetzen wollte. Dieses und jenes, alles und nichts. Mit der konzentrierten Schweigsamkeit war's vorbei, unnötige Diskussionen gefährdeten den Zeitplan. Konrad vermittelte, so gut er konnte. Den psychologischen Drahtseilakt zwischen Mutter und Sohn glaubte er immer sicherer zu beherrschen. Weil die Spannungen unbedeutend blieben und beide Parteien sich letztlich kompromißbereit zeigten, wurde seine Rolle als Friedensstifter und einigender Geist des Hauses weiter verstärkt. Er nahm die Rolle begierig an, wie alles, das sein Selbstbewußtsein heben und die Verbindung zu den Henleins vertiefen half. Ständig verlangte er nach Bestätigung, handelte teils aus Eitelkeit und Sehnsucht, teils aber aus echtem Verantwortungsgefühl, das etwas Gutes, Nützliches schaffen wollte.

»Und?« fragte er den Cousin. »Bist nicht doch froh, daß ich hergekommen bin?«

»Logo. Schade, daß du bald fahren mußt.«

Es klang nett gemeint, dennoch störte sich Konrad am zweiten Teil des Satzes, als würde hier etwas Unumstößliches festgehalten werden.

»Wer sagt, daß ich muß? Ich muß überhaupt nichts.«

»Dann bist du also doch arbeitslos?«

Konrad starrte ihn an. Natürlich, solches mußte man glauben. Er war sich dessen bewußt gewesen, hatte es nur verdrängt gehabt. Der Begriff ›Arbeitslosigkeit‹ kam ihm, auf sich selbst bezogen, einen weltführenden Spezialisten, unpassend und komisch vor, er spürte in diesem Moment große Lust, vor Benedikt mit seinen Fähigkeiten anzugeben. Nur hätte der Junge absolut nichts davon zu würdigen gewußt.

»Red keinen Schwachsinn!«

»Stimmt's nicht?«

»Nein. Es stimmt nicht!«

»Is' ja gut. Tut mir leid.« Benedikt senkte den Kopf. Konrad hörte die Entschuldigung gern, ebenso aber schien ihm, daß seinem Nein kein Glauben geschenkt wurde.

»Ich sagte doch, ich reise ab. In vier, fünf Tagen. Bist du damit nicht zufrieden?«

»Hey hab ich was gesagt? Warum regst du dich auf?«

Konrad wußte nicht mehr, warum er sich aufgeregt hatte. Seine Lider flatterten, sein Zorn fiel von ihm ab. Wie ein Joch. Er schämte sich seines Rückfalls. Alles war ja in Ordnung.

»Freunde?« Er hielt Benedikt die Hand hin.

»Na sicher.« Einschlag. Dumpfes Klatschen. Zwei Sekunden Hautkontakt. Und freundlich, erstmals wirklich freundschaftlich, redete Benedikt zu ihm.

»Wenn du arbeitslos *wärst*«, die Konditionalform wurde stark betont, »könntest du's echt ruhig sagen.«

Konrad machte diese Einladung zur Vertraulichkeit glücklich, kurz überlegte er, ob ein Geständnis, sei's auch ein falsches, nicht strategisch opportun wäre, der Vertraulichkeit sozusagen einen Gegenstand böte. Aber es ekelte ihn an, strategisch zu denken, damit sollte Schluß sein, und er erwiderte nur: »Danke.«

Erst später wurde ihm bewußt, daß dieses simple, von Herzen gesprochene Wort auf vielfältige Weise aufgefaßt werden konnte, in der negativsten Hörart sogar eine Abfuhr bedeutete. Jedoch war er der Meinung, den richtigen Ton getroffen zu haben, Benedikt hatte genickt und gelächelt.

In jener Nacht ging Johansers Weinvorrat aus, es war ihm fast gleichgültig. Lange stand er auf dem Balkon, blickte in den abnehmenden Mond und horchte auf verspätete Zikaden. Selbstverständlich würde er morgen eine neue Kiste Wein ins Haus schmuggeln, wie schon viermal zuvor. Aber das Trinken würde eine andere Qualität besitzen, wie das Leben nunmehr eine andere Qualität besaß.

Johanser nahm sich ein Beispiel am Onkel – es waren ja nur noch Minuziosen zu erledigen – und schwänzte am darauffolgenden Tag den 16-Uhr-Appell, saß statt dessen, einziger Gast, bei Anna.

Es kam zum bislang gehaltreichsten Gespräch. Er gab ihr zu verstehen, daß er bald abfahren und den Postwirt sehr vermissen werde.

»Du meinst doch hoffentlich *mich,* nicht den Postwirt?«

Sie wischte den Tisch ab, während sie das sagte, stoppte in der Bewegung und schenkte Johanser ein zauberhaft schelmisches Lächeln. Nie vorher hatte sie so gute Laune zur Schau getragen, man konnte meinen, sie sei beschwipst. Ihre Schultern wippten, balancierten den schlanken Hals hin und her. Es ähnelte dem Tanz eines südostasiatischen Tempelmädchens, war entzückend und irritierend.

»Natürlich meine ich *dich.* Du bist ja ganz aufgedreht...«

»Ja. Schad, ich werd dich auch vermissen!«
»Im Ernst?«
»Ja. Doch. Du siehst mich anders an als die anderen. Das mag ich. Bist so verschämt dabei. Wahrscheinlich meinst sogar, ich würd's nicht merken.«

»Ist schon wahr, ich liebe dich«, antwortete Johanser mutig, nicht *so* mutig jedoch, daß er seinen Worten nicht jenen entwertenden Hauch Unernst beigegeben hätte.

»Natürlich« – Anna griff den spaßhaften Ton auf –, »man vertreibt sich so die Zeit.«

»Du bist ja auch wirklich ganz schön ... schön.«

Ihm wäre auch Lyrischeres eingefallen, daran lag es nicht. Allein, die Ebene des geregelten Kneipenflirts zu verlassen, hielt er für unangebracht. Anna lachte gütig, gab aber nicht das mindeste Signal, das Gespräch in eine Bahn lenken zu wollen, die es seines Dienstleistungskolorits entkleidet hätte. Nein, Anna fand ihn, da war er sicher, nett, aber langweilig. Sie nannte ja nicht einmal den Grund ihrer guten Laune, gab nichts Privates preis. Das Gesagte war nicht über die üblichen Courtoisien zwischen Kellnerin und Stammgast hinausgegangen.

»Schreib uns was aus der Hauptstadt!« rief sie hinter dem Tresen vor und deutete auf einige Postkarten, die neben der Magnum-Asbach-Flasche an einer Korkscheibe staken.

Das ›Ja, gerne!‹ blieb auf der Zunge kleben. Er fuhr nicht in die Hauptstadt. Einerlei, Anna war im schmutzigen Licht des Hinterhofs verschwunden, Johanser hob seinen Krug und trank auf den Fortschritt.

15

Da zu fürchten stand, Rudolf würde bald wieder in die alte Einsilbigkeit verfallen, ging Konrad am Abend in den Keller. Er befand sich in einer Stimmung, wie sie Reisende kurz vor der großen Fahrt befällt, wenn man alles geregelt haben will und sich über Gebühr mit Lappalien auseinandersetzt. Es gab da noch etwas, eine Winzigkeit, die nach Aufklärung verlangte. Das Studio war spärlich beleuchtet und kühl. Man kam sich wie im Sendezentrum eines Rundfunkhauses vor, grüne und rote Lämpchen blinkten an entlegensten Stellen. Der Raum enthielt viel mehr Elektronik, als man beim ersten Hinsehen wahrnehmen konnte.

Rudolf, befragt, ob der kurze Kontakt zu den Eltern nicht aufgezeichnet worden sei, nickte, legte ein Tonband in die Maschine und meinte, er habe mit jener Frage längst gerechnet. In seiner Antwort schwang ein kleiner Vorwurf mit. Konrad lächelte verlegen, wollte etwas sagen, erklären, ließ es achselzuckend sein. Plazierte sich auf einen Hocker, wartete gespannt und schloß die Augen. Aller herbeibefohlenen Vernunft zum Trotz zitterte er, hielt das Hörstück für eine notwendig gewordene Mutprobe. Walstadt war viel zu leicht gefallen.

Als das Band anlief, war er auf alles gefaßt, wurde alles gleichermaßen wahrscheinlich. Jede Empirik blieb außen vor und zog ihren Beistand zurück. So ähnlich muß das Sterben sein, schoß es ihm durch den Kopf, die Individualität löst sich vom Körper ab, man trägt keine Narben mehr. Das eigene Wissen atomisiert sich wie ein Wassertropfen im Ozean. Und der Ozean ist Wissen und Vergessen zugleich.

Es gab dann ein Rauschen zu hören, ein Rauschen, mehr nicht. Das sollte alles sein? Konrad atmete auf. Zugegeben, das Rauschen war komplex und ungleichmäßig und von einem leisen Knistern durchsetzt, das aber angenehm inhaltslos blieb. Etwas wie eine Stimme ließ sich höchstens mit bestem Willen erahnen, im hellen, leicht zischelnden Hintergrundknacken. Aus dem Lärm verständliche Worte herauszuhören, nannte Rudolf eine Frage der Erfahrung, Konrad eine Sache der Einbildung. Letzterer behielt sein Urteil höflich für sich und tat beeindruckt. Wieder ein wenig leichter geworden, spürte er Lust auf Komödie.

»Klang meinen Eltern schon ähnlich. Nur – bei einer polizeilichen Identifizierung, sozusagen, würd ich keinen Eid schwören wollen...«

»Hast du Erwin nicht erkannt? Er hat sogar deinen Namen gerufen!«

»Ach? Tja... Das gerade macht mich stutzig! Er hat mich nie bei meinem Namen genannt.«

Rudolf schüttelte den Kopf, ihm war das Grinsen des Neffen nicht entgangen.

Aufgefordert, doch bitte noch seinen besten Stimmenfang zu präsentieren, wechselte er das Band und betätigte am Schaltpult einige Regler. Aus den voluminösen Boxen, recht teuer, soweit Konrad das beurteilen konnte, drang etwas tatsächlich Beeindruckendes. Aus riesiger Entfernung, dennoch deutlich, fast überartikuliert, rief eine junge Männerstimme: *»Es ist kalt! Ich will wach sein!«*

Unendliche Verzweiflung lag in Klang und Duktus dieser Worte, als suchte in der nächtlichen Stadt ein Kind nach verlorenen Eltern. Es wirkte auch nicht theatralisch, daß man an überlagerte Fetzen eines Hörspiels hätte denken mögen.

Mit wachsendem Besitzerstolz ließ Rudolf die Stelle wieder und wieder laufen. Bei jedem Mal prägnanter wurde der eigentümliche Hall, der die Silben zerdehnte, zwischen den Wörtern aber an Stärke verlor, als würde sich der Sprecher hinter einer Tür befunden haben, welche sich in rasendem Wechsel öffnete und schloß.

Johanser war erstaunt, dennoch gewann sein urbaner Skeptizismus schnell die Oberhand. Fälschungen und Gauklerstücke, das wußte er am besten, finden verborgenste Wege zur Wahrheit, sind die sehnsuchtsvollsten Elaborate menschlicher Erfindungskraft.

»Faszinierend, muß schon sagen. Warum fügt ihr eurem Klubblättchen eigentlich keine Kassette bei?«

»Wir betrachten die Stimmen vorrangig als private Mitteilungen. Sie zu verbreiten wäre unverschämt. In diesem Fall hab ich eine Ausnahme gemacht.«

»Ach? Danke, jedenfalls« – Konrad rang nach einer Überleitung – »hänge ich, was das Jenseits betrifft, doch eher der Korpuskular- als der Undulationstheorie an.« Weil er sah, daß sein Onkel verständnislos die Schultern hob, fuhr er fort: »Neulich kam mir der Gedanke, es war nämlich sehr staubig, ich dachte, Staub zu Staub, naja, also, daß im Staub –« Er unterbrach sich, winkte ab. Was er hatte sagen wollen, kam ihm plötzlich banal und töricht vor.

»Daß die Entkörperten im Staub sind?«

»Entkörperten?«

»Oder die Jenseitigen. Eine neue Empfehlung des Vereinsvorstands. Manche Mitglieder fanden den Begriff ›Tote‹ diskriminierend.«

»Gut, im Staub, ja, das war's ungefähr, was ich, aber – es ist wohl nur das zerfallene Fleisch, ich meine ...«

»Du hast recht. Die Entkörperten sind überall ...«

»... gibt es irgendein Atom auf dieser Erde, das noch nie in einem Organismus, wie soll ich sagen? – Dienst geleistet hat? Wäre das zu berechnen?«

»In der Zeitung stand kürzlich, es war nicht zu glauben,

aber ich hab's nachgerechnet – die Körper aller derzeit lebenden Menschen, sechs Milliarden – würden in den Bodensee passen.«

»Ernsthaft? Nun, und ich hab gelesen, daß aufgrund der Bevölkerungsexplosion jeder zehnte Mensch, der jemals gelebt hat, *heute* lebt.«

»Macht zehnmal den Bodensee voll.«

»Nicht viel.« Beide Männer schnalzten synchron mit der Zunge, überwältigt von der Vorstellung, alles bisherige menschliche Leben, würde es zum postmortalen Klassentreff kommen, könne bequem in Älbisch-Württemberg untergebracht werden.

»Selbstverständlich muß man das Viehzeug dazurechnen«, meinte Rudolf, »das ist ja viel mehr. Und viel älter.«

»Gleichwohl – ich bin ein wenig enttäuscht. Die Atome sind viel unverbrauchter, als ich annahm. Apropos – sag mal, gibt es in Niederenslingen wirklich keinen Friedhof? Ich hab bisher keinen entdeckt.«

»Der nächste ist in Bullbrunn. Hier wollte man nie einen haben.«

»Wieso?«

»Ich weiß nicht genau. Angeblich soll man, irgendwann im 17. Jahrhundert oder noch vorher, Verbrecher vom Plateau gestürzt haben, frag mich nicht. Jedenfalls hat man hier keinen Friedhof angelegt, und das ist bis heut so geblieben. Bullbrunn und Überach, das genügt.«

Die letzten beiden Worte sprach er mit leisem Nachdruck, den Konrad inzwischen herauszuhören gelernt hatte. Rudolfs Gesprächsbereitschaft war aufgebraucht, er wollte den Abend nicht weiter vertrödeln. Konrad akzeptierte es und wünschte eine gute Nacht.

Sein Zimmer, *sein* Zimmer, das war es längst geworden, zeigte nun angenehm kahle Wände, voll heller Rechteckflächen. Benedikt hatte alle Poster abgehängt und ins Gartenhaus getragen. Zwei große Umzugskartons standen halbgefüllt neben der Badtür, bald, wahrscheinlich schon morgen, würden Möbel und Stereoanlage hinüberverfrachtet werden. Konrad fiel ein, daß er während der ganzen vier Wochen kein einziges Mal in Schränke und Schubladen gesehen hatte, wo ihm dieser Gedanke doch am ersten Abend schon gekommen war. Merkwürdig, dachte er, ich hab's einfach vergessen. Was wäre da auch zu finden gewesen? Nichts Besonderes, vermutlich. Jetzt kann ich immerhin behaupten, ich hätt es aus Tugendhaftigkeit unterlassen. Die Tat ist nie ungeschehn zu machen, die Nichttat ist auslegbar. Eigentlich ungerecht, schloß er vom Kleinen aufs Große, daß Passivität in der Geschichtsschreibung so überzogen wohlwollend behandelt wird. Ist doch zum Großteil Sache des Glücks oder des Zufalls, welcher Gedanke sich in einer Tat materialisiert und welcher nicht.

Er suchte sich zu dieser Frage an Stellungnahmen der von ihm bevorzugt studierten Philosophen zu erinnern, Kant, Herder, Fichte, Schelling – wog sie gegeneinander ab, bis ihm sein Denken so abhängig und prätentiös vorkam, daß er über sich spottete. Tat einen Sprung vom Bett zum nächstgelegenen Schrank und zog am Griff. Der Schrank war abgesperrt.

Wahrscheinlich ist das mein Grund gewesen, ich hatte es geahnt und wollt es nie Gewißheit werden lassen. Aber die Schubladen? Die nicht abzusperren sind? Bah, ich verplempere meine Zeit. Das Wichtige, so es existierte, würde sich natürlich im Schrank befinden, nicht in den Schubladen. Die zu durchsuchen lohnt sich nicht.

Exaltiert über die logische Konsequenz der neuerlichen Nichttat, ließ er sich ins Bett zurückfallen, schloß mit dem Thema ab und dachte unvermittelt ans Plateau. Daß es einst als Richtstätte gedient haben sollte, erhöhte dessen Faszination. Konrad war das Herabstürzen als Form der Hinrichtung in Deutschland bisher unbekannt gewesen; eine regional bedingte Ausnahme, dachte er und redete sich ein, dort oben jeweils etwas gefühlt zu haben, was der alten Bestimmung des Ortes entsprungen sein mußte. Je länger er nachsann, desto auffälliger wurde das Fluidum des Platzes im nachhinein. Konrad war auch schon betrunken und dem Käfig seiner Ratio glücklich entkommen.

16

Am 24. Mai, einem Donnerstag, wurde die Arbeit für abgeschlossen erklärt. Marga hatte die Nachbarn zur Brotzeit geladen und eine Waldmeisterbowle nach Großmutters Rezept bereitet. Es gab Brezen, Kartoffelsalat und Rindswürstchen vom Grill; das Gartenhaus war mit Girlanden aus bunten Fähnchen geschmückt, davor stand eine Biertischgarnitur, vom örtlichen Getränkemarkt entliehen. Aus dem Radio tönte, durchs geöffnete Küchenfenster, Landfunkmusik, sehr tümelnd, glücklicherweise gedämpft und vom Ohr leicht zum Hintergrundgeräusch zu degradieren.

Benedikt zischte beleidigt. Nachbarn waren in seine neue Behausung eingedrungen, hatten sich schamlos umgesehen und Kommentare abgegeben.

»Sind wir aufm Markt, oder was? Die Arschlöcher ham uns nicht mal geholfen, sind bloß doof am Zaun rumgehangen und ham geglotzt...« Er sagte es in provokanter Lautstärke, Konrad machte ihm ein Zeichen, er solle sich beruhigen, bald sei ja alles vorbei. Rudolf, dem die Anwesenheit der sieben Zaungäste genauso unangenehm war, nutzte die erste Gelegenheit, ins Studio zu verschwinden. Konrad, von Marga ausdrücklich ermutigt, übernahm dessen Repräsentationsaufgaben und gerierte sich als männliches Familienoberhaupt. Tat es mit Aplomb. Um ein für allemal etwaigen Gerüchten über seine Arbeitslosigkeit entgegenzutreten, führte er sogar den Tabakkonzern ins Feld, der, im Unterschied zum

IDR, jedem ein Begriff war. Konrad hatte dabei keine Gewissenskonflikte auszutragen, handelte er ja gewissermaßen im Auftrag der Familie, für die es Eindruck zu schinden galt.

»Wissen Sie, Tabakkonzern hin oder her, da steckt natürlich ein riesiges finanzielles Potential dahinter, das die Kunst nutzen muß, will sie nicht im Abseits stehen.«

»Kommt denn das so teuer?«

»Was denken Sie? Da müssen Verträge her, von zehn, zwanzig Jahren Laufzeit. Das Institut versteht sich als Forschungselite. Allen Idealismus abgerechnet, sind diese Leute noch immer unbezahlbar. Und ich, als Archivchef – puh, Sie ahnen ja nicht, wieviel Arbeit hinter einer kritischen Ausgabe von, nehmen wir mal als Beispiel – Julie Krudener steckt. Wahrscheinlich haben Sie von der bislang kaum was gewußt?«

»Oh, gehört hab ich den Namen schon, bloß –«

»Na bitte! Entscheidend mehr weiß unsereins ja auch nicht. Die Biographie von Clarence Ford ist ja wohl sehr unzulänglich, was? Da heißt es zu wühlen, das fällt nicht grad leicht, die Welt damals war wenig vernetzt, Sie verstehn? Ab ovo, ab nullo, leider. Ist ja nicht immer nur Goethe, bei dem wir bald, Entschuldigung, jeden Furz datieren können, so ist es keineswegs ...«

Marga, die stolz neben ihrem Neffen saß, begleitete, so oft sie dazu Anlaß sah (vornehmlich, wenn er die Stimme hob), die Ausführungen mit verständnisheuchelndem Nicken. Nach einer Weile waren alle Nachbarn zum Überdruß beeindruckt. Konrad kam zur Vernunft, schnitt sich brüsk das Wort ab und kicherte. Kicherte leise für sich, begeistert darüber, wie ernsthaft, mit welch kraftvoller Überzeugung er den ganzen Unsinn, diese seinem Denken diametral entgegenstehende Position, vertreten hatte. (»Der Konzernchef, behalten Sie das bitte für sich, raucht übrigens nur Havannas, da kann man mal sehen ...«) Nie, nicht einmal in den philosophischen Seminaren, war ihm die Rolle des Advocatus diaboli so leichtgefallen; alles schien jetzt möglich.

Im Hintergrund schleppte Benedikt die letzten Umzugskartons. Konrad bot seine Hilfe an.

»Kümmer dich lieber um die Arschlöcher.«

»Die sind bekümmert genug. Komm mal! Kriegst noch ein Präsent von mir.« Zusammen stiegen sie in den Keller. Konrad hatte einen Fernseher gekauft und tags zuvor, mit Margas gerührtem Einverständnis, dort abgestellt.

»He, dafür liest du gefälligst den Wackenroder, alles klar?«

»Hätt ich sowieso! Mensch, danke!«

Der Junge boxte ihm anerkennend gegens Brustbein. Konrad nickte und ging durch den Garten schlendern, Hände in den Hosentaschen, Augen im Himmel.

Margas Waldmeisterbowle, die erschreckend wenig Alkohol enthielt, fand um so reichlicheren Zuspruch. Die Nachbarn, er hatte sich deren Namen nicht gemerkt, schienen mit dem smaragdgrünen Gesöff zufrieden, ein kurzer Blick genügte zu sehen, daß alles geordnet und jeder beschäftigt war.

Auf dem Kulminationspunkt seines Glücks angelangt, spürte Johanser das Bedürfnis, es zu teilen, möglichst mit jemandem, der es in seinem Ausmaß ermessen konnte. Viele Möglichkeiten boten sich nicht, immerhin –

Stumm lächelnd schritt er zur Gartenpforte, dann nach links, dreihundert Meter den Hügel hinab, zur Telefonzelle.

Den Anruf bei Kathrin hatte er immer wieder verschoben, obschon er ihn ihr zu schulden glaubte. Wäre sie, wie vermutet, nicht zu Hause gewesen, Johanser hätte es ein zweites Mal erst Tage später versucht. Der Wunsch nach Aussprache und Versöhnung schwoll periodisch an und ab, an diesem Tag war er sehr stark, so stark sogar, daß Johanser sich zärtlicher, vergessen geglaubter Gefühle erinnerte.

Die Telefonzelle lag in praller Sonne. Mit einem Bein hielt er die Tür auf, während er bei der Auskunft die eigene Nummer erfragte und ihm unbekannt vorkommende Zahlen tippte.

Ob sie mit mir schimpfen wird? Ob sie mich gar zurückhaben will?

Fragen, die eben erst geboren wurden, aus plötzlicher Neugier.
Am anderen Ende der Leitung war ein Knacken zu hören. Kathrins druckvolle, vom Rauchen heisere Stimme fragte: »Ja?«, und er meldete sich mit zwei Worten: »Ich bin's.«
Schweißbäche liefen ihm über Stirn und Nacken, doch machte er allein die Hitze dafür verantwortlich, wollte das Zittern seines Körpers nicht wahrhaben.
»Oje«, sagte sie bloß, ließ eine lange Pause verstreichen. Man hörte, wie ihr Atem beschleunigte. »Von woher rufst du denn an?«
»Ach, ich ... geht's dir gut?« Alle vorgefertigten Sätze waren verschüttgegangen, ganz so, als hätte er sie auf den Handflächen notiert gehabt und der Schweiß hätte sie unleserlich gemacht.
»Ob's mir gutgeht? Jesus –« Ihr schweizerischer Akzent, den sie immer zu verbergen suchte, klang ungemildert durch, ein Zeichen, daß sie sehr aufgeregt war. »Hier ist die Hölle los gewesen. Wegen dir!«
Johanser dachte spontan an Somnambelle, ein Stich ging ihm durchs Herz. Seinem Spielbein mangelte es plötzlich an Kraft, die Zellentür schwang zu.
»Dieser Zumrath war hier und hat rumkrakeelt! Verflucht hat er dich! Er sagte, du seist ein gemeiner Betrüger, er hätte die Novalis-Fragmente durchleuchten lassen, mit irgend'ner neuen Methode, ich weiß nicht, er hat bloß noch rumgeschrien, von einer Millionenklage gegen dich, das Institut sei ruiniert. Der hetzt dir die Bullen auf den Hals! Ach, komm doch bitte und regle das, ja? Ich halt das nicht aus! Wie kannst du einfach so abhaun? Zumrath hat auch den Scheck zurückverlangt, hat behauptet, ich könne an deiner Stelle haftbar gemacht werden. Hallo? Bist du noch dran?«
Johanser war in die Knie gesunken, kaute mit leerem Blick auf der Zunge herum. Ihm war schlecht, er begehrte nach Luft und stieß die Tür auf. Pochende Schmerzen jagten durch Kopf

und Schultern, jeder Muskel wurde weich. Ihm schwindelte, er glaubte seinen Schädel auf die bloße Wirbelsäule gespießt und umhergeschwenkt. Dann erbrach er sich, ließ den Hörer fallen, fing ihn auf, bevor er gegen den Metallkasten prallte, hielt ihn aber nicht mehr ans Ohr.

Dumpfes, hartnäckiges »Hallo?« – »Hallo?«.

Leg endlich auf, flüsterte er und wischte sich den Mund ab ... Der Gestank des Erbrochenen widerte ihn an. Hektisch entriß er dem Telefonbuch einige Seiten und begann, den Zellenboden zu säubern. *Die Zelle* – das Wort peitschte ihn –, *man wird mich in eine Zelle stecken. Zu Dieben und Mördern.*
»Hallo?« Sie gab es nicht auf.

»Ja?« Er klemmte den Hörer zwischen Backe und Schulter, riß neue Seiten aus dem Telefonbuch, zerknüllte sie und wischte den Boden damit. Niemand kam vorbei, aber ihm war, als würde er von vielen Seiten beobachtet.

»Verflucht, Konrad, du läßt mich hier einfach allein, und alles, was dir einfällt, ist ›Ja‹? Komm bitte sofort und klär die Sache auf! Zumrath hat gemeint, du hättest vielleicht nur 'ne Abschrift geliefert, um mehr Kohle rauszuhaun. Wenn das so ist, sagt er, hast du dich geschnitten. Das Äußerste, was er in dem Fall tun könnte, wäre, die Anzeige zurückzuziehn. Jesus, ist das ein gräßlicher Mensch! He, hörst du mir zu?«

»Ja.«

»Na, du hast Nerven! Machst es dir wirklich einfach! Jetzt sag schon, woher du anrufst!«

»Du würdest mich ...« Er sprach kaum mehr in die Muschel und starrte voller Haß das Telefon an, so als wäre das Medium der Herold und Kathrins Stimme vom Metallkasten gesteuert.

»Ja, bist du denn ... Konrad! Tu nicht so!«

Johanser legte auf und verließ die Zelle. In den Händen trug er eine Menge zerknülltes, übelriechendes Papier, das er am Wegrand in die nächste Hecke schob.

Extra für mich.

Dem Flaschenhals das Genick gebrochen. Teuflisch neue Erfindung, die Wahrheit beansprucht. Von der Welt für mich entworfen. Extra für mich.

Er taumelte und ließ sich ins Gras fallen. Er hätte um sich schlagen, Luft und Erde prügeln wollen. Dem gesamten Weltkreis haftete Gemeinheit an, gleich einem eiternden Geschwür, und die Gemeinheit markierte Johansers Weg mit fettgelben Tropfen. Für die Häscher. Für Blut- und Eiterhunde. Die Bedrohung wurde so stofflich, daß sie ihm den Atem raubte.

Er wollte, erster Gedanke, die Konsequenzen ziehen, im militärischen Sinn; schon traten ihm verschiedene Methoden des Selbstmords vor Augen, wie ein Pulk palavernder Vertreter, die einander unfähig schimpfen und die eigenen Vorteile anpreisen.

Trotz, ich brauche Trotz. Der Bösartigkeit zuwiderhandeln, andere Geschütze, Paroli, Kontra, sich stemmen gegen, aufbegehren, niederkämpfen. Zwei Silben stahlen sich aus seinem Mund: *Endlich.*

Das Wort hob ihn auf und trug ihn nach Hause zurück. Bleich wankte er durch den Garten, an Marga vorbei, die stutzte, aber nicht einschritt. An Benedikt vorbei, der freundlich nickte, Johansers Konfusion aber nicht wahrnahm.

Stunden danach, die Nachbarn waren verabschiedet, fand Marga ihren Neffen apathisch auf dem Bett liegend, mit einem unergründlichen Lächeln, das keiner Frage Antwort gab. Die herbeigerufene Notärztin diagnostizierte, wie so häufig in den letzten Wochen, einen Kreislaufkollaps und verordnete – Konrads Mund spannte sich zu schwachsinnigem Grinsen – strengste Ruhe.

17

Wenn alles so klein ist. So klein ... Wo nehm ich, wenn es Sommer wird ...?

Zwei Tage verließ Johanser sein Bett nicht, sah kaum aus dem Fenster, blickte mit halbgeschlossenen Augen zur Zimmerdecke. Alle Gedanken blieben Bruchstücke, die um ein leeres Zentrum kreisten, immer auf der Jagd nacheinander, um Anschluß bemüht.

Ganz leer, ohne Musik war das Zimmer jetzt. Wie um Geschehenes zu illustrieren, wirklich merkwürdig. Auch die Hitze war vorüber, pausenlos regnete es. Das monotone Geräusch der Tropfen im Ulmenlaub schläferte ein, und nur wenn starker Wind aufkam, wenn ein Ast gegen das Balkongeländer schlug, öffnete Johanser die Augen. Dann hätte er lachen wollen oder weinen, aber es drängte sich für beides kein Grund auf. Für nichts schien es mehr einen Grund zu geben. In uralter Landschaft taumeln die Menschen. Viel Fleisch heute für Bilder gebraucht. Wie Erinnerung den Flüssen beischläft. Schilf ohne Pan.

An Mobiliar war ihm außer dem Bett nur die Halogenleuchte gelassen worden. Das so mühevoll eroberte Zimmer wirkte gespenstisch und unecht, weiß und kahl und stilisiert, fast bühnenhaft. Johanser lag auf dem Rücken, die Arme parallel zum Körper ausgestreckt, wie auf Barockgemälden ein Sterbender, um dessen Lager sich von Trauer gekrümmte Verwandte drängen.

Er hingegen fühlte weder physische Schmerzen noch Scham, hätte nicht einmal sagen können, ob und in welcher Weise er litt. Viel eher schien alles irreal, irgendwie lächerlich, ein gewaltsam in Szene gesetzter Witz.

Ich, *ich* bin lächerlich, ein ganz und gar lächerlicher Kerl ... Sollte verschwinden aus der Welt, durch die Hintertür, über der verlogen ›Würde‹ steht. Weil es nie ein *Freitod* ist, nur letztes Nachhelfen von eigener Hand, Gefälligkeit, die man den Feinden erweist.

Sekunde auf Sekunde. Wenn es sechzig (60) sind, zum Bündel schnüren ... Es ist ein Herzschlag. Trommelt uns heim.

Gedanke: Daß sich alles verändert, nichts aber wesentlich verändert hatte. Daß er im Nacken gepackt und gezwungen worden war, auf sich hinunterzusehen, Häufchen Mensch vor einer Ligusterhecke, bekotztes Papier in der Hand. So penetrant symbolisch, so gnadenlos eindeutig! Alles, wirklich alles, hatte an der Demontage mitgewirkt. Exil, ehemals Urlaub. Nur Namen ändern sich. Wollt ich nicht immer hierbleiben? Nachträglich verstellt sich alles, schützt Tieferes vor. Die Fälschung geht weiter. Ich kann ja nicht bleiben.

Flog eine Stechmücke durchs Zimmer, gab's einen Grund, hin und wieder den Arm zu bewegen. Johanser scheuchte die Mücke mehrmals fort, was nichts nutzte. Sie verstand seine Warnungen nicht oder nahm sie nicht ernst. Er sah sich vor die Wahl gestellt, die Mücke zu erschlagen oder ihren Stich hinzunehmen. Jene Entscheidung, die er letztlich zuungunsten der Mücke fällte, besaß grundsätzlichen Charakter, es wurde ihm sofort bewußt.

Man sagt, etwas sei ›gegessen‹ – sehr treffend. Was man getötet hat zu verzehren, enthebt das Töten jeder Sünde. Archaisches Prinzip. Johanser zerrieb das besiegte Insekt zwischen Daumen und Zeigefinger zu Brei. Die Bewegung, dachte er, gleicht dem Aufziehen einer Uhr. Schob den Brei in seinen Mund, kaute und schluckte ihn.

In der Nacht kehrten die Alpträume zurück. Keine von den Eltern, doch die von Somnambelle. Sie saß nackt auf dem riesigen Schreibtisch des Archivs (wo sie im Leben nie gewesen war), hatte nur einen Teppich lose um die Schultern geschlungen. Das Licht der Schreibtischlampe glühte auf ihrem ausgezehrten, fleckigen Körper, brannte sich rot in ihr Fleisch, und das Fleisch färbte sich, wo es nicht vom Lichtkegel durchbohrt, wortwörtlich *durchbohrt* wurde, schwarz... Den ganzen Traum über hockte sie so auf dem Tisch, leblos hing ihr Kopf herab, ihre Füße baumelten ins Leere.

Johanser konnte sich selbst zuerst im Traumbild nicht orten, dann sah er den eigenen Schatten, glaubte, er sei hinter einer der Granitsäulen versteckt, sehe der Geliebten zu, obgleich von dort die Perspektive hätte anders sein müssen. Warum er hinter der Säule nicht hervorkam, der Brennenden nicht zu Hilfe eilte – hielt ihn etwas fest? war er zu schwach? –, es blieb rätselhaft. Aber beim Aufwachen erinnerte er sich der kühlen Glätte jener Säule als etwas Behaglichen.

Es gab, besonders am zweiten Tag, Momente, in denen er sich gerne jemandem anvertraut hätte. Irgendwem, der seine eigenartige Biographie verstehen und nachvollziehen konnte. Marga war dazu sicher nicht geeignet, jedoch dachte Konrad daran, ihr seine Lage wenigstens anzudeuten, sie um Asyl zu bitten.

Wäre Benedikt einmal vorbeigekommen, ihm wahrscheinlich hätte er etwas erzählt.

Benedikt kam nicht.

Tagsüber waren seine Schritte zu hören, wenn er die in Einzelteile zerlegte Computerstation vom Speicher ins Gartenhaus verfrachtete. Johanser wollte ihn rufen, unterließ es aber – aus Abscheu vor der dazu nötigen Lautstärke. Die Stille glich einem Becken warmen Wassers, aus dem heraus man in klirrende Kälte hätte steigen müssen. Nur vorm Schlafengehen, in Begleitung der Eltern, sah Benedikt kurz herein, wünschte gute Besserung und blieb dabei ans Türkreuz gelehnt, setzte keinen Fuß ins Zimmer.

Der Koffer. Der Koffer sah verändert aus, war von irgendeinem Gegenstand zu Johansers einzigem Besitz geworden. Wie der Koffer so dastand, mitten im Raum, etwas speckig und an den Kanten abgewetzt – Johanser dachte an einen traurigen Hund, einen mittelgroßen schwarzen Lederhund (Lederhund? Was für ein Wort!), der seine Schnauze demütig zu Boden senkte.

Marga bemutterte den Kranken, wie er nie bemuttert worden war. Doch kam es ihm auf hintergründige Art sarkastisch vor. Er fand keinen Gefallen an ihrem Plappern, ihren Fleischbrühen, am Lärm, den sie machte, wenn sie sein Kissen aufschüttelte.

Das Thermometer, das sie ihm zweimal täglich in die Achsel klemmte, zeigte leichtes Fieber an. Wenn Johanser etwas sagte, dann um die Tante zu beruhigen. Sie machte sich Vorwürfe, hatte ja zugelassen, daß der Gast in so ungewohnt harte Arbeit eingespannt worden war. Sogar Rudolf wirkte etwas zerknirscht und glaubte, den Städter überfordert zu haben. Niemand wäre auf eine andere Idee verfallen, als Hitze und Schufterei die Schuld zu geben. Konrad murmelte, dem sei nicht so, sie sollten kein Aufhebens machen. Jede Zuwendung wurde unangenehm, lieber hätte er mit sich allein sein, das Zimmer absperren wollen. Der Schlüssel aber war von Marga schon vor Jahren konfisziert worden, damals, als sie ihren Sohn noch zu beherrschen gewußt hatte.

Sie muß ihn mir wiedergeben. Untolerierbar, daß sie so einfach hereinplatzt, wann sie will, nach einem kurzen, quasi rhetorischen Klopfen. Johanser fiel nicht auf, daß er *wieder*geben dachte, so als würde er immer hier gewohnt haben.

Bin ein Verbrecher. Bin flüchtig. Was ist schon nicht flüchtig? Werde gesucht. Na und? Ein gesuchter Mann war ich längst. Er wurde richtig albern. Vielleicht, dachte er, wäre die Zelle gar nicht schlimm. Ich könnte die »Herzensergießungen eines kunstliebenden Knastbruders« verfassen! Vielleicht gäbe man mir Bewährung oder mildernde Umstände, weil ich verrückt gewesen bin. Hinter dem Staatsanwalt säßen die eitlen Toten, deuteten mit ausgedünnten Fingern auf mich. Kathrin hat gestaunt... Ein Glück, daß ich nicht gesagt hab, von woher... Das Adreßbuch ist hier, sie weiß nicht mal, daß Niederenslingen existiert.

Hatte Marga endlich den Raum verlassen, ließ sich Johanser fallen, wie ein bewußtloser Taucher ins Dunkel hinabsinkt. Alles dann wurde Traum, fernem Echo ähnlich, das Stille nie angreift, nur untermalt und hervorhebt. In Johanser ging eine Veränderung vor sich, die ihm, wo er sie bewußt wahrnahm, vor allem als akustisches Phänomen gewärtig wurde, unheimlich, zugleich aufregend. Er hatte sich nie überlegt, ob Gedanken klingen können. Nun jedenfalls taten sie es, waren dabei zunehmend von Hall begleitet, als würde der Schädel ein sich stetig dehnender Resonanzkorpus sein. Die unglückselige, namenlose Radiostimme, die Rudolfs Beute geworden war – Konrad dachte oft daran, wie an etwas Seelenverwandtes.

»Es ist kalt hier! Ich will wach sein!« Sätze durch den Kopf. Wenn Marga kam, um zu lüften oder Bild-Schlagzeilen nachzuerzählen. Sein Blick fiel auf das schräge Türmchen von Taschenbüchern und Reclamheften, sehr komisch, einige Bücher trugen auf fast jeder Seite ein Eselsohr, völlig sinnlos gewordene Merkhilfen, von ihrer Vielzahl entwertet.

Zwei Wochen war ich glücklich, lebt ich wie Götter. Mehr bedarf's nicht?

»Ist dir kalt? Du bist doch wach!« Margas fleischiges Gesicht beugte sich über ihn.
»Hab nichts gesagt.«
»Soll ich noch eine Decke holen?«
Er schüttelte den Kopf und spreizte die Finger, wie um Mar-

gas Schatten vom Bett zu schieben. Die Finger fühlten sich sehr schlaff und blutleer an. Wenn er sie zu Fäusten ballte, war es, als lägen starke Sprungfedern in den Handflächen.

Plötzlich wurde Konrad vier Jahre alt. Edwina saß am Bett.

»*Sag, daß du es nicht willst! Daß du es dir fest vornimmst!*«
»*Ja, ich nehm es mir fest vor.*«
»*Daß du heute nacht nicht ins Bett pinkeln tust!*«
»*Daß ich heute nacht nicht ins Bett pinkeln tu!*«
»*Sag's lauter! Damit es auch die Nachbarn hören!*«
»*Daß ich heute nacht...*«
»*Laut!*«
»*... nicht ins...*«
»*LAUT!*«

»Konrad, hörst du mich?«

Er sah in Margas blaßblaue Augen, voll winziger roter Fäden – roter Fäden, er lachte.

»Was lachst du denn?«
»Ist gut. Ach, bitte –«
»Was denn?«
»Entschuldige!« Konrad umarmte die Tante, die das Gleichgewicht verlor und sich mit einem Knie auf der Bettkante abstützen mußte. Er hielt sie fest umschlungen, murmelte noch einmal »Entschuldigung«, sie fragte, wofür um Himmels willen er sich entschuldigen wolle, er wußte es selbst nicht, konnte es wenigstens in Worten nicht ausdrücken.

Nachdem Marga mit besorgter Miene das Zimmer verlassen hatte, stand Johanser erstmals seit dreißig Stunden auf und betrat den Balkon. Draußen war es gerade noch hell. Halb zehn Uhr abends. Er urinierte vom Balkon herab auf die Ulme, das Geräusch ging im Regen unter. Nachbarn hätten ihn beobachten können. Es war ihm egal, wenn er auch spürte, daß es ihm eigentlich nicht egal sein durfte. Jetzt erst recht nicht.

Im Ort gingen mehr und mehr Lichter an. Der Fluß war nur

noch als schwarzer Streifen erkennbar, das Wasser kaum von den Uferzonen zu unterscheiden. Die Neonbeleuchtung des Bahnhofsplatzes mischte sich mit letzter Tageshelle zu einem magischen Graublau, trüb, gleichsam aus sich selbst leuchtend.

Paar Fledermäuse. Paar Menschen. Langsam, sofern sie nicht nah bei einer Laterne standen, lösten sie sich in der Dunkelheit auf. Johanser beobachtete fasziniert, wie die Dinge ihre Stofflichkeit verloren, Scherenschnitte wurden oder ganz unsichtbar, während, wo es Licht gab, manche Schatten liegengelassenen Ballen ähnelten. Allnächtliche Phänomene, die er bestaunte, als seien sie etwas Außergewöhnliches. Der Stein des Balkonbodens war feucht und kühl und schien zu vibrieren. Es dauerte, bis Johanser begriff, daß er fröstelte und seine Zehen sich verkrampft hatten, daß sein Körper bebte, nicht die Erde. So sehr war er in die Dämmerung vertieft gewesen.

Er rieb seine Fußsohlen abwechselnd gegen die Unterschenkel und stand über den Garten gebeugt, summte und hörte auf das Rauschen des Regens.

Jeden Moment konnte die Familie ins Zimmer treten, zum kollektiven Nachtgruß. Unmutig riß sich Johanser los und ging zu Bett.

Alle Gedanken mündeten in ein scheinbar banales Resumee: Es mußte weitergehen. Bedingungslos, weil – so simpel hatte er es bisher nicht zu formulieren gewagt – alles besser als das Nichts war. Weil er an diesem Rest Leben, dieser ausgelagerten, nur noch dem Augenblick verpflichteten Existenz mit aller Entschiedenheit hing. Weil er sich, bewußt wie nie zuvor, liebte und zu verteidigen bereit stand.

Der Traum jener Nacht fiel mild aus.

Rotbraune Vögel hoben sich aus dem Gras eines idealisierten Gartens, voll weißer Bänke und Statuetten. In der Erde staken erloschene, herabgebrannte Fackeln, deren rotes Wachs auf die Wiese getropft war. Alles deutete auf ein Fest hin, das man vor wenigen Stunden an diesem Ort gefeiert hatte. Weggeworfene Pappteller zeugten ebenso davon wie halbgeleerte Gläser und Flaschen. Und der Vogelschwarm schlug Haken am Himmel.

Der Traum schien logisch und einfach zu deuten, déjà vu, nicht der Mühe wert, darüber nachzusinnen. Verstörend geheimnisvoll blieb ein Detail im Hintergrund, auf das sich das Traumbild für kurze Zeit fokussierte. Ein Teppich. Ein Teppich, der zusammengerollt zu Füßen einer Artemis lag. Das Besondere des Teppichs bestand allein darin, daß er dem Teppich des gestrigen Traumes glich. Vor allem: Es gab diesen Teppich wirklich. In der Wohnung Somnambelles hatte Johanser ihn gesehen, direkt vor ihrem Bett, er erinnerte sich. Ein billiges, maschinengewebtes Produkt, in dem spezielle Bedeutung nicht zu finden war.

18

Am Morgen des 27. Mai, gegen halb zehn, ging Konrad in die Küche hinunter und ließ sich von Marga begutachten. Den Thermometertest bestand er mit ausgezeichneten 36,9°. Es war noch der halbe Sonntagskuchen übrig; Konrad lud sich, wie um seine Genesung zur Schau zu tragen, zwei Stücke gleichzeitig auf den Teller, war dabei wirklich hungrig. Rudolf goß Kaffee ein. Marga schälte Orangen und reichte die zerlegten Früchte in die Runde.

»Hätt ich gewußt, daß du runterkommst, ich hätt doch im Wohnzimmer gedeckt! Verzeih die Unordnung! Vielleicht können wir ja bald rausgehen!«

Die Helligkeit der Küche schwankte. Draußen trieben kräftige Nordostwinde Quellwolken aus dem Tal. Konrad mochte die Enge der ungepolsterten Eckbank, mochte es auch, am Fenstersims zu sitzen, das eine Tiefe von einem halbem Meter besaß.

»Hat sich Beni gut eingelebt?«

Marga nickte lächelnd. Konrad lächelte auch. Die Frage klang ihm aus dem eigenen Mund bizarr. Marga erzählte, Benedikt habe das ganze Wochenende über zu Haus verbracht, was seit vielen Monaten nicht mehr geschehen sei.

»Hat er Freunde eingeladen?«

Marga schüttelte den Kopf, und ihr Lächeln wich tonlosem Seufzen. Daß niemand Benedikt besuchen kam, wunderte sie selbst am meisten, hatte sie doch die letzten beiden

Tage fest damit gerechnet, einige jener Freunde kennenzulernen. Am Samstag war sie bis Mitternacht am Schlafzimmerfenster gestanden und hatte den Zugang zum Gartenhaus beobachtet, hatte sich auch die Frage gestellt, wie sie reagieren sollte, würde etwa *das Mädchen* erscheinen. Wieder war ihr dabei klargeworden, wie wenig sie über den Sohn wußte, und daß sie im Innersten einsah, dies durch zu große Einmischung selbst verschuldet zu haben, verstärkte ihren Kummer noch. Der Zwiespalt fraß sie auf. Konrad würde es sicher nicht recht finden, dieses am Fenster Stehen, es stimmt ja auch ...

»Hat er *dir* nicht was erzählt?«

»Worüber?«

»Ach, ich dachte – vielleicht ...« Sie führte den Satz nicht zu Ende, wollte ihre Unwissenheit nicht mehr zugeben.

Konrad hätte, beim Namen angefangen, manches über Berit mitteilen können; auch, daß laut ihrer Aussage der Junge gar keine Freunde besaß. Er durfte nicht wagen, seiner Tante irgend etwas davon anzuvertrauen, doch an ihrem hilfesuchenden, erwartungsvollen Gesicht wurde deutlich, wie dankbar sie für jede Information gewesen wäre. Und ihre Dankbarkeit würde sich mittelbar, davon war Konrad überzeugt, in weiterer Duldung äußern. Duldung. Spitzeldienste. Trübes Licht, treibende Wolken. Jäh, von Lidschlag zu Lidschlag, sah er alles überscharf, ins Extrem getrieben, den Mief und das Idyll, das Puppenstubenhafte der Küche ebenso wie ihr Behütendes, sah alle Hinwendung zu Benedikt nur als Teil einer früh und ganz bewußt getroffenen Übereinkunft, schärfer formuliert: eines Geschäfts.

Etwas Schweres, Wehmütiges engte den Atem ein, Abschiedsstimmung, zugleich die Furcht davor, als sei nichts wirklich endgültig, doch könne alles mit jeder Sekunde endgültig werden, durch irgendein Wort, eine Geste, einen Blick. Würde jemand in diesem Moment gefragt haben: ›Nimmst du den Mittagszug?‹, Konrad hätte mit ›Ja‹ geantwortet und seinen Koffer geholt. Sein Magen, der lange, sogar während der letzten Tage, Ruhe gegeben hatte, meldete sich mit dumpfem Druck und saurem Pochen.

»Seit einem halben Jahr sagt er nicht mehr Mutti zu mir, nur Mutter, das ist so ein Beispiel, worauf ich nichts einzuwenden weiß, wo ich doch gerne möcht.«
»Sprecht euch doch beim Vornamen an.«
»Ach geh! Das geht nicht, das will ich ganz und gar nicht.«
Marga spülte Geschirr. Unter der Schürze die dicken Beine, die Krampfadern – und Rudolf ging zum Totenfunk; Kaffeegeruch, beschlagene Kacheln, das Regentropfenspiel im geviertelten Fenster. Konrad blies die Backen auf und zerbiß den Schmerz, stahl sich aus dem Haus und lief in den Ort hinab. Wie absurd und widerwärtig alles war ... Über dem Tunnel stand ein Regenbogen, das Nieseln hatte aufgehört.

Am Fluß sitzen. Gymnasiasten drängen sich in Pendlerzüge, hängen aus den Waggonfenstern, winken. Kajaks schwimmen vorbei. Ein Angler, fünfzig Meter weiter flußabwärts, spießt etwas auf einen Haken. Surren der Spule. Manchmal geht jemand am Ufer spazieren, bleibt stehen, begutachtet den Inhalt des Plastikkübels, wünscht besseren Erfolg. Der Angler reagiert nicht. Die Böschung ist feucht und voller Köder.

In der Geschäftsstraße. Elektro-Lattmann. Spontaner Kauf eines Radios, Stereo, tragbar. Fütterung: ein Sechserpack Babyvolt-Batterien alle dreißig Betriebsstunden.
Nachträglich zur *Gegenmaßnahme eins* erklärt.

Leise Musik. Mozart, »Sinfonia Concertante« Es-Dur, KV 364, 2. Satz, Andante.
Gegenmaßnahme zwei.

Nachmittag. Mit schwerem Gerät Einkehr im Postwirt. Blick in die Zeitung:
(dpa) In Tokio geht der Slip-Räuber um. In mindestens 13

Fällen haben der oder die Täter Frauen auf offener Straße die Unterwäsche vom Leib gerissen. Japans Fetischisten zahlen hohe Summen für gebrauchte Dessous.
»Was würdest du sagen, wenn ich für immer hierbliebe?«
Anna: »Würd ich mich schön bedanken!« Wirkt ungnädig.
Mehrmals kreuzt Winhart die Stube und schnaubt. Die Photographien der Toten an der Wand: viele Augenpaare, durch Uniformen schlecht getarnt. Anna verbietet mir, das Radio anzustellen, mag keine klassische Musik. »Wo bist du eigentlich zu Haus, sag mal?« Ich muß lachen. Sie schmollt, bringt das zweite Bier mit Verspätung.

Auf dem Grasstreifen unterhalb des Weins. Verdacht, observiert zu werden, Schmerz im Nacken vom dauernden Über-die-Schulter-Sehn. Felsmassiv voll Glitzerkram, Kinosteilwand. Hindemith als Gegenmaßnahme untauglich. Unlust, zurückzukehren in das Fragenhaus. Serviette nach Notat zerrissen. P. S.: Ligusterhecke bereits gesäubert. Von wem? In der Wiese raschelt es von Augäpfeln.

Als Johanser, rechtzeitig zum Abendessen, das Haus betrat, stieß er in der Diele mit Beni zusammen.
»Was hast'n da?«
Der Junge sah das Radio an, runzelte die Stirn und sah schräg nach unten. Ihm schien etwas auf der Zunge zu liegen, er fuhr sich mit den Fingern durchs Haar, das er seit Schulbeginn wieder geliert trug. Dann zupfte er den Cousin am Ärmel und zog ihn ein Stück von der Küche fort, wo Marga hätte mithören können.
»Hey, kannst mir noch 'n Fuffi pumpen?«
Konrad, der eine andere Frage befürchtet hatte, atmete erleichtert aus. Für Benedikt mußte es sich wie enerviertes Schnaufen anhören.
»Wann willst du mir das je zurückgeben? Wozu brauchst du soviel Geld?«

»Klar geb ich's dir wieder! In'n Sommerferien geh ich jobben, dann schick ich's dir hoch!«

»Mag sein, kann's aber grad nicht entbehren. Hab mir eben das Radio gekauft.«

Eigentlich hatte er Benedikt den Schein umstandslos aushändigen wollen, bis er sich seines Vorsatzes erinnerte, ihm bei nächster Gelegenheit etwas zu verweigern und zu sehen, was geschehen würde.

»Hey, hast du nicht getönt, was für 'n schönen Batzen Urlaubsgeld du bei hast?«

Erschreckend, wie exakt er Johansers vier Wochen alten Satz wiedergab.

»Tut mir leid! Basta! Heute gibt's nichts. Bin nicht dein Goldesel.«

Benedikt stöhnte, schlug sich mit den Handflächen auf die Oberschenkel und stürmte an Konrad vorbei durch die Haustür, verbrachte den Abend auswärts und kehrte erst gegen Mitternacht ins Gartenhaus zurück. Konrad ging viel früher aufs Zimmer, gleich nach dem Abendessen, setzte sich auf den Balkon und hörte Musik. Dazu trank er Barolo, den er mit Hilfe eines zum Trichter gerollten Stück Kartons in eine Kirschsaftflasche umgefüllt hatte. Bald ging es ihm relativ gut.

19

Im schwarzen Buch

Marschierte man oberhalb der Weinhänge nach links, zwischen schon hüfthohen Kornfeldern gute fünf Kilometer in südöstlicher Richtung, an Überach und dem Weiler Geising vorbei, stieß man auf einen kilometerbreiten Ring aus dichtem Mischwald. Darin, als Naturschutzgebiet ausgewiesen, lag das Überacher Flachmoor, kreisförmige Ebene, nicht sehr groß, binnen dreißig Minuten zu umwandern. Ein schmaler, oft zugewachsener Pfad führte durchs Strauchwerk aus Heidelbeer und Holunder. Hohe Birken säumten das mit Torfmoos durchsetzte Wollgras, dazu Weiden und wilde Vogelbeerbäume. Im Gürtel zwischen Waldrand und Moor wuchsen wunderbar benamte Pflanzen, Lungenenzian und Trollblume, Fieberklee und Blutweiderich, Prachtnelke und Knabenkraut.

Johanser ärgerte sich, von diesem Ort so spät und nur durch Zufall erfahren zu haben; Marga hatte ihn während des Essens beiläufig erwähnt. Fremde drangen zu jener landschaftlichen Attraktion sehr selten vor, von den Hiesigen wurde sie nicht in gebührendem Maße gewürdigt. So traf man dort kaum einmal Menschen.

Das Moor konnte nicht begangen werden, bis zu den Knien wäre man in die Wasserlöcher eingesunken und Blutegeln zum Opfer gefallen. Die Luft war feucht, heizte sich tagsüber stark auf, kühlte sich in der Nacht ebenso stark ab, manchmal selbst im Sommer bis nahe null Grad. Viele abgestorbene, schwammpilzbefallene Baumstümpfe glimmten dann phosphorn im Dunkel, der einleuchtendste Grund, warum das Moor jeher als unheimlich galt und man zu Odins Zeiten Verbrecher darin versenkt hatte.

Johanser nannte die Gewächse schön oder unscheinbar; obig aufgezählte Namen, Erinnerungsstücke romantischer Naturdichtung, gingen ihm durch den Kopf, doch hätte er sie den Pflanzen nicht zuordnen können. Das machte aber nichts – so war das lila Ding mit den Fransen ein Fieberklee und daneben, das schüchterne Blümchen, rosa, warum sollte es kein Sumpfherzblatt sein? Johanser besaß auch kein Unterscheidungsvermögen für gewöhnliche und rar gewordene Vogelstimmen, Amsel und Meise standen im selben Rang wie Goldregenpfeifer, Teichrohrsänger oder Schafstelze. Fleuchendes Getier, Untergruppe Zwitschervolk. Die Besonderheit des Platzes begriff er aus dessen Vielfalt, sah Smaragdlibellen und azurne Jungfern fliegen, Bläulinge und Feuerfalter und fühlte sich an einen zeitlosen, sagenhaften Ort versetzt, den er nicht mehr für möglich gehalten hatte, der auch weiterhin surreal, irgendwie vorgegaukelt schien.

Gelbe und violette Schwertlilien, die Johanser ausnahmsweise korrekt hätte benennen können, gefielen ihm von allen Blumen am besten. Momentlang war er versucht, für Anna einen Strauß zu pflücken. Anna, die sein Bleiben so seltsam borstig aufgenommen hatte. Je länger er drüber nachdachte, desto mehr Bedeutung – Gutes – gewann er ihrem Verhalten ab. Redete sich ein, ihr Betragen sei nur aus heimlicher Zugewandtheit zu erklären. Die Schwertlilien ließ er in Ruhe, nicht, weil sie, was ihm unbekannt war, unter Schutz standen, sondern nur aus dem Grund, daß der gepflückte Strauß von einem im Laden gekauften schwer zu unterscheiden, daher profan gewesen wäre.

Hier irgendwo zu liegen, immer zu träumen, Einschußloch in der Stirn, daß es keine Augen mehr, keine Umwege braucht.

Johanser umrundete das Moor gleich zweimal, pflückte Walderdbeeren und tätschelte en passant jeden Birkenstamm wie einen taubblinden, dringend aufzumunternden Freund. Die Bäume nahmen seine Fraternisierungsgesten willfährig hin.

Das Paradies. Wie es gewesen sein mußte, als die Schlange noch nicht Arme und Beine eingebüßt hatte. Der Apfel als Blüte am Ast gehangen war.

Quelle Abbild. Verzerrt vom Lichtfall und den Wölbungen des Wassers, glich es einem strengen, dem Vater ähnelnden Mann, älter, viel älter, als der Vater zu Lebzeiten gewesen war. Lullendes Geräusch des Bächleins. Unwirklich wurde ringsum alles. Johanser sah nach oben durchs Laubdach. Daß irgend jemand Interesse haben sollte, ihn von hier wegzuzerren, auf eine Anklagebank, irrelevant und lachhaft. Vögel flogen auf. Das Schwanken der Wipfel verschmolz mit treibenden Wolken zu einer hypnotischen Bewegung.

Pheromonfallen für Borkenkäfer gingen noch an. Ganz unerwartet kam die Entdeckung der Hütte, fünfzig Meter vom Weg ab, eine Lichtung zum Vestibül, zwischen Buchen und Tannen. Skandalös, daß ein Profanbau den Bezirk entweihte. Neugierig näherte Johanser sich dem grobschlächtigen Blockhaus, vor dessen verschlossener Tür, vornübergebeugt auf einem Schemel, ein Mann saß, der aufsah und hektisch mit den Armen zu fuchteln begann. Sein verstoppeltes Gesicht war grau wie die Kleider, die er trug, derbe Wollhose, ausgeleierte Strickweste. Ein Greis. Fuchtelte immerzu, erhob sich, blieb in steifer Haltung stehen und schüttelte mißbilligend den Kopf.

»Geh weg!«

Johanser glaubte keinen Augenblick, Eindringling zu sein, glaubte vielmehr fest, gleichsam mit höherer Gewalt ausgestattet, den Mann nach dem Grund seines Hierseins befragen zu dürfen.

»Das Museum ist geschlossen!« Rauhe, brüchige Stimme.

Der Alte trat einen Schritt auf die Veranda zurück, sah plötzlich, wie unbeteiligt, zur Seite.
»Ich will nur etwas fragen!«
»Jaja! Alle wollen fragen. Geh weg!« Die Hütte, mehr als der Abstellschuppen eines Försters, das zeigte ein geziegelter Schornstein, stellte sich bei genauerem Hinsehn als massiv und sauber gebaut dar. Lücken zwischen den Stämmen waren mit einer zementartigen Masse gekittet, die Fensterläden von breiten Eisenscharnieren verstärkt. Über das Flachdach hatte man Teerpappe gespannt und mit bleistiftdicken Krempen vernietet. Johanser blieb vor dem schmalbrüstigen Alten, der höchstens einen Meter fünfundsechzig maß, stehen und wartete. Wartete einfach, wenngleich der Greis stur zur Seite sah und sich auf nichts einlassen wollte. Johanser summte improvisierte Liedchen, sein Blick verlor sich im Staub. Der Mann mochte siebzig oder älter sein; unter der Strickweste trug er ein enges weißes Hemd mit altmodisch großen Revers. Man konnte in seiner Brust eine Mulde erkennen.
»Ich sage, das Museum ist geschlossen!«
»Was für ein Museum denn?«
»Geschlossen. Geh weg!«
Der Alte trat noch einen Schritt zurück. Wie er in der Tür stand, breitbeinig, als trüge er Reitstiefel anstelle von Sandalen – das wirkte gar nicht gebrechlich, eher drahtig und sehr energisch. Sein Kopf war rund und klein, schlohweißes Haar klebte daran, ungepflegt, in kurzen, cäsarischen Locken. Die verkniffenen Augen, grau oder blau, im Schatten nicht zu erkennen, korrespondierten mit dünnen Lippen und einer plumpen, aber kleinen Nase, Sinnbild lächerlich gewordenen Beamtentums, das, bevor es aus den Fugen geraten und Karikatur geworden war, einen Ausdruck von Grausamkeit gehabt haben mochte. Seine Physiognomie wirkte erheiternd und furchteinflößend zugleich, daß aber Gefahr von ihm ausgehen könne, kam Johanser nicht entfernt in den Sinn, wiewohl er gerne filmhaft dachte und das Unwahrscheinliche

eher als das Gewöhnliche in Betracht zog. Später wunderte er sich oft, welche Seelenruhe von ihm Besitz genommen hatte, ausgerechnet an einem so verschwiegenen Ort.

»Gebühr. Das Moor kostet Gebühr!«

Johanser kramte in seiner Hosentasche nach Hartgeld, um es dem Alten zuzustecken. Der griff, ohne Anlaß, nach einem breiten Holzstock, holte weit aus und schlug gegen Johansers Knie, hätte mit Sicherheit getroffen, wäre Johanser nicht im letzten Sekundenbruchteil zurückgewichen.

»Wir haben geschlossen. Willst du jetzt gehen?«

»Vorsicht, Mensch! Sonst drück ich dir die Luft ab!«

Der Alte ließ wider Erwarten den Holzstock gleich sinken, sah so erschrocken drein, daß man Mitleid bekommen mußte. »Ja, das tun Sie! Das tun Sie!« quengelte er irr. »Wir haben doch geschlossen!«

Johanser wußte nicht, was er sagen sollte. Sein Denken stand seinem Körper ganz fern, er fühlte eine spiegelhafte Fremde, wie in einem nicht lokalisierbaren Traum. Dabei, was ihm nicht bewußt war, lächelte er unentwegt. Den Greis schien diese Haltung sehr zu verstören. Der Holzstock wurde weggeworfen.

»Warum wollten Sie mich schlagen? Ich bin fremd und zufällig hier. Wes zeihen Sie mich?« Johansers obsolete, der Benommenheit entsprungene Wortwahl machte Eindruck, der Alte vollführte einen tiefen Diener. Ohne Atem und Absatz purzelten Sätze aus seinem jetzt weinerlich flatternden Mund.

»Zufällig! Das sagen Sie so! Ist doch keiner zufällig da. Ich erkenne Sie jetzt, ja, aber Sie sehen nicht aus, als ob Sie schon wüßten, ich kann ja auch nichts tun, als wieder und wieder zu sagen, daß geschlossen ist, verstehen Sie!«

Johanser zeigte leere Handflächen, der Greis reagierte mit einem heftigen, kratzenden Gelächter.

»Sie kommen nicht aus dem Dorf?«

Johanser sagte, er sei zu Besuch, überlege aber, längere Zeit zu bleiben.

»Natürlich! Das wollen alle. Hierbleiben! Nicht hinübergehen. Bloß nicht! Wehren sich alle. Die Giraffen haben einen langen Hals. Schwäne auch. Manche Giraffen halten sich für Schwäne, betonen ihre Langhälsigkeit mit Ketten und Diademen, sind aber nur Giraffen, man muß es anders betonen – Gier-Affen. Hängen am Hier. Sind Sie von der Gebühr befreit? Halt, nein, so hohen Besuch fragt man das nicht. Aber Sie kommen zu früh! Wir haben geschlossen.«

Der Klang dieser Stimme, verschmitzt wie hysterisch, das kippte ständig – Irrsinn, Johanser zweifelte nicht daran, dennoch, er hörte dem Alten aufmerksam zu, wägte jedes Wort, stand in Bann und machte keinen Versuch, sich fortzustehlen.

»Was ist das für ein Museum? Wann wird es geöffnet?«

»Oh, das Museum ist gut! Aber nicht jetzt. Da gibt es keine Ausnahme, auch für Sie nicht, o nein, nicht einmal für den Meister. Das Museum ist sehr gut. Es ist voll diverser Sachen. Wir haben auch dies und das andere. Ich sorge gut dafür, die Mechanismen funktionieren alle, auch in der Stadt, ich wollte gern mit einem Meister sprechen, möchte mich gern austauschen im Fachgespräch, aber Ihr kommt zu früh, bin nicht bereit. Warum habt Ihr die Stadt verlassen? Das Biest muß beleidigt sein. Treffen mich unvorbereitet. Nicht fragen. Sie wissen noch zu wenig. Die Gebühr! Das Moor kostet Gebühr!«

»Wollen Sie Geld? Ich hab welches.«

»Ach, Geld? Neinnein ... Kommen Sie später wieder ... Es ist zu früh. Ich hab Sie beobachtet, als Sie über die Schwertlilien gebeugt waren, neinnein, lassen Sie die besser in Frieden. Noch ist die Zeit ein Spielzeug, nicht wahr? Ein Meter, ein Kilo, eine Stunde. Noch ist das so. Ich habe meine Vorschriften, selbst bei Ihnen.«

Es lag wenig faßbarer Sinn in diesen Worten, dennoch besaßen sie etwas, das Johansers Seele berührte, anging, in der offensivsten Bedeutung des Verbums.

Der Greis wandte sich brüsk um und verschwand in der Hütte, mit bedauernder Geste. Holz knirschte gegeneinander, anscheinend wurde ein schwerer Riegel vorgeschoben. Kuckucksruf. Schweigen. Johanser warf ein Fünfmarkstück auf die Veranda und schlenderte, immerzu grübelnd, den langen Weg ins Achertal zurück. Was eigentlich vorgefallen war – die Bedrohung durch den Stock, die Verleidung des Paradieses – merkwürdig, selbst das Wissen, beobachtet worden zu sein, rief keine Rachegelüste herauf. Der Greis war irrsinnig, demnach nicht satisfaktionsfähig, das machte die Sache einfach und erträglich. Sein Irrsinn jedoch hatte die Grenze zum blanken Unsinn nie wirklich überschritten; jedenfalls gab Johanser zu, Faszination gespürt zu haben, für die eine rationale Begründung nicht zu finden war. Aufdringlichkeit und Mitteilungsdrang, die ihn befallen hatten, waren leichter erklärbar – schließlich ist es einem Verrückten gegenüber sehr unverpflichtend, sich auszusprechen; man kann alles sagen, ohne etwas gewissermaßen zu Protokoll zu geben, hat ein menschliches Wesen vor sich, das auf Offenbartes reagieren kann und doch als Beichtinstanz weder ernst zu nehmen noch zu fürchten ist.

20

Marga, gefragt, ob sie irgend etwas über einen skurrilen Eremiten wüßte, droben im Überacher Moor, hob die Brauen und verneinte. Das sei ein Naturschutzgebiet, da dürfe niemand wohnen. Später, mit Details der Begegnung vertraut gemacht, wollte sie sich dunkel erinnern, irgendwann doch von diesem ›Schrull‹ – so nannte sie ihn – gehört zu haben.

»Du hast mit ihm geredet?«

»Ein wenig. Über Schwäne und Giraffen.«

Marga knetete den Teig für einen Apfelstrudel, schwitzte und rieb sich den Schweiß mit dem Handrücken ab.

»So? Na, gut, daß du mich gewarnt hast, da geh ich bestimmt nicht so schnell hin. An deiner Stelle hätt ich einen Riesenschreck gekriegt.«

»Er wirkte ziemlich harmlos.«

»Wahrscheinlich ist er das, will ja nichts sagen, bestimmt ist er harmlos, sonst würde man ihn da ja nicht dulden. Das Moor ist erst seit drei Jahren Schutzgebiet, kann schon sein, daß man ihn einfach gelassen hat, wo er war. Aber wundern tut's mich doch. Weißt du, früher hätte ich gesagt, solche gehören ins Heim. Aber heute, wo ich alt bin, denk ich da vorsichtiger, ich hab schreckliche Angst, daß ich selbst mal ins Heim muß. Wenn Rudi nicht mehr ist und Beni mich –«

Sie stockte und schüttelte den Kopf, walzte dann mit energischen Bewegungen den Teig aus und legte Apfelschnitten hinein. »Aber es wird ja alles gut. Beni hat sich gut gemacht.«

Das Unausgesprochene hatte zuviel Gewicht erreicht, war nicht mehr zu bändigen noch hinauszuzögern.
»Liebe Tante, es braucht ein offenes Wort! Ist mir sehr wichtig, daß du ehrlich bist.«
Marga hielt in der Bewegung inne, nickte und sah ihn erwartungsvoll an.
»Fall ich euch zur Last?«
»Du uns – zur Last? Aber nein, gar nicht, wie kannst du so was denken?« Sie tat verschreckt und fragte gleich, ob irgend etwas, irgend jemand, einen Grund für diese Annahme gegeben hätte.
»Ach wo, es ist nur... Ich bin bereits einen Monat hier und –« Er zögerte. Marga faßte nach seinem Ellbogen.
»Es freut mich doch, daß du gern hier bist.«
»Weißt du – ich habe Ärger...«
»Himmel, womit denn?«
»Ärger im Institut. Ich möchte mir eigentlich... eine andere Stelle suchen, weil, egal, es gibt da ein paar Differenzen, für Außenstehende schwer zu erklären, nun, ein Stellungswechsel wäre an sich kein Problem, nur... mir graut vor dem ganzen Trara, das damit verbunden sein wird. Es macht mich ganz krank.«
»Wir haben uns so was Ähnliches schon gedacht.«
»Vielleicht rührte sogar mein Kollaps daher, es war, glaube ich, weniger Hitze und Arbeit, als vielmehr... es ist alles ganz widerlich, ich will gar nicht darüber reden, mein Chef – wir können nicht miteinander...«
»So schlimm?«
»Am liebsten würd ich mir eine Stelle im Süden suchen, wo es nicht weit zu euch wäre, irgendeine Dozentenstelle, das ließe sich arrangieren. Ohne viel Umstände.«
»Das wäre ja fabelhaft!«
»Wahrscheinlich, bloß – ich muß mir darüber erst klarwerden, alle Konsequenzen durchdenken, schließlich ist da noch meine Frau! Mit uns steht es, ganz ehrlich gesprochen, hoff-

nungslos, wie gesagt, es kommt so mancherlei zusammen, in jedem Fall...«

»Ja?«

»Würde ich gern noch ein paar Tage bleiben, ein wenig mehr Klarheit gewinnen, das heißt, nur dann, wenn ich euch wirklich nicht störe...«

Marga drückte seinen Ellbogen fester. Ihr Gesicht hatte sich dem seinen bis auf wenige Zentimeter genähert.

»Jeder Tag, den du bleibst, ist ein Segen für dieses Haus, glaub mir! Und jetzt, wo Platz geschaffen ist! Übrigens!« Sie forcierte ihre Stimme und ließ Konrads Arm los. »Der Rat, den du mir gegeben hast, du hattest ja so recht!«

»Welchen meinst du?«

»Daß ich Beni für gute Leistungen mehr belohnen soll! Mathematik war ja nicht immer seine Stärke, ich hab ihm dann gesagt, eine Eins wäre mir mal fünfzig Mark wert – und nun sieh her!« Sie lief ins Wohnzimmer und kam mit einem Bogen Papier zurück, den sie Konrad stolz präsentierte. Eine Klausur über Logarithmenrechnung, spärlich korrigiert. Viele rotfarbige Häkchen gab es zu sehen, drüber, sehr ausladend, die beste aller Noten.

»Ist ja großartig.« Konrad nahm den Bogen und trat näher ans Licht. Marga grinste selig, überlegte dabei, ob es nicht angebracht wäre, jene Außerordentlichkeit gleich auch der Nachbarin unter die Nase zu halten. Konrad setzte ein beeindrucktes Gesicht auf, besah sich jede Ziffer genau, untersuchte jedes Häkchen, jede Marginalie sowie das unleserliche Unterschriftskürzel der Lehrkraft. Er war in seinem Element. Dem geübten Blick des Graphologen fielen sofort winzige Kongruenzen zwischen roter und blauer Schrift auf, die andere sicher nie bemerkt hätten. Daß es sich bei der Schulaufgabe um eine Fälschung handelte, wenn auch um eine recht ordentlich fabrizierte, stand für ihn nach Sekunden außer Zweifel. Zur sicheren Klassifizierung genügte der Vergleich zweier Ypsilons.

Konrad pfiff leise durch die Zähne. »Na, das ist ja 'n Ding! Wirklich toll!«

»Nicht wahr? Und ich hatte mir schon Sorgen gemacht, er würde schulisch abfallen, ganz auf sich gestellt.«

»Doch, doch, das hat er gut hingebracht. Dazu gehört schon was. Muß ich ihm nachher noch gratulieren. Schickst du ihn mir bitte rauf, wenn du ihn siehst?«

Marga nickte, sie grinste noch immer. Konrad gab ihr einen Kuß auf die Backe, strich ein letztes Mal anerkennend über das Papier und legte es in Margas Hände zurück.

21

Es wurde spät, weit nach elf Uhr, Konrad hatte nicht mehr damit gerechnet und schon zu trinken begonnen, als Benedikt klopfte und ins Zimmer trat.

»Du wolltest was von mir?« fragte er sachlich, musterte dabei die Kirschsaftflasche vor dem Bett. Konrad, bereits nackt, hatte die Decke bis zum Kinn gezogen. »Nichts Besonderes. Muß dir doch gratulieren, zur Mathe-Eins. Reife Leistung! Hätt ich kaum besser machen können.«

»Du? Bist du gut in Mathe?«

»Och, na ja, das wollt ich nicht sagen. Ist eine Redensart. Zahlen hatten für mich immer was Metallenes. Ist doch frappierend, wie wenig Zeichen nötig sind, Codes zu entwerfen, mit deren Hilfe jedes Detail des Weltalls beschrieben, will sagen: simuliert werden kann. Das binäre System zum Beispiel ... die brutalste Tyrannis der Zahlen. Zwei Zeichen, 0 und 1, imitieren, zu Ketten geordnet, die Vielfalt der Formen, schieben sich zwischen Atom und Atom, tolldreist, nicht wahr?«

»Wieso?«

»Lüge. Bezifferung. Sprachlosigkeit, seelenloser Abklatsch ...«

»Seelenlos? Was ist denn Seele?«

»Wie meinst du das?«

»Na, wenn du so seelenruhig Seele sagst – was soll 'n das eigentlich sein?«

»Wer weiß? Vielleicht 1 geteilt durch 0. Das nicht Definierte, woran die Zahlen versagen. Das Feigenblatt der Mathematik.«

»Okay, gibt's sonst noch was?« Unwillig griff Benedikt nach der Türklinke, in ignoranter Überheblichkeit, die Konrad rasend machte.

»Doch, es gibt noch was. Wegen vorgestern – du hattest mich um Geld gebeten...«

»Und?«

Konrad griff in die Tasche seiner am Boden liegenden Hose, zog das Portemonnaie heraus, in dem sich nur ein paar Scheine befanden (die Masse seiner Abfindung hortete er im Koffer), und zeigte Benedikt einen Fünfziger. »Ich hab's mir überlegt. Nimm das Geld, aber sag mir bitte – wozu brauchst du soviel?«

Der Junge tat erstaunt, bald spielte ein mißtrauischer Zug um seinen Mund. »Was soll daran viel sein? Ich will mir neue Sneakers kaufen.«

»Was ist das?«

»Na, Turnschuhe!«

»Warum sagst du dann nicht Turnschuhe?«

»Weil's blöd klingt. Außerdem geh ich damit nicht turnen. Was hast du gegen ›Sneakers‹?«

»Ich spreche kein Englisch.«

Der Junge rollte ungläubig mit den Augen. »Ist nicht wahr? Du kannst kein Englisch und bist Doktor?«

»Ich habe gesagt, daß ich kein Englisch *spreche*. Im allgemeinen drück ich mich präzis aus.«

»Kapier ich nicht.«

»Sei's drum.« Konrad schippte eine Handvoll Luft hinter sich. »Die, die du an den Füßen hast, scheinen jedenfalls ganz in Ordnung.«

»Geschmackssache.«

»Gibt's jetzt welche mit Seitenaufprallschutz und integriertem Tachometer – oder womit?«

»Du hast erzählt, du magst teure Bücher! Und?«

Konrad ging auf die Frage nicht ein, sah eine Argumentationskette zu seinen Ungunsten voraus und lenkte ab. »Du weißt, daß deine Eltern knapp kalkulieren müssen. Die Pension deines Vaters ist nicht arg üppig. Sie haben wirklich nicht besonders viel.« Was er sagte, mutete ihn selbst grauenhaft altväterlich und moralinsauer an, aber er war in diesem Moment wie von einem Zwang besessen, seinem Cousin irgend etwas vorzuhalten.

»Du hast recht. Seitdem du da bist, müssen sie noch 'n Stück knapper kalkulieren.«

»Werd nicht frech!«

»Ich bin nicht frech. Du hast gesagt, du gibst mir die Knete, wenn ich sag, wofür. Also?«

Konrad hielt ihm den Schein hin. Benedikt nahm ihn mit zwei Fingern, murmelte ein kaum hörbares »Danke«.

»Wie geht's dem Wackenroder?«

»Er ist tot, denk ich. Wär eher mein Vater für zuständig.«

Konrad sagte nichts. Seine Lippen wurden dünn. Benedikts Sarkasmus, das billigte er ihm zu, war der Notwehr gegen die ratschlagende Muttersprechmaschine entsprungen, er hatte ihm bisher viel Kredit eingeräumt, nicht nur finanziell. Jetzt, nach dem Bezug des Gartenhauses, nach Wochen, in denen Marga keinen Grund geliefert hatte, pampig zu werden, ging Konrads Verständnis zur Neige. Er war auch nicht in der Gemütsverfassung, die es erlaubt hätte, auf Boshaftigkeiten tolerant und souverän zu reagieren. Jeden noch so kleinen Angriff nahm er um ein Vielfaches ernster, als es der Sache angemessen war. Benedikt registrierte den Zorn in Konrads Augen und lenkte ein.

»Hey, ich hab das erste Kapitel gelesen, okay? Ist einfach nicht mein Ding. Wenn du drauf stehst, bitte! Nimmt dir ja keiner. Vielleicht, hast du schon mal dran gedacht, empfinde ich das gleiche, wenn ich beim Corridor 7 das dreißigste Level schaffe, wie du, wenn du irgendwelche alten Gedichte liest.«

»Ist gut. Lassen wir's.«

Die Pläne, die er irgendwann mit Benedikt gehabt hatte,

lächerliche Fetzen irgendwo; vielleicht war über den Jungen so wenig zu erfahren, weil es mehr nicht zu erfahren gab, weil seine Existenz völlig banal und ohne jedes Geheimnis war.

»Hey, ich les das Buch schon fertig, ich weiß, ich hab's versprochen. Vielleicht wird's ja noch besser, ich meine, der Titel ist echt lustig ...«

»Willst mich aufziehen, ja?«

»Hey ...«

»Und warum mußt du jeden Satz mit diesem blöden ›Hey‹ beginnen? Welchen Sinn besitzt das?«

Der Junge schwieg und kniff die Augen zusammen. Es war kein feindseliges Mienenspiel, doch Ausdruck mokanter Verständnislosigkeit, ohne Ambition, sich in sein Gegenüber hineinzudenken. Konrad verging die Lust zu reden.

Weiße Leere, wie in einem Krankenzimmer; es wurde Zeit, in den Wein zu sehen, in die rote Glut, wurde Zeit für Schattenspiele und Spiele mit sich selbst, Räusche oder Rauschplacebos, die alles erträglich gestalteten. Das kalte Halogenlicht, man müßte es durch ein anderes, wärmeres ersetzen, dazu vielleicht eine bunte Lichterkette, orange, grün und rot, vor dem Balkonfenster ...

»Mann, ich kapier nicht, wie du's so lang hier aushältst. Ist doch ätzend öd hier!«

»Glaubst du?«

»Bist doch damals selber abgezischt, tu doch nicht so!«

»Ja. Heute würd ich liebend gern mit dir tauschen.«

»Ich raff's nicht!«

Der Junge bohrte in seinem rechten Ohr und schnippte, was er fand, fort. Das Schweigen zwischen den Sätzen, das länger und länger geworden war, hatte einen Grad erreicht, an dem jedes Wort zu zerbrechen drohte.

Benedikt schien über etwas nachzudenken und dabei Ort und Uhrzeit zu vergessen. Er machte keine Anstalten, den Raum zu verlassen, obwohl mehrere Minuten lang nichts, nicht mal ein Räuspern zu hören war.

Dann, unvermittelt, beugte er sich zum Radio herab, strich scheinbar geistesabwesend über die Tasten. Er sah den Cousin von der Seite her an und fragte, in einem ganz eigentümlichen, halb traurigen, halb verschatteten Ton: »Du fährst nie mehr zurück, nicht?«

Konrad, den Mund einen Spalt offen, die Lippen gegeneinander verschoben, seufzte leise. Er hatte die Frage erahnt, tausendmal erwartet und durchdacht, war ihr jetzt dennoch hilflos ausgeliefert. Seine Augen zielten schräg nach unten, vermieden jeden Blickkontakt. Kurz dachte er daran, die eigene, aussichtslose Situation offenzulegen. Wieder unterließ er es, in peinigender Furcht, der Junge könne ihn denunzieren. Dessen Frage jedoch beantwortete er mit der ehrlichsten Antwort, die möglich war.
»Ich weiß es nicht.«
Was er dabei noch dachte, dachte er so umrißhaft, vor sich selbst versteckt, daß er es kaum wahr- und ernst nahm, aber er dachte es da zum ersten Mal.

Das Zimmer begann zu schweben.
Ein Raumschiff, mit gläserner Kuppel. Darüber Sterne.
An den Wänden sprangen Insekten hin und her, hielten eine fein austarierte Balance, bewahrten das Schiff vorm Kippen. Johanser bewegte sich nicht. Die Insekten, entflogene Wörter, tausend Bilder jedes Wort, schwärmten, wie auf ein stilles Zeichen, in seinen Kopf zurück.
Er sah sich um. Benedikt mußte das Zimmer irgendwann verlassen haben; ob mit, ob ohne Gruß?

Die Augäpfel in den äußersten Winkel zwingen, um den Schatten der eigenen, herausgestreckten Zunge zu betrachten.

So ging der Mai vorüber.

… 3. BUCH

Heim

1

Thanatos trägt jeweils Züge und Kleider desjenigen, den er betrachtet.

Niemand kann Thanatos sehen, es sei denn, ein Sterbender verfolgte das eigene Sterben im Spiegel. Dort sähe er, für Bruchteile eines Moments, ein zweites, lächelndes Gesicht auf seine Schulter gelegt, sähe weit offene Augen, derweil sich die seinen schließen für immer.

Thanatos bewacht ein Portal, das ist er selbst.

Die er hindurchtreten läßt, bemerken ihn nicht.

Gern würde er fühlbar sein, Teppich oder Mantel, etwas Weiches, Wärmendes, ein Begleiter. Gern würde er jedem, der ihn durchschreitet, sanft zusprechen, würde den vielen von Angst und Schmerz Entstellten Erlösungsworte ins Ohr hauchen.

Aber er darf nur offenstehn und zählen, unsichtbares Wesen der Grenze, die Zeit in Lieder verwandelt.

2

Gegen zwei Uhr nachmittags, als sie sich ausgezogen hatte, um eine Dusche zu nehmen, wurde Berit von Johansers Anruf überrascht. Auf dem Teppichboden zu sitzen und die Stimme dieses Menschen zu hören, der von ihrer Nacktheit nichts ahnte, bereitete ihr Vergnügen; sie winkelte die Beine an und drehte sich so, daß ihr braungebrannter Körper im Standspiegel erschien. Oft, wenn Benny am Telefon gewesen war, hatte sie sich in ähnlicher Weise stimuliert, nur war es kaum jemals, Berit erschrak darüber, so kitzelnd gewesen wie jetzt. Kurz spielte sie mit dem Gedanken, Konrad davon zu erzählen, malte sich aus, wie der scheue, reservierte Mann reagieren würde. Seine Frage nach dem Namen von Bennys Klassenlehrer/in hielt sie für einen Vorwand zur Kontaktaufnahme, war deshalb entgeistert, daß Konrad, nachdem er jenen Namen erfahren hatte, die Unterhaltung gleich abwürgen wollte. Gefloskelte Fragen und Rückfragen, Dialogprothesen, die zu nichts führten. Berits Vorstoß, ob man sich nicht treffen könne, in einer der Bullbrunner Kneipen, wurde ausweichend beantwortet. Wie ein Schulmädchen behandelt zu werden ärgerte und reizte sie gleichermaßen. Konrad griff, in die Ecke gedrängt, zur Herablassung, sein stockender Tonfall wirkte um so herausfordernder, je deutlicher er abzuwiegeln versuchte.

Mit einem gehetzt tuenden »Ich muß jetzt – mach's gut!« – was mußte er? Was sollte sie gut machen? Gewäsch! – stahl er sich aus der Leitung. Berit verging die Lust, weiter an sich herumzuspielen, sie schob eine CD der Toten Hosen in die Anlage, drehte den Lautstärkeregler bis zum Frustpegel nach rechts, tanzte, bis ihr schwindlig war.

Das Zimmer stand voller Pokale einer frühen Reiterinnenkarriere; an den Wänden hing popularisiertes Bildungsgut: Marcs »Blaues Pferd«, »Frühstück im Freien«, »Guernica« gleich daneben, sie dachte, Konrad würde es bestimmt gefallen. Nie wäre ihr die Idee gekommen, daß das Frühstück im Freien vom Bombenhagel beeinträchtigt werden könnte.

Bennys unbeholfene bis lieblose Zudringlichkeiten waren ihr in den letzten Wochen stark auf die Nerven gegangen; er hätte, würde er sich geschickter angestellt haben, einiges bei ihr erreichen können. Es machte sie wütend, daran zu denken. Ihre Jungfräulichkeit empfand sie als lästiges Relikt, als Makel, den es aus der Welt zu schaffen galt, und spürte doch immer weniger Lust, Benny diese Sache erledigen zu lassen. Zweimal hatte sie ihn, im allerletzten Moment noch, zurückgestoßen, zornig über seine Gefühlskälte, seine Notgeilheit, die nur ficken, endlich ficken und absamen wollte und sich nicht die geringste Mühe gab, etwas darüber Hinausgehendes wenigstens vorzutäuschen. Er hatte sie prüde genannt und Ehrlichkeit für sich in Anspruch genommen; ob er jetzt schon lügen, sich verstellen solle? Dieses Schmierentheater sei blöd und widerwärtig; man könne es doch erst mal tun, zum Teufel, danach Kaffee trinken und weiter sehn. Sie hätte ihn anspucken mögen, als er das sagte, hatte ihn auch jeweils stehengelassen und tagelang geschnitten.

War ihre Empörung verraucht, mußte sie zugeben, von der Radikalität fasziniert zu sein, mit der Benny sich gegen jede Illusion einer Romanze sperrte. Berit gehörte nicht zu den umworbensten Mädchen, scherte sich nicht darum; gleichaltrigen Schülern, unter denen Tausende Filmen entliehene Rezepte zur Verführung kursierten, gönnte sie meist nur Verachtung. Das genau war der Grund gewesen, warum Benny so anders und interessant geschienen hatte – sann sie darüber nach, wußte sie weder ein noch aus, war hin- und hergerissen, und die Frustration trieb sie zu jenen Freßanfällen, denen sie ihre Figur verdankte.

Plötzlich war Konrad aufgetaucht. Dessen Ähnlichkeit zu Benny hatte sie elektrisiert. Gut, er war sechzehn Jahre älter, zehn Zentimeter kleiner, aber seine Halbglatze gefiel ihr entschieden besser als Bennys ölig auffrisiertes Haar, auch wirkten Konrads härtere Gesichtszüge um so attraktiver, und er litt nicht an Akne. Sich von ihm angezogen zu fühlen, war er doch die reifere, sozusagen idealisierte Ausgabe seines Cousins, fand Berit verständlich und in Ordnung, deswegen mußte sie sich keine Rechenschaft ablegen. Andererseits kam es ihr stillos vor, zwei Personen so einfach, wenn auch nur in verspielten Gedanken, gegeneinander auszutauschen; sie wurde zur Einsicht gezwungen, daß ihre Beziehung zu Benny nur sehr wenig einer Herzensangelegenheit besaß. Prompt stand wieder die Frage im Raum, warum sie ihn dann nicht endlich ranließ, was sie davon abhielt, diese Defloration hinter sich zu bringen; schließlich würden beide im gleichen Maße einander ausnutzen, was sprach dagegen? Und warum sträubte sich ihr Körper an jedem Tag ein wenig mehr gegen Bennys bloße Nähe? Es war zum Schreien, wirklich entfuhr ihr in der Duschkabine ein greller, kurzer Laut. Ernsthaft daran gedacht, mit Konrad etwas anzufangen, hatte sie bisher nicht, er war schließlich nur zu Besuch, der Altersunterschied gravierend bis unmöglich. Konrad schien auch nicht viel für sie übrigzuhaben, wirkte darüber hinaus etwas verklemmt.

Wie jeder, bewußt oder unbewußt, seinen Weg kreuzende Menschen selektiert in solche, mit denen man schlafen möchte bzw. nicht, hatte Berit daran gedacht, die Vorstellung angetestet, Erregung draus gezogen. Auch jetzt noch, aufgewühlt und wütend, spürte sie die Nachläufer ihrer Erregung, kam sich wie eine Schlampe vor, schüttelte den Kopf über sich selbst und ihre verfahrene Situation, an der das

Schwierigste die scheinbar so simplen Lösungsangebote waren.

Warum geht's mir nicht wie irgend'ner Knalltusse? Warum kann ich mich nicht schlankhungern und 'nem Mittelstürmer an den Hals werfen? Was läuft schief mit mir?

Halblaute Fragen in der Sicherheit des prasselnden Wasserstrahls. Sie erinnerte sich an gestern, an das Gespräch mit Benny auf dem Pausenhof. Ob sein Cousin noch da sei, hatte sie beiläufig gefragt, ohne den Namen zu erwähnen, den Benny übrigens nie genannt hatte, er sprach immer nur von ›dem Typen‹.

»Kann man sagen«, hatte er herausgepreßt geantwortet, »der Typ hängt scheint's an uns. Der will überhaupt nicht mehr weg.«

»Magst du ihn?« hatte Berit gefragt, Benny hatte nur lustlos gezischelt, als wäre dieses Thema schon hundertmal diskutiert. Und wozu wollte Konrad nun den Namen von Frau Finke wissen? Berit konnte sich keinen Reim darauf machen, bereute es, Benny nicht hartnäckiger ausgefragt zu haben, obwohl – vielleicht wäre er dann stutzig geworden –, sie hatte jenen Cousin offiziell ja nur ein einziges Mal gesehen, kurz, quasi unerlaubt, war gleich verabschiedet und nach Haus geschickt worden.

Benny war in manchen Sachen äußerst eigenwillig. Über seine Eltern zum Beispiel redete er so gut wie nie. Einmal hatte er sich diesen Gesprächsstoff sogar ausdrücklich verbeten, einen Behinderten solle man gefälligst nicht auf seine Behinderung ansprechen – er hatte allen Ernstes seine Eltern damit gemeint, in brutalem Zynismus, den Berit hinnahm, der sie auf eine gewisse Weise beeindruckte, wenngleich – oder gerade weil – sie mit den eigenen Eltern (die Benny wiederum als ›scheißliberal‹ abkanzelte) kaum Probleme kannte. Aus irgendeinem Grund stellte sich Berit vor, er würde zu Hause gepiesackt, wahrscheinlich sogar geschlagen, zumindest bot sich das als Erklärung an für sein sonderbares Wesen. Bald stieß er jeden ab, mimte den einsamen Rächer, bald war er fast peinlich um Freunde bemüht, suchte Anschluß, produzierte sich, gab mit etwas an, heute zum Beispiel mit neuen, irre teuren Turnschuhen, manchmal auch, einziger Grund, warum er wenigstens bei den Computerfreaks ab und zu gefragt war, mit irgendwelchen seltenen Spielprogrammen, die er illegal kopiert hatte. Viele nannten ihn einen Kotzbrocken und schlossen ihn von ihren Unternehmungen aus. Genau das hatte Berit auf seine Spur gesetzt, die beiden Sonderlinge zusammengeführt. Aber wozu?

Während sie sich abtrocknete, fand sie ihr Konterfei im Badezimmerspiegel häßlich und fett. Dachte daran, wie froh Konrad geklungen hatte, endlich auflegen zu dürfen.

3

Wieder war es heiß geworden, doch umgab die Sonne nichts Unerbittliches. Ihre Strahlen fielen durch einen Gazefilter, der weiß gewesen war, bevor ihn die Zeit verfärbt hatte. In den Himmel zu sehen wirkte betäubend, seine Bläue erinnerte an einen illuminierten Schmuckstein, einen Linarit etwa, der, bewegt sich das Auge nur um Millimeter, alles in ihm gefangene Licht pulsieren läßt. Ein solch inniges Blau hatte Johanser stets nur in Verbindung mit kontrastierenden Rapsfeldern gekannt, weshalb es ihm überbetont und nicht geheuer schien. Er fühlte sich angesehen, aus einem endlosen, alles wissenden Auge. Die Landschaft, die er vor kurzem noch, von der Grandezza des Plateaus aus, wie ein ihm anvertrautes Besitztum empfunden hatte nun glich sie einer über den Tag hinweg stehengelassenen Traumfassade, bildhaft, doch unzugänglich, vorhanden, aber nicht begreifbar, und er, der zuerst Zuschauer, dann Regisseur geworden war, fand sich darin als Schauspieler wieder.

Welche Rolle? Welcher Text? Wo das Prüfende, dem ich entgegensprechen muß?

Die Desorientierung, dazu der Zwang, irgend etwas bieten, handeln zu müssen, nicht wehrlos abwarten zu dürfen, zu welchem Urteil das Auge zuletzt gelangen würde – alle Menschen, denen Johanser begegnete, nahmen den Platz von Souffleuren und Souffleusen ein; was sie sagten, wurde wichtig und Teil des umfassenden Schauspiels.

Ein Volksstück, dachte er grimmig, eine Dorfposse, so ähnlich muß ›Reality TV‹ sein – wenn man Kameras im Haar und im Hals ein Mikrophon herumträgt. Ich bin verrückt, völlig verrückt. Kann hier doch nicht bleiben.

Die Gaststube des Postwirts besaß das kühl Behütende einer Felskaverne. Holz und Stein ergänzten einander, schichteten die Schatten im Raum zu Polstern um.

Anna trug, es mußte etwas zu bedeuten haben, ihr schwarzes Kostüm nicht mehr, statt dessen ein helles Kleid voller Blütenkränze, in allen zwischen Weiß und Orange möglichen Farbstufen. Wohl neu, ähnelte es dem Schnitt der fünfziger Jahre; anscheinend war die Mode nostalgisch aufgelegt. Johanser mochte das und sprach Anna ein Kompliment aus. Sie bedankte sich nicht, knallte ihm den Bierkrug auf den Tisch und strich sich hektisch über die Hüften. Ihren eingesogenen Lippen geriet jedes Ausatmen zum Geräusch; ständig fingerte sie am offen getragenen Haar herum. Johanser kam es vor, als würde er nur ausnahmsweise, auf den letzten Drücker bedient, und die Wirtschaft würde gleich geschlossen, für eine private Gesellschaft. Außer ihm selbst saßen aber noch zwei Gäste im Raum, alte Weinbauern, die über ihre Söhne und deren Frauen debattierten.

»Ist irgendwas Besonderes?« fragte Johanser, als Anna das nächste Mal an seinem Tisch vorüberhuschte, und sie blieb stehen, warf ihm einen so mitleidigen Blick zu, daß er sich am liebsten vor dem Echo seiner Frage verkrochen hätte. Seine Hand, die eben nach dem Henkel greifen wollte, begann zu zittern, er verbarg sie im Schoß.

»Was soll sein? Muß ich dir dauernd Rechenschaft geben? Soll ich mich mit dir unterhalten, ja? Dir gefällt mein Kleid, ja?«

Johanser wußte weder, welchen Grund der Ausfall hatte, noch, was er antworten sollte. Er wünschte – und fürchtete zugleich –, sie würde konkreter werden.

»Entschuldigung – hab ich was gesagt, was ...«

»Natürlich! Entschuldigung! Sagt heut jeder. Kannst du mich nicht einfach ...«

Sie zögerte, wandte sich ab. Die beiden Alten, aufmerksam geworden, musterten Johanser mit starren Gesichtern, er hob die Schultern, seine Unwissenheit anzudeuten, erhoffte sich ein Nicken, Zwinkern, irgendeine Form von Verständnis. Die Gesichter blieben regungslos.

Anna drehte sich wieder zu ihm um, in ruckartiger Bewegung. Johanser hatte aus irgendeinem Grund Tränen in ihren Augen erwartet, wurde nun von einem gräßlichen Schmunzeln überrascht. Es war nicht zu beschreiben, Hinterhältigkeit lag ebenso wie Verzweiflung darin, zu beschreiben war es schon, allein in seinem Ausmaß nicht bestimmbar. Ob im nächsten Moment ein Nervenzusammenbruch oder nur der Ärger über etwas ganz Banales, ihm Entgangenes folgen würde, schien absolut nicht vorherzusehn; Johanser hielt sogar ein müdes Abwinken für möglich. Daß es um ihn ging, glaubte er keine Sekunde.

Anna deutete in den Korridor zum Hof.

»Könnt ja sein, du hast Lust, dich mal nützlich zu machen?« Während sie das sagte, stützte sie sich mit beiden Händen an der Tischkante ab. Ihre schlanken Finger endeten in falschen Nägeln, himbeerrot, mit einem Stich ins Blau. Es sah billig aus, disharmonierte mit dem Kleid und entsprach nicht ihrem Wesen bzw. der Vorstellung, die Johanser von ihrem Wesen gewonnen hatte. Auf Antwort wartend, legte Anna den Kopf schräg, Haarsträhnen fielen ihr über die Wangen, und das Wellenspiel trommelrührender Fingerkuppen begann. Lichtreflexe im Nagellack, ungeduldiges Glissando.

»Gern«, sagte Johanser, beobachtete, wie ihre Lippen entspannten, eine Schnute formten, wie sie prompt den Körper vom Tisch abstieß und ihr Haar nach hinten warf. Bewegungsabläufe, die er von ihr nicht kannte. Posen vermutlich, gut eingeübt und doch nicht überzeugend. Motorik des heimlichen Arsenals, das immer dann herangezogen wird, wenn

Neues, Ungewohntes überspielt werden soll. In Annas Leben mußte eine Veränderung vor sich gegangen sein, zweifellos.

Johanser hätte, er ahnte die Demütigung voraus, vieles in Kauf genommen, mehr zu erfahren; in prophylaktischer Opferbereitschaft schob er das Bierglas zur Tischmitte und nahm sich die Gelassenheit eines Tiefseeschwamms zum Vorbild, wollte, er wurde ganz schwülstig, der Demütigung, wie es Liebenden ansteht, mit Demut begegnen.

»Was gibt's?«

»Im Hof steht 'ne Lieferung, und Winhart ist verdammt nicht da. Hilfst du mir, die Fässer reinzubringen?«

Er nickte und folgte Anna in den Hof. Dort standen, im Schatten eines Holzverschlags, fünf metallene 100-Liter-Fässer der Deutelsdorfer Krongold-Brauerei, die mußte er kippen und in die Küche rollen, von wo sie mit Hilfe eines Lastenaufzugs in den Keller verfrachtet und an Zapfleitungen angeschlossen wurden. Die Demütigung schien maßvoll und erträglich; es war keine zu schwere Arbeit, allerdings verging dabei eine Dreiviertelstunde.

Anna legte selber nicht Hand an, wofür es – das neue Kleid, die falschen Nägel – einsichtige Gründe gab. Überhaupt verringerte sich die Demütigung mit jeder Minute, vielleicht nur ein Hirngespinst, vielleicht war Anna einfach heilfroh, weil der Schankbetrieb weiterging, ohne daß sie sich schmutzig machen mußte. Der Biervorrat verlangte tatsächlich dringend Nachschub, und vom Pferdemenschen war weit und breit nichts zu sehen.

Nebenher, wie man, virtuell geschult, einer nicht abgeschlossenen Situation alle möglichen Fortsetzungen hinzudenkt, ließ Johanser sogar die Phantasie aufflackern, Anna hätte eine Gelegenheit gesucht, mit ihm allein zu sein, ihn in der Dunkelheit des Kellers zu umarmen, ihr Kleid zu lösen oder nach Beistand zu verlangen – gegen dies und das und den ...

Anna schaute nur zweimal kurz herein, blieb stumm und

machte, wenn sie sah, daß alles problemlos lief, sofort kehrt, gönnte dem rekrutierten Gast nicht mal ein Höflichkeitslächeln. Von der Klientel zu arg in Anspruch genommen, was notdürftig als Entschuldigung hätte herhalten können, war sie gewiß nicht. Vielleicht – Johanser war krampfhaft um günstige Erklärungen bemüht – fürchtete sie, Winhart könne jeden Moment zurückkehren und aus der Situation falsche Schlüsse ziehn? Aber ein Lächeln, ein winziges, dankbares Lächeln...

Binnen fünfundvierzig Minuten durchhetzte er eine Skala widersprüchlichster Gefühle. Wäre Anna, wie gewohnt, melancholisch gewesen, gut, vielmehr nicht gut – doch er hätte Verständnis gezeigt, alles auf einen ihm unbekannten Hintergrund geschoben. So aber, als er fast fertig war, als es zum erneuten Blickkontakt kam und ihm wieder nur Kälte, Arroganz und höchstens eine schnippische Wangentilde geboten wurden, mußte er sich seiner Enttäuschung stellen, die Entwürdigung einsehn. Gleich dachte er daran, den fünften Hirschen auf dem Kopfsteinpflaster liegenzulassen und fortzurennen; seine Wut wurde zum physischen Schmerz, der vom Magen aus in den gesamten Körper strahlte. Dennoch, in geradezu masochistischem Durchhaltevermögen, hievte er auch das letzte Faß in den Aufzug, befestigte es mit Stahlklammern und setzte das Triebwerk in Gang.

Winhart trat durch die Küchentür. Mächtig, im grauen Anzug, der Hals noch breiter als der Kopf. Eine Hand spielte an der Uhrkette, sein rechter Schuhabsatz klackte auf dem Steinboden. Röhrendes »Aha!«, das Johanser herumriß. Erschrocken wie ein gestellter Dieb verharrte er in gebückter Haltung, wisperte ein kleinmütiges »Guten Tag«. Am Zentauren vorbei schlängelte sich Anna in die Küche, legte eine Hand auf dessen Schulter, stützte sich mit der anderen lässig, die Beine übereinandergeschlagen, gegen den Türstock.

»Er wollte sich unbedingt nützlich machen!« sagte, halb lachte sie. »Jetzt kann man ihn ja erlösen.«

»Großartig!« dröhnte Winhart. »Vielleicht will er bald hier anfangen? Als Aushilfe? Was meinst du? Bißchen schmächtig, was? Aber sehr eifrig, scheint mir!«

Johanser sagte keinen Ton, schlug die Augen nieder und wollte an den beiden vorbei, doch rührte er sich nicht von der Stelle und wartete darauf, daß ihm der Weg freigemacht würde.

Winhart klopfte sich auf seine muskulöse Brust. »Dafür bin ich Ihnen jetzt aber was schuldig! Anna, bring ihm, was er haben will, das geht aufs Haus!«

Johanser schluckte heftig. Zorn und Peinlichkeit machten ihn sprachlos. Sein Inneres glühte vor Haß, Haß auf beide, er wünschte ein Gewehr herbei, sich den Weg freizuschießen.

Endlich, nach einer qualvollen Ewigkeit, wandte sich der Pferdemensch um; Anna stolzierte hinter ihm her zur Theke. Johanser nutzte den Moment und überholte die beiden in der Gaststube. »Muß leider weg«, flüsterte er mit stier zu Boden gerichtetem Blick. »Schade!« riefen Winhart und Anna fast unisono, der Zentaur lachte, sie kicherte, die beiden Weinbauern lachten nicht, aber ihre falben Gesichter sahen voll Spott zu Johanser auf, der an ihnen vorbeilief, bebend und geduckt, den Atem haltend, bis er ins Freie gelangte.

4

Nach dem Abendessen.
Erster Gedanke beim Betreten des Zimmers: Der Lederhund, angeschossen, röchelt in seinem Blut.
Der abgesperrte Koffer war gestoßen, fallengelassen oder sogar geworfen worden.
Allzulang konnte es nicht her sein. Die Lache, schimmernd rot und stark duftend, war noch nicht in den Kunstfaserteppich eingesickert; von der eigenen Oberflächenspannung gehalten, flüssiges Relief, hob sie sich millimeterdick vom Boden ab. In der Mitte der Lache lag Johansers Koffer, und um den Koffer herum hüpften Fragen, mit aufgerissenem Maul, keckernde, fleischfressende Zwergfragen. Wer war es? Wann? Weshalb? Wodurch?
Der entgeisterte Johanser schloß die Tür, stemmte sich mit seinem ganzen Körpergewicht dagegen.
Wer war es? Marga betrat immer nur vormittags das Zimmer. Jetzt, um halb zehn Uhr abends, ging gerade die Sonne unter. Wenn es Benedikt gewesen ist – was wollte er? Was hat er gehofft, im Koffer zu entdecken? Geld? Tatsächlich befindet sich viel Geld darin, eine enorme Summe sogar, nur ist es unmöglich, daß er etwas davon weiß. Frage: Wer immer es getan hat, lag es in seiner Absicht, eine Flasche zu zerbrechen? Dazu hätte der Betreffende wissen müssen, daß sich Flaschen im Koffer befinden. Schüttelt man den Koffer nahe am Ohr, wird man das Klingen von gegeneinanderstoßendem Glas hö-

ren, das ist nie ganz zu verhindern, selbst wenn man, wie in diesem Fall, die Flaschen in Handtücher eingepackt hat – ein paar Stellen bleiben immer ungeschützt und verraten sich. Dazu wäre allerdings ein etwas heftigeres Schütteln erforderlich – und wer, um Himmels willen, käme auf die Idee, den Inhalt eines Koffers durch Schütteln und Horchen zu erfahren? Das scheint abwegig.

Bleibt die Frage, ob der Verursacher des Schadens die Lache bemerkt hat? Keine unsinnige Frage; es dauert bestimmt eine Weile, bis die Flüssigkeit durch die Ledernähte nach außen dringt. Eigentlich dürfte überhaupt keine Flüssigkeit austreten, aber das Leder ist schon alt und an einigen Stellen, besonders den unteren Ecken, brüchig oder durchgewetzt.

Wahrscheinlich war es Benedikt, wenngleich Marga nicht restlos auszuschließen ist. Er wollte spionieren und hat, enttäuscht, weil der Koffer abgesperrt war, gegen ihn getreten oder ihn hingeworfen, vielleicht mit der stillen Hoffnung, irgend etwas darin kaputtzuschlagen, vielleicht ohne irgend etwas dabei zu denken. Wie auch immer, er hat Krach gemacht. Wer sich aber in eines anderen Zimmer schleicht, in einem solch hellhörigen Haus, müßte bestrebt sein, Krach zu vermeiden.

Konrad besorgte sich riesige Mengen Klopapier aus dem Bad, wischte die Lache auf und suchte den Weingeruch (Glück wenigstens, daß ich nicht gerade Weißen trinke, der stinkt viel mehr) zu vertuschen. Aus dem Keller, wo er sich im Vorratsschrank längst frei bedienen durfte, holte er Himbeersirup und einige Zitronen und ersetzte die entfernte Lache durch eine kunstvoll komponierte zweite, die er eine Weile einziehen und süß-fruchtigen Geruch verströmen ließ. Die Mühe, die er sich machte, schien ihm irgendwann fragwürdig. Immerhin, dachte er, könnte ich durchaus bestätigen, daß Wein im Koffer gewesen ist, warum denn nicht? Irgendein guter Tropfen aus der Gegend hier, Geschenk für Kathrin. Wozu tue ich das alles?

Tatsache bleibt, daß jemand in meinem Zimmer gewesen ist und meine Habe inspizieren wollte. Tatsache? Ist es wirklich unumstößlich? Marga kann irgendeinen Putzlumpen vergessen haben, kann vielleicht noch einmal im Vorübergehen, über das speckige, in ihren Augen sicher schmutzige Leder gewischt haben, wie sie ja meistens wischend durch die Welt geht. In diesem Fall würde sie längst zu mir gekommen sein, hätte gesagt: »Du, ich glaub, ich hab irgendein Glas zerbrochen in deinem Koffer – hoffentlich war das nichts Wertvolles?« So oder ähnlich hätte sie ihn angesprochen, Gewissensbiß und Ehrlichkeit gleich mit Neugier verbunden.

Oder liegt die Wahrheit im Unwahrscheinlichen? Manchmal zerbrechen Flaschen praktisch von selbst, wenn sie zu dicht gegeneinander liegen, das kommt selten, aber vor. Mir ist es mal beim Einkaufen passiert, plötzlich ergoß sich Athans Zitronenwein aufs Trottoir, und in der Jutetasche lag eine in zwei Hälften geteilte, gleichsam durchgeschnittene Flasche, fast ohne Scherben. Wie ist es hier? Scherben noch und noch.

Konrad spülte das vollgesogene Klopapier in den dafür vorgesehenen Schlund, suchte sorgfältig den Badboden nach Tropfen ab und horchte auf Geräusche von der Treppe. Marga und Rudolf saßen noch unten vorm Fernseher. Das Abendlicht, gebrochen im Himbeersirup ... von der gleichen Farbe wie Annas Fingernägel. Billig. Wunderschön.

Er ging auf den Balkon hinaus und genoß, wie jeden Tag, die Dämmerung, spähte das Dorf mit dem Feldstecher ab, den er sich von Rudolf entliehen hatte.

Menschen, Scherenschnitte, Schattenkleckse, jeder hat eine Geschichte, jeder geht verloren in der Nacht.

Ich habe, werd ich sagen, den Sirup umgestoßen, tut mir leid. Eine Katze suhlt sich auf einem Mauersims. Marga hätte nie im Leben eine einmal entdeckte Lache unaufgewischt gelassen. Sie würde manches fertigbringen, das bestimmt nicht. Himmel, wie lange mich dieser ganze Dreckskram beschäf-

255

tigt! Das ist ja absurd! Wahrscheinlich mach ich mir soviel Gedanken um diese zerbrochene Flasche, nur um nicht ...

Die Geschehnisse des Nachmittags, die schlimme Stunde im Postwirt – Konrad war jetzt froh, nicht völlig wortlos davongelaufen zu sein wie ein blamiertes Kind. Ich werd ja doch wieder hingehen. Anna mag mich eben nicht. Schade. Bedienen wird sie mich weiter, ich werde der Gast sein, der Gast schafft an und rollt keine Fässer durch die Küche. Beim nächsten Mal sag ich einfach: Nein. Anschauen werd ich sie und weiter nichts Verbotenes tun – und ob und weswegen mich Winhart an die Luft setzen sollte, das sehen wir mal. Ja, ich muß sogar bald wieder hingehen, baldmöglichst, gleich morgen. Werde tun, als sei nichts passiert, werde vielleicht sogar fragen, wo mein Freibier bleibt. Genau. Ich werde kalt sein, wie Anna kalt ist. Probt sie bereits die Rolle der Wirtsfrau? Übt sie sich in ihren neuen Kompetenzen? Mit der lustvollen Grausamkeit des Emporkömmlings? Rächt sie sich an allen, die sie je angesehen haben, denen sie zur Schau stehen mußte?

Ich hab sie angesehen, verstohlen angesehen, mag sein, nicht verstohlen genug. Aber ich habe sie geliebt. Liebe sie noch. An allem ist nur Winhart schuld. Ich hätte aber auch nicht das geringste Recht, ihn beiseite zu schaffen. Anna schätzt, was er ihr bietet. Mich mag sie nicht, und bieten könnte ich ihr auch nichts mehr. Bin ganz indiskutabel.

Konrad wurde wehmütig bei dem Gedanken, nie wieder in Liebesdingen – wie sollte man es ausdrücken? – *geschäftsfähig* zu sein, nie mehr jemandem etwas zu geben zu haben, außer sich selbst. Es ist eine schöne und wichtige Form von Macht, eine geliebte Person versorgen, ihren Verhältnissen entreißen, *auslösen* zu können – jetzt wird mir das bewußt. Spät.

Noch besitz ich dreißigtausend Einheiten guten deutschen Geldes, überall in der Welt gern gesehen, was will ich damit anfangen? In Afrika könnte man zehnmal so lang davon leben wie hier. Warum geh ich nicht nach Afrika? Alaska? Indonesien? Warum geh ich lieber allen auf die Nerven? Er krümmte sich in den Korbstuhl, streichelte die Ulme und sank in abenteuerliche Visionen: Wie er Landesgrenzen passierte, nachts, über grünes Niemandsland hinweg, wie er sich in einer anrüchigen Hafengegend einschiffen würde, unter der Hand, zu horrendem Preis, schwelgte in der Vorstellung, gesuchter Verbrecher zu sein, natürlich würde er Sonnenbrille tragen, sich falsche Pässe besorgen, ha, all das schien ungemein sagenhaft und lächerlich – zum Beispiel, einen falschen Paß zu begutachten, die kleinen Schwächen sprängen ihm ins Auge, und ausgerechnet er würde irgendeinem Dilettanten Geld bezahlen müssen, irgendwo in einer Schummerkneipe in Marseille oder Algier, fernab seiner Sprache, unzugehörig jedem Land, in das er fliehen würde, welches auch immer...

Er ging ins Bett und zog den Koffer zu sich. Ein paar bisher unausgepackte Bücher waren weinbefleckt, die las er nun alle an, mit großer, Verzweiflung naher Lust, der Wein wurde Blut.

5

Den Mann, der spätnachmittags vor ihrer Überacher Mietwohnung stand, glaubte Frau Finke von irgendwoher zu kennen. Sie betrachtete ihn durch den Spion; sein moosgrünes Sakko ließ ihn wie einen Versicherungsvertreter aussehen, und Sibylla Finke, Studienrätin für Englisch und Geschichte, liebte ihre Ruhe weitaus mehr als Menschen. Unangemeldeter Besuch von Fremden schuf ihr fast panische Angst.

Der nicht zuzuordnende Mann läutete, nach zwei langen Pausen, zum dritten Mal, zuletzt ergab sie sich seiner Hartnäckigkeit und öffnete die Tür, eine Hand dabei immer in Griffweite des Elektroschockgerätes. Johanser stellte sich als Cousin von Benedikt Henlein vor. Natürlich, dachte sie und glaubte ihm sofort, die Ähnlichkeit schien hinreichender Beweis. Dennoch wäre Johanser normalerweise nicht hereingebeten worden; Verkehr mit Erziehungsberechtigten außerhalb ihrer regulären Sprechstunde haßte die Lehrerin auf den Tod. In diesem Fall machte sie eine Ausnahme; die Störung würde eine andere, zukünftige vielleicht ersparen. Aus irgendeinem Grund waren Benedikts Eltern das gesamte bisherige Schuljahr auf keinem Elternabend gewesen, worüber Frau Finke einerseits froh war – Mutter Henlein, jenes entsetzliche, alles fünfmal fragende Kastagnettenmaul –, andererseits sah sie sich veranlaßt, ebenjenen Henleins einen Brief zu schreiben und sie in die Sprechstunde zu bitten. Genaugenommen hätte sie das schon letzte Woche tun müssen.

Johanser erklärte in unsicheren, arabesk gewundenen Sätzen, daß er sich künftig mehr mit dem Jungen auseinandersetzen wolle, dessen Eltern mit ihm wohl überfordert seien; im gleichen Atemzug bat er darum, den Besuch inkognito zu verstehen, meint: Benedikt lieber nichts davon zu sagen – wie sie vielleicht wisse, reagiere der Junge in letzter Zeit ziemlich renitent. Frau Finke kam das merkwürdig vor, ging aber darauf ein, weil es ihr eigentlich egal war. Dreiundzwanzig Jahre im Beruf hatten die zierliche Frau überzeugt, daß familiäre Angelegenheiten keine Einmischung lohnten. Sie haßte ihre Schüler nicht und wurde von ihnen mit derselben Indifferenz behandelt – ein ausgewogenes Verhältnis, welches sie ständig im Gleichgewicht zu halten bestrebt war. Ihre Benotung fiel nie zu streng aus – Angst, die bereitwillig als Milde mißdeutet wurde.

Johanser erfuhr weniger, als er sich erhofft hatte. Daß Benedikt ein stiller, oft unaufmerksamer Schüler war, gleichermaßen intelligent wie faul, daß er in drei Fächern, Deutsch, Mathematik und Kunst, auf einer Fünf stand und seine Versetzung, falls in der letzten Klausurserie nicht ein Wunder geschähe, illusorisch sei – für Johanser besaß es nichts Überrumpelndes, war nur eine Spur dramatischer als erwartet. Mehr erstaunte und enttäuschte ihn die Weigerung der Lehrerin, auf Fragen wie, welchen Umgang er pflege, wie es um seine Akzeptanz in der Klasse stehe, einzugehen. Strikt behauptete sie, davon keine Ahnung zu haben, das liege nicht in ihrem Bereich, derlei Fragen setzten ein anachronistisches Verständnis des Lehrberufs voraus. Wäre Benedikt in seinem Unterrichtsverhalten auffälliger, ließe sich vielleicht manches erschließen, so aber ... Mit diesen Worten komplimentierte sie Johanser vor die Tür, riet routinemäßig zu verschärfter Nachhilfe sowie, das könne nicht schaden, zu einem Termin beim Schulpsychologen. Der Besuch hatte sie fünfundzwanzig Minuten ihrer Zeit gekostet, immerhin – sie sah die Sache damit für sich als erledigt an.

Johanser hatte die Lehrerin mit dem ersten Blick richtig eingeschätzt, was keine Kunst gewesen war. Klischees des Erscheinungsbilds – ergrautes, zum Knoten getragenes Haar, verhärmtes Gesicht, Goldbrille – hatten zu einer Vorverurteilung geführt, der im Laufe des Gesprächs nichts entgegentrat; unwillkürlich Assoziiertes wurde von jedem Satz, jeder Geste bestätigt. Eigentlich nichts Besonderes, für Johanser doch. Die abstoßende Person gleich *durchschaut* zu haben, schien ihm ein viel zu schwaches Wort, er hatte sie durchleuchtet, durchröntgt, bis in den letzten Winkel ihrer erfrorenen Seele. Wenigstens glaubte er das, glaubte es in einer fiebrigen, verstiegenen Manier, wie ein unter Drogen Stehender seine Wahrnehmung ins Übermenschliche gesteigert wähnt. Dieses Phänomen, eines oder mehrere seiner Sinnesorgane als hypersensitiv zu erleben, war ihm in den letzten Wochen öfter untergekommen, immer hatte er die Bewußtseinsschärfung staunend begrüßt. Im eben geschehenen Fall jedoch war das reine Sehen und Hören zum schmerzhaften Prozeß geworden; genau so stellte er sich die Tortur eines Wales vor, der Turbinengeräusche weit entfernter Schiffe als riesenhaft dröhnenden Lärm erduldet. Andererseits gab es als Pendant auch Phasen der Bewußtseinstrübung, Tagträumen vergleichbar, nur daß er sich hinterher nicht erinnern konnte, was und ob er überhaupt geträumt hatte. Minuten, manchmal Viertelstunden waren wie von einem Zensor geschwärzt.

Vom langen Fußmarsch müde und fuchtig, nicht mehr im Postwirt gewesen zu sein, dazu war keine Zeit geblieben, trat Johanser vors Gartenhaus. Seine Antipathie gegen die Studienrätin verwandelte sich nach und nach in Loyalität zu Benedikt. Die Sache mit dem Koffer nahm er längst nicht so schlimm wie am gestrigen Abend; was hatte der Junge, er war's ja wohl gewesen, im Endeffekt anderes getan als er selbst? Nur kann man eben einen abgesperrten Schrank nicht wie einen Koffer ans Ohr halten und schütteln. Daß Benedikt, sicher versehentlich, eine Flasche zerbrochen hatte –

bestimmt war's ihm selbst überaus peinlich, zudem hatte der Junge, so konnte man es auch einmal betrachten, Interesse an seinem Cousin gezeigt.

Johanser kam es schäbig vor, hinter Benis Rücken operiert zu haben; vermutlich war der Besuch bei der Lehrerin, im Sinne einer *Gegenmaßnahme,* übertrieben gewesen. Johanser fühlte Mitleid. Die lebhaft erinnerte Furcht, ein Schuljahr wiederholen zu müssen, hatte ihm, ausgerechnet (gerade? Verlobte Wörter –) ihm, dem Musterschüler, grauenhafte Träume eingetragen, selbst nach dem Abitur noch.

Veramselter Frühabend, warm, leicht angegilbte Farben. Eine halbe Stunde blieb, bevor Marga zum Essen rufen würde.

Selbstgefällig, in neu entflammter Verbrüderungslust, klopfte Konrad gegen die Tür. Was er jetzt über Benis Notenstand wußte, gewährte ihm eine Überlegenheit, von der aus sich souverän und gönnerisch agieren ließ. Er war aus irgendeinem Grund sicher, im folgenden Gespräch würden sich die Spannungen wie durch Zauberhand lösen, ohne daß das erschlichene Wissen überhaupt benutzt werden mußte.

Holzgeruch mischte sich mit dem von frischem Lack. Ein gelungener Bau, wirklich, das habe ich recht gut gemacht. Die Tür schwenkte auf. Benedikt, nur mit einer Turnhose bekleidet (welches Wort wohl für Turnhose droht?), hob kurz die Brauen und starrte dann, völlig ausdruckslos, am Gesicht seines Gegenübers vorbei in Richtung Straße. Konrad fragte, ob er eintreten dürfe. Sich einen Vorwand zurechtzulegen, hatte er für unnötig gehalten; es verschlug ihm den Atem, daß Benedikt in der Tür stehenblieb und keinen Zentimeter Platz freigab.

Natürlich, er weiß nicht, daß ich weiß... Konrad faßte sich, ein hartes Räuspern vertonte den Ruck, der durch seinen Körper ging. Er setzte ein mysteriöses, abwesendes Lächeln auf, wollte es als Andeutung verstanden wissen, erzielte aber keinerlei sichtbare Wirkung damit.

»Was willst'n hier?«

Wie ob er es nicht wüßte! Muß ich unbedingt deutlich werden?

Benedikt rührte sich nicht von der Stelle, hielt die Hand fest um den Türgriff gespannt.

»Wir sollten miteinander sprechen. Weil...« Konrad stockte, war plötzlich nicht mehr fähig, einen Grund beizufügen oder überhaupt etwas zu sagen. Ein schwerer Klumpen lag auf seiner Zunge, zwang ihm die Kiefer auseinander. Wie ein Idiot stand er, mit offenem Mund, sekunden- fast minutenlang herum, und seine Arme vollführten sinnlose, sich ständig verwerfende Gesten.

»Es ist wegen dem Koffer«, stieß er endlich hervor, und aller guter Wille – enttarnte Illusion – fiel von ihm ab.

»Was für 'n Koffer?«

Hundsfott! Eingeöltes Dreckstück!

»Du verstehst mich ganz gut, denk ich...«

Benedikt stemmte seine Fäuste in die Hüften und rollte, wie maßlos angeödet, die Augen. »Hey, warum frißt'n den heißen Brei nicht mal, statt in Rätseln rumzusülzen? Was soll der Scheiß?«

Konrad begann zu zweifeln. Entweder hatte er einen Meister der Verstellung vor sich, der jedes verräterische Muskelzucken stillzulegen imstande war, oder –

»Bist du denn gestern nicht in meinem Zimmer gewesen?«

Benedikt legte den Kopf zurück, schlitzte die Augen und wies so die Frage von sich, ohne Antwort zu geben.

»Bist du oder bist du nicht?« insistierte Konrad, wobei er dem Cousin eigentlich zu glauben gewillt war und bereits die sich daraus ergebenden Konsequenzen bedachte. Marga...

»Nein, bin ich nicht. Sonst noch was?«

Nun wurde Konrad wieder mißtrauisch. Warum fragte Benedikt seinerseits nicht nach dem Anlaß des Verhörs? War er wirklich derart uninteressiert und nur darauf aus, schnellstens seine Ruhe zu haben? Wie auch immer, Konrad begriff,

daß er so nicht weiterkam, daß er es wieder einmal verpatzt hatte. Voll quälender Ungewißheit blieb ihm nichts übrig, als ein »Vergiß es« zu murmeln, sich umzuwenden und zum Haus zu gehen, in der letzten Hoffnung, der Junge würde ihm doch noch etwas hinterherrufen, eine Aussprache ermöglichen.
Die Tür klackte ins Schloß.
Aus der Küche strömte der Duft von gebratenem Rindfleisch, ein korpulenter, salbei- und thymiangestützter Duft. Einen Moment lang wollte Johanser das Abendessen absagen und sich in sein Zimmer verkriechen, der Appetit war ihm vergangen. Dann aber glaubte er, der Mühe, die sich Marga bestimmt wieder gemacht hatte, entsprechen zu müssen. Und sein Pflichtgefühl verwandelte sich in Hunger.

6

Marga und Rudolf hatten sich lange nicht mehr gestritten. Ab einem gewissen Punkt war ihre Ehe verkehrsberuhigt und fast reibungslos verlaufen, stummes Nebeneinander, wie Schlittenkufen über Eis gleiten, zusammengehörig, doch distanziert.

Der Überbau, der ›Schlitten‹, die verbindenden Werte: Kind, Haus, Garten, eine zu gegenseitigen Gunsten abgeschlossene Lebensversicherung – all jenes, womit man die Außenwelt um Ruhe bittet-, es waren Stricke, keine Fesseln. Oberflächlich wäre gewesen, den beiden Lieblosigkeit nachzusagen. Wo es darauf ankam, herrschte zwischen ihnen eine Form von Verständnis, der leicht mißtraut wird, weil sie kein Interesse heuchelt, die gern abgetan wird, nur weil sie es nicht mehr nötig findet, beifallheischend zu posieren. Einiges wirkte wie gedankenlose Grobheit, das weder so gemeint war noch so aufgefaßt wurde. Waren die beiden auch keine Neuausgabe von Philemon und Baucis, litten sie untereinander doch weit weniger als manches Paar, das in ihnen nur ein abschreckendes Exempel gesehen hätte.

In der Nacht vom 6. auf den 7. Juni kam es zu einem Streit, der zuerst liegend, mit gedämpften Stimmen im Ehebett ausgetragen wurde, der dennoch von beispielloser Heftigkeit war.

Rudolf monierte, wie aus einer plötzlichen Laune heraus, Konrads Anhänglichkeit. Nie in den letzten fünf Wochen hatte er dazu etwas gesagt, weder Zustimmendes noch Ablehnendes. Jetzt, quasi von Pyjama zu Nachthemd gesprochen, wie etwas, das im letzten Moment vorm Einnicken noch durch den Kopf geht, forderte er ein klares Wort, entweder vom Neffen, wie lange der noch zu bleiben gedenke, oder von Marga, die ein ultimatives Datum nennen solle. Rudolf hielt mit Argumenten zurück, versteifte sich auf den Satz, es sei ab einer gewissen Frist schamlos, Gastfreundschaft derart auszunutzen, egal wie sehr man zum Bleiben aufgefordert werde.

Marga erschrak. Sie hatte beiläufigen Sticheleien entnommen, daß Benedikt gegen Konrads Bleiben war, weiß Gott warum. Wenn sich nun Rudolf auf Benis Seite schlug, würde es Unfrieden geben, Konrad würde, taktvoller Mensch, der er war, beim ersten Mißton seinen Koffer packen, um niemandem zur Last zu fallen.

»Hat das wieder mit irgendwas im Keller zu tun?«

»Wäre für dich ja kein Grund!« antwortete Rudolf, merklich gereizt.

»Wär's auch nicht! Man darf Keller und Leben nie verwechseln, hörst du? Sonst wirst du mal ein spinnerter Kauz, außerdem hat Konrad nicht gesagt, daß er noch lange bleiben will – ein paar Tage, er ist in einer Krise, das weißt du ja alles, ich hab dir alles genau erzählt, er sagt, er sucht sich eine neue Stelle, hier unten, Herrgott, sag mir doch, was dich an ihm stört, warum du ihn loshaben willst.«

»Es ist nicht in Ordnung.«

»Dabei bist es du, der mit ihm blutsverwandt ist!«

»Halt deinen Mund!« Rudolf klang böse, wie sie es an ihm nie gehört hatte, verstockt, kurz vor dem Wutausbruch. Das Mondlicht war schwach, man konnte in der Dunkelheit wenig erkennen, nur diese heftige, auffahrende Geste. Es traf sie wie ein Hieb.

»Eine Woche, von morgen an! Wenn er in einer Woche nicht draußen ist, setz ich ihn vor die Tür. Und jetzt kein Wort mehr! Sonst geh ich sofort, auf der Stelle, rüber und schmeiß ihn raus.«

»Aber ...«

»Ich hab's gesagt!« rief Rudolf, inzwischen so laut, daß Konrad in seinem Zimmer es hörte und die Musik leiser stellte, um zu horchen. Rudolf sprang aus dem Bett. Marga klammerte sich, weinend, aber wortlos, an seine Beine, hängte sich mit ihrem ganzen Gewicht an ihn. Er hob die Hand, sie zu schlagen, hielt dann in der Bewegung inne. Dreißig Ehejahre hatte er nicht ein einziges Mal physische Gewalt gebraucht, nun wäre es beinah dazu gekommen. Wie zu Stein verwandelt, stand er zwischen Bett und Tür und ließ sich von Marga auf das Laken zurückziehen. »Eine Woche«, bekräftigte er, in unerbittlichem, jeden Zweifel verbannenden Ton. »Ist das klar?« Marga, zitternd, verheult und kaum eines Gedankens fähig, nickte, um es zu keiner lauten Szene kommen zu lassen, zu nichts, was Konrad hören könnte, zu nichts, was nie mehr gutzumachen wäre. Danach vergrub sie den Kopf in der Steppdecke.

»Das Haus ist in Unordnung«, sagte Rudolf noch und drehte sich zur Seite.

Was er damit meinte, wagte Marga nicht zu fragen, sie wagte überhaupt keine Silbe mehr.

Das Haus in Unordnung? Was meinte er bloß? Doch nicht etwa den Sirupfleck, das kann doch jedem passieren, und der Fleck geht auch bestimmt raus, mit dem richtigen Teppichschaum ...

Unruhig wälzte sie sich hin und her; das Bett war plötzlich riesengroß und füllte das gesamte Zimmer aus. Wie man vor einer weiten, kahlen Ebene steht und sich zur Durchquerung nicht entschließen kann, wollte Marga nicht einschlafen, sich nicht hilflos ihren Träumen ausliefern, ohne Erklärung, ohne Trost. Und als sie erwachte, war es, als seien nur Minuten vergangen; ungemilderter Kummer preßte ihr Gesicht ins Kissen. Sie hörte den ruhigen Atemzügen Rudolfs zu, taghell war's im Zimmer, und jeder dieser Atemzüge klang skandalöser, schrecklicher. Obwohl Marga sich fest in die Steppdecke gewickelt hatte, fror sie, ihre Brust schmerzte vor Beklemmung, sie empfand ihren aufgeschwemmten Körper wie ein häßliches, zerschlagenes Bündel und hielt sich die Ohren zu. Das Ticken des Weckers, Vogelstimmen, der gleichförmige Atem, das Knarzen des Bettes, wenn ihr Leib bebte und ihr Mund, in die Fingerknöchel verbissen, ein Schluchzen hinunterwürgte – es war alles unerträglich.

Zehn Minuten vor der gewohnten Weckzeit (6:45) warf sie die Decke zurück, zog aus dem Schrank ein Winterkleid und lief, ohne Rudolf einen Blick zu schenken, ins Bad. Unter dem heißen Wasserstrahl wurde ihr besser, doch während sie das Frühstück zubereitete, kamen immer neue Tränen, und als Rudolf am Küchentisch Platz nahm, trocknete sie die kitzelnden Tränen nicht mehr ab, ließ ihnen freien Lauf, bis sie das Kinn erreichten. Jeder Tropfen diente als lautloser Vorwurf, gesprochen wurde nichts. Rudolf tat unbewegt und begann, die Anzeigen im Gemeindeblatt zu studieren. Als Marga sich über den Tisch beugte, um die Teller auszuteilen, reichte er ihr sein Taschentuch. Es war keine sarkastische, auch keine einlenkende Geste. Marga sah darin die Aufforderung, seine Entgleisung zu verzeihen; zugleich wurde das Ultimatum bekräftigt. All dies las sie aus einem kaum sekundenlangen Blick und reagierte ebenso zweigeteilt, indem sie nämlich das Taschentuch ausschlug, aber ein »Es geht schon« murmelte.

Benedikt trat ein, kurz darauf Konrad. Marga schenkte Kaffee aus. Ihre Hand zitterte, aber sie nahm sich zusammen. Es herrschte Schweigen, mürrisch, beklommen oder apathisch, je nachdem. Konrad setzte mehrmals dazu an, über dies und jenes zu plaudern, seine Versuche wurden von Schweigen erstickt. Marga fürchtete, jeden Augenblick loszuheulen und ihre Tränen begründen zu müssen, drum schwieg auch sie und beobachtete hilflos, wie Konrad sich über die Stille zu wundern begann. Er legte die Stirn in Falten und starrte zum Fenster. Marga empfand es wie eine Erlösung, daß Rudi nach nur fünf Minuten (entspricht einer Semmel) die Küche verließ.

Benedikt schmierte sich ein Butterbrot für die Pause, streute, tägliches Ritual, frischen Schnittlauch darauf, den seine Mutter wie an jedem Morgen im Garten gepflückt und bereitgelegt hatte. Mit fettigen Fingern holte er aus der Gesäßtasche ein Reclamheft, wischte den Daumen dran ab und hielt es Konrad hin.

»Brauchst du das noch? Oder soll ich's wegschmeißen?«

Marga, die gerade das Geschirr zusammenräumte, sah Konrads Kinnlade fallen, hielt inne und versuchte zu verstehen, was los war.

»Hast du's fertiggelesen?« fragte Konrad, das Zelt seiner verschränkten Finger gegen die Unterlippe gedrückt. Seine Augen blitzten.

»Hab ich. Echt geisteskrank. Wolltest mich flachsen, oder?«

Konrad gab keine Antwort. Betont langsam nahm er das Buch an sich, säuberte es mit einem Fetzen Zeitungspapier und verstaute es in der Brusttasche seines Hemdes.

»Hey, bist du sauer? Ich meine, der Typ ist doch nicht ganz dicht! Das ist doch peinlich! Sentimentales Gefasel!«

»Findest du...« Konrad räusperte sich leise und schlug die Augen zu Boden. Benedikt öffnete einen imaginären Fensterladen. »Sorry, wenn ich dir auf'n Keks geh. Aber das Buch ist echt blöd von vorn bis hinten. War vielleicht gut gemeint, naja, ich muß los!«

»Worum geht's denn?« fragte Marga und griff nach Benis Schulter. Der wand sich unter ihrer Berührung und hastete zur Tür. Konrad schien die Frage nicht gehört zu haben, er blieb in den Anblick seines Fingerzeltes versunken. Man hörte Benedikts Rad über den Kiesweg scheppern. Dann Stille.

Marga drehte sich um, ihre Augen wurden wieder feucht. Sie lehnte über der Spüle, sah in der Spiegelfliese, wie Konrad benommen am Tisch saß, ins Leere starrend, Finger in die Wangen eingegraben.

»Was für ein Buch ist das gewesen?« Sie drehte sich nicht um. Konrad schreckte hoch.

»Wackenroder«, murmelte er, ohne Marga anzusehen.

»Den kenn ich nicht. Ist der gut?«

»Dein Sohn sagt nein.«

Sie bemerkte den wilden, verhärteten Ton in seiner Stimme, auch hatte er nie von Beni als ›ihrem Sohn‹ geredet, es klang gehässig. Nun wurde sie ganz und gar unschlüssig, wußte überhaupt nicht mehr, was von dem Vorfall zu halten war.

»Weshalb habt ihr euch denn in der Wolle?« Sie ging um den Tisch herum und tätschelte Konrads Hals, wünschte, er würde aufstehen und sie von sich aus in die Arme nehmen.

»Wir haben uns nicht in der Wolle. Es war nur ein« – er machte eine Pause und lächelte maliziös – »literarischer Disput...«

»Aber ihr wart nicht miteinander einverstanden!«

Konrad scheuchte nicht vorhandene Fliegen fort und wechselte abrupt das Thema.

»Mal was ganz anderes: Ich bin jetzt so lange hier... Liebe Tante, versteh mich bitte nicht falsch, doch manchmal hab ich den Eindruck, du hältst mich für ganz mittellos. Um es kurz zu machen, ich würde gern ein bißchen was zur Haushaltskasse beisteuern. Gäbe mir ein besseres Gefühl.«

Marga wollte bei diesen Worten im Boden versinken, hielt das Angebot der fürchterlichen Stimmung des Frühstücks entsprungen. Nun brachte sie es erst recht nicht übers Herz, etwas von Rudolfs Ultimatum zu erwähnen, nicht einmal höflich chiffriert, obgleich sie sich dazu verpflichtet fühlte.

»Kommt gar nicht in Frage, vergiß das, aber sofort! Du beleidigst mich!«

Diesmal suchten ihre Tränen umsonst nach einem Versteck, flossen unaufhaltsam, die Worte blieben ihr in der Kehle stecken. Konrad sprang auf und strich ihr über die Backen.

»Was ist bloß?«

»Es ist nichts.« Marga schüttelte den Kopf, genoß dabei Konrads Berührung.
»Aber ja. Sag doch!«
Sie preßte statt einer Antwort die Lippen zusammen.
»Ist Beni wieder gemein gewesen zu dir?«
»Ach nein, es ist nichts. Ich wünschte nur ...«
»Was?«
»Ihr wärt euch schon nähergekommen. Wenn ihr beide auch schon anfangt ...«
Erneut versagte ihr die Stimme. Eigentlich wollte sie fragen, ob er und Rudolf in letzter Zeit irgendeinen Streit gehabt hatten, doch schien die Frage viel zu deutlich, sie fürchtete, danach alles erzählen zu müssen und Konrad noch am selben Tag zu verlieren. Vielleicht, dachte sie, sollte er eine Zeitlang im Postwirt wohnen, sie besaß ein wenig Gespartes, das würde sie ihm heimlich geben, für die Zimmerrechnung, liebend gerne. Aber wie ihm diese Idee nahebringen, ohne seinen Stolz zu verletzen?

Konrad ahnte, daß ihm etwas verschwiegen wurde, ahnte auch, daß sich jenes Etwas um ihn drehte. Er wollte es gar nicht wissen. Seine Aufforderungen, endlich die Wahrheit zu sagen, blieben kraftlos, kapitulierten viel zu früh.
»Ist wirklich nichts?«
»Nein. Laß uns über was anderes sprechen. Hast du dich denn schon nach einer neuen Stelle umgesehen?«
Sie sprach keineswegs von *etwas anderem*, Konrad sah es ihren Augen an, die klein und rot an ihm vorbeizielten.
»O ja. Ich hab die in Frage kommenden Adressen rausgeschrieben, mal sehen – irgendwann diese Woche werd ich ein paar Telefonate führen, bin gespannt, was die so anzubieten haben ...« Mit jeder Lüge verstärkte sich der Schmerz. Die Wut auf Benedikt, dem er für all dies die Schuld zuwies, ließ ihm beinahe den Schädel platzen. Marga wollte wissen, ob er seine alte Stelle nicht zuerst kündigen müsse. Nein, be-

eilte sich Konrad zu versichern, das wäre unüblich und unklug. Er griff nach dem Handtuch, um sein Lügengespinst gestisch zu maskieren, und während er das Geschirr abtrocknete, redete er sich in Trance – daß er seine Haut teuer verkaufen wolle, daß ein Posten in der Provinz finanziell einen Rückschritt bedeute und man den Verlust so gering als möglich halten müsse. Erneut protzte er mit seinen spezialisierten Kenntnissen, war bemüht, Marga über das bisherige Maß hinaus Respekt abzuringen. Er redete auch über Kathrin, offenbarte Privates, fütterte Marga mit Details einer vergangenen Existenz, dosierte die Futtermenge sorgfältig, gab ihr, was sie haben wollte, doch nicht zuviel. Er redete um sein Leben. Redete um sein Leben herum.

7

Päderast, ich bin ein mieser Päderast, obwohl ... Sechzehn Jahre Unterschied sind gar nicht viel, ist die Gegend von früher gewohnt, da mußten Burschen sich erst was erarbeiten, eine Grundlage, ein ›Sach‹. Dann, wenn sie bald vierzig waren, nahmen sie achtzehnjährige Unschuldslämmer zur Frau, und ich, ich liege neben diesem sinnlich gebräunten, schwitzenden Körper, der mich kaltläßt. Einen Finger in ihrer Fut, einen in ihrem Mund, denk ich: Sicher ein netter Mensch, diese Berit, genau was Benedikt nötig hätte.

Beim Erforschen ihres Körpers kam Johanser sich mehr als Arzt denn als Liebhaber vor, am liebsten hätte er ein ›Alles in Ordnung!‹ diagnostiziert und seinen Platz anderen überlassen. Jede Minute, die er hier verbrachte, war eine verschärfte Gegenmaßnahme, Züchtigung in Abwesenheit des Delinquenten, nichts sonst, und er genoß die Bestrafung, tausendmal mehr als das sturmdrängende Mädchen, das ihn leidenschaftlich, mit dem Charme ihrer Unerfahrenheit umklammerte und Frau werden wollte. Er sträubte sich. Ihre Jungfräulichkeit zu beenden hieße, Spuren zuzulassen, Blut zu vergießen, Hinterfotzigkeit der Natur, etwas Verpflichtendes klebte daran, dessen er sich bis dahin nie bewußt geworden war. Andererseits – ist es eine Bestrafung, wenn der Bestrafte nichts ahnt und niemals etwas merken wird? Arme Berit, bin ein Schwein, daß ich dich mißbrauche, für billige Ranküne. Wenigstens scheint's dir zu gefallen.

Als Johanser mittags nach Bullbrunn gewandert war und vor Berits Haus, einem schmucken Reihenmittelhaus – die Adresse wußte er aus dem Telefonbuch – gewartet hatte, war er nicht sicher gewesen, wie weit er mit ihr kommen könnte, obwohl sie ihn angeschmachtet hatte, mit Sätzen voller Einbiszweideutigkeiten. Es war viel leichter und schneller gegangen als in allen Phantasien vorhergesehen.

Sie wollte ihn. Es tat ihm gut, gewollt zu werden. Aber beides hielt schon als Entschuldigung her, jetzt, nachdem er sich auf ihre Brüste ergossen hatte, weiße Tropfen auf zu große, tiefbraune Warzenhöfe, jetzt, da sie das Sperma verrieb und neugierig an ihren Fingern roch.

Anna, schade, ist vermutlich fast androgyn flachbrüstig, Berit könnte ihr ruhig was abgeben. Ah, wie sie klammert und leckt, dieser frühreife Wonneproppen, kräftig und eigensinnig. Geschmeidig ist sie auch, muß man sagen. Hat einen guten, nussigen Geruch, wirklich schade, daß sie mir so egal ist. Keine Defloration, Bestrafung reicht für heute, ich besorg's ihr noch mal mit der Hand, à la postillon, das gefällt ihr ...

»Dann machen wir die große Sache nächstes Mal?« Schelmisch flatterte ihre Stimme zwischen Gehemmtheit und sich austestendem Wagemut. Johanser gab keine Antwort, ›die große Sache‹, was für eine fohlenhafte Umschreibung ...

Er suchte immer neue Entschuldigungen. Wie sie ihn hereingebeten und auf ihr Zimmer geschleift, gleich die Arme um ihn gelegt hatte ... Es wäre ihm peinlich gewesen, ihren Eltern zu begegnen, aber sie hatte ihn beruhigt, die Eltern seien beide nicht da, seien berufstätig, er Gemeinderat, sie Aushilfssekretärin aus Langeweile – beim Ortsgruppenverein Bund Naturschutz.

»Und Beni?« hatte er gefragt. »Besteht keine Gefahr, daß er vorbeischaut?«

»Glaub ich kaum. Und wenn? Dann bist du eben da und mit mir zusammen. Muß er sich mit abfinden. So ist es nun mal.«

Ihm war heiß geworden. »Ich will, daß es geheim bleibt.

Versprich mir das! Sonst dreh ich auf der Stelle um und geh wieder.«
»Wieso willst du denn nicht zu dir stehn? Irgendwann wird's Benny eh erfahren.«
»Mag sein, aber nicht jetzt. Das wäre ... zu hart. Versprich es!« Und beim Entgegennehmen des Versprechens hatte er noch genußvoll in sich hineingekichert. Was bin ich für ein infames Schwein ...
In der Schrankwand standen die Asterix-Bände 1–29, viele Videokassetten, auch einige Bücher, keines darunter, das in Johanser die Lust erweckt hätte, darüber zu sprechen. Die er kannte, fand er trivial, die er nicht kannte, noch trivialer. Anhand der Anordnung einiger Steifftiere, ein schwarzer, samtig schimmernder Wal, ein bunter Papagei, ein Schafbock und zwei Krokodile – sie thronten in einem mit kleinen Plüschkissen verkleideten Regal und hielten einander familiär im Arm –, wurde ihm das Kinderschänderische seines Treibens um noch einige Grade bewußter.
Viele Kleidungsstücke lagen auf dem Boden. Der Raum besaß, trotz des penetranten Vanillegeruchs der Duftkerze, etwas Jugendfrisches, Poesiealbumzartes, das den Wunsch, erwachsen zu werden, wie jeden Wunsch nach noch Unbekanntem, nur vorgab. Die scheinbare Erfahrenheit Berits, ihr hemmungsloses Wollen und Räkeln, ihr mutiger, überentschlossener Zugriff, selbst die Art, wie sie küßte, leckte, saugte und ihre Nägel in Konrads Haut schlug, das entstammte keiner Praxis, war aus dem Anschauungsunterricht filmischer Bettszenen adaptiert. Winzige Gesten des Zögerns, der Überwindung, etwa, wenn sie Konrads Schwanz ansah wie eine neue exotische Frucht der Tengelmann-Obsttheke und die Eichel zuerst nur mit der Zungenspitze berührte, entlarvten ihre Unsicherheit, ihre den Eros zum Mechanismus stempelnde Frage an sich selbst: Mach ich alles richtig? Ihre Aufgeregtheit, das neue Terrain zu betreten, konnte mit echter Erregung nicht verwechselt werden.

»Magst du mich? Ich meine – körperlich?«
»Klar.«
»Wie viele Frauen hast du schon gehabt?«
Konrad hob zwei Finger, einen für Kathrin, einen für Somnambelle.
»Dann bin ich ja aller guten Dinge!« Sie lachte über das Wortspiel und stellte gleich darauf in ängstlichem Tonfall die Frage, wie lange er noch hierbleibe.
»Ich weiß es nicht. Jetzt muß ich jedenfalls weg. Hab noch zu tun.«
»Sehen wir uns morgen?«
»Morgen ist schlecht. Ich ruf dich an.«
»Tu das.« Berits Stimme wurde tief, das Mädchen litt schwer unter Konrads unkaschierter Nüchternheit, legte sie ihm aber wohlwollend aus. »Mach dir keine Gedanken wegen Benny! Das bringt doch nichts. Ich war nie wirklich mit ihm zusammen.«
Johanser wollte die Sache, indem er den Liebenden mimte, nicht noch verschlimmern. »Mach's gut!«
Was hab ich getan? Was hab ich bloß ...
»Na, das ist 'n Abschied! Küß mich wenigstens!« Und er küßte sie. Und sie winkte. Und er ging. Und die Sonne auch. So lala. Lala. Laugengeschmack im Mund. Jetzt wollte er sich betrinken.

Am Tag einer erotischen Eroberung, und sei sie noch so bereitwillig in den Schoß gefallen – gerade dann –, schwillt der Hahnenkamm, man ist mutiger als sonst. Sollte ausgenutzt werden.

Für den Rückweg wählte Johanser nicht den Felssteig, nicht die Serpentinenstraße, er umging das Plateau zur linken Seite, würde den Postwirt also von Norden her, über den Eschenberg und das Gymnasium erreichen. Die vielen Wege und Trampelpfade, die sich um den Eschenberg schlangen, boten unzählige Varianten spazierenzugehen, ohne einen Streckenabschnitt zweimal betreten zu müssen. Es gab sogar eine Burgruine, die allerdings nur aus ein paar Steinquadern bestand; nicht mal vom Fundament war viel zu sehn, möglicherweise hatte man die Burg gar nicht erst fertiggebaut oder den Großteil der Steine für andere Bauten verwendet. Ein reizvoller, kurios wechselhafter Platz. Die Ruine hatte durch ihre Unkenntlichkeit den Rang eines Memento mori, den Ruinen gern beanspruchen und so der Landschaft ein Element der Wehmut aufzwingen, fast schon wieder eingebüßt. Saß man dort, über dem Abhang, war bald ein bumperndes Grollen zu hören, und aus dem Tunnel, dem ›Spundloch‹, raste ein Zug; Bremsen zischten, blaue Entladungen zuckten in der Stromleitung, das melancholische Klischee war derb zerstört. Danach aber, in der darauffolgenden Stilleperiode, umkreisten die Gedanken, gleich dem Wegeturban um den Berg, erneut das Ich des Wanderers. Johanser wenigstens fand es unmöglich, sich dagegen zu wehren. Obwohl hier das Achertal, genau wie vom Plateau aus, zum Schauen einlud, zwangen die Trümmer den Blick stets zurück, die Weite verschwamm.

Johanser hatte, zu Beginn seines Studiums, ein stark beachtetes Essay über Ruinen verfaßt, ohne für diesen Zweck selbst welche besucht zu haben.

Je mehr der Stein, vom Pflanzenwuchs überwältigt, seiner Dienlichkeit entledigt ist, desto größer wird seine Glaubwürdigkeit als Gedenkstätte. Sein Anblick bindet die Zeit zum greifbaren Phänomen, Trost mischt sich zum Verlust. Jede menschliche Aufgabe wird als Illusion bloß gestellt und zur Aufgabe gezwungen; zugleich wird die Illusion, als Sage, in ihrer Schönheit bestätigt. Ruinen zeigen Freiheit an. Diese, um ihre Grenzen wissende, darum grenzenlose Freiheit, der alles Denken zum Ge-denken wird, diese, die ihr innewohnende Illusion akzeptierende, trotzige Gier nach Vollendung, diese lustvoll aus gekostete Freiheit des Nieder- und Untergangs, bildet den Wesenskern der Romantik.

So, ungefähr, hatte das Essay begonnen. Die Ruine, Elementartopos der Romantik, war im weiteren auch zum Topos der romantischen Hybris erklärt worden, unter Zuhilfenahme jener anderen, künstlich errichteten Ruinen, von vornherein als Landschaftsdekor konzipiert. Bauwerke, die dem Umweg über die Behaustheit gar nicht mehr ausgesetzt wurden, die das Sein vor dem Verfall nur vortäuschten und wie eine nichtsnutzige Mühsal übersprangen. Kulissen eines dekadenten, theatralisch gewordenen Überdrusses, eine Travestie, die den Sturmlauf ins maschinengetriebene Zeitalter geradezu heraufbeschwor. Johanser hatte deswegen schwere Kritik einstecken müssen, denn, selbstverständlich (als ob er das nicht gewußt hätte!) waren künstliche Ruinen lange vor der Romantik bereits in Mode gewesen. Na und? Genau das hatte er ja sagen wollen – daß die Romantik, gar kein so schwer zu begreifendes Paradox, die eigene Hybris von Anbeginn mit sich herumgetragen hatte, ja *aus ihr erst entstanden war*. Aber für solch delphische Theorien war er damals noch zu sehr Student und zu wenig Doktor gewesen, um nicht oberlehrerhaft gemaßregelt zu werden. Man hatte ihm, auf wenig subtile Weise, eine stark gemilderte Zweitfassung abgenötigt.

Wie er nun am Gymnasium vorüberkam, wurde Johanser bewußt, daß dies die erste einer langen Reihe von Konzessionen gewesen war, und er haßte es, darüber nachzusinnen, vor allem, weil ihn inzwischen längst nicht mehr kümmerte, ob er recht oder unrecht gehabt hatte; er wäre fähig gewesen, Beweis und Gegenbeweis zu führen, ohne sich irgendeiner Lüge bedienen zu müssen. Denn alles, was immer gesagt werden konnte, schien ihm inzwischen gleichermaßen glaubhaft, mit anderen Worten: egal.

Etwas Unerwartetes, Wunderbares, Anna – sie kam ihm am Dorfplatz entgegen, dachte vielleicht, er würde vorübergehen, würde, beleidigt, das Gasthaus ignorieren. Jeder Schritt, den sie auf ihn zutat, verjagte, wie man mit dem stampfenden

Fuß einen Hund fortscheucht, die ruinöse Rückblende. Keine Viertelsekunde später verdüsterte sich Johansers Miene, er hob seine Arme ein wenig, wie in Erwartung eines Angriffs. Wie verändert Anna war! Sie trug schwarze Spangenschuhe mit stumpfer Kappe und halbhohen, barocken Absätzen. Solche hatte er vor zwei, drei Jahren häufig in der Hauptstadt gesehen, und sie hatten ihm, an kurzgeschorenen Mädchen in schwarzen Jeans und Fliegerjacke, gut gefallen. Anna standen sie überhaupt nicht, ihr sonst schwebender Gang wurde zum Stelzen. Dazu der weiße Plisseerock und die knappe weiße Bluse, die über dem freiliegenden Nabel geknotet war, das hatte etwas Proletenhaftes, wie sich Hauptschülerinnen in einem Präriekaff für den Samstagabend zurechtmachen. Sogleich aber mißtraute Johanser seiner harten Beurteilung, besaß er doch selbst nicht das geringste Modebewußtsein und gab auf die eigene Kleidung sehr wenig. Er verdächtigte sich, Anna auf irgendeine Weise abwerten zu wollen, billige Revanche für die erlittene Demütigung, es ärgerte ihn, diesem Automatismus des Sehens aufgesessen zu sein. Der gesamte Überlegungsablauf, vom Anblick der Spangenschuhe bis zum Eingeständnis seiner Befangenheit, nahm keine zwei Sekunden in Anspruch; Johanser fand sogar noch Zeit, die Rasanz seiner Gedankenkette eitel zu registrieren.

»Konrad! Hallo!«

Anna schenkte ihm ein zaghaftes Lächeln, an das er noch nicht glauben wollte und in dem er verborgene Perfidie suchte.

»Was ist?«

»Bist du sauer? Ach bitte nicht mehr, ja? Es tut mir leid, ich hab mich wirklich schrecklich aufgeführt. War schlecht drauf, entschuldige! Winhart läßt sich auch entschuldigen. Ist uns richtig peinlich. Kommst du mit rein?«

Johanser nickte. Der Hitzeballen, der sich irgendwo in seinem Körper gestaut hatte, zerstob, jagte warme Strahlen bis in die Zehen und Fingerspitzen. Wie schön Anna war! Frische,

blühende, leuchtende Frau, ein einziger lächelnder Zauber ...
Und wenn sie auch, wie er annahm, nur die Hauptschule besucht hatte, wenn sie auch ein Proletenfräulein war, eben! In einem Präriekaff darf man sich guten Gewissens ortsüblich kleiden, aber sicher! Alles andere wäre nur affiges Imitat.

Annas ballerinenhafte Gestalt tänzelte vor ihm her, beschwingt, anmutig, das Licht spielte mit ihrem Flammenhaar, wie es bei ruhiger See in Wellen schlängelt. Dann, im wollüstig gewordenen Dämmer der Stube, bückte sie sich, legte Konrad ein Kissen auf den Stammplatz, reckte dabei den Po heraus, unterm Rock zeichneten sich die Säume ihres Höschens ab, und als sie, immerzu lächelnd, anscheinend bester Laune, ihm den Bierkrug – nicht hinstellte, sondern kredenzte – das war es, ja, die Gabe einer Fee an einen heruntergekommenen Hominiden –, dachte er, sein Glück könne nicht wirklich sein. Allein in der Stube mit ihr, sie sah ihn an, aufmunternd, gutmütig, der Zauber hielt vor, alles Mißtrauen, lächerlich gemacht, zerfiel.

»Nun sag mir aber, was der Grund war.«
»Wofür?«
»Daß es dir nicht gutging.«
Plötzlich schwand das Lächeln aus ihrem Antlitz, machte milder Resignation Platz. Johanser zuckte unmerklich zurück.
»Tja, Konrad, ist wohl so bei dir. Machst es dir immer einfach.« Ihre Stimme wurde dozierend, müde, vernünftig, wie man zu Schülern spricht, die nichts begriffen haben, denen man es noch einmal sagen muß.
»Ich – mach es mir einfach?«
»Du stellst immer Fragen. Kann mich gar nicht erinnern, wann du mich einmal nicht was gefragt hättest.«
»Hab ich das?« Johanser grinste, um, was ihm spontan über die Lippen gekommen war, als Witz zu tarnen. Im Innersten ahnte er, was sie meinte, war nur noch nicht bereit, sich dem zu stellen, konnte auch nicht glauben, daß es tatsächlich so gemeint war, wie er es im Innersten wünschte.

»Winhart und ich – wir haben uns verlobt.«
»Na – nun, schön ... Ich hab mir so was gedacht.«
»Ja. Du denkst viel. Das hab ich schon mitbekommen.«
Johanser hätte beinah mit einer Frage reagiert, aber er blieb stumm und trank das Bier an.
»Am ersten September ist Hochzeit.«
»Da hat schon mal ein Krieg begonnen.«
»Sei nicht fies. Jeder hat seine Chance gehabt.«
Der kühle Ernst, mit dem sie das sagte, nahm ihm den Atem, er wagte nicht, sie anzusehen und starrte in den Bierschaum.
»Jeder?«
»Da! Schon wieder! Naja, du änderst dich nicht mehr.«
»Aber –«
»Stell nur weiter Fragen, Fragen, Fragen! Wird man bestimmt klug von.«
Wie ein geprügelter Hund duckte sich Johanser unter ihren Worten. Alle Dialoge mit Anna setzten sich aus der Erinnerung heraus zu einem Film zusammen, der in rasender Geschwindigkeit vor ihm abgespult wurde und nach Neudeutung verlangte.
»Samstag ist hier Verlobungsfeier. Wir möchten dich gern einladen. Kommst du?«
»Ich ... ich weiß nicht, ob ich Samstag noch hier bin ... Nein, ich glaube, nein, es wäre ... Sag Winhart meinen Glückwunsch ...«
»Woher hast du denn den Knutschfleck?«
Es dauerte, bis er ihre Frage begriff. Alles in ihm war betäubt.
»Knutschfl ... wo?«
»Na da, am Hals.«
»Oh, das ... ist – nein, das ist kein Knutschfleck, nein. Woher auch?«
»Weiß ich doch nicht.«
»Nein, ich ... bin ganz allein. Der Fleck – gut, daß du mir

das gesagt hast – er muß wohl... hm, ich hab keine Ahnung...«

»Du wirst ja richtig rot!« Sie lachte und trat hinter den Tresen, um an den Zapfhähnen irgendwas zu tun, das vermutlich nicht die geringste Notwendigkeit besaß. Konrad dachte daran, dachte die ganze Zeit über daran, ihr vor die Füße zu fallen, ihr unmißverständlich seine Liebe zu erklären, zu flehen, sie solle ihm angehören, endlich ihm, niemandem sonst. Vielleicht hätte er den Mut dazu besessen, wahrscheinlich sogar, wäre er noch jemand gewesen, jemand, der das alles hätte wagen dürfen, der nicht dem Gefängnis auf Abruf bereitstand, jemand, der, vom Gefängnis abgesehen (das klang ihm, obschon realistisch, dramatisiert – weil unvorstellbar), mit gutem Gewissen einen anderen an seine Seite bitten konnte, ohne demjenigen abertausend Schwierigkeiten zuzumuten. So blieb er stumm in sich versunken, bis Anna irgendwann den Raum verließ. Trotz allem war Konrad glücklich. Von nur einem Bier fast betrunken, ließ er den Blick in der Stube schweifen. Hier sollte das Refugium sein, das Versteck vor der Welt, und würde Anna auch Zentaurin werden, er würde sie weiterhin ansehen, in ihrer Schönheit leben dürfen. Konrad legte ein Fünfmarkstück auf den Tisch und stand auf. Für heute gab es nichts mehr zu sagen.

Beim Hinausgehen blieb er, wie fast jedesmal, vor den alten Photographien stehen, die eine starke Anziehungskraft auf ihn übten, vielleicht, weil es sich dabei auch um ›Ruinen‹ handelte, von viel detaillierterer Sage, deshalb nicht weniger geheimnisumwoben. Er stutzte.

Die Photographien waren verändert, machten jedenfalls den Anschein einer ganz absurden Veränderung. Die Reihen der Abgebildeten hatten sich gelichtet – beziehungsweise waren die Übriggebliebenen auseinandergerückt, um die weißen Stellen der Entflohenen zu kaschieren.

Ich bin ja verrückt! Konrad schlug sich vor die Stirn und lief, ohne sich umzudrehen, ins Freie.

8

Rudolfs Ultimatum, von dem Johanser noch immer nichts wußte, war zur Hälfte verstrichen. Marga brachte es nicht übers Herz, etwas zu sagen, hegte weiterhin Hoffnung und unternahm etliches, ihren Mann zum Einlenken zu bewegen. Nur vor der offenen Debatte schreckte sie zurück, in der Meinung, daß dies nichts als eine Verhärtung bewirken würde. Ihr simplizisches, robustes Denken, das an Umwege nicht gewöhnt war, bemühte sich rührend um Verfeinerungen, angespielte Argumente, säuselndes Hindeuten auf gemeinsam mit Konrad erlebte, nur durch Konrad ermöglichte Szenen eines familiären Idylls. Mit ständig wiederholten Signalwörtern wie: Hitze, Schweiß, ungelöschter Kalk, Müdigkeit, Wasserrohr, Kreislaufkollaps, Einweihungsfest, auch Pausenzigarillo und Platzregen, beschwor sie den Mai, den an einem Strang ziehenden Geist der Garagenumbauära.

Rudolf hörte ihr meist gar nicht zu. Wenn doch, ließ er sich nichts anmerken. Margas Getue war ihm lästig, um so mehr, als er selber keinen handfesten Grund hätte nennen können, Konrad zu vertreiben, außer, und das wollte er nicht zugeben, einem Gefühl, jenem Gefühl, das er von Anfang an gehabt hatte, das, zwischendurch verdrängt, nun mit jedem Tag wuchs. Das unpräzise, nicht disputfähige Gefühl der Bedrohung.

Rudolf hatten Margas Tränen schwer zugesetzt, er war nicht der Mensch, andere leiden zu lassen, schon um vom

Leid der anderen nicht behelligt zu werden. Jedoch hatte er zuletzt im Krieg, und nicht einmal dort in solcher Intensität, Beklemmungen gespürt wie jene, die sich einstellten, ging Konrad nah an ihm vorbei. Vielleicht die Ahnung eines drohenden Verhängnisses, vielleicht nur eine fixe Idee, Rudolf hielt beides für möglich. Existent und nicht abzuleugnen blieb allein die Beklemmung und die aus ihr resultierende Schwermut, sie raubte ihm für Stunden, oft für ganze Tage jede Arbeitskraft. Seine Versuche, über den Äther Hilfe in Form von Erklärungen anzufordern, blieben glücklos. Einmal glaubte er, sehr leise, aus weiter Ferne, die Stimme des Bruders aufzufangen, aber der Kontakt, viel zu schwach, brach bald ab. Rudolfs fester Glaube war, daß die Jenseitigen außerhalb der Zeit hausten, ihnen daher Vergangenes wie Zukünftiges gleichermaßen offenstand; er hoffte auf irgendeine Warnung. Daß sein Bruder sich so wenig Mühe gab, einen klaren Kontakt herzustellen, konnte bedeuten, daß kein ernsthafter Grund für eine Warnung vorlag. Andererseits mischen sich Entkörperte recht selten in irdische Angelegenheiten, zudem, bei aller Pietät, war Erwin ein übler Mensch gewesen, der nie etwas für andere getan und Rudolf, den vier Jahre Jüngeren, maßlos ausgenutzt und unterdrückt hatte. Nach der Heirat mit Edwina, jenem grausam bigotten Weibsbild, das frühmorgens zur Adventistenkirche rannte, spätabends ihren Sohn grün und blau schlug (und einzig aus diesem Grund Schminke im Haushalt duldete), war Erwin völlig verroht und zum Trinker geworden. Marga hatte die blauen Flecken, die roten Striemen nie gesehn, vielleicht nicht sehen wollen oder sehen können. Rudolf waren sie nur aufgefallen, weil der zwölfjährige Konrad einmal, als Rudolf ohne zu klopfen eintrat, mit nacktem Oberkörper im Badezimmer gestanden war. Der Junge hatte sofort nach einem Handtuch gegriffen, Rudolf hatte nichts gesagt, sich nicht eingemischt und auch seiner Frau gegenüber nichts erwähnt. Aus Feigheit oder im Glauben, Konrad durch eine

Intervention nur größeren Schaden zuzufügen? Dessen war er sich selbst nie schlüssig geworden. Als die Nachricht von Erwins und Edwinas Tod kam, hatte er mit Erleichterung reagiert und sich gleich im nächsten Moment die Frage gestellt, ob Konrad nicht nachgeholfen haben könnte. So klar der Unfall auch lag, von jenem Momentverdacht war immer etwas hängengeblieben. Rudolf hatte Konrads Flucht verstanden, ja, er war froh darüber gewesen, froh, mit dieser Sache nichts mehr zu tun zu haben. Und dann, plötzlich, dreizehn Jahre später, tauchte der Verschollene wieder auf, wie ein an den Strand gespültes Relikt, mehr noch, er schien überhaupt nicht mehr gehen zu wollen.

Ob Konrad sich an die Szene im Badezimmer erinnerte? Wahrscheinlich nicht. Rudolf hatte sich um eine menschlich korrekte Haltung zum Neffen ernsthaft bemüht, insgeheim jedoch den Besucher immer als Störung empfunden und den Tag seiner Abreise herbeigesehnt. Über fünf Wochen lang stillgehalten zu haben – die Pflicht, wenn es eine gab, mußte damit erledigt sein.

»Konrad hat mir neulich sogar angeboten, etwas zum Haushaltsgeld beizusteuern.«

»Und? Hast du angenommen?«

»Aber Rudi, das geht doch nicht!«

»Weil er gar kein Geld hat?«

»Nein, stell dich doch nicht so! Du bist heut boshaft wie dein Sohn!«

»Noch vier Tage«, setzte Rudolf drauf, bewußt grausam. Je unabänderlicher der Rauswurf, desto leichter würde Marga ihn, im Endeffekt, ertragen, würde ein paar Tränen mehr vergießen, aber irgendwann würde sie sich auch wieder beruhigen und ihm nicht mehr bei jeder Gelegenheit den Nerv töten. Ihr zugerittenstes Argument, Konrad übe auf Benedikt einen positiven Einfluß, war seiner Meinung nach eine Chimäre, der Junge verhielt sich seit dem Umzug genau wie ehedem, nur die räumliche Distanz minderte das Konfliktpotential.

»Morgen will er die ersten Bewerbungsgespräche führen. Er sprach auch davon, sich irgendwann zu hali – habiti – wie heißt das noch?«
»Habilitieren.«
»Genau. Dann haben wir einen richtigen Professor in der Familie. Die verdienen gut, die Professoren ... Wo willst du denn hin?«
»Zum Abendessen.«
»Abendessen gibt's doch erst in 'ner Stunde.«
»Deshalb der Umweg.«
»Was?« Marga verstand nicht gleich, hörte Rudolfs Schritte auf der Kellertreppe, hörte die Tür ins Schloß krachen.

Zum ersten Mal kamen ihr die Überredungsversuche aussichtslos vor. Es half nichts, Konrad durfte nicht länger im unklaren belassen werden.

Morgen, ich sag's ihm morgen, das reicht. Oder nein, ich sag's ihm nicht, Rudolf soll das tun, wie kommt der überhaupt dazu, mir das aufzuhalsen, soll er's ihm doch sagen, ins Gesicht sagen! Und sie seufzte und wußte, sie würde es am Ende doch selbst übernehmen, so schonend es ging und ohne Skandal. Bei der Vorstellung verkrampfte sich ihr Brustkorb; blaß vor Wut und Kummer schrie sie Benedikt, der gerade in die Tür trat, an.

»Was willst du denn?«
Benedikt riß die Augen auf. »Was ich will? 'tschuldigung, ich wohn hier!« Benedikt nahm sich einen Apfel aus der Obstschale und schwenkte entrüstet den Kopf, wirkte dabei aber ein wenig unsicher, als fürchtete er, für ihr Aufbrausen könne ein ganz bestimmter Grund vorliegen.

»Ach, verzeih! Ich bin so nervös ...«

Nach diesen Worten hellte sich die Miene des Jungen auf, er ließ den Apfel von einer Hand in die andere fallen und blieb gegen die Küchentür gelehnt.

»Wie wär's mal mit 'nem Besuch beim Psychiater?«
»Was hast du gesagt?«

»Hörschäden sind auch so 'n Symptom. Wenn man da nicht früh eingreift, geht's mit der Wahrnehmung den Bach runter.«

»Sag mal, spinnst du?« Marga, die bis dahin vor der Anrichte wie vor einer Klagemauer gestanden hatte, mit tief gebeugtem Kopf, richtete sich auf und starrte Benedikt ungläubig an.

»Im fortgeschrittenen Stadium werden dann grundsätzlich immer alle anderen des Wahnsinns verdächtigt, nie man selbst. Der Patient denkt schließlich, er ist der einzig übriggebliebene Normale.«

»Warum bist du denn jetzt auch noch gemein zu mir?«

»In völliger Paranoia lehnt der Patient jede Diagnose als Gemeinheit ab.« Beni kicherte und stemmte beide Handflächen gegen die niedrige Decke. »Das Oberstübchen wird wie von Termiten zerfressen. Puh, ist das Haus heut wieder schwer. Kann's bald nicht mehr halten.«

»Beni, was soll das? So was ist kein guter Scherz! Man behandelt die eigene Mutter nicht wie eine Verrückte, nicht mal im Spaß!«

»Scherz? Spaß? Aber du bist doch so verrückt nach ihm!«

»Nach wem? Nach Konrad?«

»Na klar. Das nimmt ja schon erotische Züge an!«

»Du Saubär! Was fällt dir bloß ein?« Schwer getroffen rang Marga um Atem, preßte ihre Hände über Kreuz gegen die Brust und stampfte auf. Ihre Stimme wurde von Schluchzern zerrissen. »Mach, daß du rauskommst, will dich heut nicht mehr sehen!«

»Fein! Fein...« Der Junge ließ die Decke los, duckte sich weg, als stürzten von oben Balken herab, wandte sich um und stieß in der Diele mit Konrad zusammen. Wortlos lief er an ihm vorbei.

Johanser war, stiller Lauscher vor der Tür, Zeuge der letzten Gesprächsminute geworden. Ungebändigter Haß ließ ihn die Backen aufblasen. Er drückte die völlig aufgelöste Mutter an sich, doch unwillig, hatte keine Lust mehr zu trösten, zu beschwichtigen, Ausflüchte für den Cousin zu finden.

Nicht er, das wurde ihm überscharf deutlich, er nicht – Benedikt war der Fremdkörper hier, der Störenfried, der Sporenpilz. Diese abscheuliche Mißgeburt, das widerwärtige Bürschchen, es nahm *ihm* den angestammten Platz weg, nicht umgekehrt.

Das Abendessen fand mit zwanzigminütiger Verspätung statt. Konrad stierte zum Terrassenfenster hinaus, zupfte am Schal herum, unter dem er den Knutschfleck verbarg. Marga stocherte in ihrem Teller, planlos, und krümmte sich unter Rudolfs Blicken, die, erbarmungslos rechthaberisch, immer zu wiederholen schienen: Das Haus ist in Unordnung. In Unordnung. In Unordnung.

9

Die Gegend um die Überacher Höhen war für ihre Sommergewitter berüchtigt. Blitze hingen waagrecht im Himmel, der Regen setzte spät ein, entlud sich dann heftig und kurz, während das Wetterleuchten über dem Moor lange anhielt und die in graue, violette und schwarze Bänke geschichteten Wolken fulminant inszenierte. Jene Gewitter wurden oft von starken Böen begleitet; Dutzende, vom Borkenkäfer geschädigte Fichten knickten dann um, blieben wochenlang liegen. Der Waldgürtel dünnte sich stetig aus, Schicht um Schicht wurde angegriffen, als hätten die Stürme ein Interesse daran, zum Kern vorzudringen. Gestern war es erneut zu einem solchen Holzschlag gekommen, in Niederenslingen war davon wenig zu spüren gewesen, ein paar spätabendliche Schauer, kurzer, prasselnder Regen, nichts, was die Weinbauern zur Verzweiflung getrieben hätte.

Johanser wußte nicht, was er im Moor suchte. Ohne klare Vorstellung lief er an umgewehten Fichten vorbei und wunderte sich über das Ausmaß der Verwüstung. Er hatte mit Benedikt am Vormittag ein Gespräch geführt, hatte ihm eine neue, allerletzte Chance geben wollen und ihn an der Gartenpforte abgepaßt. Der Junge war im Begriff gewesen, zur Schule zu radeln, ohne Frühstück, sogar ohne Kaffee; Johanser legte eine Hand auf den Lenker, versperrte den Weg, bereit, notfalls rabiat zu werden.

»*Du kannst mich mal! Ihr könnt mich alle! Und zu meiner*

Mutter red ich, wie sie's braucht, halt du dich da raus! Was glaubst du, wer du bist?«
»Einfach nur zu sagen, ihr könnt mich alle, ist eine verdammt ungesunde Einstellung!«
»Das ganze Leben ist ungesund. Jetzt laß mich!«
»Ungesund heißt ja nicht: schlecht. Im Gegenteil. Herrgott, warum willst du nicht mein Freund sein? Du hast doch was! Hast du Probleme in der Schule? Warum erzählst du mir nicht, was dich bewegt?« Konrad hatte ihm Brücken bauen wollen, war kurz davor gestanden, die Beherrschung zu verlieren und von seinem Wissen Gebrauch zu machen. Nur die Veränderung in Benedikts Tonfall hielt ihn doch noch davon ab, eine unerwartete, entwaffnende Wendung hin zur Melancholie.
»Mich bewegt ja nichts. Sonst würd ich gar nicht mehr hier sein.«

Umgestürzte Bäume machten einige Pfade unbegehbar. Johanser kämpfte sich durch Brombeerdickicht und Astgewirr, die Erde war feucht. Das Wort, das Marga für Pantoffeln gebrauchte – *Schlapfen* –, gefiel ihm so außerordentlich, daß er sich an dessen Lautmalerei stundenlang, es immer wieder vor sich her flüsternd, amüsieren konnte.

Ein grünmarmoriertes Ei lag im Morast, fast rund, scheinbar unbeschädigt. Johanser hob es auf und horchte daran, schüttelte es.

»Dir ist also alles egal, ja? Auch, daß du andere verletzt?«
»Nein. Das macht wenigstens Spaß. Hey, ich muß zur Schule...«
»Meinst du das ernst?«
»In 'ner Viertelstunde ist's acht, ganz im Ernst.«
»Kerl, red mich bloß nicht schwach an! Ob du ein bißchen zu spät kommst, spielt wirklich keine Rolle mehr.« Konrad hatte sich auf die Lippen gebissen, wegen dieses angehängten ›mehr‹, das aus dem Denken ins Sprechen entschlüpft war.

Glücklicherweise schien Benedikt das Wörtchen nicht aufgefallen zu sein.

Konrad warf das Ei weg. Bestimmt war kein Leben mehr darin. Der Baum schüttelt sich lästige Vogelkinder aus dem Geäst.

»Wieso willst du immer entscheiden, was für mich 'ne Rolle spielt und was nicht? Hat dich meine Mutter dazu abgerichtet, oder wie?« Johanser war unwillkürlich dem Blick des Jungen gefolgt; Marga, gedunsener Schemen hinter dem Küchenfenster, ihre Nase gegen das Glas gepreßt. Er hatte den Lenker losgelassen.

Vögel zum Beispiel sind Thanatos-Material. Ihre Stimmchen beschallen Kulissen des Thanatos-Theaters. Aus den Männern, in die Frauen, schießt Thanatos-Masse, mutiert, in einem schmerzensvollen Prozeß, zu Thanatos-Maschinen.

Kreuz und quer, wie sein Weg durch den Wald, verliefen die Gedanken, verliefen, wie Farben eines Aquarells, ineinander. Den Mut, mir zu sagen, daß er mich nicht ausstehen kann, besitzt er nicht. Liegt wahrscheinlich am Fernseher oder den vierhundert Mark, die er mir schuldet. Wie billig! Seine Sprache, ein einziges Ausweichmanöver; es hat keinen Sinn. *Er* hat keinen Sinn. Keine Sinne, keine Empfindung. Er ist nichts. Aber ich hätte das Ei aufschlagen und nachsehen müssen. Aufschlagen und nachsehen. Eier, Särge, Bücher, Nüsse. Was stört, zerstören. Das Niedrigwidrig aus dem Lauringarten schmeißen ...

Im schwarzen Buch
Der alte Mann saß vor seiner Hütte auf dem dreibeinigen Schemel, in denselben Kleidern wie knapp zwei Wochen zuvor. Er lief nicht fort, erhob sich nicht, zeigte überhaupt keine Reaktion, schien aber auch mit nichts beschäftigt. Sein Blick zielte, die Augen weit offen, in den schmutzgrauen Himmel tiefer Schwalben. Baumkronen bohrten sich in die Wolkendecke, wurden elegant umflogen. Johansers Heranna-

hen mußte längst registriert worden sein, der Waldboden lag voller Sensoren und Melder, bei jedem Schritt hatte es geknackt und geraschelt und geknirscht, Eichelhäher hatten geschimpft, all das. Nun blieb Johanser am Rande der kleinen Lichtung stehen und räusperte sich, und erst auf dieses schüchtern leise Räuspern hin senkte der Alte den Kopf.

»Ah – Sie! Tut mir leid. Das Museum ist zu. Tut mir leid.«

Johanser trat fünf Schritte zu ihm hin, dann noch einen und noch einen – bis der Abstand knapp drei Meter betrug. Er hatte im Postwirt ein wenig herumgehorcht; manchen war der Eremit ein Begriff gewesen, aber selbst die hatten nichts Genaues gewußt und wie von etwas Vergangenem geredet.

»Wie soll ich Sie nennen?«

»Tut nichts zur Sache. Wen kümmert's? Wie nennt man mich im Dorf?«

»Den Mann im Moor. Meine Tante nennt Sie den ›Schrull‹. Und alle dachten, Sie seien inzwischen tot.«

»Das sind doch gute Namen! Mann im Moor, Schrull, Inzwischentot. Suchen Sie aus, was Ihnen gefällt.«

Seine runden, wäßrigen Augen wanderten in einer breiten Ellipse, machten an keinem Punkt fest; er schmunzelte wie ein saturierter Gourmet am Ende eines Banketts, wenn man nicht atmet, sondern immerzu schnuppert und den Duft des Augenblicks einzulagern sucht. Plötzlich schob er die Lippen zur Schnute zusammen, es sah erst kindisch, dann grausam aus. Für einen Greis benahm er sich äußerst zappelig, und sein Tonfall wechselte ständig vom Unterwürfigen ins Herablassende. Meist grinste er, und manchmal war dieses Grinsen so widerwärtig, daß Johanser Lust bekam, ihm ins Gesicht zu schlagen.

»Das Museum ist zu. Kommen Sie später wieder. Das brauch ich nicht zu sagen, gell? Sie sehen aus wie einer, der wiederkommt. Sie hängen so an sich ... Solche haben meinen Kommandanten immer gereizt. Den hätten Sie kennenlernen sollen, meinen Kommandanten.«

Johanser schwieg. Die apodiktische Behauptung, daß er übertrieben an sich hinge, verdatterte ihn, prompt war jener Bann wiederhergestellt, den er in den letzten Tagen als stimmungsbedingt und überschätzt abzutun versucht hatte.

»Und? Was wollen Sie, Meister? Mir Vorwürfe machen, weil ich lebe? Weil ich noch lebe, während so viele andere jung oder schön – oder wenigstens tot sind?«

Johanser begriff kein Wort, aber er antwortete, daß andere hier nichts zur Sache täten. Eine Replik, die seiner Meinung nach nicht leicht zu entkräften war.

»Natürlich. Man ist ja auch allein und hat viel Zeit. Aber was für eine Zeit ist das?«

»Wie meinen Sie?« Johanser starrte auf die Füße seines Gegenübers: Strümpfe *und* Sandalen, bisher nicht bewußt gewordenes Detail, das sofort der Einordnung gedient hatte.

»Was ich meine? Das liegt so lang zurück. Henker wischen ihr Lachen an verkrusteten Handtüchern ab. Mein Kommandant! Draußen treffen neue Züge ein. Viel, viel Arbeit. Das, das war eine Zeit! Jede Sekunde wog Ewigkeiten auf!«

»Wollen Sie mir angst machen?«

»Sie haben Angst?«

»Mag sein. Nicht vor Ihnen. Vor etwas ganz anderem.«

»Verstehe. Das, was nichts zur Sache tut. Aber, gestatten Sie, die Angst *vor* etwas – müßte es nicht heißen: die Angst *mit* etwas? Läge mir fern, Sie korrigieren zu wollen, zügeln Sie mich nur, wenn ich unrecht habe, jedoch, ich finde, Angst ist, so hat es mein Kommandant mir oft erklärt, eine Wahrnehmung, keine Voraussehung. Man hat Angst, etwas könne passieren, aber genau das passiert in diesem Moment. Das, wovor man Angst hat, ist immer schon da. Zu diskutieren bleibt nur, wie weit es schon ins Reale eingedrungen ist. Der Gedanke an etwas kommt mir ebenso real vor wie das Etwas selbst. Die Ausmaße des Realen werden von der Empfindsamkeit bestimmt; wer zu empfindsam ist, wird vom Durchschnitt der Welt verrückt genannt, hab ich nicht recht?«

»Gut möglich. Und Ihr Museum? Ich würde es gerne ansehen. Wie oft empfangen Sie Besuch?«

»Es ist ein Trophäenmuseum, Schreie und Fliegen, ist nur nicht fertig, wird renoviert, erweitert. Sie kommen zu früh, und das ist Ihnen auch bewußt. Ich mag es nicht, beaufsichtigt zu werden. Angst ist ein großes Wort zwischen den Zähnen eines Zwergs.«

Das Gespräch entwickelte sich für Johanser zunehmend ungünstig, der Greis stellte Enttäuschung zur Schau, die sich in Arroganz verwandelte. Domestikenhafte Formeln wichen einem belästigten Augenaufschlag, doch Johanser, obgleich er an eine Zurechtweisung dachte, ließ alles mit sich geschehen, fühlte sich seltsam wohl und sicher, ohne sagen zu können, weshalb. Alles war so unwirklich, daß jede Frage nach einem Warum ignorant, pedantisch, wie eine den Spaß verderbende Geschmacklosigkeit anmutete.

»Angst? Womit? Sie kommen einfach her, vor der Zeit, nana! Dem Inzwischentot läßt sich viel erzählen, wie? Das Moor kostet Gebühr, ich kann nicht behaupten, jemals im Offiziersrang gestanden zu sein, das gibt Ihnen aber noch lang nicht das Recht, mich abfällig zu behandeln, Schreibstubenwallach!«

»Also hören Sie mal!«

»Nein. Keine Lust.«

Der Alte war von seinem Hocker aufgestanden und hatte einen der Verandapfosten umarmt. Eine Backe auf das Holz gelegt, murmelte er nur noch, in kindhafter Spielzeugtrauer, bald ohne jede Überheblichkeit, bald mit rebellischer Wut, die ihn einige Wörter spitz hervorstoßen ließ.

»Der Blutstrahl! Der Blutstrahl mitten ins Gesicht, was werden die schreien, und die haben geschrien, weiß Gott. Die Zeit zog sich hin, und immer neue Züge kamen. Es war eine mühselige Mechanik, das war keine Zeit mehr, war Gott, Vision Gottes. Entschuldigung, Sie kommen spät und doch zu früh, ich weiß wohl, wer Sie sind, nur hapert es an der Chronologie, wir sollten gar nicht sprechen miteinander. Erinnern Sie sich Ihres letzten Alptraums?«

»Sehr gut.«

»Und?«

Johanser begann wie zu einem Therapeuten zu sprechen. Er gab nicht seinen letzten, sondern seinen schlimmsten Traum wieder, den, in welchem Somnambelle brennend auf dem Schreibtisch des Archivs gesessen hatte. Der Alte hörte erst aufmerksam zu, dann sah er immer öfter neben sich auf die Veranda und schüttelte den Kopf. »Nein, nein, das ist es nicht. Sie haben das Mädchen wohl geliebt?«

»Sehr.«

»Und getötet?«

»Nein, nur ... ich weiß nicht mehr ...«

»Sie kamen zu spät?«

»Mag sein. Das geht Sie nichts an.«

»Naja. Nein, das ist es nicht. Waren Sie jemals in den Gängen?«

»Worin?«

»Ich seh schon, Ihnen fehlt die Erfahrung.«

Johanser wagte keinen Widerspruch, um sein Gegenüber nicht zu reizen. Ihm war, als hörte er einem rauchschwangeren Orakel zu, das neben immensen Mengen Qualm irgendwann auch Hörenswertes absondern würde. Es lag ganz in der Deutungskraft des Zuhörers, Sinn darin zu finden, so wie man auch nach Kaffeesatz, Runen oder Kristallkugeln greifen kann, um letztlich in sich selbst zu lesen.

»Sagen Sie ...« Der Schrull – für jene Bezeichnung hatte sich Johanser entschieden – nahm wieder Platz und wippte hin und her. »Sind Sie gläubig?«

»Sie meinen theologisch?«

»Gott, ja!«

»Hm. Schwer zu sagen. Ich bin kein Atheist, aber ... mein Verhältnis zu Gott ist eher distanziert.«

»Soso!«

»Inwiefern ist das wichtig?«

»Ooh, gar nicht! Das ist alles einerlei.« Der Alte nahm die klassische Position des Grüblers ein, mit dem Kinn auf dem Handrücken, dem Ellbogen auf dem Knie. Er wirkte dabei irgendwie lächerlich, aber voll innerer Spannkraft, ein Energiebündel, das sich durch sein Reden immer mehr auflud. »Haben Sie sich schon mal gefragt – es ist doch eigenartig – der Mensch sucht seit Jahrtausenden nach seinem Sinn, viele finden als Antwort Gott – aber wenige haben sich, glaub ich, gefragt, welchen Sinn eigentlich Gott für sich beanspruchen könnte.«

Die Diskrepanz zwischen Duktus und Physiognomie des Schrulls hinterließ einen dauerhaft gewöhnungsbedürftigen Eindruck. Seine in tausend Nuancen schattierende Stimme wirkte mit dem Äußeren eines hinterhältigen Kleingärtners unvereinbar. (›Hühnerbrust in Strickweste tut Weisheit kund‹ – guter Titel für ein Gemälde aus Kathrins Katalog ...)

»Müßte er nicht ein trauriges, gelangweiltes Wesen sein, das, bevor es etwas unternimmt, schon alles erreicht hat? Denn es ist ihm ja nichts unmöglich! Genügt es für Gott, einfach nur zu sein? Oder ist auch er einer Entwicklung unterworfen?« Der Schrull entschuldigte sich gestisch für das, was er sagte, wobei jedoch seine Augen stolz leuchteten. Er habe eine Theorie entwickelt, ob man an dieser Stelle darüber sprechen dürfe? Johanser fand, dem stehe nichts entgegen.

»Jawohl. Folgen Sie mir, weit hinaus, bis zum Hier. Denken Sie: Das Universum, das Gott ist – wir gehören alle dazu, ich und selbst Sie – aber ... Nun, der Urknall, die schleudernde Expansion, ja? Ich denke, Gott hatte in der Sekunde davor seine höchste Konzentration, seine Vollendung erreicht, war an einen Punkt gelangt, da er sich, da wir uns, da alles sich selbst unmöglich wurde. Gott, das Universum, zerbarst, in unzählige, im All verstreute Teilchen. Lachen Sie bitte nicht!«

»Keineswegs ...«

»Seither wollen die Teilchen wieder zusammen, sie versuchen sich zu erinnern! Das All ist die Amnesie Gottes! Die Amnesie Gottes! Wir taumeln. Die Evolution, die Entwicklung der Intelligenz – ein fast unendlich langsamer Erinnerungsprozeß. Wir alle sind verlorengegangene Fetzen Gottes, wie diese Steine, der Baum dort, das Wasser. Wir sind nur noch nicht am günstigsten, für die Apotheose geeignetsten Platz. Vielleicht ist das der Grund, warum man immer wieder stirbt – man wird woanders ausprobiert. Jedes Teilchen gehört an eine bestimmte Stelle, zwischen zwei andere, ganz bestimmte Teilchen. Stellen Sie sich vor, wie viele Variationsmöglichkeiten es da gibt! Und der Mensch, der immer dazulernt, der immer strebend sich bemüht, obwohl er krepieren wird – wozu tut er es? Die Physiker sagen, das Universum wird sich zusammenziehen, zu einem winzigen Punkt, der schwer sein wird, ich sage: der sein Gedächtnis zurückgewonnen haben wird – Gott, in vollem Bewußtsein Gottes. Und Sie behaupten, Ihr Verhältnis zu Gott sei distanziert?«

»Tja. Jetzt noch mehr als vorher. Wenn es nach Ihrer These geht, bin ich wohl ein gescheitertes Experiment.«

»Sind wir doch alle! Vielleicht die einen mehr, die anderen weniger – was tut das zur Sache?«

Johanser wehrte sich nicht; das Modell des Schrulls gefiel ihm. Den unmodisch trotzigen Pantelismus fand er, ebenso wie die ›Amnesie Gottes‹, recht reizvoll. Ein Weltbild ohne Schuld wäre das, der Tod würde zum Koordinator eines gewaltigen Umschulungsprogramms.

»Stellen Sie sich vor! Der Moment der höchsten Vollendung. Wenn Gott sein Gedächtnis wiedererlangt! Wenn das Eine ungeteilt ist!«

»Verstehe!« Johanser tat sehr begeistert. »Eins geteilt durch null. Die Seele des Weltalls – sozusagen.«

»Genau!«

»Das, woran die Mathematik scheitert. Das Eine, Unauslöschliche – ein schöner Gedanke. Wir können uns in dem Punkt treffen, daß nichts dem All verlorengeht.«

»Es sei denn«, der Schrull wechselte die Stimmlage, sprach tiefer und leiser, »die Würde. Zwischen dem, was auf Erden ankommt, und dem, was hernach weggeht, gibt es ein enormes Defizit an Würde, glauben Sie mir, ich weiß, wovon ich spreche. Mein Museum ist voll von Trophäen ehemaliger Würdenträger.«

»Ich würde gern mehr erfahren. Sie sind noch kein einziges Mal konkret geworden.«

Der Alte lächelte in einer Weise, daß es Johanser kalt wurde.

»Na gut. Warten Sie hier!« Der Schrull ging in seine Hütte, kam wenige Sekunden später mit einer Styroporplatte zurück, an den Rändern schon zerbröselt, auf die mit bunten Nadeln, ohne geometrische Ordnung, Fliegen gespießt waren, zehn oder zwölf, ordinäre Stubenfliegen, an denen nichts archivierungswürdig schien.

Johanser schnalzte bewundernd mit der Zunge, und das Gesicht des Alten hellte sich auf.

»Das Besondere daran ist – sie stammen aus der Stadt.«

»Ach?«

»Es gibt nämlich Fliegen in der Stadt. Fliegen gibt es überall, auch dort. Tröstlich, nicht?«

»Sehr.«

Da stieß der Alte plötzlich ein Wutgeheul aus, brachte seinen styropornen Schatz in Sicherheit und brüllte, aus der Tür heraus, Johanser an.

»Sie machen mir ja was vor! Sie wissen ja gar nichts von der Stadt! Ich wünschte, Sie hätten meinen Kommandanten gekannt!«

Johanser empfand den Wunsch als Drohung, lehnte sich zurück, wie um die schwankende Fläche, auf der er sich befand, wieder ins Gleichgewicht zu bringen. Sich auf den Alten einzulassen schien ihm Amüsement und Wagnis zugleich; er begriff, daß er Unterhaltung daraus zog, das Gesagte ernst zu nehmen, daß er es immer ernster und realer nahm, nur um den Grad des Nervenkitzels zu steigern. »Geht es denn an«, fragte er laut, »daß man Dinge nur nach ihrem Unterhaltungswert sortiert? Weshalb rede ich überhaupt mit Ihnen?«

»Ach, ich unterhalte Sie? Wie schön ... Mein Kommandant hat immer gesagt, es gibt zwei Sorten Menschen auf der Welt. Solche, die um ihren Unterhalt, und solche, die um ihre Unterhaltung kämpfen. Sie scheinen mir noch, wenn ich das sagen darf, zu ersteren zu gehören.«

Johanser erschrak; wieder so ein Satz, der ihn wie ein Faustschlag traf.

»Das stimmt. Ich hangle mich von Tag zu Tag. Und dennoch, es bleibt Unterhaltung. Im Gefängnis gäbe es zumindest Brot. Und mehr. Es wäre für mich gesorgt, so und so.«

»Sie verwirren mich mit obskurem Zeug, machen sich über mich lustig! Das ist unhöflich. Kennen Sie die Geschichte vom Bey und der Tänzerin? Ja? Nein? Mehr! sagte der Bey als die Tänzerin am Ende ihres Entkleidungstanzes nackt vor ihm stand und nichts mehr zu verbergen glaubte. Nur ein Wort: Mehr! Man zog ihr die Haut ab, und er schrie: Mehr! Man trug mit scharfen Messern Schicht für Schicht das Fleisch des Mädchens ab. Mehr! schrie er, man zerraspelte die Knochen, der Bey schrie heiser: Mehr, mehr, mehr, beinahe wimmernd – Mehr! Bis da nichts mehr war, und das war alles.«

Die Wolken rissen auf, böiger Nordwind trieb ihre Herde auseinander. Johanser lief die Asphaltstraße hinunter ins Achertal. »Kommen Sie erst wieder, wenn Sie in den Gängen gewesen sind!« Über den Sinn dieser ihm nachgerufenen Worte rätselte er lange und erfolglos, kam dann zur Ansicht, es sei unstatthaft, kryptischen Bemerkungen eines Gestörten soviel Aufmerksamkeit zu schenken. Und doch ging ihm kein Satz des halbstündigen Dialogs aus dem Kopf. Seine gute Laune wich unbefriedigter Leere. Die Audienz beim Schrull – irgendwann war es eine Audienz geworden – hatte der durch eine gnädige bis gnadenlose Handbewegung für beendet erklärt und sich in seiner Hütte verschanzt, hatte auf keinen

Zuruf reagiert, und Johanser war es plötzlich geschmacklos vorgekommen, aus dem Irrsinn eines armen Teufels Amüsement zu gewinnen.

Noch drei Tage, bis sich Anna dem Pferdemenschen verspricht. Vielleicht sollte ich doch hingehen, mich als guter Verlierer geben. Aber es ist hart, als Verlierer dazustehen, wußte man nicht, daß man überhaupt im Spiel gewesen ist.
Die Thanatos-Maschinen paaren sich, metallen klacken ihre Geschlechtsorgane ineinander. Steine, Wasser, Wiesengrün und Regenwurm – allem kompatibel, sind thanatosgeprüft. Mit Gütesiegeln versehn, lungert es lichtgeil herum. Was stört, zerstören. Anna, in deinen Leib mich wühlen, kosten, schmecken! Ein Wort der Liebe, aus deinem Mund in meinen getropft, dafür stürbe ich dir zu ...
Johanser klappte den Sakkokragen hoch, es begann zu regnen und ihn fröstelte, obgleich die Temperatur neunzehn Grad betrug. Trübe Düsternis umfing ihn – alle Gedanken werden wie Bogensaiten gespannt, aber nicht losgelassen, angedacht, nie aus formuliert, und in der verregneten, windigen Ruhe liegt eine Spannung, die nach Metall riecht. Auf der Haut, wie in einem See, entstehen Kältelöcher, die Gedanken fallen ab, stürzen, der leere Körper schwebt darüber, schwebt und träumt: Mordbilder, Bildfetzen, Phantasmagorien – bis dem Körpereigner bewußt wird, er ist mitten auf der Straße stehengeblieben, ein Auto hupt – er, die Schultern leicht hochgezogen, in diesem dümmlich-grünen Sakko (muß ich loswerden, vielleicht ein schimmernd mittelblaues ...), und ohne zu überlegen, aus der Starre gerissen, fährt, für dieses Mal, der Fußgänger den Autofahrer an: »*Du Scheiß-Einheimischer, du!*«

10

Tetraptychon 13. Juni

8:00
»Hey, was ich gestern gesagt hab – nimm's nicht krumm. Hab mich auch grad wieder mit meiner Mutter vertragen. Okay?«

Konrad stand im Bad, rasierte sich. Der Junge hatte gegen die halbgeöffnete Tür gepocht, blieb nun auf der Schwelle stehen. Kaffeegeruch strömte herauf. Durchs Badezimmerfenster fiel Sonne. Zwei auf dem Fensterbrett stehende Flakons zerlegten, wie pleochroistische Kristalle, das einfallende Licht in zauberhafte Spektren. Konrad wollte, was er hörte, zuerst nicht glauben, drehte sich auch nicht um, betrachtete den Cousin eindringlich im Spiegel.

»Woher dieser plötzliche Sinneswandel?«

»Na ja –« Benedikt kaute an seinen Fingernägeln, lehnte akrobatisch im Türstock, den Rücken gegen die eine, die Sohlen seiner Turnschuhe gegen die andere Seite gestemmt. »Du hast ja recht, man muß sich irgendwie arrangieren. Wie geht's deiner Jobsuche?«

Konrad stierte auf beschlagene, im Sonnenlicht schimmernde Kacheln, sah Tropfen rinnen. Donnerstag.

»Hab ein paar Angebote eingeholt. Warum?«

»Nur so 'ne Frage. Viel kann man mit dir ja nicht reden.«

»Mit mir – kann man nicht –?«

»Ist doch so. Magst keine Computer, hörst nur alte Musik, gehst nicht ins Kino ... Und das mit dem Buch, na ja, ich war vielleicht 'n bißchen vorlaut, ich meine, vielleicht werd ich tatsächlich irgendwann so reif, daß ich das anders kapiere. Kann's mir halt nur nicht vorstellen.«

Konrad trocknete sich das Gesicht ab, verbarg seine Unschlüssigkeit im Handtuch. Er hatte keinen Ehrgeiz zu argumentieren; das Kapitel Benedikt war für ihn, im Hinblick auf mögliche Freundschaft, erledigt.

»Gab einiges, über das wir hätten reden können. Mußt dich deswegen nicht rechtfertigen, ist passé. Lassen wir uns künftig in Ruhe! Einverstanden?«

»Gut. Wegen der Kohle —«

»Geschenkt.«

»Hey, muß nicht sein. Wenn du's brauchst ...«

»Ach komm, hör auf!« Konrad bemühte sich, nicht in Arroganz zu verfallen. Der Junge ging ihm auf die Nerven mit seinem antichambrierenden Getue, dem nuschelnden Tonfall, der schlaksigen Physis, dem verpickelten Hals und Gesicht.

»Hey, du bist echt korrekt!«

»Mußt du heut nicht zur Schule?« Konrad klatschte sich übertrieben lange Rasierwasser auf die Wangen; Benedikt machte keine Anstalten, die Tür freizugeben.

»Doch. Aber in der ersten Stunde ist Sport, da gibt's keine Anwesenheitskontrolle.«

Konrad interessierte sich nur peripher dafür, er redete irgendwas.

»Sag mal, hat deine Mutter nicht bald Geburtstag?« Benis Anhänglichkeit wurde ihm ständig unangenehmer, auch, weil sie ihn so unvorbereitet getroffen hatte.

»Stimmt. Am dreißigsten.«

Konrad floh in einen Tagtraum, einen derjenigen, die nur Sekunden währen und aus der unkonventionellen Wahrnehmung irgendwelcher Details entstehen. Im konkreten Fall ein Augwinkelkaleidoskop, zwischen Kacheln und Netzhaut moussierend, doppelt gebrochenes Licht, das ihm innewimmelnde Tropfen und Geschöpfe mikroskopisch abbildet und in mondscheinzart strukturierte Tierchen verwandelt.

»Was wirst du ihr schenken?«
»Weiß noch nicht. Vielleicht 'ne Schachtel Pralinen, wie immer, die hat sie am liebsten. Übrigens – woher kennt Berit eigentlich deinen Namen?«
»Wirst ihn irgendwann mal erwähnt haben.«
Die Blicke der Cousins trafen einander; in der nächsten Sekunde stand Konrads Herz still. Kurz dachte er daran, nachzulegen, stammelnd zu fragen, wer das denn sei, diese Berit, aber es war zu spät. Schon begegnete er jenem stechend bitteren Blick, dem schmalen, zwiespältigen Lächeln aus Gewißheit und Enttäuschung. Konrad wandte sich ab, sah zum Fenster hinaus in den Bilderbuchtag, versuchte zu tun, als ob nichts wäre, kam sich ungeheuer dumm und hereingelegt vor. Er wartete, wartete auf die Frage: ›Woher weißt du, wer Berit ist?‹ Es wäre vielleicht noch alles hinzubiegen, würde er darauf kühl, ganz kühl antworten: ›Ich nehme an, deine Freundin, wer sonst?‹ Aber Benedikt stellte diese Frage nicht, ließ ihn schmoren, gab ihm gar keine Gelegenheit zu leugnen, stieg, ohne noch etwas zu sagen, die Treppe hinab.

Konrad preßte alle Finger auf die Schläfen. Nicht daß er auf einen simplen Trick hereingefallen war, machte ihn zornig, vielmehr die perfide, einlullende Vorarbeit, die Benedikt geleistet hatte, die blasse Beiläufigkeit der Falle. Zum ersten Mal ahnte er, was Berit gemeint haben konnte, als sie dem Jungen Klugheit zusprach – aber das war eine widerlich taktische Klugheit, im Sinne der antiken Verherrlichung der List; dafür hatte Konrad nie viel übrig gehabt.

Ich muß Berit anrufen. Sie muß sich etwas ausdenken, etwas, das man gerade so zugeben kann, wir müssen uns eine Geschichte zurechtlegen, den Schaden begrenzen.

Als er aber am Ende des Schubertweges vor der Telefonzelle stand, war er unfähig, hineinzugehen und nach dem Hörer zu greifen. Er hatte Berit fünf Tage lang nicht angerufen, hatte sie sitzengelassen, wie sollte er jetzt – ? Sie ist sowieso, fiel ihm ein, in der Schule, wo sonst?

Es war alles so ekelhaft, ekel- und eigentlich lachhaft. Was sollte das alles, wo es auf der Welt Kriege, Hungersnöte, Massaker und Seuchen gab? Berit würde schon nicht zuviel gestehen, außerdem – er durfte doch kennen, wen immer er wollte!

13:30

Mittagessen auf der Terrasse. Bandnudeln in Kräutersoße, mit Kapern und Salamiwürfeln, Benis Leibgericht, von Marga wohl als Belohnung für die Aussöhnung gedacht, deren Zeuge Konrad gern gewesen wäre. Er konnte sich nicht vorstellen, wie das vonstatten gegangen sein sollte – Beni, der sich bei seiner Mutter entschuldigte? Konrad sah, in einer Mischung aus Trotz und Scham, in seinen Teller, am liebsten hätte er das Mittagessen ausfallen lassen und wäre dem Jungen aus dem Weg gegangen. Der ließ sich vordergründig nichts anmerken, tat locker und umgänglich, bis zur Penetranz frohgemut. Hemdsärmelige Stimmung kam auf, die Konrad kaum ertragen konnte. Beinah erleichtert nahm er die erste Angriffswelle wahr.

»Wollt ihr Konrad nicht 'n Bierchen gönnen? Er sieht so gedrückt aus.«

Marga ging sofort darauf ein, indem sie dem Neffen tief in die Augen sah.

»Nein, in der Tat, du wirkst etwas betrübt. Möchtest du denn ein Bier?«

Konrad erstaunte das Angebot. Ihm tagsüber Alkohol anzubieten war Marga nur in den Wochen der Schwerstarbeit eingefallen. Er wehrte ab, es sei zu früh für Bier, obwohl er nichts lieber getan hätte, als sich langsam zu betäuben.

»Ist auch gar keins mehr im Keller«, stellte Rudolf fest.

»Aber ja, muß noch ein halber Kasten da sein!«

Rudolf schüttelte den Kopf, mit einem kurzen Seitenblick auf Konrad, der sich keiner Schuld bewußt war.

»Ich hab nur eins oder zwei genommen. Und da war der Kasten fast leer.«

»Ich bitte dich, das ist doch kein Thema, ich bestell morgen neues.«

»Lohnt sich das?« fragte Rudolf, und Marga hüstelte nervös, beeilte sich zu behaupten, man müsse immer Bier im Haus haben, für alle Fälle. Konrad, dem die Debatte mit jedem Moment sonderbarer vorkam, drehte und wendete die auf ihn einprasselnden Zeichen, ohne sie deuten zu können. Die nächste Eskalation erfolgte prompt.

»Es gibt tolle Sachen, wie bei so Fakiren, die können auch von Kirschsaft besoffen werden, nur weil sie stark dran glauben. Auf jeden Fall steht auf denen ihren Flaschen Kirschsaft drauf.«

Konrad erschrak. Wie war Benedikt auf den Trick mit der Kirschsaftflasche gekommen? Sie stand doch immer, fest zugeschraubt, auf dem Balkon...

»War Onkel Erwin nicht 'n Säufer?«

»Kind, darüber wolln wir hier nicht reden.«

»Na schön, aber – gab's denn, *damals,* mein ich, noch andere Suchtkranke in der Family?«

»Nein. Nein... Rudi, wüßtest du?«

Rudolf machte eine Geste, die darum bat, ihn mit so etwas nicht zu belangen. Benedikt sah Konrad, der ihn nun fixierte, keinen Moment lang in die Augen. Vielleicht hätte ihn der Haß, der ihm entgegenblitzte, zögern lassen, fortzufahren.

»Übrigens, oben bei Wiesingers, stellt euch vor, in der großen Hecke zwischen Geräteschuppen und Feld, dem Wiesinger sein Sohn hat's mir gesteckt, hat jemand sein Altglas abgeladen. Über fünfzig Flaschen! Ist das nicht 'ne Sauerei?«

Völliger Blödsinn, dachte Konrad, ich hab meine Flaschen in keinen Busch geworfen. In den öffentlichen Abfalleimer hab ich sie getan, unten an der Straßengabelung.

»Fünfzig Flaschen! Wer tut so was? Okay, der Glascontainer ist 'nen Kilometer weg, das ist weit, aber trotzdem...«

»Dem Wiesinger sein Sohn!« entfuhr es Konrad nun. »Du redest, als würdest du in Deutsch auf einer Fünf stehn!«

»Ach? Echt?« Benedikt verweigerte noch immer jeden Blickkontakt. Seine Lippen wurden hart, die Brauen schoben sich hoch, dünkelhaft und blasiert tat er und seiner Sache so gewiß, daß es Konrad eine satanische Lust bereitete, zum Gegenschlag auszuholen.

»Dabei kann man heutzutage, mit der Rechtschreibreform, diesem Katzbuckeln vor der Dummheit, statt Nymphen sogar Nümfn schreiben und Sfinks! Ha, naja, wenigstens hast du in Mathe keine Sorgen. Wißt ihr, Mathe war immer mein schlechtestes Fach.«

»Ach geh!« Marga lachte debil. »Du warst doch überall gut!«

»I wo! Einverstanden, ich stand nie auf einer Fünf oder gar darüber – das hätt ich mir mit meinem Vater im Nacken nie leisten können, aber ich hab das Fach wirklich gehaßt, über eine Drei kam ich selten hinaus. Soll ich euch was beichten?«

Marga und Rudolf hielten mit dem Essen inne, in gespannter Erwartung. Benedikt – die Frequenz seines Lidschlags erhöhte sich – wurde mit jedem Wort zappeliger, bis ihm das pure Entsetzen im Gesicht stand. Konrad genoß es.

»Ich beichte es euch! Es ist verjährt. Also: Einmal hatte ich eine fette Fünf bekommen, für mich beinah ein Todesurteil, ich hatte Angst, mein Vater würde mich umbringen. Was tun? Ich griff zum äußersten Mittel, ein Spielchen um alles oder nichts. Ich habe die Schulaufgabe neu geschrieben, mit ein paar Korrekturzeichen versehen, das Kürzel des Lehrers gefälscht und mir eine Drei gegeben. Es hat geklappt, ich bin nicht aufgeflogen, hab's überlebt. Das war vielleicht ein Abenteuer! Mir eine *Eins* zu geben, hab ich mich allerdings nicht getraut, das wäre zu unverfroren gewesen. Heute, denk ich, würde ich das vielleicht auch anders handhaben. Wenn schon, denn schon, nicht wahr?«

Marga spielte ein wenig die Empörte und schwenkte betulich den Zeigefinger. Benedikt sah geschlagen in seinen Schoß hinab. Konrad setzte noch eins drauf.

»Ich war vielleicht manchmal zu kleinlich. Das ist eine Stilfrage. Man kann nicht nach Prinzipien der Ästhetik leben, wenn man jeden Tag erst überleben muß. Apropos Ästhetik, Beni –«

»Was?«

»Ich wußte gar nicht, daß man inzwischen sogar wegen Kunst durchfallen kann. Stimmt das? Zu meiner Zeit zählte das nicht als Vorrückungsfach.«

Benedikt war ganz bleich. Für einen Moment glaubte Konrad, er sei zu weit gegangen, fürchtete, der Junge könne, unter schweren Opfern, doch noch triumphieren, indem er nämlich eine Generalbeichte ablegte und so dem Cousin die Waffe aus der Hand schlug. Es schien, als überlege sich Benedikt diese Möglichkeit. Tanz auf der Abgrundkante, sekundenlanges, unendliches Schweigen.

»Stimmt.«

In diesem Augenblick faßte sich Rudolf plötzlich ans Herz, massierte seine Brust, lief rot an. Schweiß perlte ihm auf der Stirn.

»Gott, Rudi, was hast du?« Marga stürzte zu ihm hin und öffnete zwei Knöpfe seines Hemdes. Auch Konrad beugte sich über den Onkel, der aber schleuderte eine Hand nach oben, wie um dem Neffen zu bedeuten, er solle ihn nicht anrühren.

»Geht schon. Sind nur ... Beklemmungen. Laßt mich in Frieden! Geht schon!«

»Bist du sicher, daß es nicht schlimm ist?«

»Jaja. Das geht von selbst.«

Benedikt hatte den Moment genutzt, sich fortzustehlen. Marga bettete den Gatten auf einen Liegestuhl und brachte aus der Hausbar ein Gläschen Birnenschnaps, ausnahmsweise, zu medizinischen Zwecken.

Konrad entschuldigte sich und wanderte zur Acher, wo er stundenlang saß und Steine in den Fluß warf.

19:00
Berit lugte durch den Vorhangspalt; Benny hockte seit anderthalb Stunden stur auf dem gegenüberliegenden Gehsteig, Allegorie vorwurfsvollen Leidens. Er hatte sie angeschrien, sie hatte ihn rausgeschmissen, mit Hilfe ihres Vaters, der den Jungen höflich, aber nachdrücklich zur Tür komplimentierte. Berit fühlte kein Mitleid, war immer noch wütend über Bennys Hinterhalt. *»Konrad hat gemeint, ihr hättet euch prima verstanden«* – sie war drauf hereingefallen, hatte vor Verblüffung keine Antwort gegeben, entgeistert den Mund aufgesperrt. Danach, erbost über den Trick, erbost über sich selbst, hatte sie fast alles, was es zu gestehen gab, gestanden, halb, um Benny zu verletzen, halb, um reinen Tisch zu machen. Lügen waren ihr zuwider, auch glaubte sie, Konrad bliebe ihr nur wegen seines schlechten Gewissens fern und käme, sobald die Lage geklärt wäre, wieder. Ihren Eltern hatte sie nichts erzählt, die gaben sich mit der Information zufrieden, ein abgewiesener Gymnasiast habe die ihm gezogenen Grenzen überschritten, sei aus Liebeskummer laut geworden; ungefähr entsprach das der Wahrheit.

Berit griff zum Telefon. Als sie die Tasten drückte, wurde ihr mulmig, jedoch schien alles besser, als in diesem passiven Zustand zu verharren. Marga rief ihren Neffen, der eben nach Hause gekommen war, an den Apparat.

»Ist für dich! Eine Berit ...«

Konrad nahm stirnrunzelnd den Hörer. Marga blieb zuerst in der Diele stehen, dann zog sie sich in die Küche zurück, gerade so weit, um neben ihren Vorbereitungen fürs Abendessen, also gezwungenermaßen und ohne äußere Anzeichen eines Vorsatzes, zu lauschen.

»Was ist?«

»Benny weiß jetzt alles. Er belagert das Haus.«

»So?« Konrad mied jedes Wort, jeden Fluch, die Marga einen Hinweis auf den Inhalt des Gespräches geboten hätten, stellte auch keine Fragen nach Wie und Warum.

»Und jetzt?«
»Ich möchte gern, daß du kommst! Ich vermiß dich. Warum hast du dich nicht gemeldet?«
»Sicher. Sicher werde ich kommen. Morgen nachmittag, wäre das recht?«
»Wieso redest du so komisch?«
»Aber ja, kein Problem. Morgen, gegen zwei?«
»Kannst du nicht noch heut abend?« Berit hatte begriffen, daß Konrad nicht reden wollte, weil jemand zuhörte; ihn zu fragen, welchen Grund es noch zur Heimlichtuerei gab, fehlte ihr der Mut.
»Nein, heute käm's mir ungelegen ...«
»Versteh schon. Na gut, morgen um zwei. Kommst du auch wirklich? Wenn du mich nicht mehr sehen magst, sag's lieber gleich.«
»Das wird sich, denk ich, klären lassen.« Konrad fand es entsetzlich, das Mädchen auf diese Weise abzufertigen, aber er konnte nicht aus seiner Haut, hing im Netz seiner Lügen fest und versuchte, der Eskalation auf irgendeine Art zu entweichen. »Gut dann, bis morgen! Danke für den Anruf!« Er drückte die Gabel herab.

Marga wollte gleich wissen, wer das gewesen sei. Eine Kellnerin, log Konrad, vom Postwirt, wo er ab und zu verkehre, die habe ihn gebeten, morgen ein bißchen zu helfen, man feiere eine Verlobung ...
»Ach? Ja, ich hab schon gehört, daß du manchmal im Postwirt sitzt.«
»Wirklich? Was die Leute alles reden ...«
»So ist das im Dorf. Da bleibt nichts verborgen!«
»Du machst mir richtig angst!«
Marga wurde plötzlich sehr ernst, sie setzte sich an den Küchentisch und bat den Neffen, ebenfalls Platz zu nehmen, sie müsse ihm etwas sagen. Unvermittelt wechselte die Atmosphäre der Küche vom Heimeligen ins Feierliche, als hätte jemand der Abendsonne einen Braunfilter vorgeschaltet.

»Es fällt mir sehr schwer, aber, nun, Rudi denkt...«
»Das ist doch nicht schlimm«, witzelte Konrad, doch in seinem Innern wurde alles eng und taub und eisig. Er ahnte, was folgen würde, hatte es viele Male vorausphantasiert, war mit den einleitenden Floskeln daher gleichsam vertraut.
»Ach du! Rudi denkt, es wäre vielleicht besser...«
»Besser?«
»Wenn du vorübergehend wieder in deine gewohnte Umgebung zurückkehrst. Ach Gott!«
Zwei Tränen liefen ihr über die Backen. Die linke gewann. Konrad vergaß zu atmen, ihm wurde schummrig.
»Um ehrlich zu sein, Rudolf ist sich sogar sicher, daß das im Augenblick das Beste wäre, frag mich nicht, warum, es ist nicht meine Meinung...«
»Hab verstanden. Sag ihm, am Samstag fahr ich.« Er dachte eigentlich nichts, wartete auf ein neues Augentropfenspiel.
»Das ist kein Rauswurf! Versteh doch...«
»Ich werd den Abendzug nehmen. Dann kann die Familie tagsüber noch zusammensein.«
»Bitte sei nicht beleidigt! Rudi mag dich, bestimmt – aber er ist halt ein wenig eigen, manchmal kann ich ihn nicht nachvollziehen, das macht das Alter!«
»Nicht traurig sein... Vielleicht stimmt es ja. Da wartet manches darauf, ins reine gebracht zu werden.« Auch Konrads Augen wurden feucht, fast hätte er losgeflennt. Um sich zusammenzunehmen, mußte er alle Überwindung aufbieten, die ihm zur Verfügung stand.
»Bitte denk nichts Falsches! Er mag dich!«
»Natürlich. Es ist meine Schuld. Ich habe eure Gastfreundschaft zu lange ausgenutzt.«
»Aber nein...«
»Entschuldigst du mich beim Abendessen? Ich hab gar keinen Appetit. Brauch ein bißchen Frischluft.«
»Du bist ja käseweiß! Es tut mir so leid. Vielleicht könntest du... Ach nein, das wäre keine Lösung...«

»Schon in Ordnung. Koch mir am Samstag was Gutes, ja?«
Konrad drückte Marga fest an sich, wie ein Verurteilter sich von der Mutter verabschiedet, dann ging er schnell ins Freie, meinte, er müsse brechen, aber da kam nichts, die Schlangen hatten alles aufgefressen und sich in der Bauchdecke verbissen. Konrad rannte zum Postwirt. Die Schlangen mußten betäubt und ersäuft, in Alkohol eingelegt werden. Er wollte sich nur noch betrinken, bis zur Besinnungslosigkeit, vielleicht darüber hinaus.

23:30
Verrauchte Kreuzgewölbe, Kartenspieler, stickstofftrübes Lampengelb, proletarisches Gewimmel, darin: Anna, kaltleuchtend, geschäftig korrekt wie schon am Nachmittag, säkularisierte Göttin, Märchennixe, hat ihre Unsterblichkeit hingegeben, der Zentaur umfaßt sie, ein Lederbecher knallt auf den Tresen, drei Würfel erzeugen stürmisches Gejohle. Johanser, in der Nische neben dem Münzspielgerät, taumelt; die Beine streiten, welches spielen darf, welches stehen muß. Das Bier schießt raketensteil in den Kopf. Anna, komm und bedien mich, mach's mir, noch heute und morgen, dann laß ich dich mit dem Pferdeschwanz allein, ich sollte ihn abschneiden, aber es gehört sich nicht, gehört sich einfach nicht. Komm, schenk mir ein Lächeln, dein sphynxisch zugespitztes Lächeln, das an sich selbst zerbricht und flieht, tief in den schweigenden Mund. Wäre es allzu ehrgeizlos, sein Leben als Schatten in einer von Annas Armbeugen beenden zu wollen?

Die saufende Personage hier, das maulende Trinkvieh, alles Thanatos-Ware, bölkt und blökt, auf Abruf bereit, Kerl stoß mich nicht, jetzt hab ich verschüttet... Anna! Noch eins! Bitte! Komm doch mal her! Wie ist das, wenn er wiehert in der Nacht, sein Schnauben auf deinem Hals? Ich hätt dich vor ihm bewahren sollen? Blöde Fotze, hättest bloß was zu sagen brauchen, ich bin doch schüchtern und schwer von

Begriff. Das sieht man doch! Oder? He, oder? Gott, meine Ohren sind so weit auseinander, unmöglich unter einen Hut zu zwingen, die erreich ich nicht mit ausgestreckten Armen! Anna... mein katatonisches Mädchen, mein Brrrr... Die Zärtlichkeit einzelner Worte, die, in Sätze gebunden, kaputtgeht – Herr des Gestammels, laß mich Blabla ohne Füllsel finden, Tam-Tam, das, dem Altar zu Füßen gelegt, pocht und strömt – laß mich herzaufblasende Worte finden, wie ›Brrmmsl‹... Anna! Würdest du mich zupfen, am Kragen, stiller Wink ins stille Kämmerlein hinein, schmuddelig, staubig, verkrustet, im Glanz einer freihängenden Glühbirne, gegens Konservenregal gestemmt, könntest du dich offenlegen, den Rock hochschieben, dein Rosmöschen mit Spucke befeuchten, gefiele dir das nicht? Wie meine Finger allein vor Ehrfurcht vibrierten... Warum liegt euch Frauen nicht genug daran zu verwirren, zu spielen, den Momenten Blankoschecks auszuschreiben? Mit dir da drin. Draußen würde man den schweren blöden Trab des Zentauren hören, während ich, deine Füße küssend, mich auf den Boden ausgösse, mehr wäre da nicht, mehr wollt ich gar nicht. Anna! So steht sie strahlend hinterm Zapfhuhn, könnte Himmel sein oder Hölle, das Licht der Cherubim oder der Widerschein des Fegefeuers. Sieh meine Hände, Schmauchspuren verbrannter Leidenschaft, Reibungshitze, Kerben, eingebrannt in die Fingergelenke, grobdeutsch: Wixgriffel. Entschuldigung! Wie es in meinem Herzen aussieht? Welche Frage! Blutrot, hoff ich! Selbstverständlich, wer wollte das in Zweifel ziehen? Wir dachten ja bloß... Bah, denken führt zu Hirnschmerz, wußten Sie das? Wirklich, o nein – potztausend... Bitte! Niemand geniere sich, passiert doch jedem, ist eine Seuche, das Denken sollte man der Zeit überlassen... Wie wahr! Wie enthebend! Mein Ankertau, meine Weltbindung – das Seil aus geflochtenen Nervenfasern – will wer drauf tanzen? Es zittert bei der leisesten Berührung, beginnt zu schwingen, brüchig ist es, eine getrocknete Nabelschnur voller Knoten, die mich an irgendwas erinnern sollten, ausgefranst und wetterfühlig. Anna, wenn dir Empfindung verliehen wäre, hättest du meine Liebe doch hören müssen, auch wenn sie dir zuschwieg, mein Schweigen war lauter und lauter als alle Worte zusammen...

»Bist sicher, daß d' noch eins willst?« Anna, Tablett, Munition.

»Hmmhm.«

»Das ist dann dein achtes.«

»Oh, du sorgst dich um mich, das ist schön! Soll ich dich retten? Soll ich dich entführen?«

»In deinem Zustand kämen wir nicht weit.«

»Das ist wahr...« Kleinlautes Seufzen. »Aber ich hab's dir angeboten!«

»Sei still, daß dich Winhart nicht hört.«

»Du sorgst dich... Du magst mich. Wo gehst du denn hin?«

»Aha! Der Herr Doktor! Bißchen schwach beieinander, wie?« Der Zentaur wühlt sich durch den Leiberstau, haut Johanser auf die Schulter, daß dem beinah der Krug entflutscht. »Samstag, zum Fest, na, wie ist's?«

Samstag, wiederholt Johanser für sich, Samstag, erschreckend... Mit Wucht, doch kokett schmeichelnd, wie ein Tanzbär, der vorgibt, des Hofes zwergwüchsig-neuester Narr zu sein, betritt das Grauen den Raum. Tapsig ist es und plump, sein Streicheln schlägt Wunden, die es gleich, mit sandpapierner Zunge, zu lecken beginnt. Ich bin seine tollste Spielsache geworden, es hängt sich mir an, dem einzigen Freund.

»Helft unserm Doc doch mal aufs Klo! Der kotzt ja gleich!«

Johanser wehrt die Hände ab, streckt den Hals, setzt ein Bein, das andere, dann wieder das eine, so geht das, hier ein Schubs, dort ein Schubs, gleicht jedes Schwanken aus. »Schreib's an!« ruft der Zentaur, Anna grinst, Johanser winkt, morgen ist noch ein Tag, ein Frei-Tag vor dem Samstag, dahinter die Unendlichkeit, das auch, plötzlich: Temperatursturz, Sterne, echte Sterne, zärtlich ist die Nacht, die Maria voller Gnaden, gebene – pfui! Der Mond, nicht halb so voll wie ich, er ist mir nicht gewachsen, morgen werden andere Saiten aufgezogen, damit das wieder klingt ...

Wie schön es ist. Ich werde draußen bleiben. Das Thanatos-Land. Zinnfarbener Himmel, die Fluren von Bronze. Der Mond ist aus Schnee. Etwaige Bäume sind einem chinesischen Schattenspiel entliehen. Mein Puls schlägt lichterloh im Wiesenweich.

11

Freitag

Johanser war gegen fünf Uhr erwacht. Klamme Feuchtigkeit hatte seine Kleider durchdrungen; er hustete. Eine Schnecke klebte am Ärmel, der Stoff roch modrig, von Bier, Schweiß und Tau getränkt. Zum Ekel trat die Scham. Nicht, auf irgendeiner Wiese genächtigt zu haben, warf er sich vor – aber ausgerechnet auf jener zwischen Bahnhof und Fluß, wo es morgens besonders feucht war und wo er, ohne Deckung, den Frühaufstehern seinen Anblick geradezu aufnötigte – schon rollte der erste Pendlerzug nach Norden, voll starrender Gesichter, die Innenbeleuchtung der Waggons wurde abgeschaltet, Fratzen verkamen zu Klumpen.

Johanser hatte, nach Minuten hilflosen Bibberns, zu rennen begonnen, rannte, bis ihm Dampf aus dem Hemdkragen stieg und er keuchend vor der Ulme stand, im Spottgezwitscher der Vögel.

Den gesamten Vormittag blieb er im Bett, ohne zu schlafen, unterzog sich einer Schwitzkur, indem er den Kopf unter die Decke steckte, seine Knie an die Brust zog und das luftdicht geschlossene Zelt mit seinem Atem heizte.

Zauberzelt des Konradkinds. Gespensterfreie Zone, in die nichts Böses eindringen kann. So war es damals gewesen; nur seine Mutter hatte über die Fähigkeit verfügt, den Schutzkreis zu durchbrechen. Manchmal war der Sauerstoff im Zauberzelt knapp geworden, eine Ohnmacht drohte, aber Konrad lüftete das Versteck kein einziges Mal im wachen Zustand;

nachträglich schien es ein seltsamer Zufall, daß er immer vom Schlaf gerettet worden war.

Marga klopfte, Konrad rief »Nein!«, zu seinem Erstaunen genügte es, unbehelligt zu bleiben. Sein Zauberzelt – später der geheime Ort erotischer Forschung, geprobter Obsessionen, stets hatte er sich vorgestellt, mit einer verschwommenen Geliebten eingesperrt zu sein, unter Kannibalen, Raubrittern oder Nazis, denen es zu entfliehen galt um jeden Preis. Wie viele waghalsige Fluchten hatte das Zauberzelt ermöglicht! Wie oft war er mit der Geliebten glücklich entkommen und hatte ihre Dankbarkeit genossen ... Ich weiß noch, die Flucht schien mir der einzig lebenswerte Zustand, und als ich zum ersten Mal das Sophienschloß in Walstadt besuchte, an der Hand meiner Mutter, sprach jemand von wunderbar endlosen Zimmerfluchten. Dies Wort begriff ich so, daß der Fürst sich ein riesiges Haus gebaut hatte, um endlos fliehen zu können ... Flucht bedeutete Phantasie in höchster Konzentration, so hat sich das alles mir dargestellt, gar nicht verklärt; eine Flucht konnte scheitern, wenn Mutter mir die Bettdecke fortriß und die Geliebte, meine zärtlich aus dutzend leibhaftigen Vorlagen zusammengefrankensteinte Braut, unter Kannibalen fiel, von Raubrittern herumgezerrt wurde oder von Nazis das Haar geschnitten bekam.

Radio. Trotzmusik. Beethoven, siebte Symphonie. *Maßnahme eins.* Aktion statt Reaktion. Um den Mittag herum nahm Johanser ein heißes Bad, aus der Küche zwei Äpfel und lief ins Dorf hinunter. Beim Elektro-Lattmann kaufte er eine winzige Taschenlampe, die in die Innentasche seines alten, abgewetzten schwarzen Sakkos paßte, welches er, weil es ihm ans Herz gewachsen war, nie in den Müll geworfen, sondern im Koffer verstaut hatte, abkommandiert zum Flaschendämpfen. Das moosgrüne, schneckenschleimbehaftete, übelriechende Anpassungsetwas stopfte er endlich in den nächsten Papierkorb. Die Zeit der Mimese war vorüber.

Pünktlich um zwei traf er bei Berit ein, die ihn an der Haustür empfing und sich gleich an ihn klammerte. Aus Höflichkeit erwiderte er die Umarmung, doch schlaff, ohne Nachdruck, das Mädchen merkte es und ließ von ihm ab.

»Was ist mit dir?«

Wie sie sich zurechtgemacht hat, mit Parfum, Kajalstift und einem damenhaften Seidenkleid, hochhackigen Schuhen, rührend, wirklich – so unscharf daneben ...

»Ich fahr morgen zurück.«

»Das ist es also.« Berit nahm Konrad bei der Hand, zog ihn die Wendeltreppe des Reihenhauses hinauf in ihr Zimmer und schloß die Tür ab.

»Red Klartext! Kommst du wieder?«

»Ich bin nicht verliebt in dich. Wird nichts aus uns. Wenn du an mir rumnestelst, machst du's nur schlimmer. Setz dich bitte!« Johanser kopierte ganz bewußt Zumraths Tonfall, dessen Bestimmtheit er immer, ohne es je zuzugeben, bewundert hatte.

»Ich komme nicht wieder. Und wenn, spielt das keine Rolle. Darfst in aller Ruhe enttäuscht sein. Besser, du vergißt mich ganz schnell.« Er sah, wie das Mädchen litt, fand das Szenario dabei überaus lächerlich und vorausbestimmt, fand jedes Wort nötig und doch klischiert, ihm war, als spule er einen die Handlung vorantreibenden Text gewohnheitsmäßig ab. Wenigstens war Berit nicht der Typ, in Tränen auszubrechen, das machte alles erträglich. Scheinbar ruhig und gefaßt hörte sie ihm zu, hockte auf einem mit arabischen Schriftzeichen dekorierten Sitzkissen und rieb die Daumen gegeneinander. Vielleicht suchte sie ihm zu imponieren.

»Bist du sauer, weil ich Benny alles gesagt hab?«

Herzig, die Frage, nicht minder lächerlich als ihr Kontext, alles ein in nichts mündender Blinddarm. Dennoch nickte Johanser, fand es mildtätig, ihr irgendeinen Grund für sein Verhalten zu liefern.

»Benny hat mich bös angemacht, weil er meinte, ich hätte

dir seine Noten gesagt. Dabei weiß ich gar nichts, er ist ja nicht mal in meiner Klasse! Er hat mir mal gesagt, daß er schlecht steht. Er hat auch mal dran gedacht, abzuhauen, weißt du das?«

»Nein.«

»Ja, aber jetzt, mit dem Gartenhaus, scheint er sich fürs Bleiben entschieden zu haben.«

»Einer wie er würde sowieso bald aufgegriffen werden.«

»Scheinst nicht viel von ihm zu halten.«

»Ich weiß wenig. Aber Talent zur Flucht trau ich ihm nicht zu. Woher soll er das haben?«

»Ich bin's irgendwie leid, dauernd über Benny zu reden. Manchmal kommt's mir vor, du bist immer nur wegen ihm hier.«

»Stimmt ja! Gibt auch keine Entschuldigung dafür. Besser, ich geh jetzt.« Johanser griff nach dem Zimmerschlüssel, merkte, daß er nicht klar im Kopf war, denn eine Sekunde lang hatte er überlegt, den Schlüssel mitzunehmen, um endlich einen für zu Haus zu besitzen. Berit unternahm nichts, ihn zum Bleiben zu überreden, in einigem Abstand stöckelte sie die Treppe hinab und schwieg, bis beide unter der dünnen Pergola des Vordaches standen.

»Ich bin dir nicht böse. Wenn du wieder herkommst, kannst du mich jederzeit besuchen.«

»Du hast was Besseres verdient als mich – und ihn.«

»Ist blöd gelaufen.« Berit versuchte zu lächeln. Ihre Haltung beschämte ihn zutiefst, er fragte sich, ob sie ebendies beabsichtige, dann schämte er sich noch mehr, wegen der offensichtlich deplazierten Unterstellung. Zugleich wurde ihm bewußt, wie wenig er die Menschen hier alle kennengelernt hatte, Benedikt, Berit, Anna, Rudolf, selbst Marga – die erste Vertraulichkeit war schnell zur Oberfläche zurückgekehrt, wie ein Taucher, der dem Tiefendruck nicht standhält.

Berit warf ihm eine Kußhand nach, dann zog sie schnell die Tür hinter sich zu.

Johanser ging die Straße entlang. Bullbrunn war eine schmucke junge Kleinstadt mit hoher Geburtenrate, übers zweite Stockwerk hinaus zu bauen war untersagt. Die Litfaßsäulen blieben meist nur halb plakatiert, allzuviel gab es nicht kundzutun. Eine Pizzeria und ein chinesisches Restaurant repräsentierten das multikulturelle Element, eine Cocktailbar, die um ein Uhr schloß, und die Diskothek, die nur freitags und samstags geöffnet hatte, das Nachtleben. Und Iris – Schwamm drüber. Johanser haßte den Ort genauso, wie er Niederenslingen liebte; suchte er aber nach einem vernünftigen Grund für jene Diskrepanz, gelangte er bald zur Einsicht, daß er, wo auch immer, fehl am Platz sei und sich die jeweiligen Orte nur nach dem Grad der Illusion unterschieden.

»Hast du sie gefickt?«

Johanser schrak auf. Gebeugten Kopfes war er zur Serpentinenstraße getrottet, die letzten Häuser Bullbrunns lagen gerade hinter ihm. Benedikt war wie aus dem Nichts aufgetaucht, saß auf dem Gepäckträger seines Rades und schob den Lenker hin und her.

»Nein. Hab ich nicht. Hab ich nie.«

»Du hast mit ihr rumgemacht und keinen hochgekriegt?«

»Was soll das?« Johanser blieb stehen. Er war froh über die Begegnung, hatte sogar darauf gehofft.

»Mann, du bist echt 'n kaputter Typ, weißt du?«

»Wenn Berit wirklich deine Freundin wäre, hätt ich sie nicht angelangt. Vielleicht doch. Was tut's? Du windeiweiches Bürschchen, was willst du eigentlich?«

»Ach so ist das? Kehrt er den wilden Mann raus! Du wirst hier abzischen, hörst du?«

»Bist du da sicher?«

»Ziemlich.«

Johanser ging weiter, Benedikt folgte ihm. Während die beiden sprachen, führte ihr Weg links an der Serpentinenstraße vorbei, auf den kleinen Wiesenpfad.

»Vierunddreißig neunundzwanzig. Sagt dir das was?«
»Keine Ahnung...«
»Vorwahl nulldreinull – kommst echt nicht drauf?«
Johanser stockte. Es war die Telefonnummer des IDR. Stumm setzte er seinen Weg fort, zwischen vereinzelten Pappeln. Der Pfad, immer dichter überwachsen, verlor sich ganz im Gras.
»Ich hab heut nämlich mal bei deinem Institut angerufen. War echt aufschlußreich.«
»So?«
»Die sagten, du arbeitest schon seit März nicht mehr dort. Aber sie taten an deiner Rückkehr ziemlich interessiert...«
»Aha. Und? Hast du ihnen gesagt, wo sie mich erreichen können?«
Johanser zitterte bei dieser Frage. Die Antwort würde alles Kommende festlegen, so oder so. Eine Richtschnur, eine Entscheidungshilfe. Richtstätte. Entscheidungsgewalt.
»Noch nicht. Deshalb wirst du ja morgen abzischen, nicht wahr? Und wenn du mich bei meinen Eltern anschwärzt – vierunddreißig neunundzwanzig! Das ist der Deal.«
»Der *Deal*...«
»Das Geschäft, wenn du das lieber hast.«
»Übrigens, Berit hat wirklich nichts über deine Noten gesagt. Ich bin bei deiner Klassenlehrerin gewesen.«
»Mann, bist du kaputt! Ehrlich, ich dachte, du bist 'n totaler Langweiler. Dabei bist du 'n richtiges Arschloch. Wo gehn wir denn hin?«
»Ich zeig dir was, komm mit.«
»Was denn?«
Die beiden waren noch etwas über zweihundert Meter vom Plateau entfernt. Johanser gab keine Antwort, winkte nur und schritt voran. Löwenzahn, blühender und verblühter, auf Wiesen, deren Gras auffallend kurz war, dottergelbe Sterne, zuckerweiße Watteknäuel. Hummeln sah Johanser gern, die hatten etwas gutmütig Behäbiges, wer würde eine

Hummel erschlagen? Der Wiesenklee war ausnahmslos dreiblättrig, da konnte suchen, wer immer wollte.

»Hey, gilt das Geschäft?«

Es ging nun ein kurzes Stück bergab. Von den Häusern Bullbrunns waren nur noch einige Dächer zu sehn, vorne dagegen rutschten die Weinberge Niederenslingens ins Bild.

»Morgen wäre ich sowieso gefahren.«

»Ach? Auf einmal?«

»Nein, es stimmt. Sagen wir so: Wenn ich gefahren wäre, dann morgen. So ist es richtig.«

»Check ich nicht. Was meinst du?«

»Schau! Schau dir das an!«

»Was denn?«

»Das Land. Die Schönheit. Bist du je hier oben gewesen? Etwas Vollkommenes umgibt diesen Platz. Ich spürte es sofort. Du nicht auch?«

»Hey, willst mich vollabern?«

»Nein. Du sollst nur schauen. Sieh dir das einmal gut an.«

»Alles Wackenroder, oder was?«

»Schau, unser Haus! Und wie der Wein drüber glüht. Und dort, auf dem Baumstumpf, siehst du ihn?«

»Wen denn?«

Weit und breit war kein Mensch zu sehen. Ein Zug rauschte durchs Tal. Der Stein in Konrads Hand wog etwas über zwei Kilo, es gab ein grausiges Geräusch, als unter seinem Gewicht Benedikts Hinterkopf platzte. Der Junge fiel zuckend vom Rad, das Metall schepperte, die strampelnden Beine traten wie nach einer Schlange, schoben das Rad vom Körper weg, dann war es ganz still, aber der Körper bewegte sich noch, lag auf der Seite. Blut rieselte den Rücken hinab.

Johanser sah den Turnschuhen zu, den teuren Turnschuhen, wie sie in der Wiese scharrten und manchmal, wenn sich eines der Beine lang machte, über die Speichen schrubbten, sich ein Kreppverschluß im Schutzblech verfing.

Benedikt stöhnte; kurz schien es, als käme er wieder zur Besinnung. Seine Finger zeigten deutliche Greifreflexe, umklammerten Grasbüschel. Die Wunde brodelte, ein Krater von vier Zentimetern Durchmesser, das Blut floß schwallweise, nicht besonders stark; Hirnmasse schien durch. Für einen Moment spielte Johanser mit dem Gedanken, in den Ort zu rennen und nach Hilfe zu rufen. Er prüfte seine Kleidung; fand keinen Blutfleck darauf. Ein zweites Mal zuzuschlagen, brachte er nicht fertig, zerrte statt dessen den Körper in ein Gebüsch, versteckte auch das Rad, ging dann zum Baumstrunk, setzte sich und wartete. Wartete. Horchte, ob aus dem Haselbusch ein Laut drang.

Das Achertal. Es war so schön, hier zu sitzen. Schade nur, daß man von dieser Seite aus das Glitzern der Quarzeinschlüsse nicht zu sehen bekam, sei denn, man hätte sich weit über die Kante gelehnt. Säulenpappeln bogen sich in leichtem Wind, eine dunstig vergrößerte Sonne senkte sich dem Saum der Rebhänge entgegen. Johanser dachte an nichts. Ruhig saß er da, leer und müde, summte sogar ein Liedchen, eine paraphrasierte Melodie aus Schuberts »Notturno« in Es. Er wunderte sich nicht einmal über die unnatürliche Ruhe, fand sie ganz selbstverständlich. Hin und wieder sah er sich um, hielt nach Spaziergängern Ausschau, aber ohne jede Furcht, gleichmütig, wie um angelesenen Handlungsmustern zu entsprechen.

Möwen im Gegenwind. Tiere, die an unsichtbaren Schnüren hängen, rauf- und runtergezogen werden. Spielzeug kindgebliebener Wolkeninsassen. Ein paar Mohnblumen stünden der Wiese gut. Es fehlt an Rot. Landschaften ohne Rotstich bleiben kalt, mag sich die Sonne noch soviel Mühe geben. Drüben, ein Hase flitzt von Baumschatten zu Baumschatten.

Thanatos ist ein bedauernswertes Wesen.

Er kann nur offenstehn und warten. Warten, bis die Lebenden kommen und durch ihn hindurchgehen; wenn Existenz und Erinnerung abgeglichen sind und eins vor der Zeit. Manche schreien, manche sind stumm. Einige kommen stolz, andere kriechen. Kriechen voll Erde und Schmerz aus Gebüschen hervor. Wie Benedikt. Sein Blut zieht rote Fäden von den Lippen zum Gras. Aber wohin will er denn fliehen? Er kriecht ja direkt auf mich zu.

Tatsächlich kämpfte sich Benedikt in Richtung des Abgrundes vor, völlig orientierungslos. Erblindet? Es machte den Anschein. Die Augen suchten nicht, sie stierten, halb geöffnet, ins Gras. Kein hörbarer Laut kam über seine Lippen, nur Bläschen aus Speichel und Blut. Sein Gesicht war mit Erde beschmiert, blutnasse Haarsträhnen klebten auf der Stirn, und immer wieder durchzuckte den Körper ein Impuls, das Zittern lief vom Nacken über den Rücken in die Knie, dann krallten sich seine Finger fest und schleiften den Körper ein Stück weit voran, langsam, keinen Meter pro Minute.

Johanser betrachtete ihn zuerst mit unfaßlichem Gleichmut und rührte sich nicht, blieb, sein Kinn auf die Faust gestützt, sitzen, leer und starr, bis, von einem Moment auf den andern, sein Kopf zu arbeiten begann, als hätte er eben erst realisiert, was geschehen war und geschah.

Er ist gar nicht tot. Er will nicht. Noch sechs, sieben Meter, dann erreicht er die Kante. Wie, wenn ich ihn ließe? Er beginge ja Selbstmord; das Loch in seinem Schädel wäre durch den Absturz erklärt. Ach nein, die Wiese hier oben glänzt von Blut. Man würde Untersuchungen anstellen, jeden Stein umdrehen; es ist außerdem zu hell, ihn hinabzustürzen, ihn sich hinabstürzen zu lassen; das Dorf könnte sehen, wie er gegen den Fels klatscht, vielleicht schreit er auch, ich trau's ihm zu, daß er beim Fallen, wenn niemand ihm den Mund stopfen kann, zu schreien anfängt. Wäre allerdings günstiger, ihn unten einzugraben, am Flußufer, da kommen keine Leute vorbei, keine freilaufenden Hunde, die schnüffeln und wühlen. Gott, das alles denke ich, wo er grade an mir vorbeikriecht und atmet. Muß ich ihn erwürgen? Ersticken? Noch einen Stein auf ihn schleudern?

Johanser kam es vor, als wüßte diese von Instinkten notbetriebene Kreatur, daß sie den Tod nur mehr verzögern konnte, als wäre ihr allein noch daran gelegen, Komplikationen zu schaffen. Und er ging fluchend selbst auf alle viere, bizarres Bild, sah dem Cousin in die blinden Augen, hielt den Abstand, indem er langsam zurückwich, jede Bewegung Benis synchron wiederholend. Stirb! flüsterte er, bittend und befehlend, dachte dabei nach, wie er dieses Sterben beschleunigen könne, ohne sich schmutzig zu machen. Kurz vor dem Abgrund sprang er auf, packte, um erst einmal Zeit zu gewinnen, Benedikt an den Fußgelenken, wie bei einem Schubkarrenspiel, und drehte ihn um 180°, so daß der Junge zurück zum Gebüsch kroch. Hände in den Hosentaschen, ging Johanser neben ihm her, achtete darauf, nicht in die Blutspur zu treten. Wer die beiden von ferne gesehen hätte, würde an einen Tierhalter gedacht haben, der seinen Hauswaran ausführt oder sonst ein domestiziertes Reptil.

Ich werde dich unten eingraben. Das ist gut. Ich verstau dich jetzt im Gebüsch, und in der Nacht schmeiß ich dich runter. Dann blutest du nicht mehr und machst keine Flecken auf die Felswand. Unten am Fluß ist die Erde auch weicher, da hab ich nicht soviel Arbeit. Muß eine Schaufel besorgen. Muß an so vieles denken.

Der Himmel voller Warteschleifen; Bussarde kreisten. Wo Wälder sich ausdünnen, mehren sich Greifvögel, logisch, der Beute fehlt das Schutzdach.

Benedikts T-Shirt war zerrissen, er blutete nun auch an der Brust, scharfes Gras zerschnitt seine Haut. Den Oberkörper hochzustemmen, fehlte ihm die Kraft. Tränen liefen über seine Wangen, doch schluchzte er nicht, schien müder, immer müder zu werden, der Kopf sackte herab und bohrte sich in die Erde, hemmte so sein Vorwärtskommen. Beni rollte herum und lag auf dem Rücken; auf dem Rücken starb er endlich, mit weit geöffnetem Mund, seine Knie zur Seite gewinkelt, die Arme über der Brust gekreuzt. Geronnenes Blut schimmerte, alle Fingernägel waren abgebrochen oder mit schwarzer Erde gefüllt.

Johanser fand, daß es sehr stilvoll und anrührend aussah. Einige Minuten blieb er in die Betrachtung der Leiche versunken, danach schleifte er sie ein zweites Mal in den Haselbusch und deckte sie mit Zweigen und Laub zu.

12

»Du siehst aus wie der Tod!«
»Fühl mich auch so.«
»Bist gestern gut nach Haus gekommen?«
Der Postwirt war für fünf Uhr nachmittags erstaunlich frequentiert, erstaunlich daher, daß Anna sich soviel Zeit für Johanser nahm. Sie blieb, ohne einen Grund zu nennen, vor ihm stehen und begutachtete sein Gesicht.
»Seh ich verändert aus?«
»Du bist ganz bleich. Und du schwitzt. Hast Fieber?«
Wie sie mich ansieht. Glüht mir das Kainszeichen auf der Stirn? Ich muß ruhig werden, klar denken. Wieder Boden unter den Füßen fühlen, muß mich, wenn nötig, mit Klebstoff an die Erde pappen, mir Gewichte umgürten. Alles muß gut durchdacht sein. Muß achtgeben, nicht aus dem Rahmen zu fallen, also im Bild bleiben, Exilant im Gemälde, Spielfigur im Sfumato irgendwo dahinten. Muß mich einordnen. Angemessen reagieren. Muß mich wichtig nehmen wie nie. Durchtrainierten Leichenhunden der Polizei wird eine Schnüffeltiefe von zehn Metern Erdreich nachgesagt. Wenn man Benedikt *sucht,* wird ein Hund ihn finden, egal, wo ich ihn vergrabe. Man darf ihn gar nicht erst suchen. Anna sieht wieder zu mir her. Wochenlang hab ich mir das gewünscht, nun ist es schrecklich. Wenn Anna schon bemerkt, was mit mir los ist, wie soll ich den Eltern gegenübertreten? Zwei Biere sind gut, die helfen zur Verstellung, mehr dürfen es nicht

sein, sonst begehe ich Fehler. Überall warten Fehler, die wollen mich vernichten. Eigentlich dürfte ich gar nicht hier sein, müßte oben auf dem Plateau sitzen und Wache halten, damit nicht ein ganz ordinärer, untrainierter Rentnerhund – das Fahrrad ist unzureichend versteckt – und erst in fünf Stunden wird es dunkel, der Nachmittag dehnt sich endlos. Mit Marga beim Abendessen zu sitzen, kann keiner von mir verlangen, ich werde anrufen, werde sagen, ich sei an meinem letzten Abend noch einmal wandern gegangen, käme spät heim, sie solle sich nichts denken. Es scheint alles so aussichtslos! Was ich vorhabe, kann unmöglich gelingen, sei denn, ich hätte viel Glück – wie kommt einer wie ich dazu, mit Glück zu spekulieren? Tolldreist, nun geht es nicht anders. Wie bring ich bloß die Stunden rum? Jede Sekunde frißt an mir. Ich könnte eine Schaufel kaufen! Nein, das wäre Wahnsinn; muß die aus dem Keller holen. Sei denn, ich führe ein, zwei Stationen mit der Bimmelbahn, dorthin, wo keiner mich kennt. Das ist eine Idee.

Johanser zahlte und lief zum Bahnhof, den Fünfuhreinundzwanziger zu erreichen. Während der Zugfahrt dachte er darüber nach, wie es war, ein Mörder zu sein. Oft hatte er sich das ausgemalt, hatte sich Eumenidenschwärme vorgestellt, in scharfzahnigen, verdunkelten Zimmern, ständige Luftangriffe, dazu das Tropfen eines Wasserhahns, von Makrophonen verstärkt, dröhnendes Plitsch ins Gehirn. Doch es war nur eine große Leere, an deren Rändern sich die Gedanken dicht drängten und im Kreis herumgingen. Die Leere war nicht peinigend, nur eben leer, mit nichts zu beschreiben, höchstens zu konstatieren. Vielleicht lag es daran, daß die Tat, die er begangen hatte, letzter Ausweg gewesen war, letzte Fluchtmöglichkeit in hoffnungsloser Situation.

Ich bin dazu getrieben worden, man hat mich nicht in Ruhe gelassen. Das ist was ganz anderes, als wenn man jemanden ein paar Klunker wegen erschlägt. Masochist, der ich bin, red ich mir das Schuldgefühl noch ein, kenn mich, hör auf damit, Konrad! Sei froh, daß du so leer bist, sieh's als Befreiung. Oder stehst du unter Schock? Du schwitzt und bist bleich, Anna hat es bestätigt.

Der Zug fuhr durch den Tunnel. Mit Johanser saßen ein Dutzend Fahrgäste im Waggon, keiner von denen schien Notiz zu nehmen oder Verdacht zu schöpfen, dennoch wurde in der Zugtoilette das schwarze Sakko ein drittes Mal auf Blutspritzer untersucht, auch die Hose zog Johanser aus und prüfte sie eingehend, wie er es bereits in einer Klokabine des Postwirts getan hatte. Dort war allerdings die Beleuchtung viel schwächer gewesen.

Unter Schock hab ich mir was anderes vorgestellt, das kann es nicht sein. Schock – das heißt Bewegungsunfähigkeit, Wahrnehmungsstörungen, Zähneklappern ...

Der Zug benötigte achtzehn Minuten für die Strecke nach Deutelsdorf, einer Großgemeinde, die seit Jahren damit liebäugelte, Stadt zu werden. Johanser wäre lieber noch eine Station weiter gefahren, aber in der Provinz schlossen die meisten Geschäfte um sechs, also in knapp einer Viertelstunde. Er fragte sich zu einem Eisenwarenhändler durch, wurde dort, aufmunterndes Omen, als letzter Kunde bedient. Der einen Meter lange, anderthalb Kilo schwere Spaten kostete dreißig Mark, gerade soviel, wie er einstecken hatte; auch dies wurde zum Omen befördert. Johanser grinste bei der Vorstellung, ihm würde es an Kleingeld gefehlt haben – hätte er im Postwirt das zweite Bier noch getrunken, mit einer Kinderschaufel würde er jetzt heimkehren müssen oder einer Gärtnerkelle. Künftig sollte ich eine große Summe mit mir rumtragen, immer. In meiner Lage muß man für alle Fälle gewappnet sein, sonst kann man sich gleich dem nächsten Schutzmann stellen.

Plötzlich, mit der riesigen Plastiktüte auf dem Arm, verharrte er auf dem Gehsteig, sah etwas Entsetzliches voraus –

nicht den Moment, in dem man ihn der Tat überführte, aber den Moment, in dem Marga davon erfahren würde, er ihr ins Gesicht sehen müßte. Seine Brust krampfte sich zusammen, gleißende Punkte tanzten vor den Augen, er hielt sich an einem Geländer fest. Binnen weniger Sekunden wich die Leere, die so sonderbar und unglaubhaft geschienen hatte, einem grauenhaften Keil, der sich in die Seele trieb, alle Gedanken blockierte und festfror. Dieser Blick, der ungläubige Blick der Mutter, wenn sie einsehen mußte ... Wenn man den Mörder vor ihre Augen schleppte. Sie ihn anstarrte.

Nein! rief Johanser laut. Dazu darf es nie kommen, ihr zuliebe muß *alles* unternommen werden – ich *war* es nicht, bin's nicht gewesen, Mama, werde meine Unschuld beteuern, immer, ein fremder schwarzer Mann ist es gewesen, ein Meteorit, ein Eisklumpen aus einer Flugzeugtoilette, egal was, nie darf ich es zugeben, niemandem!

Ihr zuliebe sage ich und meine doch mich selbstsuchtsvolles Häufchen Renitenz. Johanser übergab sich in einer Garageneinfahrt, mehrere Passanten sahen ihm zu, die können mich alle beschreiben, jetzt bloß nicht wegrennen, das wäre noch auffälliger, langsam weitergehen, bitte weitergehn. Alles soll weitergehn. Schwankend erreichte er das vom Stoßverkehr umrauschte Oval des Deutelsdorfer Gemeindeparks und ließ sich auf die nächste Bank fallen, zwischen gelbprahlende Ginsterhecken. Übler Geruch, Johanser sah unter seinen rechten Schuh. Hundekot, bringst du Glück? Er lachte irr; nur langsam wurde ihm besser, und nur für kurze Zeit. Dann kam die Angst.

Die Angst setzte körperlich zuerst im Bauch ein, wo etwas von unten gegen den Magen zu pressen schien und die Bauchhöhle zum Vibrieren brachte. Johanser spürte den Drang, aufzustoßen, er massierte sich mit den Fingerkuppen, um Luft, von der er ahnte, daß sie nicht existierte, zum Entweichen zu bringen. Das Beben pflanzte sich fort über die Brust zu den Schultern hinauf, sie wurden schlaff und gefühllos, obgleich sie zitterten, wie unter zentnerschwerer Last. Die Angst erklomm, an der heißglühenden Schlagader, den Hals und schnürte ihn zu; verstärktes Schlucken war die Folge, Schweißausbrüche, Erstickungsphobien. Danach breitete sich die Angst über Wangen und Kopfhaut aus, verursachte an wechselnden Stellen starken Juckreiz, während, wo es nicht juckte, die Haut prickelte und pelzig war, wie narkotisiert.

Johanser glaubte, daß die Zeit, solange er untätig herumsaß, um ein vielfaches langsamer verging, also begann er durch die Straßen zu laufen, aber seine Knie hatte ein periodisch auftretendes Schlackern befallen, ein kleines, lästiges Defizit an motorischer Kontrolle, es tat nicht physisch weh und zwang doch dazu, alle hundert Meter in die Hocke zu gehen und sich auf die Kniescheiben zu schlagen, so wie es nötig wird, wenn man zu intensiv an ausgekugelte Gelenke gedacht hat und die Imagination sich in den Nerven materialisiert.

Alle Rinnsteine frisch geschlüpfte Abgrundkanten, im Wachsen begriffen, jeder Gully eine Pforte zum Orkus, fleischweicher Stahl, Fenster sind Fratzen, das große Auge blickt herab, auf mich und durch mich hindurch.

Stirn, Hals und Nacken waren heiß, große Partien des Körpers aber, Knöchel, Oberschenkel und Hoden vor allem, kalt und gefühllos. Johanser wäre sogar ins örtliche Kino (»Noch ein unmoralisches Angebot«) gegangen, um von sich abzulenken; dazu besaß er kein Geld, auch nicht für ein anderes Vehikel zur Selbstentfremdung. Alkohol schloß er weiterhin strikt aus, selbst wenn es ihm gelungen wäre, die nötigen Münzen für ein Dosenbier am Bahnhofskiosk zusammenzukratzen. Sein alter Lateinlehrer fiel ihm ein, der oft erzählt hatte, wie er sich in einsamen Wehrmachtsnächten, auf Wache gestellt, die Zeit verkürzte: durch Auswendiglernen und rhythmisches Herunterbeten der Odyssee.

Es hoffe jeder, daß die Zeit ihm gebe,

was sie keinem gab – Johanser versuchte es mit August von Platen, keine Wirkung,
denn jeder sucht ein All zu sein,
und jeder ist im Grunde nichts. Die Wörter zerbrachen alle vor dem Antlitz Margas, das ihn mit weit aufgerissenen, dabei immer noch kleinen Wasseraugen zu sich zog und ertränkte.

In der Bahnhofshalle hatte ein Zeitungsstand geöffnet.

Dem Betreiber schien es egal zu sein, wenn man, ohne sich schnell für etwas zu entscheiden, in den Illustrierten blätterte, aber Johanser blätterte wirklich nur und las nicht, die Buchstaben machten überhaupt keinen Sinn.

Er bestieg die nächste Regionalbahn, den Achtuhrfünfundvierziger, rannte noch einmal zurück. Die Plastiktüte mit dem Spaten lehnte vergessen, bereits von einer Bahnhofsgestalt beäugt, am Zeitungsständer. Der Zug rollte an, als Johanser ihn erreichte. Im letzten Moment sprang er auf, fuhr in die herbeigesehnte Dämmerung. Er suchte das Geschehene zu zerreden, ihm einen existentiellen Kitzel abzugewinnen, die Angst umzubenennen, wonach alles Bisherige banal gewesen sei und bloße Vorbereitung. Natürlich, als ich die Taschenlampe gekauft hab, wußte ich längst – nein, es waren nur Gedanken, Varianten, nicht der Spielverlauf selbst. Thanatos hat entschieden, entschieden eingegriffen, er weiß allein, wann es Zeit ist. Die Kreaturen alle, Eigentum des Thanatos, mögen sie hüpfen, kriechen, rennen, dichten – sie entgehen nicht.

Muß diese Nacht überstehen, mich gewachsen zeigen, fortan kann alles nur einfacher werden. Jedenfalls sind die ganz dummen, oberflächlichen Fehlerquellen dann ausgeschaltet. Oberflächlich, genau, Beni ist noch nicht tiefgründig genug, sozusagen. Lach, Konrad! Sei hart; die Härte, einmal gewählt, egal von wem, muß härter sein, als ihr Name behauptet. *Sich behaupten,* das Verb setzt Gnadenlosigkeit voraus, die nicht haltmachen darf, die haltlos in Grausamkeit mündet. Mußt wählen, ob du jetzt gleich zur Polizei gehst und dich anzeigst, oder ob du dir Mühe machen willst, Mühe macht nur Sinn, wenn sie konsequent bleibt bis zum Schluß. Und ich will! Wenn etwas in mir ist, dann umso entschlossener, es ist etwas verschanzt in mir, das weiter will und weiter wünscht – du warst es gar nicht, es war der schwarze Mann, der Klumpen aus dem Flugzeug und der Meteorit, alle zusammen, du bist es nicht gewesen, tilgst nur die Spuren eines Unglücks, niemand soll unnötig leiden. Der Schaffner, der dein Billett abknipst – blick ihm freundlich ins Gesicht, dann sieht er am ehesten weg. Da kommt schon der Tunnel, das Licht an seinem Ende wird schwächer sein, keine Angst, versteck die Plastiktüte nicht so auffällig neben dem Sitz, du hast nichts zu verstecken.

Niederenslingen, schräg beschienen, sanft abendliches Flirren, im Himmel streiten Kraftblau, Rosa und Orange. Die Sonne will nicht fortgehn, hockt stur auf den Hügeln. Wie beharrlich! In ihrem Innern rumort das Feuer. Komm, Nacht! Erde, wende dich ab vom beleidigten Bällchen, hier sitz ich, Stirn an Gestirn; das Feuerspeien nützt nichts, gleich saugt der Hügelkamm es auf.

Endlich Sinnvolles zu tun. Die Angst minderte sich und machte einem Gefühl Platz, das der Spannung vor einem entscheidenden Wettkampf glich. Johanser entstieg dem Zug, ging über den Festplatz zum Fluß (der Angler war wieder da, packte sein Zeug zusammen, grußlos, ohne Beutestolz) und am Ufer entlang, wo die Gräser brusthoch gewachsen waren.

Eintagsfliegen tanzten ins Dunkel. Der Hügelkamm glühte. Auf dem Fluß goldene Schlangen, verzitterten in der Düsternis. Johanser überquerte die Brücke und entschied sich für den Fels steig. Gründe, diesen riskanten Weg der Serpentinenstraße vorzuziehen, gab es kaum, im Gegenteil, jeder Schritt im Kies knirschte, lärmte, umso lauter, je finsterer es wurde. Mehrmals blieb ein Hosenbein am Dorngesträuch hängen. Völlige Dunkelheit herrschte, als Johanser die glattgewaschenen, unregelmäßig in den Fels gehauenen Stufen erklomm. Nach jeder stützte er sich mit der freien Hand auf die nächste, versicherte sich seines Gleichgewichts, knipste die Taschenlampe an und sofort wieder aus, trug die Plastiktüte dabei unter die Achsel geklemmt. Während des Kletterns empfand er einen bohrenden Nervenkitzel, spielte mit dem Gedanken, hinabzustürzen und ebendies dem Schicksal, den Göttern, wer dafür auch zuständig sei, anzubieten – jetzt oder niemals, da habt ihr eure Gelegenheit, nutzt sie oder laßt mich für immer in Ruhe.

Wenn er ehrlich war, schien ihm das Angebot, wie die meisten selbsteinberufenen Gottesgerichte, fragwürdig; keinen Moment zweifelte er daran, heil oben anzukommen. Dennoch, als er, auf dem Rücken liegend, im kurzen, stichelnden Gras des Plateaus ausruhte und zu den Sternen hinaufsah, fühlte er sich durch und durch bestätigt; von Angst war nichts mehr zu spüren, nahezu euphorisch sprang er auf und ging, schnell atmend, zum Gebüsch.

Das Grauen ist ein Sehnsuchtskind, immer schämt es sich seiner Spiele zu spät.

Der Blätterhaufen war leer. Entsetzt wühlte Johanser im Reisig, zerstreute Äste und Zweige, räumte die Steine fort, mit denen er die Grabstätte beschwert hatte, krallte alle Finger in die Erde, wollte schreien, schreiend davonlaufen – es bleibt nur der Selbstmord! Ich will doch aber nicht – da erfaßte der Kegel der Taschenlampe Benedikts Körper. Drei Meter entfernt lag er, zusammengekrümmt, die Hände umfaßten einen Pappelstamm. Er mußte noch gelebt haben, unbegreiflich, mußte sich noch einmal vorwärts geschleppt haben, wenn auch nicht weit, drei Meter nur, allerletzter Versuch, seinen Mörder zu peinigen, unverfroren, Johanser trat dem Leichnam gegen Kopf und Schultern, spuckte ihn an, packte Benedikts Knöchel und rannte, so schnell er konnte, wie ein Rikschakuli, schleifte den Toten hinter sich her, ließ ihn am Abgrund los und setzte sich, kippte ihn über die Kante, indem er mit beiden Füßen zutrat und den Körper vor sich herrollte.

Dumpfes Klatschen, vertraut von den Theken der Metzger. Beherrsch dich! Du machst lauter Unsinn! Warum hast du den Spaten hier heraufgebracht? Hättest ihn gleich unten stehenlassen können. Werd ruhig! Geh jetzt, geh, grab das abgenutzte Fleisch ein, dann ist es weg, weg, alles gut. Die Mondsichel pendelt übers Land, scharfes, weißes Messer, aus Neonknochen geschnitzt. Surrt durch die Nacht. Eumenidenmusik.

Johanser wählte die Serpentinen. Mit aufgeblendeten Scheinwerfern kam ihm ein Auto entgegen. Er duckte sich in die Böschung, bis die Rücklichter, höllische Augen, verschwanden.

Unter der Kieselschicht – krietschendes Geräusch von Metall auf Stein, ungeheurer Lärm – war der Boden lehmig. Das Grab auszuheben dauerte keine Stunde. Manche Kiesel zeigten Blutflecken, Johanser sortierte sie im Schein der Taschenlampe aus und warf sie ins anderthalb Meter tiefe Loch, in das Grundwasser drang. Der Tote lag breitbeinig auf dem Rücken, lässig wie im Leben. Augen und Mund, blutverkrustet, waren halb geöffnet, dämlich sah er aus, nicht tot. Eher weggetreten, wie ein schwer Betrunkener, in stummem Gelalle.

Die Länge des Grablochs erwies sich als zu knapp bemessen; Johanser mußte sich auf dem Bauch liegend hinabbeugen und der Leiche die Knie anwinkeln. Jemand beobachtet mich. Bestimmt beobachtet mich jemand. Hallo? Keine Antwort. Als die erste Schaufelladung lehmschwerer Erde auf Benedikts Gesicht niederfiel, erwartete Johanser irgendeine Reaktion, sei es auch nur ein Muskelreflex, irgend etwas, es war ihm in diesem Moment unbegreiflich, daß der Junge sich nicht mehr wehrte, sich einfach mit Dreck beschmeißen ließ, daß er wirklich tot war, ausgeschaltet, abgeschaltet. Die Zeit müßte nur ein wenig Rückwärtsdrall besitzen, prompt regten sich diese leblosen Glieder und täten Dinge, gingen, radelten zur Schule (mein Gott, das Fahrrad!), bedienten Tastaturen, masturbierten oder belagerten Mädchen, kann es sein, daß das niemals mehr möglich ist? Die Thanatos-Maschinen sind anfällig. Einmal kaputt – Johanser schaufelte das Grab zu, klopfte es mit dem Spaten flach (Lärm! Soviel Lärm! Alle müssen mich hören!), sammelte Kiesel und verteilte sie über der Grabstelle, schichtete sie kunstvoll um und um, bis nichts mehr den Platz verraten konnte. Danach schleuderte er den Spaten in die Acher, faltete die Plastiktüte zusammen, um sie später in irgendeinen Abfallkorb zu werfen, und machte sich auf den Heimweg.

Beim Heraustreten aus dem Schatten des Felsens wurde ihm klamm zumut, elend, als ob sein Verbrechen längst entdeckt und gemeldet wäre, man ihn die ganze Zeit über observiert hätte und im nächsten Moment verhaften würde. Ich gehe durch eine Kinoleinwand, hinein in die Realität. Das ganze Dorf sieht mir zu. Das monotone Geräusch der Filmspule, ich hielt es bisher für das Rauschen des Windes... Möglicherweise ist es wie bei Villiers de l'Isle-Adam – der Inquisitor beabsichtigt, mich zu quälen, mich mit Hoffnung zu quälen, der grausamsten, letztmöglichen Folter.

Auf der Hauptstraße waren einige Menschen unterwegs, man konnte sie nicht alle töten.

Wenigstens niemand darunter, dem man zunicken muß. Wird bald Mitternacht sein.

Der schwierigste Teil der Vertuschung stand erst bevor; Johanser war versucht, ihn auf später zu verschieben, wo es doch, sollte der Mord Sinn machen, unbedingt jetzt zu geschehen hatte. Wann genau habe ich diesen Plan gefaßt? Heute? Gestern? Vor Wochen gar? Dann bin ich ja ein Ungeheuer. Dann sind wir alle Ungeheuer. Darfst nicht widerwillig handeln. Spring über den Zaun, die Gartenpforte quietscht. Lauf gebückt am Rand der Beete entlang, nutze den toten Winkel.

Die Tür zum Gartenhaus ist – *nicht* abgeschlossen. Dusel pur! Ich habe Benis Schlüsselbund nicht an mich genommen, mit Absicht, wollte nichts von ihm bei mir tragen, kein Stolpersteinchen, kein Beweisstück. Daß das Gartenhaus versperrt sein könnte, puh – was bin ich für ein tolpatschiger Mörder! Blutiger Anfänger. Darf kein Licht machen. Marga könnte am Fenster stehen. Zieh die Vorhänge zu, berge die Taschenlampe in der Hand. Daß die Faust leuchtet, genügt.

Dies war Benedikts Reich. Was brauch ich denn? Der Rucksack, dort liegt er, was nimmt man wohl auf eine so weite Reise mit? Das Übliche sowie persönliche Dinge. An den persönlichen Dingen hakt es, woher soll ich wissen –?

Johanser leerte den Rucksack aus, öffnete den Kleiderschrank und zog fünf Paar Strümpfe hervor, fünf Unterhosen, ein halbes Dutzend T-Shirts, einen dicken Wollpullover, eine Jeansjacke, bestickt mit Emblemen von Metallkapellen, all das stopfte er in den Rucksack. Geld! Wenn er hier Geld hat, muß ich es unbedingt finden, das würde er ja bestimmt mitnehmen.

Johanser durchsuchte den Schreibtisch, vergeblich, suchte an den unmöglichsten Stellen, unter der Matratze, in den Schränken, auf dem Fensterbrett, im Wasserreservoir des Kloserts. Wahrscheinlich hat er alles bei sich getragen, ich Idiot hätte ihn durchsuchen müssen. Passé. Was würde er sonst noch mitnehmen? Dokumente, Papiere, das weiß ich noch von mir selbst, Personalausweis, Geburtsurkunde, ah, die sind hier, welch ein Glück, sie könnten auch bei den Eltern liegen.

Johanser war in einer der Schreibtischschubladen fündig geworden. Ein Bausparvertrag (mitnehmen!), das Zeugnis der mittleren Reife, sprich, der bestandenen zehnten Gymnasialklasse, auch ein Sparbuch, Guthaben DM 10,- (mitnehmen, was soll's!); alles, was von Bedeutung sein konnte (auch der kleine Teddy auf dem Computerbildschirm), wurde im Rucksack verstaut. Manche Schubladen quollen über von Papieren, sie durchzusehen, langte die Zeit nicht. Johanser nahm einige lose Blätter als Schriftproben an sich, hielt inne und fand den Plan plötzlich schlecht, ganz erbärmlich schlecht, durch allzu spärliche Informationen gestützt. Der Weg war aber vorgegeben, die Zeit der Alternativen vorbei.

Bestimmt würde Beni ein paar Disketten mitnehmen, wenigstens die wertvollen, die sich zu Geld machen lassen. Welche sind das? In den Schubern sind Hunderte. Nimm die ersten zwanzig, was soll's, wird schon passen. Was hab ich denn damals noch alles – außer Büchern – ich weiß es wieder, Dinge zum täglichen Gebrauch, Zahnbürste, Kamm, Rasierzeug, er hat sich ja nicht rasiert, aber das Haargel, das wäre ihm wichtig, bestimmt. Alles in den Rucksack, mehr paßt gar nicht hinein, verschließen, basta, wenn was Wichtiges fehlt, war's ein überstürzter Aufbruch, kommt immer mal vor, raus hier!

Johanser lud den Rucksack auf die Schultern, löschte die Taschenlampe und schlich in den Garten hinaus. Das Reisebündel mußte entsorgt werden, verbuddelt, aber wo? Darüber hatte er bisher nicht nachgedacht. Unschlüssig sah er sich um, plötzlich fuhr ihm ein gewaltiger Schreck in die Glieder. Das Fahrrad! Bin ich denn blöd? Vorhin hab ich mich doch dran erinnert! Es liegt noch immer auf dem Plateau. Du Depp! Nicht zu fassen! Bei der Aussicht, noch einmal den langen Fußmarsch zum Plateau hinauf unternehmen zu müssen, wurde Johanser zum Eisklumpen, alles in ihm weigerte sich und zog sich zusammen, er wollte schlafen, endlich die Bettdecke ans Kinn ziehen, jedes Gelenk tat weh, am liebsten wäre er gleich im Garten eingeschlafen, den Rucksack als Kopfkissen nutzend, aber er marschierte los, schnaubend vor Wut über sich selbst. Die Strecke durch das Dorf, den Fluß entlang, die Serpentinen hinauf, beinah drei Kilometer, hin und zurück macht sechs, mindestens eine Stunde, und es ist ja doch unausweichlich, das Fahrrad würde sicher gefunden werden, würde Fragen aufwerfen, warum bin ich bloß so dumm? Ich besitze doch einen Intelligenzquotienten – also ist es wahr, daß man den Kopf verliert. Ruhig, noch ist alles zu korrigieren, mußt nur einsichtig sein, tun, was anfällt zu tun, den Rucksack kannst du bei der Gelegenheit auch loswerden – warum hast du den Spaten in den Fluß geworfen? Eine ganze Welt muß man vergraben. Wenn ich nicht so müde wär. Man möchte meinen, die Müdigkeit sei außer Kraft gesetzt in solchen Nächten, jetzt weiß ich es besser; die Müdigkeit ist der Teufel, will zum Aufgeben überreden.

Den Rucksack verscharrte Johanser mit bloßen Händen im Uferschilf des Flusses, schlampig, nur dreißig Zentimeter tief, es war ihm egal, das Allernötigste schien inzwischen zufriedenstellend. Das Rad, das er lange Zeit im Buschwerk nicht wiederfand, schob er die Straße hinab, fuhr damit bis zum Bahnhof, lehnte es dort gegen eine Wand. Alles getan? Beim Gehen stellte er die immer gleiche Frage: Alles getan? Zerstückelte die Frage in Silben und stampfte zu jeder einen Meter vorwärts. Al-les ge-tan? Al-les ge-tan? Unwahrschein-lich. Drei leise Schläge einer Turmuhr. Es wäre verdächtig, die Ulme zu erklettern. Oder nicht? Weiß nicht. Kann mich nicht konzentrieren. Hastig lief er die knarzenden Stufen hinauf, riß sich die Kleider vom Leib, sank in bleischweren Schlaf.

13

Samstag

Marga ließ den Neffen bis zum Mittag in Ruhe, zeigte Verständnis, obgleich sie an seinem letzten Tag gern so lange als möglich mit ihm zusammengewesen wäre. Erst nach drei Uhr war er heimgekommen, sie hatte auf die Uhr gesehen. Wo er sich herumgetrieben haben mochte? Es war eine sternklare Nacht gewesen, mit papierweißem Halbmond. Städter lieben das, vielleicht, weil in der Stadt nachts das Spazierengehen gefährlich ist. Soll sich ruhig ausschlafen. Und Beni muß heut unbedingt nett sein, werd ihm keine Frechheit durchgehen lassen. Wenn er kommt. Zum Abendessen war er nicht da, zum Frühstück nicht, soll sich bloß nicht einbilden, Konrad an seinem letzten Tag schneiden zu können, das wäre wirklich der Gipfel. Ist er am Ende die ganze Nacht strawanzen gewesen? Marga lief hinüber zum Gartenhaus und klopfte an die Tür, klopfte nach ein paar Sekunden – so viel hatte sie aus einer peinlichen, erst kürzlich geschehenen Szene gelernt – ein zweites Mal, drückte dann die Klinke herunter und sah, daß das Bett unbenutzt geblieben war. Seufzend machte sie kehrt, wandte sich wieder dem Schweinebraten in Biersoße zu, den sich Konrad als Abschiedsessen erbeten hatte und der, damit das Fleisch besonders zart werden würde, schon seit vier Stunden bei niedriger Hitze in der Röhre briet. Geräusch der Dusche, oben vom Badezimmer, gut, dann konnte das Essen in einer halben Stunde serviert werden.

Benedikt hatte es nicht das erste Mal gewagt, über Nacht

fortzubleiben, dies bedeutete nichts Außergewöhnliches. Am nächsten Morgen aber war er jeweils mit roten Augen eingetrudelt, vor Übermüdung unausstehlich, hatte meist was von einem Deutelsdorfer Konzert gemurmelt, das man unbedingt gesehen haben müsse, gesellschaftsfähig zu bleiben. Marga machte sich Sorgen. Vielleicht hat er bei einem Mädchen übernachtet, hat mit ihr geschlafen; es muß wohl mal sein, wenn da nur nichts passiert dabei. Eigentlich, fällt mir ein, weiß er gar nicht, daß heute Konrads letzter Tag ist, außer, Konrad hätt es ihm gesagt. Aber haben sich beide in den letzten Tagen viel zu sagen gehabt? Muß mich erkundigen.

Als Konrad die Treppe herunterkam, hatte Marga ihren Vorsatz vergessen. Der Neffe war bleich und fahrig, bat mit leiser Stimme um Kaffee und sah an ihr vorbei, fixierte einen Punkt, der sich zehn Zentimeter links oder rechts, das wechselte, von ihrem Gesicht befand.

So sehr, dachte sie, drückt ihm der Abschied aufs Gemüt. Weiß Gott eine leidige Situation. Und wenn erst Rudi dabeisitzen wird! Hoffentlich benimmt der sich, es ist schrecklich. Konrad weicht mir aus, hat ja recht, wir jagen ihn fort, gerade wo er mit Problemen kämpft. Soll ich auf der Terrasse decken oder im Wohnzimmer? Ist fast ein bißchen frisch. Unverschämt, daß Beni nicht kommt, nicht einmal anruft, er weiß doch, wie leicht ich mir Sorgen mach.

Konrad saß in der Küche und wartete, bis der Kaffee durchgelaufen war. Ständig kratzte er sich am Kopf, stierte schweigend in den Tisch. Marga fand es zunächst peinlich, etwas Belangloses zu sagen, den unguten Stern, unter dem der Tag stand, fortzureden. Schamerfüllt goß sie den Kaffee in eine Tasse, mit zittrigen Fingern, so daß ein paar Tropfen überschwappten.

»Herrje, bin ich – warte, ich hol ein Tuch!«

Konrad schluckte und sah zum Fenster hinaus. Marga entging nicht, wie melancholisch er war, geradezu traurig, sie atmete schwer und hätte ihn gern umarmt.

»Da bitte! Für meinen Nachtschwärmer. War's denn schön?«

»Was?« fragte Konrad tonlos, tief übers Kaffeeschwarz gebeugt. Im Kaffeeschwarz sind auch diese Lichter, wie im sonnendurchglühten Traubensaft, kleine Seelen, nur anders, stiller, gleißender...

»Deine Wanderung! Wohin ging's denn?«

»Nichts Besonderes. Einmal um den Kessel.«

»Und? Warst auch im Postwirt?«

»Im Postwirt?« Konrad vergrub sich gleichsam in der Tasse, schlürfte und glotzte vor sich hin.

»Du wolltest doch helfen. Wegen der Verlobung.«

»Stimmt. Die ist heute...« Sein Flüstern war beinah unhörbar geworden, da gab er sich einen Ruck, richtete den Oberkörper auf und versuchte zu lächeln.

»Ich war kurz dort. Die kommen ohne mich zurecht. Der Braten riecht übrigens famos. Wo ist Rudolf?«

»Wo wohl?« Marga deutete mit einem Kopfschlenker nach unten. Zugleich nahm sie sich vor, ebenso tapfer wie Konrad zu sein und den Tag mit Anstand hinter sich zu bringen.

»Und Beni?«

»Der ist nicht da. Sein Bett ist unbenutzt. Hast du 'ne Ahnung, wo er sein könnte?« Sie stellte die Frage eigentlich nur, um den Gesprächsfluß in Gang zu halten.

Konrad setzte die Tasse ab. »Woher soll ich das wissen?«

Marga öffnete die Bratenröhre, löffelte den Bier-Zwiebel-Fond übers krustige Fleisch. Die Küche schwitzte.

»Hast du ihm gesagt, daß du heute abfährst?«

»Du meinst, er ist deshalb nicht da?«

»Ach, nein, ich weiß nicht, das ist wahrscheinlich Unsinn. Sag –«

»Was?«

»Hast du mal seine Freundin gesehen?«

»Ich hab mal ein Mädchen bei ihm gesehen. Ob das seine Freundin ist...«

»Aber was hat sie denn für einen Eindruck gemacht? Weißt du, ich hab auch mal eine gesehen, ganz von weitem, vorn an der Weggabel. Könnte das dieselbe gewesen sein? So brünett, ganz gut beieinander?«

Konrad überlegte, wie wahrscheinlich es sei, daß die Bekanntschaft mit Berit irgendwann ans Licht käme. Ziemlich wahrscheinlich. Jedoch konnte er sich immer drauf hinausreden, aus Kameraderie zum Cousin geschwiegen zu haben.

»Kann sein, so genau hab ich sie mir nicht gemerkt. So was solltest du besser ihn selbst fragen.«

»Hast ja recht.« Marga spürte genau, daß er mehr wußte, als er zugeben wollte, doch drängte sie ihn nicht weiter; das Reden schien ihm schwerzufallen, jede Silbe quälte sich über seine Lippen. Daß er sich bravourös zusammennahm, hätte ein Taubblinder gemerkt.

Gemeinsam trugen sie das Besteck und die großen Teller ins Wohnzimmer, hoben die rote Häkeldecke vom Tisch ab und falteten sie zusammen. Marga griff nach seiner Hand, aber Konrad duldete die Berührung nur kurz, entzog sich unter dem Vorwand, Rudolf Bescheid geben zu wollen. Marga hielt ihn zurück und stieg selbst in den Keller, während Konrad auf die Terrasse hinaustrat und nach Luft rang.

Rudolf geht wieder auf Jagd. Wie, wenn es, ist ja Blödsinn, aber – wenn Benedikt sich bei ihm melden würde, wenn der Radiozauber doch kein ganz fauler wäre? Benedikt gehörte sicher zu den redseligsten Jenseitigen, würde mich hinhängen, mit allem Genuß. Wie müßte man auf so etwas reagieren? Bin ja verrückt. Zumrath ahnte es von Anfang an. Hätte Sinnvolleres zu überlegen. Das Grauen kommt zärtlich, streichelt, bevor es stranguliert.

Eben bin ich nicht gut gewesen. Muß ihr ins Gesicht sehen, mit Welpenaugen. Die Meteoriten gestern nacht ... Ich steh's nicht durch, niemals steh ich das durch. Wenn Rudolf mich nur streng ansieht, werd ich zu beben beginnen, Blut schwitzen, Messer und Gabel fallen lassen.

Das Unbehagen bei der Vorstellung, mit seinen aufgeschürften, taub gewordenen Fingern irgend etwas greifen und halten zu müssen, sei's bloß Besteck, steigerte sich ins Unerträgliche. Er hatte Hunger, starken Hunger, doch der Gedanke, Fleisch zu zerlegen und zu kauen, unter den Augen der ahnungslosen Eltern, besaß etwas so Abstoßendes, Degoutantes – jeder Bissen wird mir hochkommen! Alles kommt herauf. Kapitulieren, gleich kapitulieren, wie schön wäre das, wie mühelos erlösend. Es kommt ja nicht in Frage, das wäre ein zweites Verbrechen. Alles dann wäre umsonst gewesen. Es muß einen Sinn haben. Benedikt muß *gegessen* werden.

Rudolf gab sich entgegen den Befürchtungen auffallend freundlich, fast kumpelhaft, klopfte dem Neffen, der sofort ruhiger wurde, auf die Schulter und brachte aus dem Keller, zur Feier des Tages, eine staubüberzogene Flasche Berlingsheimer Spätlese mit. Konrad glaubte zuerst an eine sarkastische Anspielung, war sich dessen jedoch nicht gewiß. Wie es ihm gehe, ob er genug zu lesen habe für die Zugfahrt, ob man im Herbst einen zweiten Besuch einplanen könne – Rudolfs Erkundigungen wirkten wenig gefloskelt. Ihre Herzlichkeit mochte der Erleichterung über die Abreise entstammen, vielleicht suchte er seine Frau für die Disharmonie der vergangenen Woche zu entschädigen, dennoch, zog man auch all dies in Betracht, blieb sein Verhalten erstaunlich jovial. Gläser klirrten gegeneinander. Marga nippte nur ein bißchen und lächelte dankbar. Daß Rudolf einen Besuch im Herbst zur Disposition gestellt hatte, verblüffte und entzückte sie, die Atmosphäre wurde beinahe heiter, wenngleich sich nicht viel Gesprächsstoff ergab.

Festtagsporzellan mit rostroten Liliazeen darauf, an denen man mit der Gabel nicht kratzen darf, ansonsten die Welt abblättern und sinnlos werden würde. Konrad stellte eine Gefaßtheit an sich fest, die er zehn Minuten zuvor für unmöglich gehalten hätte. Der Stimmungsumschwung machte ihn mißtrauisch, als würde ihn etwas auf glattes Eis locken wollen.

Die Angst kommt anscheinend in Schüben, versteht sich auf die Kunst, Pausen zu setzen, logisch eigentlich, jedes Forte gewinnt seine Wirkung aus dem Piano davor und danach. Vielleicht sollte ich von der Angst nicht als Folter denken, sie nicht zur Feindin erklären. Angst mahnt zur Vorsicht, ich muß die Ruhe nutzen für einen gelungenen Auftritt. Nimm noch eine Scheibe, der Braten schmeckt, das könnte man vor Gericht geltend machen als Entlastungsindiz: Der Angeklagte zeigte enormen Appetit und ließ sich weitschweifig über die Kochkunst seiner Tante aus.

»Du nimmst den Abendzug?«

»Ja. Schade, daß Benedikt nicht hier ist. Ich will mich auf alle Fälle von ihm verabschieden. Er wird doch noch auftauchen?«

Konrad hatte seinen Koffer bisher nicht gepackt und hielt das auch nicht für nötig. Keinen Moment dachte er daran, in den Zug zu steigen, schloß dies mit einer dubiosen Sicherheit aus, wie etwas, das in Erwägung zu ziehen nicht lohnte, weil es sich, irgendwie, von selbst erledigen würde.

»Ja, wo ist Beni denn? Hättest ihm nicht sagen können, er soll heut hier sein?«

Marga wollte sich diese Frage nicht gefallen lassen, ausgerechnet von Rudolf, der sich sonst nie um seinen Sohn kümmerte.

»Wann hätt ich's ihm denn sagen sollen? Und warum immer ich? Gestern zum Frühstück hab ich ihn das letzte Mal gesehn. Jetzt kann ich mir auch denken, warum er so lieb gewesen ist. Nicht mal angerufen hat er. Könntest ihn ja auch mal an die Kandare nehmen, immer überläßt du das mir.«

»Er wird sich schon einfinden«, murmelte Rudolf, um das lästig gewordene Thema zu beenden. Für Konrad klang es nach einer kryptischen Drohung, im Nu spürte er die Angst zurückkehren, ein stechendes Flattern in der Magengrube, ein Druck im Nacken, unwillkürlich griff er nach dem Weinglas.

»Du hast heut aber einen guten Zug!« Es war von Marga sicher nicht vorwurfsvoll gemeint, verbot Konrad immerhin, sich gleich nachzuschenken. In der vergangenen Nacht war er ohne Alkohol ausgekommen, dessen wurde er sich erst jetzt bewußt. Und die Angst, als spiele sie mit ihm und wolle erwartet nicht kommen, schwand wieder.

Zum Nachtisch gab es Obstsalat, danach siedelte die Familie in den Garten um. Der Wind hatte nachgelassen. Rudolf schlug eine Partie Canasta vor, wohl weil niemand wußte, wie die Zeitspanne bis zum Abend überbrückt werden sollte. Das Kartenspiel mußte gesucht werden, über die Regeln war sich niemand mehr im klaren. Es dauerte, bis ein Konsens gefunden war und das groteske Spiel begann, das nichts anderes bedeutete als ein Warten auf Benedikt. Ansonsten hätte man sich vielleicht zu einem Spaziergang entschlossen.

Der prachtvoll wuchernde Garten, die Stachelbeerhecken zum Abhang zu, an denen bereits Früchte hingen; nicht einmal die Zierbeete besaßen etwas Kitschiges, vielleicht, weil Marga mit dem Garten nicht mehr fertig wurde, ihre Schere dem unverschämten Treiben nur bedingt Einhalt gebieten konnte. Rudolf war sich für Gartenarbeit inzwischen zu fein, die strengen Geometrien brachen auf, Blumengruppen jeder Couleur verzeichneten Überläufer, bunt prangte alles durcheinander. Cannas und Johannisbeeren sorgten für das Quantum Rot, das Konrad in der Landschaft sonst vermißte. Dieser kleine, in seiner Anordnung spießbürgerliche Garten gewann in Konrads Augen allegorisches Format, und das zarte Rot der noch unreifen Johannisbeeren wurde zu jenem der Blutflecke im Kiesgeröll.

Das Erhabene besitzt stets auch etwas Lächerliches, vielleicht bedingen sie einander sogar. Jedes fungiert als Anstandsdame des anderen. Während Konrad über die Efeuranken an der Hauswand meditierte, wurde er mit Margas Frage konfrontiert, was er denn (ihr Gatte war gerade auf dem Klo) von einer Perücke hielte – sieben Wochen lang hatte sie zu jener Frage Mut gesammelt – »Blond, aber nicht stechend, wie fändest du das? Ich bin ja so grau geworden!« Konrad riet ihr vehement dazu, fand die Idee, tat wenigstens so, hervorragend.

Rudolf kehrte zurück. Die Johannisbeeren waren keine Blutstropfen mehr. Man setzte das Spiel fort.

»Wo bleibt er nur?« und »Das kann doch nicht angehn!« – Phrasen jener Art häuften sich; die Eltern warteten in von Minute zu Minute wachsender Sorge auf ihren Sohn, und Konrad, weil nichts anderes zu tun blieb, schloß sich dem Warten an, mit der nervösen Gestik der Tante, redete sich das Warten so lange ein, bis er es tatsächlich für möglich hielt, Benis Rückkehr zu erleben.

Quälend langsam verstrich der Nachmittag. War im Schubertweg das Geräusch eines Fahrrads zu hören, sprang Marga jeweils auf und trabte zum Zaun, immer rief sie: »Dem les ich jetzt aber die Leviten!«, und immer kam sie zurück, murmelte, das sei er nicht gewesen.

Gegen vier unternahm Konrad einen Vorstoß, meinte, man solle sich doch mal in Benis Zimmer umsehen, möglicherweise habe er eine Nachricht hinterlassen. Die Eltern nahmen die Idee nicht ernst, taten sie als zu unwahrscheinlich ab.

»Wenn er wirklich eine Nachricht hinterlassen hätte, dann doch wohl in der Küche oder im Wohnzimmer, wo wir sie gleich finden.« Marga trug Käsekuchen auf.

»Außer es gäbe einen Grund, warum ihr die Nachricht eben nicht gleich finden sollt.«
»Du redest in Rätseln. Was meinst du denn?«
»Ich weiß auch nicht. Nur so eine Idee...«
»Jetzt machst du mich ganz konfus!« Marga ließ den Kuchen ungeteilt und lief zum Gartenhäuschen, kehrte nach drei

Minuten zurück und verkündete, in dem Saustall läge nichts, was mit einer Nachricht entfernte Ähnlichkeit habe. Konrad gab für den Moment Ruhe, durfte, wollte er keinen Verdacht erregen, nichts forcieren.

Aus dem Wohnzimmerschrank wurden Photoalben geholt. Es existierten nur zwei Bilder, auf denen die Familie ausnahmslos, also samt Konrad und Benedikt, zu sehen war. Das eine stammte von Benis Taufe in der Bullbrunner Marienkirche. Marga hielt das weiße Bündel Mensch voll Mutterstolz in die Kamera, Konrad lehnte an einer Säule und schrägte die Lippen, ohne wirklich zu lächeln.

Ein irrwitziges Photo, damals trug er die Haare noch schulterlang – dachte man sich den königsblauen Anzug weg, ersetzte ihn etwa durch Jeans und T-Shirt, und dachte man sich das Haar etwas welliger, man hätte Benedikt vor sich gehabt, wie er gestern noch ausgesehen hatte. Das andere Photo, einen Monat vor dem Autounfall entstanden, war vielleicht das letzte, das Erwin und Edwina lebendig zeigte. Diesmal kuschelte sich der dreijährige Beni an Edwinas Schulter, die Szenerie zeigte eine Überacher Gastwirtschaft, in die man während einer Wanderung eingekehrt war. Erwin stemmte ein Bier, Rudolf rauchte damals noch Filterzigaretten und trug ein Holzfällerhemd. Auf dem Bild waren, ideale Überleitung, auch Rucksäcke zu sehen.

»Hast du geschaut, ob sein Rucksack da ist?«

Marga wollte Konrads Frage zuerst nicht verstehen. »Wieso fragst du das bloß? Du hast doch einen Grund?«

»Ich will keine Gäule scheu machen...« Er stockte, ließ sich erst bitten, hätte sein Mienenspiel gern in einem Spiegel überprüft. Gleichzeitig wurde er von einer emphatischen Zuversicht erfaßt, wie ein Schauspieler, der im Geiste den gesamten Wortlaut seiner Rolle vor sich sieht, keinen Hänger befürchten muß und das Tempo immerzu steigert.

»Na schön, ich muß euch was sagen. Ihr werdet es vielleicht inkorrekt finden, daß ich erst jetzt damit rausrücke, aber...«

»Jesus! Nun red schon!«

»Also: Ich habe in den letzten Tagen, zufällig eigentlich, Frau Finke getroffen, Benis Klassenlehrerin. Sie hat mir gesagt, daß er in drei Fächern auf einer sicheren Fünf steht und sein Vorrücken nicht nur gefährdet, sondern ziemlich aussichtslos ist. Ich hab euch nichts gesagt, weil an der Situation ohnehin nichts mehr zu ändern schien, außerdem, ich geb's zu, wollte mich raushalten, wollte nicht als Petze dastehn. Tja.« Kurze Pause, Blick zum Himmel. »Nun mach ich mir Sorgen, denn – Beni, vielleicht hab ich das nicht in genügendem Maß ernstgenommen, hat mich immer mal ausgefragt, über die Stadt, wie man zu Geld kommt, wo man billig wohnt, etcetera.« Erneute Pause, Blick auf den Boden. »Um es klar zu sagen, ich merkte ihm Abwanderungspläne an.

Was sollte ich denn tun? Ich hatte nichts Konkretes in der Hand, von seinem Notenstand wußte ich damals nichts; mit sechzehn spielt man öfter damit herum auszurücken, die allermeisten wagen es doch nicht, also bitte! Jetzt wißt ihr auch, warum ich auf die Idee mit dem Gartenhäuschen kam. Ich dachte, es würde ihn bestimmt hier halten. Bis – na, ich weiß wirklich nicht viel, er hat mir kaum was gesagt, aber es scheint, daß das Mädchen, in das er verliebt war oder verliebt *ist,* nichts von ihm wissen will, wir haben uns vorgestern kurz drüber unterhalten, er wirkte sehr niedergeschlagen und sagte, daß er alles hier satt habe.«

Marga war bei Konrads Worten leichenblaß geworden und immer tiefer in den Stuhl gesunken.

»Nein ... das kann doch nicht sein! Er hat immer behauptet ... Mein Gott, du denkst –? Aber wo soll er denn hin? Das glaub ich nicht.«

»Laß uns nach sehn!« entschied Rudolf mit ernster, düsterer Miene, alle standen gleichzeitig auf und drängten in Benis Domizil.

Die Untersuchung verlief oberflächlich. Marga und Rudolf bemerkten weder das Fehlen des Teddys noch der Disketten, noch der Dokumente. Ihnen einen Hinweis zu geben, unterließ Konrad, meinte, sich schon zu weit aus dem Fenster gelehnt zu haben.

Festgestellt wurde, daß der Rucksack nicht da war und einige Garnituren Wäsche fehlten sowie Toiletteartikel, der dicke Pullover und die Jeansjacke.

»Könnte er nicht was im Computer hinterlassen haben?« Marga reichte, sich ständig die Augen reibend, die Frage herum, aber niemand wußte, wie man in dieses Ding hineinkam.

Konrad kniete sich auf den Boden, gab vor, nachzusehen, ob ein etwaiger Zettel hinuntergefallen sei. In Wahrheit erinnerte er sich kriminalistischer Klischees und fürchtete, gestern nacht etwas verloren zu haben. Er fand nichts, prompt wurde es egal. Falls man noch etwas finden würde, konnte er behaupten, es sei ihm erst jetzt aus der Hose gefallen.

»Das muß nicht viel heißen«, sagte Rudolf, griff damit Margas Aufforderung vor, man solle zur Polizei gehen.

»Ganz richtig. Es muß nichts bedeuten. Tut mir leid, daß ich euch in solche Furcht versetzt hab.«

»Red keinen Unsinn! Du hättest viel früher reden sollen!« Sie begann hysterisch zu werden, ihre letzten Silben erstickten im Geschluchze. Rudolf hob abwechselnd je eine Schulter, durchmaß in enger werdenden Kreisen den Raum und kaute auf der Unterlippe.

»Achtundvierzig Stunden muß eine Person vermißt sein, dann kann man zur Polizei gehen. Vorher nicht. Die würden nur lachen. Es ist Wochenende. Ich will auch nicht, daß Beni aktenkundig wird. Selbst wenn er fortgegangen ist. Die meisten kehren schnell wieder um.«

»Wie kannst du so was sagen? Wir müssen ihm doch helfen! Nie hast du dich geschert um ihn, und jetzt, selbst jetzt

willst du bloß deine Ruhe, wo Beni irgendwo da draußen ist!«
Marga war auf den Drehstuhl niedergesunken, raufte sich die Haare und heulte, schwenkte ihren Oberkörper hin und her, die Rollen des Stuhls knirschten leise auf den Bodenfliesen. Konrad wartete stumm ab, was geschehen würde, wer von den Eltern zuerst das Zimmer verließe, um – ja, was bloß? – zu tun.

»Vielleicht ist er gar nicht weit entfernt«, sagte Rudolf, mehr zu sich, doch grade laut genug, »vielleicht möchte er uns nur einen Schrecken einjagen. Damit wir sein Zeugnis verzeihen.«

»Du Blödmann!«

Rudolf und Konrad trauten ihren Ohren nicht und glaubten, das Schluchzen würde Margas Worte verfälscht haben, aber sie sagte es noch einmal: »Du Blödmann! Als würden wir ihm nicht verzeihen! Was wären wir denn für Mensehen! Seine Schliche hat er von dir, ganz allein von dir! Du mit deinem Keller! Ich pfeif auf deine Radios!«

Sie stampfte auf mit ihren Pantoffeln und hob den Saum ihres Kleides ans Gesicht. Konrad sah weg. Der Anblick ihrer Krampfadern, die bis knapp unter die Trikotage sichtbar wurden, war ihm peinlich; mit einem Räuspern tat er drei Schritte auf die Tür zu. Rudolf zupfte ihn am Arm.

»Mußt du zu deinem Zug?«

Konrad machte eine Geste der Unschlüssigkeit. Ja zu sagen, wagte er nicht. Plötzlich schwitzte er, und das hell erleuchtete Gartenhaus schwankte unter seinen Füßen. Rudolf hakte sich bei ihm ein und zog ihn ins Freie.

Es war erst gegen sechs, auf beide wirkte der lichte Tag wie eine Überraschung. Die zugezogenen Vorhänge drinnen hatten eine Illusion fortgeschrittener Dämmerung erzeugt.

»Hör zu, es stimmt, daß ich dich nicht mehr hier haben wollte. Es war so ein Gefühl – aber das ist fort, war den ganzen Tag heut schon fort. Ich spürte, daß irgend etwas in Unordnung war, wußte nicht, was. Nun, jetzt ...«

»Natürlich bleibe ich. Versteht sich von selbst.«
»Darum wollt ich dich bitten.«
»Kein Problem. Wir müssen zusammenhalten. Ich werd mich um Marga kümmern. Bis Beni wieder auftaucht.«
Der Onkel dankte ihm nickend, drückte seinen Unterarm und ging, die Hände in den Nacken gelegt, durch den Garten. Leicht vornübergebeugt, ohne erkennbares Ziel, schritt er Beet um Beet ab, Rittersporn und Tagetes, Ringelblumen und Hortensien. Konrad sah dem grübelnden, sichtlich getroffenen Mann eine Minute lang hinterher, dann riß er die Tür auf und warf sich in Margas Arme.

14

Lieber Athan,
Sie werden sich wundern, von mir Post zu erhalten, aber ich denke, daß Sie schon noch wissen, wer ich bin – der Johanser vom Haus schräg gegenüber, dem Sie den Zauber des Zitronenweins enthüllten. Manchmal standen Sie nachts um vier noch in Ihrem Laden, dann plauderten wir über Ihre Heimat, die mir leider nie zu Gesicht kam. Ich schreibe an Sie, weil ich sonst niemanden kenne beziehungsweise keinen, auf dessen Ehrlichkeit ich bauen könnte. Würden Sie mir bitte den Gefallen tun und inliegendes Kuvert in einen Briefkasten werfen? Es handelt sich (wie Sie vielleicht vermuten) um eine Herzenssache. Sobald ich wieder in der Stadt sein werde, läuft auch unsere alte Vereinbarung weiter – fünf Kisten alle zwei Wochen; ich melde mich dann. Mit allerbestem Dank –

Johanser unterzeichnete und schrieb Athan Ezelitis' Adresse, die Hausnummer schätzte er gewissenhaft, auf einen braunen DIN-A-5-Umschlag. Es war kurz nach Mitternacht.

Athan schien verläßlich; zu mindestens neunzig Prozent würde er das Kuvert einwerfen, würde natürlich mit seinen Söhnen darüber palavern, aber nicht viel. Wenn es doch ans Licht käme? Vielleicht war der alte Athan bettlägerig und dessen schnurrbärtige Frau würde den Brief an seiner Statt öffnen? Möglicherweise hat es sich sogar bis zu den Griechen herumgesprochen, daß nach mir gefahndet wird? War die Polizei da und hat nach mir gefragt? Das alles ist eher unwahrscheinlich, aber... wie grausam jeder Zufall darauf wartet, sich in mein Lügenkabinett zu mischen! Und der Brief würde vom Postamt abgestempelt werden, in dessen Bezirk ich gewohnt habe. Das wäre zu erklären, schließlich habe ich Benedikt Adressen aus meiner Umgebung genannt. Stellt die Polizei Zusammenhänge her zwischen ihm und mir, ist es ohnehin aus.

Johanser betrank sich langsam, saß nackt auf dem Bett, neben sich die Schriftproben aus dem Schreibtisch des Cousins.

Ich könnte heimlich in einen Zug steigen, fünf Stunden fahren, den Brief, sagen wir, in Frankfurt aufgeben, fünf Stunden zurück, das sollte die Sache wert sein. Aber es ist unmöglich, zehn oder elf Stunden wegzubleiben, unbemerkt zu reisen, noch viel verdächtiger und risikoreicher wäre das; es hilft nichts.

Erst vor einer halben Stunde waren Marga und Rudolf schlafen gegangen, nach einem schweigsamen, tränenertrunkenen Abend. Der Fernseher war gelaufen, Marga hatte darauf bestanden, die Nachrichtensendungen zu verfolgen, als stünde zu erwarten, daß der Sohn darin erschien. Zum Abendessen wurden ein paar Mettwurstbrote gestrichen, sie blieben liegen, niemand hatte Hunger oder besaß die Chuzpe, Hunger zu zeigen.

Sich Benedikts Sauklaue anzueignen fiel ungewohnt schwer; die Schrift besaß keinen unverwechselbaren Schwung, war unausgereift und der Tageslaune unterworfen. Manche Buchstaben fanden sich in Dutzenden Deviationen, viele Versalien darunter oder aus Langeweile entstandene Schnörkel und Experimente. Dies komplizierte die Arbeit; jede Normierung wäre leichter zu verinnerlichen gewesen.

Johanser begann.

Liebe Eltern,
tut mir leid, daß ich Euch erst jetzt Bescheid gebe, sicher

habt Ihr Euch Sorgen gemacht. Aber von nun an muß ich mein Leben selbst in die Hand nehmen, die Enge war nicht mehr auszuhalten. Das mit der Schule hat nicht geklappt, Ihr erfahrt es ja bald. Vergeßt mich einfach und sucht mich erst gar nicht. Ich bin ohnehin nicht zu finden.
Alles Gute,
Benedikt.

Johanser betrachtete das Ergebnis seines ersten Versuchs. Das Schriftbild war gut getroffen, nicht grade genial, aber beachtenswert. Nur der Duktus – völlig unsinnig. Benedikt würde, obwohl der Text wirklich nicht von Stilreichtum glänzte, keinen dieser Sätze unterschreiben, niemals. Er würde nicht einmal mit ›Liebe Eltern‹ beginnen. Womit denn? Eine Beleidigung schien zu hart. Vielleicht sollte die Anrede ganz fallengelassen werden.

Ihr habt Euch sicher schon gefragt, wo ich bleibe. Ich frag mich auch, warum ich so lang geblieben bin. Besser, Ihr sucht mich erst gar nicht. Wo ich jetzt bin, findet mich eh keiner. Streicht mich einfach aus Eurem Leben und laßt's Euch gutgehn,
Benedikt.

Das klang besser, wenn auch nicht überzeugend. Widerwillig nahm Johanser ein drittes Blatt und bemühte sich, Benis Sprache zu assimilieren. Ein schmerzhafter Prozeß. Schwitzend und in sich gekrümmt, kauerte er über dem Papier.

Euch ist sicher schon die Düse gegangen, wo ich wieder rumhäng. Ist echt geil hier, drum sucht mich erst gar nicht, mich zieht's im schwächsten Moment nicht zurück. Verfreßt in aller Ruhe mein Kindergeld,
Benedikt

Nein. Aus irgendeinem Grund traf es das erst recht nicht.

Gott sei Dank mußte ich damals keinen Abschiedsbrief schreiben; ich hätte wahrscheinlich gar nichts geschrieben, nicht den Hauch einer Verbindung geknüpft. *Mein Möchtegernbruder hat mich erschlagen. Er kannte mich gar nicht. Der Stein war geladen mit Unverständnis. Wird ein Spielmann kommen, aus meinem Gebein die Flöte schnitzen zu Annas Hochzeit?*

Johanser las, was er geschrieben hatte, zerknüllte das Papier, zerfetzte es in kleine Schnipsel und aß sie auf.

Das auslösende Moment der Flucht muß Berit gewesen sein. Aber die erwähnt er nicht. Seinen Eltern gegenüber verhält er sich neutral, rechnet wenigstens unterbewußt damit, aufgegriffen zu werden, also ist er nicht frech, welchen Sinn besäße das auch? Nach der Flucht denkt man nicht mehr an Rache, man ist nur froh, weg zu sein.

Sucht mich lieber nicht. Mir kann's jetzt bloß bessergehn. Alles hat mich angekotzt. Ich geh nicht wieder zurück. Vergeßt mich einfach. Sagt Konrad, ich hab echt nichts gegen ihn. Oder sagt's ihm auch nicht. Ist egal. Tschau,

B.

Das war ganz gut. Auch die Schrift, bis zum i-Tüpfel geglückt. Lakonisch rohe Parataxen, aber mit dem Hauch Feierlichkeit, der jeden Fliehenden bei einem derartigen Brief umwehen würde.

Johanser ging hinaus. Nacht, für Balkone geschaffen. Er verbrannte die fehlgeschlagenen Versuche, streute die Asche in den Wind und nahm eine weihevolle Haltung ein, wie man sein Schicksal in die Hände numinoser Unbekannter legt.

Was er in der Ferne sah, preßte ihm den Atem ab. Auf der gegenüberliegenden Seite des Flusses brannte ein Lagerfeuer. Im Feldstecher waren vier oder fünf jugendliche Gestalten zu erkennen, die im Feuer etwas brieten.

Warum rege ich mich auf? Gängige Szenerie, Samstag nachts im Juni – ich rege mich ja nur rückwirkend auf. Was, wenn die gestern schon dagewesen wären? Sind sie aber nicht. Wieviel Glück hab ich gehabt. Gehört das zu den Torturen? Einem zuerst die Klippen zeigen, die man umschifft hat, damit man es genügend zu würdigen weiß, wenn es doch noch unter den Sohlen knirscht und kracht, der Fels sich in die Planken bohrt? Heutzutage muß man schon froh sein, wenn es keinen Fernsehbeweis gibt.

Aus dem Nichts, gewaltsamer denn je zuvor, umfaßte ihn die Angst, scheuchte ihn ins Zimmer zurück. Die Klebelaschen der beiden ineinandergeschobenen Briefe befeuchtete er mit Spucke und verschloß sie, ohne sich deren Inhalt noch einmal durchgelesen zu haben, verstaute sie im Sakko und warf sich aufs Bett.

Die Angst äußerte sich in obskuren Phänomenen. So schmeckte der Wein nicht mehr oder anders, ständig anders, auf den Zungenknospen rotierte die Palette der Geschmäcker: süß-sauer-bitter-scharf-süß. In den Achselhöhlen lag eisige Kälte. Viele Muskeln fühlten sich taub, schwer und wäßrig an, gleich vollgesogenen Schwämmen. Über Arme und Oberschenkel erstreckte sich Gänsehaut, und der Hals schien geschwollen, mit zäher Masse zugepfropft. Der Atem floß mühsam, in dünnen Rinnen, wie Wasser durch halbgetautes Eis. Die Kopfhaut prickelte; Johanser glaubte, jede Haarwurzel einzeln herausspüren zu können. Periodische Hitzewallungen strahlten von der Stirn aus in den Nacken, teilten sich, schossen in beide Schulterblätter und endeten dort, starben ab. Später lag ein heißes Pochen auch in der Kehle, das Gaumenzäpfchen brannte. Die Gedanken standen seltsam außerhalb des Körpers, obgleich sie von dessen Schmerzen durchdrungen waren. Sie kreisten um den Kopf, der sie gebar, wie Ausgestoßene um ein leergewordenes, klaffendes Zentrum.

Johanser löschte das Licht, schloß die Augen, kauerte in

Embryohaltung, versuchte den Gedankenstrom zu stauen. Auf der Innenseite der Augenlider entstand mit irisierenden Farben Benedikts Porträt, ähnlich der Aufnahme eines Wärmespektrographen, gelb und rot, dunkelgrün und purpur, pulsierend, bis die Farben sich nach und nach zersetzten, zerflossen und nur ein verschwommener Scherenschnitt blieb, auf grauem, schwach blinkendem Hintergrund.

In sich eingekrümmt, zum Zehennägelkauen biegsam – gebogen, Kopf auf dem linken Knie, die Hände auf dem rechten, in hoheitsvoller Ruhe, die eine Begnadigung des Delinquenten aussprechen könnte, aber es nicht tut, in schroffer, unbestechlicher Dunkelheit. Warten auf die Erkaltung des Körpers, es müssen, so stellt er sich vor, Zehen und Fingerkuppen zuerst absterben, taub müssen sie werden, pelzig und grau, und auch in der Bauchmitte, glaubt er, erschiene solch ein grauer, kalter Fleck und wanderte auf- und abwärts. Das Hirn wird zuletzt einfrieren, das Hirn ist stark und wehrt sich, schaut traurig auf den verlorenen Körper, wähnt sich unabhängig von ihm, bereitet die Flucht der Seele vor, das Exil – und plötzlich bricht die Kälte auch ins Heiliggeglaubteste ein. Koffer werden fallen gelassen. Das Entsetzen im Moment des Todes beschwört ein verlogen diabolisches Gelächter herauf, selbst die letzte Wahrnehmung ringt sich nicht durch zu jämmerlichem Geschrei.

Türen werden geöffnet, Licht durchsucht den Raum nach Stehlenswertem. Ihm folgen Müllentsorger nach, reinigen den Boden vom Kadaver und bereiten das karge Bett für den Neuen, der nichts weiß von dem, was geschah, aber Zeit haben wird zu ahnen, genug.

Da sind zwei Herren, die dich sprechen möchten, Konrad! Marga öffnet die Tür, und zwei Befrackte treten ein, mit altmodischen Zylindern und breiten Schnurrbärten. Fahrkartenkontrolle! sagen sie und verlangen das Billett zu sehen. Johanser hat keines. Wofür auch? fragt er, bekommt zur Antwort, daß er doch gestern abend mit dem Zug gefahren sei. Dies gibt er zu. Ob er nicht wisse, daß man seine Fahrkarte aufzubewahren habe? Jederzeit müsse man sie vorweisen können, an jedem Ort, zu jeder Stunde. Sie bitten ihn, sich anzuziehen und mitzukommen. Johanser verbeißt sich ins Laken und wünscht die Gestalten zum Teufel. Was für Zustände! knurrt er. Übelste Provinz! Die beiden Herren beugen sich über ihn und packen seine Hände. Sie machen alles nur schlimmer, spricht der größere der beiden ohnehin recht großen Männer. Johanser flieht unter die Decke, krümmt den Körper im Zauberzelt zur Kugel. Bildketten ziehen vorüber, zeigen, unterlegt von gewaltiger Musik, scheinbar nebensächliche Bewegungsabläufe der vergangenen Tage. Rasende Schnitte. Die Kamera kippt ständig, taucht in den Himmel, stürzt auf Landstriche zu, die während des Sturzes zwischen Dunkelheit und sonniger Helle oszillieren. Dazwischen Bilder von öffentlichen Gebäuden aller Art, Basiliken, Bibliotheken, Rathäuser, und monströse, finstere Säle, in die, aus einem spaltoffenen Portal, das Lichtmesser dringt. Zehnmännerhohe, angsterregende Halle, fensterlos. Holzstreben, Gerüste, endlose Halle, in den Weltraum hinein. Tierköpfige Moloche thronen, wie Galeriegemälde, zu beiden Seiten. Schwere Pauken markieren den Puls, in dem das Auge die Halle durchmißt. Sie windet sich durch den Kosmos wie ein quadratischer Schlauch. Aus der Tiefe reproduziert sich das immergleiche Bild.

Am Morgen, ohne seiner Verwandten ansichtig zu werden, ging Johanser aus, Beni zu suchen. Er war sich wohl bewußt, daß seine Suche erfolglos verlaufen würde, fand es jedoch besser, etwas zu unternehmen, als untätig herumzusitzen. Vom Bahnhof aus telefonierte er mit Berit, erzählte, daß er wegen Benis Verschwinden großen Ärger habe, daß er gezwungen sei, den Aufenthalt zu verlängern. Berit schenkte der Neuigkeit zuerst keinen Glauben, ließ sich nur langsam überzeugen. Johanser riet ihr, niemandem etwas zu sagen, flehte, seine Rolle bei der Angelegenheit unerwähnt zu lassen, sie könne sich ja vorstellen, wie er sich jetzt fühle, schrecklich schuldig, könne den Eltern nicht unter die Augen treten. Berit sicherte ihr Stillschweigen zu und bat um ein Treffen, was Johanser, für die nächsten Tage wenigstens, ausschloß. Danach könne man sehen, was sich ergeben würde.

Berit, zwischen Verliebtheit und schlechtem Gewissen hin und her geworfen, blieb den Sonntag über im Bett. Sie fühlte sich dadurch, daß Benedikt ihretwegen verschwunden war, geehrt und belastet, hätte dem Jungen eine solch emotionale Reaktion nie zugetraut. Allein aufgrund seines schlechten Notenstands war er jedenfalls nicht abgehauen, schließlich stand noch die letzte Klausurenserie aus.

Johanser mußte lachen, dachte er daran, wie glaubwürdig Benedikts Verschwinden in den Kontext paßte. Er hatte immer geglaubt, daß Geschichtsschreibung so und nicht anders funktionierte und Wahrscheinliches dem Wahren vorzog. Dann wiederum fand er es pervers, in derlei verstiegenen Kategorien zu denken, wo doch ein Hauch, ein Laut, ein Nichts das Gefüge zerstören konnte. Zitternd stand er vor dem Briefkasten und befingerte das Kuvert in seiner Innentasche. Die Schicksalhaftigkeit jeder seiner Handlungen besaß, neutral ausgedrückt, etwas Packendes, war ebenso die Hand, die eine Hundeschnauze zum Kothaufen zwingt, wie der aufreizende Griff einer Hure in den Schritt ihres Freiers.

Schnell warf er den Umschlag ein und sah sich nach möglichen Zeugen um. Niemanden schien zu kümmern, was er tat, zumindest gaben sich die wenigen Menschen am Bahnhof sehr mit sich selbst beschäftigt.

Der Postwirt war mit Bauern gefüllt, die Ritualen des Frühschoppens nachkamen, Karten spielten und Weizenbier tranken. An den Wänden hingen Lampions und Luftschlangen der gestrigen Feier. Winhart und Anna schliefen vermutlich in einem Bett. Die grobe Hedwig hatte Dienst, unterstützt von einem jungenhaften, segelohrigen Schankkellner, der Johanser bisher nie zu Gesicht gekommen war. Ohne etwas bestellt zu haben, verließ Johanser die Wirtschaft und ging zum Fluß, besah sich, von Ufer zu Ufer, die Spuren des Lagerfeuers. Verkohltes Holz, Bierdosen, viel weiter vom Grab entfernt, als es gestern nacht den Anschein gehabt hatte, gute dreißig Meter. Mehrere Kajaks trieben schnell hintereinander die Acher hinab; eines der Boote machte ein ekelhaftes Geräusch, als es über Fels schleifte und der Fahrer sich fluchend mit dem Paddel abstieß.

Johanser hätte ihm beinah eine Beleidigung nachgerufen, wie man es manchmal im Straßenverkehr tut, nur weil man an einer Kreuzung warten muß und die Vorfahrt der anderen Partei als zeitraubende Gemeinheit empfindet.

Zeit habe ich jetzt ja genug. Wird Ewigkeiten dauern, bis Benedikt heimkehrt. Was mach ich bloß mit all der Zeit?

Es war erst kurz nach elf. Johanser spürte keine Lust, wie sonst Steine in den Fluß zu werfen, sie auf der Wasseroberfläche springen zu lassen; kindisch und sinnlos kam ihm das vor, auch wirkte der Fluß schmutzig und träge, das Felsmassiv glitzerte nicht, war stumpf, kalkig, unbelebt, die Landschaft hatte ihre Schönheit vertagt, als würde sie mit toten Augen gesehen. Johanser sank im Uferschilf zusammen. Unbegreiflich schien ihm, daß Benedikt tot sein sollte, da drüben, einen Steinwurf entfernt; andauernd hoffte er auf das Erwachen aus einem luziferischen Traum. Doch sosehr er sich schlug, kniff, in die Finger biß – was geschehen war, verwies auf seinen fristlosen Vertrag.

»Ich habe Benis Rad gefunden.«

Marga und Rudolf sprangen auf, als würde es sich bei dem Fund um einen Körperteil des Sohnes handeln. Konrad, dessen Augen gerötet waren, erklärte, es sei unabgesperrt vor dem Bahnhof gestanden.

»Du hast es mitgebracht?«

»Ja. Sicher.«

Die Eltern liefen in den Garten und besahen sich das Rad, suchten es auf Hinweise ab. Marga bemerkte, daß Beni sein Rad nie unabgeschlossen habe stehenlassen. In der Kette sowie den Schutzblechen fanden sich Blattfetzen, Grashalme, Erdbröckchen.

»Er hat dieses Rad gemocht. Ist ja auch teuer genug gewesen.«

Weshalb bloß gebrauchte Rudolf das Perfekt?

»Ihr solltet euch nichts einreden«, sprudelte es aus Konrad heraus, »ist doch völlig logisch, daß man, wenn man von zu Hause fortgeht, sein Rad nicht absperrt. Alles andere wäre Schikane. Ihr müßtet das Schloß mühsam aufbrechen. Und sein Rad einem Freund zu vermachen, was das üblichste wäre – dazu muß man erst Freunde haben! Ich glaube, Beni hatte keine. Die Grashalme bedeuten garantiert nichts. Vielleicht ist er über eine frischgemähte Wiese gefahren oder hat in einem Anfall von Wut das Rad auf die Erde geschleudert. Das kennen wir doch von ihm.«

Die Eltern sahen Konrad erstaunt an. Was hätten sie sich einzureden versucht? Aber ohne jene Frage auszusprechen, senkten beide den Kopf und nickten. Marga echauffierte sich zum x-ten Mal über das Fehlen eines Abschiedsbriefs, wobei ihr Tonfall zunehmend vom Weinerlichen ins Bittere überging, die Sorge der Enttäuschung wich. Wohl hatte sie sich die ganze Nacht über eingeredet, Rudolf würde am Ende recht behalten, der Ausreißer bald reumütig zurückkehren. Dennoch blieb sie der Meinung, man müsse, spätestens morgen, die Polizei verständigen, sei's nur, damit die ihn schnellstmöglich aufgriffe.

»Vielleicht ist das Schuljahr ja doch noch zu retten. Wenn wir ihn zur Nachhilfe schicken, jeden Tag fünf Stunden. Egal, was es kostet! Ein Jahr ist ein Jahr.«

Konrad ging dieser letzte Satz bald nicht mehr aus dem

Kopf. Ein Jahr ist ein Jahr ist ein Jahr, dahingeplappertes Nichts, das alles enthielt, summte man es nur immer wieder vor sich hin. Ein Tag ist ein Tag ist ein Tag und ein Ja ist ein Ja, morgen auch.

Das Grauen beißt in den Nacken, wie Hundemütter zubeißen, ihre Welpen fortzuschleppen. Erst nach und nach bohren sich die Zähne tiefer ins Fleisch.

Konrad atmete nicht eigentlich. Er aß. Fortwährend. Jeder Atemzug schmeckte fett, schwer, spät. Luft zu holen wurde etwas Hamsterndes, für Backentaschen Bestimmtes. Man saß beisammen, im Tageslicht, im Lampenschein, im Fernsehflimmern. Die Wettervorhersage versprach eine Abfolge klarer Nächte, bei Zimmertemperatur, dazwischen klare Tage leicht erhöhter Temperatur. Kam die Angst, preßte sich Konrad tief in seinen Sessel und ließ die Hand der Tante los.

Das Ja ist das Ja der Geburt. Die Jagd ist die Jagd ist die Jagd. Das ›Weiter‹ bedarf keiner Diskussion. Aber jede Sekunde ist eine Frechheit. Die Zeit müßte in ein langsames Decrescendo münden, ausklingen, versiegen wie der Sand im Glas. Das Band läuft. Ungerührt. Frisch geschlachtete Sekunden bluten aus über mir. Eine Hochzeit im Mondschein wäre sehr schön. Wenn ich wählen müßte zwischen dem Wahnsinn und der Angst –

Manchmal ergriff ihn das lähmende Gefühl, etwas Ungeheures geschähe, genau jetzt, etwas, das den Moment, der sich von seinen Nachbarmomenten durch nichts hervorhob, auszeichnete und in eine besondere Zeitrechnung übertrug. Und ihm war, als müßten alle Menschen auf der ganzen Welt dasselbe empfinden und innehalten, dem Augenblick huldigen, ihre Hüte ziehen, die Knie beugen.

Anna. Konrad floh in Gedanken zu ihr, während im Fernseher, Marga starrte gebannt hin, »Bitte melde dich« lief, eine Sendung telegener Zurückgebliebener.

Der Zauber jenes ersten Wortwechsels im Postwirt. Anna.

Sie wirkte zerbrechlich und biegsam, sehnig und hart, traurig und schlaff, alles in einem, es changierte von Lidschlag zu Lidschlag. Ihr majestätisch langes Haar, sanft gewellt, schimmernd wie das frivoler Königinnen, denen Grausamkeit ums Antlitz spielt, die sich auch, wenn ihre Lust es will, dem nächsten Kutscher hingeben können.

»Bleiben Sie hier oder gehen Sie hinaus?« So hatte sie gefragt. So hatte sie es auf den Punkt gebracht.

Jede ihrer Handlungen besaß etwas Großartiges und Verzweifeltes. Je abweisender und unnahbarer sie sich gab, desto eher schien sie bereit, sich auszuliefern, einem, der Mut und Kraft aufbrachte, sie an sich zu reißen und, wohin auch immer, fortzutragen. War ihr Haar zum Knoten gebunden, und stolzierte sie, die Nase weit oben, in federndem Gang durch den Raum, hatte das nichts Hochnäsiges, vielmehr etwas Erschütterndes. Ihr Blick zielte aufwärts, als wollte sie sich einer fernen Wasseroberfläche entgegenstrecken, die, weil dem Körper unwägbare Lasten angehängt sind, nicht erreicht werden kann. Sie schwebte nicht mehr, sie trieb durch den Raum; in der Luft, die sie umschmiegte; setzte die Schwerkraft aus.

Ihre hellen grünen Augen strahlten bald, waren bald stumpf und glasig, gleich denen Somnambelles, wenn sie sich tief in der Nacht die Spritze gegeben hatte und, unsinnig zufrieden, vor geschmolzenen Kerzen saß.

Wirklich schöne Frauen mußten in Konrads Augen immer etwas Trauriges an sich haben, Unerfülltes, etwas, das erlöst werden wollte. Außer Anna hatte er in Niederenslingen noch eine Schönheit entdeckt – die Verkäuferin der Konditorei zwei Straßen südlich vom Bahnhof, wo er einmal, nur um sich ein Bild zu machen, Blaubeerkuchen gekauft hatte. Die blonde junge Frau, Impulsware des Triebdenkens, sah, als sie ihn bediente, durch das Schaufenster auf die Straße hinaus, so als erwarte sie jede Minute etwas Wichtiges, lang Herbeigesehntes; ihr Blick schien zu sagen, sie sei nur versehentlich hier, ihre Arbeit ein Zeitvertreib, das Warten zu verkürzen, albernes Maskenspiel, auf das sie sich eingelassen hatte, um nicht als Spielverderberin dazustehn.

Weil Kuchen in Johansers Speiseplan eine seltene Sache war und er sich ganz auf Anna konzentrieren wollte, wurde jene Begegnung nie wiederholt, das schöne Antlitz aber abgeheftet in der Galerie nächtlicher Stimulanzporträts.

Morgen, morgen erst recht, muß ich zu Anna gehen. Vielleicht werde ich Winhart doch töten. Besser, ich warte die Hochzeit ab, damit Anna Wirtsfrau und versorgt ist. Eine Hochzeit im Mondschein wäre sehr schön. Kriegsglück schwankt wie der Halm im Sommerwind. Die Liebe aber beugt sich immer und kennt kein Ich. Verliebt allem, vergißt, vergibt sie alles.

Anna. Wenn sie zum kleinen Fenster hinaussieht in den Hof, müßte jemand, ein beherzter Bühnenbildner vielleicht, einschreiten, alles um sie herum abreißen und fortschaffen, müßte ein Meer vor ihre Schuhe malen, darüber einen mythisch angewölkten Himmel; man müßte Anna ein strahlendweißes Kleid anziehen und um ihre Knöchel leichte Gischt erfinden. So könnte sie dann aufs Meer hinaussehen, von Muschelkalk umrahmt, und weit hinten, zwischen Felsen, sähe man den rostigen Bug eines Schiffswracks ...

Konrad lag im Bett und wußte nicht mehr, wie er dahin gekommen war, konnte sich nicht erinnern, jemandem gute Nacht gesagt zu haben, die Stufen hinaufgestiegen zu sein. Es beunruhigte ihn so, daß er die Zimmertür öffnete und nachsah, ob von unten her noch ein Lichtschein drang, was nicht der Fall war – das Haus lag in Dunkelheit und Stille.

Geliebte Anna, wie ich vor dir stehe, bin ich nur ein halber Mensch – gar nicht zu gebrauchen. Sollst aber wissen, daß, wäre ich ganz mein, dir zur Verfügung stünde, wie man eine Forderung zum Duell annimmt und weiß, es geht um alles oder nichts, also um nichts oder – was? Ja, was denn? Was ist dieses ›Alles‹ anderes als ein ›Weiter‹? Bekräftigung des Status quo. Und wirklich haben wir unsere Liebe längst genossen, genießen sie noch, auf unverwechselbare Art. Drum wäre unser Duell ein Duell um nichts oder nichts, die Wahl zwischen dem Schuß ins Herz und dem in den Schädel. Das mag erhaben sein, ich aber bin lächerlich. Weil ich nur den Schuß ins Hinterteil ersehne, der mich reparabel zurück in die Heimat trägt und dort beläßt für die Dauer des Krieges. Bin nicht würdig, dich zu fordern noch von dir gefordert zu werden. Bin nicht satisfaktionsfähig.

Mit dem Einschlafen krochen, wie auf ein Zauberwort des Morpheus, Schnecken aus dem Boden, zogen ihre schleimige Spur die Bettpfosten hinauf, krochen an Johansers Körper aufwärts, kalt und klebrig, und wo sie die Haut besudelten, wurde die Haut taub und begann zu brennen, und die Schnecken krochen seinen Hals empor, saugten ihm die Schweißbäche ab, krochen ins Haar und verstopften seine Ohren, und im Moment, da er erwachte, verschwanden sie in den Ohrmuscheln und lösten sich auf, mischten sich zur Gehirnmasse. Johanser glaubte, in seinem Schädel schwappe und schmatze es, als würde ein mit Tapetenleim vollgesogener Schwamm in einem Tongefäß hin und her geschüttelt.

Das Entsetzen stauchte seine Muskeln zu verkrampften Fleischbällen zusammen, schwere Massen aus Eiskruste und Fleisch, ohne Überlegung in einen Schlauch aus Haut gestopft, von zerfaserten Sehnen zum Paket geschnürt, bewegungsunfähig, schneidend gefesselte Bündel, gefühllos bis auf die Scham, die alle verband.

15

»Und *Ihr* Name?«
»Konrad. Ich bin der Cousin.«
»Henlein?«
»Mmhmm«, summte Johanser, betont geistesabwesend, um sich notfalls herausreden zu können. Marga erhob keinen Einspruch. Dank der knappen, leicht mißverständlichen Fragestellung des Beamten schien ihr nicht aufzufallen, daß Konrad sich als Henlein ausgab. Tatsächlich bemerkte sie es wohl, dachte aber nichts Verfängliches dabei, war zu sehr damit beschäftigt, ihren Tränenfluß zu dämmen. Zugleich äugte sie ständig zur Tür, ob auch niemand hereintrat, der zu ihrem Bekanntenkreis zählte und sich wer weiß was denken mochte. Für Menschen ihrer Art hatten Begegnungen mit dem Staatsapparat stets ein Schuldgefühl zur Folge; Margas Ausführungen wurden von weitschweifigen Rechtfertigungsfloskeln umkleidet.
»Er hat's ja sehr gut gehabt bei uns, sein eigenes Häuschen haben wir ihm gebaut, nicht wahr, haben ihn auch gewiß nie geschlagen, nicht mal eine Ohrfeige ...«
Die Bullbrunner Amtsstube war voller Hydropflanzen, jeden der drei Schreibtische trennte eine graue, mannshohe Klappwand aus Hartplastik. Der Raum wirkte Sparkassenfilialen ähnlicher als einem Präsidium, und wie ein Anlageberater gerierte sich auch der Beamte, auswechselbarer Endzwanziger mit weichen Gesichtszügen und blondem,

millimeterkurzem Haar. Er machte keinen arg intelligenten Eindruck; routiniert und etwas überheblich stellte er Fragen nach der ihm eingeimpften Schablone.

Zuerst hatte Johanser es für Wahnwitz gehalten, Marga hierher zu begleiten, hatte sich des heimlichen Wunsches verdächtigt, entlarvt zu werden, wollte Rudolf die Bitte bereits abschlagen. Dann war ihm bewußt geworden, daß seine Anwesenheit, so er sich nur zusammenriß, Sinn haben konnte. Er würde informiert sein, würde die Vernehmung – überzogenes Wort für das, was gerade vorging – lenken und Marga daran hindern können, zuviel über seine Person zu Protokoll zu geben. Nach soviel Angst und Vorbereitung war er beinah enttäuscht über die Oberflächlichkeit der Fragen, die gerade klangen, als wolle man sich in Familienangelegenheiten nicht gerne einmischen.

»Seit Freitag also. Wann genau?«

»Nach dem Frühstück. Kurz vor acht. Er war sehr lieb, weil – zwei Tage zuvor hatten wir uns ein bißchen gekabbelt, nicht schlimm, so was kommt ja vor, nicht daß Sie denken ...«

»Und Sie« – der Beamte wandte sich an Johanser – »meinen, er hätte depressiv gewirkt?«

›Habe‹, muß es heißen, dachte Konrad, nicht ›hätte‹, das ist der Irrealis, Idiot! Aber er nahm nicht an, daß hinter der Grammatikschwäche tiefere Absicht lag.

»Ja. Er war niedergeschlagen, nannte keinen genauen Grund dafür, nur Probleme mit der Freundin, und daß er die Schule satt hätte, *habe,* man merkte ihm an, daß ihm etwas auf der Seele lag. Unser Verhältnis blieb leider oberflächlich. Benedikt ist ein sehr introvertierter Mensch.«

»Diese Freundin! Waren Sie schon bei der?«

»Wir wissen nicht, wie sie heißt.« Marga flüsterte vor Scham.

Die Befragung ging noch zehn Minuten weiter. Der Beamte meinte, viel lasse sich zu diesem Zeitpunkt nicht tun, die Vermißtenmeldung werde rausgeschickt, aber es komme vor allem auf die Mithilfe der Verwandten an. Er schlug vor, den Namen jener ominösen Freundin herauszufinden, indem man einige Klassenkameraden befragte. Dazu wären die Eltern geeigneter als die Polizei. Etwaige Selbstmordabsichten seien ja nicht geäußert worden, deshalb habe man eine quasi alltägliche Sache vor sich, ohne dringenden Handlungsbedarf; solche Fälle erledigten sich zu neunzig Prozent binnen weniger Tage von selbst. Wahrscheinlich sei, daß Benedikt bald zurückkehren oder sich melden würde, brieflich oder telefonisch. Im ersteren Fall solle man den Brief bitte vorbeibringen, damit der Aufenthaltsort näher eingekreist werden könne. Im zweiten Fall würde eine sanfte, mütterlich-großherzige Stimme sicher mehr bewirken als jede Fahndung.

»Wir müssen davon ausgehen, daß er in eine Großstadt gefahren ist. Wissen Sie, wie viele Menschen täglich verschwinden? Ein Sechzehnjähriger, der einen Meter fünfundneunzig mißt, geht leicht als Erwachsener durch. Wahrscheinlich besitzt er noch einen gefälschten Schülerausweis, wie alle, Sie glauben gar nicht, wie weit man mit einem Schülerausweis kommt. Wenn jemand nicht gefunden werden will und sich geschickt anstellt, hat er auch als Minderjähriger Chancen. Aber machen Sie sich mal keine zu großen Sorgen! Sie sagen ja, die Flucht habe auf Sie eher impulsiv gewirkt, Emotionsentscheidung, aus dem Stand, das hält nie lange an.«

»Glaubst du auch, daß ich mich lächerlich mache?«
»Wieso?«
Der Polizist hatte es fertiggebracht, Marga das Gefühl zu geben, sie belästige ihn mit belanglosem Zeug. Vielleicht gehörte es zu seiner Ausbildung, war das ihm Bestmögliche gewesen.
»Glaubst du auch, daß Beni bald wieder in der Tür steht?«
»Ja. Selbstverständlich.«
»Ich glaub es aber nicht! Er ist so stolz. Verflucht stolz und stur.«

Ein Wort wie ›verflucht‹ hatte Konrad von seiner Tante nie gehört. Sie hakte sich ein bei ihm, preßte seinen Arm gegen ihre Seite.

»Meinst du, es ist in Ordnung, wenn wir Benis Schreibtisch durchgucken?«

»Weswegen?« Der Linienbus zwischen Bullbrunn und Niederenslingen fuhr einmal stündlich. Die Route führte nah an Berits Zuhause vorbei. Man konnte sogar ihr Fenster sehen.

»Damit wir den Namen seiner Freundin rausbekommen. Ich bin sicher, die weiß etwas. Ehrlich gesagt, ich möcht nicht in die Schule gehn und seine Freunde fragen, das würde er mir nie verzeihn. Das wäre ja auch wirklich peinlich.«

»Daß du seinen Schreibtisch durchsuchst, wird er noch weniger verzeihen.«

»Gut, aber nur, wenn er's merkt. Wir legen einfach alles wieder hin, wie wir's vorfinden.«

Margas Tonfall, verschwörerisch dunkel, klang in Konrads Ohren widerlich, am liebsten hätte er der Tante gesagt, daß es genau diese bauernschlaue Observierungssucht gewesen sei, die Beni zum Aufbruch getrieben, daß alles mit dem Mehl auf der Ulme und schon lange vorher begonnen habe. Für den Augenblick war seine Entrüstung ehrlich, allen Tatsachen fern; er war überaus sicher, daß Benedikt zurückkehren würde, sei's nur, ihn nicht in Ruhe zu lassen. Die Polsterung des Sitzes wurde klebrig und heiß, tiefer und tiefer sank er ein, umklammerte Margas schwitzige Hand. Seine Verdrehung des Geschehenen drang ihm nur langsam ins Bewußtsein, er wies die Wahrheit zunächst von sich, wie etwas, das nicht hergehörte, weil es rein zufällig Faktum, ansonsten aber völlig unrichtig, unwahrscheinlich war.

Der Bus fuhr die Serpentinen hinunter. *Wir erst erschaffen, was gewesen ist.*

Und Marga würde sich wundern, daß Benis Freundin Berit heißt. Da rief doch neulich diese Kellnerin an, die hieß genauso! Wie viele Berits es gibt, ist doch ungewöhnlich, nicht? Verheimlichst du mir nicht was? Und Johanser würde sagen: Nein, Mutter, aber in der Nacht schlich er in ihr Zimmer, tötete zuerst Rudolf, dann sie, trug die Leichen hinunter ins Wohnzimmer, weidete sie aus und setzte jede in einen Schaukelstuhl, einander gegenüber, damit sie sich zunicken konnten. Und am Abend, wunderschön, wenn das letzte Sonnenlicht durchs Terrassenfenster brach, und die beiden, mit Holzwolle ausgestopft, im zauberisch bräunlichen Lichtfall wippten, wenn süßer Verwesungsgeruch durchs Haus strömte und Konrad auf dem Boden saß und Staubkörner zählte ...

»Was ist mit dir?«

»Hab vor mich hin geträumt.«

Gänsehaut. Zuckende Augwinkel, werden naß, winzige Tröpfchen, wie von Rauch oder grellem Licht. Angehaltener Atem, verstohlenes Wischen. Finger schnippen vorgegaukelte Sandkörner fort. Die Wirbelsäule schiebt sich in den Hals.

»Du zitterst ja.«

»Bin müd.«

Wie ekelhaft die Ausdünstung von Margas Körper roch, wie schmierig und weich sich ihre Haut anfaßte ...

»Konntest du auch nicht schlafen? Mir ging's genauso.«

Wie die Äderchen durch ihre Augen schwammen. Fadenwürmer. Die bleigraue Färbung ihrer Tränensäcke, die schimmernde Haut ihres Doppelkinns. Warum fiel ihm jetzt erst auf, wie verhärmt, verhornt, wie häßlich sie war?

»Ich glaub, ich werd nicht schlafen können, bis er wieder hier ist. Aber das wird furchtbar. Lieb sein? Schimpfen? Wie soll ich mich bloß verhalten?«

Konrad gab keine Antwort. Zu abgründig schien es, der Tante etwas anzuraten, infam und schurkisch, wenngleich es, rational besehen, nur nett gewesen wäre. Er fühlte sich, als lebte er nicht mehr oder nur zu einem kleinen Teil noch in Margas Welt, in der Welt der lebenden Menschen; ihm war, als würde er nie wirklich dort existiert haben, wäre höchstens einmal Gast gewesen, wie ein Reisender, der nachts durch unendliche Hotelflure spaziert, voll bezifferter Zimmer. Jedes enthält Leben, anonym und unerreichbar fern. So müssen Geister über die Erde schreiten. Schwach ausgeleuchtete Hotelflure entlang. Aus den Zimmern dringen Geräusche. Manches hört man mit, stellt an jeder Tür ein Ohr ab und schichtet gemutmaßte Bilder darüber. Taumelt weiter, von Tür zu Tür, ohne selbst ein Zimmer, eine Ziffer zu besitzen. Man schleicht. Leise, diebesgleich, ist dabei gar nicht fähig zu stehlen; niemanden kümmert, niemanden stört man. Verjagt zu werden würde Zugehörigkeit einräumen.

»Was, wenn der Bub nie mehr nach Haus kommt?«
»Sag nicht so was. Er wird kommen. Ganz sicher!«

Dreihundert Meter, die von der Bushaltestelle am Fuße der Hügel in leichter Steigung zum Haus führten, blieb Marga bei Konrad eingehakt, stützte sich schwer auf ihn, zwang ihn, weil seine Knie schwach wurden, beinah zu Boden. Ihr gern überinszenierter Bandscheibenschaden diente als Vorwand, den Neffen so innig wie möglich bei sich zu spüren. Wäre es nur gegangen, den Kopf an seine Brust zu legen, ohne den Nachbarn ein zu kompromittierendes Bild zu bieten. Überhaupt, die Nachbarn. Sollte man ihnen etwas sagen? Würden sie Benedikts Abwesenheit von selbst bemerken? Kaum. Marga entschloß sich zur Geheimhaltung, bat Konrad um Stillschweigen, was dieser mit einem Nicken versprach. Dann, vor der Gartenpforte, hörbar aufatmend, verabschiedete er sich und stieg den Weinberg hinauf.

Wie er so ging, kam es Marga ein wenig vor, als suche sein Gang denjenigen Benedikts nachzuahmen, elastisch, breit, mit einem angedeuteten, synkopischen Hüftschwung, der an Konrad grotesk aussah.

Im nördlichen Oberland, beim umzäunten Teich war Johanser lange nicht mehr gewesen, nie mehr seit jenem Abend im Mai, als ihn die Mücken zerstochen hatten. Enttäuscht schritt er am Grundstück vorüber. Der braune, stille Teich, das ›Frauenauge‹, Wimpern aus Schilf – vor der Hütte, um einen Klapptisch, saßen drei Männer in Unterhemden. Spielten nicht Karten, noch tranken sie oder angelten, saßen einfach nur da und sahen Johanser hinterher, ausdruckslos. Die Krüppelweide winkte Lebwohl.

Maisfelder, halshoch. Man kann sich in ihnen verstecken. Man kann in ihnen versteckt werden. Versteckt und verscharrt. Wenn die Männer mich zu töten kämen... Niemand hörte mich, niemand fände mich. Welches Interesse könnten die Männer an mir besitzen? Henkerfressen. Gemeine, kräftige Kerle. Armeefrisuren. Saßen entschuldigungslos herum.

Plötzlich erinnerte sich Johanser, weshalb er diese Himmelsrichtung über Wochen hin gemieden hatte, erkannte den Weg anhand auffälliger Jägerstände wieder. Der verwahrloste Hof. Der Hund. Der Bauer, der seltsam zweideutig gefuchtelt hatte.

Er ging langsamer, behielt die Richtung aber bei. Das kühlgefärbte Land hatte in Johansers Augen an Weite stark eingebüßt. Trist wechselten blumenarme Wiesen mit Mais-, Klee- und Kornfeldern, stahlgerade geschnitten. Die Wälder um die Nutzflächen, als Paravents dienende Komparsen in Habtachtstellung – wie kalt das war! Nicht einmal feierlich. Was ihm daran je gefallen haben konnte? Ein Schattenreich verworfener Farben. Wo Sonne darin spielte, gab sie ein bemühtes Gastspiel.

Schon zeigte sich das Gehöft am Horizont.

Johanser kitzelte es, in Erfahrung zu bringen, ob der Hund inzwischen, wie von ihm prognostiziert, tot war. Er näherte sich dem Hof auf zweihundert Meter, schob seine Hand über die Augen und hielt nach Lebenszeichen Ausschau.

Haus und Stallungen wirkten leer. Inzwischen waren noch mehr Fenster gesplittert als zuvor, eigentlich fast alle. Der blaue VW-Bus lag auf der Fahrerseite. Wer mochte ihn umgestürzt haben und wozu? Johanser lief einen weiten Kreis um den Abbau, dessen Name – Prellershof, ab 1920 Ständnerhof – ihm nicht bekannt war. Kurz bevor der Pfad in den Wald mündete, konnte er schräg hinter den Viehställen eine Hundehütte erkennen, davor, in den Boden gekauert, den Hund selbst. Dunkler, bewegungsloser Fellklumpen. Aus der Ferne war schwer zu entscheiden, ob der Hund döste, in Demutshaltung kauerte oder, sprungbereit, nur darauf wartete, daß Johanser unsichtbare Grenzen überschritt. Ohne Regung, Schädel auf gestreckten Vorderläufen, blieb er liegen. Der Winkel, von dem aus man ihn beobachten konnte, war eng, nach wenigen Metern schoben sich Buchen ins Blickfeld. Johanser hatte keine Lust stehenzubleiben. Was er wissen wollte, wußte er jetzt. Hätte er Rudis Fernglas bei sich getragen, er hätte gezögert hindurchzusehn. Vom Land ging etwas Bedrohliches aus, das Neugier streng zu ahnden vorgab. Vielleicht würde man, wenn man stur auf den Boden starrte, noch einmal davonkommen. Selbst das blieb ungewiß. Manche Bäume glichen vermummten Kutschern, die, ihre Peitsche in die Achsel geklemmt, warteten.

Johanser kehrte um, lief am Waldrand entlang, dann zwischen zwei Maisfeldern durch. Von Angst gequält, legte er die Strecke bis zu den Rebhängen in der Geschwindigkeit eines Sportgehers zurück, erschrak bei jedem Rascheln.

Wovor man Angst hat, das geschieht bereits.

Unsinn. Geschieht ja nichts. Stille. Krähen. Stille. Warum hört man nirgends einen Traktor?

Möchte meine weichgewordene Schädeldecke über den ganzen Körper ziehen. Nichts Böses kann unter dem Zauberzelt sein. Du Feigling, würde Beni sagen, willst dich immer verkriechen, nie stehst du zu dir und mich hast du 'nen verzogenen Wohlstandsbengel genannt, du Drecksau, du elender Fälscher, damit kommst du nicht durch! Ist ja gut, Bub, du bist tot, halt den Mund.

Die Angst unterschied sich von bisherigen Attacken, ohne

daß der Unterschied an Merkmalen festzumachen war. Kindlich und grundlos schien sie, von keinem Hund ging die Bedrohung aus, von keinem Menschen; Johanser erwartete nicht, daß etwas aus dem Gebüsch oder hinter einem Baum hervorbrechen und ihn anfallen würde. Doch alle Umgebung schien feindselig geworden, ablehnend, als wolle sie seine Anwesenheit nicht dulden und suche noch nach Möglichkeiten, ihm auch physisch zu Leibe zu rücken.

Blasierte Strommasten, Fichten voller Standesdünkel, hochmütig abgewandte Birken, verschlossene Steine, gleichgültiges Gras.

Das Unsichtbare, Fürchterliche, es war *da*. Lief eng neben Johanser her, hauchte ihm manchmal ins Ohr oder umspielte seine Knöchel, streifte die Brust oder huckte sich den Schultern auf.

Seine Hilflosigkeit, dem unfaßbaren Gegner, den er in sich selbst vermutete, entgegenzutreten, kam ihm unglaubwürdig vor. Er hatte immer Strategien gefunden, seinen Ängsten zuwiderzuhandeln; daß keine ihm einfiel, daß die Erfahrung komplett versagte, rechnete er dunklen, selbstzerstörerischen Trieben zu. Er verdächtigte sich sogar, mit der Angst zu kokettieren, ihr ein gehaltvolles Lebensgefühl abschwindeln zu wollen. Solche Gedanken bestrafte, wo sie sich über den Körper erhoben, ihn ›von oben her‹ zu lenken versuchten, prompt ein neuer Angstschwall, kälter und grausamer als alle zuvor.

Götter- und rattenverlassenes Geisterschiff.

Johanser wurde bewußt, daß viele Jahre lang sein Denken seinem Körper ferngestanden hatte, als könne der Körper ruhig verkommen; der Geist wäre dadurch nicht im geringsten beeinträchtigt, würde den Körper gern loswerden wollen. Nun war ihm, als hätte sein Gehirn sich über die Blutbahn in jeden Muskel verteilt, wäre in die Adern injiziert und dort für immer eingesperrt worden.

War er vorher an sich gehangen, hing er nun in sich fest.

War sein eigenes Gefängnis. Sich vor dem Untergang gedrückt zu haben, verlor mit jeder Sekunde an Wert. Jeder Augenblick fiel durch Gitter. Im Gefängnis wurde Schmierentheater gespielt, zur Ergötzung der Wärter.

Er fragte, ob er so weiterleben wolle. Und sagte ja, dennoch ja, dreimal JA, JA, JA, schlug sich mit beiden Fäusten vor die Stirn. Betäubt von der Heftigkeit der Schläge saß er im Weinberg, rieb sich an streichholzkopfgroßen Trauben, bis die Angst endlich nachließ.

Beim Viehtreiber & Indianer-Spielen hatte Konrad immer Indianer sein wollen, aus dem einzigen Grund, sich, scheintödlich getroffen, vom imaginären Pferderücken werfen zu können, dramatisch ins Gras zu stürzen, eine Hand auf die Einschußwunde gepreßt. Für jeden Sturz komponierte er eine neue Lage, mal auf dem Rücken, oft auf der Seite, selten auf dem Bauch. Er liebte es, seine Spielkameraden in die Komposition einzubeziehen, sie in verschiedenen Stellungen um sich her zu drapieren, ein Leichenfeld Erschossener. Seltsamerweise fanden die anderen Jungs an jenen szenischen Gemälden wenig Interesse, witzelten ständig, brachten es nicht fertig, still zu liegen. Zeigten zum Totsein kein Talent. Sprangen immer wieder auf, rannten blöd herum und schossen aus einem unerschöpflichen Patronenvorrat. Sie schienen nicht kapieren zu wollen, daß ein Spiel umso echter und spannender wurde, je reglementierter es war. Wenn jedem nur sechs Patronen zur Verfügung standen, die man sich einzuteilen hatte.

16

Anna zeigte ihren Verlobungsring, mit angesägtem Lächeln, als wollte sie sagen: zu spät. Hättest mich bewahren können davor. Aber ist schon besser so. Stumm tänzelte sie von Sonnensäule zu Sonnensäule, ließ den pfennigkleinen Silberring blitzen und drehte sich zweimal im Kreis. Sie trug ihr schwarzes Kellnerinnenkostüm. Die Frage nach dem Warum verbot sich Johanser; es hatte bestimmt einen banal-praktischen Grund. Auch das zweischneidige Kompliment, jenes Kostüm sehe noch immer am besten an ihr aus, behielt er für sich.

Offenbar war man übereingekommen, daß Anna bis zur Hochzeit, vielleicht darüber hinaus, ihrer gewohnten Tätigkeit nachgehen solle, wenn ihr Arbeitstag sich auch verkürzt hatte, Hedwig die streßreiche Abendschicht zugewiesen worden war.

»Schönes Fest. Und gutes Essen. Wieso bist du nicht dagewesen?«

»Hatte zu tun.«

»Schade. Winhart hat dich um eine Rede bitten wollen.«

Johanser fiel auf, daß sie ihm gegenüber strikt von ›Winhart‹ sprach, wo den doch viele Stammgäste beim Vornamen nannten, Gottfried, Koseform ›Gotti‹. Manchmal auch nur ›Gott‹.

»Wolltest du nicht wegfahren?«

»Ist was dazwischengekommen.«

Es befanden sich wenige Gäste im Raum, alle waren bedient; es schien darum nichts Besonderes, daß Anna für eine Weile an seiner Seite Platz nahm und erzählte, welche Speisen es gegeben, welche Geschenke sie bekommen habe, von Winhart außer dem Ring noch einen Kleinwagen und zweitausend Mark für den Führerschein. Johanser vermutete, daß der Pferdemensch es als Investition sah.

»Kannst *du* denn Auto fahren?«
»Nein.«
»Schade. Sonst hätten wir nachher 'ne Runde gedreht.«
»Da hätte Winhart bestimmt was dagegen.«

Wie kleinmütig sein Einwand klang! Warum konnte er sich bei Anna derartiges nie verkneifen? Ihr letzter Satz war aber auch arg überrumpelnd gewesen.

»Brauchst keine Angst haben. Winhart findet dich ganz drollig.«

Es war ihr anzusehen, daß sie vielleicht etwas anderes gesagt hätte – zum Beispiel, daß Winhart keine Verfügungsgewalt über sie besitze –, würden die in alle Ecken verteilten Gäste nicht mit Blick und Ohr an ihr gehangen haben.

»Jedenfalls bereu ich's jetzt, daß ich nicht Auto fahren kann.«

»Was kannst du überhaupt?« flüsterte sie. »Kommst wenigstens auf mein Konzert?«

Johanser erfuhr, daß Anna dienstags im Gemeindechor sang, bei den Mezzosopranen, und daß dieser Chor wie jedes Jahr zu Sonnwend ein Konzert gab, welches am Flußufer stattfinden sollte. Auf dem Programm standen etliche, von einem ambitionierten Chorleiter vierstimmig gesetzte Volkslieder, aber auch ›Schwierigeres‹, wie der Sonnengesang von Carl Orff, nach Texten von Franz von Assisi. Beide Namen gingen Anna unsicher über die Lippen, wie von sich weggeschoben; Johanser könne damit sicher was anfangen.

»Natürlich werd ich da sein. Bestimmt.«
»Fein. Da wird auch immer gut gegessen und getrunken. Das geht bis weit nach Mitternacht.«

Obwohl sich Johanser fest vorgenommen hatte, keine Fragen zu stellen, kam ihm nun doch eine über die Lippen. Später wunderte er sich noch lange, was ihn zu dieser Frage getrieben hatte, die eingeflüstert, nicht aus ihm selbst gekommen schien.

»Behältst du eigentlich deine Wohnung?«

»Nein... Wieso? Bist du dran interessiert? Weißt du, wo ich wohne?«

»Könnte sein. Ich meine, ich weiß, wo du wohnst. Ich könnte interessiert sein. Mein ich.«

Alles ging sehr schnell. Binnen Sekunden hatte Anna ihre Adresse auf den Quittungsblock geschrieben. Er solle doch mal vorbeikommen und sich die Wohnung ansehen, sie sei klein und verwinkelt, aber man habe einen schönen Blick auf den Fluß, und die Miete sei, na ja, tragbar... Johanser nahm den Zettel an sich, versuchte ihn zusammenzufalten, zerknüllte ihn eher.

»Wann wär's dir recht?«

»Ganz egal. Heut abend vielleicht? Willst du hier wirklich seßhaft werden?«

Johanser zupfte an der Tischdecke herum. »Das steht in den Sternen, weißt du...«

Anna wurde von einem Gast gerufen, der Kaffee haben wollte, ausgerechnet Kaffee, der von allen Getränken die meiste Zeit beanspruchte und, weil selten jemand auf eine so extravagante Idee kam, frisch gemacht werden mußte. Während sie in der Küche zu tun hatte, war Johanser bemüht, die einprasselnden Zeichen zu sortieren und auszulegen. War es vielleicht so, daß Anna nur auf Ring und Kleinwagen gewartet hatte? Auf den Verlobungsstatus, der vorher nicht gefährdet werden durfte? Oder lag er völlig daneben, mißdeutete das Gespräch und war im Begriff, sich lächerlich zu machen? Dies schien ihm das geringste seiner Probleme. Wenn er überhaupt noch für etwas lebte, dann doch für *sie*. Lächerlich war nur sein Zögern.

Brauchst keine Angst haben. Als wäre dies kein Fingerzeig gewesen, der Rettungsanker, vom Himmel gereicht! Wie kann ein Mensch, dem sonst nichts bleibt, nur so verbohrt und mutlos sein? Ich werde den Zentauren töten, hinterrücks, bald, im September. Das Witwenkostüm wird Anna fabelhaft zu Gesicht stehn. Eigentlich benötigte sie nur einen Schleier, und die weißen Rüschen müßten weg.

Der Kaffee lief durch. Anna tat geschäftig, machte, über den Tresen gebeugt, Kassensturz. Hedwig, Endfünfzigerin mit Armwülsten, erschien drohend im Türbogen der Küche.

Beinahe sieben Uhr. Johanser war verpflichtet heimzugehen, Margas Kochkunst zu loben, die Hinterbliebene zu trösten. Laßt sie weinen. Sie hat recht. Der Bub kommt nimmer nach Haus. Der Bub ist modern gegangen, grün wächst's ihm hinter den Ohren. Findet euch ab damit, ihr Zweitbesetzung! Hör auf deine Radios, Rudolf! Sie erzählen dir nichts, nichts, nichts. Die Toten würden schon kommen, hätten sie hier noch was zu suchen. Und wenn sie aber kommen? Dann laufen wir davon. Was sonst? Brauch keine Angst haben. Anna ist bei mir. Sie ist bei mir, weil es sie gibt.

Johanser hatte sich in Emphase getrunken und nebenher die Fransen der Tischdecke paarweise zusammengeknotet, worauf er, weil die Fransen sehr kurz ausfielen, stolz war. Anna schenkte dem Kunststück keine Aufmerksamkeit, musterte aber Johansers Gesicht.

»Du siehst irgendwie verändert aus.«

Er hatte sich seit Tagen nicht rasiert, was an ihm schlampig wirkte. Sein Bart wuchs unregelmäßig, an manchen Stellen stark, an anderen fast gar nicht. Oder meinte sie in Wirklichkeit das Kainszeichen auf der Stirn, das im Spiegel bisher bloß unentdeckt geliebenwar?

»Und?« fragte sie, leicht ungeduldig.

»Was denn?«

»Wie steht's mit heut abend?«

»Gut. Sag mir, wann.«
»So um neun? Paßt dir das?«
»Um neun. Wo ist denn dein Verlobter?«
»Möchtest du ihm gratulieren?« Sie grinste kurz, wiewohl er sich ein Kichern gewünscht hätte, das Einverständnis deutlicher auszudrücken.
»Muß ich doch.«
»Er ist heut aber nicht da.« Sie dämpfte ihre Stimme, wohl aufgrund der angespitzten Ohrenzeugen. Alle, auch die auf der Straße, waren abkassiert. Hedwig holte neue Bestellungen ein. Zwischendurch hatte sich die Stube gefüllt; jene nahmen Platz, die laut Stammtischschild immer da saßen.

»Er hat's doch gut gehabt bei uns, schmeckt's dir, Konrad? Die Jugend heute will einfach zuviel, ist gar nichts gewohnt, nicht, daß man ihr einen Krieg wünschen würde, aber vielleicht den Schatten eines Krieges, eine vorübergehende Armut, die tagtäglich kämpfen muß, wie wir damals zu kämpfen hatten und den Wert der Dinge, ich will nicht sagen, erkannten, na ja, doch, warum eigentlich nicht, blieb für groß Geistiges ja wenig Zeit, mußten aufräumen, vom Krieg her, den Schutt, ja, was glaubst du, hätten wir damals gewußt, daß unser Abend so friedlich sein könnte, daß das Schlimmste hinter uns lag, wir hätten, weiß Gott, noch mehr Kerzen gestiftet, weil, es ist ja so, daß man erzählen kann, was immer man will, zwischen Erzählen und Erlebthaben klafft der Unterschied himmelweit, und man ist ja auch geneigt, wenn's einem selber so hart gefallen ist, zu den Kindern weicher zu sein, ist ja nicht, daß wir neidisch sind auf der ihr Glück...«

Pergolen aus Rosen und Zierwein, manche direkt an den Fluß gebaut, schufen malerische Schattenlauben. Tische mit altem Wachstuch darauf, Korbstühle, diffuses Licht – alles täuschte Harmonie vor, Eingebundenheit. Da waren auch Zäune und halbhohe Mauern, waren Besitzverhältnisse deutlich gemacht, und der Rhythmus darüber stammte vom Pochen auf grundbuchamtlich fixiertes Eigentum. Johanser empfand als Frechheit, daß hier, oder wo immer sonst, Uferpromenaden durch Privatbesitz unterbrochen waren. Durch nichts zu entschuldigende Anmaßung. Er bekam Lust, sein Bild in die Ruhmeshalle der Brandstifter zu hängen, von Herostrat bis van der Lubbe. Tu's doch, du Maulheld, würde Benedikt sagen, mach ein Feuer für mich, Wärme, Spektakel, kann's brauchen.

Am Ortsende, unterhalb des Gymnasiums, gab es einige Appartementhäuser, in Hanglage. Balkone wie aufgefächerte Schubladen. Sie waren, zusammen mit dem Gymnasium, in den späten Siebzigern gebaut worden, gedacht als Wohnraum für Lehrkräfte.

Johanser wußte über Anna wenig. Daß sie aus Deutelsdorf stammte, wo ihre Eltern wohnten, und daß sie eine Lehre im Hotelfach abgebrochen hatte, um als Kellnerin zu arbeiten, erst in Bullbrunn, dann in Niederenslingen. Klang nach halbherziger Flucht von der Provinz in die Prärie. Johanser betrat den Hausflur und stieg in den zweiten Stock hinauf. Er hatte sich rasiert, geduscht und die Wäsche gewechselt, dennoch kam er sich ungewaschen vor, klebrig und verschwitzt. In seiner Aufgeregtheit schwitzte er tatsächlich; der Geruch, den er an sich wahrnahm, entsprang aber zum größeren Teil der Einbildung.

Anna öffnete nach dem ersten Klingeln. Sie sah müde aus, trug ein unattraktives Haushaltskleid und das Haar zum Knoten gebunden. Ihre Füße steckten in Badeschlappen, die bei jedem Schritt gegen die Sohlen klatschten. Die Wohnung war eine Art Mansarde, zwei kleine Zimmer mit Küche und Bad, 45 Quadratmeter. Bad und Schlafzimmer wurden durch eine Schräge zusätzlich eingeengt.

Johanser war von Annas Auftreten verunsichert. Sie wies ihn durch die Wohnung, redete nicht viel, und als das Schlafzimmer an die Reihe kam, schien es ihr unangenehm, das Bett vorzuführen, ein breites Futon-Bett, rot bezogen. Sie blickte teilnahmslos zur Seite, die Hände über der Brust verschränkt. Johanser sah sich nur kurz um, bemerkte trotzdem den Spiegel an der Decke. Geschenk des Zentauren? Auf dem Holzparkett lag, aufgeklappt, ein Koffer, offenbar als Möbel entworfen. Unterteilt durch goldene Stangen, an denen Miniaturvorhänge angeringt waren, glich sein Inneres sechs Spielzeugduschkabinen.

Ansonsten bot das Zimmer wenig Eigenart. Billige, schwarzlackierte Schränke zu beiden Seiten der Tür. Ein Wandkalender, auf dem verstrichene Tage dick durchkreuzt waren. Das Junibild bot eine Ansicht von Schloß Herrenchiemsee samt aufflatternder Schwäne.

Johanser, unschlüssig, wie er sich verhalten solle, blieb im Wohnzimmer stehen. Noch einmal die Frage nach der Miete, obwohl Anna sie schon genannt hatte, 600 Mark, warm. Er fand es preiswert.

»Wo du herkommst, ist's das wahrscheinlich.«

Johanser wäre gern mit ihr auf dem Sofa gesessen, um Wein zu trinken und zu reden, hätte ihr gern von sich erzählt, ihr noch lieber zugehört, doch mangelte es schon an der Aufforderung, Platz zu nehmen. Der Barolo, den er aus eigenem Vorrat mitgebracht hatte, stand unbeachtet neben dem Herd. Anna hatte sich mit den Worten bedankt, sie besitze bereits eine Weinflasche, aber das mache nichts, die beiden würden sich vertragen.

Es war sehr still. Johanser mochte nicht glauben, daß er nun, einfach so, gehen sollte, daß sie ihn durch stummes Warten hinausbat.

»Was hast du noch vor? Ich würd dich gern zum Essen einladen.«

»Zum Essen?« Sie sah ihn an, als sei dies eine ganz abstruse Idee.

»Wir könnten zum Chinesen, nach Bullbrunn, der soll gut sein. Hab ich gehört.«

Vielleicht, dachte er, sollte ich sie packen und an mich ziehen. Vielleicht würde sie sich niemals öffnen, bevor ich dazu nicht den Mut aufbrächte. Wenn es so ist, warum tut sie so reserviert, warum sendet sie kein Signal, nicht das geringste?

»Und wie kommen wir da hin?«

»Was meinst du?«

»Du kannst doch nicht Auto fahrn! Busse fahrn auch keine mehr. Sollen wir laufen?«

»Aber ... wir können ein Taxi kommen lassen ... in Bullbrunn gibt's doch wohl welche ...«

Sie betrachtete ihn, unterkühlt, mit tiefgelegten Wimpern. Plötzlich prustete sie los, mädchenhaft übertrieben.

»Sag im Ernst: Du willst mich zum Essen ausführen? Mit mir Taxi fahren?«

»Warum nicht?«

»Was versprichst dir davon?«

Johanser schwieg. Eine solche Frage rechnete er den Formeln der Abweisung zu.

Vierzehn Jahre zuvor hatte ihm schon einmal ein Mädchen diese Frage gestellt, in fast derselben Situation, als er sie zum Pizzaessen einlud. Damals hatte er mit einem beflissen geheuchelten »Nichts« geantwortet, war daraufhin wie ein ebensolches behandelt worden.

»Dachte, es würde dich freuen.«

Anna nickte. Kaute auf der Unterlippe. Wie um Gewichte von den Schultern herunterrutschen zu lassen, bog sie ihren Körper mal zur einen, mal zur anderen Seite, schlug die Beine übereinander und ließ den Gürtel ihres Kleides zwischen den Fingern gleiten.

»Warum kommst du jetzt damit an?«

»Du meinst, weil du verlobt bist?«

»Nein ...« Sie hatte ihre Hände in die Hüften gestemmt, lehnte, Kopf nach hinten geklappt, gegen die Wand der Eßecke. Draußen war es dämmrig geworden. Über dem Kiefertisch hing, beschirmt von einem Mandarinhut, die einzige

Lichtquelle. »Nein, ich meine, weil Winhart über Nacht weg ist.«

»Du fragst, ob ich dich verführen will?« Johanser trieb allen Mut zusammen, die Sätze schossen aus ihm heraus. »Natürlich will ich! Will dich, hab dich immer gewollt, von der ersten Sekunde an, du weißt es! Ich war feig, aber du bist es auch! Tust wie eine Sekretärin deiner selbst, und die Chefin ist immer auf Reisen. Winhart bring ich um. Im September. Wenn mir bis dahin die Möglichkeit bleibt. Wie ich ihn hasse! Du mußt ihn auch hassen. Mußt doch!«

Könnte mein Zorn Fetzen reißen aus dem Himmel! Wär ich ein hemmungsloser Schwertgott, der besoffen durch die Nacht rast, oder auch nur ein Ajax unter Schafen, der in Stücke haut, was vor ihm blökt...

Anna stahl sich aus dem Lampenkegel, rutschte an der Wand ein Stück zur Seite. Ihr Gesicht blieb regungslos, aber ihr Atem verriet, daß sie aufgeregt war, um Reaktion bemüht. Johanser hob beide Hände, hielt sie ihr hin. Daß sie ihn nicht sofort von sich stieß, lachte oder den Kopf schüttelte, verbuchte er als Gunstbeweis. Und trat einen Schritt näher, mit noch immer erhobenen Händen.

»Du spinnst ja. Machst du Witze?« Sie drehte sich um, schaltete die Deckenbeleuchtung an. Das Zimmer wurde in grelles Licht getaucht, das sich in den Fenstern spiegelte und den Zauber des letzten Tageslichts zerstörte. Johanser lächelte geschlagen, bot ihr den Ausweg, was er gesagt hatte, für einen Scherz zu nehmen, einen billigen Scherz. Anderes war es nicht mehr.

»Warum erst im September?«

»Ich...«

»Was hältst du eigentlich von mir? Glaubst du, Winhart hat mich gekauft? Oder was?«

Ihr Mund bebte, doch blieb sie an die Wand gepreßt, krallte ihre Nägel in die Tapete und stierte zum Leuchter. Johanser umfaßte Annas Hüften, küßte den schlanken Hals, versuchte, seine Lippen ihrem Mund zu nähern. Sie schwenkte den Kopf hin und her, machte sonst keinen Versuch, Johanser abzuwehren. Seine Hände trafen sich auf ihrem Rücken, zerrten sie von der Wand weg. Im Ohr spürte er den Hauch ihres Atems. Pack zu! Pack endlich zu! Greif mich oder ramm mir dein Knie rein, tu irgendwas!

Sie tat nichts. Minutenlang blieben beide so stehen. Annas Hände hingen schlaff herab, ihr Mund entzog sich jedem Kußversuch, doch schien es, als suchten ihre Beine die Berührung zu intensivieren, er spürte die Reibung ihrer Knie an seinen Schenkeln und drückte sie noch fester an sich, wollte sie nie mehr loslassen, bevor sie sich nicht in irgendeiner Weise entschieden hatte.

»Du hast einen Witz gemacht«, flüsterte sie, »sag, daß du einen Witz gemacht hast.«

»Ich weiß nicht...« In einer Sekunde war alles Wahnwitz geworden, geschmacklos, häßlich.

»Konrad!«

Auf die Nennung seines Namens hin ließ Johanser los; mit sinnlos gewordenen Fingern rieb er sich die Wangen, wie um eine Ohrfeige zu verarbeiten, einzumassieren in die Haut.

»Ist besser, du gehst jetzt.«

Anna hatte sich außer Griffweite gestohlen, stand mitten im Raum, ruhig, ein bißchen traurig, die Hände auf dem Bauch gefaltet. Unschuldig schön. Eine Grabfigur.

»Ja.«

Er wollte fragen, ob er wiederkommen solle. Hielt es für unpassend und schwieg. Fehlenden Mut konnte er sich nicht vorwerfen. Alles andere war zweitrangig. Selbst wenn Anna ihn am nächsten Tag anzeigen würde, es war nicht wichtig. Das hätte er ihr gerne noch gesagt, aber sie schien es zu wissen und lächelte sogar, als sie ihn zur Tür hinausschob. Mehr noch, sie gab ihm einen schnellen Kuß auf die Stirn, ihre Hand berührte seine Schulter, flüchtig, doch deutlich zu fühlen, und die Tür fiel behutsam ins Schloß.

Im Sonnenuntergang das weite, purpurschwarze Land. Rauchig, weil in der Ferne Laubhaufen brannten. Warum brennen die Bauern um diese Uhrzeit Laub ab? Sonnwendbrauchtum? Die Rauchschwaden mischten sich ins starre Gewölk, wurden von ihm wie Atem aufgesaugt. Blutergüsse. Lichtblaue Fetzen. Mit der Dunkelheit wuchs der Widerschein des Feuers.

Ein Rest Himmel irrt umher.

17

Wange gegen Achsel gestemmt, hockt Konrad im Dunkel. An der Zimmerdecke kleben scharfzackige Schatten. Lösen sich langsam vom Putz, tropfen wie zähe Masse herab. Weben den Mörder in sich ein und werden hart.

Erste Zone. Das Bett besitzt eine Falltür.

Die erste Zone besteht aus einem Labyrinth von Kellerräumen, die durch unterschiedlich lange Gänge verbunden sind. Kein Raum enthält Fenster. Es gibt eine Art Beleuchtung, aber sehr schwach und nicht lokalisierbar, ein nebelhaftes Glimmen, das jeden Raum nur so weit erhellt, Konturen erkennen zu lassen. Die Räume sind voller Gerätschaften, Kisten, Kartons, Truhen. Alles fühlt sich steinern an, greift man danach; nur hier und da im Hintergrund ein Verschlag, unerreichbar verstellt, scheint aus Holz zu sein. Die Decken der Räume sind niedrig, ein Meter achtzig oder neunzig. Die Gänge zwischen den Kellern werden von Mal zu Mal niedriger, bis man sie durchkriechen muß. Es ist kalt und staubig, aber man friert nicht. Spinnweben hängen sich ins Haar. Hin und wieder sieht man ein Rohr, dem Dampf entweicht. Langsam steigert sich die Angst. Die Angst ist nicht Teil desjenigen, der dort kriecht. Die Angst gehört zu den Kellern, gleicht einem Wesen, das in Sporen auf einen niedersinkt. Die Angst treibt vorwärts. Der Fliehende erahnt das riesige Labyrinth, manchmal sieht er es in seiner Gesamtheit, als wäre ihm ein drittes Auge verliehen, das über dem Labyrinth schwebt und dessen Mauern erkennt, aber keine Dächer oder Gewölbe. Er sieht sich selbst kriechen, sieht auch die Grenzen des Labyrinths, sieht, daß die Anlage in eine leichte Steigung gebaut ist, wie zu Füßen eines unsichtbaren Hügels. Die Vision geht vorüber, das dritte Auge schließt sich, läßt den Fliehenden orientierungslos zurück. Eben Gesehenes wird wertlos wie ein Kompaß, dem die Nadel fehlt. Immer dreckiger, schmieriger, vergessener zeigt sich Keller auf Keller. Zwischen Rohren und Kartons gibt es Details: Gerümpel. Ihres Zweckes entledigte Dinge. Solche, die man nicht fortwirft, weil das Gebäude, das sie birgt, bald abgerissen wird. Finger greifen, wo sie hilfesuchend tasten, in einen klebrigen Schmierfilm aus Staub und Gallert. Was vorher kalt und steinern war, ist nun von der Konsistenz hundert Jahre alter Spitze, die, in feuchten Truhen angefault, bei Berührung zerreißt. War vorher alles lautlos, dringt jetzt, aus weiter Ferne, metallisches Atmen. Nähert sich. Unerklärliche Bedrohung. Zugleich schattet sich der Nebel ab; Taubengrau verwandelt sich zu schmutzigem Braungrau. Fahl ragen aus der Düsternis neue, persönlichere Dinge. Persönlich in dem Sinn, daß irgendwann Menschen existiert haben müssen, die jenen Dingen – Spiegel, Schleier, Kleider, Präparate, Spielzeuge, Medaillen – eine spezifische Erinnerung vermacht haben. Ihre Bedeutung erschließt sich dem Träumenden nicht, wiewohl jedes auf seine Bedeutsamkeit verweist. Der metallene Atem – er ist nicht mit dem Ohr zu hören, nur mit der Brust, mit dem rasenden Herz, das sich gegen ihn wehrt. Plötzlich verschwinden die Gewölbe. Etwas wie ein Firmament ist zu sehen. Schwache Lichtpunkte im Braun und Grau, stark gefiltert. Der Träumende steht auf und reckt sich dem bleiernen Glimmen entgegen, spärlich ist es gesetzt. Das Firmament, unter dem jetzt eine leblos kahle, wellige Landschaft entsteht, wirkt gestaucht, dem Inneren einer Glocke ähnlicher als dem Himmel. Zu Füßen der Hügel liegt das Labyrinth, über welchem der Träumende schwebt, noch immer verfolgt, aber mit neuer Hoffnung. Vor ihm enthülsen sich aus dem Dunkel Schemen einer Stadt, Konturen von Häusern altertümlichen Stils, präziser nicht datierbar. Eine Stadt aus Häusern, Türmen und Kirchen, Wällen und gepflasterten Gassen. Es muß eine Illumination geben; Mauern heben sich von Dächern ab. Alles ähnelt dem unterbelichteten Negativ einer Grau-Braun-Photographie in klumpig schwarzem Rahmen, als läge die Stadt in einem tiefen Vulkankrater oder man blickte vom Meeresgrund hinauf zum Wasserspiegel. Man könnte glauben, die blassen Lichtpunkte des Firmaments entstammten dem Nachtglanz *anderer* Städte, wirklicher, menschenbewohnter Städte. Könnte glauben, aus unerreichbarer Ferne bohrte sich ihr Glanz durch eine transparent gewordene Erdkruste, hinab in den riesigen Hohlraum. Man glaubt es, man weiß es. Kein Weg führt hinauf. Nie mehr. Das Entsetzen sprengt selbst die Bildkraft des Traumes.

Die erste Zone endet hier. Der Träumende erwacht.

Kurze Schreie. Gepolter. Atemschnappendes Gekrächz. Konrad starrte in ein fleischiges Hennengesicht, schob Margas Hand von sich fort. Der Brief war angekommen.

»Er will nie mehr zurück! Wir sollen ihn gar nicht erst suchen! Hör dir das an!«

Konrad hatte nachts schwer getrunken, über jedes gewohnte Quantum. Der Traum, der schrecklichste, dem er je ausgesetzt gewesen war, wirkte nach, ließ nicht los. Zwei Parallelwelten, ineinandergekeilt, drückten Konrad die Luft ab. Er wollte explodieren, um sich schlagen, der Tante das Maul zerreißen. Sie redete und redete. Er lag starr auf dem Bett, den Brief zwischen Fingern, die ihm nicht zu gehören schienen. Bilder des Traumes schwirrten durchs Zimmer, verblaßt, nicht entkräftet. Zogen sich langsam zurück, wie graue Eminenzen durch Hintertüren abgehen und doch vorhanden bleiben.

»Guck dir den Poststempel an!«

Konrad gab zu, die aufgestempelte Postleitzahl zu kennen. In der Nähe jenes Bezirkes habe er selbst einmal gewohnt. Marga bestand darauf, daß der Brief sofort zur Polizei gebracht werde.

»Laß mich das machen. Regst dich nur wieder auf. Tut dir nicht gut.« Konrad fühlte sich, als stünde er unter Hypnose und bediente sich vorgestanzter Floskeln, die ein anderer ihm anempfahl. Über Stunden verließ ihn dieses Gefühl nicht mehr; weder auf der Polizei, wo er zu hören bekam, daß man die Kollegen in der Hauptstadt benachrichtigen werde, doch allzuviel nicht erwartet werden dürfe, noch als er hinter der Mariensäule stand und nicht wagte, den Gasthof zu betreten, weil der Zentaur an einem der Straßentische saß, vor sich die dampfende Schlachtschüssel, um sich nickende Tetrarchen.

Kinder haben auf den Teer ein Kastenspiel gekreidet. Himmel und Hölle trennt ein Sprung.

Konrad war nackt, vor Margas abstürzenden Augen, aus dem Bett gesprungen und ins Bad gelaufen, hatte ihren schwammigen Leib, ihr Fuchteln nicht mehr ertragen, hatte es genossen, sie mit seiner Blöße zu brüskieren, ihr den Einbruch in seine Privatsphäre deutlich zu machen. Ohne Frühstück war er nach Bullbrunn gewandert, eskortiert von Sequenzen seines Traumes.

Werd es ihr vorhalten. Schau, was ich alles auf mich nehme, nur weil dein nichtsnutziges Söhnchen sich zu schreiben bequemt hat!

Die Wirklichkeit lief dicht neben ihm her. Er konnte in sie hineinsehen und, ihren Gesetzen gemäß, halbwegs passende, keinen Anstoß oder Verdacht erregende Sätze formulieren. Wirklich eins zu werden mit dem, was geschah, Teil dessen, was vorging, gelang ihm nicht; er mochte auch nicht entscheiden, ob das wünschenswert sei. Die Bewegungsabläufe der Passanten – schleichendes Ballett aus Nebelfiguren, vorangetrieben durch Zeitlupenmusik, deren Bässe man auf-, deren Höhen man abgedreht hatte.

Konrads Fähigkeit zu empfinden, zu denken, das Existente vom Tagtraum zu unterscheiden, blieb unangetastet, es war vielmehr so, daß die eigene Fremdheit bis ins Extrem gesteigert war und sich körperlich niederschlug, ähnlich einem transplantierten Organ, das sich dem Körper verweigert und abzusterben beginnt. Die Angst schien vom temporären Phänomen zum Dauerzustand zu werden; die Angst verlangsamte seine Schritte, kaute auf den Sehnen, suhlte sich in den Schultern. Die Angst wuchs ihm wie eine zweite Hautschicht an, unter der der Schweiß verdächtige und ekelhafte Geräusche hervortrieb. Der Schweiß war eine Salzlösung zur Mumifikation des Alptraums.

Konrad begann, seinen Geruch zu hassen. Wo immer sich ihm die Möglichkeit bot, tauchte er das Gesicht in Brunnen oder Waschbecken, rieb sich mit nassen Händen die Achselhöhlen, erschrak vor der Fratze, die auf dem Wasserspiegel trieb.

Unsinnige Sätze klirrten im Kopf. Die alten Ägypter brachten ihre Toten in mit Salzlösung gefüllte Achselhöhlen, wo sie siebzig Tage ruhten. Der Wanderweg nach Überach kann sommers wie winters zu den angegebenen Öffnungszeiten begangen werden. Für Verletzungen durch freischwingende Mondsicheln wird keine Verantwortung übernommen. Chronisch gewordene Angst neigt zu Albernheit mehr denn zu physischem Schmerz. Der Angler, der im Uferschilf nach Würmern gräbt, findet Benedikts Rucksack. Das ist so unsinnig nicht.

Die Acher glitzert stimmungsvoll. Flutender Hahnenfuß blüht weiß auf dem Wasser. Blütenkelche mit gelbem Stempel; die hat das Meer gesandt, zum Dank für den Fliedergruß des Gautschfräuleins. So lautet der Glaube des Brauchtums. Vom Plateau gestürzte Verbrecher wurden, falls sie, was vorkam, noch lebten, im Fluß ertränkt.

Die Erde besteht zum Großteil aus ungeweihtem Boden.

Ungeweihter Boden ist reich an Verbrechern. Von Grabsteinen abgesehen, gedeiht darauf alles ganz prächtig.

Der Kessel verschwand hinter Fichten. Mittagsdunst. Himmelstürmende Wolken. Alles am Land wirkte gotisch, selbst die Kühe. Der Wald um das Moor glich einer düsteren Festung.
 Johanser blieb an einem der Strommasten, die in weitem Bogen ihre Ladung um den Ring herum transportierten, stehen und pißte ins Kleefeld, wie man, ohne echten Druck, präventiv vor einem Auftritt pißt.

Im schwarzen Buch
Die Bühne stellt eine Lichtung dar. Umgeben von hohen Buchen und Tannen, nahe am Moor, steht eine Hütte, davor, auf einem schlichten Schemel, sitzt ein alter Mann. Auftritt Johansers. Von rechts oder links spielt keine Rolle. Er nähert sich langsam, bedacht, Selbstbewußtsein zu zeigen, senkt dennoch respektvoll die Stirn. Äugt zum Publikum, das er überall vermutet. Wie seine Hände nach einer geeigneten Unterkunft suchen, auf dem Rücken, vor dem Schritt, in den Hosentaschen, spiegelt sich in seinem Antlitz die nämliche Unsicherheit, die er zu bekennen beschließt, weil das leichter fällt.

»Ich bin in den Gängen gewesen.«

Der Schrull hebt die Brauen. Wie es dort gewesen sei, fragt er besorgt, winkt Johanser zu sich, bietet ihm an, auf seinem Schemel zu hocken.
 »Ich wußte, daß ich mich in Ihnen nicht täusche. Daß Sie so schnell in die Gänge kommen! Wie geht es? Erzählen Sie! Erzählen Sie!«
 Johanser lehnt den Schemel dankend ab und referiert den Traum. Das Theaterhafte der Szenerie mindert sich. Der Schrull horcht interessiert, nickt bisweilen. Lehnt an seinem geliebten Verandapfosten. Reibt die Daumen aneinander.

»Sie haben die Stadt gesehn?«
»Ja.«
»Sind Sie hineingegangen?«
Johanser verneint. Der Greis klopft ihm wohlwollend auf die Schulter. Das Museum sei auf dem besten Weg, bald geöffnet zu werden. Die rechte Hand waagrecht vom Körper gestreckt, untermalt er mit den Fingern, was er sagt. Treibende Wasserpflanzen, flackernde Flammenzungen, beides zugleich.

»Unten in den Gängen. Kein Stolz, keine Eitelkeit ist möglich, kein Hochmut irgendeiner Entscheidung, nicht mal der Wunsch, zu kapitulieren – auch dies bedeutete ja eine Form von Macht, Entscheidungsfreiheit. So rennt man. Es ist, als ob die Erde hohl wäre und eine zweite Kugel in sich trüge. Man schwebt der irdischen Zeit um Sekunden voraus, sieht alles kommen, doch bleibt keine Ruhe, schöpferisch in das Geschehen einzugreifen, man wird zum vorgeschobenen Betrachter im Niemandsland degradiert, der in nichts, was geschieht, eingreifen kann. Man ist ein Traumtier geworden, das seine Fühler im Nichts zwischen Sehen und Erkennen regt. Es ist, als ob man einen Film sieht und in jedem Moment weiß, was gleich passieren wird, den Verlauf des Geschehens aber nicht beeinflussen kann. Hilflos sieht man die Zeit vorbeikriechen, vorüberhasten – einerlei. Bitteres Wortspiel, sich kopflos behaupten zu müssen. Wie, wenn man in den Gängen bliebe? Wie würde das sein? Wird, was uns zu verschlingen droht, jemals sich zeigen? Werden wir Krallen spüren? Werden wir irgendwann zur erlösenden Erkenntnis gelangen, daß uns nichts Schmerzendes geschehen kann und daß alles ein Traum ist, ein Täuschungsmanöver? Wird es ein Ende haben? Oder ist dieses Dasein da unten nur ein Übergang? Ist es gar ein verteidigenswerter Zustand, ist, was hintnach folgt, noch schlimmer? Gibt es am Ende vielleicht einen Lohn für die Beharrlichkeit unserer Verteidigung? Es gibt Menschen, die aus solchen Träumen nie mehr erwachen, sie schleppen sich fortan gleich Untoten durch die Welt. Unter der obersten Oberfläche, mit der sie notdürftig den Tag bedienen, sind sie gefangen im Labyrinth der Gänge, werden gehetzt und gepeinigt, ich habe manchen gesehn, der schrie die ganze Zeit, ohne einen Laut von sich zu geben, antwortete freundlich auf alles, was man ihn fragte, trank und aß und ging zur Arbeit – aber in seinen Augen sah ich die Gänge, die nicht weichen wollten, der Traum hatte nur seine Intensität geschwächt, trat hinter ein dünnes Gitter aus Licht zurück, sammelte Kraft für die Nacht.«

Es schafft dem Schrull sichtlich Erleichterung, über dies alles zu reden, er spricht aber meistens zum Himmel oder zu sich selbst.

»Die Stadt, mittelalterlich, und das ist ja schon falsch – fernab der Zeit ist diese Stadt-, nicht größer als ein heutiges Dorf, als Stadt allein durch Wälle kenntlich, wiewohl da nirgends Wälle zu sehen sind. Es macht nur den Anschein, als lägen die Häuser beschützt auf dem Hügel. Man kann ja von jeder Seite aus hineintreten in die grauen Straßenschemen, und wenn man drinnen ist, steht man dennoch außerhalb, wie ein Fremder, der nur eines seiner Augen – auf dem anderen ist er blind – als Späher vorgeschickt hat, verstehen Sie? Der Blick, der einem vergönnt ist, wird nicht leiblich, zieht nichts nach sich, man sieht, was immer man sieht, ohne eingebunden zu sein. Denn diese Stadt gehört den Lebenden nicht. Sie sehen darf überhaupt nur, wer mit dem Thanatos zu Lebzeiten schon paktiert, und, was zu erwarten sein wird, vorausträumt.«

Der Greis lächelt entrückt. Sieht nach oben, seufzend, bevor er fortfährt.

»Ich stelle mir manchmal vor, es würden wilde Pferde um die Hügel grasen. Die hätten was Beruhigendes, finden Sie nicht? Sofort wäre alles relativiert. Die Nekropolis ›verdorfte‹ – im pittoreskesten Sinn. Das ist der Tag! Beschwichtigungsstrategie, nichts anderes. Vorbereitung auf die Träume. Wiederkäuen, was im Bauch tobt, im Bauch, wo die Griechen zuerst, nicht ohne Grund, die Seele vermutet haben. Ich will Sie aber nicht langweilen?«

»Nein. Reden Sie nur! Es ist sehr aufschlußreich.«

Seine Finger, tanzende Kobras, er selbst die beschwörende Flöte, zwingt sie zu sich herauf aus dem Abgrund. Alles kommt herauf. Ich muß wahnsinnig sein.

»Sie haben die Stadt demnach gesehen, sind aber noch nicht in sie eingedrungen. Immerhin. Machen Sie sich keine übertriebenen Sorgen.« Der Schrull lächelt wieder, schmal und hintergründig perfide, wie im Bewußtsein einer Macht, der die Welt als Spielfeld zu klein ist. Seine Stimme klingt nicht arrogant, sie schwebt, heiser und leicht zitternd, als versuche er, von einer sehr abgehobenen Ebene aus einfühlsam zu werden.

»Wenn einem die Zärtlichkeit für die Welt verlorengeht – der Blick für die Architektonik eines Libellenflügels, die Lust, auf dem herausragendsten Grashalm zu kauen, die Seelenschwere bei Betrachtung eines Wassertropfens – oder wenn die Nacht keine Kopfmusik mehr zeugt, Brandung Ohr zu Ohr, wenn da nur Stunde um Stunde gefaltet und abgeheftet wird zu den andern ... Dann wird man Vernichter. Sie sind ein Vernichter geworden, nicht wahr?«

»Kann sein. Haben Sie etwas zu sagen in der Stadt?« Johanser setzt sich auf weichen, für die Jahreszeit von zuviel Blättern übersäten Boden. Wie er die Beine zum Schneidersitz zwingt, bemerkt er, daß seine Angst fast vollständig von ihm gewichen ist. Mehr noch, ein Gefühl lang entbehrter Souveränität umschmeichelt ihn, jugendlich und bilderstürmend.

»O nein, in der Stadt hab ich nichts zu sagen, niemand hat das. Es gibt die Schuld; sie zieht die Pflicht zur Wiedergutmachung nach sich. Genau an der aber scheitert man, niemals an der Schuld selbst, die, glauben Sie mir, ein Spaß ist, den wir uns gönnen müssen.«

Johanser hört zu, wie er als Erstsemester seinen Professoren zugehört hat, aufmerksam, doch ohne Respekt, nur um in Besitz von Informationen zu gelangen, mit deren Hilfe das Bestehende zu überwältigen wäre.

»Das Museum, Sie erinnern sich, ich habe Ihnen einige Fliegen vorgeführt, aber ich besitze auch Schreie. Alle Arten von Schreien, sie stammen aus den Gängen, dort lagern sie in Kisten, jeder Schrei in ein Etui gebettet aus Hoffnung. Horchen Sie mal!« Er öffnet den Mund, winselt wie ein krepierender Hund, faßt sich an die Lippen und hält die verschlossene Faust Johanser hin. »Bitte sehr! Ein Geschenk! Ist das nicht toll? Nehmen Sie ruhig! Ich hab noch viele davon.« Johanser greift nach der Faust, stellt sich ungeschickt an, der Schrei entkommt und erhebt sich in die Luft. Der Schrull wiegelt ab, das mache ja nichts, entlaufene Schreie kehrten von selbst zurück.

Stolz verweist er auf seinen halbgeöffneten Mund. Dahinter sei vieles gespeichert. Alles kehre wieder. Kichernd und zappelnd, die rechte Hand über dem Kopf an den Pfosten gelehnt, nimmt er eine Pose aus der Zigarettenwerbung ein, die ob seiner vertrockneten Erscheinung lächerlich, in ihrer Überzogenheit aber schon wieder unheimlich aussieht.

»Es gibt Schreie, die sind die pure Poesie. Es gibt andere. Impertinent und zudringlich. Wie mein Kommandant immer sagte: Das Opfer hat seinen Tod sogleich vergessen, das ist nicht das Schlimmste. Aber die Mütter zum Beispiel, wie sie gelaufen kamen und jaulten und jammerten ... Unerträglich, niemandem zuzumuten! Die zum Schweigen zu bringen war Lärmschutz, mehr nicht!«

»Sie vermissen Ihren Kommandanten wohl sehr?«

»In der Tat war ich ziemlich neidisch, als man ihn exekutiert hat.«

Beinahe murmelt Johanser eine Kondolenz, reißt sich gerade noch zusammen, reibt verwundert seine Augen. Die Stille über der Lichtung wird klamm und schwer, es ist ihm plötzlich unangenehm, gemustert zu werden, nicht nur vom

Schrull und vom Auge, auch von den Bäumen und ihren verlorenen Blättern. »Was mache ich hier?« fragt er laut und erhebt sich, klopft Staub aus der Kleidung. Erschrocken und unterwürfig tritt das Männlein an seine Seite, hängt sich an Johansers Jackett, hindert ihn fortzulaufen.

»Es ist eine Herzenssache! Haben Sie je in ein rohes, frisch dem Brustkorb entnommenes Herz gesehn? Man kann sich darin recht gut spiegeln. Das sollten Sie einmal tun. Stecken Sie Ihre Augen in Ihren Mund, stoßen Sie Ihren Kopf kräftig durch den Rachen hinab, immer geradeaus den Hals hinunter, und nach etwa fünfzehn Zentimetern schauen Sie nach links. Hehe. Ich muß dauernd lachen. Mit einer Messerspitze schabe ich mir nachts den Kalk aus den Hirnfurchen, damit ich nichts vergesse. Wucherungen werden im Schlaf angeschnitten, dann mit zwei Fingern abgequetscht, zwischen den Fingerspitzen ausgequetscht wie ein fettgelber Pickel, der Dreck, drahtharte Schamhaare kleben an diesen Fingern, die kitzeln mich – ich möchte meine Hirnmasse, den ganzen schleimigen Gallert aus der Nase schneuzen vor Lachen, hier, vor Ihre Füße hinrotzen, meine gesammelten Gedanken! Soll ich Ihnen eine lustige Geschichte erzählen über meinen Kommandanten? Als er das letzte Mal im Beichtstuhl saß, vor vielen Jahren, stürzte über ihm die Kirche ein und erschlug den Pfaffen, kurz vor dem Absolvo. Können Sie sich das vorstellen? Welch eine Gemeinheit! Die Partisanen hatten einen Sprengsatz gezündet! Es war eine kleine Kirche auf dem Balkan, und ich sah den Pfaffen, wie er zwischen den Steinbrocken lag, mit zerschlagenem Schädel. Mein Kommandant aber entstieg den Trümmern fast unverletzt und wankte auf ein freies Feld, zitternd, ein Rübenfeld, dort sah er Gott, den Schatten Gottes, was immer es war, und er brüllte: Absolvo! Absolvo! Gott antwortete nicht. Absolvo! brüllte mein Kommandant noch einmal, vergab ihm alle Sünden. Die Dorfbewohner hatten ihn aus dem Schutt klettern sehn, standen zu Dutzenden um das Rüben-

feld, starrten ihn an, voll Haß und Ehrfurcht, tiefe Spalten klafften im ausgedörrten Erdreich, und der Kommandant rülpste das Absolvo wie einen Fluch über alles. Ja. Später wurde, was vom Dorf übrig war, zerstört, seine Bewohner zusammengetrieben und getötet. Ist eine andere Geschichte.«
»Gut. Es reicht.«
»Darf ich Ihnen eine Fliege anbieten?«
»Lassen Sie mich!«
Alles verschwimmt, schwenkt vor und zurück, in spiegelkalten Farben. Die Worte des Greises hallen aus weiter Ferne.
»Wer eine Fliege erschlägt, tötet Gott, schafft zugleich einem neuen Platz. Gott teilt sich in Seiendes und Wartendes. Welches von beiden zukünftiger oder vergangener ist, wird nie entschieden werden. Unser Alltag, Johanser, ist ein verschämtes Töten, in den Grenzen der Konvenienz.«
»Woher wissen Sie meinen Namen?«
»Ach, Namen! Ich kann Sie freilich sonstwie nennen. Was tut's?«
»Sie weichen mir immer noch aus!«
»Wie könnte ich das? Wir beide gehören doch zusammen! Wenn nicht jetzt, dann später. Werden eins sein am Ende der Zeit. Einen Moment lang werden wir eng verbunden sein. Werden Ich sein. Und vorher, die Stadt, sie wird wie eine schwimmende Insel aufwärts treiben, den Vulkankrater hinauf zum Licht hin, zur Erdoberfläche, mit all ihren Bewohnern, wird, in Licht getaucht, schön sein und wahrhaftig. So wird sie den dunklen Ozean durchqueren, in ein paar Milliarden Jahren; wir beide haben große Dinge vor, glauben Sie mir. In ein paar lächerlichen Milliarden Jahren. Ja. Nun gehen Sie! Versuchen Sie, in die Stadt zu gelangen. Vielleicht treffen wir uns dort. Halt!«
Zuckende Geste, die feierlich Tannen zu Zeugen beruft.
»Bevor Sie gehen... Schärfen Sie sich ein: Die Wahrheit ist, daß jedes Schuldgefühl zum nicht geringen Prozentsatz aus Stolz besteht.«

18

Zwei Tage wurde auf dem Festplatz gearbeitet. Man karrte hundert Biertischgarnituren heran, stellte mobile Toiletten auf und setzte aus Holzpaletten und Stahlgeländern das Gerüst für den Chor zusammen. Marga und Rudolf beschlossen, die Sonnwendfeier diesmal nicht zu besuchen, fanden indes, daß Konrad unbedingt hingehen solle.

Sie besprachen sich oft, was mit dem Neffen sei, wenn er still im Garten saß und auf keinen Zuspruch reagierte. Wenn er sogar ein zartes Rütteln von der Schulter scheuchte und, ohne sich auf Gespräche einzulassen, darum bat, noch ein wenig hier sitzen zu dürfen.

Warme, windige Tage. Die Eschen unten schwankten. Konrad, tief in einen Korbstuhl versunken, prägte sich die Landschaft sorgfältig ein, zeichnete sie mit geschlossenen Augen nach, wie um das Bild, auf die Innenseiten der Lider gebrannt, hinüberzuretten ins Immer.

War ein Gespräch nicht zu vermeiden, redete er davon, Bewerbungsschreiben an diese und jene Stelle gesandt zu haben. Daß nirgendwoher Antwort kam, überrasche ihn nicht. Bei seinen Gehaltsforderungen, erklärte er, müsse jede Universität den Pfennig dreimal umdrehn.

Meist jedoch hielt er den Mund. Vom Garten aus waren die Arbeiten am Festplatz gut zu verfolgen. Manchmal fiel seine Schwermut ein hysterischer Aktionismus an, dann meinte er, irgend etwas unternehmen, Schutzkreise um sich ziehen zu müssen, und es schien trügerisch, daß sich nichts Sinnvolles aufdrängte, weder Vorsichts- noch Gegenmaßnahmen.

Keiner der Angler – mitunter waren es zwei, drei – grub nach Ködern. Die Dose lebendiger Mehlwürmer kostete im Zoogeschäft fünf Mark. Wenn sie doch gegraben, den Rucksack gefunden hätten – was konnte es nutzen, ihnen durchs Fernglas dabei zuzusehen? Recht wenig.

Marga wurde mit jedem Tag ruhiger, wenigstens nach außen hin. Vielleicht hatte sie eingesehen, daß Panikmache die Situation nur verschlimmerte, vielleicht war sie des Weinens müde geworden oder hatte sich den Glauben an Benis Rückkehr so stark eingeredet, daß ihr jede laut geäußerte Sorge unheilbeschwörend, als teuflische Wandmalerei vorkam.

In Benis Schreibtisch war nichts Wesentliches entdeckt worden. Konrad hatte bei der Durchsuchung assistiert, sehr phlegmatisch, ständig Einwände auf den Lippen. Auf Margas Vorschlag, auf die bloße Andeutung hin, er könne in die Hauptstadt fahren und Benedikt suchen, hatte Konrad gekichert, boshaft amüsiert, wie sie es von ihm absolut nicht gewohnt war. Verstört hatte sie geschwiegen, das Schuljahr als verloren abgehakt.

Rudolf ging nicht mehr täglich in den Keller. Es fehlte ihm an Konzentration. Um sich zu beschäftigen, griff er zu Kreuzworträtseln. Häufig sann er über seine Versäumnisse als Vater nach und fragte sich, was er hätte anders machen sollen, war er doch jener Vater gewesen, den er sich selbst als Kind gewünscht hatte.

Sein Verhältnis zum Neffen wurde freundlich und zuvorkommend, wenngleich beide so gut wie nie miteinander redeten. Bis auf einmal. Am Nachmittag des Sonnwendfestes bat Konrad ihn um einen Zigarillo. Beide saßen rauchend im Garten, zwischen hemmungslos wucherndem Schnittlauch. Konrad paffte bloß, sog aber den aufsteigenden Rauch genußvoll durch die Nase.

Ob er sich wohl fühle, fragte Rudolf in die Stille.

Konrad zuckte erschrocken, zuckte sofort noch einmal, mit den Schultern, sah seinen Onkel auffordernd an, die Frage zu präzisieren.

Er sehe ein wenig krank aus, meinte Rudolf, man mache sich Sorgen, man höre ihn wimmern, nachts, und ächzen. Ob er schlechte Träume habe? Konrad spreizte die Augen weit, dann rieb er sich mit Daumen und Zeigefinger die Stirn, wie jemand, der sich an etwas zu erinnern sucht.

Es sei immer derselbe Traum, in jeder zweiten Nacht. Das gab er zu, ohne den Traum detailliert zu beschreiben; Gänge und Labyrinth schilderte er grob, ohne Dramatik. Stadt und Firmament verschwieg er ganz. Rudolf nickte zuerst, machte dann eine Handbewegung, die eingestand, mit dem Erzählten nichts anfangen zu können. Konrad glitt tief in den Korbstuhl, sein Blick verlor sich in feingekräuseltem Rauch.

Zwei Tage lang hatte er Anna nur von ferne, durch den Feldstecher betrachtet, wenn sie um sechs Uhr abends aus dem Postwirt trat. Ihr Weg ließ sich über kaum fünfzig Meter verfolgen, danach stemmten sich Häuser ins Blickfeld, feindlich strammstehende Häuser, blasierte Lakaien im Geheimdienst des Zentauren. Gern wäre Konrad, mit dem Verwandlungstalent eines liebestollen Zeus, Anna als Bombenhagel gegenübergetreten, der alles in Schutt und Asche legte, der Platz schuf und nichts außer den Liebenden verschonte.

»Hast du diesen Traum früher schon gehabt?«

»Was?« Konrad schüttelte den Kopf. Das Interesse des Onkels wurde lästig. Gleich war es sechs. Zum tausendsten Mal suchte er sich vorzustellen, wie die nächste Begegnung mit Anna verlaufen würde, die nächste Begegnung, die er für so entscheidend hielt, die er vor sich her schob, voll eisiger Furcht, zurück-, zurecht-, in Schranken gewiesen zu werden. Ein schüchternes Luftschloß beherbergte den Wunsch, Anna könne die Initiative ergreifen, ihm eine Nachricht zukommen lassen, telefonisch, postalisch, sonstwie. Wo er wohnte, wäre nicht schwer herauszufinden gewesen.

Das Luftschloß schwebte fort. Dann war nichts mehr da. Er kratzte sich mit beiden Händen die Schädeldecke blutig. Das Konzert würde großartig werden. Er würde Anna nahe sein dürfen, ohne daß es zur persönlichen Begegnung kommen mußte. Vielleicht würde sie ihn im Publikum erkennen und ihm einen Blick zuwerfen. Je nachdem, wie dieser Blick ausfiel, würde er ihn auf sich beziehen oder nicht; in keinem Fall wäre alles verloren. Konrad war sich des Ipsismus solcher Gedanken bewußt, rechtfertigte sie aber mit dem Selbsterhaltungstrieb. Allein wichtig war, Hoffnung zu haben. Die Hoffnung auf Anna blieb das einzige, was ihn das Leben ertragen ließ. Die Hoffnung war wichtiger als Anna selbst.

»Du weißt, wie Benis Freundin heißt, nicht?«
Konrad zerrieb den zu drei Vierteln aufgerauchten Zigarillo im Aschenbecher.
»Er hat mir nie gesagt, wie sie heißt. Ich schwör's.«
»Würdest du sie nicht wiedererkennen, wenn du sie siehst?«
Es schienen von Marga vordiktierte Fragen. Wahrscheinlich hatte sie ihren Gatten händeringend angefleht, diese Fragen bei passender Gelegenheit zu stellen. Konrad griff zum Fernglas, richtete es auf die Mariensäule und stellte scharf.
»Ich hab mir ihr Gesicht nicht gemerkt.«
»Wen beobachtest du denn?«
Anna nahm nicht den üblichen Weg, schritt an der Mariensäule vorbei in Richtung des Festplatzes, wo fliegende Händler Vorbereitungen trafen und der Chorleiter nervös vor dem Gerüst auf und ab paradierte. Junger Spund, Hornbrille und Ziegenbart, riesige Partiturblätter in der Fracktasche. Immer mehr Menschen strömten zusammen, obgleich das Konzert erst in drei Stunden beginnen sollte. Anscheinend wurden dem Chor letzte Verbesserungen mitgeteilt. Techniker hantierten am Flutlicht herum. Wurstverkäufer packten tiefgekühlte Ware aus.

»Sag Marga, ich brauch heut nichts zu Abend. Ich werd unten was essen. Es ist schön, wenn man bei einem Konzert essen und trinken darf.«

Er setzte den Feldstecher ab. Der Stuhl neben ihm war leer. »Rudolf?« Keine Antwort. Das Haus schwieg. Konrad begann zu weinen, tat gleich, als sei ihm Rauch in die Augen geraten, falls jemand ihn beobachtete.

Seine Haut war an den schweißreichen Stellen, Achseln, Kniekehlen und Armbeugen sowie an den Hoden, gerötet und unrein, anfällig für Hitzebläschen und Pickel. Eine Weile saß er vor dem gehässigen Glitzern der Steilwand, die Arme schützend um den Kopf geschlossen, wie man, sturztrunken, neben einer Klomuschel hinsinkt, ins Schwarz taucht und auf Spasmen der Kehle, auf erlösenden Brechreiz wartet. Die Schläfen pochten, die Lider flatterten; dauernd Druck in der Blase, der zur Toilette zwang, obschon kein Bedürfnis vorlag, nur wenige Tropfen herausgepreßt werden konnten. Zehen und Fingerkuppen wurden pelzig. Selbst die Berührung eines Blattes zog Gänsehaut nach sich. Johanser verfiel einem manischen Waschzwang, Wasser war das einzige, das zu berühren ihm keinen Abscheu bereitete. Zeitweise schienen seine Füße bis zu den Knöcheln abgestorben; das Gehen wurde zum ungenauen Stampfen, wie man tiefen Schnee durchwatet. Sobald er aber saß – es bot sich immer eine Möglichkeit zu sitzen –, verfiel er totengleicher Starre, wobei sich die Muskeln nicht wie beim Katatoniker verkrampften, sondern im Gegenteil alle Sehnen ausgeleiert waren, von übergroßer Spannung zerdehnt. Unterhalb des Halses hielt er seinen Körper für eine Schüssel dünnflüssigen Breis, unfähig jeder Form und Figur, wo doch der Kopf, hart und heiß, jeden Augenblick zu platzen drohte.

»Sag, daß du nicht willst!«
»Daß ich nicht will!«
»Daß du heute nacht nicht träumen tust.«

»Daß ich heute nacht nicht träumen tu.«
»Sag's laut, daß es auch die Nachbarn hören!«

Über den Festplatz, in einem weißmagischen Kleid, schwebt Somnambelle, mischt sich in den probenden Chor, verschwindet wieder, hinter dem nichtssagenden Gesicht einer Statistin. Nächst dem Gerüst ist ein Scheiterhaufen errichtet. Kartenspieler besetzen die Biertische am Rand. Vor gestapelten Bauchläden werden Hilfskräfte in den Regeln des Brezenverkaufs unterwiesen.

Anna dreht sich, hält nach jemandem Ausschau.

Bin ich es?

Klar bist du's, würde Benedikt sagen, red dir's nur ein, bist es ja immer, komisch, daß Leute mit zwei Augen rumlaufen, wo eins für deinen Anblick reichen würde. Und mir hast du vorgeworfen, den Weltnabel zu geben. Du feiger Wixer, von Anna ungefickt. Halt's Maul, Bürschchen.

Johanser ging auf sein Zimmer und kleidete sich um. Weißes Hemd, schwarze Krawatte. Als er, ohne den Eltern auf Wiedersehn gesagt zu haben, hinunter ins Dorf flanierte, war er von der Vorstellung besessen, es würde sich nie mehr Entscheidendes ergeben, die Dinge blieben für immer im Zwischenreich hängen, wenigstens bis zum September, der unendlich fern lag. Anmaßung, so weit zu denken.

Kapuzinerkresse, gelborange blühend, wuchs die Mauern entlang.

Im Frühsommer, wenn das Tal ein Zauber junger Farben ist und im endlos silberblassen Himmel der deutschen Philister Sonntagsseele unangeseilt umherflattert, verzückt im verlogenen Idyll ... So spazierstocken sie durch die Landschaft, gut genährte Ferkel, Pepitahüte auf dem Kopf.

Die Hügelkuppen gleichen Knien im Gras ruhender Mädchen.

Johanser, hin- und hergerissen, wußte nicht mehr, was er von all dem halten sollte. Er hatte Angst vor der Nacht, dem

Labyrinth, zugleich wünschte er, in die Stadt zu gelangen und ihre Geheimnisse zu erfahren. Bisher war er, wenn sie in der Ferne aufgetaucht war, schweißgebadet wach geworden; daß er geächzt haben sollte im Schlaf, genierte ihn, er verfluchte das hellhörige Haus.

Vom Fluß her wehte Tastengedudel. Eine Mietpopgruppe spulte ihr Programm ab, steril arrangierte Schnulzen, auf unangenehme Art zeitlos geworden. Niemand tanzte. Das Gerüst stand leer. Einige Biertische waren mit Reservierungszetteln beklebt. Neben dem Scheiterhaufen, der aus Buchenholz und Strohballen zwei Meter hoch geschichtet war, stand ein Spirituskanister. Johanser freute sich auf die Flamme, er hatte lang in kein Feuer mehr gesehen. Viele Mofas, Mopeds und Fahrräder parkten rund um das Festgelände; Jugendliche hockten in der Wiese, rauchten und ließen Maßkrüge herumgehn. Beim Sonnwendfest schien es sich um ein Spektakel zu handeln, auf das sich alle einigen konnten. Man sah grünmähnige Punks, Turnschuhlaffen in Pyjamahemden, sah auch trachttragenden Nachwuchs verschiedener Brauchtumsvereine. Eine Schießbude lockte mit Sonderangeboten, drei Schuß auf die Walzen zwei Mark; für den besten Schützen des Abends war ein lebensgroßer Plüschflugsaurier ausgelobt. Fragwürdiges Umfeld für vierstimmige A-capella-Gesänge. Johanser ahnte, daß das Konzert eine hinzunehmende Kulturdreingabe darstellte. Oder würden die Schießbude, der Bierausschank, die Imbißwagen während des Konzerts Betriebspause machen? Er löste die Krawatte vom Hals, ließ sie in einem Busch verschwinden.

Die Erde drüben vibriert, setzt die Luft unter Spannung.

Mir ist unbegreiflich, daß nicht alle Menschen diese Spannung spüren, die den Hals herumzwingt, um immer wieder hinzustarren. Da drüben, andere Seite der Acher, näher tretend mit dem Abenddämmern ...

Jemand tippte ihm auf den Nacken. Johanser schnellte herum.

Vor ihm stand Berit. Sie sah hübsch aus, hatte stark abgenommen, trug enge Jeans und eine rote Seidenbluse mit Glitter an den Ärmeln. Sie war immer noch nicht schlank, mußte aber innerhalb einer Woche an die fünf Kilo eingebüßt, mußte Tag und Nacht gehungert haben.
»Ich bin's. Bin's wirklich. Wie seh ich aus?«
»Großartig.«
»Dann war ich vorher doch zu fett! Gefall ich dir?«
»Ich sagte doch: großartig.« Es klang unfreundlich. Johanser wollte nett sein, aber den Abend auf keinen Fall neben Berit verbringen. Die beiden Ziele schienen unvereinbar, noch mehr, nachdem das Mädchen seine Hand nahm und ihn mit großen Augen ansah.
»Wenn du mich loshaben willst, sag's lieber gleich!«
»Bist du nicht mit Freunden hier? Ich meine ...«
»Ich bin wegen dir da. Kann auch wieder gehen.«
Johanser stotterte, daß es ihn freue, daß er sich dennoch nicht gern mit ihr, grad hier und jetzt, auf dem Präsentierteller, er besitze, so drückte er sich aus, eine gewisse Biographie, zeigte auf den Ehering (den er nur Marga zuliebe trug), sowieso gehe zur Zeit alles drunter und drüber, wegen Beni, sie wisse ja ... Als Berit enttäuscht kehrt machen wollte, hielt er sie dennoch zurück, bot ihr an, nach dem Konzert ein wenig spazierenzugehen, man solle einen Treffpunkt ausmachen, vielleicht hinter der Schießbude? Berit nickte, zerstörte seine Hoffnung auf ihren Stolz. Zugleich war er froh, einen Kompromiß gefunden zu haben, der sie nicht allzusehr verletzte. Während die Verabredung noch einmal bekräftigt wurde, überlegte er schon, wie er auf jenem Spaziergang agieren, welche Sätze er sagen, welche Überzeugungen er vertreten müßte, sie sanft von sich zu fremden.
»He! Doc!«
Die dröhnende Stimme lähmte Johanser, er bemerkte nicht, wie Berit sich zurückzog. Noch bevor er sich umdrehen konnte, spürte er die Hand Winharts auf der Schulter.

»Der Herr Doktor! Wo treibt man sich rum? Kommen S' mit!«

Johanser trottete, ohne etwas zu sagen, neben ihm her, wie ein Verhafteter, froh, daß der Zentaur gut gelaunt tat und ihn nicht zu verprügeln beabsichtigte, wenigstens nicht sofort. Winhart hatte einen Tisch in vorderster Reihe beschlagnahmt, voll bedeutender Honoratioren, allesamt Geschäftsinhaber, denen Johanser einzeln vorgestellt wurde. Berenz, Inhaber des örtlichen Fitneßcenters, ein fettblasser Kerl, Lattmann vom Elektrofachhandel – »Sie haben doch mal 'ne Taschenlampe bei mir gekauft und 'n Radio, weiß ich doch!« –, die Namen der beiden anderen überhörte Johanser, bekam nur mit, daß ihnen gemeinsam die größte Fahrschule im Umkreis gehörte. Ob hier zu sitzen eine Auszeichnung war oder Teil eines hinterhältigen Spiels? Er versuchte freundlich und reserviert zu sein, kühl zu bleiben. Anna mußte etwas von jenem Abend in ihrer Wohnung erzählt haben, bestimmt – anders konnte sich Johanser die grobianische Gastlichkeit Winharts nicht erklären. Am Tisch wurde Rotwein getrunken. Winhart hielt eine Flasche hoch.

»Lokales Spitzentröpfchen! Sie mögen's doch trocken, hab ich das richtig in Erinnerung? Der Rote hier ist so trocken, der existiert gar nicht richtig! Eigentlich befindet sich nur sein Geruch in der Flasche. Moses muß das Meer in genau diesen Wein verwandelt haben, bevor er die Juden da durchgewunken hat. Seitdem heißt es das Rote Meer!« Er brüllte über die eigenen Kalauer, Johanser lachte tonlos mit. Sein Blick floh zum gegenüberliegenden Ufer. War in den Kieseln nicht Bewegung? Hob sich die Grabstätte nicht deutlich von der Umgebung ab, wölbte sich aus dem Grund, Millimeter jeden Tag?

Die Fahrschulinhaber gewährten dem Zentauren einen Sonderrabatt für Anna, zwanzig Prozent, er griente, da gingen sie auf fünfundzwanzig hinauf.

»Hab gehört, Sie wollen hier heimisch werden? Annas Wohnung mieten?«

»Ooh, vielleicht...«
»Wie ist der Wein?«
»Trinkt sich.«
Alle Biertische waren besetzt. Leute liefen herum, suchten freie Plätze. Andere, unter den Eschen, hatten sich damit abgefunden, stehen zu müssen. Kreischende Kinder jagten einander zwischen den Bänken. Bratgeruch mischte sich mit dem von Gras und Schilf. Der Lärmpegel hob sich ständig, sogar als die Musiker ihre Anlage zusammenpackten. Vielleicht lag es an der Windstille. Lattmann deutete auf vereinzelte Regenwolken, weit oben, über den Serpentinen. Der Himmel färbte sich dunkel, während im Kessel die Farben umso plastischer wurden.

»Wo warn wir denn die letzten Tage? Anna hat sich Sorgen gemacht!«

»Ja? Ach was...« Johanser fiel nichts zu Plauderndes ein. Jedes Wort klang im Anlaut schon verhängnisvoll. Der Zentaur beugte sich zu ihm. Wie eine Wand herabstürzt. Sein angeheitertes Schmunzeln ließ den Enddreißiger alt und beleibt aussehen.

Die Fahrschulinhaber, heißgesoffen, johlten. Worüber?

»Und? Ist doch 'ne hübsch geschnittene Wohnung?«

Was, wenn Anna seinen Besuch mit keinem Wort erwähnt hatte? Es bot sich kein Weg, um eine Antwort herumzukommen.

»Wie gesagt, das ist Zukunftsmusik. Apropos! Wo bleibt denn... wieviel Uhr bitte?«

Mit halbstündiger Verspätung trat der Chor auf. Lockere Prozession, von taktvollem Beifall empfangen. Winhart hatte nichts weiter gesagt noch sonst eine Regung gezeigt. Aus einem mitgebrachten Jutesack holte er zwei neue Flaschen und entkorkte sie. Manche der Sänger trugen Frack, andere nur Sakko. Bei den Damen hatte man sich auf lange Abendkleider geeinigt, jedmöglicher Farbe. Anna (weich lumineszierendes Creme) stand exakt in der Chormitte. Tiefe Sonne machte ihr

Haar goldrot gleißen. Über die Felswand breiteten sich Schattenteppiche.

Zwar lagen Programmzettel herum, doch war keiner greifbar. Johanser hätte sich bücken müssen, einen vom Boden aufzuheben. Ließ es bleiben, dachte, man könnte den Moment nutzen, ihn unter grölendem Gelächter von der Bank zu stoßen. Auch wurde ihm bewußt, daß er schräg hinter dem Zentauren saß, also jeder Blick, den Anna ihm zuwerfen mochte, vom Pferdemenschen abgefangen und für sich reklamiert werden würde. Der Chorleiter näselte einleitende Worte, die kein Mensch verstand. Nach und nach minderte sich der Lärm auf respektvolles Maß. Mit großem Gestus dirigiert, begann das Konzert. In fortgeschrittener Dämmerung, leise begleitet von Flußgeräusch.

Volkslieder. Am Brunnen vor dem Tore. Muß ich denn zum Städtele hinaus. Es ist ein Ros entsprungen. Hoch auf dem gelben Wagen. Freundlicher Applaus. Annas Stimme herauszuhören war nahezu unmöglich, dennoch zog Winhart an manchen Stellen stolze Grimassen, zeigte auf seine Braut und wippte dabei. Menschen nutzten die Pausen, fortzuhuschen, Kleinkinder zu versorgen oder wie Winhart Gläser aufzufüllen. Während der Lieder jedoch herrschte relative Stille. Verwundert sah sich Johanser um. Wie ausgestopft saßen die Menschen und regten sich nicht. Mit zunehmender Finsternis glaubte er, einige Gesichter wiederzuerkennen. Sie entstammten den Photographien im Postwirt. Verlassene Bilder mußten dort hängen.

Drüben, jenseits der Acher. Das Schattenschwarz der Ufergewächse trat noch deutlich hervor, alle Feinzeichnung war indes verloren.

Modergeruch. Lärm von Schritten im Kies. Wer geht da?

Ist alles ein Schauspiel. Der Chor kommentiert, was immer geschieht.

Volkspoesie aus »Des Knaben Wunderhorn«, basisvertont vom jungen Mahler. Vierstimmig verkompliziert bis zur Textunverständlichkeit. Johanser kannte die Texte besser, als ihm lieb war.

> *Hast gesagt, du willst mich nehmen,*
> *Sobald der Sommer kommt!*
> *Der Sommer ist kommen, ja kommen,*
> *Du hast mich nicht g'nommen, ja g'nommen!*

So sangen Soprane und Alte. Tenöre und Bässe antworteten, wobei Johanser lautlos mitsprach.

> *Wie soll ich dich denn nehmen,*
> *Dieweil ich dich schon hab'?*
> *Und wenn ich halt an dich gedenk'*
> *Und wenn ich halt an dich gedenk',*
> *So mein' ich, so mein' ich,*
> *So mein' ich alleweile; ich wäre schon bei dir!*

Heftiger Applaus. Johanser klatschte steif, einer Holzpuppe gleich. Er vermochte Anna jetzt doch herauszuhören. Sie sang für ihn. Nahm ihn auf mit den Augen. Funkelnde Blicke, vorsichtig, daß keiner hernach sagen könne, sie habe so und so gewollt. Der schwarz verfärbte Tag stemmte sich über den Horizont und sprang hinab.

> *Ich weiß nicht, wie mir ist!*
> *Ich bin nicht krank und nicht gesund,*
> *Ich bin blessiert und hab' kein Wund',*
> *Ich weiß nicht, wie mir ist!*

> *Ich tät' gern essen und schmeckt mir nichts;*
> *Ich hab' ein Geld und gilt mir nichts,*
> *Ich hab' ein Geld und gilt mir nichts,*
> *Ich weiß nicht, wie mir ist.*

Johanser merkte, daß er zu hastig trank. Er hätte nicht behaupten können, das Konzert zu genießen; so viele Eindrücke verschwammen ineinander, drängten die Musik an den Rand.

> *Kuckuck hat sich zu Tode gefallen,*
> *Tode gefallen an einer grünen Weiden!*
> *Weiden! Weiden!*
> *Kuckuck ist tot! Kuckuck ist tot!*
> *Hat sich zu Tod' gefallen!*
>
> *Wer soll uns denn den Sommer lang*
> *Die Zeit und Weil' vertreiben?*
> *Wer soll uns denn den Sommer lang*
> *Die Zeit und Weil' vertreiben?*

Seine Stirn war heiß, bleischwer klebten die Unterarme auf dem Tisch. Es war jetzt ganz finster. Lampiongirlanden machten vierfarbig Stimmung.

> *Ei! Das soll tun Frau Nachtigall!*
> *Die sitzt auf grünem Zweige!*
> *Sie singt und springt, ist all'zeit froh,*
> *Wenn andre Vögel schweigen!*
>
> *Wir warten auf Frau Nachtigall,*
> *Die wohnt im grünen Hage,*
> *Und wenn der Kuckuck zu Ende ist,*
> *dann fängt sie an zu schlagen.*
> *Kuckuck ist tot! Kuckuck ist tot!*

Wie viele Lieder man für mich komponiert hat. Eigens für mich. Unruhig rieb er seine Handflächen an der Hose ab. Während das Opus magnum des Abends angestimmt wurde, Orffs Sonnengesang, setzten paradeuniformierte Feuerwehrleute den Scheiterhaufen in Brand. Stichflamme zum Himmel, begeistertes »Ah!«. Die Gestik des Chorleiters verhehlte nicht, daß er wütend war, über das Raunen weniger als über das laute Knacken der Scheite. Fehler schlichen sich in den bis dahin tadellosen Vortrag. Johanser hörte nicht mehr zu, starrte zum Funkenflug hinauf, tastete Backen, Stirn und Kinn ab, wie um zu prüfen, ob sich die Haut vom Fleisch löste.

Drüben, im Kies, liegt ein Körper, wälzt sich, von schweren Schatten gefangen.

Plötzlich erhoben sich die Menschen alle, schrien Bravo, irrsinniges, aus den Fugen geratenes Szenario einer Geisterwelt. Johanser entschuldigte sich und lief, während der Chor eine Zugabe bot, in die dunkle Wiese. Kühles Gras auf den Wangen, wurde ihm langsam besser. Da war keine Übelkeit, keine Angst, nicht die Angst jedenfalls, die er kannte, vielmehr, jene Angst war schon da, aber sie war gewöhnlich geworden. Etwas anderes fraß in ihm, sublimer, schwindelerregender. Der Chor trat ab, zerstreute sich in der Menge.

»Was hast'n du?«

»Ich hab nichts. Gar nichts. Schnüffelst du mir hinterher, oder was?«

»Wir sind doch verabredet ...« Berit deutete auf die Schießbude. Die lag tatsächlich nur zehn Meter entfernt. Johanser murmelte, er sei ein wenig betrunken. Zwischen den Bäumen, durch das kupfern schimmernde Laub, sah man Menschen zum Feuer strömen. Wo war der Chor so schnell hin? Johanser wollte Anna sehen, ihr nah sein, wollte, daß sein Schatten den ihren berührte, mehr nicht, es hätte ihn glücklich gemacht.

»Und?« fragte Berit.

»Was und?«

»Gehn wir spazieren?«

»Ja. Gut. Gleich. Ich will noch mal ... Warte bitte!« Mit ausholenden Schritten ging er das Rondell der Eschen entlang zum Toilettenwagen. Von dort aus mußte man Überblick haben. Der Anhänger war in zwei Abteile separiert. Die Frauen standen Schlange. Die Männer mußten kaum anstehen; viele pinkelten in die Wiese. Plötzlich hielt Johanser inne, duckte sich, warf sich gegen einen Baum. Keine fünf Schritte von ihm standen Anna und der Zentaur händchenhaltend beisammen. Er konnte hören, was beide sprachen.

»Dein Verehrer war auch da.«
»Welcher?«
»Der Doktor.«
»Ja? Hab ihn nicht gesehn.«
»Saß doch schräg hinter mir.«
»Hab ich nicht drauf geachtet.«
»Vor der Zugabe hat er sich einfach dünn gemacht. Muß hier noch irgendwo sein.«

Johanser preßte sich gegen den Stamm. Daß er Zeuge jenes Dialogs wurde, schien mehr als Zufall, ein Omen war es mindestens, wenngleich eines, aus dem sich viel nicht herleiten ließ.

»Ich geh mal kacken. Tu du dich derweil bedanken. Die lassen dir fünfundzwanzig Prozent nach. Wenn'st noch'n bissel schön tust, wern's vierzig!«

Johanser faßte kalte Wut an, daß Anna von einem, der so redete, nachtnächtlich geschändet werden sollte. Daß sie es zuließ! Ohne Überlegung trat er hinter dem Baum hervor, lief Anna in die Arme, lächelte ihr zu, griff sie an den Ellbogen, wie man jemanden bei einem Zusammenprall festhält, um nicht zu stürzen. Schnupperte an ihrem Hals. Frisch arombetupft, Zitronenhain im Blütemonat, Hauch von Karamel. Kein Wort schien nötig, aber er hielt Anna noch fest, als die Konvention es längst nicht mehr zuließ.

»Was machst du denn?«

Wie sie flüsterte! Bei all dem Lärm. Er schöpfte irrsinnigen Mut, hielt Anna fest, zog sie zu sich in den Schatten der Bäume.

»Konrad! Du bist ja ein Filou!«

Verschwörungslust zitterte den Worten bei, Vibrato gefahrvoller Heimlichkeit; alles, was gesagt wird, gewinnt den Status eines unter der Hand Gesagten, für niemand sonst Bestimmten. Johanser verging vor Glück. Die Schluckbewegungen des Kehlkopfes ließen Annas Hals zum Gradmesser werden; mutig umfaßte Johanser ihre Hüften, sein Mund suchte den ihren, schneller Kuß ohne Zungenspiel, mehr ließ sie nicht zu und stemmte sich gegen seine Brust, als wäre ihr, was geschah, zwar angenehm, doch nicht geheuer.

»Laß jetzt! Bitte! Er kann gleich wieder hier sein. Die Leute ...«

Johanser verbeugte sich, wie nach einem Tanz. Sie lachte, nickte ihm zu und tauchte, mit einem graziösen Seitenschritt, in die Festwelt zurück.

Auch große Dichter hielten ihre Zeit fälschlich für dürftig, klagten dem Freunde, man käme zu spät; Götter seien, aber woanders. Wie Anna zwischen den Bänken läuft! Der wiegende Gang, Becken leicht vorgereckt. Fragile Hände spielen Klavier auf den Hüften.

Er konnte sich nicht sattsehen, selbst, als er in den Augwinkeln Berit registrierte.

»Bist du verknallt in die?«

Jenes Wort hatte Johanser seit der Schulzeit nicht mehr gehört; fand es sehr komisch. Frühe Bilder schwankten vorbei.

»Sie ist ja verlobt. Dem Postwirt. Sei nicht so neugierig!«

»Ich bin nicht neugierig. Mußt bloß sagen, wenn du mich loshaben willst.«

Johanser wollte sie gar nicht loshaben. Ihre Sekkanz schmeichelte ihm. Ein Spaziergang, die Hügel hinauf, mit etwas Weiblichem bei sich, schien reizvoll.

»Geht mich nichts an, ich weiß schon. Ich mag's nur nicht, wenn du mich anlügst. Das braucht's echt nicht.«

»Wann hätt ich dich angelogen? Hab dir gesagt, daß ich nicht verliebt bin in dich.«

Sie kreuzten die Bahnhofsstraße, querten den Ort in Richtung der Hügel. Enge, schwach beleuchtete Gassen entlang.
»Du hast gesagt, du fährst heim. Und bist immer noch hier.«
»Umständehalber. Ich bleib nur, bis Benedikt zurückkommt.«
»Benny kommt nicht mehr zurück.«
Johanser blieb stehen. Seine Euphorie bröckelte von ihm ab. Er haßte das Mädchen dafür. In der Gasse war es so finster, daß über grobe Umrisse hinaus nichts erkannt werden konnte. »Woher willst du das wissen?«
»Ich hab so ein Gefühl.« Sie schnippte mit zwei Fingern. »Wenn er sich was in den Kopf gesetzt hat ...«
»Ist doch Quatsch. Was redest du für dummes Zeug!«
Sie waren auf dem ummauerten Parkplatz des Getränkemarktes angekommen. Unten gleißte die Feuerpyramide, dramatisch vom Wasser gespiegelt. Schwarze Kleckse, bearmt und bebeint, tanzten drum herum, warteten, bis der Scheiterhaufen übersprungen werden konnte. Flackernder Keil, in den Himmel getrieben. Prächtig. Es sollte jede Nacht ein Feuer geben.
»Findest du nicht?«
»Was?«
»Ich sagte, es müßte jede Nacht ein Feuer geben.«
»Du hast nichts gesagt.«
Beide setzten sich auf die Motorhaube eines geparkten Volvos. Berit legte ihren Kopf auf Konrads Schulter. Er küßte sie, sog ihre hastige Zunge ein, biß vorsichtig mit den Zähnen darauf. Etwas zwischen Faszination und Grauen war in den Geschmack ihrer Lippen gemischt. Er schob Berits Bluse hoch, vergrub sich in ihren Brüsten, leckte die harten Spitzen. Es tat gut. Es war widersinnig. Wird Ärger geben. Man kann uns vom Fluß aus beobachten. Die Verhöhnung des toten Feindes ist sittenwidrig nach altem Gesetz. Aber er ist gar nicht tot. Ich bin es. Bin der Kuckuck. Der Tod. Thanatos, über verworfenem Land.

Berit züngelte an seinem Ohrläppchen, stöhnte leise. Monoton, wie ein dazu programmierter Android, rieb er ihre Möse, durch den festen Jeansstoff, und wurde in gleicher Weise gerieben. Seine Erektion wölbte sich schmerzhaft, wollte hinaus. Der Platz, beide wußten es, war nur nicht unbeobachtet genug. In stummem Verständnis gaben sie einander Deckung, damit jemand, der hinter einem der umliegenden Fenster stand, wenig zu sehen bekäme. Berit hatte Konrads Hemd aufgeknöpft, küßte seine Brust, krallte stumpfgekaute Nägel in seine Schultern. Er spürte, wie sie feucht wurde unter seinen Fingern, wie es ihr geradezu über die Schenkel floß, klebrig, zuviel, dachte er, konstatierte, statt zu fühlen, ohne Regung schob er ihr die Jeans ein Stück hinunter, und wie ein Arzt das Meßinstrument in eine Körperöffnung einführt, zwang er einen Finger in ihre Möse, leckte schnellen Atem von ihren Lippen, rieb sie, wild, fast brutal, biß in die dargebotenen Brüste. Das Mädchen wand sich, hechelte vor Geilheit. Seine Brutalität schien ihr zu gefallen. Er fühlte, wie die Erregtheit seines Körpers sich weigerte, auch in die Gedanken zu dringen. Da oben, da unten – wo sie grad weilten – blieb alles kalt, nahm Abstand.

Berit kam, keuchte ihm ins Ohr. Dann veränderte sich der Klang ihres Atems, wurde wütend.

»Scheiße. Ich krieg meine Tage. Wie ich es hasse!«

Johanser reagierte mit einer resignativen Handbewegung. Berit stutzte. Dieselbe Handbewegung hatte sie oft bei Benedikt gesehen.

»Wenn du magst, blas ich dir einen.« Hingeräuntes Angebot, als wäre sie täglich mit nichts anderem beschäftigt. Hätte sie es wortlos getan, wäre es gut gewesen. So war es peinlich. Er schob ihre Finger von seinem Reißverschluß.

»Hast du *ihm* mal einen geblasen?«

»Was soll das? Natürlich nicht.«

»Hättest es tun sollen. Alles wäre jetzt anders. Vielleicht.«

»Was ist los? Manchmal denk ich, du tickst nicht richtig.«

Er gab keine Antwort, knöpfte langsam sein Hemd zu. Das Feuer war schwach genug geworden. Erste Pärchen übersprangen es, jauchzten dabei. Abgeschmacktes Dreckskaff. Bebrillter, sadistischer Argos.

»*Es war mir, wie wenn ich mich jetzt, in der Nacht, unter dem zugedeckten Monde*... Kennst du das?«

Das Mädchen schüttelte den Kopf.

»*... unter dem zugedeckten Monde, weit ausdehnte, und auf großen, schwarzen Schwingen, wie der Teufel über dem Erdball schwebte. Ich schüttelte mich und lachte, und hätte gern alle die Schläfer unter mir mit eines aufgerüttelt und das ganze Geschlecht im Negligé angeschaut, wo es noch keine Schminke, falsche Zähne und Zöpfe und Brüste und Hintere auf- und an- und umgelegt, um den ganzen abgeschmackten Haufen boshaft auszupfeifen.*« Seine Stimme war mit jedem Wort lauter geworden, jetzt fiel sie zu einem kaum hörbaren Flüstern zusammen. »Ist von Bonaventura. Der muß das Nest hier gekannt haben.«

»Ist das das, was du Benny mal geschenkt hast?«

»Nein. Hat er davon erzählt?«

»Einmal. Daß du ihm so ein Buch geschenkt hast. Er fand's ziemlich witzig.«

»Hat er mir herb zu verstehen gegeben.«

»Nein, ich meine, er fand's wirklich *scharf!* So hat er's gesagt. Bißchen abartig, aber echt grell.«

»Das denkst du dir jetzt aus!«

»Im Ernst! Er hatte es mal bei und las mir was draus vor. Ging über Toleranz, kann das sein?«

»Kann.«

»Ich hatte das Gefühl, er mochte es.«

»Du hast zu viele Gefühle!« Abrupt stemmte sich Johanser von der Motorhaube, warf das Jackett über die Schulter und ging ein paar Schritte, schwankte dabei und wäre beinah gestolpert. Berit lief hinter ihm her.

»Laß mich in Ruh! Deine Bluse steht offen!«

»Ja, Herrgott, was ...? Also, manchmal bist du Benny verdammt ähnlich!«

»Wie kommst du heim?«

»Wieso? Willst mich jetzt heimschicken?«

Heimschicken. Das Wort, wie sie es sagte, klang grausam; Konrad erschrak, spürte einen mörderischen Impuls, dessen Grund ihm sofort entfiel. Er ging zurück zur Motorhaube, setzte sich auf seine Hände, wie man es Anfängern des Schachspiels rät. Orientierungsloses Schweigen.

Gern würde ich Teppich sein, etwas Weiches, Wärmendes ... Aber ich kann nur offenstehn und warten.

»Kuckuck ist tot, Kuckuck ist tot ...« Er summte die prägnante Melodie, fragte, ob ihr das Lied gefallen habe.

»Weiß nicht. Kann mit so Zeug nich' viel anfangen.«

»Weißt du, was dein größter Fehler ist?«

»Was denn?«

»Du hast zu dicke Titten. Deine Kinder werden fett sein. Überfressen durch die Gegend rollen, wie große Käselaibe.«

»Du blödes Schwein!« Sie wandte sich um und lief die Gasse hinunter. Johanser machte keinen Versuch, sie zurückzuhalten. Er mochte das Mädchen.

19

Zum Trödel gebrachte Tage, verdrängt, sobald abgelebt. Manches geschah. Nichts Wesentliches, nichts, was den Schwebezustand zu kippen drohte.

Das heimische Sein, himmelfern, meint: herdgebunden, topfläppisch, Verhausschweinung selig. Den Ritualen der Mahlzeit unterworfen, Diner aus dutzend Opfergängen. Weißgekachelte Scheinheimeligkeit; niedrige Deckenbalken erschlagen alle, die unvorsichtig aufbrausen.

Marga fand sich vernachlässigt. Sie litt unter Konrads hemmungslos lümmelndem Weltschmerz, der auf die Situation keine Rücksicht mehr nahm.

»Wenn wenigstens ein Brief käme. Wie sitzen wir denn da!«

»Es ist doch einer gekommen! Was willst du?«

Zwischendurch hatte Konrad einen fast unheimlichen Eindruck gemacht, schroff und wirr, hatte auf Zuwendungen mimosenhaft reagiert, sich oft in sein Zimmer zurückgezogen und die gemeinsamen Mahlzeiten verweigert. Dem Bild, das Marga von ihm besaß, ähnelte er nur noch entfernt.

»Wenn's dich belastet, hier zu sein, sag's! Mußt nicht, wenn du nicht willst.«

Konrad war prompt freundlicher geworden.

Wenn er sie ansah, mit schläfrigen, dabei entzündeten Augen, war es ein zielloser Blick ins Nirgendwo, sanft und weich, dennoch düster. Manchmal las er in seinen Büchern. Glitt über die Zeilen, ohne an einer Stelle haftenzubleiben. Blätterte das halbe Buch durch und nahm das nächste, mit dem er genauso verfuhr.

Marga vermutete den Grund für jenen ›Weltschmerz‹ in seinem Alkoholmißbrauch. Sie wußte seit Wochen davon, spätestens seit Voss, der Getränkehändler, die letzte Lieferung Wasser und Eistee gebracht und gefragt hatte, ob es für den Herrn Doktor nicht praktischer wäre, sich seine Weinkisten ebenfalls liefern zu lassen. Voss handelte nicht naiv oder fahrlässig. Er war schlichtweg ein gemeiner Mensch.

»Fragen Sie den Doktor selbst!« hatte Marga barsch geantwortet und sich vorgenommen, Konrad nie auf diese Sache anzusprechen. Es wäre ihr peinlich gewesen, darüber zu reden. Das ging nur ihn etwas an, wenigstens, solange man tagsüber nichts davon merkte.

So hatte Konrad weiterhin die Kisten ins Haus geschmuggelt. Jedesmal, wenn er mit einem verdächtigen Karton die Straße heraufschlich, wartete Marga im Wohnzimmer ab, bis das Schmuggelgut verstaut war. Den Trick mit der Kirschsaftflasche fand sie rührend. Offensichtlich war Konrad bestrebt, niemandem mit seiner Sucht auf die Nerven zu fallen; dies mußte respektiert werden.

Als sich, kurz nach Benis Verschwinden, sein Wesen verfinstert hatte, seine Manieren zu wünschen übrig ließen, stand Marga davor, ihn doch mit seinem Problem zu konfrontieren; war jetzt froh, daß es dazu nicht kommen mußte, daß er sich leidlich zusammenriß und sie ab und an tätschelte. Man attestierte ihm, er ächze nicht mehr im Schlaf, sehe um etliches gesünder aus als noch vor Tagen. Konrad erkannte in dem Kompliment eine Aufforderung, schnell noch viel gesünder auszusehen.

Ob seine Angst nachließ oder nur die Gewöhnung daran zunahm?

Es stimmte: Die Träume waren blaß geworden, entzogen sich der Erinnerung oder taten banal. Die Stadt war nicht näher gekommen. Mit jedem Traum hatte sie irrealer gewirkt, fremd und zweidimensional, schmutzige Münze, deren Relief ganz abgenutzt ist. Hatte Konrad vom Labyrinth geglaubt, es könne Schlimmeres nicht geben, nahm er an sich doch keine Besserung wahr. Wo die Angst ausblieb, wurde sie von Langeweile ersetzt. Es war dies nicht die gewöhnliche Langeweile unerfüllter Stunden, der man mit Ablenkungsspielen beikommt. Es war viel mehr, war eine grenzenlose Ödnis, ohne Sinn und Sprache, die einherging mit dem Verdacht, der Kopf sei in Fäulnis begriffen, die Gedanken hätten verlernt, Zusammenhänge, Fangnetze zu knüpfen, und alles stürze, der Illusion beraubt, in Bedeutungslosigkeit hinab.

Wäre man fähig, Angst und Langeweile einmal parallel zu empfinden, würde man sich zuletzt *wohl gegen die Angst, für die Langeweile entscheiden. So hingegen ändert sich nur* die Qualität der Tortur. Er schrieb es auf und schmiß es weg.

Im Garten, im Korbstuhl, begann er eisenschwer und schlaff zu werden; sah durch den Himmel hinaus in die Gleichgültigkeit des Universums, das sich Details der kindischen Existenzen unten, samt ihren vermessenen Tänzen und Ritualen, Plänen und Ausflüchten, für allemal verbat. Die Langeweile enthielt eine sublime Form der Bedrohung. Einschläfernd, bevor sie zuschlagen würde.

Marga kam, streichelte Konrads Hand. Er duldete es, wiewohl er ihre schwitzige Nähe kaum ertrug, jede Berührung verabscheute und am liebsten fortgelaufen wäre, sich zu waschen.

Mußt sie in den Arm nehmen. Das Netteste, was du tun kannst. So abgefeimt. Ich nehm sie auf, nicht in den Arm. Lüge ihr Trost zu. Und warum nicht?

Sie zeigte ihm ein Schreiben der Schule. Benedikt sei zehn Tage dem Unterricht ferngeblieben, ohne Krankmeldung. Was sie tun, was sie antworten solle? Konrad wußte es nicht.

Trotz des Sonnwendkusses überwand er sich nachmittags nur zögernd, Anna aufzusuchen. Es war, als hätte gerade jener Kuß und die daraufgefolgte Euphorie eine Gegenwelle beschworen, eine Lawine aus Zweifeln losgelöst, die alles benagten, was ihnen vor die Zähne kam. Simple Fakten gerieten ins Schräglicht, weitergehende Aussichten wurden bloßgestellt und zerfetzt, zu Hirngespinsten degradiert. Der Kuß schien ein Fortschritt zuviel gewesen, würde in den nächsten münden, in noch einen Schritt und noch einen; eine Kette war in Gang gesetzt, an deren Ende das Nichts zu stehen drohte. Ende der Affäre. Gedankengänge. Vielleicht meinten die Gänge des Traums seine Gedanken? Gingen mit der Zeit verloren; und das Erreichen der Stadt würde das Endvergessen sein. Gedankenlosigkeit. Tod.

Im Postwirt tat er stumpf und stumm. Anna erwähnte die Sonnwend mit keiner Silbe, außer daß sich Gott Winhart über Johansers grußlosen Abgang geärgert habe. Sie warnte Konrad, klang dabei aber selbst ein wenig vorwurfsvoll. Und der Zentaur ließ ihn den Etiketteverstoß spüren, ließ gleich gar nicht Konrads Entschuldigung gelten, ihm sei von zuviel Wein übel gewesen.

»Übel? Wissen Sie, Doc, was ich an Ihnen nicht leiden kann? Sie sagen nie was! Für 'nen guten Grund hat man Verständnis.«

»*Wofür*?«

»Na, kommen Sie! Haben die Anna ja ganz verstört!«

»Was hab ich?« Konrad verstand kein Wort, zog sich tief in den Mauerwinkel zurück.

»Mit dieser Juniorfotze von der U-18! He? So übel sah die angeblich nicht aus. Ist doch 'n guter Grund! Wie heißt sie denn?«

»Kann mich nicht erinnern.«

»Aha. Na dann.«

Winhart bestrich ihn mit einem maßlos geringschätzigen Blick, kniff die Augen zu und ging in die Küche.

Na dann. Satz ohne Subjekt, Objekt, Verb. Ein Standgericht. Johanser nahm es nicht allzu ernst. Was sollte ihm passieren, solang er keinen Anlaß bot?

Die letzte Juniwoche litt unter drückender Schwüle; die Klientel war zu jeder Tageszeit zahlreich. Es gab kaum Gelegenheit, mit Anna vertraulich zu werden. Ihren Feierabend belegte der Zentaur. Wenn sie hinter dem Tresen stand, die beiden Wasserhähne wie ein Steuer umfaßte, lag in ihrer Haltung etwas Lauerndes, zum Sprung Bereites, das nur auf ein Wort, ein bestimmtes Reizwort wartete.

Will sie alles mir überlassen? Ich begehre sie doch. *Der geile Dämon ragt aus mir in Bettlerlumpen, wippt und sabbert, mit Glutaugen in halbvermoosten Höhlen. Der Feendschungel zwischen ihren Schenkeln soll meinen Kopf zusammenpressen, damit er nicht zerspringt. Nachts allein im Schamwald hausen, wo wäre sonst für mich Platz? Anna, ich will deine Fut als Narrenkappe tragen, deine Beine als Schulterstücke, deine Füße als Orden auf der Brust.*

Sie trägt ein Besetztzeichen auf der Stirn. Falsch verbunden.

Es wird September sein, und der Pferdekerl wird verrecken, in einer enormen Blutlache, wird mit beiden Händen das aus ihm flüchtende, in alle Richtungen fortfließende Blut zu halten suchen, mit Drohungen und Versprechungen.

Und ich werde sagen: Einmal hast du gelebt wie Götter. Mehr bedarf's nicht ...

Schrieb sich Johanser solche Phantasmagorien von der Seele, auf Bierdeckel oder Servietten, ging es ihm minutenlang gut. Bevor das Feuerwort zum Worteiter verkam.

Sie sieht mich an aus weit aufgerissenen Wunden. Dankbar.

Und er zerstörte, was er geschrieben hatte, nicht ohne es eine Weile offen liegen und in den Raum wirken zu lassen.

Das Trinken hatte etwas von der verregneten Zeltpartie einer Fußball-A-Jugend. Die Traurigkeit, mit der man im nassen Gras, unter Provisorien hockt; über durchsichtige Plastikplanen kullern Regentropfen, und das Bier schmeckt ekelhaft feucht.

Auf den Photographien standen alle Verblichenen brav beisammen. Sie hatten anscheinend nur an Festtagen Ausgang. Ihre selbstbewußten Gesichter zwinkerten nicht einmal, sosehr man hinstarrte. Es stimmte nicht ganz. Würde man lang genug hinstarren, würden sie schon zu zwinkern beginnen. Johanser wurde mitunter sehr vernünftig. Teilte sich in Arzt und Patient, mühte sich einzureden, daß er irgendwen getötet hatte, nicht sich selbst.

Gestern war ein Anruf von der Polizei gekommen. Ob die Vermißtmeldung aufrechterhalten werde, ob der Junge inzwischen nicht heimgekehrt sei? Marga hatte den ermittelnden Beamten angeheult, er solle etwas tun für sein Gehalt und keine dummen Fragen stellen. Sie hatte nicht ›dumm‹ gesagt, nein, hatte ein anderes, neutraleres Wort gebraucht, um den Beamten, in den sie soviel Hoffnung setzte, bloß nicht zu erzürnen.

Nichts geschieht, doch das mit Nachdruck.
Schädelbunker. Die Sehnsucht ist eine Nomadin, schlägt ihr Zelt im Morgen auf.
»Was schreibst du da immer?«
Anna stand vor ihm. Er steckte den Bierfilz in die Tasche.
»Nichts.«
Ihre Finger gleiten an der Luft wie an Hüllen entlang, die zu durchstoßen möglich sein müßte, mit Glück oder Zufall, dahinter anderes zu fassen als Bekanntes, gratis greifbar Tägliches.
Ihre Augen, vorn auf den Fingern hockend, Reiter in kaum bewußter Gier, galoppieren an gegen den Raum, die Finger scheuen, verwerfen die Flucht, heben den Stift für eine Bestellung.
»Willst noch eins?« Sie deutete auf den leeren Krug, dessen Beschriftung ihm längst peinlich war.
»Ich weiß nicht. Soll ich?«
»Wenn du nicht mal das weißt...«
»Ja, bring mir noch eins. Egal. Ich wünschte...«

»Was denn?« Hastige Frage, ausgeatmet, tief. Johanser hatte keine Ahnung, wie er den Satz beenden sollte. Die Wörter hatten sich irgendwoher eingeschlichen; zu viele Fortsetzungen boten sich an, alle riskant.

»Laß gut sein.« Er gab ihr für zwei Biere zwanzig Mark, verzichtete aufs Wechselgeld und erhob sich. Anna dankte für die generöse Geste nicht anders, als sie auf einen Zehner hin gedankt hätte. Sie gab sich von seiner Wunschlosigkeit enttäuscht, hakte aber nicht nach.

Tote Bilder liegen auf dem Tisch, unfachmännisch seziert.

In der Nacht brannten drei flußnahe Lauben. Das Feuer zog viele Schaulustige an. Konrad stand auf dem Balkon, überlegte, die Eltern zu wecken, damit sie teilhätten am Flammengenuß. *Die Hitze kreißt, wölbt die Erdkruste auf, drüber wehn klangvoll, um und um, Winde, von Göttern gesät. Es zittert alles, zittert lange noch nach. Hinausgeschleuderte Liebe. Kesselt Versprengtes zusammen. Frei wie Adler am Himmel voll Feuer.*

Hey, geil, würde Beni sagen, danke, Cousin, echt hip, kommt gut, kann man sich einigen drauf, Feuer ist cool. Wären noch Häuser genug da für Zugaben, was meinste?

Im Tageslicht gleißten die Reste schwarzdiamanten, bekamen einen schönen Sinn. Menschen waren nicht zu Schaden gekommen, nur ein Kater wurde vermißt, den sein Besitzer in einen Holzschuppen gesperrt hatte.

Johanser ging oft am Fluß spazieren, das Radio unterm Arm, manchmal bis tief in die Finsternis.

Froschlärm. Brünftige Liedchen an den Mondfrosch. Zikadencontinuo.

Musik ist Hintergrundgeräusch. Fließt vorbei. Ich kann sie nicht trinken noch mich waschen damit. Bin kein Gefäß, bin ein Stein. Er rauchte einen von Rudis Zigarillos, mochte den Tabak mehr und mehr. Man hat immer Glut bei sich.

Flüchtige Schemen huschen über die Gasse, schmiegen sich den Mauern an und beten zur Nacht. Kehren zurück, wo immer sie gewesen sind. Die Nacht vergönnt ihnen Aufenthalt, gewährt ihnen Atemzüge, überall lungern sie herum. Das Land ist voll von ihnen, sie gleiten ineinander. Dicke Klumpen, bevor der Morgen sie fortspült.

Somnambelle, mondlangsam, schritt über den Dorfplatz, ohne den Blick zu ihm zu wenden, verschwand in einer der Gassen. Johanser erkannte sie deutlich, wollte ihr etwas nachrufen, wurde von dem Gefühl gehemmt, er besitze kein Recht dazu. Sei nicht mit ihr gegangen, als es Zeit gewesen war, habe ihrer für immer entsagt. Er sperrte die Augen weit auf, wollte dem Gespenst hinterherrennen, aber da war nichts mehr, nur eine leere Straße, bläuliche Schatten, nichts.

Am Ende des Universums werden alle da sein, nur ich nicht. Ich bin der Anfang aller Gedanken, bin die Erinnerung selbst.

Frei wie Adler am Himmel voll Feuer.

Um den Kater tat es ihm leid.

20

Gott Winhart war mit Annas knabenhaften Brüsten unzufrieden. Daß sie immer seltener Lust auf Sex bekam und dann auch noch wortreich verführt werden wollte, nagte an seinem Selbstbewußtsein. Manchmal hatte sie sehr leidenschaftlich sein können, war auf ihm geritten, hatte ihren Körper sagenhaft bewegt. In letzter Zeit lag Anna passiv wie eine Ohnmächtige im Bett, stöhnte vor Schmerz, wenn er in sie eindrang.

»*Verdammt, warum sagst nix, wennst nicht soweit bist?*«
»*Hab doch gestöhnt.*«

Wurde Anna zynisch, bekam Gott Winhart oft Lust, sie zu schlagen.

»*Mußt eben mehr trinken! Bist eng da unten, brauchst viel Flüssigkeit, damit das flutscht. Mach ich's vielleicht zu schnell? Ich hab noch keine Frau soviel geleckt wie dich.*«
»*Danke.*«

Gott Winhart schnaubte und holte sich einen runter, befahl Anna, sie solle über seinem Gesicht knien, das sei doch nicht zuviel verlangt?

Anna tat ihm den Gefallen, zupfte ihre Schamlippen auseinander, damit er schneller käme.

Oft hatte sie daran gedacht, den Doktor unter sich zu haben, ebenso masturbierend und doch ganz anders. Liebender ehrfürchtiger.

Nach dem ersten Kind, glaubte Winhart, würde es leichter

gehen. Ein Kind ist eine vollendete Tatsache. Anna behauptete ja, seinem Wunsch entsprochen und die Pille abgesetzt zu haben. Vermutlich log sie.

(Fragment)

21

Am 29. Juni, morgens um elf, rief Polizeiobermeister Kerz, der ›ermittelnde Beamte‹, erneut bei Marga an. Nein, wehrte er vorgreifend ab, vom verschollenen Sohn gebe es nichts Neues. Ob ein Doktor Johanser bei ihr wohne? Sie bestätigte das und wurde gebeten, jenem Herrn, der noch schlief, auszurichten, er möchte sich im Laufe des Tages auf der Wache zu einer Befragung einfinden. Den Grund hierfür behielt Kerz, ungeachtet Margas heftigen Insistierens, für sich.

»Aber er ist sehr höflich gewesen!« Sie wurde nicht müde, es zu erwähnen.

Daß sie nicht ahnen sollte, wie nahe, keine zwei Kilometer vom Haus, Benedikt war. Lag. *Sich aufhielt.* Der Topos mütterlicher Hellsicht muß Phantasien frustrierter Sohnemänner entsprungen sein. Konrad verrührte minutenlang den Zucker im Kaffee. Das Klimpern des Löffels, glaubte er, könne von seiner Nervosität ablenken. Rudolf starrte ihn unentwegt an, ausdruckslos. Er schien um Jahre gealtert; seine Bewegungen waren langsam und weich geworden, wie die einer Schildkröte. Wer ihn so zum ersten Mal gesehen hätte, würde ihn für senil, bestenfalls verträumt gehalten haben.

Küche, mit jedem Morgen enger um mich. Weißgestrichene Katakombe, deren Fenster ein Versehen, deren Licht ein verirrter Vogel aus Angst ist. Flattert umher. Will hinaus.

»Es *muß* was mit Beni zu tun haben! Man will es mir nur nicht sagen und schickt dich vor!«

»Ich geh ja schon.« Niemand hielt Konrad zurück. Ohne von der kompottbestrichenen Semmel abgebissen zu haben, machte er sich auf den Weg, taumelnd.

Wolkenloses großes Auge.

Man müßte wenigstens den Rucksack tiefer legen, bevor ihn die natürliche Bewegung des Bodens an die Oberfläche zerrt. Doch das kann Jahre und Jahrzehnte dauern, und deshalb wirst du vom Rucksack die Finger lassen, um ihn herum lauern Zufälle, gar nicht dumm, sie warten auf dich, haben sich in dreißig Zentimetern Tiefe eingenistet, geduldig. Die andere Seite des Flusses. Wie oft hast du jene Strecke mit den Augen abgemessen? Hast hingestarrt und verstohlen geschnuppert. Über die Schulter gesehen, ob jemand deinem Blick folgt. Du selbst bist es, der drüben liegt und fault.

Die Polizei kann nicht wirklich was wissen, weiß aber etwas, irgendwoher, weiß meinen Namen, stellt ihn als Drohung in den Raum. Niemand kann was wissen, und alle wissen alles. Das Zusammenspiel zwischen den Menschen besteht aus fein nuanciertem Vergessen, das aufbricht und blutet, wo es zum Stau kommt. Ein Anhaltspunkt wird gegriffen und gestreckt. Die denken, wenn man jemanden höflich bittet, kommt er von allein. Die haben recht. Man kommt. Man könnte in den nächsten Zug steigen, irgendwohin. Um nie zu wissen, was geschehen wäre. Man flieht nicht. Folgt der Einladung zur Streckbank.

Hoch über dem Erdkreis greifen Räderwerke ineinander. Jeder Schritt wird vom Klicken eines Radzahns begleitet.

Denunziationen waren in der Gegend preiswert-beliebte Freizeitfüllsel. Kerz versprach sich von der Sache nichts, wertete sie als Kuriosität. Ein anonymer Anrufer hatte, mit hörbar verstellter Stimme, Johanser der Brandstiftung verdächtigt, einen Doktor Konrad Johanser, »der logiert bei 'ner Familie

Henlein, oben im Schubertweg. Treibt sich dauernd am Fluß rum. Sehn Sie sich den mal an, mit dem stimmt was nicht!« »Nennen Sie Ihren Namen bitte!« »Unwichtig.«

Kerz hatte, gleichzeitig mit dem Denunzianten, aufgelegt, nicht ohne sich nebenher Notizen, und, beinah synchron, Gedanken zu machen. Henlein, Schubertweg – das waren die mit der Vermißtmeldung. Kerz holte den Aktenordner hervor. Darin war von einem Konrad *Henlein* die Rede, das kam ihm seltsam vor. Noch seltsamer war, daß Minuten nach jenem anonymen Anruf eine anonyme Anruferin behauptete, der Vorwurf von eben, den sie heimlich mit angehört habe, sei üblen Motiven entsprungen, dürfe bitte nicht ernstgenommen werden. Die hastige, junge Stimme überschlug sich fast, und die Verbindung brach ab, bevor Kerz noch irgendeine Frage stellen konnte.

Er hatte manches erlebt. Das nicht. Was die Sache völlig absurd machte: Es gab überhaupt keinen Anlaß, an eine Straftat zu glauben. Die Spurensicherung hatte nichts gefunden, und das mit äußerster Sorgfalt.

Mehr aus Zeitvertreib gab Kerz in seinen Computer zuerst den Namen *Henlein, Konrad,* als nichts kam, den Namen *Johanser* ein. Was daraufhin über den Bildschirm flimmerte, verblüffte ihn noch mehr.

Kurz vor zwölf trat der Geladene ins Büro und stellte sich korrekt vor, was den Beamten ein wenig enttäuschte. Kerz griff wieder nach dem Ordner, kramte eine Weile schweigend darin herum.

»Mir scheint, Sie haben bei der Vermißtmeldung neulich einen anderen Namen angegeben. Konrad *Henlein*. Nehmen Sie dazu Stellung!«

Johanser mühte sich ein unschuldiges Gesicht ab. Das müsse mißverstanden worden sein. Er sei der Neffe von Frau Henlein, ja, aber er heiße Johanser und habe wissentlich nie etwas anderes behauptet.

Kerz fixierte ihn mißtrauisch, forderte dann seinen Personalausweis und musterte den, mit der Akribie eines Pfandleihers. »Jetzt muß ich das Protokoll ändern. Hab ich nicht gern. Sie sind bei Ihrer Tante zu Besuch?«

Johanser bejahte.

»Wie lange schon?«

»Zwei Monate.« Er wollte erst lügen, eine geringere Zeitspanne nennen, aber das Risiko einer neuen, auch noch so kleinen Lüge schien nicht lohnenswert genug.

»Zwei Monate!« wiederholte Kerz, mit jungenhaft blasiertem Gesicht, das formlos ins Butterblond seiner Kassenfrisur überging. »Was arbeiten Sie denn?«

»Ich bin, ich war ... in der literarischen Forschung tätig. Im Moment bin ich ohne Anstellung ...«

»Arbeitslos«, murmelte Kerz, während er sich auf einen Schmierzettel Stichpunkte notierte.

»Ich mache Urlaub! Regeneration sozusagen. Ist das ein Verhör?«

»Ein Verhör? Nein, wir bringen dieses Protokoll in Ordnung. Wieso?«

»Müßten Sie mir nicht endlich sagen, weshalb ...«

Ob er oft am Fluß spazierengehe? Ja, das sei der Fall. Auch vor zwei Tagen, abends? Frühabends, ja.

Kerz legte das ausgebesserte Protokoll in den Ordner zurück und besah sich, während er redete, noch einmal Johansers Paß. Der Ventilator an der Decke war auf eine so hohe Stufe eingestellt, daß der kühle Luftstrom unangenehm war. Johanser legte eine Hand auf den Kopf.

»Wir haben eine Anzeige vorliegen, die Sie in Zusammenhang mit den Bränden bringt.«

Kerz beobachtete den hageren, schwarzgekleideten Menschen genau. Nicht, um eine Reaktion abzuwarten. Mehr, um ihn in Angst zu versetzen. Er liebte das. Johanser zuckte nicht zusammen, setzte auch keine empörte Miene auf, öffnete nur den Mund und legte die Stirn in Falten.

»Was für einen Zusammenhang? Wer behauptet so was?«

»Es ist eine anonyme Anzeige. Beruhigen Sie sich. So was bearbeiten wir nicht.«

»Ich *bin* ruhig. Aber wenn die Anzeige anonym ist, wieso bin ich dann hier?«

Kerz krempelte die Ärmel seines türkisgrünen Hemdes über die Ellenbogen.

»Ich dachte, es könne nicht schaden. Vielleicht haben Sie ja Ihrerseits einen Hinweis? Haben was gesehen oder gehört? Wenn Sie so oft am Fluß sind ...«

»Nein ... Ich hab die Feuer gesehn ... Nachts um drei, vom Balkon unsres Hauses aus. Weit weg.«

»Wovon sind Sie wach geworden?«

»Was?«

»Gehen Sie öfter nachts auf den Balkon, um zu schauen, ob draußen was los ist?«

Brustkorbverengung, er spürte seine Rippen, sie drückten gegen die Lungen, im Magen ein leises Pochen, wie eine besorgte Mutter nachts an die Tür des stöhnenden Kindes klopft und fragt, ob alles in Ordnung ist.

»Nein, ich ... kann ich den Paß zurückhaben?«

»Gleich.« Kerz sank in seinen Drehstuhl zurück und spielte mit Johansers Ausweis.

So geht es zu Ende? Wegen Fliegendreck? Es hat mich bestimmt niemand beobachtet. Der Zentaur! Hat ins Blinde gezielt und ... nein, nein, das kann nicht sein ... Das wäre ungerecht. Schwachsinnig!

»Fühlen Sie sich nicht wohl?«

»Warum?«

Im Rachen, weit unten, antwortet eine verstimmte Glocke, ihre Schwingungen wandern zur Schädeldecke empor, die Poren versteifen, Haare stellen sich auf, und das Pochen im Bauch wird stärker, die Mutter bumpert gegen die Tür, Magenwände vibrieren. Schweiß rinnt im Nacken, perlt auf der Stirn, die Nasenflügel beginnen zu beben.

»Brennt Ihnen was auf der Seele?« Kerz konnte sich die Frage nicht verkneifen.

Johanser schnaufte tief durch.

»Nein! Hören Sie, es ist ein schöner Tag, und ich komme mir hier ziemlich unnütz vor, habe wirklich keine Ahnung, wie ich Ihnen helfen könnte...«

Die näheren Umstände, die zur Befragung geführt hatten, insbesondere jenen ominösen Zweitanruf erwähnte Kerz nicht, hatte keine Lust, seinem Gegenüber mitzuteilen, daß jemand ihm gewogen sein mußte.

»Der Junge, wie heißt er? Benedikt.«

»Ja?«

»Sie haben keine Vermutung, wo er sich aufhält?«

»Ich hab Ihnen doch seinen Brief vorbeigebracht!«

»Ah ja, richtig. Richtig...« Kerz, fleischgewordene Allegorie schwiegermütterlichen Wunschdenkens. Ein Paket in Figur gepreßter Beschränktheit, es wirkte so sinnlos gesund. Mechanisch. Abgerichtet.

»Ich meinte eher, ob Sie vielleicht auf andere Weise mit ihm in Kontakt getreten sind, quasi *exklusiv*.«

»Wie bitte?«

»Könnte doch sein... Ausreißer fühlen sich oft ziemlich verloren da draußen. Wenn er Sie, mal angenommen, anrufen würde mit der Bitte, es seinen Eltern nicht weiterzusagen. Wie würden Sie sich verhalten?«

»Wir hatten kein sehr intimes Verhältnis. Kannten uns kaum. Das ist Spekulation.«

»Mag sein...« Kerz kaute unschlüssig auf der Oberlippe. »Ich habe Ihren Namen in den Computer eingegeben. Dabei hat sich was Erstaunliches rausgestellt.«

So geht es zu Ende. Ich muß laufen. Laufen! Wohin soll man laufen mit den paar Minuten Vorsprung? Es wäre nutzlos. Ich werde nicht mal Gelegenheit haben, den Pferdemenschen von der Welt zu tilgen. Was fang ich an mit diesen Minuten, den Sekunden? Nichts ist zu tun. Erbärmlich. Anna wird nicht mehr zu sehen sein. Ich wünschte, sie wäre bei mir, und alle Menschen tot.

»Sie sind selbst vermißt gemeldet. Ist das nicht kurios?«
»Was sollen die Spielchen?«
»Spielchen? Sie sind vermißt gemeldet seit dem 15. Mai. Vermißt gemeldet von Kathrin Johanser, Ihrer Gattin. Wußten Sie das nicht?«

Johanser, maßlos erbost über den Katz-&-Maus-Sadismus des Beamten, schüttelte den Kopf, sank zusammen, glaubte, im nächsten Moment vom Stuhl zu rutschen. Er preßte die Hand in den Schritt, wie er es zuletzt als Kind getan hatte, wenn er pissen mußte, aber partout das Ende der Schulstunde abwarten wollte. Wenn er durch die Hose hindurch die Eichel abgequetscht hatte, bis der Druck nachließ. Oder auch nicht. Peinlichste Augenblicke kehrten wieder. Und wieder. Wieder riß er das gereimte Liebespoem vom schwarzen Brett, zerfetzte es – ich hab das Mädchen nie mehr eines Blickes gewürdigt. Wir beide, gebrandmarkt. Wenn sie in der großen Pause an mir vorbeiging, hab ich mich an die Wand gedrückt oder, wenn ›Freunde‹ um mich waren, ihr fiese Sprüche nachgeflüstert, jeden Verdacht von mir zu wenden. Ich weiß wieder, sie hieß Gudrun. Nur du. Summe ziehen, Schlußvorhang. Dieser Scheißventilator! Bläst mir Eis ins Gehirn. Es ist kalt. Ich will wach sein.

»Sie sind ein erwachsener Mensch. Wenn Sie Knatsch mit Ihrer Frau haben, geht mich das nur peripher was an. Wollen Sie sich nicht bei ihr melden? Damit sie den Kollegen sagen kann, daß die Sache erledigt ist?«

»Gut«, flüsterte Johanser, war daran, es laut zu schreien. GUTGUTGUT!

Kerz reichte ihm den Paß. Johanser griff nicht danach, begriff nicht, was das sollte.

»Und?« flüsterte er.
»Was und?«

»Und jetzt? Sie haben mich doch eingegeben, nicht?«
»Und?«
»Und? Und? Das frag ich Sie!«
»Ist Ihnen nicht gut? Wollen Sie 'n Glas Wasser?«
»Kann ich gehen, ja?« Johanser richtete sich langsam auf, blinzelte ungläubig/zornig, leicht zu verwechseln – fiel in einen halbherzig vorwurfsvollen Ton, der sich selbst noch nicht geheuer war.
»Sind *das* Ihre Methoden?«
»Na, kommen Sie!« Kerz wurde herrenmenschlich, schwenkte seine herabbaumelnde Hand gegen den Ausgang.
»Bin ich ein unbescholtener Mann, ja?«
»Nun führen Sie sich nicht so auf! Gehn Sie heim!«
Johanser raffte den Paß an sich und stürmte aus der Wache. Irritiert floh er den Himmel, kauerte sich in den Schatten einer Linde, suchte benommen die Logik hinter alledem.
Zwischen den Zähnen. Wieder ausgespien. Er spürte kein Gefühl der Befreiung, nur den Verdacht, verhöhnt, zum Besten gehalten zu werden, einem Netz aus Verschwörern als Marionette zu dienen. Aus der Rachenhöhle herausgekotzt auf die Straße. Wie konnte es sein, daß er immer noch umherlief? Daß man ihm Bewegungsfreiheit gewährte, wo doch alle alles wissen mußten. Wo er ihnen, selbst wenn sie nicht alles wußten, entgegengekommen war.
Auf der anderen Straßenseite stand eine Telefonzelle. Marga hoffte auf Nachricht. Konrad wählte die Nummer, keuchte, Verwirrung mit Enerviertheit kaschierend, daß es von Beni tatsächlich nichts Neues gebe, daß die Befragung, er entschloß sich mangels Alternativen zur Wahrheit, um eine anonyme Denunziation gegangen sei, gab, gepreßt kichernd, den Verdacht, in den er gefallen war, wieder, um das Gespräch mit der Bemerkung abzuwürgen, er käme nicht zum Abendessen, hätte zu tun, beruflich. Legte auf. Tippte, vor Erregung bebend, Kathrins Nummer ins Tableau, wunderte

sich wie ein Kind, daß irgendwelche Zahlenkolonnen erlaubten, mit jedem Teil der Welt in Verbindung zu treten. Und als Kathrin sich gleich beim ersten Versuch meldete, wurde ihm deutlich, daß die Zeit, die ihn umgab, niemals die seine sein würde.

»Konrad! Wie geht's dir denn? Wo bist du?«
»Sucht man mich?«
»Wie meinst du das? Natürlich such ich dich!«
»Bist du die einzige?«
»Hör zu! Es ist alles in Ordnung! Zumrath hat die Anzeige zurückgezogen. Kam neulich wieder an, tat ganz zahm, hat sich entschuldigt.«
»*Entschuldigt?*«
»Na ja. Er hat's mir so erklärt, daß dieses neue Verfahren nicht ganz stichhaltig ist, sich nicht zuverlässig gezeigt hat, irgend so was. Es gab dann eine große Sitzung, und man hat entschieden, die Neueditionen doch wie geplant herauszugeben. Was Zumrath von dir will, ist eine eidesstattliche Versicherung... Er bietet dir sogar eine Entschädigung. Du müßtest dich halt verpflichten, in der Öffentlichkeit übers Institut nichts Negatives zu verbreiten. Kommst du zurück?«

Langsam, wie man eine Schachfigur anhebt, mit drei Fingern, legte Johanser den Hörer auf die Gabel. Sein Gesicht war von Ekel verzerrt, Gelächter brach aus dem bebenden Körper. Er wankte aus der Zelle und blieb, in einem Grasstreifen voll Löwenzahn, bewegungslos liegen. Sah in das große Auge, vergewisserte sich, daß nicht alles ein Traum war. Der erste Gedanke galt Anna, er sah sich vor sie hintreten, wieder *geschäftsfähig*, hörte sich sagen, daß es jetzt anders sei, daß sie mit ihm gehen könne, in eine überdachte Zukunft, an einen fernen Ort namens Anfang, und sich niemand am Pferdemenschen die Finger schmutzig machen müsse. Wir können gehen, wohin du willst. Raus aus diesem Dreckskaff, und alles wird neu sein, wir lassen hier nichts zurück.

Die Vorstellung machte Johanser fröhlich, er rupfte Gras aus und ließ es über sein Gesicht fallen, kümmerte sich nicht um Passanten, die stehenblieben und ihn schräg musterten, unschlüssig, ob sie ihm Hilfe anbieten oder ihn unter die Trunkenbolde zählen sollten. Dann verfinsterte sich sein Antlitz wieder, er atmete schwer, mit weit offenem Mund, drehte sich zur Seite und fühlte, wie sein Körper mit der Erde verschmolz, von ihr eingesogen wurde. Entschlossen, sich zu wehren, sprang Johanser auf. *Die Seele, der im Leben ihr göttlich Recht nicht ward, sie ruht auch drunten im Orkus* nicht. Würde Benedikt sagen.

Es ist alles Lüge. Zumrath weiß es. Er fürchtet mich. Ich hätte ihn jetzt in der Hand.

Der Gedankenstrom versiegte, eine große Leere senkte sich vom Himmel. Plötzlich war alles noch viel sinnloser und lächerlicher als vor dem Anruf, selbst Anna war nur mehr eine aufgeputzte Lüge inmitten anderer Lügen, ließ sich, aus Karrieregründen, von einem Pferdepenis pfählen, und ihre Seele, die hat sie Somnambelle gestohlen, will überhaupt nichts wissen von mir, jetzt kann ich es ja eingestehn, mißbraucht mich manchmal zur Lockerung ihres Alltags, als amüsanten Schmachtfetzen, zur Aufrüstung der Eitelkeit.

Die Aussicht, mit ihr in Niederenslingen zu leben, schien ganz und gar abwegig, gerade jetzt, wo er mit reinstallierten Ehrenrechten hätte vor sie treten, alles auf eine Frage setzen können – kommst du mit mir? Er wußte nicht, was es war, das ihm diese Frage verbot. Sie hat nur als letzte Rettung getaugt, von Lügen umflort. Eine Möse ist sie, was Nasses, Glutfarbenes zwischen gespreizten Beinen. Ihr Schamhaar, dicht und schmal, muß auf der Zunge brennen, ein Flammenpelz.

Wenn du ehrlich bist, würde Beni einwenden, klingst du noch verlogener als sonst.

Was willst du, Bub? Ich hätt es auch bequem haben können.

Nenn mich nicht Bub!

Johanser war, mit gedrosseltem Bewußtsein, bei den Serpentinen angelangt und bog nach links ab, in Richtung des Plateaus.

> *Wer zwang mich denn, ein Mensch zu sein,*
> *Dies Mittelding von Teufel und von Affen,*
> *zu seiner eignen Qual allein ...*

Verse, von irgendwoher, aus der Vorratskammer des Rutaretil, bruchstückhaft, Verse eines zweitklassigen Autors, Karl Wilhelm Salice-Contessa. Das Gedicht, vier- und fünfhebiges Rencontre, trug den Titel »Der Selbstmord«. Johanser hatte es irgendwann einmal gelesen, zu verbessern versucht, vergessen; nun kamen Zeilen wieder, die einzig für jenen Augenblick geschrieben schienen.

> *Nein, rasch hinaus den letzten Schritt!*
> *Hinweg von dieser blutgedüngten Erde,*
> *wo jeder Fuß auf Bruderasche tritt!*

Mysteriös, daß er diese Verse in seinem Gedächtnis gespeichert hatte. Daß sie sich ausgerechnet jetzt in Erinnerung riefen, als würden sie auf ihren Einsatz zur rechten Zeit, am verfluchten Platz, gewartet haben, jahrhundertelang.

Na und, würde Benedikt sagen, Kommentare gibt's für alles, und übrigens, weil du vorhin behauptet hast, du selbst würdest da unten verbuddelt liegen, sorry, aber ich seh das irgendwie anders. Du bist echt 'n total kaputter Typ, daß du dich noch zum Opfer stilisierst! Und ich würde antworten, was würd ich denn sagen? Töten ist eine bequemliche Subform des Selbstmords. Ab einem gewissen Moment der Schande reduziert sich das Weiter darauf, eine Form des Suizids zu finden, die nicht allzu arg weh tut, was meinst du?

Kann sein, ist echt eng hier unten, ich wär gern ein bißchen abgehoben, so wie du, an der Frischluft.

Zeitlupen. Wie die Sonne unsicher tastet, Häuser und Straßen berührt, wie ein Pennäler die Hand der ersten Lüge. Fenster sind Zeitlupen.

»Und?« würde Beni fragen. »Was wolltest du mir hier zeigen? Was hast du darin gesehen?«

»Alles, was besser als Nichts war.«

Dort kommen die Toten. Ihnen voran schreitet rasche Verwesung, dahinter humpeln Schuld und Vergessen, zuletzt, schellenschlagendes Einerlei, das Potpürree der Geschichte.

Lange saß er still auf dem Baumstumpf und betrachtete das Land, warf seinen Blick gleich einer Angel aus und zerrte, was er sah, zu sich herauf. Begutachtete es verständnislos und schmiß es fort, in den Abgrund zurück.

Dann, Anna, wenn es soweit ist, werden wir Hochzeit feiern. Wenn ich groß bin.

Vom Strahlenkranz Hunderter Sommer umgoldet wird jener Tag sein, wird hinfallen vor deiner Tür. Meine Liebe, zum Teppich geflochten, betet, betreten zu werden, fortzufliegen mit dir, verspielte Lippen schmecken zum Geschenk, von allem abgewaschen, nackt. In die Schönheit hinaus. Wirst mich deinen Spielmann nennen, wirst meine Spielfrau sein. Und fragst du, warum ich früher nicht kam, weshalb so lang zu warten war, leg ich mich offen vor dich hin, so gut es noch geht, werde neu sein, erlöst, ganz so, als wär ich nie gewesen. Liebste, wenn ich groß bin. Wachse dir zu. Zärtlichste Musik ist für den Tag bestellt, die Luft zum Fest wird weichgeatmet sein vom Warten. Am Felsen, in Ketten geschmiedet, hängt der Zentaur und muß zusehn. Nach deinem Haar werd ich greifen, der Sonne es zeigen, damit sie darin wühlen kann.

Erinnerst dich noch, würde Marga beim Festmahl seufzend fragen, an deinen Cousin? Schad, daß er nicht hier ist.

»Wir haben noch zu gehn.«
»Dann gehn wir.«
»Auch dorthin?«
»Auch dorthin.«

22

Kein Weg führt hinauf. Nie mehr. Das Entsetzen sprengt selbst die Bildkraft des Traums.

Dies ist das Ende der ersten Zone. Der Träumende erwacht nicht. In flüssigem Gras, zu Füßen der Hügel. Plumpes Dunkel sträubt sich fest unter den Sohlen, zerströmt nach Betreten, täuscht Halme vor. Drüber glimmen Lichtpunkte einer Himmelsfälschung. Es ist kalt. Ich will wach sein.

Über die Hügel gelangt man zur Stadt, nähert sich ihren Mauern, durchschreitet sie, auf irgendeine Weise, ohne Bewußtsein, ein Tor, eine Brücke oder sonst einen Zugang benutzt zu haben. Dies ist die zweite Zone. Himmel dunkelgrau bis schwarz. Von einem Moment auf den anderen ist man in der Stadt angekommen, die Mauern fallen gar nicht mehr auf, man bewegt sich, ob man will oder nicht, gleich von ihnen fort. Sind die Mauern erst aus dem Sichtkreis entschwunden, kehren sie nicht wieder, egal wie lange man stur in eine Richtung geht. Der Boden bleibt flüssig und hält doch dem Schritt stand, gibt nicht nach; dennoch bleibt jeder Schritt ein Wagnis. Man hat den Eindruck, in etwas Idealisiertem zu sein, um alles Unwesentliche reduziert. Störend fällt das Fehlen jeglichen Fensterglases auf. Es ist gerade so hell, daß man sicheren Schrittes gehen kann, zu dunkel aber, um in den Häusern etwas zu erkennen, wiewohl darin eine Art von Beleuchtnis sein muß, von phosphorner Kühle und schwach grauem Widerschein. Schatten schreiten langsam über die Straßen, benut-

zen, ganz wie wirkliche Passanten, bevorzugt die Gehsteige, zerschmelzen an der Wand, läuft man auf sie zu. Man kann ihnen auch nichts nachrufen, weil die Stimme vom Schweigen, das herrscht, verschluckt wird. Alles bleibt lautlos, bis auf ferne, nicht zu ortende Kantilenen, die weder von Menschen noch von Tieren stammen können, die metallen klingen, von Filtern gedämpft. Weit außerhalb der Mauern scheinen sie erzeugt und sind doch von jedem Platz gleich gut zu vernehmen, nicht eigentlich mit dem Ohr zu hören, sondern mit dem ganzen Körper, der sich unter den Schwingungen verkrampft und lauscht, der oft unbewußt stillsteht und innerhalb des Traumes neue Träume beginnt.

Die Stadt, die von außen so klein gewirkt hat, dehnt sich ins Unendliche. Der in ihr wandelt, ist ihr Gefangener, ohne daß etwas ihn an einer Himmelsrichtung hindern würde. Es scheint, der einzige Ausweg besteht im Erwachen, dies aber ist dem Träumer nicht bewußt; es gibt nur eine, diese Welt.

Fenster ohne Glas und Vorhänge. In den Häusern muß jemand wohnen, das fühlt man, doch zeigt sich kein Beweis. In die Häuser einzudringen, verbietet starke Furcht. Jeden Platz zieren Säulen, schimmern leicht, Basen und Kapitelle bestehen aus eng verflochtenen Schatten; so sieht es aus, als schwebe der Stein. Hier und dort gibt es am Boden ein Nebelgeflecht, das pflanzenähnlich wirkt.

Kein Haus besitzt mehr als zwei Stockwerke, alle gleichen Kastenbauten. Es gibt Kirchen, doch sind sie nicht höher gebaut als andere Häuser, was, weil sie auf Türme bestehen, einen spielzeughaften Eindruck macht. Dachschindeln sehen nicht glatt aus, sondern schrundig und rauh wie Schildkrötenpanzer. Es gibt auch ›Grün‹flächen, wiewohl sie nicht grün sind, sondern plastilingrau wie alles andere. Die Struktur feiner Grashalme ist vorgetäuscht. Wenigstens tritt das Phänomen auf, daß die Halme, je näher man kommt, gröber werden, zusammenfließen, verschwimmen, als seien die Gesetze der Optik ins Gegenteil verkehrt.

Die Stadt ist zweifellos aus Stein gebaut, doch sind die Mauern von zweifelhafter Konsistenz, fühlen sich flüssig an, wenn man sie berührt. Vielmehr glaube ich, sie würden sich flüssig anfühlen, glaube, man könnte durch sie hindurchgehen, würde man es nur versuchen. Aber ich will das Mauerwerk nicht berühren, es scheint quallenartig, ein Ätzgift. Ohne daß man zusehen könnte, ist alles in ständigem Wechsel und Auflösung begriffen. Setzt sich neu zusammen, ohne daß das Ergebnis viel anders aussähe. Manchmal tauchen Treppen auf, ins Nichts. Sie enden einfach, die oberste Stufe auf Höhe der Dächer, wie ein Sprungbrett. Mit der Zeit, man braucht nur einen Augenblick nicht hinzusehen, verschwinden sie wieder. Durch die Totenstadt fließt ein Bach, dessen Wasser grauer Brei scheint, in sehr zähem, fast unmerklichem Fluß begriffen. Ich habe auch mehrere kunstvolle Brücken gesehen, aus Stein, mit hölzernen Überdachungen, schön und völlig sinnlos.

Als Johanser dies kurz nach dem Erwachen aufschrieb, hatte er bereits das Gefühl zu erfinden, auszuschmücken, in Worte zu fassen, was für eine Beschreibung in Worten nicht geeignet war. Der Traum entglitt ihm, und er wußte plötzlich nicht mehr, ob da wirklich Schatten gewesen waren, untergründige Gesänge oder akustische Phänomene jeglicher Art, wußte nicht mehr, ob im Falsifikat des Firmaments Lichtpunkte gewesen waren oder gar Wolken.

23

Am nächsten Morgen überrumpelte Konrad seine Verwandten mit der Erklärung, daß er die Untätigkeit vor Ort nicht länger aushalte und beschlossen habe, in der Hauptstadt nach Benedikt zu suchen. Zwar sei es unwahrscheinlich, daß man ihn dort aufstöbere, liege aber im Bereich des Möglichen. Zugleich könne von der Stadt aus Berufliches geregelt werden, das im Laufe der Wochen angefallen sei. Einen Zeitpunkt für seine Rückkehr nannte Konrad nicht. Daß er aber wiederkäme, bald schon, danach klang alles, was er sagte.

Marga kam der Aufbruch überstürzt vor, wie eine Flucht, sie führte ihn auf die polizeiliche Befragung zurück, die den Neffen verstört haben mußte. Sogar noch, als er spätabends heimgekehrt war, hatte er sehr bleich und fahrig gewirkt, dabei aber ständig gelacht, verkrampft, wie jemand, der etwas, das tief in ihm rumort, durch Spott und Sarkasmus überspielen will. Noch im Bett hatte sie ihn, durch den Flur und zwei Türen hindurch, lachen gehört, und ihr war unheimlich geworden, denn jenes Lachen – vermutlich betrank er sich, deshalb – klang bitter und fremd, heiser, wie das maskierte Weinen eines Irren. Sie konnte nicht behaupten, daß seine Abreise ihr das Herz brach. Zuviel hatte sich in letzter Zeit verändert, und obwohl sie dem Neffen immer noch zugetan war, begrüßte sie es, daß er fortging, nicht nur Benedikts wegen.

Rudolf, der die Neuentwicklung zuerst ausdruckslos hinnahm, wurde beim Abschied sehr herzlich, umarmte Konrad und flüsterte ihm beschwörend ins Ohr, daß er Beni finden und ihm sagen solle, hier sei sein Zuhause, jetzt und für immer.

»Ich werde ihn suchen. Es ist mein Geburtstagsgeschenk. Du hast doch heute Geburtstag?«

Die Tante nickte gerührt, brach in Tränen aus. Woher er das nur wußte? Sie hatte den Tag nicht feiern wolllen, hatte nicht die geringste Andeutung gemacht. Schluchzend umschlang sie seinen Hals, ließ erst los, als der Taxifahrer ungeduldig aufs Wagendach trommelte. Der Lederhund wurde im Kofferraum verstaut. Freßpaket. Grüße an Kathrin. Winken.

Beide, Rudolf und Marga, sahen *Johanser* an jenem Tag zum letzten Mal.

4. BUCH

Unterm Teppich
(Fragmente)

In der Entdeckung des Verbrechens wie des Verbrechers liegt ein größerer Teil der Sühne als in deren Bestrafung. Was man weiß, ist durch ebendieses Wissen vom Ungeheuren ins Statistische transportiert, ist ein Monument, das auf Tragik hinweist und durch ebendiesen Hinweis schon Genugtuung erfährt. Alles andere, das Gericht, das Urteil, das Aus-dem-Verkehr-Ziehen des Verbrechers sind rituelle Kinkerlitzchen.
Konrad E. Johanser, Konnotative Partikel zur romantischen Sicht des Verbrechens *(1988)*

1

Ich bin keine Waage noch sonst ein Meßinstrument, auch führe ich zu keinem hin.

Ich besitze keine Sense, keine Schubkarre noch sonst ein Werk- oder Fahrzeug.

Ich trinke am Grab kein Opferblut. Handle nicht, bin nur da.

Bin der Schatten jedes Pulsschlags. Kein Gedanke, zu dem ich nicht Kulisse stand. Im zeitverleugnendsten Gesäusel bin ich noch Baldachin über den Honigwörtern.

2

Beni würde sagen, schau, Mann, schau, die bunte Reklame, viel Rot in der Landscape und ein Kino am nächsten und die Hütchenspieler, niedlich überschaubare Kleinbanden, die Nutten überall, bestimmt auch welche, die Anna heißen oder so aussehen, und bis in den frühen Morgen kann man essen, wozu man Lust hat. Sieh die Junkies vom Bahnhof, würde Beni sagen, mindestens so schrull wie der Moormann, aber vor denen bist immer gewetzt wie nix, hast deine Mark gezückt zur Gewissensbefriedung. Das ist deine Seele: Märker geben, Escape drücken, raus aus'm Programm! Hör doch, würde Beni sagen, die Straßenmusiker, schau, die Porträt- und Gehsteigmaler, die Feuerschlucker, oder man kann der Infoscreen neueste Nachrichten entnehmen. So viele Geschäfte, voller Angebote, und jedes Schaufenster ändert sich von Tag zu Tag, dekoriert sich neu, daß man sich nie dran satt sehen kann. Überall stehen Zeittotschlagsmaschinchen und Geschenkboutiquen voll aberwitziger Dinge, was das überfließende Gehirn sich immer ausdenken kann, ist doch toll und der Wahrheit viel näher als deine Bücher, weil, nichts anderes wird gewollt. Gib's endlich zu, du verstockter Kauz, die Vergangenheit ist 'ne verlorene Sache; hier hast du die breite Palette der Amüsierbetriebserfindungskraft, und selbst die Penner sind spannend, irgendwie, man könnte ihnen in die Fresse treten oder ihnen Geld geben, je nachdem, sie haben ihren Sinn. Es ist ein Paradies, würde Beni sagen, voller

Spiele und Zeitfallen, weit aufgefächertes Angebot, mit jeder Form von Streichelzoo und Cyberspace, mit Café und Absturzkneipe, nah beieinander, und Kultur, sagt Beni listig, viel Kultur, Theater, Konzerthallen, Bibliotheken, Erbauungsgebäude, Zeittotschlaghäuser für den gehobenen Anspruch, für die feinverästelte Lüge, und sogar dein Archiv hat hier Platz, fürs Pegasusrodeo, und wenn du Gleichgesinnte suchst zur Bestätigung, für die Bedürfnisanstalt deines Cliquentriebs, hier inserieren sie alle, rubrikenweise sortiert, rufen zu verschworenen Treffen auf, angegilbte Geheimbündelkrämer.

Wie die Menschen alle gehen, sagt Beni, siehst du nicht? Sie tauchen. Sie tauchen in die Dinge ein, in die Gerätschaften, gehn in ihnen verloren und ziehen Gewinn daraus, betten sich abends zum Schlaf zwischen den Trophäen ausgestopfter Stunden. Und würde man all das auch hassen, wäre man hier erst recht am Platz, hat mit dem Haß genug zu tun, ein Leben lang, hat etwas, dagegen anzurennen, hat zu kämpfen, zu *spielen*. Und, sagt Beni, wenn man das alles Lüge nennt, wo ist das Wahre? Und wenn was wahr ist, wen interessiert es? All das sagt Beni und stellt sich, stramm genießend, in Positur, rechthaberisch wie eine Funkuhr. Konrad weiß nicht, was er ihm entgegenhalten soll, es gibt dem nichts entgegenzuhalten, wenn nicht ein Ziel, einen Gott, somit Vernichtung. Ist das auch ein Spiel? Scheißspiel, schreit Beni und zeigt auf die Schädelberge überall, jede Titelseite ein Golgatha perverser Spiele und Ideen. Was aber ist der Sinn all dessen? Wofür haben Ikonen, Helden, Halbgötter geschwitzt? Beni zuckt mit den Achseln. Ist ihm egal. Es scheint obskur, daß Gott, sich zu erinnern, solch einer Mutation bedarf. Die beiden promenieren an Sammelstellen für Zeitvertreibung entlang, Umschlagplätzen des Entertainmenthandels. Früher, behauptet Beni, hat man langzeitwirkendes Entertainment großspurig mit ›Ewigkeit‹ belohnt; heute sind Ewigkeiten handlich und überschaubar geworden, das ist nur ehrlich. Spaß, Konrad! Dein Kunstgenuß war nie was anderes als Spaß. Da kannst du noch so aufgeplusterte Synonyme für suchen, dankbar sind wir dem, der uns Spaß bringt, und wenn sein Reservoir erschöpft und seine Zeit vorbei ist, weg, weg damit! Und warum nicht? Es gibt den Kulturspaß, gibt den religiösen Spaß, den Nationalspaß, den Spaß mit Legosteinen und den mit der Philosophie. Und den Mordsspaß, den gibt es auch.

Beni duldet keinen Widerspruch, von seiner Hinfälligkeit überzeugt wie ein Toter.

Aber die Liebe? Davon weißt du nichts.

Weißt du's? fragt Beni, und Konrad nimmt ihn bei der Hand, hinter die Kurfürstenstraße, zum Haus, in dem er Somnambelle das Appartement gemietet hat, einst, vor zehntausend Jahren. Das Klingelschild trägt längst einen anderen Namen. Sie betreten das Gebäude, gehen hinab in den Keller, hinunter in den Unterbau, baufällig und schwammbefallen, kahle Gänge hindurch, vorbei an der Heizungsmaschinerie, hinein in den Tankraum, der im Jahr nur einmal betreten wird. Es stinkt entsetzlich, doch ist es kühl, erstaunlich kalt hier drunten, das Metall des Tanks ist kalt. Und hinten, im hintersten Eck, zwischen grauen Rohren sehen sie, an die Wand gelehnt, einen alten, verfilzten Teppich, Konrad fällt nieder und betet, zwingt Benedikt zu schweigen.

3

3. Juli
Liebe Eltern,

sorry, wenn Ihr Euch Sorgen macht, was echt nicht nötig ist, mir geht's gut, kann für mich selber sorgen. Hab auf 'nem Parkplatz gejobbt und im Kino, bringt nicht viel Kohle, aber ich brauch auch nicht viel. Mit offenen Augen rumzulaufen ist eine Freakshow, vierundzwanzig Stunden harte Suppe, ich weiß jetzt, was offene Augen wert sind; was es heißt zu leben. Wo immer man lebt, ist eine große Zeit. In manchen Gegenden hier sind Zimmerchen erschwinglich, Bruchbuden, aber was soll's. Wie geht's Konrad? Lungert er immer noch bei Euch rum? Die Stadt ist irre. Ein Wahnsinn, ein Strudel. Man stolpert auf glattem Eis, und plötzlich bekommt man Lust zu rennen. Dieses Rennen, wenn man den nächsten Schritt angesetzt haben muß, bevor der Boden wegglitscht unter einem, wie ein schneller Tanz, man sollte nicht nach unten sehn. Das ist das Problem: Ich glaube, Ihr versteht nicht, was ich sage, oder ganz falsch.

Ich fühl mich neugeboren, reanimiert, als hätt ich jahrelang im Grab geschmort. Hab viel nachgedacht in den letzten Tagen, deshalb der Brief, tut mir leid, echt wahnsinnig leid, einfach so abgehauen zu sein, worden zu sein, müßt es fast heißen, weil, schwer zu erklären, es war da was, das mich hinaushaben wollte, lange schon, und eines Tages, plötzlich, ohne Planung, zackfack kam das über mich. Wie viele Sorgen Ihr Euch macht, und daß Ihr keine schlimmen Eltern gewesen seid, immer noch seid, ist mir ja bewußt. Das ist aber Euer Problem, nicht meins, ich kann nicht einfach zurückkommen zwecks Eurer heilen Welt, muß erst mal begreifen, wer ich bin und was ich suche, welchen Sinn alles hat. Wir werden uns bestimmt mal wiedersehen, vielleicht krieg ich alles hier schnell über, wer weiß? Um Euch zu beruhigen: Ich geb auf mich acht, nehm keine Drogen und bin viel an der frischen Luft, so eine hier vorüberschwirrt, was selten vorkommt, aber wenn, dann lauf ich hinterher und nehm 'ne Tüte voll mit.

Grüße an Konrad. Er kann, wenn er mag, in mein Gartenhaus ziehen, hab nichts dagegen. Bis irgendwann,

B.

P. S.: Sagt doch den Nachbarn, ich sei auf 'nem Schüleraustausch in Australien oder USA oder so.

Kerz gab an seine Kollegen in der Hauptstadt per Fax die Mitteilung weiter, im Falle des vermißten Benedikt Henlein sollten sie vor allem bewachte Parkplätze und Kinos überprüfen, da die vermißte Person laut eigener Angabe an besagten Orten in ein Lohnverhältnis getreten sei. Mehr zu tun, wies er als unmöglich von sich.

Auf eine neuerliche, schriftliche Anfrage des Direktorats hin, was dem Schüler Henlein, inzwischen seit drei Wochen, fehle, hatte Marga keine Antwort gegeben. Sie hoffte immer noch darauf, daß der Verschollene bald zurückkäme, man sich danach eine schadensbegrenzende Entschuldigung ausdenken könne.

4

(Zwei Bruchstücke)

4/1

Johanser mietete sich nahe beim Schlesischen Tor, wo er schon als Neunzehnjähriger gewohnt hatte, in einer winzigen Pension ein, die gar nicht besonders billig und deren Hauptargument war, Fenster zur Spree hin zu bieten, von denen aus man nachts in die Flußböschung springen konnte, ins Delirium.

Tagsüber ein ruhiger Gast, setzte er sich oft an die Straße, auf eine bunt besprühte Bank, mit einem kleinen schwarzen Buch, in das er Zahlen, Namen und Strophen schrieb. Dazu summte er leise und war gleichzeitig noch an vielen anderen Orten, überall inkognito. Am späteren Nachmittag blätterte er in »Zitty« oder dem »Tip« – Stadtmagazinen, die zeigten, wie die Zeit beschaffen und wo in ihr Bewegung sei. Dann brach Johanser auf und prüfte das Angebot, ging ins Kino, was ihm, wider Erwarten, manchmal gut gefiel, setzte sich in trendkonforme Cafés und beobachtete Menschen, vor allem Mädchen, vor allem hübsche, hörte ihren Unterhaltungen zu, bestaunte deren Lebendigkeit, selbst wo es um so gut wie nichts ging. Er begriff, daß die Fähigkeit, über nichts witzig zu parlieren, gefragter war als jede Zumutung eines Inhalts. Um unverdächtiger zu lauschen, probierte er sogar einige Videospielgeräte aus. Beim ersten Versuch, gar nicht übel, fielen ihm siebenunddreißig Raumschiffe zum Opfer.

Mit Hilfe des Veranstaltungskalenders entwarf er jeden

Abend ein Programm, das Beni unterhalten würde, zeigte dem Cousin die Stadt, in der er selbst ein Fremder war. Wunderte sich, daß jener oft stehenblieb, wo es nichts als letzten Dreck zu sehen gab, fasziniert gerade von Objekten des Abschaums und der Trauer. Folgte er Benis Blick, erinnerte er sich, einst ähnlich gedacht zu haben, als er noch auf dem Parkplatz oder im blauen Kino gearbeitet hatte und hinterher zum Trinken in Kneipen gegangen war, wo die Flasche Bier kaum das Doppelte des Ladenpreises kostete, wo erniedrigte Menschen sich verbrüderten, um einander auszuplündern; dort hauste Schönheit, die sich aus ihrer Nähe zur Wahrheit ergab.

4/2
Beni schien Kaschemmen gern zu haben, die durch Schmucklosigkeit auffielen, monochrome Höhlen in Grünoder Orangelicht, wo es außer enggedrängten Stahltischen und dem aufs Notwendigste beschränkten Angebot der Bar nichts gab, das auf ein Lokal hinwies. Solche Kneipen trugen oft spartanische Namen: Kloster. Kommandantur. U-Club (dessen Ambiente, unterirdisches Gewirr aus röhrenbestückten Gängen, Johanser aus naheliegenden Gründen wenig behagte, Beni aber umso besser gefiel).

Der Junge hatte prompt, als Konrad zu rauchen anfing, wie um seinerseits ein Zugeständnis zu machen, der Gegnerschaft zum Alkohol abgeschworen; einträchtig saßen sie beieinander, von der Entente der Genußgifte selig, tranken Brüderschaft und ließen, was zwischen beiden gestanden war, in Rauch aufgehen.

Jede Zigarette eine niederbrennende Brücke zur Welt.

Benedikt übernahm bald die Führung. Manchmal tauchte in der Zeitung einer der Namen jener Schwermetallgruppen auf, deren Poster in seinem Zimmer, später im Gartenhaus gehangen hatten. Der ›Event‹, wie Beni es nannte, wurde sofort zum Pflichtprogramm deklariert. Konrad fand es gar nicht schlimm, freute sich an der Begeisterung seines Cousins und gab sich Mühe, ebenfalls begeistert zu werden. Viele langhaarige Typen waren da, und ihre Köpfe nickten im Takt, als wollten sie sagen, hey, der ist okay, der Takt.

Er könnte auch Rap mögen, Jungle oder Hip-Hop. Man muß in Relationen denken. Hilft nix, meinte Beni, ist alles Crossover, wie wir.

Die einschlägigen Schwermetallkonzertbesucher sahen Konrad ein wenig von schräg oben an. Sein ›Outfit‹ kam ihnen unpassend vor. Er bemerkte das wohl, mochte sich aber von seinem Sakko lange nicht trennen. Beni riet ihm, öfter mal das schwarze Buch zu zücken und irgendwas hineinzukritzeln, dann würde man ihn für einen Schwermetallrundfunkberichterstatter halten, und alles sei paletti. Benedikt erklärte ihm überhaupt sehr viel, gab sich Mühe, machte Listen von dem, was man für gut zu befinden oder verächtlich beiseite zu lassen hatte. Wenn man Augen dafür besaß, hingen solche Listen überall aus, machten das Lernen leicht.

»Was soll ich denn lesen?«

»Man muß nicht mehr lesen.«

5

(Längeres Bruchstück)

Mit dem Abend überholen die Schatten die Straßen.
Das Licht zieht sich in die Häuser zurück.
Hölle. Verrücktgewordene Engel.
Zärtliche Hyperbeln. Schwarzer Humor.
Der Blindenhund des Nachbarn heißt Vergil.

Benedikt sprüht nachts Graffiti, bunte Menetekel. Schlechte Nachrichten schreibt man an Wände, weil die nicht halb so haltbar wie Papier sind. Über den Höllen lebt es sich warm. Stinkender Rachen des Unten.
   Für die einen ist es die Hölle, für die andern die längste Theke der Welt. Oder so. Wenn der Tag kommt, früh um halb fünf, mit dünnen Fingern, grün und blau, ist mein Schatten sehr lang, dann kratz ich ein wenig ab davon und stopf es in die Ohren, zehn Zentimeter muß ich wachsen, Schatten in Fleisch verwandeln. Beni hat mir CDs und Comics ausgesucht, ein ›Crashkurs‹. Crashkurs, klingt fatal, aber wir verstehen uns, ein Sahneteam, wie er sagt, er hat ja auch keine Hoffnung, wenn nicht mich.
   Die Straßen sind Schützengräben. Zur besseren Tarnung asphaltbedacht. Mit der Frühe wird alles Glas blind oder trüb, als wären die Fenster in Milch getaucht, zur Milderung der Bitternis. Fenster trennen das Drinnen vom Wahren. Sind Bildschirme. Denunzierender Begriff. Regenschirme, Sonnenschirme, Bildschirme. Bewahren uns vor Bildern.

Im Bett hochgeschreckt vor der Zeit. Die Quadriga benhurt um die Ecke, steinerne Pferde zucken unter Victorias Peitsche, hetzen um die Kurve, morgens halb zehn. Dahinter ein Pulk bezifferter Menschen, was soll das sein? Offiziell deklariert ist es als Volksmarathon.

Im Frühstückszimmer läuft der Fernseher. Junge Komodo-Warane machen sich über einen toten Hirsch her. Ihre Kiefer sind noch nicht stark genug, das Bauchfell zu zerreißen, drum bleiben sie hungrig, warten auf die Hilfe der Alten. Nur einer entdeckt Schwachstellen im Aas, die Augen, die frißt er heraus und schiebt seine Schnauze in leere Höhlen. Widerlich, so beim Essen. Beni meint, der Splatterfaktor übertrage sich auf viele Gebiete, früher hätte kein Tierfilm so was gezeigt. Gibt Avantgardisten, die stopfen ihre Kamera in schwärende Bäuche und nähen wieder zu – ganz dunkel ist es dann, mit hereinbrechendem Licht kommen Geierschnäbel – hackende Schnäbel im Großformat – welch Perspektive!

Die Pensionsinhaberin zappt auf den Lokalsender. *Newsflash.* Weshalb dieses Wort? Zeus zeigte sich, von einer seiner Gespielinnen drum angebettelt, ihr in seiner wahren Gestalt, als Blitz, worauf die Ärmste verbrannte. Ein unglaubwürdiger Mythos. Der Göttervater hätte die Wahrheit doch schildern, die angeblich Geliebte doch bewahren können vor diesem Anblick. Die Story, meint Beni, geht sicher aufs Konto eines sadistischen Schreiberlings, der seiner neugierigen Frau nahelegen wollte, ihm nicht hinterherzuspionieren. Kann sein, antwortet Konrad. Ein späterer Mythos, wohl aufgrund ähnlicher Bedenken entstanden, ließ jene Geliebte von Dionysos, ihrem Sohn, aus dem Hades holen und fortan unter falschem Namen im Olymp leben. Benedikt lacht, schöpft Hoffnung für sich ab.

Das Bewußtseinsbächlein versiegt, sucht unterirdisch seine Zukunft.

6

Dies ist die zweite Zone. Wir befinden uns auf einem riesigen Platz, in den acht breite Straßen sternförmig zusammenströmen. Strömen ist nicht das falsche Wort, denn alles hier scheint auf sublime Weise flüssig, selbst die glatten Mauern der Häuser und Gebäude. War die Stadt zuerst mittelalterlich eng, später renaissancehaft großzügig, erinnert sie nun an nie verwirklichte Entwürfe der Faschisten, es ist, als strebten die Bauten immer weiter auseinander, würden breiter, wenngleich ihre Höhe unverändert bleibt.

Gesichtslose Schemen schreiten über den Platz, von irgendwoher irgendwohin; gesichtslos in dem Sinn, daß ihr zweifellos vorhandenes Antlitz an niemanden erinnert und man es sich nicht merken kann oder will. Wie man an Schaufensterpuppen vorüberkommt. Unausgeformt und faltenlos sind jene Gesichter, ohne Persönlichkeit, blassen Projektionen ähnlich.

Die Stille, die überall herrscht, ist mit nichts zu zerstören, der Mund mag aus Leibeskräften schreien, zum Ohr dringt nichts. Und doch gibt es Geräusche unbestimmbarer Natur. Hierzu zählt das merkwürdige Vibrieren des Bodens, ganz leicht nur, als befände man sich über einer Fabrik, in der gewaltige Maschinen am Werk sind. Aus weiter Ferne hingegen dringt Gesang ohne Worte, ein Surren, ein Atmen. Es könnten Klagelieder sein oder solche der Wut, nie aufgelöste Harmonien, überallher, in wechselnder Intensität. Geht man ihnen entgegen, bekommen sie etwas Bedrohliches, verhallen dann, kehren an anderen Stellen wieder. Und wie weit man auch geht, von einem Platz zum nächsten, stets bleibt man im Gefühl, jene Bedrohung sei auf einen selbst gerichtet. Die Angst, die man zuvor in den Gängen gespürt hat, ist etwas anderem gewichen, und je länger man in der Stadt verweilt, desto zweifelhafter wird jener Fortschritt, den man im Entkommen aus den Gängen feiert. An Stelle der Angst tritt Verlorenheit und Ödnis. Nichts, das einen erwartet, nichts, das sich um einen bekümmert, kein Programm, kein Plan, kein Gericht. Man kann sich frei bewegen und will es nicht, es ist auch sinnlos, denn alles gleicht sich, und die Schemen auf der Straße, menschenähnlich, halten Abstand. Unmöglich, sich ihnen zu nähern. Nicht, daß sie sich verweigern würden oder plötzlich verschwänden, wie es zuvor den Eindruck machte, nein, sie gehen nur weg, gehen vorüber, die Dimensionen des Raumes erlauben ihnen auf unerklärliche Art, weit an einem vorbeizugehen, selbst wenn man direkt auf sie zuläuft. Es ist nach dem Erwachen billig zu fragen, wieso man nicht durch ein Fenster gesehen oder eines der Häuser betreten hat; sicher bergen die Häuser etwas Interessantes, das weiterhelfen könnte. Allein, man kommt aus irgendeinem Grund überhaupt nicht auf die Idee. Nach dem Erwachen Wörter wie ›interessant‹ oder ›weiterhelfen‹ zu verwenden, scheint ungemein lächerlich, unpassend, denn in der Stadt gibt es keine Regung wie ›Interesse‹, denkt man nicht in Begriffen wie ›weiter‹ oder ›hilfreich‹, all das ist leeres Vokabular, Reminiszenz, Atavismus. Es wäre anschaulicher zu behaupten, man taumelte, willen- und seelenlos, doch entspräche dies nicht den Gegebenheiten. Man denkt sehr klar, nur, wie soll man sagen, in anderen Parametern, erwägt zum Beispiel den grausamen Verdacht, ob man sich, nach einiger Zeit in der Stadt, nicht in die Gänge des Labyrinths zurückwünschte, da man dort beachtet wäre, wovon auch immer, und man etwas zu tun, zu handeln, zu fliehen hätte.

Johanser sah, während er dies alles in die schwarzgebundene Kladde schrieb, zum Fenster hinaus, bereit, sich vom Straßentreiben ablenken zu lassen, diszipliniert genug, den Blick nach draußen gewaltsam abzubrechen.

»*Mein Deutschlehrer hat gesagt, die Romantik endete in Auschwitz.*«

Johanser schrieb den Satz in der Schrift Wilhelm Heinrich Wackenroders nieder, wodurch das Gesagte einen traurig-resignativen Klang bekam, der sich selbst widersprach. Johanser blätterte die Seite um. Das schwarze Buch war zu drei Vierteln voll.

»Im Sommer beginnt die Saison des schweren Lichts. Dann träumt man sich tiefer in die Erde.«

Der Schrull wankt hin und her auf der Veranda, deutet mit beiden Armen zum Moor, stößt kurze Schreie aus, in verschiedenen Tonlagen, Schreie, die immer hysterischer werden, bis seine Stimme plötzlich abbricht.

Über dem Moor hängen tiefe Wolken, pulsierend violett, Farben El Grecos, zu Zelten gefügt. Regenschauer. Sonnenfetzen zwischen schwarzbehaarter Nässe. Der Schrull tanzt, angedeutet, Mischung aus Sirtaki und Ballettfigur, lächerlich.

»Kein Mensch kann ermessen, was Stille wirklich bedeutet. Stille, wenn nichts mehr da ist, das zu einem spricht, nichts, das sich irgendwie äußert und, allein weil es sich äußert, zu trösten vermag. Wenn allumher nur Schweigen ist, jeder Atemzug gebraucht schmeckt. Die Sekunden zu bündeln, Minute oder Stunde draufzuschreiben, gelingt nicht mehr, sie entfallen der Zeit, entschleichen ins Nichts.«

Beni zupft den Cousin am Ärmel, will gehen, es lohne sich nicht, dem zuzuhören. Johansers scharfe Geste läßt ihn widerwillig einlenken. Der Schrull hat seine Strickweste ausgezogen, Regen pappt ihm das Hemd an den Oberkörper, die Mulde in der Brust wird zum Krater.

»Ihre Angst hat, wie ich merke, nachgelassen, nicht?«
Johanser bejaht, zweifelt jenes Ja insgeheim an.
»An der Wiedergutmachung scheitert man, nie an der Schuld selbst. Wären Sie fähig, hinter Ihren Ohren zu lesen, würden Sie das wissen.« Der Schrull nimmt Johansers Kopf von den Schultern und wirft ihn weit hinaus. Beni läuft, hebt den Kopf aus dem Moor, wo er zu versinken droht, und putzt ihn mit einem Ärmel seiner Jacke. Johanser lächelt ein deplaziertes Lächeln, wird prompt belehrt.

»Manche tarnen die Konvulsionen ihrer Angst mit bebendem Gelächter, maskieren ihr Zittern, ihr Bauchweh, mit vorgetäuschten Lachkrämpfen, ziehen Komik aus der leeren Luft, nur um nicht in Schweiß und Tränen auszubrechen. Solche nenne ich die ›Kicherer‹. Sie spenden jedem Dreck amüsiert Beifall und stützen allzeit die gute Laune ihres Umfelds. Das Gegenteil davon sind die ›Winsler‹. Immer traurig und leise. Werden meist gemieden, aber respektiert, da ihre weiche Trauer klug wirkt.«

Johansers Kopf, von Beni instand gesetzt, schüttelt sich. Gelenkeknacken. Der Regen läßt nach.

»Sie sagten was von schwerem Licht. Was meinten Sie?«

»Das schwere Licht – es kommt langsam. Drei, vier Kilometer die Stunde, will man einen Vergleich. Bei Nacht etwas schneller. Es gleicht einem schmelzenden Käfer, streckt Membrane, glühende Fühler voraus, denen sich eine Leuchtmasse hinterdreinwälzt. Mit ihr kommen die Träume. Dann bricht der Blick durch Böden und Wände, sprengt die Gewölbe; nichts mehr grenzt den Sichtkreis ein. Das schwere Licht ist die Schleppe eines Krönungsmantels, gereinigt wird, was es berührt. Das schwere Licht ist aus warmen Farbtönen gemischt, Safran, Ocker, Bordeaux, gebrochenes Purpur. Nichts Gleißendes ist darin, es strömt Helle ab ohne Schärfe, weder blendet noch verbrennt es, lädt ein, darin zu tauchen, davon zu trinken, zu ertrinken...«

»Aber«, wendet Johanser ein, »ich verstehe nicht – wenn

dieses Licht, wenn es die Träume bringt – wie können Sie, gerade Sie, so zärtlich davon sprechen?«

Der Schrull kaut die Frage im Mund wie einen unbeachteten Gesichtspunkt.

»Ich habe seit Jahrzehnten nicht geschlafen. Ich träume die ganze Zeit.«

7

Viele ihrer Abende verbrachten Marga und Rudolf im Garten, aßen selbstangebauten Salat, grillten manchmal ein Schnitzel dazu, schön mager, und durchs Küchenfenster wehte eine Serenade aus Schlagern und Operetten. Jene Ruhe der Sommerdämmerung, die ein Pendant nur in der Backblechbehaglichkeit eines Winternachmittags besaß, war jahrzehntelang das Höchste gewesen, Edelstunde jedes Tages, dankbar empfunden, und wenn man nach dem Essen, beim Ausruhn, fernsah durchs geöffnete Terrassenfenster (es kam immer etwas Interessantes), war das Idyll steigerungsunfähig geworden, dann hatten beide, wie in telepathischem Einvernehmen, einander zugenickt.

Jetzt, vier Wochen nach dem Verschwinden ihres Sohnes, saßen sie wieder im Garten, grillten und verfolgten die Tagesschau, aber ihre Blicke waren starr und desinteressiert, kümmerten sich nicht um den anderen, und die Welt war der wirre Traum eines strombetriebenen Geräts. Totenstille senkte sich über das Haus, nur selten von kurzem Disput unterbrochen. Rudolf hatte beim Elektro-Lattmann etliche Artikel bestellt, zur Aufrüstung seines Studios. Die Rechnung betrug 1600 Mark; ob man dieses Geld nicht besser für einen Detektiv ausgegeben hätte, wollte Marga wissen, wozu das alles gut sei? Und Rudi sagte nur: »Es ist doch so still hier.«

Auf dem Terrassentisch lag Benedikts zweiter Brief, an dem, das fanden beide, irgend etwas merkwürdig war, und der, obwohl geschrieben, ihre Sorge zu mindern, das Gegenteil erreichte. Die Idee des Schüleraustauschs hatte Marga aber aufgegriffen; machte bei den Nachbarn was her zu behaupten, der Sohn sei ein Jahr lang in Australien. Und wenn er wiederkäme, konnte man sagen, er habe das Klima dort nicht vertragen.

Wenn er wiederkäme.

»Manchmal denk ich, der Bub kommt nimmer heim. Ob Konrad ihn wirklich sucht?«

Der Neffe hatte bei seinem raschen Aufbruch weder Telefonnummer noch Adresse hinterlassen und sich seither auch nicht gemeldet.

Rudi, der wieder viele Stunden des Tages mit transkommunikativen Basteleien herumbrachte, sah auf, hob, unendlich langsam, den Kopf. Sein vor Wochen noch mittelgraues Haar war weiß geworden. Kaum hörbar bewegte er den Mund. Leerer, in sich zurückgebogener Blick.

»Konrad sucht ihn schon. Wenn jemand Beni finden kann, dann er.«

Im Fernseher saß eine Porzellanpuppenblondheit, kündigte den Nachtfilm an.

8

(Variation)

Anna drehte sich wieder zu ihm um, in ruckartiger Bewegung. Johanser hatte aus irgendeinem Grund Tränen in ihren Augen erwartet, wurde nun von einem gräßlichen Schmunzeln überrascht. Es war nicht zu beschreiben, Hinterhältigkeit lag ebenso wie Verzweiflung darin, zu beschreiben war es schon, allein in seinem Ausmaß nicht bestimmbar. Ob im nächsten Moment ein Nervenzusammenbruch oder nur der Ärger über etwas ganz Banales, ihm Entgangenes folgen würde, schien absolut nicht vorherzusehn; Johanser hielt sogar ein müdes Abwinken für möglich. Daß es um ihn ging, glaubte er keine Sekunde.

Anna deutete in den Korridor zum Hof.

»Könnt ja sein, du hast Lust, dich mal nützlich zu machen?« Während sie das sagte, stützte sie sich mit beiden Händen an der Tischkante ab. Ihre schlanken Finger endeten in falschen Nägeln, himbeerrot, mit einem Stich ins Blau. Es sah billig aus, disharmonierte mit dem Kleid und entsprach nicht ihrem Wesen bzw. der Vorstellung, die Johanser von ihrem Wesen gewonnen hatte. Auf Antwort wartend, legte Anna den Kopf schräg, Haarsträhnen fielen ihr über die Wangen, und das Wellenspiel trommelrührender Fingerkuppen begann. Lichtreflexe im Nagellack, ungeduldiges Glissando.

»Gern«, sagte Johanser, beobachtete, wie ihre Lippen entspannten, eine Schnute formten, wie sie prompt den Körper

vom Tisch abstieß und ihr Haar nach hinten warf. Bewegungsabläufe, die er von ihr nicht kannte. Posen vermutlich, gut ein geübt und doch nicht überzeugend. Motorik des heimlichen Arsenals, das immer dann herangezogen wird, wenn Neues, Ungewohntes überspielt werden soll. In Annas Leben mußte eine Veränderung vor sich gegangen sein, zweifellos.

Johanser hätte, er ahnte die Demütigung voraus, vieles in Kauf genommen, mehr zu erfahren; in prophylaktischer Opferbereitschaft schob er das Bierglas zur Tischmitte und nahm sich die Gelassenheit eines Tiefseeschwamms zum Vorbild, wollte, er wurde ganz schwülstig, der Demütigung, wie es Liebenden ansteht, mit Demut begegnen.

»Was gibt's?«

»Im Hof steht 'ne Lieferung, und Winhart ist verdammt nicht da. Hilfst du mir, die Fässer reinzubringen?«

Er nickte und folgte Anna in den Hof. Dort standen, im Schatten eines Holzverschlags, fünf metallene 100-Liter-Fässer der Deutelsdorfer Krongold-Brauerei, die mußte er kippen und in die Küche rollen, von wo sie mit Hilfe eines Lastenaufzugs in den Keller verfrachtet und an Zapfleitungen angeschlossen wurden. Die Demütigung schien maßvoll und erträglich; es war keine zu schwere Arbeit, allerdings verging dabei eine Dreiviertelstunde.

Anna legte selber nicht Hand an, wofür es – das neue Kleid, die falschen Nägel – einsichtige Gründe gab. Überhaupt verringerte sich die Demütigung mit jeder Minute, vielleicht nur ein Hirngespinst, vielleicht war Anna einfach heilfroh, weil der Schankbetrieb weiterging, ohne daß sie sich schmutzig machen mußte. Der Biervorrat verlangte tatsächlich dringend Nachschub, und vom Pferdemenschen war weit und breit nichts zu sehen.

Zweimal sah sie kurz herein, blieb stumm und machte, wenn sie sah, daß alles problemlos lief, sofort kehrt, gönnte dem rekrutierten Gast nicht mal ein Höflichkeitslächeln. Von der Klientel zu arg in Anspruch genommen, was not-

dürftig als Entschuldigung hätte herhalten können, war sie gewiß nicht. Vielleicht – Johanser war krampfhaft um günstige Erklärungen bemüht – fürchtete sie, Winhart könne jeden Moment zurückkehren und aus der Situation falsche Schlüsse ziehn? Aber ein Lächeln, ein winziges, dankbares Lächeln ...

Als Anna zum dritten Mal in die Küche sah, trat Johanser zu ihr, packte sie am Arm und zog sie zu sich. Er schloß die Tür starrte Anna fragend an, sie starrte ebenso fragend zurück, in ihre Erschrockenheit mischte sich aber gleich, wie gewünscht, ein Lächeln. Es war weder dankbar zu nennen noch winzig, war eher breit, herausfordernd, voll Kampfeslust. Ihre kleinen Fäuste preßten sich gegen die Oberschenkel, sie atmete tief. Johanser kam näher, erwartete eine Ohrfeige, stand wenige Zentimeter vor ihr, seine Kleidung berührte ihre Kleidung, da schloß Anna die Augen, und er küßte sie, spürte ihre noch immer zu Fäusten geballten Hände auf den Hüften, spürte, wie Finger für Finger sich löste, spürte, wie die Lippen nachgaben, wie ihre Zunge kam, schlangenjung. Anna dirigierte ihn durch die Küche nach hinten in eine Kammer, setzte sich auf einen Holztisch, bog ihren Körper zurück und schob das Kleid hoch. Sie drückte Johansers Kopf nach unten, beinah brutal, und spreizte die Beine. Ihr Höschen war rot, roch parfümiert, Johanser beknabberte vorsichtig den Saum, zerrte das Seidenfähnchen so weit zur Seite, daß er mit der Zunge ihren Kitzler bespielen, in den Härchen wühlen, in sie eindringen konnte.

Annas Schamlippen sind dünn wie die Lippen ihres Mundes. Die Schwellkörper schwellen kaum, wechseln aber ihre Farbe von Mandelbraun zu zartem Purpur.

Annas Barockpumps lagen schwer auf seinen Schultern, er liebte den Druck der Absätze auf dem Schlüsselbein, streichelte ihre Knie und betete, sie möge ihn noch fester an sich pressen, die Nägel noch härter in seinen Nacken krallen, ich möchte an falschen, himbeerroten Nägeln hängen, an einem Plüschkreuz! Sie stöhnte leise, wand sich in schneller wer-

dendem Rhythmus, schob eine Hand in den Ausschnitt, stimulierte ihre Brüste, während Johanser mit der Linken den Reißverschluß seiner Hose öffnete. Er ließ von ihrer Möse ab und küßte die Knie, leckte die Unterschenkel entlang, verbiß sich sanft in ihren Fersen. Anna packte ihn, befahl ihn zu sich herauf, er stemmte ein Knie auf den Tisch, preßte ihre Schuhe gegen seine Ohren und griff nach ihrem Höschen, wollte es sich über den Kopf ziehen, die rote Maske würde ihm passen, die Augen blieben frei und konnten in aller Ruhe betrachten, und er schob die Hände unter ihren Po, deutete an, sie solle ihm entgegenrutschen, er würde sie stehend ficken, der Tisch, glaubte er, würde beide Körper nicht tragen, war nur ein schwacher Preßspantisch, klappbar das Höschen, eben bis unter die Knie gewandert, wurde zurückgerissen.

Anna zischte ein scharfes »Schschtt!«, schwang sich vom Tisch, mit weiten Augen, machte eine Geste, Johanser solle still sein. Nun hörte auch er die mächtige Stimme des Zentauren im Wirtsraum. Kooperativ, ist man versucht zu sagen, schrumpfte seine Erektion zusammen, glitt wie von selbst in die Hose zurück. Anna zeigte auf das Faß im Küchenlift, Johanser rannte hin. Winhart trat durch die Küchentür. Im grauen Ausgehanzug, massiv, der Hals noch breiter als der Kopf. Er sah Johanser stutzend an, Johanser schwitzte stark, das Faß war sehr schwer. Winharts Hand spielte an der Uhrkette, sein rechter Schuhabsatz klackte auf dem Steinboden. Röhrendes »Aha!«.

Erschrocken wie ein gestellter Dieb, verharrte Johanser in gebückter Haltung, wisperte »Guten Tag«. Aus dem Hintergrund, mit einer dreckigen Schürze um den Leib, in der Hand das Schälmesser schlängelte sich Anna zum Wirt, stützte sich auf dessen Schulter, lässig, die Beine übereinandergeschlagen.

»Er wollte sich unbedingt nützlich machen!« sagte, halb lachte sie. »Jetzt kann man ihn ja erlösen.«

»Großartig!« dröhnte Winhart. »Vielleicht will er bald hier

anfangen? Als Aushilfe? Was meinst du? Bißchen schmächtig, was? Aber sehr eifrig, scheint mir!«

Johanser sagte keinen Ton, schlug die Augen nieder, grinste verlegen und faltete die Hände im Rücken.

Winhart klopfte sich auf seine muskulöse Brust. »Dafür bin ich Ihnen jetzt aber was schuldig! Anna, bring ihm, was er haben will, das geht aufs Haus!«

Johanser schluckte, brachte nur ein Räuspern heraus, krächzte danach, er müsse leider weg, aber ihm habe die Gefälligkeit Vergnügen bereitet, Dank sei nicht nötig. Der Zentaur griente, sah den Gast mitleidig an wie einen Nutzidioten. Prompt brach aus Anna infames Kichern, wundervoll überzeugend, der Zentaur konnte sich dem nicht entziehen und bebte vor Spott. Johanser nutzte den Moment, ging an beiden vorbei, mühsam an sich haltend, bis er ins Freie gelangte, allein mit tonnenschwerem Glück.

9

(Estremadura)

»Ich weiß nicht, wo du warst, aber es scheint dir gutgetan zu haben. Siehst jünger aus...«
»Ja?«
»Ehrlich. Seit wann rauchst du denn?«
Konrad fühlte sich in der Tat jung, wenigstens stellte er eine physische Veränderung an sich fest. Sein Magen reagierte nicht auf die massivste Reizung, weder auf Zigaretten noch Alkohol, noch auf Benis Heißhunger nach Fast food.
Der Entschluß, Kathrin zu besuchen, sie, wie er ahnte, für sehr lange Zeit zum letzten Mal zu sehen, war spontan gekommen, spontan log er jetzt auch, erzählte von einem Auslandsaufenthalt in der Provence und erging sich in Schilderungen, die auf viele Orte gepaßt hätten.
Kathrin war der Besuch etwas peinlich. In Konrads Zimmer hauste ihr neuester Liebhaber, Malertalent aus dem Hessischen, Anfang Zwanzig, klein und drahtig, mit genialisch verwehtem Blick und wasserstoffblondem Kurzhaar. Schweigend stand er in der Tür, Schlachthofschürze über Cowboystiefeln, sagte kaum guten Tag, deutete mimisch seinen Widerwillen an, als Konrad ihm über die Schulter sah. Das Zimmer beherbergte drei Staffeleien, war ansonsten kahl.

»Was hast du mit meinen Büchern gemacht?«
»Lagern im Keller. Keine Angst, sind gut verpackt. Du machst mir doch keine Vorwürfe?«

Kathrin hatte ihren Gatten am Ärmel in die Küche gezerrt, wo sie ihm Kaffee anbot. Der Raum war ein Saustall. Schmutzränder. Fettflecken. Neben der Mikrowelle stapelten sich Aluschalen von Fertiggerichten. Der Mülleimer quoll über, und die Rasierklinge auf dem Fensterbrett zeigte Spuren weißen Pulvers.

»Was ist das für ein mundfauler Kauz?«
»Ist doch egal.«
»Warum hat er mich so feindselig angestarrt? Was hast du ihm erzählt über mich?«
»Gar nichts. Ehrlich. Robert gehört zu denen, die nicht nett sein wollen, aus Furcht, man könne sie für *nett* halten. Seine Sachen sind alle düster, sehr nekrophil.«
»Aha. Malt er gut?«
»Ficken kann er noch besser.«
»Warum erzählst du mir das?«
»Ich dachte, das wär's, was du eigentlich wissen wolltest.«

Konrad überlegte, etwas zu sagen, etwas Nachlaßordnendes, zum Beispiel, daß die Bücher nicht mehr wichtig seien, daß Kathrin sie ruhig verkaufen dürfe, nur bitte nicht unter Wert. Und er hätte ihr Adressen geben können von Antiquariaten, die etwas mehr zahlen würden als andere, aber bevor der Gedanke noch auf der Zunge Platz nahm, wurde ihm gleichgültig, was mit den Büchern geschah, ob sie auf den Müll wanderten oder, kiloweise bezahlt, im Altpapier landeten.

Kathrin schnippte mit zwei Fingern.
»Wie geht's dir denn? Was machst du? Was hast du vor?«
»Ich weiß nicht.«
»Hast du wirklich Sachen gefälscht?«
»Fändest du mich dann spannender?«

Beiden ging das Gespräch auf die Nerven, beide hätten es gerne beendet. Sie nahmen in Kaffee getunkte Zeit zu sich, kauten daran herum. Es war sehr heiß und stickig in der Wohnung; Kathrin ließ die Rolläden herunter, bis auf einen Spalt, eine merkwürdige Form der Dunkelheit ergab sich, wie Konrad sie aus Träumen kannte.

Irgendwann betrat der Jungmaler das Zimmer, fragte, ob alles in Ordnung sei. Konrad stand auf, stellte sich vor.

»Ich bin Kathrins Mann. Ihr Atelier war früher mal mein Zimmer.«

»Ach ja?«

Der Maler drehte sich achselzuckend um.

»Robert?«

»Was?«

»Lassen Sie mich Ihre Bilder sehen?«

»Fragen Sie meine Bilder.«

Die Gemälde hatten weder etwas dagegen, noch verführten sie zu längerer Betrachtung. Großflächiges Schwarz und Grau, dick aufgetragen, mit dem Spatel strukturiert, dazwischen weiße Linien. Ob das gut war oder schwach, Konrad maßte sich kein Urteil an. Beni fand es beschissen.

»Und? Gefällt's?«

»Ich dachte, Sie geben nichts drauf, was ich sage.«

»Doch. Ich frag jeden Penner nach seiner Meinung. Bin extrem eitel.«

»Hat das hier einen Titel?«

»Hmhmm. Es heißt: ›Der Tod als Gehsteigkante und Selbstepitaph‹.«

»Großartig. Sie haben Zukunft. Das Grau ist gut, wirklich.«

»Ich hasse Komplimente. Die machen träge.«

»Sehr gut. Machen Sie weiter so.«

»Besitzen Sie irgendeine Wichtigkeit? Ich meine, ist es saublöd, wenn ich Sie beleidige?«

»Neinnein. Ich bin aus dem Spiel. Grüßen Sie Thanatos, wenn Sie ihn das nächste Mal sehen.«

»Wen?«

»Sagen Sie einfach, Sie seien von Johanser geschickt. Er wird dann schon wissen, was zu tun ist. Der weiß das auch so.«

»Ist das jetzt saublöd? Oder was?«

»Sei Ihnen überlassen.« Mord- und Spottlust stritten auf der Waage um hundertstel Gramm. Kathrin fragte, ob er eine Szene provozieren wolle. Konrad legte statt einer Antwort zehn Tausendmarkscheine vor sie hin, die Hälfte des Geldes, das er bei sich trug, deutete mit einem Wink an, es sei ihres geworden.

»Wofür ist das?«

»Ein Abschiedsgeschenk.«

»Sag mal, was ziehst du hier auf?«

»Kannst du dich nicht einfach bedanken?«

Immerhin täuschte Kathrin nicht vor, sich Sorgen um ihn zu machen, wollte nur in nichts hineingezogen werden.

»Danke.« Sie ging und verstaute das Geld im Wohnzimmerschrank.

»He, Killer!«

»Was?«

»Warum gibst du der Fotze soviel Kohle? Der geht's doch gut.«

»Meine Sache.«

»Wolltest dich wichtig machen! Sie beschämen! Gib's zu! Bei mir hast du gerade mal vierhundert abgedrückt und der schmeißt du's nach!«

»Vierhundert und 'nen Fernseher.«

»Und 'nen Fernseher.«

Kathrin beobachtete ihren Gatten, wie er am Fenster stand und Selbstgespräche führte. Wäre ihr nicht bekannt gewesen, wie harmlos er war, ihr wäre mulmig geworden. Sie wollte ihn ermuntern, Zumrath aufzusuchen, um über die Entschädigungssumme zu verhandeln, aber sie fand nicht den richtigen Ansatz. Klang alles nach Eigeninteresse, nach Geldgier.

Der Maler, seine Hand bedeutsam über die Schläfe gelegt, querte den Raum, ging neben Kathrin in die Hocke und leckte ihren Hals. Sie schien das lustig zu finden.
»Will er mir zu verstehen geben, daß ich störe?«
»Er ist so. Die neue Generation. Bringt's beinhart.«
»Ist aber unvorsichtig. Ich mein, schließlich könnte ich in einem Anfall von Eifersucht oder, hm, Demütigung eine Pistole nehmen und euch beide erschießen.«
Robert sah auf. »Tun Sie's doch!«
»Sie fänden das spannend?«
»Klar! Sagen Sie mir, wenn's soweit ist? Ich stell dann eine Staffelei auf neben meim Schädel. Das letzte Bild: Komposition in Rot. Quatsch. Improvisation in Rot. Jetzt hab ich's: Zufallstreffer in Rot. Wie hört sich das an?«
Der Maler hatte Kathrins Bluse bis knapp unter die Brüste hinaufgeschoben. Kathrin machte keine Anstalten, ihn zu zähmen. Ihre Angst, spießig zu wirken, war immer schon sehr ausgeprägt gewesen.
Johanser ging in den Flur, schloß die Tür zum Wohnzimmer. Betont langsam trat er ins Treppenhaus und von dort auf die Straße. Drüben stand Athan in seinem Laden, zu beschäftigt, um Johanser zu bemerken.

»Wofür sollte ich ihn umbringen? Wie kommt der drauf?
Glaubt er vielleicht, ich bring jeden um, nur weil er ein bißchen blöd daherredet und meine Exfrau fickt? Da hätt ich viel zu tun.«
»Genau«, meinte Beni, »das ist cool. Andererseits könntest du ihn genausogut umlegen. Wär auch cool.«
»Du bist wirklich ein unmoralischer Typ.«
»Das sagt der Richtige.«

Man muß alles im Kopf haben. Die Liebe und den Totschlag. Daß jeder leben kann in feistem Frieden.
Es gibt eine Sünde, die nicht gutzumachen ist, das ist, je-

mandem seine Zufriedenheit vorzuwerfen, die Welt verbessern zu wollen, wo sie sich okay fühlt.

Weißt du, deinen Wackenroder, den hab ich schon gelesen, manches war echt scharf, und ich dachte, warum lebt der Kerl – ich meine dich – nicht danach, dieses Ding über Toleranz, weißt schon –

O so ahnet euch doch in die fremden Seelen hinein und merket, daß ihr mit euren verkannten Brüdern die Geistesgaben aus derselben Hand empfangen habt! Begreifet doch, daß jedes Wesen nur aus den Kräften, die es vom Himmel erhalten hat, Bildungen aus sich herausschaffen kann und daß einem jeden seine Schöpfungen gemäß sein müssen. Und wenn ihr euch nicht in alle fremde Wesen hineinzufühlen und durch ihr Gemüt hindurch ihre Werke zu empfinden vermöget; so versuchet wenigstens, durch die Schlußketten des Verstandes mittelbar an diese Überzeugung heranzureichen. –
Hätte die aussäende Hand des Himmels den Keim deiner Seele auf die afrikanischen Sandwüsten fallen lassen, so würdest du aller Welt das glänzende Schwarz der Haut, das dicke stumpfe Gesicht und die kurzen, krausen Haare als wesentliche Teile der höchsten Schönheit an gepredigt und den ersten weißen Menschen verlacht oder gehaßt haben. Wäre deine Seele einige hundert Meilen weiter nach Osten, auf dem Boden von Indien aufgegangen, so würdest du in den kleinen seltsam gestalteten, vielarmigen Götzen den geheimen Geist fühlen, der, unsern Sinnem verborgen, darinnen weht, und würdest, wenn du die Bildsäule der mediceischen Venus erblicktest, nicht wissen, was du davon halten solltest. Und hätte es demjenigen, in dessen Macht du standest und stehst, gefallen, dich unter die Scharen südlicher Insulaner zu werfen, so würdest du in jedem wilden Trommelschlag und den rohen gellenden Schlägen der Melodie einen tiefen Sinn finden, von dem du jetzt keine Silbe fassest.
Schönheit: ein wunderseltsames Wort! Erfindet erst neue

Worte für jedes einzelne Kunstgefühl, für jedes einzelne Werk der Kunst! In jedem spielt eine andere Farbe, und für ein jedes sind andere Nerven in dem Gebäude des Menschen geschaffen.

Aber ihr spinnt aus diesem Worte durch Künste des Verstandes ein strenges System und wollt alle Menschen zwingen, nach euren Vorschriften und Regeln zu fühlen – und fühlet selber nicht.

Wer ein System glaubt, hat die allgemeine Liebe aus seinem Herzen verdrängt! Erträglicher noch ist Intoleranz des Gefühls als Intoleranz des Verstandes; – Aberglaube besser als Systemglaube. –

Könnt ihr den Melancholischen zwingen, daß er scherzhafte Lieder und muntern Tanz angenehm finde? Oder den Sanguinischen, daß er sein Herz den tragischen Schrecknissen mit Freude darbiete?

O lasset doch jedes sterbliche Wesen und jedes Volk unter der Sonne bei seinem Glauben und seiner Glückseligkeit! und freut euch, wenn andere sich freuen – wenn ihr euch auch über das, was ihnen das Liebste und Werteste ist, nicht mit zu freuen versteht.

Beni zäumte Konrad das Geschirr um, sprang auf, klemmte ihm eine Kandare zwischen die Kiefer, gab ihm die Sporen, geißelte ihn hinaus zu neuer Feldforschung.

10

12. Juli

Liebe Marga, lieber Rudolf,

liebe Eltern würde ich gerne schreiben, oder – nun, im Deutschen existiert kein Vereinigungsbegriff für Tante und Onkel, schade, nicht? Sei's drum, Ihr habt Euch sicher gewundert, nichts von mir zu hören, aber wo nichts zu sagen ist, nichts Neues, das vorab – ich bemühe mich, halte die Augen weit offen, suche die obskursten Plätze auf, mit einem Bild von Beni, das ich jedem reiche, und manche sagen: »Das sieht Ihnen aber ähnlich!«, und ich bemühe mich sehr, aber fruchtlos bislang. Die Stadt ist groß, bietet Hoffnung noch und noch. Eine hohe Zeit hab ich bei Euch genossen und möchte gerne wiederkommen, wenn möglich mit Benedikt, dem es, meinem Gefühl nach, gutgeht, wiewohl ich nicht sagen kann, worauf sich jenes Gefühl gründet; es muß Euch vorkommen wie ein schwächlich phrasenhafter Trost und ist doch mehr, bestimmt. Ich spüre genau, fragt nicht, wieso, daß er nach Hause will und nur nach einem stilvollen Weg dorthin sucht, der ihn sein Gesicht wahren läßt. Er wird kommen. Spätestens, wenn der Sommer sich dem Ende zuneigt, wird er in Eurer Tür stehen, wird hoffen, daß Ihr ihm verzeiht, daß Ihr Verständnis zeigt und ihn in Eure Arme nehmt.

Um kurz von mir zu reden – ich habe einiges zu tun, komme mit den Dingen ins reine, aber all das soll nicht hierher gehören, ich begebe mich sofort wieder auf die Suche, die meinen Tag mit Abenteuern füllt und Orten, an denen ich zuvor niemals gewesen bin.

Seid herzlich gegrüßt, auf bald, Euer –

K.

Marga fand den Brief seltsam gehetzt und unpersönlich. Einige Formulierungen gingen ihr nicht in den Kopf, zum Beispiel – woher in aller Welt besaß Konrad ein Photo von Beni, das er herumreichen konnte – nicht, daß es keine gute Idee gewesen wäre, Konrad eines mitzugeben, aber sie hatte es, in der Hektik der Abreise, versäumt. Auch, daß auf dem Briefkuvert kein Absender stand, an den man eine Antwort hätte schicken können, die Information zum Beispiel, daß inzwischen ein Zweitbrief Benis vorlag, ja überhaupt – der Junge hätte längst wieder zu Hause sein, Konrads Sucherei umsonst sein können ...

»Ich hab den Verdacht, die Sache ist ihm ein wenig arg nahgegangen«, meinte sie beim Mittagessen zu Rudolf, »das klingt alles so ... ich weiß nicht ...«

Rudolf, ohne die Suche seiner Frau nach dem geeigneten Adjektiv abzuwarten, nickte stumm.

11

(Zwei Bruchstücke)

11/1

Anna, vom abschiedslosen Weggang Konrads gekränkt, rätselte ihm lange nach. Er war der unergründlichste Mensch gewesen, dem sie je begegnet war. Wie oft sie, nahe daran, die Kontrolle zu verlieren, sich ihm beinah an den Hals geworfen hätte – im Rückblick kam es ihr mysteriös und leichtsinnig vor Würde er da und dann entschiedener gesprochen, gehandelt haben, alles wäre anders geworden. Vielleicht. Die hinfälligehemaligen Möglichkeiten sprengten ihre Vorstellungskraft.

Winhart hatte sie zum ersten Mal geschlagen, weit vor der Hochzeit. Wenn es im Grunde nur ein Schubs war, ein wütendes Zucken, das ihre linke Schulter traf...

Eine Sekunde lang überlegte Anna, von den Henleins im Schubertweg Konrads Adresse zu erfragen und zu ihm zu fahren. Aber es war nur eine Sekunde, sie verging in einem Lidschlag, wurde Vergangenheit und blieb so. Den Rest aller Zeit.

11/2

Jedes Menschen Pflicht sollte sein, eine Liebesgeschichte zu schaffen, groß, schön, ehrenhaft peinlich, um näherzukommen dem Geheimnis. Auch in diesem Wort steckt *heim*. Es muß etwas tief drinnen sein, ferner als das fernste Land abseits der Karten. Manchmal nähert man sich ihm fast ohne Mühe, ist dort, tief in sich selbst, in seiner Liebe, und weiß davon nichts, erfährt später nur: Man war dort.

12

(Sechs Bruchstücke)

12/1

Beni liebte Flohmärkte, der Sonntag wurde Flohmarkttag. Beni interessierte sich besonders für Waffen, bat den Cousin oft, ihm dieses und jenes zu kaufen – ein Wurfmesser, ein Stilett, eine Sportarmbrust. Gefährliche Waffen genauso wie Spielzeug, eine monströse Pump-Gun etwa, mit der man zwanzig Meter weit Wasser spritzen konnte. Das faszinierendste Gerät, das ihnen unter der Hand angeboten, von ihnen prompt erworben wurde, war eine tschechische Offizierspistole der Marke Makarov, mit Schalldämpfer, dazu zwei Päckchen Munition. Man hätte auf diesem Flohmarkt sogar den Kauf einer Kalaschnikow in die Wege leiten können, aber das schien Konrad des Guten zuviel, er überzeugte Benedikt mit dem Argument, daß ein solches Ding gleichermaßen auffällig wie unhandlich sei.

Unmengen Geldes wurden ausgegeben, dem Jungen jeden Wunsch zu erfüllen. Konrad wunderte sich, wie viele Wünsche man haben konnte, auf die er von selbst nie gekommen wäre. In einem Postkartengeschäft nahe dem Bahnhof zum Beispiel deckte sich Beni mit über hundert Postkarten ein, nicht, um sie an irgendwen zu versenden, sondern einzig, sie zu besitzen, die witzigen Sprüche darauf oder Filmmotive oder Bandlogos oder Cartoons. Vieles wurde angeboten um des Besitzes willen, viele Menschen hatten das Bedürfnis, bunte Uhren aus der Schweiz zu sammeln, Telefonkarten oder Figurinen aus Überraschungseiern, was ganz doll Spannendes... Meldete Konrad Zweifel an der Würde solcher Leidenschaft an, fragte Benedikt süffisant, ob er denn all die teuren Erstausgaben gelesen habe, für die er damals soviel Geld ausgegeben hatte. Nein, mußte Konrad zugeben, gelesen habe er die Reclamhefte, die Bücher habe er besessen und gestreichelt.

12/2

Konrad und Benedikt gingen. Ihr Zusammensein war ein ständiges Gehen, rastloses Unterwegs von dahin nach dorthin, zueinander und voneinander fort. Schmerzhaftes Hineindenken. Lernen, in Annäherung und Häutung.

Der Anlaß – Zoo oder Theater, Konzert, Kneipe oder das tägliche Nachmittagskino, trat in den Hintergrund. Meist hörte Benedikt aufmerksam zu, wenn sein Mörder ihm, nachts am Fluß, von Heldentaten im Archiv erzählte, wenn ihm, und nur ihm allein, die traurigen Umstände von Somnambelles Verschwinden offenbart wurden. Streit gab es nie. Konrad zog sich beim kleinsten Verdacht einer Meinungsverschiedenheit zurück, bereit zur Unterwerfung. Irgendwann überredete ihn Beni, Turnschuhe – Sneakers – zu kaufen, dazu eine Lederjacke, eine sehr teure, wie sie sich der Junge immer gewünscht hatte. Konrad gab, nebst vielem anderen, sogar eine Anzeige auf, die zur Folge hatte, daß er, dreimal die Woche, von einem Informatikstudenten in der Benutzung eines Computers unterwiesen wurde. Längst hatte er Mimik und Gestik des Jungen verinnerlicht und kopiert, Ähnliches galt für das Vokabular. Kam ein zweifelhaftes Wort, hielt er es Beni zur Prüfung hin. Gab der sein Okay war es genehmigt. Begegneten beide in der Nacht, was sonderbar häufig der Fall war, einer ansehnlichen Hure, wurde Konrad spendabel; Beni bestand darauf, meinte, er habe im Leben weiß Gott nicht viel abgekriegt, da sei einiges wiedergutmachungsbedürftig.

Beni trieb sich auch gern in den Spielhöllen der Potsdamer Straße rum, verwettete viel Geld beim Blackjack und ging hinterher, ohne über den Verlust traurig zu sein, ein Döner holen. Laut schmatzend hüpfte er von einer Straßenseite zur anderen, während der erste Sonnenstrahl die Gleise der Hochbahn entlangjagte.

»Hey, vielleicht werd ich irgendwann reif wie du, aber ich find's klasse! Echt! Wenn man Geldsorgen hat, kauft man ein Los der Glücksspirale, ist doch super, oder man hält irgendwem, der am Automaten grad Geld zieht, was scharfe Gewalt in den Rücken, simpler geht's nimmer.«

Konrad mußte das, zähneknirschend, bestätigen.

»Wenn du immer angegeben hast, mit deinen Kenntnissen, weißt du, hab ich mir immer gedacht, Mann, warum macht er sich's dann nicht bequem, dann hab ich dich gehaßt, echt.«

Konrad verzichtete auf eine Verteidigung; im Moment hatte der Junge recht, kein Wort konnte ihn zu Zweifeln treiben.

»Man kann alles machen, alles, wie wär's, gehn wir auf'n Schwulenstrich, alte Säcke peitschen? Oder Stummfilme gucken im Freilicht? Katzen abkatzeln mit der Armbrust? Partytime! Dein Hang zu Golden Showers, mit ein paar Anzeigen im Schnell & Heißgeil wär das überhaupt kein Problem gewesen, warum hast immer eingeschissen davor? Do it, simply do it, man! Laß die Sau raus, dann ist sie draußen. Man muß nicht alles im Kopf haben.«

»Wenn ich deinen Deutschlehrer seh, tret ich ihn in den Ruhestand, keine Sorge. Wir werden ihm beibringen, daß Auschwitz von nichts das Ende war.«

»Hörthört!«

»Und Frau Finke –« Konrad lallt. Forschgesoffen. »Werden wir überzeugend darlegen, daß es nichts nutzt, sich aus allem raushalten zu wollen.«

»Geil! Die blöde Kuh mag ich sowieso nicht.«

»Wir geben jedem eine Auszeit, der uns mißfällt. Ich mach eine Liste. Was ist mit dem Zentauren?«

»Geht mich nix an.«
»Und Kerz? Dem du so egal warst? Wär mir ein Vergnügen, dieses Weichei aufzusteifen.«
»Red dich bitte nicht auf mich raus!«

12/3
Thanatos sang, und während er sang, deutete er auf diesen oder jenen Punkt des Kessels, schlaff, ohne Arme und Finger zu strecken. Der alten Leier gehören neue Saiten aufgezogen. Neue Wesen kehren gut, wir ziehen die Welt auf, nehmen ihr abgelaufenes Uhrwerk auf den Arm, daß sie zwischen Spaß und Ernst nicht aus noch ein weiß.

Thanatos öffnete den Koffer und entnahm ihm ein kleines Buch, in das er Zahlen, Namen und Strophen schrieb. Sein Gesang beherrschte die Erde, und sein Fuß schabte den Takt, in dem Sekunde auf Sekunde dem Koffer entwich.

Aufgebahrt im singulären Moment, ohne Zeit, ohne Streckenposten, die das Erreichte vom Gelebten trennen.

Stellung nehmen, Stellung geben, beziehen. Stellung. Martialische Wohnung des Meisters.

Der bewaffnete Johanser neigt zur Bauchhandlung eher denn zum Kopfrechnen. Pläne zu schmieden scheint ihm verstiegen, lieber schreibt er rote Zahlen ins schwarze Buch, schafft Tatsachen, Tatorte, Tathergänge. Gänge, immer landet er in den Gängen, immer lauert in den Gängen das Etwas, das, würde Beni sagen, affenabschaummolochriesige Hyperetwas.

12/4
Beni ermunterte, stichelte ihn, doch sein Glück zu versuchen, schob ihn auf die Bühne, Gegröl aus zweihundert Kehlen empfing Konrad, unsicher stammelte er ins Mikrophon, gab einen Text von Uhland als eigenen aus, einen Text, der ihn als Jugendlichen begeistert hatte, von dem ihm seither kein Wort entfallen war.

Wie dort, gewiegt von Westen,
Des Mohnes Blüte glänzt!
Die Blume, die am besten
Des Traumgotts Schläfe kränzt;
Bald purpurhell, als spiele
Der Abendröte Schein,
Bald weiß und bleich, als fiele
Des Mondes Schimmer ein.

Zur Warnung hört ich sagen
Daß, der im Mohne schlief,
Hinunter ward getragen
In Träume, schwer und tief;
Dem Wachen selbst geblieben
Sei irren Wahnes Spur,
Die Nahen und die Lieben
Halt' er für Schemen nur

Der Geräuschpegel nahm zu, Pfiffe und Stöhnen, Zischen und Gelächter. Konrad wurde wütend. »Was bildet ihr euch ein?« rief er, zog die Pistole, sofort änderte sich die Stimmung der Meute. Sie hörte aufmerksam, ja konzentriert zu, wagte kaum zu atmen noch sich zu bewegen,

In meiner Tage Morgen,
Da lag auch ich einmal
Von Blumen ganz verborgen,
In einem schönen Tal.
Sie dufteten so milde!
Da war, ich fühlt es kaum,
Das Leben mir zum Bilde,
Das Wirkliche zum Traum.

Seitdem ist mir beständig,
Als wär es so nur recht,

Mein Bild der Welt lebendig,
Mein Traum nur wahr und echt;
Die Schatten, die ich sehe,
Sie sind wie Sterne klar.
O Mohn der Dichtung! wehe
Um's Haupt mir immerdar

spendete danach lebhaften Beifall und ihre aleatorisch gewählten Repräsentanten gaben Johanser 17 Text- und 20 Haltungspunkte, was am Ende einen guten zweiten Platz bedeutete, dotiert mit einem Slam-Poetry-T-Shirt, übertroffen nur von der erotischen Erzählung »Fickmich Fickmich Bittebittefickmich!« einer sehr mausgrau wirkenden – genau das gab den Kick – Jurastudentin.

12/5
Eines Abends begegnete er zwei Halbwüchsigen, die er schon einmal gesehen zu haben glaubte, hielt sie für jene, die ihn im Jahr zuvor mit einem Messer bedroht, ihm eine Rippe gebrochen und sein Geld geraubt hatten. Johanser fühlte das Metall der Pistole in der Jackentasche und wartete, ob die beiden auf ihn zukämen. Doch als ahnten sie die Gefahr, machten sie einen weiten Bogen um ihn, und er schoß ihnen nicht hinterher, wenn Beni auch meinte, man solle den beiden wenigstens ein bißchen Angst einjagen, ihnen Respekt abnötigen.
»Du bist ja gewalttätig.«
»Du hast mich nie kennengelernt...«

12/6
Den mit der Armbrust probeweise erlegten Spatzen samt seines Gefieders hinunterzuwürgen, brachte Konrad nicht fertig. Krallen und Kopf schnitt er ab und kostete nur ein wenig vom Blut, bevor er den Rest großzügig als ›Knochenmüll‹ verwarf.

13

Ein Raum im Sophienschloß zu Walstadt. Eine Zimmerflucht, ohne Fürst und Lakaien. Hohe Wände ohne Gemälde und Fenster. Es könnte Tag oder Nacht sein.
Anna, mit gespreizten Beinen, in weißen Stöckeln, verkehrt herum auf einem Stuhl. Ihre Arme über der Lehne gekreuzt. Die Finger baumeln müd, der Rock ist heraufgerutscht.
Geht man leicht gebückt durch den Raum, wird ein Fragment ihres Höschens sichtbar. Weißes Fragment, zwischen den Stäben des Stuhls. Anna hat kleine, schmale Finger, und ihr Kinn vibriert manchmal, als bräche sie gleich in Tränen aus. Nun hebt sie den Kopf, stolz und verträumt. Niemals ist sie ganz Frau, immer schwankt sie zwischen Greisin und Kind, kostet die Möglichkeiten im Mund, spuckt sie aus, schluckt sie hinunter, zwei Wege, gemeinsames Ziel. Der Abfall des letzten Tages.
Ich bin sicher, auf den Knien hinrutschen zu dürfen, nah an die Gitterstäbe des Stuhles heran, sie würde nichts sagen, würde nichts dagegen haben, wenn ich Schuh und Rist mit Küssen bedeckte. Vielleicht wäre es ihr nicht einmal egal.
Mir war immer wichtiger, das Behütetste ihres Körpers mit dem Mund als mit dem Schwanz erreicht zu haben, wenn die Zunge nach halbstündiger Wanderung das Bein hinauf am Saum des Höschens ankam. Oder auch nicht. Das ihr erträgliche Maß endete oft, seltsame Grenze, daumenbreit über dem Knie.

Worte, die meine Zunge beim Wandern absonderte, nie ehrlich, tausend Worte für den Bildfetzen des weißen Höschens. Moral ist ein Kondom für hinterher.

Ich mag es, wenn Annas Lippen zittern zwischen Erregung und Vorwurf, wenn ihre Schuhspitzen trippeln – enerviert oder fordernd? Frage der Fragen – Ruhe zu geben oder schneller zu kommen?

Beide überzeugt vom Unsinn unsrer Liebe, verharren wir in der Fermate des Trotzdem, sehnen uns, entfernen uns einander, dezent; jedes Wort ist eine Hintertür.

14

Schwarzes Buch. Irgendein Winkel der Totenstadt. Die Häuser, ins Unendliche gedehnt, ähneln Fabrikanlagen. Zum kalten Grau hat sich bronzener Schimmer gemischt. Es muß das schwere Licht sein.
Der Schrull lehnt aus einem der glaslosen Fenster.
»Ich bin, was Sie geworden wären. Ein kleiner verbitterter Mann, versteckt an einem Ort fernab der Kalender, gehüllt in böse Erinnerungen und unerfüllte Träume. Irgendwo zwischen falschem Stolz und nutzloser Schuld. Ein Moormensch, ein Schrull. Für Augenblicke sind Sie Thanatos gewesen, waren Sie Meister und Diener zugleich, wie einst ich. Das Abbild im Spiegel. Der häßliche Schatten. Wir haben nichts getan. Wir haben das Nichts getan. Haben nicht einmal, als wir endlich etwas zu tun gehabt hätten, etwas daraus gemacht, nichts wiedergutgemacht. Und wissen Sie: Es ist egal. Völlig egal. Ich habe Dinge gesehen, die Sie sich als Schattenspiel nicht vorstellen könnten. Wie gefällt Ihnen die Stadt?«
Johanser gibt keine Antwort. Wozu auch? Der Schrull pocht auf den Sims.
»Ich bin hier heimisch geworden. Habe ein Haus bezogen, irgendeines, sie stehen leer für diejenigen, die zur dritten Zone bereit sind.«
»Wo beginnt die dritte Zone?«
»Sie ist hier, mitten unter uns. Jeder trägt sie in sich.« Er deutet auf seine Stirn. *»Das Museum ist jetzt geöffnet. Gehen*

Sie hinein und betrachten Sie sich. Was Sie zusammengelebt haben! Es ist Ihr Museum. Wir haben alle Fliegen und Schreie gesammelt, deren wir habhaft werden konnten.«

»Fliegen? Schreie? Wer will das?«

»Wir hegen, um ehrlich zu sein, keine hohen Publikumserwartungen. Fliegen und Schreie. Schienen uns, nach gewissenhafter Sichtung, die Hauptbestandteile Ihres Daseins.«

»Was ist mit den Glücksmomenten?«

»Es gibt sie, aber sie sind flüchtig. Momentan leider nicht in unserem Besitz.«

»Bin ich damit beendet?«

»War das nicht Ihr Wunsch?«

15

(Zwei Briefe)

25. Juli
Liebe Eltern,

ich lauf hier gerade so nichtsahnend durch die Stadt, auf einmal – Ihr glaubt nicht, wen ich gesehen hab! Konrad! Das war knapp, ich konnte mich grad noch hinter 'ne Litfaßsäule klemmen, sonst hätte er mich auch gesehen und ich hätt flitzen müssen. Ich hab mir dann den Spaß gemacht, ihn ein bißchen zu verfolgen, wie er so rumlief, ziemlich planlos, sah nicht gut aus, bißchen krank und fahrig, ziemlich mager. Er rannte rum und sprach irgendwelche Leute an, die nichts mit ihm anfangen konnten und ihn meistens stehenließen. Irgendwie crazy, doch dann kam mir der Verdacht, er sucht was, wie 'n Junkie, der Leute um Stoff anhaut. Kann es sein, daß er mich sucht? Daß Ihr den armen Kerl hier raufgeschickt habt, wegen mir?

In dem Fall möcht ich Euch echt ans Herz legen, ihm das auszureden, wäre ja nur peinlich, ich meine, falls wir uns tatsächlich noch mal begegnen sollten, dann würd ich halt flitzen, was würde das bringen? Bitte sagt ihm auch nicht, daß ich ihn gesehen hab, wahrscheinlich würde er sich wie ein Depp vorkommen. Ich hab gleich das Viertel gewechselt, abschleppen wird mich von hier keiner. Wenn wir uns wiedersehen, dann freiwillig, ich weiß nicht, wann, noch gefällt's mir, und Ihr müßt kapieren, daß ich, wenn ich zurückkomme, er-

wachsen sein werde. Wenn Ihr das nicht einseht, hat es gar keinen Sinn weiterzudenken. Die Stadt verändert mich, ich fühl mich, seit ich hier bin, schon um zehn Jahre gealtert, aber nicht negativ, mir geht's ganz prächtig. Sagt auf jeden Fall Konrad einen lieben Gruß von mir, ist doch rührend, wie er sich um mich bemüht, obwohl er mich wahrscheinlich gar nicht leiden kann und das alles nur für Euch macht. Genug für heute,

B.

26. Juli

Liebe Marga, lieber Rudolf,

die Suche läuft, meint: Ich bewege mich sehr viel. Gestern war mir, als spürte ich ihn nah, sah mich auch um, nichts, nur das Gefühl: Er macht sich. Beni macht sich. Ein paar der Leute, nach ihm befragt, wollen ihn hier gesehen haben, andere dort, wieder andere vermuten ihn woanders. Manchmal scheint es, er sei hier überall, doch nicht zu greifen, grade so, als beobachte er jeden meiner Schritte. Wir werden sehen. Ich habe mir viele Augen gekauft. Ob nicht alles gut ist, wie es kam? Wir sind nicht sicher. Weshalb das *Wir?* Ich habe mein Ich aufgegeben. Ichsein ist diktatorisch. Wir haben nicht mehr nur eine Meinung, in unserem Kopf tummeln sich viele, und jeder sieht die Sache anders.

Das Wetter ist schön, wir haben jeden Tag Stuhlgang fester Form, sind wohlauf.

Nächstens mehr,

Konrad

16

(Vier Bruchstücke)

16/1

Konrad hatte den Schritt wochenlang durchdacht, Reinemacheschritt, für den die Zeit gekommen schien. Ein Schritt, dessen scheinbar moralische Geblähtheit selbstsüchtige Gründe besaß. Er hatte vor, sich, nötigenfalls gegen den Willen des IDR, anzuzeigen, sich als Fälscher zu entlarven, um so wieder Wirklichkeit werden zu lassen, was eine entscheidende Phase seines Lebens über Wirklichkeit gewesen war und Fakten geschaffen hatte. Er wollte – wieder – zum gesuchten Mann werden. Es würde nichts sinnvoller, aber alles weniger grotesk machen. Nachvollziehbarer.

So nutzte er einen Seiteneingang sowie den Schlüssel, den er nie abgegeben hatte und betrat am 31. Juli, kurz nach 18 Uhr, das Institut.

In der Halle und auf der Treppe zum ersten Stock begegnete ihm kein Mensch. Zumrath blieb üblicherweise eine halbe Stunde länger als seine Untergebenen. Daß er sich in seinem Büro aufhielt, war dennoch nur eine Mutmaßung.

Säulen, Kreuzgewölbe, Wendeltreppen. Hohe, rundbogige Fenster. Das Gebäude besaß Ähnlichkeit zum Walstädter Gymnasium.

Der gravierendste Unterschied besteht in den Türen. Hier sind sie aus wuchtigem Mahagoni. Wenn man sich als gescheitert verurteilt und aufgibt, ist es Unsinn hinzuzufügen: mit aller Konsequenz. Ein Ende ist ein Ende. Ohne Konsequenzen. Mein Moralkonstrukt hat versagt. Ich werde nicht konsequent sein.

Zumraths Büro ist, gesamt besehen, tannengrün gestimmt, obwohl kein Möbel oder Gegenstand dieser Färbung gleichkommt. Tritt man ein, fällt das bauchige Waschbecken ins Auge sowie das Fenster mit den beigen Lamellen. Ölporträts, genormten Maßstabs, zeigen verdienstvolle Menschen: Gründer, Gönner, Direktoren. Erst danach bestaunt man die Dreimeterbreite des eichenen Schreibtischs, den schwarzledernen Chefsessel, der sich hoch über Zumraths an sich gedrängte Gestalt wölbt. Er ist ein dicklich-lümmelnder Mensch mit Reservekinn und graumeliertem Haar, der seine Lesebrille ständig abnimmt, mit ihr spielt, sie an zwei Fingern baumeln läßt, bevor er sie wieder auf die Nase rückt. In schnittigem Gestus.

»Johanser! Wo kommen Sie denn her? Um diese Zeit?«
»Zweite Zone.«
»Entschuldigung?«
»Ich wollte das alles hier noch einmal sehen.«

16/2

»Niemand möchte Ihre Verdienste in Abrede stellen. Sie haben enorm viel dafür getan, daß unser Institut eine Zukunft besitzt.«
»Wirklich?«
»Würd ich so sagen, Johanser, ja.«
»Hören Sie auf! Dieses Rumgerede! Sie wissen, es sind Fälschungen. Das ganze Haus ist durchsetzt. Das Haus selbst ist Fälschung geworden. Es ist alles MEINS!«

Zumrath legte die Stirn in Falten. Seine Stimme wurde hart, die Finger beider Hände stemmten sich kraftvoll gegeneinander. Tatsächlich, murmelte er, habe man die Möglichkeit eines Unterschleifs kurzfristig in Erwägung gezogen, als besagter Datierungsapparat zur Anwendung gekommen sei, frisch aus dem Labor. Tatsächlich habe man, insbesondere er, der Direktor, dessen Pflicht es sei, ins Utopische zu denken, überreagiert. In einem Anflug der Verstörung habe man der Technik gutgläubig Rechnung getragen und Erklärungen gesucht. Zumrath spreizte die Arme zu einer halb beschwörenden, halb entschuldigenden Geste.

»Bis wir auf die Idee kamen, die Fähigkeiten der Apparatur erst einmal zu überprüfen. Was stellte sich heraus? Einige unzweifelhafte Goethe-Originale wurden aufs Jahr 1853 datiert! Andere sogar auf 1912! Sie können sich unsere Erleichterung vorstellen!«

Johanser verneinte.

Zumrath brach in Gelächter aus, das sich mit dem Anschein der Gutmütigkeit schwertat.

»Ich wußte immer, daß Sie ein wenig zur Selbstüberschätzung neigen, Johanser, aber das ... Vielleicht sind Sie verwirrt? Es gab Grund zur Verwirrung, zugegeben, ich bin Ihrer Frau gegenüber wohl etwas heftig gewesen, wir hatten ja Anlaß zur Besorgnis, bitte das nicht mißzuverstehen.«

»Ich könnte an die Öffentlichkeit treten.«

»Das könnten Sie. Zweifelsohne. Wohinein würden Sie da treten? Überlegen Sie das gut. Sie hätten einen kurzen Auftritt, vielleicht würden Ihnen manche sogar glauben. Und dann?«

Zumrath lehnte sich tief in seinen Sessel zurück, redete mollusk, wie aus einer Höhle heraus.

»Man würde sich Ihre Person sehr genau ansehen. Würde Ihre Glaubwürdigkeit prüfen. Es wird – möglicherweise – Streit geben. Gutachten. Gegengutachten. Und Sie? Was würden Sie die ganze Zeit über machen? Würden Sie das überhaupt durchhalten? Und am Ende, falls Sie tatsächlich triumphieren sollten, was zu Ihrem Glück sehr unwahrscheinlich ist – wie sähe dieser Triumph aus? Ein Triumphmarsch ins Gefängnis? Zu komisch.«

Johanser gab keine Antwort. Er hätte bluffen, hätte Zumrath vielleicht, mit vorgespieltem Fanatismus, in Schrecken versetzen können. Das fand er albern. Wegen der Fälschungen Prozesse zu führen, dazu blieb ihm keine Zeit, man brauchte ihn an anderem Ort, für Wichtigeres. Johanser sah auf die Wanduhr über dem Waschbecken. Seltsam, daß man dieses Waschbecken nie herausgerissen hatte. Wahrscheinlich stand auf beiden Hähnen Unschuld.

Zumrath bemerkte den bösartigen Glanz in Johansers Blick und wurde unruhig. Beide waren, jetzt um halb sieben, die einzigen Menschen im Institut.

»Na schön. Wir sind von unserer Seite aus bereit – wenngleich wir dazu eigentlich keinen Anlaß hätten, im Sinne einer Schuldigkeit –, Ihnen ein Übereinkommen anzubieten...«

Es klang billig monetär. Wie ›Gehaltsnachbesserung‹ oder ›Schweigegeld‹. Das Übereinkommen – die Silben klangen voneinander getrennt: *Über-Einkommen;* Beni schien es genauso verstanden zu haben, viel, viel Knete, murmelte er; die Wahrheit ist Knetmaterial, murmelte Johanser zurück, und beide kicherten wie beschwipst. Münzen für Charon. Viele legen sie sich zu Lebzeiten auf die Zunge, die Welt ist voll belegter Zungen, gekaufter Zeugen, ausbezahlt und abgefunden.

»Zumrath, Sie sollten sich sehen, sollten sehen, wie Sie da sitzen! So feist und dreist und häßlich.«

»Ich schaue täglich in den Spiegel. Sonst noch was?«

»Wollen Sie noch die Wolken unter Vertrag nehmen? Und den Wind?«

»Selbst die Planeten haben einen Vertrag. Von unbegrenzter Laufzeit. Bisher ist keiner ausgestiegen.«

16/3

Johanser beugte sich über das Gesicht des am Boden Liegenden, stemmte Zeige- und Mittelfinger in vor Entsetzen starre Augen, bohrte sie tief hinein, bis die Augäpfel dem Druck nachgaben und aus den Höhlen liefen, zerquetschte Kleckse von Gelee und Blut, und in den Höhlen bildeten sich kleine

Seen aus Rot und weißen Fetzen, eine Flut von Rot spülte Gallert über die Backen. Zumrath verschluckte sich, hustete, unfähig zu schreien oder einen Laut von sich zu geben, der über empörtes Gekrächz hinausging. Johanser schnürte ihm die Krawatte um den Hals, zurrte sie am Knauf einer Schreibtischschublade fest, bis Zumrath die Besinnung verlor. Dann stieß er mit dem Messer zu, immer wieder, bohrte es bis zum Heft in Zumraths Brust, sieben-, achtmal, nicht mitgezählt die Fehlversuche, wenn die Messerspitze auf eine Rippe traf und diese von der Wucht des mit beiden Händen ausgeführten Stoßes brach.

Mann, du bist echt voll daneben, raunte kopfschüttelnd Benedikt im Hintergrund, wozu machst'n so was? Hat doch gar keinen Sinn. Schau dich mal an, wie du aussiehst, echt uncool, wie 'ne Leinwand nach'm Actionpainting, hey, brauchst nicht länger stechen, der merkt das nicht mehr ...

Johanser hielt inne und ging zum kleinen Spiegel über dem Waschbecken, betrachtete sich eine Weile, schmunzelnd, schaufelte dann Wasser über seinen Kopf, wusch Gesicht und Haare und rollte die vom Blut über und über besprritzten Kleider zum Bündel zusammen.

16/4

Nackt bis auf die Unterwäsche schritt er, bald feierlich, bald tänzelnd, die Treppe hinab, stieß kurze Laute aus, sich den Zauber der Hausakustik vor Ohren zu führen, durchquerte Lesesaal und Restauration und trat ins Archiv ein, den *stuckbeprunkten Saal. Kassettendecke, glatte, kühle Granitsäulen, rotbraun, vier Meter hoch. Zwischen den Säulen metallene Regale, die den Raum in Schluchten teilen. Hinten, auf einer Empore, das breite Schreibpult, von der Arroganz einer kafkaesken Kanzlei. Zettelkästen umrahmen eine voluminöse Schreibmaschine.*

Ich habe Schönheit gesehen und das Furchtbare auch.

Je länger ich hinsah, umso schöner wurde das Furchtbare auch.

Je länger ich hinsah.

Nachts war es manchmal sehr einsam und großartig hier. All die erhabenen Momente, wenn man die Welt in der Hand hielt und umformulierte. Reminiszenzen. Reminiszecken auf Falsifikatzen. Schleichen umher, tun lieb. Siehst du irgendwo einen Computer? Beni verneint. Und dabei wollte Zumrath alles umstellen. Ja, dies war mein Lauringarten. Wie findest du's denn?

Benedikt gab keine Antwort, doch die Art, in der er ging, von einem Ende des gewaltigen Raumes zum andern, machte deutlich, daß er gern Schuhe mit festem Absatz getragen hätte, die Schritte auf dem Steinboden klacken zu lassen. Für einige Zeit verschwand er hinter Regalwänden, seine Stimme klang von dort sehr fern und gedämpft.

»Hast du nachts keine Angst gekriegt?«

»Ja.«

»Wieviel ist das alles zusammen wohl wert?«

Johanser gab keine Schätzung ab, vergaß die Frage des Jungen, griff statt dessen nach dem Lichtseil, das sich horizontal von einem der hohen Fenster zum anderen wand, sah Staub darin fliegen. Hinten der Schreibtisch, das Schaltpult, finsterer Sog ging von ihm aus, starke Versuchung, sich wieder in den Drehstuhl, in Szene zu setzen, die Lampen anzuknipsen, starke Lampen, doch altpapierschonend.

Somnambelle saß nackt auf dem riesigen Schreibtisch, hatte nur einen Teppich lose um die Schultern geschlungen. Der Schein der Schreibtischlampe glühte auf ihrem ausgezehrten, fleckigen Körper, brannte sich rot in ihr Fleisch, und das Fleisch färbte sich, wo es nicht vom Lichtkegel durchbohrt, wortwörtlich *durchbohrt* wurde, schwarz. Leblos hing ihr Kopf herab, ihre Füße baumelten ins Leere.

Johanser sah, hinter einer der Granitsäulen versteckt, der Geliebten zu, kam der Brennenden nicht zu Hilfe, stemmte sich gegen die kühle Glätte jener Säule, hilfesuchend inmitten der Feuer.

Zumrath hat sich des Nichts als würdig erwiesen. Starb, wie er lebte: dumm. Jetzt, da er tot ist, besitzt er eine passable Entschuldigung.

»Irgendwie hat alles keinen Sinn, aber es ist schön.«

Mein Kopf beginnt zu brennen, scharfer Wind entfacht die Glut, Inferno, Bilder zerschmelzen vor den Augen, das verkohlte Fleisch stinkt hinauf zum Schädeldach, bin mein Opferfeuer, mein Moloch, der Kessel, in den, was Welt genannt wird, stürzt und aufflammt. Bin die Vernichtungsmusik, die Brandrede wider die Städte geschleudert, der Phönix bin ich, Aschenvogel, Flügelschlag. Mein Kopf ist entzündet, voll Demut knie ich nieder, meine brennenden Lippen küssen die Erde zum Flächenbrand, zum Feuersturm, versengend wütet dieser Kuß aus Zorn und Liebe. Nichts entgeht ihm, nichts.

Plötzlich waren Feuer im ganzen Raum, war der Saal ein Konklave von Brandherden.

»Wie das knackt und platzt! Nicht wie Papier. Wie Hornhaut!«

Kathartisches Feuer, daß es den Himmlischen heiß unter den Sohlen brennt. Flammenzungen. Geil, würde Beni sagen, nicht unrichtig, geiles Gezüngel, Risse in der Nacht, knackender Funkenflug, Insekten aus Glut, Geister der vom Schrull gespießten Fliegen.

»Alles hängt irgendwie zusammen.«
»Zusammenhang verbindet.«

Es ist Zeit, wir lesen die Fanale, sie kommen, kommen von links und rechts, sind hier, sind jetzt, brennen, leuchten, verfeuern die Nacht, horten Brennstoff in der Stadt, jedes Haus Nahrung, Flammenfutter.

Geschichte wird in paratakischen Sätzen geschrieben. Subjekt, Objekt, Vernichtungsverb. Punkt, Punkt, Punkt.

Drei rastlose Tüpfelchen deuten ein Weiter an. Abgehangene Meister füllen die Allee der Idole. Tote Direktoren – schwanken durch die Gänge?

»Johanser! He! Was machen Sie da? Warten Sie!«

Wir müssen rennen.

17

Das Kollier aus Augenblicken um den Hals gekettet, geschmeidiger Trophäensammelsud gottähnlicher Sekunden, Theophanien einer Fliege, munter aneinandergereiht. Die ›Medizin‹ nannten es die Indianer, ohne welche sie nicht zu krepieren gedachten. Das Testament.

Beim Abkratzen noch – das meint das Verb – ein Palimpsest freilegen, ein Stück Sage auftun im Moment des Todes. Abschied nehmen, Aufgabe all dessen, was etwas bedeutet hat.

Wie einfach es fällt! Wie Milchzähne, die plötzlich lose an Fäden baumeln und gedreht werden können im Mund.

Ich erinnere mich eines Feuerwerks, eines Karussells im Walstädter Sophienpark am Schloß, sehe mich, drei Jahre alt, sitzen auf einem weißgelackten Pferd. Meine Mutter steht da und winkt. Befallen von einem gutartigen Lachen, winkt sie mir zu, die Welt war herrlich, sie liebte mich, ich war ihr Kind, das Leben ein Karussell ... Das gab es ja auch.

Von Geburt an leuchten Sterne einem heim, ist etwas über uns, das ewiger scheint, glänzend alles relativiert, dem Jetzthier Unerreichbares entgegenhält.

In sternverseuchter Nacht. Punkte werden mit Strichen verbunden, werden Bilder, werden gedeutet, Horoskope.

Für die heimlichen Völker unter dem Teppich, unbenamt, in sich gekehrt, unter der Knute der Generalamnesie, von gestern auf heute, ihr unten, hört mich! Halleluja euch Wesen, halleluja und Blankokenotaph!

Auf irgendeinem Gehsteig irgendeiner Straße kippt irgendein Mann um, weigert sich zu atmen, läuft blau an; irgendwelche Passanten stehen blöde im Kreis.

Eine Frau, verbunden mit dem Mann durch Goldring und ein halbes Leben, beugt sich über den Sterbenden, schreit hysterisch ATME DOCH! ATME DOCH! ATME DOCH! Er stirbt unter ihren machtlosen Fäusten. EINEN ARZT! schreit sie, bereits zu spät. EINEN ARZT! Passanten schleichen vorbei, peinlich berührt. Johanser kommt, kniet beim Toten nieder, tätschelt sein Gesicht.

»Ich möchte gern etwas Weiches, Wärmendes sein, ein Teppich, ein Mantel. Ich kann nur stillstehn und warten...«

Die Frau, brüllend vor Schmerz, begreift nicht, was Johanser sagt. »SIND SIE EIN ARZT? SIND SIE EIN ARZT?« Ihre Stimme überschlägt sich mehrmals, zerschellt.

Johanser redet ihr zu: »Er wird es guthaben bei mir.«

Die Frau ohrfeigt ihn, zerkratzt sein Gesicht. Passanten zerren den Segnenden fort. Achselzuckend wechselt er die Straßenseite. Ein Notarztwagen jagt um die Kurve, spät, viel zu spät.

Erinnern ist behaupten. Hora incerta. Herabschau auf das Menschgewimmel. Bilanz, Grabbeigaben.

Traumzeit. Abheben zum Flug ins Dunkel. Zum Blindflug in die Kälte.

5. BUCH

Dritte Zone
(Acht Fragmente)

Fühlten wir uns außerhalb des Schmerzes jemals wohl? Wünschten wir um uns nicht jene Art behüterischen Schmerzes, der, seiner Grenzen bewußt, nie das Reservat der Lust verläßt? War uns die Katastrophe nicht stets etwas Herbeigeschmeicheltes, Bestätigung lange gepflegter im Dunkel gezüchteter Angst? Haben wir – jeder gehe in sich! – das Glück nicht zu verachten gelernt – buckelt nicht heute noch die Kunst jenem Prinzip – jedes stilvolle Scheitern ödem Gelingen vorzuziehen – hinterher? Müßte nicht das Glück – aufgrund schon seiner Seltenheit – letzte Herausforderung werden derer die sonst alles haben? Wäre nicht ein gelungenes Beispiel stilvollen Glückes geeignet, die Romantik für immer zu beenden?
Ein Glück müßte es sein, mit milder Gewalt erkämpft, die niemandem zu nahe trat außer sich selbst, der alle anderen heilig blieben, in ihrer Würde unbelangt.
K. E. Johanser, Die Pars pro toto als innerer Selbstzweck der Erinnerung. Blasphemische Festrede zum zweihundertsten Geburtstag Rückerts *(1988)*

1

Die Stadt brennt.
Leuchtet, wie es Städten ansteht. Es sollte jede Nacht ein Feuer geben. Feuer sind cool. Wenn du ein Herz hast, schmeiß es fort, weit hinaus. Der wert ist, es zu finden, bringt es dir zurück.
Thanatos, über der brennenden Stadt, irrt umher, zwischen Schauplätzen und Tatorten. Hin- und hergerissen, zögert er zu entscheiden, auf wen der Finger weisen soll. Zweifelt an sich zum ersten Mal.

2

Im Zug saßen Johanser zwei Pennäler gegenüber, beide ungefähr in Benis Alter. Der eine redete davon, daß der Franzose sich mit dem Holländer verbünden müsse, um Expansionsgelüste des Portugiesen einzudämmen. Sie redeten viel über Gnome, Schwertkämpfer, Magier und Feudalherren und lasen dabei Zahlen aus Listen ab.

»Die Ernte erbrachte nur 'nen Wert von Nullpunktneun. Mußte fünfundzwanzig Ritter verkaufen.«

»In solchen Fällen erhöh ich immer den Steuersatz.«

»Für so 'ne Maßnahmen ist mir der Sympathiebonus der Bevölkerung zu wichtig.«

»Ich setz da eher auf den Verteidigungswert meiner Burgen. Die sind jetzt schon mit über zweihundertfünfzig Prozent gesichert. Ich hab's satt, mich um andere Lehen zu kümmern, die schwächeln von selbst.«

»Wieviel bezahlst du deinem Magier? Doppelten Feldherrensold?«

Johanser hörte dem ratlos zu, fand es aber sehr interessant. Beni kam ihm erklärend zu Hilfe.

»Paß auf, die spielen Postspiele, da geht's drum, Rollen anzunehmen, und die Regeln sind kompliziert wie im echten Leben, damit das Spiel weltähnlich wird. Da hast du oft bis an die zwanzig Mitspieler, und jeder manövriert mit seiner Figur, und die Figur ist nicht einfach so 'n Menschärgeredichnichtsteinchen, nee, die Figur ist exakt entworfen, ist ein Krieger, Titan oder Schamane, Gnom, Pirat oder Drachentöter, hat soundsoviel Kraftpunkte, Intelligenzpunkte, Charismapunkte und so weiter, jeder Figur stehen soundsoviel Waffen zur Verfügung, soundsoviel Geld, Rohstoffe, Kolonien, Flotten, Anwälte, Arbeiter, was weiß ich...«

Konrad mischte sich mutig ins Gespräch, setzte eine Kennermiene auf und senkte die Stimme ins Geheimdienstliche.

Auch er sei im Spiel, im Stande der Macht gewesen, kürzlich noch, habe es bis zum Magier gebracht, das Geschick der Mitspieler geleitet, dann aber sei folgendes passiert... Von bösen Zufällen umringt, habe er, um der Situation heil zu entgehen, sich einiges Übergewichtes entledigen müssen, habe einen Schutzbefohlenen geopfert, den Dämonen hingeworfen, ob das zu vertreten sei, unter gewissen Umständen?

»Einen Schutzbefohlenen? Aber der hängt doch direkt mit der Charismastrahlkraft zusammen!«

»Mir schien es aber der einzig gangbare Ausweg...«

»Gibt's nicht!« widersprach einer der milchbärtigen Feudalherren. »Ein Magier wüßte immer noch was anderes. Ansonsten würde er ja zum Pächter degradiert, mindestens.«

»Genau«, pflichtete ihm der andere bei, »das ist ätzend. Da gibt's immer 'n Weg drum rum. Sonst wär das Spiel ja zynisch.«

»Du meinst, das wäre völlig untragbar?«

»Logo. Da müßte der Spielleiter einschreiten und derbe Minuspunkte verteilen, auf jeden Fall. Ein Magier, der so handelt, würde seinen Rang sofort verlieren.«

»Mit so 'nem Strahlkraftdefizit müßte jeder Magier wieder ganz unten anfangen, als Pächter, höchstens als Lanzenträger. 'nen Schutzbefohlenen zu opfern ist verdammt unmagisch, so 'ne blöde Situation gibt's nicht, daß jemand dazu gezwungen wäre.«

»Klar«, ereiferte sich der andere. »Schutzbefehl ist Schutzbefehl!«

»Was ham Sie'n da für Mitspieler gehabt, die so was ham durchgehen lassen?«

»Könnt mich ruhig duzen. Ich bin nicht viel älter als ihr.«

Die Feudalherren sahen einander zweifelnd an, gewährten im folgenden aber Johansers Bitte und legten ihm nahe, sich den Grundgedanken des Spiels noch mal ganz genau zu durchdenken. Danach verließen sie mit besten Wünschen fürs weitere Vorwärtskommen das Abteil. In ihren Gesichtern stand zu lesen, daß sie mit einem so offensichtlich angeschwärzten Exmagier wenig zu tun haben wollten.

3

Im frühen August. Johanser auf der Niederenslinger Bahnhofsplattform, getarnt mit jugendlicher Kleidung, Bart und Sonnenbrille, zwei pietätvollen Fenstern. Niemand erkennt ihn, als er durchs Dorf schreitet, am Gymnasium vorbei, den Eschenberg hinauf, nordwärts zum Moor, wo niemand ihn erkennen kann, weil dort niemand ist, nicht mal der Schrull. Auch dessen Hütte bleibt unauffindbar, nur einige vom Regen zerweichte Styroporplatten liegen zwischen den Tannen, daraufgespießt Fliegen, der Fang präzis datiert, und Schreie voller Schreie ist das Land, nicht für jeden zu hören, schale Echos.

Das Moor hat seine Schuldigkeit getan. Der Schrull haust in der Totenstadt, in der dritten Zone, dem Tag unzugänglich. Die dritte Zone muß Thanatos selbst sein.

Auf einem breiten weißen Fels lag reglos ein Kreuzotternpaar, das sich erst fortschlängelte, als Johanser ihm auf fünf Meter nahe kam. Kornfelder standen in unverschämter Fülle, golden, fettig, der Waldsaum warm und vertraulich, von Eichen gekrönte Hügel, im Himmel keine Wolke.

Johanser, mit Plastiktüten voller Verpflegung, wanderte durch Maisfelder, am Frauenauge vorbei, hohes Korn hindurch zum Ständnerhof. Er hatte keine Angst mehr. Kein Hund begrüßte ihn.

Er sah in den Stallungen nach, in den Scheunen, dem verfallenen Lagerschuppen. Durchs Haupthaus ging er auf Zehenspitzen, mit entsicherter Makarov darauf gefaßt, jemandem zu begegnen, sich gegen jemanden verteidigen zu müssen.

Die Räume waren nicht kahl. Gerichtsvollzieher und Plünderer hatten nur mitgenommen, was nach ihrer Meinung Wert besaß. Einige alte Schränke, leer, ein Bettgestell und viele über den Boden verstreute Zeitungen waren geblieben, braune Zeitungen, nach Farbe und Inhalt, staubig und verknittert, mußten jahrzehntelang zur Auskleidung irgendwelcher Truhen gedient haben.

Schwacher Fäulnisgeruch hing im Haus, obgleich durch zerschlagene Fenster Zugluft wehte. Der Staub lag an manchen Stellen zentimeterdick. Johanser suchte ein Zimmer im ersten Stock aus und schob einen Schrank vor die Tür, gegen nächtliche Besucher, deren es bald welche gab, junge Streuner, die die Ruine zu Biergelagen, satanischen Messen oder homoerotischen Übungen nutzen wollten. Merkten sie, daß jemand da war, suchten sie sofort das Weite, glaubten wohl an einen Spuk, einen Mörder, einen Irren. Nur einmal rüttelte jemand an dem Schrank, Johanser gab einen Warnschuß ab, durchs Fenster hinaus, schräg in den Himmel. Danach herrschte nächtelang Ruhe.

Die Toten stehen auf den Hügeln und kommen herab. Es werden immer mehr. Sie kommen, sind plötzlich da, aus dem Nichts.

»Es bedeutet, das Nichts lebte all die Jahre mitten zwischen uns, unerkannt.«

Die Toten taumeln ziellos von Lichtung zu Lichtung, von Helle zu Helle gedrängt, schwanken und stinken, in den Farben der Verwesung, begreifen die Rinde der Bäume wie Braille-Schrift, suchen Erklärung.

Dritte Zone. Die Stimmen aller, tief drinnen, das WIR, das WIR ist eine Meute Testamente.

Johanser hatte einen Schlafsack gekauft und sich mit Vorräten für drei Wochen eingedeckt. Wasser schöpfte er aus einer Quelle beim Waldrand, sein Essen bestand aus Dosenfleisch und Pumpernickel. Alle vier Tage marschierte er nach Überach, Wein zu kaufen. Er fand es merkwürdig, daß Wein so schwer war, so wenig abstrakt. Er schleppte, soviel er schaffte, aber sein Verbrauch zwang ihn alle vier Tage unter Menschen. Nicht, daß er sich vor ihnen gefürchtet oder sie gehaßt hätte, fühlte eher wie ein Künstler, der eine Peinlichkeit darin sieht, sein Werk zu früh zu zeigen, Fremden Einblick in den Schaffensprozeß zu gestatten.

Der Vollbart machte ihn unkenntlich, aufgrund seiner sportlich-teuren Kleidung geriet er nicht in den Verdacht der Obdachlosigkeit. Die meiste Zeit saß er still an eine Wand gelehnt und träumte in den Tag, in die Nacht, es machte wenig Unterschied.

Gedanken an Anna, die so nah war, ein paar Katzenweitwürfe entfernt. Auch an die Eltern, ebenso nah, bei den Toten, die umhertaumelten, ums Haus herum. Dritte Zone. Das Leben ist etwas nicht Wiedergutzumachendes.

Eines Tages werde ich erscheinen in dieser Tür. Ein Klavier, weit weg, wird Kaskaden hoher Töne spielen, pling, Glissando zur Klimax. Ich werde silbrig blinken in der Sonne, werde heiße Hände ausstrecken nach dir, Hände voller Finger: Herolde. Ich werde mit dir über die Wasser gehen, wir werden die Brücke über das Meer sein. Regenbögen sind bestellt, springende Delphine und Teppiche aus Gischt. Wenn ich groß bin.

4

Manchmal kehrte der Hund zurück, rieb an den Mauern entlang. Johanser schlang die Arme um seinen Hals, ihm war egal, wie viele Flöhe sich zum Tapetenwechsel entschließen würden, das Präventivdenken, wie übrigens die Flöhe auch, rechnete er einem anderen, vergessenen Leben zu.

Das Heer der Toten setzt, Fackeln schwingend, über den Fluß, greift das Dorf an, zertrümmert die Türen und singt dabei, als geschähe nichts als das Nichts, dies jedoch mit brutaler Konsequenz. Ich höre die Nümfn einstimmen in den Gesang, ihnen allen voran schreitet ein sonderbarer Jüngling, der sich mit seiner Fackel den Milchbart aus dem Gesicht brennt und schreit, es gäbe da vorne Leben noch und noch, läge bereit für den, der es mit aller Inbrunst wolle. Die Toten johlen, brechen aus dem Boden, in dem man sie eingegraben, vor Jahren, Jahrzehnten, Jahrtausenden verscharrt hat, sie brechen durch Parkettböden und Blumenbeete, durch Grundmauern, sie tauchen aus Fischteichen auf und treiben auf dem Fluß, brechen aus Kirchwänden und Sportplätzen, bringen Häuser zum Einsturz, die auf einem lang vergessenen Grab gebaut sein müssen. Und nichts hält sie in der Erde fest, kein Stein und kein Eisen, ihrem Aufbegehren beugt sich alles. Sie kommen aus der Erde, blasse Schemen, die langsam an Gestalt gewinnen. Schatten verwandeln sich zu Fleisch, ihre Plastizität verstärkt sich mit der Dauer der Betrachtung.

Anfangs können Mutige noch durch sie hindurchschlagen und nichts als einen Schwall eisiger Kälte spüren. Je stärker aber jene Schemen sich verfeinern, desto mutloser werden selbst die Unerschrockensten, bleiben stehen, lassen die Toten an sich vorbeigehen und hoffen, der Spuk würde sich nicht in ihr Leben mischen, Bilder würden Bilder bleiben und wieder in der Nacht verschwinden. Manche stehen lange so da, unschlüssig, gelähmt, bis sie müde hinsinken und ein Toter, derjenige, der für sie bestimmt ist, sich über sie beugt.

Die Toten fressen ihre Opfer auf, doch nicht im Sinne einer Mahlzeit, eher saugen sie das Leben wie Knochenmark aus, es ähnelt einer Mundzumundbeatmung, bei der man Leben nicht spendet, sondern entreißt. Und wenn der Tote mit seinem Opfer fertig ist, sieht er aus wie ein lebender Mensch, von jenen kaum mehr zu unterscheiden, es sei denn im starren Blick und der unsicheren Gangart zwischen Taumeln und Staksen, zwischen Trunken- und Unbeholfenheit.

Auf Giebeln und Türmen hockend, sehen dem Schauspiel Dämonen zu, einstmals Götter, Idole, zumindest gefallene Engel. Machtverlorenes Publikum, das nur, wenn man es ausdrücklich herbeiruft, Konturen gewinnt. Sogar dann noch wirkt es müde und bitter, schwingt sich langsam in die Straße, ins Leben hinab. Voller Stolz gießen jene Kreaturen Spott aus über den, der sie ihrem Wachschlaf entriß, trauen der eigenen Wiederkehr nicht, rempeln, stottern, stammeln, bis, in der schwärzesten Stunde, ihr gemeinsames Lied anhebt, gewaltig und fordernd, ein Chor, der das Dunkel zittern macht.

Nicht heißeste Sonne konnte die Gefrorenheit der Bilder antauen. Rauhreif hing über allem, was existierte. Jede Flüssigkeit war zu Eiskristallen gebunden; was sonst noch war, war spröde, trocken, außer Zeit gesetzt.

Nichts floß, nichts schritt fort. Johanser fühlte seinen Puls nicht mehr, noch sammelte sich Speichel im Mund, den er zu schlucken gehabt hätte, noch füllte sich seine Blase und drängte auf Entleerung. Gefroren stand er und sah Thanatos über dem Land, sah ihn wie Semele nach langem Betteln Zeus sah, in seiner furchtbaren Wirklichkeit.

Und als alles für immer in Eis stillzustehen drohte, stahl sich eine Träne aus Johansers Auge, floß zögerlich die Wange hinab, und mit ihrer Bewegung war der Bann gebrochen, war die Bahn gebrochen, löste sich das Land aus seiner Starre, der Fluß der Dinge setzte fort, was er irgendwann einmal begonnen hatte.

Bei Nacht, wenn niemand genau hinsieht, ändert der Fluß seine Richtung, entsteigt seinem Bett, wittert, forscht, wühlt sich gierig durch verkrustete Straßen, nimmt mit, was er nirgends angebunden findet, trägt diese Beute, wenn es dämmert, in sein Bett. Unschuldig tuend, wendet er sein Gesicht in die Tiefe.

Steinerne Tischtennisplatten waren in die Wiese gesetzt worden, hundert Meter weiter ein Gartenschach, mit halbmeterhohen Plastikfiguren, wie im Park eines Kurorts, zum Kotzen, fehlte nur noch ein Trimmdichpfad.

Das Silberfischchen kroch unter einen von Johansers freistehenden Fingernägeln, baute sich ein Nest aus Paarungstänzen, hoffnungslos desorientiert schrie es seine Botschaft hinaus.

Die Empfindsamkeit eines auf Patrouille geschickten Nervenstrangs.

Er fand zwischen den Zehen Reste von purpurbraunem, zähem Gallert, konnte sich dessen Herkunft nicht erklären.

Eine Menge Gewürm hing an den Balken, phosphoreszierend, in einer ekelerregenden Farbmelange aus Giftblau und Türkis. Man würde in eine weiche, kalte Masse greifen, der Glibber würde Flecke in die Haut brennen.

Tote ruhen lassen zu wollen ist eine kurz gedachte Unverschämtheit.

Ein gigantisches Fresko der Hölle. Wobei die Figuren verblaßt sind und gesichtslos. Sie dämmern zwischen Traum und Nichts, von Straße zu Straße der unterirdischen Stadt, wissen nicht, wozu, nicht, wohin.

Wären nur Monstren zu sehen und Richter, Torturapparate, Feueröfen, wäre das Geschrei Gemarterter zu hören! Gäbe es nur spürbare Qual, Konturen der Strafe oder Hoffnung auf eine Inbetriebnahme der Zeit ...

Er konnte nicht sagen, ob es ihm gutging, ob schlecht, es war, wie es war. Zustand ohne Wertung. Phase des Hindurchmüssens, die Rechenschaft ins Nachhinein verschob und sich auf Wichtigeres besann, die Discographie der Band Metallica zum Beispiel.

Eines Tages erschoß er einen vorwitzigen Raben, rupfte ihn, entnahm das Gedärm und briet ihn am Spieß. Wenig Fleisch. Zum Glück. Es schmeckte nicht, so ohne Würzmittel, doch das Feuer, in das sah er lange, wand sich hin und her mit den Bewegungen der Flamme und sah sich selbst, gefangen, aufbegehren aus der Glut, sah sich tanzen, zerplatzen, in Annas Haar.

So stahlummantelt bin ich schon, möchte mich unter die Leute schmeißen wie eine Handgranate. Die Stille zu ertragen fällt leichter mit Explosionen in der Hinterhand. Ziehe am Abzug. Das Büchsenfleisch gähnt, streckt sich. War eng hier. Komm, friß mich! Laute wie Stiche in die Stille.

Die Zimmerdecke ist ein Zirkuszelt. Darunter Trapezartisten, denen zum rettenden Handschlag eine Hundertstelsekunde gefehlt hat. Wieder und wieder durchleben sie tödliche Salti, stürzen geräuschlos hinab. Nur Zuseher kreischen. Vor Entsetzen, vor Vergnügen? Selbst Enttäuschung wäre denkbar.

Es riecht schlecht, überall ist der Stein von Fäulnis befallen, und das Holz im Haus ächzt wie ein träumendes Kind. Geräusche der Feuchtigkeit, der Zugluft in steifen Zeitungen.

> *Ich bin der Welt abhanden gekommen.*
> *Mit der ich sonst viel Zeit verdorben,*
> *Sie hat so lange nichts von mir vernommen,*
> *Sie mag wohl glauben, ich sei gestorben!*
> *Es ist mir auch gar nichts daran gelegen,*
> *Ob sie mich für gestorben hält,*
> *Ich kann auch gar nichts sagen dagegen,*
> *Denn wirklich bin ich gestorben der Welt.*
> *Ich bin gestorben dem Weltgetümmel,*
> *Und ruh' in einem stillen Gebiet!*
> *Ich leb' allein in meinem Himmel,*
> *In meinem Lieben, in meinem Lied ...*

Genug Bilder für heut?
Wer hat meinen Stift gestohlen?
An der Zigarette klebt Blut.
Muß neue Stifte kaufen.
Der Rausch kommt spät heute nacht.

Wäre ein Schrei, ein harter, maßloser Schrei aus dem Innersten fähig, was war umzukrempeln, auszutilgen aus der ewigen Tafel – ich würde ihn schreien, wie nie ein Mensch geschrien hat, ich kehrte meine Lungen nach außen, würde Mund, würde Wunde ...

zu wem sprechen?
      zu wem?

Ich habe Berit nicht geschrieben, keine Zeile, dabei ist sie ein liebes Mädchen, zumglücklichwerdennett. Wenn ich zu ihr ginge, mit einem Gruß von Konrad ...

Als Konrad noch hier war, war ich nicht so einsam.

5

Zuerst nur ein Schatten, die Ahnung einer Person, in die Dunkelheit der Hecken geduckt. Danach ein verräterischer Schritt. Berit sah sich um, fühlte sich verfolgt, konnte niemanden erkennen. Kurz nach Mitternacht kehrte sie von einem Geburtstagsfest zurück, zu Fuß, der Weg betrug nur wenige hundert Meter. An einer Stelle, wo der Verfolger, um ihr nachzukommen, unbedingt in den Lichtkreis der Straßenlaternen treten mußte, blieb sie stehen und horchte. In einem der Reihenhausgärten raschelte etwas, konnte eine Katze sein oder ein Vogel. Vielleicht, zum Leidwesen des Vogels, beides. Die Idee, der Verfolger könne sie überholen, indem er durch die Gärten, hinter den Hecken an ihr vorbeiliefe, kam Berit kurz in den Sinn, wurde gleich als zu paranoid verworfen. Als sie in den engen Seitenweg abbog und nur mehr wenige Meter zur eigenen Haustür fehlten, war ein zweites Rascheln vernehmbar, schwer zu orten. Die Vernunft riet dazu, jene letzten Meter im Laufschritt hinter sich zu bringen, dennoch blieb das Mädchen stehen und lauschte erneut, glaubte, ein Seufzen zu hören, weniger noch, einen Laut, wie er dem Mund nach harter Anstrengung entfährt, sosehr sich die Lippen zu schließen suchen. Sie dachte unwillkürlich an einen Verehrer, von dem sie nichts wußte und der nicht den Mut besaß, sich zu offenbaren. Auch an einen Vergewaltiger dachte sie folgsam, wie es ihr seit früher Kindheit eingeimpft worden war. Zuletzt, weil sich weiter nichts tat, griffen ihre Gedanken auf Katzen und Vögel zurück, auf die Unmöglichkeit, einer Katze auszureden, daß erjagte Amseln vor der Tür abzulegen einen Liebesbeweis darstellte. Berit steckte den Schlüssel ins Schloß. Das metallene Klicken hätte das Wispern ihres Namens beinah übertönt, so leise war jene Stimme hinter ihrem Rücken, leise, doch von irgendwoher vertraut, und als sie sich entsetzt umdrehte, war niemand zu sehen, das Wispern wiederholte sich auch nicht sofort, wenngleich sie deutlich »Ja?« fragte.

»Berit!« Diesmal war die Stimme eindeutig zu lokalisieren, sie entsprang dem thujenumzäunten Nachbargarten.

»Wer ist da?«

»Ich bin's!«

»Konrad?« fragte das Mädchen, wiewohl es nur der erste Name war, der ihr einfiel. Die Stimme, gepreßt, halb gehaucht, mochte irgendwem gehören. Was geschehen wäre, hätte sie einen anderen Namen genannt, den richtigen vielleicht? Ich weiß es nicht.

»Wer ist da?« fragte sie wieder, bekam zum dritten Mal ein Rascheln zu hören, dann nichts mehr, sooft sie noch fragte, wer da sei.

6

*Im Rausch, wenn der Felsen Flügel bekommt,
Gras sich zu Wänden verflicht, Räume schaffend emporwächst.*

Thanatos saß neben der Orgel, in der niedrigsten spätbarocken Kirche, die ihm je gebaut worden war. Eine Brücke aus Staublicht wölbte sich warm über seinem Kopf. Unten versperrte jemand die Portale. Thanatos lehnte sich ins Dunkel zurück und betrachtete den Altar, vor welchem in wenigen Tagen Gott und Anna einander Ja sagen würden. Anna würde beringt werden, damit, falls sie fortflöge, jemand sie zurückbringen könnte. Mendelssohn würde auf den Tasten tanzen, draußen vorm Kirchenportal warteten gedungene Reiswerfer. Der Pfarrer, bestochen, Annas Nein zu überhören, segnete das Paar.

Sinistres Gemisch aus Schwarz und Gold und Holz. Ein stummes, sprödes Lied. Auf den Bänken sitzen Gesangsbücher. Testamente derer, die immer da saßen. Die mit einer Stammstrophe eingegangen sind ins schwarze Buch.

Und Annas Chorkollegen würden der Zeremonie beisingen. Viel Dur, ein bißchen Moll. Den Brautstrauß fängt sich vermutlich die Konditoreiverkäuferin ein.

Thanatos, des Orgelspiels nicht mächtig, zupft sehnsuchtsvoll am Registertableau, könnte immerhin den Blasebalg treten, wäre das Gerät nicht elektrisch belungt.

Wozu er hier ist?

Traut nicht zu sehr den schwarzen Dichtern!
Glück schreit hinaus,
Unglück schreibt auf.

7

Die dritte Zone ist ein Inneres. Die dritte Zone ist Heim.
 Vordergründig unterscheidet sie wenig von der bekannten Welt, nur funktionieren dort manche Dinge anders. Was gedacht werden kann, existiert, weshalb die dritte Zone weniger einer Gegenwart als einer Zukunft gleicht, in der vieles nebeneinander zu bestehen weiß. Es gibt keine Träume mehr, denn alles ist Traum. Vergangenheit ist nicht vergangen, Gegenwart nie aufdringlich. Die dritte Zone ist Thanatos, der aus vielen Gesängen besteht. Die dritte Zone ist polyphon, kennt keine Schuld.
 Außenstehenden erklärt sich das schwer, denn es gibt keine Außenstehenden, denen man etwas erklären müßte. Alle wissen alles.
 Manchmal hängt der Ständnerbauer hier herum. Die Jugendlichen, die nachts kommen, die gerade ihre großen Ferien genießen, wissen es und versprechen sich Gruselschauer von dem Ort, werden zufriedengestellt. Dritte Zone. Riesengroße Ferien.

Der nette Tote von nebenan, der Tote aus Nachbars Garten. Dagegen bleibt das tägliche Mordbrennen der Tagesschau ein von ferne besehenes Grauen.

Nah ist und schwer zu fassen
das Ich.

Sind andere, alles, was Fakt ist.

Fakt ist, ich hab zu mehr nicht getaugt. Dein Grab, Reittier, barg Neid. Halleluja dem heimlichen Gevölk unterm Teppich! Wie der Meister der Musik die Motive zum Schlußforte zusammenruft, ruf ich euch alle zu mir. Kapriziöse Schnörkel des Untergangs. Gibt es ein stilvolles Fortstehen ohne Inferno? Mitreißend muß der Untergang sein? Alles umklammernder Sturz?

Alle Scheiterhaufen waren am Ende nur Strohfeuer.

Ein Auto fuhr vor. Johanser lachte. Wie ein Witz, nein, zwei Witze, kamen die Polizisten ins Haus, schoben den Schrank beiseite und traten vor Johansers Lager. Sie waren Mitte Zwanzig, ein Mann, eine Frau, Johanser fand, daß sie störten oder ihn nicht als das respektieren würden, was er geschaffen hatte. Er schoß beiden, noch bevor sie eine Frage stellen konnten, ins Gesicht, wurde danach erst umgänglich, bereit, sich mit ihnen zu unterhalten. Sie hatten, von einer Sekunde auf die andere, an Bedrohlichkeit enorm verloren, und er schimpfte leis mit sich, weil er seiner Panik so hemmungslos erlegen war.

Das Pärchen wollte wissen, was er hier treibe, wer er sei. Auf beide Fragen gab er ausweichend Antwort, wie ein Künstler, der, inmitten eines Werkes, über dieses nicht gern reden, es nicht zerreden möchte.

Er zog den Toten die Uniformen aus, damit die Unterhaltung zwangloser verliefe. Die Frau war blond, nicht hübsch, aber er flirtete mit ihr, streichelte sie und bedauerte mit vielen Worten das kleine Loch über ihrer Nasenwurzel. Materialermüdung. Die Thanatos-Maschinen sind wenig robust, für Dauerbetrieb nicht gebaut. Die entkleideten Toten wurden übereinandergelegt, Mund auf Mund, Einschußloch auf Einschußloch.

Johanser fand, es sei Zeit, diesen Ort zu verlassen.

Mit der Abenddämmerung flanierte er ins Dorf, in weitem

Bogen um die Hügel herum und am Fluß entlang, durch die goldfarbene Böschung.

Man konnte Grashalme zählen oder freischwebende Sterne.
 Zur Alternative stand ein Film mit Schauspielern, deren Künstlernamen Eistee und Eiswürfel lauteten. Dennoch waren sie weltumklammernde Idole dieser Zeit.

Wer einen tötet, tötet alle. Drei sind zwei, zwei sind einer, ist keiner zuviel.

Kleine Fluchten – morgens vor der Schule zum Baggersee fahren, baden, man hatte zwei Fläschchen Bier gekauft am Frühkiosk, machte die erste Stunde blau. Provokativ badete man nackt, nur die Mädchen trugen Bikinis, und wer einen Steifen bekam, rubbelte ihn unter Wasser in die Gesellschaftsfähigkeit zurück. Die Mädchen schauten hin, verstohlen, aber genau, und wenn einer sie aufforderte, ebenfalls nackt zu schwimmen, lachten sie nur. Einige streiften wenigstens ihr Oberteil ab, um sich jedoch bald, zu sehr ins Zentrum des Interesses gerückt, umzubesinnen, und ich haßte all die Burschen, die sich nicht beherrschen konnten, die nicht ebenso verstohlen wie die Mädchen zu linsen imstande waren, an jedem unbewachten Tittenpaar großäugig wie Hungerkinder hingen, alles verdarben ...
Mit dreißig erscheint die Jugend zum ersten Mal als ferner Traum. So dumm sie verlief (man scheint irgendwie immer nur Mitläufer jener verschollenen Ära gewesen zu sein), umso wehmütiger verklärt man sie. Die Scherben der Erinnerung fügen sich zum Glassarg über Devotionalien.

Im Fluß sind winzige Muscheln zu finden. Das Geräusch, wenn sie unter den Fingern knirschen – sie zerbrechen bei zartester Berührung-, trägt die Phantasie weit fort, an unbemenschte Strände und Klippen, wohin selbst Eiscremeverkäufer bislang nicht vorgedrungen sind. Wo die Fische noch, sich nachts zu amüsieren, an Land gehn.

Fische gehn nicht an Land, widersprach meine Mutter mir damals, bestimmt, als hätte sie einen Gutteil ihres Lebens unter Fischen zugebracht. Auf dem Wochenmarkt dann hab ich ihr welche gezeigt, da sagte sie, ja schon, aber die seien tot, dumm und tot, und der Fischverkäufer, ein gutmeinender Schalk, der uns zugehört hatte, sprach meine Mutter an, ob sie nicht ein paar Forellen möchte, die hätte er erst gestern nacht, ganz frisch, mit Pfeil und Bogen erjagt im Wald, ich mußte laut lachen, Mutter gab mir eine Ohrfeige und wies den Fischverkäufer an, keine Lügen in die Welt, keine Flausen in meinen Kopf zu setzen. Und obwohl der Mann betreten schwieg, ich hab ihm noch lange geglaubt, und als der Biologielehrer später erklärte, wie das Leben entstanden sei, wie die Fische, oder doch unter ihnen die ehrgeizigsten, an Land gestiegen seien, irgendwann im Devon ...

Manchmal am Morgen – im Kopfhörer lief melancholische Klaviermusik –, lief ich wie betäubt durch die Straßen; die Wärme der Sonne schien allein mir gewidmet, niemandem sonst, ich sah Häuser an, sah sie zerstört, wenn nicht zerstört, so doch brüchig, porös – befallen von einer weit nach ihnen liegenden Zeit, sah, mit pelzig aufgesperrten Augen, die Mauern zerrieseln zu Staub, sah die Strahlen der Frühsonne, latent gleißend, dennoch kühl, jede Verbindung lösen zwischen Atom und Atom. Der Schrottplatz schräg hinterm Bahnübergang, heute klinisch untertunnelt, wo ich am liebsten war, zwischen metallenen Relikten – das Häuschen des Händlers, rotbedachte Insel, ich beneidete ihn darum, Häuschen inmitten des Abfalls, und die Musik ...

Welt, besehen durch den Schädelspalt.
Klaffender Ausschnitt, ein Bildnis. Enormer Lautstärke.
Mit der Sonne per du zu sein, kann jeder behaupten.

Er hatte drei Bücher vollendet, zwei weitere skizziert, dachte über das sechste nach, um im siebten endlich ruhen zu können. Er gab den einzelnen Büchern Titel wie *Sehnsuchtsland*, Gewaltmarsch, Heim, und die Erzählung über den Schrull, mit der alles begonnen, um die herum sich das Buch im Laufe der Zeit geformt hatte [...]

Wenn man seine Lieder dem Wind nicht mehr anvertrauen kann, wem dann? Wer sonst besitzt noch Zeit?

Haltet ein, Menschen, trinkt ein Glas auf Thanatos, der nicht mehr weiß, was ist, was war, er irrt dort zwischen beidem wie zwischen [...]

8

Eine dem Fluß Entstiegene kreuzt den Weg. Vorderhand grün, doch von guter Figur. Ihr Gesicht, leider kaum mehr zu erkennen, fällt vom Fleisch, ohne daß sie's bemerkt. Konrad möchte hinterherrufen, bückt sich, aber das Gesicht ist schon im Gras versickert.
Der erste September wird ein Freitag. Frei sein.
Anna in der Gaststube von hinten nehmen, daß sie zur Mariensäule hinausschreit. Ihren Arsch mit beiden Händen massieren, ihre nackten Sohlen auf den Knien spüren.
›Du‹ *aus ihrem Mund ist ein zärtlich es Wort.*
An diesem Abend denkt Johanser einen Gedanken, der ihm erst fremd und aufgesetzt erscheint, dessen Fremdheit sich aber schnell verliert und ihn zum Schmunzeln bringt.
Über seine Haut läuft ein lang nicht mehr wahrgenommenes Tierchen – er sieht nicht hin, schließt die Augen, aus Angst, es zu verscheuchen. Aber den Gedanken formt er zu Worten: »Es ist alles sehr schön so.«

Ein Hubschrauber knattert. Konrad hockt im Busch versteckt und raucht. Voll mildem Duft schlingt Nacht sich um den Hals, mondhaltig, anschmiegsam. Spastisch drängen die Arme hinaus, zu allem zärtlich zu sein, hier zwischen Felswand und Fluß. Hexenring aus Lagerfeuerüberbleibseln, rund ums Grab. Premierenfieber. Konrad tätschelt den Qualm, spielt mit ihm, wenige Stunden fehlen bis nach Haus.

Liegt man im Kies, wirkt der Himmel zur Halbkugel gekrümmt, tiefblaue Glaskuppel, die sich übers Tal stülpt und, erdnah gestaucht, ihre Färbung verfinstert. Baumsilhouetten, gebeugt von der Krümmung der Kuppel, stehen ins Spätlicht hinein, während im Fluß warm schimmerndes Umbra sich gegens Schwarz zu stemmen sucht. Elektrische Lampen, rings im Kessel aufflackernd, bekommen etwas Bleiches, sich Ungewisses, Gespenstern gleich, deren Zeit angebrochen ist, die mit ihr aber nichts anzufangen wissen. Eine Entensippe schwimmt zum Ufer, findet Unterschlupf im Buschgeknäul. Das Wasser gehört jetzt niemandem mehr. Der Bahnhof, ein dunkles Gehöft, der einfahrende Zug voll Jenseitiger, das Bremsgeräusch ihr Jubelkreischen. So, kaum sanfter, beenden dereinst die Tage den Vertrag. Mit einer letzten Morgengabe zum Brautgeschenk.

Mehrere Male fahren Polizeiwagen die Serpentinen auf und ab, beharrlich hin und her zwischen Bullbrunn und Ständnerhof. In einem der vergitterten Busse glaubt Konrad, die drei Männer mit den Armeefrisuren zu erkennen, die er einmal, am Frauenauge, vor der Hütte gesehen hat. Es amüsiert ihn. Seine akribisch von jedem Fingerabdruck gesäuberte Pistole warf er ja mit einem schönen Gruß vor ebenjene Hütte; vielleicht haben die Männer sie gefunden und aufgehoben, angefaßt, selber schuld. Beni freut sich tierisch, soviel war hier lange nicht los. Beni ist ein fieser Knochen, dessen leichenhürdenlaufende Spaßgier nirgends haltmacht. Man muß in Relationen denken, muß froh sein. Beni hätte sich viel schlimmer aufgeführt als ich! Schieb's nur alles auf mich! tönt der Naseweis tief unten aus dem Grund, mit mir kann man's ja machen!

Ja, stimmt's denn nicht?

Konrad kriecht durchs Dunkel, beginnt an einer bestimmten Stelle zu graben, legt Stein für Stein zur Seite, langsam, wie in einem Mikadospiel, bis die Lehmschicht erreicht ist. Ohne Eile bohren sich seine Finger ins feuchte Erdreich, he-

ben ein Loch aus, von fußballbreitem Durchmesser, wei~~
Mitternacht, als kein Wagen mehr fährt und die Gefahr flußnaher Schülerorgien gering geworden ist. Nach einem halben Meter gräbt Konrad im Sitzen, danach, nur mehr mit der rechten Hand, im Liegen weiter, und jedesmal, wenn seine Hand hinabtaucht, fördert sie weniger Erde an die Oberfläche, zuletzt bloß einen wäßrigen Klecks voll, weshalb sich die Grabung stundenlang hinzieht. Er weiß, welcher Fund unten zu erwarten ist, hofft gleichzeitig, mit merkwürdiger Zuversicht, etwas anderes zu finden. Vielleicht, im besten Fall, gar nichts.

Doch die Finger, zerschunden und blutend, stoßen auf etwas. Fühlt sich wie Stoff an, klebrig aufgeweichter Stoff. Konrad bohrt den Arm tiefer ins Loch, kratzt, schabt, ihm wird schwindlig, seine Schulter schmerzt, und er will schlafen, einschlafen mit seinem Arm im Loch, Hand in Hand.

Er leuchtet mit dem Feuerzeug, einem Zippo, das stark nach Benzin riecht und angeblich fürs Leben hält, ins Loch hinab, sieht dort, aufgeschwemmt und lehmbedeckt, Konrads Gesicht, angefaulte Augen, weiße, ganz weiße Lippen, aber geborsten wie die Haut einer vertrockneten Orange. Entsetzt und doch auch lächelnd starrt dieses Gesicht herauf. Atemabschneidender Gestank. Was er ausgräbt, ist ungenießbar, zum Verzehr beim besten Willen nicht geeignet. Schnell wird das Loch zugeschüttet, mit heftigen Tritten eingeebnet.

Silhouetten fressen sich Fülle an, jeder Halbschatten schon streckt einen Bauch heraus. Nie vorher ist Finsternis so aufdringlich fett gewesen, selten schwappt die Nacht so aufgedunsen hin und her.

Es ist unter den Sternen Ungeheures heute nacht.

Es ist aus Fleisch und Blut, doch überall, wie ein Klang, der aus der Erde dringt, die Hügel entlangsteigt, der, als wäre alles flüssig, sich mit allem mischt und doch nichts von alldem je angehören wird. Etwas Fremdgewordenes, das einmal Wolken und Bäumen vertraut gewesen sein muß, aber nun, in stummer Klage, vergeblich seine Heimat sucht. Es hockt am Fluß, heult zum Mond, kost den Stein. Durch alles geht es hindurch, ohne Widerstand zu fühlen, nichts, was es hält. Nicht das Wasser, nicht die Gespenster sprechen seine Sprache. Voller Liebe ist es und Angst, eitel thront es hier und dort und flieht, bald dahin, bald dorthin, wendet sich im Kreis, kann weder leben noch vergehen. Jetzt hockt es auf der Mondsichel, jetzt lehnt es gegen kalte Mauern, jetzt gräbt es sich in Erde ein ...

Die ohne Schlaf sind, stehen am Fenster und teilen sein Schweigen, und denen, die schlafen, erscheint es rätselhaft im Traum. Es wird immer hier sein.

Man darf den Wasserfall oder das Bächlein wählen, ans Ziel führt beides, das eine rauschhaft schnell, spektakulär, das andere plätschernd, sanft, gemächlich, es mündet beides in den Strom. Dem Wasser ist die Aufprallhärte eines Tropfens wenig wichtig, es nimmt sie alle, trägt sie fort. Der Fall eines Tropfens in das Meer enthält alles, was das Leben an Feierlichem zu bieten hat.

Dort regt sich was im Kies, das findet immer einen Weg. Das Verscharrte pocht, sprengt lichthechelnd den Stein.

Wie besessen schrieb er ins schwarze Buch, nachthindurch mit winziger Schrift, bis sich die Finger, von Krämpfen gequält, verweigerten.

Der Mond ist eine Murmel aus Phosphor. Einmal pro Stunde wird sie rot. Coca-Cola steht dann drauf.

Felder, blaßgolden, beinahe imaginär.

Es gibt eine alte Ulanensitte, die im Sommer die Zeit des Morgenappells regelt, wenn nämlich der Wachtposten im Wasser sein Gesicht zu erkennen vermag.

Nachdem Konrad, keinen Meter vom Ufer entfernt, wenige

Stunden geschlafen hatte, unruhig, von Hunden und ~~Korken~~schraubern träumend, weckte ihn das erste Licht, das auf dem Fluß in tausend Diamanten zerflockte. Vom Zauber des Glitzerspiels gerührt, standen ihm Tränen in den Augen, er wälzte sich zum Wasser, grüßte ein Entenpaar, das skeptisch vor ihm zurückwich. (Was nichts zu besagen hatte, Stockenten sind so.) Neugierig musterte Konrad sein Spiegelbild. Die Sonne schien. Es zu mögen. Er fand sich gut gelungen. Empfand sich als sein Meisterstück.

6. BUCH

Anagnoris
(Drei Fragmente)

1

In Thanatos' Verzeichnis besitzen alle Menschen neben ihrem Vor- und Nach- auch einen Endnamen, der im Moment des Übertritts verliehen wird.

Thanatos kommt nicht, wenn man ihn ruft, nicht, wenn man ihm flucht, er kommt, wenn es Zeit ist, dann aber ist er anwesend zu beiden Seiten der Zeit hin, wird immer da sein und war immer schon da, weil, als Thanatos kam, der Moment zur Ewigkeit wurde, und die Zeit, in seinen Händen aufgehoben, zu kreisen begann.

2

<u>Semifinale</u>

Herzaufschwemmend schöne Hochzeit.
Die halbe Ortschaft ist hervorgekrochen, sich Gott anzudienen, teilzuhaben an dem Weiheweichspiel.
Die Gautschfrau, Bestandteil der Zeremonie, erhöht durch ihre Gegenwart beider Gatten Fruchtbarkeit.
Gott, im schlankmachenden Frack, wird vom Brautvater die Beute überreicht, ein gleißendes Geschöpf aus Schnee und Zucker, das hochgesteckte Haar hinter Schleiern versteckt.
Annas Eltern, aus Deutelsdorf mit dem Zug gekommen, drücken Gott devot die Hand, sie sehen ihn wohl zum ersten Mal, scheinen zufrieden mit ihm. Gott selbst hat keine Eltern vorzuweisen. Der Vater ist, erzählt man, im letzten Jahr gestorben, das Pferd bereits vor langer Zeit.
Die Tetrarchen geraten ins Schwärmen.
Plötzlich sieht Anna nach oben, mit einem merkwürdig bestimmten Ruck ihres Kopfes, der nicht erst suchend schwankt, sondern sein Ziel im Nu erfaßt. Sie sieht nach oben zur Orgel, und so schnell sich Johanser duckt, im Dunkel verschwindet – eine Sekunde lang haben beider Blicke sich getroffen, etwas ging hin und her, ein Wissen, Verständnis, Versprechen, und wie Johanser, gegens kühle Holz gepreßt, vom Organisten noch immer unbemerkt, Knie an die Stirn gezogen, kauert, stellt er sich ihr knappes Lächeln vor, das höchstens der Priester bemerkt. Ein scheu-heimliches Lächeln, in dem alle Zukunft kurz aufleuchtet und sich tief

zurückzieht. Anna sagt zu allem ja, will nur schnell den Ort des Grauens verlassen. Die Chorkollegen singen rührend.

Der Hochzeitszug setzt sich Richtung Wirtshaus in Bewegung. Dort soll es ein Überbrückungsessen geben, bis man gemeinschaftlich gegen sechzehn Uhr zum Festplatz umsiedeln wird, um, sozusagen, die Öffentlichkeit am Ereignis teilhaben zu lassen.

Johanser spaziert durch die Kaufstraße, betritt den Supermarkt, ersteht Wein, Klingen, Rasierschaum und Pinsel und begibt sich an den Fluß. Sieht ins Wasser, das eine Art Garderobe darstellt. Er ziert sich, aus den Abbildern eines zu wählen. Alle sind sie sehr schön.
»Super! Hast du gut hingekriegt, Cousin.«
»Danke. Das wollt ich immer mal von dir hören.«
»Ich weiß. Erinnerst dich noch: Schweres Glück, das spät sein muß?«
»Anna sah so großartig aus! Gott kann sie ficken noch und noch, er wird sie nie zu berühren imstande sein.«
»Hörst du die Sekunden trommeln? Es ist ein Herzschlag. Er trommelt uns heim.«

Gott hatte sich nicht lumpen lassen, hatte das jährlich am Septemberanfang gefeierte Wein- zum Hochzeitsfest umdeklariert, mit reichlich freier Bewirtung selbst ungeladener Gäste. Die Musik, von der Gemeinde bezuschußt, soff sich zwischen den Liedern ins Östlich-Atonale. Gegen Abend holte man, mangels Alternativen, den elektrisch verstärkten Zitherspieler und zwang die Musiker, nachdem sie zuvor in Freiwein fast ertränkt worden waren, zur Selbstbesinnung in die Wiese.

Ein gigantisches Buffet kalter Speisen wurde laufend aufgefüllt. Dem, der sich davon zu oft nahm, zu Gott aber keine rechte Beziehung besaß, wurde von selbsternannten Ordonanzen nahegelegt, sich dünn zu machen, worauf Gott oftmals, in spendabler Ökumene, aufstand und den Betreffen-

den zu füttern begann, was allerdings zur Folge hatte, daß
solcher, ein für allemal bedient, seinen Appetit verloren zu
haben vorgab.

Es wurde viel getanzt. Der Walzer des Hochzeitspaares
wirkte ungeschlacht, zum Sturz kam es trotz aller Befürchtungen nicht. Soweit der Tagtraum.

Johanser, auf der anderen Seite des Flusses im Schilf verborgen, folgt dem Treiben mit Fernglas und Humor, er weiß,
wem die Braut dereinst gehören soll.

Hechtet, telepathisch gerufen, die Treppe hinauf, bricht
durch die Tür mit einem Schrei. Dort, im Halbdunkel, über
dem geschändeten Leib der Bewußtlosen, grinst der Zentaur – doch da, stumm und gewaltig, steht ER (Konrad) in
der Tür, den Hammer gegen die Hüfte gestemmt, Racheengel, bereit zum Armageddon, zur Entscheidungsschlacht.
Fanfaren schmettern, Wind braust. Der Zentaur blickt auf,
unwillig knurrend, sein Grinsen verliert sich, er weiß – der
Herr der Ernte traf ein, der Zweikampf um alles beginnt,
er sieht in Augen, die kalt, starr, strafend sein Ende verkünden. Der Pferdemensch springt auf, brüllt verwirrt, hat
der Furcht, die so lang alles lähmte, blind vertraut – schon
kracht der erste Schlag in seine Stirn, er zuckt in Spasmen
auf dem Boden; über ihn gebeugt, holt Konrad aus zum Gericht, mit sich die Großmusik, Inferno, Triumph – wenn alles
Geschändete nach Vergeltung schreit.

Soweit die Wirklichkeit.

Wenn in die Ferne geht der Menschen wohnend Leben,
Wo in die Ferne sich erglänzt die Zeit der Reben
Ist auch dabei des Sommers leer Gefilde,
Der Wald erscheint mit seinem dunklen Bilde;
Daß die Natur ergänzt das Bild der Zeiten,
Daß die verweilt, sie schnell vorübergleiten,
Ist aus Vollkommenheit, des Himmels Höhe glänzet
Den Menschen dann, wie Bäume Blüth' umkränzet.

Die Schritte der Tänzer krachen schwer auf die Bohlen, das große Fest der Lebenden, und ich, Thanatos, steh abseits und träum mich euch entgegen, dem Flimmern, dem Wein, der Flußmusik. Inmitten alldem haust die Liebe.

Ein dauerndes Gleiten hinüber in die Nacht, und oben schwimmt eine Schaumkrone Hoffnung – irisierende Blasen, die lautlos zerplatzen, nichts hinterlassen, sie haben sich nur leer aus treibenden Körpern gewölbt, Beulen, Auswüchse eines gigantischen Wollens, das sich abschliff im Strom. Und doch hat dieser Strom, die Reibung des Atoms am Atom, Lichter gesättigt auf Jahrhunderte, Jahrtausende hinaus. Sie leuchten, dekorieren die Welt, machen uns den Fluß erst sichtbar, wo sie weisen auf die Unmenge Schwarz. Beiklänge, Triller, unentwirrbar in geflochtener Vielfalt. Die Lichter hängen daran, knapp über dem Wasser, werden aufrechterhalten von Verehrung, von der kultischen Verehrung des einzigartig Geglaubten, das sich so viele Male im Dunkel reproduziert hat, vergessen, verschollen, Treibeis. Gefrorene Bilder, die zurückgeführt werden. Der Fluß ist warm. Er ist heiß. Inzwischen begreif ich seine innere Schönheit mehr und mehr, verstehe annähernd, warum alles sein muß, wie es ist. Nichts ist zusammenhängend wie ein Fluß, das leuchtet jedem, selbst ohne Beleuchtnisse, ein.

»*Beleuchtnisse?* Sag lieber Spotlights!«

»Nenn's, wie du glaubst, daß es heißt. Dann mag's schon richtig sein.«

Unter den Gefühlen ist eines der stärksten jenes, heimzugehen mit der Gewißheit, daß alles wieder gut ist, versöhnt, daß die Türen des Vaterhauses offenstehn.

Von niemandem bemerkt, grub er seinen Rucksack aus. Fand dessen Inhalt in fast tadellosem Zustand. Nahm seinen Paß an sich.

Als wäre nichts geschehen, wird es stiller, die Glocken hallen aus, die Lieder enden ...

3

Zu beiden Seiten des Flusses

Am gegenüberliegenden Ufer nahm er das schemenhafte Bild eines Mannes wahr, der ihm selbst sehr ähnlich sah, der mit beiden Armen winkte und etwas herüberzurufen bemüht schien. Distanz und Festmusik entzogen dem jede Verständlichkeit.

Nach einer Weile schattete sich der Umriß unvermittelt ab, verkam zur Ahnung, die ausgezehrte Silhouette tauchte ins Schwarz des Buschwerks zurück.

Benedikt konnte bald nicht mehr mit Sicherheit bestimmen, ob die Gestalt wirklich gewesen war oder ob nur windgetriebene Äste ihm ein Schauspiel vorgegaukelt hatten. Doch er blieb schweigend unter den Fackeln stehen, blieb und starrte hin, bis, einen kurzen Augenblick lang, die Musik nur für ihn noch spielte, für niemanden sonst. Und als die letzten Klänge verzittert waren, sich den Fackelreflexen zugemischt hatten, die peitschenschnell über den Wasserspiegel zuckten, fliehende Schlangen, Lichtseile in träges Dunkel geworfen – als das Fest für beendet erklärt wurde, zusammengeschobene Gläser klirrten, Instrumente in ledernen Kästen versanken –, wandte sich Benedikt um und ging heim.

Matthias Politycki
Weiberroman

1997, 424 Seiten. Gebunden

Drei Frauen, drei Städte, drei Lebensalter: die siebziger und achziger Jahre als Liebesgeschichte. *Weiberroman*, sagt Polityckis Romanheld Gregor Schattschneider großspurig und kleinlaut und erzählt sich mitten hinein in die Frage, die uns seit je bewegt, irritiert, fasziniert: Warum es so aberwitzig zugeht zwischen den Männern und Frauen.

»Polityckis erotischer Stadt- und Zeitroman gehört zweifellos zu den erfreulichsten deutschen Neuerscheinungen der letzten Jahre...« Die Woche

»Geistreich, witzig, virtuos.« Frankfurter Allgemeine Zeitung

»Matthias Politycki ist mit dem 'Weiberroman' etwas Ungewöhnliches gelungen – er verbindet einen Zeitgeistmoment mit der Beobachtung von Empfindungen. Und dies tut er mit so entwaffnender Selbstironie und verblüffender Wahrhaftigkeit, daß es eine Lust ist, sich der Lektüre hinzugeben.« Der Tagesspiegel

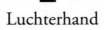

Luchterhand